Melanie Metzenthin
Die Tochter der Sündenheilerin

PIPER

Zu diesem Buch

Frühjahr, 1254: Dreiundzwanzig Jahre nach ihrer Rückkehr aus Ägypten leben Lena und Philip zufrieden auf Burg Birkenfeld. Aus den beiden Abenteurern sind mittlerweile stolze Eltern dreier Kinder geworden. Nun gilt es, den Nachwuchs unter die Haube zu bringen. Insbesondere ihre älteste Tochter Antonia hat sich mit ihren schönen Augen und dem pechschwarzen seidigen Haar vieler Bewerber zu erwehren. Dabei schwärmt sie heimlich nur für einen Mann: Stephan von Cattenstedt. Der ehemalige Kreuzritter, der zur Birkenfelder Wachmannschaft gehört, hat ihr schon seit Langem den Kopf verdreht. Doch als ihr ausgerechnet der verwitwete Eberhard von Regenstein einen Heiratsantrag macht und sie diesen ablehnt, drohen alte Fehden wieder aufzuleben. Denn Eberhards Familie verbindet mit Antonias Eltern eine lange Feindschaft und wird eine solche Kränkung unter keinen Umständen ungesühnt lassen. Welche Intrige spinnen die Regensteiner hinter ihren Burgmauern? Und was verbirgt Stephan von Cattenstedt hinter seiner rauen Fassade? Ihn scheint ein dunkles Geheimnis zu quälen. Und Antonia muss ihm helfen, bevor sie ihn für immer verliert.

Melanie Metzenthin wurde 1969 in Hamburg geboren, wo sie auch heute noch lebt. Als Fachärztin für Psychiatrie und Psychotherapie hat sie einen ganz besonderen Einblick in die Psyche ihrer Patienten, zu denen sowohl Traumatisierte als auch Straftäter gehören. »Die Tochter der Sündenheilerin« ist nach »Die Sündenheilerin«, »Schicksalsstürme« und »Die Reise der Sündenheilerin« ihr vierter historischer Roman.

Melanie Metzenthin

Die Tochter der Sündenheilerin

Historischer Roman

Piper München Zürich

Mehr über unsere Autoren und Bücher:
www.piper.de

Von Melanie Metzenthin liegen bei Piper vor:
Die Sündenheilerin
Schicksalsstürme
Die Reise der Sündenheilerin
Die Tochter der Sündenheilerin

MIX
Papier aus verantwortungsvollen Quellen
FSC® C014496

Originalausgabe
April 2014

Umschlaggestaltung und -motiv: Hauptmann & Kompanie Werbeagentur, Zürich, unter Verwendung eines Fotos von Ricardo Demurez/Trevillion Images
Satz: Kösel, Krugzell
Gesetzt aus der Bembo
Papier: Pamo Super von Arctic Paper Mochenwangen GmbH, Deutschland
Druck und Bindung: GGP Media GmbH, Pößneck
Printed in Germany ISBN 978-3-492-30071-1

Halberstadt, Ostern 1254

Ihr solltet Eure Schönheit nicht an einen kleinen Kläffer verschwenden, Fräulein Antonia. Ihr braucht einen Mann.« Eberhard von Regenstein grinste, als er sah, wie sehr seine Worte die junge Frau überraschten. Antonia von Birkenfeld stand in der Nähe des Domportals unter der großen Eiche und hielt einen dieser kleinen weißen Hunde im Arm, die derzeit in Mode waren. Sogar während der heiligen Messe hatte das lächerliche Fellbündel still zu ihren Füßen geruht. Sie warf einen kurzen Blick zur Seite, als wolle sie sich versichern, ob sie allein war. Ihre Eltern, Graf und Gräfin von Birkenfeld, standen ein wenig abseits und sprachen mit dem Scholasticus Volrad von Kranichfeld. Wie es schien, überschütteten sie ihn gerade wieder mit Goldstücken für seine neue Domschule. Nun gut, Eberhard war es recht, dafür hatte seine Familie sich mit der größten Spende für den Neubau des Halberstädter Doms hervorgetan.

»Ihr braucht einen richtigen Mann«, wiederholte er. »Einen, der Euch mit seiner Leidenschaft erfüllt. Dann habt Ihr es nicht mehr nötig, Eure Zärtlichkeit an ein Tier zu verschwenden.«

»Einen richtigen Mann?« Antonia musterte Eberhard mit blitzenden Augen und setzte den Hund auf den Boden. »Ihr meint so einen wie Euch?«

Ah, er hatte das kleine Luder richtig eingeschätzt. In ihr brannte das südländische Feuer, vermutlich ein Erbe ihrer orientalischen Großmutter. Er trat näher.

»Warum nicht? Ihr hättet gerade das rechte Alter.«

»Für Euch?« Sie hielt seinem Blick mit schamloser Offenheit stand und erinnerte ihn für einen kurzen Moment an ihren Vater. Sie hatte seine hellbraunen Augen, das gleiche schwarze Haar, nur dass ihres lang und seidig bis über die Hüften fiel, gehalten von einem Reif aus versilberten Rosenblättern. Ihr Surcot aus feinster dunkelblauer Seide passte ausgezeichnet dazu und betonte ihre weibliche Figur. Obwohl Eberhard Antonias Vater nicht ausstehen konnte, sah er in ihr ein Juwel, mit dem er sich gern geschmückt hätte.

»Wäre es nicht an der Zeit, Regenstein mit Birkenfeld zu verbinden?« Er lächelte sie an. Eine gute Mitgift würde sie auch einbringen, eine der drei Eisenerzminen, die ihrem Vater gehörten. Und dass sie ihm im Bett Freude bereiten würde, stand außer Frage.

»Ihr glaubt, Ihr wärt der rechte Mann für mich? Herr Eberhard, bedenkt, Eure Tochter ist nur um ein Jahr jünger als ich.«

»Männer sind wie Bäume«, erwiderte er und berührte den Stamm der Eiche. »Ihre Stärke wächst mit dem Alter. Frauen hingegen sind wie Rosen – man muss sie rechtzeitig pflücken, bevor sie verwelken.«

»Ihr seid mir ein rechter Poet, Herr Eberhard.« Sie lachte. »Soll ich mich geschmeichelt fühlen, dass ein starker Baum wie Ihr bereit ist, eine unscheinbare kleine Rosenknospe wie mich zu pflücken?«

»Ihr könntet keine bessere Partie machen, Fräulein Antonia. Niemand vermag es mit der Stärke der Regensteiner aufzunehmen.«

»Und natürlich trügt Ihr mich auf Euren starken Händen und würdet mich mit Eurem sprichwörtlichen Witz und Geist erfreuen.« Sie kicherte. Eberhard nickte zufrieden. Auch wenn sie eine Birkenfelderin war, so schien sie ihm doch verständiger als der Rest ihrer Sippe. Eine Frau, die wusste, was gut für sie war.

»Ihr werdet mir gewiss viele Söhne gebären«, sagte er. »Den passenden Körper habt Ihr ja, runde Hüften und volle Brüste, die sich nach Liebkosung sehnen.«

Antonia räusperte sich. »Herr Eberhard, glaubt Ihr nicht, dass Ihr mit Euren Worten ein wenig zu weit geht?«

Ah, jetzt spielte sie wieder die Schamhafte! Umso besser. Sollte sie nach außen ruhig kühl und beherrscht wirken, den leidenschaftlichen Funken würde er allein entfachen, wenn sie erst die Seine war. Und dass sie ihm gegenüber nicht abgeneigt war, hatte sie ihm durch ihre offenen Blicke deutlich genug gezeigt.

»Ich reise morgen für einige Wochen nach Worms«, erklärte er. »Werdet Ihr bei Eurem Vater ein gutes Wort für mich einlegen, wenn ich nach meiner Rückkehr bei ihm vorspreche?«

»Herr Eberhard, mein Vater ist sicher entzückt, wenn Ihr ihn um meine Hand bittet.« Sie blitzte ihn mutwillig an. »Ihr wisst doch, wie viel er von Euch und Eurer Familie hält. Da stört es ihn gewiss nicht, dass Ihr zweiundzwanzig Jahre älter als ich und bereits verwitwet seid. Einen starken Baum erkennt er schließlich auch an den Jahresringen.« Sie blickte auf Eberhards Leibesmitte, die nicht mehr ganz so schlank war wie noch vor einigen Jahren.

Auf einmal hatte Eberhard das Gefühl, dass sie sich über ihn lustig machte. Doch sofort schob er den Gedanken beiseite. Er hatte schließlich das Verlangen in ihren Augen leuchten sehen …

1. Kapitel

Antonia liebte die Abendstimmung auf Burg Birkenfeld, wenn sich Handwerker und Gesinde in der Vorburg anschickten, ihr Tagewerk zu beschließen, und der Hof allenthalben von Scherzworten und Gelächter erfüllt war. Vor allem an diesem Tag, da das Pfingstfest unmittelbar vor der Tür stand.

Doch im Augenblick erregte etwas anderes ihre Aufmerksamkeit. Ganz in der Nähe der Schmiede, in der Meister Mattes noch immer seinen Hammer schwang, saß Stephan von Cattenstedt auf einem Mauervorsprung und schliff sein Schwert. Stephan von Cattenstedt ... Seit der junge Mann im letzten Herbst auf Burg Birkenfeld erschienen war, beschäftigte er Antonias Gedanken. Dabei war sie regelrecht erschrocken, als sie ihn zum ersten Mal erblickt hatte, denn eine lange Narbe entstellte sein Gesicht. Vom rechten Jochbeinbogen über die Wange hinweg bis zum Kinn, so breit wie ihr kleiner Finger. Ihr Vater hatte ihr erzählt, man habe Stephan auf dem letzten Kreuzzug für seine Tapferkeit zum Ritter geschlagen. Stammte die Narbe aus diesen Kämpfen? Wie gern hätte Antonia mehr über ihn erfahren, doch jedes Mal, wenn sie Stephan sah, empfand sie seltsame Scheu, die sie nur mit Mühe überspielen konnte. Ausgerechnet sie, der ihre Brüder nachsagten, sie würde noch dem Teufel in der Hölle das Feuerholz abschwatzen. Bei dem Gedanken daran stahl sich ein Lächeln auf ihre Züge. Sollte sie die Gelegenheit wirklich verstreichen lassen? Stephan war wortkarg, gewiss, aber niemals unhöflich.

Sie beobachtete den jungen Ritter eine ganze Weile, bevor sie sich ein Herz fasste und auf ihn zuging.

»Guten Abend, Herr Stephan«, begrüßte sie ihn mit aufgesetzter Munterkeit. Er hielt in seiner Arbeit kurz inne, hob den Blick und musterte sie. Er hatte wunderschöne dunkelblaue Augen, und ihr fiel zum wiederholten Male auf, dass er ohne die Narbe deutlich jünger ausgesehen hätte.

»Guten Abend, Fräulein Antonia«, antwortete er artig, um sich sogleich wieder seinem Schwert zu widmen.

»Sagt, Herr Stephan, warum schleift Ihr Euer Schwert? Wollt Ihr gegen Räuber zu Felde ziehen? Ich dachte, Ihr sollt morgen nur meine kleine Schwester sicher von Burg Hohnstein nach Birkenfeld zurückbegleiten.«

»Ja.«

»Ja, dass Ihr gegen Räuber ziehen wollt, oder ja, dass ihr meine kleine Schwester nach Hause begleiten werdet?«

Er musterte sie mit hochgezogenen Brauen, sagte aber nichts.

»Ihr seid heute nicht sonderlich redselig.«

»Nein.«

»Habt Ihr gar schlechte Laune?«

»Nein.«

»Könnt Ihr auch mit mehr als einer Silbe antworten, wenn Euch der Sinn danach steht?«

»Gewiss.«

»Wir machen Fortschritte«, stellte Antonia fest. »Brächtet Ihr auch drei Silben zuwege?«

»Womöglich.«

»Zwei Worte?«

Er musterte sie mit gerunzelter Stirn. »Fräulein Antonia?«

»Ja, Herr Stephan?« Sie lächelte ihn an.

Er legte Schwert und Schleifstein beiseite. »Was wollt Ihr von mir?«

»Nur ein wenig reden.«

»Aha.«

Sie setzte sich neben ihn auf den Mauervorsprung. »Ist das nicht ein wunderschöner Abend?«

»Gewiss.«

»Ich dachte immer, zu den ritterlichen Tugenden gehöre

mehr, als ein Schwert zu schleifen. Die höfische Kunst des Gesprächs beispielsweise.«

»So?«

»Warum seid Ihr kein Freund gewandter Worte?«

»Bin ich das nicht?«

Antonia seufzte. »Ich merke schon, an Euch beiße ich mir die Zähne aus.«

Sie erhob sich und blickte zum Burgtor, durch das soeben zwei Männer ritten. Ihre Brüder Alexander und Rudolf, die wie so oft gemeinsam auf der Jagd gewesen waren. Rudolf hatte einen stattlichen Rehbock quer vor seinem Sattel liegen. »Pfingstsonntag gibt es Rehbraten für alle!«, rief er stolz in den Hof, nahm Bogen und Köcher von der Schulter und warf sie einem Knecht zu, der beides geschickt auffing. Dann stieg er ab. Antonia lächelte. Ihr Ziehbruder Rudolf war das genaue Gegenteil von Stephan. Über alle Maßen redselig. Jedenfalls in seinen guten Zeiten. Alexander grinste nur und sprang ebenfalls vom Pferd.

Hinter sich hörte sie wieder das Geräusch des Schleifsteins. Sie wandte sich um. Stephan hatte die Hemdsärmel hochgekrempelt und bearbeitete seine Klinge mit neuer Kraft. Die Funken sprühten nur so, und die Muskeln seiner Unterarme zeichneten sich deutlich unter der Haut ab.

»Machst du dem Stephan etwa schöne Augen?«

Antonia fuhr herum. »Rudolf, du redest Unsinn!«

»Wer schreit, hat unrecht, Schwesterchen. Wusstest du das nicht?«

»Und du musst dich dafür auch nicht schämen«, pflichtete Alexander ihm bei. »Die meisten Frauen mögen Männer mit Kriegsnarben.«

»Wenn ihr beide nicht sofort den Mund haltet, sorge ich höchstpersönlich dafür, dass ihr auch gleich Narben davontragt!«

»Oh! Komm, Alex, Rückzug! Sie wird gefährlich.«

Lachend ließen die beiden ihre Schwester stehen.

»Und ihr nennt euch tapfere Ritter!«, rief sie ihnen verärgert nach. Erst jetzt bemerkte sie, dass Stephan mit dem Schleifen aufgehört hatte und sie ansah. Heißes Blut schoss ihr in die Wangen. Am liebsten wäre sie vor Scham davongelaufen.

Stephan erhob sich von dem Mauervorsprung. »Gute Nacht, Fräulein Antonia.« Für einen Moment glaubte sie, den Hauch eines Lächelns zu erahnen. Doch sofort verflüchtigte sich dieser Eindruck wieder. Niemand auf Burg Birkenfeld hatte Stephan von Cattenstedt jemals lächeln sehen.

Am folgenden Morgen brach Stephan schon in aller Frühe mit einem der Waffenknechte auf, um Antonias Schwester Meret rechtzeitig zum Pfingstfest nach Burg Birkenfeld zurückzuholen. Antonia hatte es sich nicht nehmen lassen, ihm vom Fenster ihrer Stube aus unbemerkt nachzusehen. Warum um alles in der Welt hielt der Kerl ihre Gedanken nur so gefangen? Und war es wirklich so offensichtlich? Oder hatte Rudolf sich nur wieder einen seiner albernen Scherze erlaubt? Sie verließ ihre Kammer, um sich in der Burgküche ein Frühmahl richten zu lassen. Seit sie denken konnte, war es so üblich, dass jeder morgens in die Küche ging, wenn er Hunger hatte. Die einzige gemeinsame Mahlzeit fand abends statt. Ausnahmen bildeten die hohen Feiertage, wenn man schon mittags beisammensaß.

»Alexander, wurde der Ochse schon übergeben?«, hörte sie die Stimme ihres Vaters aus der Küche.

»Ich kümmere mich gleich darum«, lautete die Antwort.

»Und wenn er nicht reicht, schieße ich noch einen Rehbock für die Dörfler.« Rudolf lachte zufrieden.

Antonia betrat die Küche und sah ihren Vater Philip und ihre beiden Brüder bereits am Tisch sitzen.

»Guten Morgen«, grüßte sie und nahm Platz.

»Guten Morgen, Schwesterchen. Hast du von deinem tapferen Ritter geträumt?«

So viel zu der Frage, ob Rudolf gestern nur einen seiner üblichen Scherze gemacht hatte.

»Welcher tapfere Ritter?« Philip zog die Brauen hoch und musterte seine Tochter scheinbar streng, doch sie bemerkte sofort das belustigte Blitzen seiner Augen.

»Ich habe keine Ahnung, wovon Rudolf spricht.« Sie griff nach dem Brot und brach ein Stück ab.

»Nein?« Rudolf grinste sie breit an. »Das pfeifen doch schon die Spatzen von den Dächern. Der arme Stephan.«

»Dir geht es wohl wieder etwas zu gut. Pass nur auf dein Gleichmaß auf!«, gab Antonia bissig zurück.

»Mit dem steht es zum Besten, Schwesterchen.«

»Stephan von Cattenstedt?«, fragte ihr Vater nach.

»Ich habe gestern nur ein paar Worte mit ihm gewechselt. So wie es unter höflichen Menschen üblich ist. Im Gegensatz zu Rudolf lässt Stephan auch andere zu Wort kommen.«

Philip sah seinen Sohn an. »Da hat sie recht, Rudolf.«

Alexander lachte. »Ich breche jetzt auf, den Bauern von Alvelingeroth den Pfingstochsen zu bringen. Kommst du mit, Rudolf?«

»Nur wenn wir auf dem Rückweg noch auf die Jagd gehen.«

Statt einer Antwort schlug Alexander ihm auf die Schulter. Rudolf erhob sich, und die beiden jungen Männer verließen die Küche. Antonia und ihr Vater blieben zurück.

»Und?« Philip sah Antonia auffordernd an.

»Was und?«, fragte sie zurück.

»Ist etwas dran?«

»An Rudolfs dummem Geschwätz?«

Ihr Vater lachte. »Pass nur auf, Antonia! Männer sind ungern die Beute. Sie wollen lieber selbst erobern.«

»Wo steckt eigentlich Mutter?«, wechselte Antonia schnell das Thema.

»Sie bereitet alles für Merets Rückkehr vor.«

»Schade, dass die Hohnsteiner das Pfingstfest nicht auch bei uns verbringen«, seufzte Antonia. Sie schätzte Gräfin Mechthild und Graf Johann von Hohnstein, bei denen sie ebenso wie zurzeit Meret als junges Mädchen mehrere Jahre verbracht hatte, um außerhalb der elterlichen Burg den letzten Schliff zum Erwachsenwerden zu erhalten.

»Ja«, bestätigte ihr Vater. »Aber sie haben sich um ihre eigenen Dörfer zu kümmern. Das Pfingstfest gehört den Bauern ebenso wie der Kirche.«

»Herr Graf!« Einer der Knechte stürzte atemlos in die Küche.

Philip fuhr herum. »Was gibt's?«

»Herr Eberhard von Regenstein steht mit seinem Gefolge vor dem Tor und bittet um eine Unterredung mit Euch.«

»Mit mir?« Philip starrte den Knecht verblüfft an. »Bist du dir sicher, dass er sich nicht in der Burg geirrt hat?«

Antonia kicherte, doch dann erinnerte sie sich an ihre Begegnung mit dem Regensteiner vor einigen Wochen in Halberstadt.

»Vater, ich fürchte, er will um meine Hand anhalten.«

»Ist er verrückt geworden?«

Sie erzählte ihrem Vater von der Begebenheit in Halberstadt.

Philip wandte sich an den Knecht. »Bitte ihn, sich zu gedulden. Ich habe viel zu tun. Wer unangemeldet erscheint, muss so kurz vor dem Pfingstfest damit rechnen, dass er zu warten hat.«

»Jawohl, Herr Graf.«

Dann sah er seine Tochter an. »Wollen wir zuvor noch eine Partie Schach spielen?«

Sie nickte lächelnd. »Gern auch zwei.«

2. Kapitel

Eberhard von Regenstein wartete bereits ungeduldig, als Philip ihn endlich in den großen Kaminsaal bitten ließ. Antonia saß neben ihrem Vater und war gespannt, wie der wohl mit dem Regensteiner verfahren würde.

»Welch unerwarteter Besuch, Herr Eberhard!« Philip stand auf und begrüßte den Regensteiner mit Handschlag. »Verzeiht, dass Ihr so lange warten musstet, aber Ihr versteht gewiss – das nahende Pfingstfest stellt jede Grafschaft vor Herausforderungen. Vermutlich ist das auf Burg Regenstein nicht anders.«

Eberhard räusperte sich.

»Nehmt doch bitte Platz!« Philip wies auf den großen Lehnstuhl, der ihm gegenüber am Kamin stand. »Also, was führt Euch zu mir?«

Eberhard setzte sich. Sein Blick flog zwischen Antonia und ihrem Vater hin und her.

»Hat Eure Tochter Euch noch nichts … erzählt?«

»Meine Tochter? Was genau meint Ihr, Herr Eberhard?«, fragte Philip scheinbar arglos.

»Nun«, der Regensteiner räusperte sich erneut, »Fräulein Antonia hat mir zugesichert, dass sie ein gutes Wort bei Euch einlegen würde, wenn ich mich erkläre.«

»Wenn Ihr Euch erklärt?« Antonias Vater runzelte die Stirn. »Ach, ihr meint Euer seltsames Betragen am Osterfest in Halberstadt?«

»Mein seltsames Betragen?« Eberhards Gesicht verfärbte sich rot. »Ich habe mich Fräulein Antonia wie ein Ehrenmann genähert und sie in aller Form um ihre Hand gebeten. Sie ermunterte mich, bei Euch vorzusprechen.«

»Ich fürchte, Ihr habt meine Tochter missverstanden, Herr

Eberhard. Sie wollte Euch gewiss nicht kränken, wusste aber nicht so recht, wie sie es in Worte fassen soll. Denn wisst Ihr, ich wünsche mir einen starken Schwiegersohn, der vom Alter her zu Antonia passt.«

»So bin ich Euch gar zu alt?«, brauste Eberhard auf.

»Ihr könntet ihr Vater sein«, bestätigte Philip. »Hättet Ihr einen erwachsenen Sohn und wäre meine Tochter ihm geneigt, dann hätten wir darüber reden können.«

»Die Kraft eines Mannes steigt mit den Jahren«, brüstete sich Eberhard. »Bedenkt, eines Tages werde ich der Graf von Regenstein sein. Regenstein und Birkenfeld sollten sich nicht länger feindlich gegenüberstehen. Eine Verbindung unserer Häuser ist längst überfällig.«

»In dem Fall wäre es vielleicht eher angemessen, wenn wir über eine Verbindung Eurer Tochter Sibylla mit einem meiner Söhne nachdenken.«

»Was?«

»Wir sollten doch in einer Generation bleiben, Herr Eberhard. Meint Ihr nicht?«

»Meine Tochter Sibylla stand nie zur Wahl. Sie wird keinen Birkenfelder heiraten!«

»Warum nicht?«

»Weil … verdammt, ich bin nicht hier, um über meine Tochter zu sprechen. Ich bin hier, Euch um Antonias Hand zu bitten. Ihr findet keinen besseren Gatten als mich. Männer sind wie Bäume, sie gewinnen mit dem Alter an Stärke«, wiederholte er seinen lächerlichen Vergleich, der Antonia bereits in Halberstadt erheitert hatte.

»So? Dann verratet mir, was ein junger Rosenstrauch mit einer morschen Trauerweide anfangen soll«, gab Philip kühl zurück. »Ich werde meine Tochter niemals einem Mann geben, der ihr Vater sein könnte.«

»Das ist eine Unverschämtheit!«

»Wie auch immer, Ihr seid kein ernst zu nehmender Bewerber um die Hand meiner Tochter.« Philip erhob sich. »Und jetzt, da Ihr meine Antwort kennt, möchte ich Euch höflich bitten, meine Burg zu verlassen. Das Pfingstfest findet in drei Tagen statt, und vermutlich habt auch Ihr noch viel zu tun.«

»Das werdet Ihr noch bereuen! Niemand weist mich ungestraft ab.«

Philip blieb gelassen. »Ich würde es allenfalls bereuen, wenn Ihr mein Schwiegersohn wärt, Herr Eberhard. Ich erinnere mich noch allzu gut an unsere allererste Begegnung. Vielleicht wundert es Euch, aber ich lege keinen Wert darauf, einen Mann meinen Schwiegersohn zu nennen, der mich einstmals als dreckigen Bastard beschimpfte und vor mir ausspie. Gehabt Euch wohl, Herr Eberhard. Dort vorn ist die Tür.«

Eberhard schnaubte wütend und ging.

Antonia und ihr Vater tauschten einen zufriedenen Blick aus.

Eberhard schäumte vor Wut. Dieses kleine Miststück hatte ihn doch tatsächlich vorgeführt! Und ihr Vater erst recht. Das ließe er nicht auf sich sitzen. Zornig befahl er seinen wartenden Waffenknechten, auf die Pferde zu steigen und ihm zu folgen.

Kaum hatten sie den Burghügel hinter sich gelassen, trieb Eberhard sein Pferd zum scharfen Galopp an. Doch der frische Frühlingswind kühlte seine Wut nicht ab. In ihm brodelte es. Diese Demütigung durfte er nicht so einfach auf sich bewenden lassen. Unter keinen Umständen.

Während er sein Pferd grimmig in den breiten Hohlweg trieb, bemerkte er eine Gruppe von vier Reitern, die ihm und seinen Waffenknechten entgegenkamen. Es waren zwei Männer und zwei Weibsbilder, von denen das eine noch ein Kind zu sein schien. Eberhard zügelte sein Pferd. Den Anführer der Gruppe hatte er schon einmal gesehen. Das war doch dieses Narbengesicht, das der Graf von Birkenfeld vor einigen Monaten in seine Dienste genommen hatte. Dann erkannte er auch das Mädchen. Philips jüngste Tochter Meret. Welch ein Zufall! Welch überaus günstiger Zufall … In Eberhards Gedanken formte sich ein genialer Plan, es den Birkenfeldern heimzuzahlen. Er hatte sechs Waffenknechte bei sich, das Geleit, das einem Grafensohn zustand. Wenn der Graf von Birkenfeld seine Tochter nur zwei Männern anvertraute, war das mehr als leichtsinnig. So leichtsinnig, dass es geradezu nach Bestrafung schrie.

»Diethard«, raunte er seinem ersten Waffenknecht zu, »ich will das Mädchen haben!«

Der Angesprochene zuckte zusammen. »Ihr meint, wir sollen sie überfallen?«

»Ja.«

»Aber … aber wir haben doch keine Fehde mit den Birkenfeldern.«

»Hast du nicht gehört, was ich dir befohlen habe?« Eberhard maß seinen Untergebenen mit strengem Blick.

»Stephan von Cattenstedt führt sie an«, entgegnete Diethard. »Der wird sie nicht kampflos herausgeben. Ich kenne ihn von früher. Der zählt für drei Männer.«

»Wenn er damit rechnen würde. Aber noch sind wir harmlose Nachbarn.« Eberhard lachte. Die ganze Bitternis, der Ärger über seine Schmach fielen von ihm ab. »Pack ihn von hinten, sobald wir an ihnen vorüber sind! Aber dass ihr mir niemanden umbringt! Ich will keine Blutrache auf mein Haupt beschwören. Um das Mädchen kümmere ich mich selbst.«

Diethard murmelte irgendetwas in seinen Bart, das in Eberhards Ohren wie Widerspruch klang. Doch ein weiterer strenger Blick genügte, und Diethard kannte seinen Platz.

Inzwischen waren die Birkenfelder ihnen recht nahe gekommen. Man grüßte und nickte sich höflich zu, so wie es üblich war, wenn man bekannte Gesichter traf. Eberhard lenkte sein Pferd einige Schritte zur Seite und ließ Stephan von Cattenstedt passieren. Dann wandte er sich an das Mädchen, das ihm folgte. »Ich wünsche Euch einen wunderschönen Tag, Fräulein Meret.« Die Elfjährige errötete leicht, war sie es doch nicht gewohnt, wie eine Dame begrüßt zu werden. Überhaupt schien sie nicht viel mit ihrer feurigen Schwester Antonia gemein zu haben, sondern glich eher ihrer Mutter mit ihrem langen blonden Haar und den blauen Augen.

»Ich danke Euch, Herr Eberhard«, antwortete sie schüchtern. »Wart Ihr auf Burg Birkenfeld zu Gast?«

»So ist es«, erwiderte Eberhard noch immer freundlich, warf aber zugleich einen kurzen Blick zu Diethard hinüber. Der nickte kaum merklich.

»Fräulein Meret, wir müssen weiter«, mahnte Stephan von Cattenstedt.

»Ja, Herr Stephan.« Gehorsam trieb sie ihr Pferd an. Eberhard griff ihr in die Zügel. »Einen Augenblick, Fräulein Meret! Ich glaube, wir haben ein anderes Ziel.«

Stephan von Cattenstedt warf sich herum. »Was fällt Euch ein?«

Sofort riss Diethard Stephan aus dem Sattel. Zwei von Eberhards Männern stürzten sich auf den zweiten Waffenknecht und schlugen ihn nieder, während die alte Frau laut um Hilfe schrie. Eberhard hielt Merets Zügel fest in der Hand und galoppierte mit ihr davon. Das Mädchen starrte ihn entsetzt an, unfähig zu schreien. Hinter sich hörte Eberhard die Männer brüllen. Er warf einen kurzen Blick zurück. Stephan von Cattenstedt lag am Boden, Diethard und zwei weitere Männer schlugen auf ihn ein. Die alte Frau rief immer noch um Hilfe. Sollte sie ruhig. Bis man sie hörte, hätte er Meret längst sicher nach Burg Regenstein gebracht. Und dort würde sie bleiben, bis ihr Vater vor ihm zu Kreuze kröche …

3. Kapitel

Verdammt, er ist weg!«, zischte Rudolf und senkte den Bogen.

»Du kannst eben nicht jeden Tag Erfolg haben.« Alexander versetzte seinem Bruder einen freundschaftlichen Rippenstoß. »Hättest du es wie ich gehalten, wärst du nun nicht gänzlich ohne Beute.« Er deutete auf die beiden Fasane, die an seinem Sattel hingen.

»Ja, du gibst dich immer gleich mit Niederwild zufrieden.«

»Und du hast danebengeschossen.« Alexander grinste. »Das Ziel war wohl etwas zu klein für dich.«

Rudolf ging nicht auf die Spöttelei ein, sondern hängte sich den Bogen über die Schulter. Was mochte den Hirsch gewarnt haben? Der Wind stand gut, sie waren leise gewesen. Dennoch war das Tier plötzlich aufgeschreckt und geflüchtet.

»Rudolf, hörst du das?« Alexander berührte ihn am Arm. »Da schreit jemand.«

Rudolf lauschte in den Wald hinein. Tatsächlich, ganz schwach, kaum mehr als das Wispern des Windes in den Zweigen, aber doch eindeutig der Schrei einer Frau.

»Du hast recht. Da ist eine Frau in Not!«

Keinen Augenblick später saßen die beiden im Sattel und folgten den Schreien. Plötzlich verstummten sie. Kamen sie zu spät? Rudolf trieb sein Pferd gnadenlos an. Die Schreie waren aus der Nähe der Burg gekommen. Wagte sich dort etwa Raubgesindel am helllichten Tag aus seinen Löchern? Oder war die Frau einem wilden Tier begegnet?

Ein reiterloses Pferd galoppierte ihnen entgegen.

»Das ist doch Stephans Hengst!« Noch im Galopp griff Rudolf nach den losen Zügeln des Falben und packte sie.

Alexander war blass geworden. »Meret«, flüsterte er und trieb sein Pferd in den Hohlweg hinunter.

An der Böschung graste ein zweites reiterloses Pferd. Das gehörte Caspar, dem Waffenknecht, der Stephan begleitet hatte. Hinter der nächsten Biegung entdeckten sie Stephan. Er lag regungslos am Boden, die Frau und Caspar knieten bei ihm und versuchten, ihn aufzurichten.

»Christina!«, rief Rudolf und sprang noch vor Alexander aus dem Sattel. Die alte Amme hob den Kopf. Er sah die Überraschung in ihren Augen, dann die Erleichterung. Mühsam erhob sie sich und fiel ihm in die Arme.

»Rudolf«, flüsterte sie, so als wäre sie vom Schreien heiser geworden. »Eberhard von Regenstein hat Meret geraubt!«

Rudolf zuckte zusammen. »Er hat Meret geraubt? Warum? Wir haben keine Fehde mit den Regensteinern.«

Christina schüttelte stumm den Kopf. Rudolf ließ sie los und beugte sich zu Stephan hinunter. Aus einer Platzwunde über seiner Stirn sickerte Blut. Alexander zog ein sauberes Tuch aus der Satteltasche und presste es auf die Wunde. Sie war zum Glück nicht tief, und der feste Druck genügte, die Blutung rasch zu stillen.

»Sie haben zu dritt auf ihn eingeprügelt«, berichtete Caspar. Er sah selbst zum Gotterbarmen aus – das rechte Auge war zugeschwollen und die Lippe blutverkrustet. »Ich konnte ihm nicht helfen, sie waren zu sechst.«

»Dieses Halunkenpack!«, zischte Rudolf.

Stephan stöhnte leise.

»Stephan?« Alexander berührte den Verletzten an der Schulter.

Der hob die Lider, blinzelte und kniff die Augen zusammen, so als müsse er die Unschärfe seines Blicks ausgleichen.

»Alexander?«

Der Angesprochene nickte. »Kannst du aufstehen?«

»Ich will's versuchen«, murmelte Stephan. Doch erst als

Alexander ihm die Hand reichte und ihn auf die Füße zog, gelang es ihm, sich zu erheben. Schwer atmend stützte er sich danach an einem Baum ab.

»Bist du schwer verletzt?«, fragte Rudolf.

»Glaub ich nicht. Ein paar Prellungen. Bin mit'm Kopf aufgeschlagen, als Diethard mich aus dem Sattel gerissen hat.«

»Christina sagt, Eberhard von Regenstein hätte euch überfallen.«

»Ja. Er sprach noch höflich mit Meret, ich mahnte zum Weiterreiten, da sind sie völlig unerwartet über uns hergefallen.«

»Dieser Dreckskerl!«, rief Rudolf. »Wir sollten ihm sofort nachsetzen!«

»Zu zweit?« Alexander runzelte die Stirn. »Du hast doch gehört, dass sie zu sechst waren.«

»Mit Eberhard sogar zu siebt«, ergänzte Caspar.

»Willst du sie etwa mit Meret entkommen lassen?« Rudolf funkelte seinen Bruder an. »Sie haben den Landesfrieden gebrochen!«

»Sie werden ihre Strafe noch bekommen«, entgegnete Alexander. »Jetzt kehren wir erst mal nach Birkenfeld zurück und erstatten Vater Bericht. Er wird wissen, was zu tun ist.«

»Sobald sie auf Burg Regenstein sind, kommen wir nicht mehr an sie heran«, beharrte Rudolf. »Verfolgen wir sie!«

»Damit sie uns auch zusammenschlagen? Nein, Rudolf, wir müssen Vater in Kenntnis setzen. Eberhard wird Meret nichts antun.«

»Nichts antun? Der Schurke hat sie entführt! Reicht das nicht?« Rudolfs Hände ballten sich zu Fäusten.

»Ich komme mit«, erklärte Stephan. »Mir geht es wieder gut.«

»Ach, wirklich?« Alexander versetzte Stephan einen Stoß zwischen die Rippen. Der stöhnte und hätte fast das Gleichgewicht verloren.

»Geht dir also wieder gut, was? Nein, wir reiten nach Birkenfeld. Das ist mein letztes Wort!«

Rudolf seufzte. Es brachte nichts, mit Alexander zu streiten. Ohne ihn hatte es keinen Sinn, den Regensteinern nachzusetzen, und Stephan war nicht in der Verfassung dazu. Und Caspar tat sowieso alles, was Alexander sagte.

»Also gut«, räumte er ein. »Aber das letzte Wort in der Angelegenheit ist noch nicht gesprochen. Ich werde die Regensteiner zur Verantwortung ziehen!«

Antonia und ihr Vater saßen im Kaminsaal und spielten eine weitere Partie Schach, als Antonias Mutter Lena hinzukam.

»Ihr seht so vergnügt aus«, stellte sie fest. »Und wie mir scheint, liegt das nicht nur daran, dass ihr Zeit zum Schachspielen gefunden habt oder dass Meret heute zurückkommt.«

Philip grinste. »Eberhard von Regenstein war vorhin hier und bat mich um Antonias Hand.«

»Ist er verrückt geworden?«

»Genau das war mein erster Gedanke«, bestätigte Philip. »Ich habe ihm zunächst sehr freundlich und dann etwas bestimmter erklärt, dass das nicht infrage kommt. Tja, und dann wurde er unhöflich, und ich wurde noch unhöflicher.«

»Du hast ihn also vor die Tür gesetzt?«

»So kann man sagen.«

Lena nahm neben ihrer Tochter Platz. »War es wirklich so klug, ihn zu reizen?«

»Soll ich mich auf meiner eigenen Burg von einem Besucher bedrohen lassen? Noch dazu von Eberhard? Lena, ich bitte dich!«

»Eberhard ist nicht der Hellste«, meinte sie. »Und du weißt selbst, dass zornige Dummköpfe gefährlich werden können.«

»Was soll er schon tun?«, entgegnete Philip leichthin. »Schach.«

Antonia schlug seinen Läufer, der ihren König bedrohte.

Ihr Vater machte seinen Zug. »Und matt«, sagte er. »Du fällst immer wieder darauf herein.«

Antonia runzelte die Stirn. »Beim nächsten Mal schlage ich dich, Vater. Bietest du mir eine Revanche?«

»Heute nicht mehr. Morgen.«

Vor der Tür des Kaminsaals hörten sie Schritte.

»Das wird Meret sein!«, rief Lena erfreut.

»Vater!« Mit zornrotem Gesicht riss Rudolf die Tür auf. Gleich hinter ihm betraten Alexander und Stephan den Saal. Bei Stephans Anblick erschrak Antonia. Ein blutiger Riss über der Stirn, eine aufgeschlagene Lippe und eine angeschwollene Augenbraue zierten sein Gesicht.

Philip sprang auf. »Was ist geschehen?«

»Eberhard von Regenstein hat Meret entführt! Er hat noch freundlich gegrüßt, und als Stephan und Caspar an ihm und seinen Männern vorbeiritten, griff er sie unvermittelt an und ließ sie zusammengeschlagen. Dann ritt er mit Meret auf und davon. Wir sollten ihnen sofort nachsetzen!«

»Das hat im Augenblick wenig Sinn«, widersprach Alexander. »Als wir dazukamen, waren sie schon über alle Berge und haben inzwischen vermutlich bereits Burg Regenstein erreicht.«

Lena war blass geworden. »Er hat Meret entführt? Er hat es wirklich gewagt, Meret zu entführen?« Antonia hörte das Beben in der Stimme ihrer Mutter, die immer mehr anschwoll. »Wie konnte er es wagen, sich an meinem Kind zu vergreifen?«, schrie sie. »Wir haben keine Fehde mit den Regensteinern!«

»Jetzt haben wir sie wohl«, meinte Rudolf bitter.

»Nein«, widersprach sein Vater energisch. Antonia sah, wie sich seine Hände zu Fäusten ballten und wieder lösten. »Eine Fehde muss erklärt sein. Eberhard hat aus Wut gehandelt, weil ich ihm Antonias Hand verweigerte.«

»Antonias Hand?« Alexander starrte seinen Vater verblüfft an. »Ist er verrückt geworden?«

»Das haben wir uns auch alle gefragt«, gab Philip seufzend zu. »Wie auch immer, er will sich mit Merets Entführung für die Abfuhr rächen und uns demütigen.«

»Was gedenkst du zu tun?« Lena war zu ihrem Mann getreten. Die Entrüstung in ihrer Stimme war unüberhörbar. Vermutlich fehlte nicht viel, und sie hätte sich selbst in den Sattel geschwungen, um Burg Regenstein ganz allein zu erobern.

»Ich werde bei Herzog Leopold Klage gegen ihn erheben.«

»Und Meret?«, fragte Lena. »Was soll aus ihr werden, bis du deine Klage erhoben hast?«

»Er wird ihr nichts antun. Er will sie nur als Geisel in seiner Gewalt haben.«

»Und sie für Wochen, vielleicht sogar für Monate allein auf seiner Burg festhalten?«, rief Rudolf entrüstet. »Sie ist doch erst elf!«

»Was sollte ich denn eurer Meinung nach sonst tun?« Philips Blick flog zwischen seiner Frau und seinem Ziehsohn hin und her, und zum ersten Mal bemerkte Antonia seine Hilflosigkeit. »Regenstein belagern? Oder auf Knien um Merets Herausgabe bitten? Wenn es Sinn hätte, täte ich es, aber Eberhard würde mich nur auslachen und unannehmbare Forderungen stellen. Nein, ich kann die Regensteiner damit nicht so einfach durchkommen lassen. Ich erhebe Klage. Die Regensteiner haben schuldhaft den Frieden gebrochen. Herzog Leopold als unser beider Lehnsherr muss entscheiden.«

»Und er wird in deinem Sinn entscheiden«, bestätigte Lena. »Das Recht ist auf unserer Seite, und Leopold ist dein Freund. Aber ich mache mir dennoch Sorgen um Meret. Es kann lange dauern, bis du recht bekommst.«

»Wie ich schon sagte – Eberhard wird ihr nichts antun. Meret ist ein verständiges Mädchen. Sie wird es überstehen und weiß, dass wir alles für sie tun.«

Lena atmete tief durch. »Du reitest morgen in aller Frühe nach Schlanstedt. Ich will, dass du sofort Klage erhebst!«

»Nichts anderes als dies hatte ich vor.«

»Darf ich dich begleiten, Vater?«, bat Antonia. Philip nickte.

»Was ist mit mir?«, fragte Alexander.

»Du hältst mit Rudolf die Stellung. Ihr beide kümmert euch darum, dass die Feierlichkeiten zum Pfingstfest wie geplant verlaufen. Die Bauern von Alvelingeroth vertrauen darauf.«

Alexander nickte, und Rudolf verdrehte die Augen. Stephan stand noch immer stumm zwischen den Brüdern, das Gesicht hart und verschlossen. Empfand er tatsächlich Zorn und Entschlossenheit? Antonia war sich nicht sicher. Sie hatte eher den Eindruck, dass er nur mit Mühe seine Scham über die Niederlage verbarg.

»Wenn damit alles geklärt ist, kann ich mich zurückziehen«, schnaubte Rudolf. »Kommst du mit, Stephan?«

Der nickte und folgte Rudolf.

Antonia sah den besorgten Blick, mit dem ihre Mutter Rudolf musterte.

»Brennt das Feuer wieder in ihm?«, raunte sie ihrer Mutter zu. Sie wusste um deren Fähigkeit, die Seelenflamme in den Augen der Menschen zu sehen, den Lebensfunken, der zeigte, ob die Menschen mit sich im Reinen waren.

»Ich weiß nicht recht«, antwortete ihre Mutter ebenso leise. »Es könnte gewöhnlicher Zorn über die Niedertracht der Regensteiner sein. Aber womöglich ist es mehr.«

Antonia erschrak. »Du meinst, er verliert wieder das Gleichmaß?«

Lena seufzte. »Ich hoffe nicht. Wir könnten im Augenblick nichts weniger gebrauchen.«

4. Kapitel

In Rudolf brodelte es noch immer. Mochten sein Vater und Alexander auch recht haben, er konnte es nicht ertragen, zum Nichtstun verdammt zu sein. Und ein Blick in Stephans Augen verriet, dass es ihm genauso erging. Die Schmach, die Stephan durch die Regensteiner erlitten hatte, schrie geradezu nach Rache.

»Ich habe einen Plan«, sagte er zu Stephan, kaum dass sie den Kaminsaal verlassen hatten. »Wirst du mir helfen, Meret zurückzuholen?«

»Was hast du vor?«

»Nicht hier. Komm! Ich will nicht, dass Alexander etwas mitbekommt.«

Stephan verzog das Gesicht, und einen Moment lang zweifelte Rudolf. Hatte er Stephan vielleicht doch falsch eingeschätzt? Er kannte ihn als einen Mann, der nicht lange fackelte, sondern tat, was er für richtig hielt. So wie vor sechs Jahren, als Stephan mit seinem Bruder Thomas voller Übermut ausgerückt war, um sich dem Kreuzzugsaufruf des französischen Königs Ludwig IX. anzuschließen, weil ihr Vater nicht genügend Geld hatte, um ihnen die Ausbildung zum Ritter zu ermöglichen.

»Gehen wir in meine Kammer! Dann erzähle ich dir alles.«

Stephan nickte und folgte ihm. Rudolf atmete auf.

»Ich will heute noch nach Burg Regenstein«, sagte er, als sie in der Stube saßen.

»Es wird bald dunkel«, warf Stephan ein. »Wir können nicht mehr viel ausrichten.«

»Ich will die Burg nicht erobern. Ich will mich Eberhard als Austauschgeisel für Meret anbieten.«

Stephan zog zweifelnd die Brauen hoch. »Und dann?«

»Du bringst Meret wohlbehalten zurück nach Birkenfeld. Wenn ich sie in Sicherheit weiß, wird mir schon etwas einfallen, Eberhard und seinem Vater ein Schnippchen zu schlagen.«

»Und wenn nicht?«

»Dann lasse ich es mir auf Burg Regenstein gut gehen, bis Vaters Klage Erfolg hat. Mir macht das nichts aus. Aber ich will Meret in Sicherheit wissen.«

»Und wenn die Regensteiner nicht darauf eingehen?«

»Dann haben wir auch nichts verloren.«

»Denk daran – sie sind ehrlos.«

»Vater meint, Eberhard habe aus unüberlegter Wut gehandelt. Möglicherweise geht er auf meinen Handel ein, um ein bisschen Ehre zurückzugewinnen.«

Stephan runzelte die Stirn. »Ich halte nicht viel davon.«

»Dann wirst du mich nicht begleiten?«

»Das habe ich nicht gesagt.«

»Du kommst also mit?«

»Ja.«

»Gut. Dann lass uns alle Vorbereitungen treffen. Ich brauche unter anderem ein langes Seil ...«

Eine gute Stunde später verließen die beiden heimlich die Burg. Für einen Moment flammte das schlechte Gewissen in Rudolf auf, weil er sich nicht von seiner Familie verabschiedet hatte. Aber er fürchtete, dass sie ihn zurückgehalten hätte. Er hatte den Blick seiner Mutter bemerkt, als er zornig den Kaminsaal verlassen hatte. So sah sie ihn immer nur an, wenn sie um sein Gleichmaß fürchtete. Es war lange her, dass er zuletzt in die Dunkelheit gestürzt war, und noch länger, dass er auf den Wogen des Glücks geritten war und sich für unbesiegbar gehalten hatte. Rudolf seufzte. Dies war der Fluch, den er von seiner leiblichen Mutter geerbt hatte. Er war machtlos, selbst wenn er mit aller Kraft dagegen ankämpfte. Doch an diesem Tag war es anders. Ihn trieben lediglich die Sorge um Merets Wohlbefinden und der Zorn auf die Regensteiner an.

Kurz vor Einbruch der Dunkelheit erreichten sie Burg Regenstein. Rudolf überlegte kurz, ob er es Stephan und Meret wirklich zumuten sollte, noch an diesem Abend nach Birkenfeld zurückzukehren. Nun, sollten die Regensteiner auf sein Angebot eingehen, käme es auf einen Tag mehr oder weniger nicht an. Und eigentlich gab es keinen Grund, sein Anerbieten abzulehnen. Geisel war schließlich Geisel, und es war nicht ehrenhaft, ein Kind festzuhalten.

Burg Regenstein lag auf einer Anhöhe, die jedem Angriff widerstand. Es führte ein einziger Pfad hinauf, die drei anderen Seiten gingen in steiles Felsgestein über. Die Burg thronte so hoch über den Wäldern, dass von dort aus die Kirchturmspitzen von Halberstadt und Blankenburg zu erkennen waren. Kein Wunder, dass die Regensteiner sich in ihrer Festung so sicher fühlten.

»Sie haben die Zugbrücke hochgezogen«, stellte Rudolf fest.

»Sie haben ihre Gründe«, entgegnete sein Gefährte schwer atmend. Auch wenn er es verbergen wollte, litt Stephan ganz offenkundig Schmerzen. Die Folgen des Überfalls waren schwerwiegender, als er zugab. Einen Augenblick lang fragte Rudolf sich, ob er nicht zu viel von Stephan gefordert hatte. Andererseits war Stephan ein erfahrener Krieger. Er wusste, was er konnte und was nicht.

»Heda!«, rief Rudolf zu den Wachtposten hinauf. »Wir verlangen, den Burgherrn zu sprechen.«

»Wer seid Ihr?«, fragte einer der Männer zurück.

»Rudolf von Birkenfeld. Ich verlange, auf der Stelle vorgelassen zu werden!«

Eine Weile tat sich gar nichts.

Stephan lehnte sich im Sattel vor und schätzte die Umgebung mit seinen Blicken ab.

»Wonach suchst du?«, fragte Rudolf.

»Nach Schwachstellen.«

»Und hast du welche entdeckt?«

Stephan schüttelte den Kopf. »Fluchtwege gibt es hier kaum.«

»Solange Meret in Sicherheit ist, ist mir das gleich.«

Nach geraumer Weile wurde das kleine Manntor neben der Zugbrücke geöffnet. Es war so schmal, dass die Reiter absteigen und die Pferde führen mussten.

Im Hof wurden sie von fünf Waffenknechten erwartet.

»Gebt uns Eure Waffen!«

Rudolf und Stephan tauschten einen raschen Blick aus. Die Waffen zu fordern war eine Beleidigung.

»Ist das hier so üblich?«, fragte Rudolf.

»Nur für Birkenfelder.« Der Mann grinste dreckig.

»Aha. Nun, die Regensteiner werden schon wissen, warum sie uns fürchten«, entgegnete Rudolf gelassen. Dann öffnete er seinen Waffengurt und übergab ihn samt Schwert und Dolch.

»Hoffentlich bekommen wir unsere Waffen unversehrt zurück, wenn wir gehen.«

»Sicher, wir sind keine Diebe.«

Stephan zögerte einen Augenblick lang, dann löste auch er seinen Waffengurt.

Man führte sie ins Innere der Burg. Rudolf war noch nie auf Regenstein gewesen. Verwundert stellte er fest, dass ein Teil der Burg unmittelbar in den Fels geschlagen war. Ganz so, als hätte man alte Höhlen in die rechte Form gebracht und Fenster und Türöffnungen hineingemeißelt. Die Besucher wurden in einen jener absonderlichen Höhlenräume geführt. In die rohen Wände hatte man eiserne Halterungen geschlagen, in denen Talglichter steckten und ein schwaches Licht spendeten. Hirschfelle verdeckten notdürftig den kalten Stein.

Rudolf runzelte die Stirn. Sollte dieser rustikale Wandbehang von den Jagdkünsten der Regensteiner zeugen? Dafür sprach auch das große Bärenfell, dem man den Kopf belassen hatte und das in der Mitte des Raums auf dem Boden lag. Die einzigen Möbelstücke bestanden aus vier Scherenstühlen. Obwohl bereits Juni, war es in diesem Raum empfindlich kühl.

Stephan setzte sich so lässig auf einen der Stühle, als wolle er den Waffenknecht herausfordern, der sie begleitete. Rudolf jedoch wusste, dass es Stephan schwerfiel, länger zu stehen. Er folgte Stephans Beispiel und nahm ebenfalls Platz.

Der Waffenknecht blieb mit unbewegter Miene am Eingang stehen.

Wieder verging einige Zeit. Niemand sagte ein Wort.

Natürlich ließ Eberhard sie warten. Er wollte sich für seine Zurückweisung rächen. Rudolf hatte nichts anderes erwartet. Und er begriff, warum sein Vater nicht sofort nach Burg Regenstein aufgebrochen war. Eberhard hätte die Situation genossen und ihn nur gedemütigt. Womöglich hätte er ihm erlaubt, Meret zu sehen, ihr zugleich aber klargemacht, dass ihr Vater nichts für sie tun konnte. Nein, es war schon besser, dass Vater Klage gegen die Regensteiner erheben wollte.

Rudolf atmete tief durch. Er hingegen hatte jede Freiheit. Er konnte sich als Austauschgeisel anbieten. Er verlor dabei nicht sein Gesicht, ganz gleich, was geschah. Der Einzige, der seine Ehre verlieren konnte, war Eberhard. Wenn er nicht auf den Austausch einging.

Endlich betrat ein Mann den düsteren Raum. Er kam Rudolf irgendwie bekannt vor, auch wenn er nicht sagen konnte, ob er ihm tatsächlich schon einmal begegnet war. Der Mann mochte um die dreißig sein, war schlank, hatte breite Schultern, dunkelbraunes Haar und einen sorgsam gestutzten Vollbart. Sein dunkelblauer Bliaut war schlicht, aber aus gutem Stoff.

Rudolf warf Stephan einen kurzen Blick zu. Zwischen dessen Brauen hatte sich eine tiefe Falte gegraben.

»Sieh an, Herr Rudolf von Birkenfeld.« Der Mann grinste selbstgefällig und erinnerte Rudolf an Eberhard. »Und wie ich sehe, seid Ihr nicht allein gekommen.« Sein Blick blieb auf Stephan hängen, aber er sagte nichts weiter.

Rudolf erhob sich. »Ich verlange mit Graf Ulf von Regenstein zu sprechen.«

»Verlangt Ihr. So, so. Nur leider habt Ihr hier nichts zu verlangen. Ihr könnt höchstens bitten.«

In Rudolf brodelte es erneut, doch er beherrschte sich. »Nun gut. Dann bitte ich eben in aller Form darum, dem wohledlen Grafen von Regenstein vorgestellt zu werden, um mit ihm über Geschäfte zu sprechen.«

»Seid Ihr dazu befugt?«

»Natürlich ist er das«, bemerkte Stephan. Rudolf warf ihm einen erstaunten Blick zu. Gewöhnlich ergriff Stephan nie von sich aus das Wort. »Er ist schließlich kein Bastard, Herr Meinolf.«

Meinolf! Rudolf horchte auf. War das etwa Meinolf von Brack, der illegitime Halbbruder von Eberhard? Rudolf hatte schon einiges über ihn gehört.

Meinolfs Züge verhärteten sich. »Noch so ein Wort, Narbengesicht, und ich sorge dafür, dass deine Fresse wieder symmetrisch wird.«

Stephan erhob sich und trat auf Meinolf zu. »Versuch es, wenn du unbedingt sterben willst.«

Unwillkürlich wich Meinolf zurück. Rudolf konnte diesen Schritt gut verstehen, klang Stephans Stimme doch so kalt, dass auch ihm ein Schauer über den Rücken lief. Einen Augenblick lang schien es, als liege ein Kampf in der Luft. Rudolf beobachtete, wie sich die Muskeln beider Männer anspannten.

»Wartet hier!«, knurrte Meinolf schließlich und ging.

Stephan setzte sich wieder.

»Du kennst ihn?«, fragte Rudolf.

Stephan nickte.

»Gut?«

»Nein.«

»Aber gut genug, um ihn zum Schweigen zu bringen?«

»Ja.«

Jeder andere Mann hätte triumphierend gelächelt, doch Stephans Miene blieb unbewegt.

Wieder verstrich Zeit. Rudolf wurde ungeduldig, aber er verbarg seine Gefühle hinter einer gleichmütigen Maske. Dabei dachte er darüber nach, wann und wo Stephan Meinolf von Brack wohl schon einmal begegnet sein mochte. War es vor seinem Aufbruch ins Heilige Land geschehen? Oder nach seiner Rückkehr? Er hätte ihn gern gefragt, aber zum einen stand da immer noch der Regensteiner Waffenknecht wie eine reglose Statue, zum anderen war Rudolf sich ziemlich sicher, dass Stephan ihm ohnehin nicht viel erzählt hätte.

Endlich kehrte Meinolf von Brack zurück.

»Der Burgherr ist bereit, Euch zu empfangen«, sagte er kühl. Rudolf und Stephan erhoben sich.

»Dich nicht.« Meinolf trat Stephan in den Weg. »Der Graf von Regenstein pflegt nur mit seinesgleichen zu sprechen.«

»Ah, deshalb schickt er dich also wie einen Botenjungen«, entgegnete Stephan trocken. Rudolf verbiss sich ein Grinsen, als er hörte, wie Meinolf mit den Zähnen knirschte. Er hatte gar nicht gewusst, dass Stephan so schlagfertig sein konnte.

»Du kannst dankbar sein, dass ich dich nicht sofort aus der Burg jagen lasse«, zischte Meinolf. »Jeder weiß doch, dass die Cattenstedts ein Haufen von Habenichtsen sind, für die sich jeder anständige Ritter schämen muss.«

»Auch die, deren Mütter Leibeigene waren?«

Ein Zucken lief durch Meinolfs Körper. Schon hob er die Fäuste, um Stephan anzugreifen, doch dann begnügte er sich mit einem verächtlichen Schnauben.

»Folgt mir!«, sagte er zu Rudolf und ging.

Meinolf führte Rudolf über enge Treppen, die anscheinend ebenfalls in den Fels geschlagen worden waren, bis sie in einen Bereich kamen, in dem gemauerte Wände und hölzerne Stiegen ein wohnlicheres Gefühl vermittelten. Der Gang wurde breiter, und Meinolf öffnete eine Tür, die in den Kaminsaal führte. Obwohl der Kamin unbeheizt war, war es in diesem Raum deutlich wärmer als in der seltsamen Höhle, in der sie gewartet hatten. Statt Tierfellen hingen Wandteppiche über den weiß verputzten Mauern, und in den Leuchtern, die an den Wänden befestigt waren, steckten echte Wachskerzen.

Eberhard und sein Vater Ulf, der Graf von Regenstein, saßen an einem massiven Eichentisch, auf dem eine Karaffe Wein und mehrere Pokale standen.

»Sieh an«, sagte Eberhard. »Ich hätte nicht gedacht, dass Herr Philip ausgerechnet Euch schickt.«

»So? Warum nicht?«

»Ich hätte erwartet, dass er selbst kommt.«

Rudolf verschränkte die Arme vor der Brust und blieb vor dem Tisch stehen. »Ihr habt den Landesfrieden gebrochen, indem Ihr meine Schwester geraubt habt.«

»Eigentlich habe ich ihr nur die Gastfreundschaft der Regensteiner angeboten, nachdem Euer Vater sie unfähigen Männern anvertraute. Aber wollt Ihr Euch nicht setzen?«

Zögernd nahm Rudolf Platz.

»Mögt Ihr Wein?«, fragte Eberhard übertrieben liebenswürdig. Ohne auf Rudolfs Antwort zu warten, schenkte er ihm ein.

Rudolf rührte den Pokal nicht an. Sein Blick wanderte zwischen Eberhard und dessen Vater hin und her. Er kannte die alte Feindschaft, die seinen Vater mit Ulf von Regenstein verband. Doch seit er denken konnte, war es zu keinerlei Übergriffen gekommen. Rudolf erinnerte sich an drei Turniere, in denen sie aneinandergeraten waren, aber die Zerwürfnisse waren in der Turnierbahn ausgetragen worden. Zweimal erfolgreich gegen Ulf, einmal gegen Eberhard.

»Ich möchte Euch bitten, meine Schwester freizugeben. Sie ist noch ein Kind, und es steht einem Ehrenmann nicht an, Streitigkeiten auf Kosten einer Elfjährigen auszutragen.«

»Warum sollten wir auf einen Vorteil verzichten?«

»Weil es ehrlos ist, Kinder festzuhalten.«

»Ehrlos?«, donnerte Ulfs Stimme durch den Saal. »Ihr maßt Euch an, das Verhalten meines Sohns als ehrlos zu bezeichnen?«

»Das tue ich.«

»Für einen Bittsteller seid Ihr recht vorlaut«, bemerkte Eberhard und trank einen Schluck Wein. »Wollt Ihr nicht kosten? Ich glaube kaum, dass Ihr auf Burg Birkenfeld so guten Wein habt.«

»Glaubt Ihr wirklich, ein Unrecht wird zum Recht, nur weil Ihr mir einen Becher Wein anbietet?«

Eberhard und Ulf lachten.

»Nun, wenn Ihr nicht wollt. Meinolf sagte, Ihr wolltet uns ein Geschäft vorschlagen. Was ist Euer Vater bereit, für die Rückkehr seiner Tochter zu zahlen?«

»Wenn Ihr sie noch heute freigebt, ist er bereit, auf eine Klage gegen Euch zu verzichten.«

»Er will also Klage gegen uns erheben?« Ulf musterte Rudolf mit verächtlichem Blick. »Nun, da bin ich aber gespannt, wie er die Klage durchsetzen will. Womöglich will er unsere Burg belagern?«

»Ich bin mir sicher, Herr Rudolf wird uns noch etwas Besseres anbieten«, war Meinolfs Stimme aus dem Hintergrund zu hören.

Rudolf wandte sich um und wunderte sich, warum Meinolf mit einem zufriedenen Grinsen an der Wand lehnte, anstatt sich zu ihnen an den Tisch zu setzen.

»Ist das so?«, fragte Ulf. »Dann heraus damit!«

»Es geht mir vor allem um meine Schwester«, erwiderte Rudolf. »Sie ist noch ein Kind. Ich bitte Euch, sie freizugeben. Ich bin bereit, an ihrer Stelle als Geisel zu bleiben, bis Ihr Eure Streitigkeiten mit meinem Vater geklärt habt.«

»Wie überaus großmütig«, sagte Eberhard. »Da gibt es nur eine Schwierigkeit.«

»Die wäre?«

»Wir haben mit Eurem Vater gar keinen Streit.«

»Was?«

Eberhard grinste. »Euer Vater ist tot. Ich meine, Euer richtiger Vater. Und ich bin mir nicht so sicher, ob wir wirklich einen guten Tausch machen. Ein leibliches Kind gegen einen Ziehsohn.«

»Mein Vater hat nie einen Unterschied gemacht. Ich bin als Geisel ebenso wertvoll wie meine Schwester.«

»Warum schickte er dann Euch und nicht Alexander, seinen Erben?«

»Er hat mich nicht geschickt. Ich bin aus eigenem Antrieb gekommen.«

»So? Das heißt, er weiß gar nicht, dass Ihr hier seid?«

»Geht Ihr nun auf meinen Vorschlag ein oder nicht?«

Eberhard und sein Vater tauschten einen Blick.

»Wir kommen Euch entgegen«, sagte Eberhard schließlich. »Wir nehmen Euer Angebot an.«

»Dann lasst meine Schwester gehen. Stephan von Cattenstedt wird sie nach Hause bringen.«

»Davon war nicht die Rede. Ich sagte, wir nehmen Euer Angebot an, uns als Geisel zu dienen. Eure Schwester behalten wir trotzdem.«

»Was?« Rudolf sprang auf. »Ihr wagt es …«

Auch Eberhard und Ulf waren aufgesprungen, und plötzlich spürte Rudolf den Druck einer Klinge im Rücken. »Schön ruhig bleiben.« Meinolf! Deshalb war der Halunke stehen geblieben. »Wir wollen doch nicht, dass jemand verletzt wird, oder?«

Rudolf atmete tief durch, dann setzte er sich wieder.

»So ist es gut«, lobte Meinolf, und der Druck der Klinge ließ nach.

»Ihr seid ehrloser, als ich dachte«, zischte Rudolf.

»Wollt Ihr nicht doch einen Schluck Wein zur Beruhigung trinken?« Eberhard hielt ihm den Pokal auffordernd hin. Am liebsten hätte Rudolf ihm das Gefäß aus der Hand gerissen und den Inhalt über den Kopf gegossen, doch er riss sich zusammen.

»Also gut«, sagte er, nahm den Pokal und trank einen Schluck. »Habt Ihr wenigstens genügend Anstand, dass ich meine Schwester sehen darf?«

»Wir sind keine Unmenschen«, sagte Ulf. »Meinolf, bring ihn in den Turm zu seiner Schwester!«

»Nach Euch«, sagte Meinolf, das Schwert noch immer in der Hand.

5. Kapitel

Seit Meinolf aufgetaucht war, spürte Stephan ein Grummeln im Bauch. Meinolf war hinterhältig. Hinterhältiger als jeder andere aus der Regensteiner Brut. Von Anfang an hatte Stephan Rudolfs Plan für gewagt gehalten, aber darin die einzige Möglichkeit gesehen, Meret möglichst schnell nach Hause zu bringen. Deshalb war er Rudolf gefolgt, auch wenn er jeden Knochen im Leib spürte. Er kannte diesen Schmerz bereits. Bei der Eroberung von Damiette vor fünf Jahren war er von einer Mauer gestürzt und hatte sich zwei Rippen gebrochen. Aber genau wie damals unterdrückte er den Schmerz. Es gab Wichtigeres.

Er lehnte sich auf dem Stuhl zurück und beobachtete aus halb geschlossenen Lidern den Waffenknecht, der auch nach Rudolfs Fortgang weiterhin am Eingang wachte. Was befürchteten die Regensteiner? Dass zwei unbewaffnete Männer im Handstreich ihre Burg übernahmen?

Schritte vor der Tür. Der Waffenknecht wandte sich um. Meinolf von Brack kehrte zurück. Ohne Rudolf und ohne Meret.

»Es wird Zeit, dass du verschwindest«, sagte er zu Stephan.

Stephan blieb ungerührt sitzen.

»Hast du nicht gehört?

»Wo ist Rudolf?«

»Der bleibt hier.«

»Wo ist Fräulein Meret?«

»Die bleibt auch hier.« Meinolf grinste bösartig.

Hätte Stephan keine Schmerzen gehabt, wäre er wütend aufgefahren, aber so blieb er einfach sitzen. »Ist das so?«

Zufrieden stellte er fest, dass sein Verhalten Meinolf verwirrte.

»Richte dem Grafen von Birkenfeld aus, dass seine Tochter und sein Ziehsohn so lange hierbleiben, bis er ein anständiges Lösegeld zahlt.«

Stephan erhob sich. »Das werde ich ihm ausrichten.«

»So fügsam? Mir scheint, du hast deinen Biss verloren.«

»Ein Ritter streitet nicht mit den Kindern von Leibeigenen.«

Meinolfs Gesicht verfärbte sich rot. »Du …«

»Ja?«, schnitt Stephan ihm das Wort ab. »Hast du mir noch etwas zu sagen?«

»Du hast Glück, dass mein Vater dich als Boten braucht. Sonst würdest du Burg Regenstein nicht mehr lebend verlassen.«

»Natürlich.«

»Ich warne dich, Stephan von Cattenstedt, du solltest meine Worte lieber ernst nehmen.«

»Selbstverständlich.«

»Bring ihn zu seinem verdammten Gaul!«, brüllte Meinolf dem wartenden Waffenknecht zu.

Stephan folgte dem Mann, doch in der Tür wandte er sich noch einmal um. »Auf Wiedersehen, Herr Meinolf.«

Mittlerweile war es dunkel geworden. Hätte Stephan Meret bei sich gehabt, hätte er die Nacht bei seinem Vater auf Gut Cattenstedt verbracht, das auf halbem Weg zwischen Regenstein und Birkenfeld lag. Aber er war allein und wollte Graf Philip so rasch wie möglich über die jüngsten Ereignisse in Kenntnis setzen. Auch wenn es ihn mit tiefer Scham erfüllte, erneut versagt zu haben.

Die Pechfackel spendete gerade genügend Licht, dass er den Pfad erkannte. Zum Glück hatte er noch zwei weitere Fackeln in seiner Satteltasche. Unter diesen Bedingungen würde er wohl gut zwei Stunden brauchen, um Birkenfeld zu erreichen.

Allerlei Nachtfalter umschwirrten sein Licht, in der Ferne hörte er einen Wolf heulen. Das störte ihn nicht weiter. Zu oft war er durch die Hölle geschritten, um noch Angst zu kennen. Dennoch kostete es ihn einige Überwindung, nicht den Pfad nach Cattenstedt einzuschlagen, sondern auf dem Weg nach Birkenfeld zu bleiben. Jeder Atemzug schmerzte – er war sich sicher, dass mindestens eine Rippe gebrochen war. Sein Pferd schnaubte. Mit der freien Hand tätschelte er ihm den Hals. Ein arabisches Vollblut, nicht so stämmig wie die einheimischen Pferde, dafür überaus schnell und wendig. Einen Moment lang schweiften seine Gedanken ab, zurück in jene Zeit, da es ihn zum ersten Mal aus Todesgefahr getragen hatte. Doch sofort unterdrückte er die alten Erinnerungen. Es gab Erlebnisse, an die wollte er nie mehr denken.

Er lauschte in die Nacht hinaus. Dem Heulen des ersten Wolfs hatte sich ein zweiter angeschlossen. Irgendwo bellte ein

Hund. Vermutlich gehörte er zu einer der Köhler- oder Holzfällerhütten, die überall im Wald verstreut lagen.

Auf einmal war er froh, dass er Meret diesen Ritt nicht zumuten musste. Gewiss, für ein elfjähriges Mädchen war sie ausgesprochen verständig, sie hatte nicht einmal geschrien, als Eberhard sie entführt hatte. Aber der dunkle Wald übte eine Macht aus, die jeden in Angst und Schrecken versetzte. Jeden außer ihn. Das war der einzige Vorteil, wenn die eigene Seele von dunklen Dämonen beherrscht wurde. Kein äußerer Schrecken konnte schlimmer sein.

Endlich tauchten vor ihm die Lichter von Burg Birkenfeld auf. Er unterdrückte den Wunsch, sein Pferd zu schnellerer Gangart anzutreiben. Zu leicht konnte es bei Dunkelheit einen Fehltritt tun und sich ein Bein brechen.

Das Tor war längst geschlossen, doch auf sein Rufen hin wurde ihm das kleine Manntor geöffnet.

»Stephan?« Nikolaus, der um diese Zeit zur Wache eingeteilt war, starrte den Ankömmling an, als wäre er ein nächtliches Gespenst. »Wo warst du?«

»Unterwegs.«

»Herr Philip hat nach Rudolf und dir gesucht. Weißt du, wo Rudolf ist?«

»Ja.«

»Wo?«

Stephan reichte Nikolaus die Fackel und stieg vom Pferd.

»Bring ihn in den Stall!«, verlangte er, während er Nikolaus auch die Zügel übergab. »Ich muss mit Herrn Philip sprechen.«

»Wegen Rudolf?«

»Bring das Pferd in den Stall!«, wiederholte Stephan. Dann machte er sich auf den Weg zur Hauptburg.

Aus dem Kaminsaal drang noch Licht. Stephan wollte tief durchatmen, doch der Schmerz war kaum erträglich. Verfluchte Rippe! Er fasste sich ein Herz und klopfte an.

Graf Philip und sein Sohn Alexander saßen am Tisch vor dem Kamin und musterten ihn schweigend.

»Ich bringe keine guten Neuigkeiten«, sagte er. Lange Ausflüchte waren nie sein Fall gewesen. »Rudolf und ich waren auf Burg Regenstein.«

»Auf Burg Regenstein?« Die Gesichtszüge des Grafen verhärteten sich. Das versteckte Lächeln, das seinen Blick sonst immer umspielte, war gänzlich verschwunden. »Was hattet ihr dort zu suchen?«

Stephan schluckte. »Rudolf hatte gehofft, Meret freizubekommen, wenn er sich an ihrer Stelle als Austauschgeisel anböte.«

»Und?«

Stephan senkte den Blick. »Sie haben Rudolf zum Bleiben gezwungen, aber Meret nicht freigegeben. Ich soll Euch ausrichten, dass sie die beiden so lange festhalten werden, bis Ihr bereit seid, ein anständiges Lösegeld zu zahlen.«

»Diese ehrlosen Schurken!« Alexander sprang auf. »Wie können sie es wagen?«

Sein Vater schüttelte nur den Kopf. »Alles andere hätte mich überrascht. Die Regensteiner kennen keine Ehre.«

»Wie lauten Eure Anordnungen?«, fragte Stephan.

»Meine Anordnungen?« Philip musterte ihn. »Wie wäre es, wenn du zu Bett gehst?«

»Zu Bett?«

»Es ist schon spät.«

»Ja, aber …«

»Du siehst so aus, als hättest du es nötig.«

»Ja, aber …«

»Schon gut. Ihr hattet nur Merets Wohl im Sinn, du und Rudolf. Ihr konntet nicht mit der Hinterlist der Regensteiner rechnen.«

»*Ihr* habt damit gerechnet«, gab Stephan kleinlaut zu.

Philip nickte. »Das habe ich. Doch ich hätte mich irren

können. Einen Versuch war es wohl wert. Geh zu Bett, Stephan!«

Stephan hob die Schultern, nickte und zog sich zurück. Er wusste nicht so recht, was er erwartet hatte. Vorwürfe? Vielleicht. Aber auf keinen Fall diesen niedergeschlagenen Blick des Grafen, der ihn trotz allem so verständnisvoll zu Bett schickte. Das machte die Scham über sein Versagen nur noch schlimmer. Hätte er Rudolf zurückhalten können? Gewiss, wenn er dem Gefährten nicht so bereitwillig gefolgt wäre. Aber dann hätte er sich vorgeworfen, nicht alles versucht zu haben.

Seine Kammer lag in einem der Fachwerkhäuser der Vorburg. Anders als die Waffenknechte, die sich zu viert einen Raum teilten, genoss er als ritterlicher Vasall den Vorzug einer eigenen Schlafstube im Haus des Burghauptmanns Witold.

Witold war noch wach. »Wir haben uns Sorgen gemacht«, sagte er.

»Aha.«

»Der Graf hat nach dir und Rudolf gesucht.«

»Ich weiß.«

»Und?«

»Gute Nacht, Witold.« Stephan schritt an ihm vorbei in seine Kammer. Einen Moment lang flammte tatsächlich so etwas wie ein schlechtes Gewissen auf, weil er den alten Burghauptmann einfach stehen ließ. Der war stets freundlich zu ihm, hatte ihn wie den Sohn, den er nie gehabt hatte, in seinem Haus aufgenommen. Drei Töchter hatte Witold, zwei von ihnen waren längst verheiratet, nur die jüngste lebte noch bei ihm und seinem Weib. Aber ganz gleich, was Witold dachte, Stephan war nicht in der Stimmung, ein weiteres Wort mit wem auch immer zu wechseln.

6. Kapitel

Rudolf, bitte tu's nicht!« Meret sah ihren Bruder mit großen, flehenden Augen an. »Du wirst in den Tod stürzen!«

»Unsinn.« Er lächelte seiner kleinen Schwester aufmunternd zu und verknotete das Seil am Fensterkreuz. Es hatte sich gelohnt, ein Seil mit in die Burg zu schmuggeln, das er sich um den bloßen Oberkörper gewunden und unter der Kleidung verborgen hatte. Die Länge reichte aus, um sich von einem Fenster in das daruntergelegene zu hangeln. Wären die Regensteiner auf seinen Vorschlag eingegangen, dann wäre er inzwischen vermutlich schon auf dem Weg in die Freiheit gewesen.

»Und was versprichst du dir davon?« Die Elfjährige sah ihn vorwurfsvoll an. Den Blick hatte sie zweifellos von ihrer Mutter, der sie wie aus dem Gesicht geschnitten war.

»Ich will mich ein wenig in der Burg umsehen. Vielleicht entdecke ich einen Fluchtweg.«

»Und wenn du abstürzt, bin ich ganz allein.«

»Ich stürze nicht ab. Vertrau mir!« Er strich ihr über das Haar. Meret verdrehte die Augen und setzte sich auf ihre Bettstatt. Rudolf hatte nicht erwartet, dass man ihn tatsächlich zu seiner Schwester sperren würde. Ihm war es vor allem darum gegangen, sie zu sehen und ihr Mut zuzusprechen. Doch Meinolf hatte es sich nicht nehmen lassen, ihn zu verhöhnen. »Jemand, der sich so blauäugig gefangen nehmen lässt, gehört in die Mädchenkemenate«, hatte er gesagt und spöttisch gelacht. Rudolf hatte ihn nur gleichmütig angesehen, aber innerlich triumphiert. Wenn er mit Meret zusammen war, vereinfachte das vieles. Zwar war die Tür zum Turmzimmer verschlossen, aber darin sah Rudolf kein Hindernis, solange es ein Fenster gab und er das Seil besaß. Meret konnte ihm auf diesem Weg zwar nicht folgen, aber darum ging es nicht. Er hatte Zeit. Er wollte wissen, wo er war. Und die Nächte waren wie geschaffen für heimliche Rundgänge.

Ein letztes Mal prüfte er den Knoten und die Festigkeit des Seils, dann stieg er aus dem Fenster. Meret hielt sich entsetzt die Augen zu.

»Du übertreibst«, sagte er kopfschüttelnd.

Die Nacht war sternenklar. Rudolf ließ den Blick über die finsteren Wälder schweifen, die den Berggrat umgaben. In der Ferne sah er vereinzelte Lichter blitzen. Halberstadt. Dann warf er einen Blick auf das Fenster unter sich. Es war dunkel, vermutlich ein leerer Raum. Möglicherweise unverschlossen. Ein idealer Ausgangspunkt für seine Erkundungsgänge.

Er stützte sich mit den Füßen an der Mauer ab, während er sich langsam an dem Seil hinunterließ, den Blick auf die Mauer vor sich gerichtet. Endlich hatte er das Sims des nächsten Fensters erreicht. Erst jetzt erkannte er, dass ein hölzerner Laden die Fensteröffnung verschloss. Vorsichtig stieß er dagegen. Nichts rührte sich. Der Fensterladen war von innen verriegelt. Mit der linken Hand angelte Rudolf sein kleines Messer aus dem Stiefel. Die Regensteiner waren dumm. Sie hatten geglaubt, ihn zu übertölpeln, und hatten versäumt, ihn nach versteckten Waffen zu durchsuchen.

Behutsam schob er die Messerklinge durch die Ritze des Ladens, fasste den Riegel, schob ihn hoch und öffnete das Fenster. Zu seiner großen Überraschung brannte ein Licht in dem Raum. Er überlegte kurz, ob er sich wieder zurückziehen sollte, doch es war zu spät.

»Wer seid Ihr?«, rief eine wütende Frauenstimme. »Und was wollt Ihr hier?«

Rudolf schluckte. Eine blonde Jungfer mit zornblitzenden Augen stürmte ihm so heftig entgegen, dass er befürchtete, gleich rückwärts vom Sims zu stürzen.

»Ähm …«, er räusperte sich. »Guten Abend.«

»Guten Abend?«, fuhr sie ihn an. »Ist das alles? Ich verlange eine Erklärung.« Dann erst bemerkte er den Schürhaken in ihrer Hand, den sie drohend erhoben hatte. Unwillkürlich packte Rudolf das Seil fester, um ihr im Notfall ausweichen zu können.

»Ich dachte, dieses Gemach sei unbewohnt.«

»Und dann wagt Ihr es, durchs Fenster zu kommen? Dafür gibt es eine andere Öffnung, mein Herr.« Sie wies auf die Tür.

»Darf ich vielleicht trotzdem hineinkommen, bevor ich hier draußen das Gleichgewicht verliere?«

»Das wäre ja noch schöner.«

»Dass ich das Gleichgewicht verliere?«

»Dass Ihr meine Kemenate betretet! Ich sollte die Wächter rufen! Mein Vater wird Euch dafür zur Rechenschaft ziehen.«

Rudolf musterte die Jungfer eingehend. Sie war recht hübsch, wenngleich sehr zornig. Die tiefe Falte auf ihrer Stirn erinnerte ihn an Eberhard. War sie Eberhards Tochter Sibylla? Er war ihr nie begegnet.

»Falls Euer Vater Herr Eberhard ist, ruft ruhig die Wachen. Wisst Ihr, meine Familie hatte heute schon genügend Ärger mit ihm, da erschüttert mich nichts mehr.«

»Wer seid Ihr?« Die Zornesfalte auf ihrer Stirn glättete sich ein wenig.

»Gestattet, Rudolf von Birkenfeld. Ich wohne derzeit ein Stockwerk über Euch. Nur leider hat man mir keinen Schlüssel für die Stube hinterlegt, sodass ich nach anderweitigen Wegen suche.«

»Rudolf von Birkenfeld«, wiederholte sie und senkte den Schürhaken. »Ich habe von Euch gehört.«

»Ich hoffe, nur Gutes.« Er versuchte, etwas sicherer auf dem Sims zu knien.

»Ach, verdammt, dann kommt schon herein!«, fuhr sie ihn an. »Nicht, dass ich Euch tatsächlich noch mit zerschmetterten Gliedern vor meinem Fenster sehen muss.«

»Eine weise Entscheidung, wohledles Fräulein«, erwiderte er und folgte ihrer Aufforderung. »Wenngleich mich Eure Ausdrucksweise nicht wenig überrascht.«

»Sie ist angemessen einem Mann gegenüber, der nicht die Tür benutzt.«

»Und wollt Ihr immer noch die Wächter rufen?«

»Derzeit erscheint Ihr mir nicht sonderlich bedrohlich. Oder muss ich mich vor Euch fürchten, Herr Rudolf?«

»Das müsstet Ihr höchstens, wenn Ihr ein Rehbock wärt. Oder ein Hirsch. Als Fasan nicht so sehr, die treffe ich selten.«

Sie kicherte. »Seht Ihr mich etwa als Geflügel?«

»Fräulein Sibylla – Ihr seid es doch, nicht wahr?«

Sie nickte.

»Fräulein Sibylla, nie gäbe ich einem weiblichen Wesen Anlass, mich zu fürchten, ganz im Gegenteil. Ich halte es strikt mit den ritterlichen Tugenden.«

»Mein Vater sagt, eine Frau müsse sich vor den Birkenfeldern hüten. Ihre Silberzungen seien gefährlicher als jedes Schwert, und der Schlimmste von allen sei Euer Vater Graf Philip.« Sie legte den Schürhaken beiseite.

»Mein Vater ist ein ehrenwerter Mann, der jeder Frau mit Höflichkeit begegnet, doch seine Treue gehört allein seiner Gattin Helena.«

»Das habe ich auch gehört«, gab Sibylla zu.

»Von wem?«

Sie senkte kurz den Blick. »Das tut nichts zur Sache.«

»So? Nun, auch mir sind Gerüchte zu Ohren gekommen, Fräulein Sibylla.«

Sofort sah sie ihm wieder streng in die Augen. »Welche Gerüchte?«

»Ihr seid zum Missfallen Eures Herrn Vaters mit Julia von Hohnstein befreundet.«

»Wie kommt Ihr darauf, dass dies meinem Vater missfällt?« Da war sie wieder, die Zornesfalte.

»Nun, ich dachte, dies sei der Grund, warum Euer Vater Euch untersagte, gemeinsam mit Julia an den Exerzitien im Kloster Sankt Michaelis teilzunehmen.«

Sie schüttelte den Kopf. »Er fürchtete vielmehr, ich könnte Gefallen am Klosterleben finden.«

»Eine seltsame Sorge.« Rudolf zog die Brauen hoch. »Oder liebäugelt Ihr tatsächlich damit, den Schleier zu nehmen?«

»Ich wüsste nicht, was Euch das anginge.«

»Nichts, Ihr habt völlig recht. Ich dachte bislang nur, Euer Vater wolle den Kontakt zu Julia von Hohnstein hintertreiben, weil sie eine mögliche Braut für meinen Bruder Alexander wäre. Und dann könntet Ihr womöglich den schlimmen Birkenfeldern mit ihren Silberzungen über den Weg laufen.« Er zwinkerte ihr zu, und obwohl sie ihr grimmiges Gesicht zu wahren versuchte, musste sie lachen. »Und wie ich sehe, bin ich nicht einmal hier vor Euch sicher.«

»Woran allerdings Euer Vater nicht unschuldig ist«, entgegnete Rudolf. »Wäre es nach uns Birkenfeldern gegangen, wären wir mittlerweile allesamt auf unserer Burg und würden uns auf das Pfingstfest vorbereiten.«

Sie sah ihn fragend an.

»Ihr wisst nicht, was vorgefallen ist, Fräulein Sibylla?«

»Nein.«

»Euer Vater hat meine jüngste Schwester Meret auf dem Heimweg von Burg Hohnstein nach Burg Birkenfeld überfallen und entführt.«

Sie starrte ihn fassungslos an. »Warum?«

Rudolf hob die Schultern. »Ich glaube, er war verärgert, dass mein Vater ihm die Hand meiner Schwester Antonia verweigerte.«

Sibyllas Augen wurden noch größer. »Er wollte Eure Schwester heiraten? Sie ist doch nur um ein Jahr älter als ich.«

»Nun, wenigstens hat er nicht um Meret angehalten.«

»Und was sucht Ihr hier?«

»Ich hatte mich als Austauschgeisel angeboten, weil ich es meiner kleinen Schwester nicht zumuten konnte, in derartige Querelen verwickelt zu werden. Nun, Eure Familie hielt es für angemessen, auch mich hierzubehalten, meine Schwester indes nicht freizugeben.«

Sibylla senkte den Blick. »Das tut mir leid.«

»Es ist nicht Euer Verschulden, Fräulein Sibylla. Aber sagt, was ging Euch durch den Kopf, als ich so plötzlich vor Eurem Fenster erschien?«

Sie hob die Schultern. »Ich war viel zu überrascht, mir darüber Gedanken zu machen.«

»Und zu sehr mit der Verteidigung Eurer Ehre befasst«, ergänzte er mit Blick auf den Schürhaken. »Eine gefährliche Waffe.«

»Die ich Euch auch ohne Zögern über den Kopf gezogen hätte, wenn es sich als nötig erwiesen hätte.«

»Das glaube ich Euch unbesehen, Fräulein Sibylla.«

»Und was sollen wir nun anfangen, Herr Rudolf?«

»Wir?« Er betrachtete sie mit einem Lächeln. »Eigentlich wollte ich die Burg erkunden. Ich hoffte, auf ein leeres, unverschlossenes Zimmer zu stoßen.«

»Um einen Fluchtweg zu erkunden?«

Er nickte. »Werdet Ihr mich verraten?«

»Das ist nicht nötig. Von hier aus gibt es keine Fluchtwege. Seht selbst!« Sie ging zur Tür ihrer Kemenate und öffnete sie. Rudolf folgte ihr. Sibylla entzündete ein kleines Handlicht und leuchtete die Stufen hinunter. »Dies ist der sicherste Bereich der Burg«, erklärte sie. »Am Fuß der Treppe befindet sich eine Wachstube, die Tag und Nacht besetzt ist. Ihr kämt nicht weit.«

»Ich habe nichts davon gesehen, als Meinolf mich hinaufführte.«

»Das war vermutlich Absicht. Gewöhnlich steht die Tür stets offen, damit die Wachen jeden sehen.«

»Was fürchtet Euer Vater? Dass Euch jemand rauben könnte?«

»Ich weiß es nicht. Es war schon immer so. In der gesamten Burg finden sich Wachstuben. Es heißt nicht umsonst, Burg Regenstein sei uneinnehmbar.«

»Ich dachte, das bezieht sich auf die Lage.«

»Das auch. Aber ich glaube, niemand hat so viele Waffenknechte in seinen Diensten wie der Graf von Regenstein.«

Eine Weile schwiegen sie.

»Es ist wohl besser, wenn ich mich nun zurückziehe«, sagte Rudolf schließlich.

»Durch das Fenster?«

»Wie sonst?«

»Kommt Ihr morgen wieder?«

Er sah sie erstaunt an. »Möchtet Ihr das?«

»Warum nicht? Ihr scheint mir ein unterhaltsamer Gesprächspartner.«

»Und wenn Euer Vater dahinterkommt?«

»Wie sollte er?« Sie lachte. »Aber wer weiß, möglicherweise habt Ihr diesen Weg bald nicht mehr nötig. Ich glaube nicht, dass man Euch und Eure Schwester dauerhaft in dieser Kammer einschließen wird.«

»Wie kommt Ihr darauf?«

»Nun, vor einigen Jahren hatte mein Großvater schon einmal Edelleute als Geiseln. Nach einiger Zeit durften sie sich innerhalb der Burgmauern recht frei bewegen.«

»Das scheint wohl eine Angewohnheit Eurer Familie zu sein. Was ist aus jenen Geiseln geworden?«

»Ihre Angehörigen haben das geforderte Lösegeld gezahlt.«

»Und niemand hat Euren Großvater dafür belangt?«

»Niemand stellt sich den Regensteinern in den Weg«, erwiderte sie, und zum ersten Mal glaubte Rudolf, einen gewissen Stolz in ihrer Stimme zu hören …

7. Kapitel

Antonia und ihr Vater brachen beim ersten Morgenlicht auf. Acht Waffenknechte begleiteten sie auf dem Weg nach Burg Schlanstedt.

Zu Antonias Bedauern gehörte Stephan nicht zu ihrem Geleit, doch ihr war klar, dass er derzeit der Schonung bedurfte. Zumal sie inzwischen erfahren hatte, was in der vergangenen Nacht geschehen war.

»Hinter dem nächsten Hügel beginnt der Einflussbereich der Regensteiner«, erklärte Barthel, einer der Waffenknechte. »Müssen wir mit Feindseligkeiten rechnen?« Er sah Antonias Vater fragend an.

»Ich glaube nicht«, antwortete Philip. »Aber wir sollten besser auf der Hut sein.« Antonia bemerkte den besorgten Blick, den er ihr zuwarf. Sie wusste, dass er das Gebiet der Regensteiner gern gemieden hätte, aber der Umweg wäre zu groß gewesen. Selbst auf dem kürzesten Weg lag Burg Schlanstedt fünf Reitstunden von Birkenfeld entfernt.

Schweigend folgten sie der Straße nach Halberstadt, die an Blankenburg vorbeiführte. Es war ein seltsames Gefühl, fast wie bei einem Trauerzug. Sonst redete und scherzte sie mit ihrem Vater auf gemeinsamen Ausritten, sie lachten und waren guter Dinge. Antonia wusste, dass sie seinem Herzen von allen seinen Kindern am nächsten stand. Das war schon immer so gewesen. Anfangs hatte sie es nur als Geschenk hingenommen, bis sie begriff, dass sie ihm selbst am ähnlichsten war, äußerlich wie vom Charakter. Sie war das einzige seiner Kinder, das sein schwarzes Haar und seine braunen Augen geerbt hatte. Und sein manchmal ungestümes Temperament. Alexander und Meret kamen mehr nach der Mutter, beide blond und blauäugig, Alexander stets vernünftig abwägend, Meret fast schon ein wenig zu altklug. Einzig Rudolf glich dem Vater im Temperament, auch wenn Antonias Mutter meinte, das sei eher ein Ausdruck des Feuers, das ihn manchmal zu verbrennen drohte. Aber wer wusste das schon? Rudolf war zwar nicht ihres Vaters leiblicher Sohn, dennoch waren sie Blutsverwandte. Tatsächlich war Rudolf Philips Vetter, denn er war der Sohn eines Bruders von Philips Vater Otto. Über Otto hatte Antonia schon als Kind die abenteuerlichsten Geschichten gehört. Geschichten über einen stolzen, unbesiegbaren Ritter, der sich aus Übermut dem Kreuzfahrerheer angeschlossen hatte, von den Regensteinern verraten wurde, aber letztlich sein Glück und eine neue Heimat in Alexandria fand. Und den Tod … aber das war eine andere Geschichte, die ihr Vater ihr nicht erzählt hatte. Die hatte sie von der Mutter erfahren.

»Dort hinten kommt ein Reiter!« Barthel wies in die Richtung. »Sollen wir Vorsichtsmaßnahmen ergreifen?«

Philip folgte dem ausgestreckten Arm mit dem Blick. »Er scheint allein zu sein, aber das kann täuschen. Moritz, Wendel, ihr beide versteckt euch im Wald und beobachtet, was weiter geschieht. Ihr folgt uns dann aus einiger Entfernung.«

Die beiden Waffenknechte gehorchten sogleich.

Wieder dieser besorgte Blick ihres Vaters.

»Was befürchtest du?«, fragte sie ihn.

»Nichts.«

»Warum sollen Moritz und Wendel uns dann heimlich folgen?«

»Nur zur Sicherheit, falls wir in eine Falle geraten.«

Der Mann kam rasch näher und schien tatsächlich allein zu sein. Antonia hatte ihn noch nie gesehen, aber seiner Kleidung nach stammte er aus vornehmer Familie. Er trug einen dunkelblauen Mantel, der sich beim Reiten bauschte und den Blick auf seinen Waffenrock freigab. Ein Wappen in Form eines Hundekopfs zierte seine Brust. Das Gesicht des Fremden wurde von einem kurzen dunkelbraunen Vollbart umrahmt.

Ihr Vater schien den Reiter zu kennen, denn Antonia sah, wie seine Hand zum Schwert zuckte, sich dann jedoch wieder beruhigte.

»Wer ist das, Vater?«

»Meinolf von Brack. Ein widerlicher Intrigant. Ulf von Regensteins Bastard. Vor einigen Jahren hat Ulf viel Geld dafür ausgegeben, um Meinolf trotz seiner zweifelhaften Geburt in den Ritterstand erheben zu lassen. Meinolfs Mutter war nämlich eine Leibeigene.«

»Das muss ihn dann aber sehr viel Geld gekostet haben«, bemerkte Antonia, denn seit etwa zwanzig Jahren gab es einen kaiserlichen Erlass, der die Aufnahme in die Ritterschaft genau regelte. Und eine der Voraussetzungen war ein untadeliger Stammbaum mit ritterbürtigen Vorfahren beider Elternteile bis ins dritte Glied.

»Ich wünsche Euch einen wunderschönen guten Morgen!«, rief Meinolf ihnen zu. »Ich habe damit gerechnet, Euch heute auf der Straße nach Halberstadt zu treffen.«

»Habt Ihr das?«, fragte Philip, ohne den Gruß zu erwidern.

Meinolf nickte. »Euer Ziehsohn berichtete, Ihr wollt Klage gegen meine Familie erheben.«

»Wollt Ihr mich bitten, davon abzulassen?«

»Keineswegs. Ich möchte nur dafür Sorge tragen, dass Herzog Leopold beide Seiten hört.«

»Warum kommt dann nicht derjenige, gegen den sich meine Klage richtet?«

»Mein werter Bruder ist viel beschäftigt. Das Pfingstfest steht vor der Tür.«

»Eine schöne Ausrede für Feigheit. Aber er hätte ganz beruhigt sein können. Wir Birkenfelder achten den Frieden und sind keine ehrlosen Räuber, die unschuldige Menschen zu ihren Geiseln machen, um an deren Vermögen zu kommen.«

»Ihr könntet mich als Geisel nehmen.«

»Ich habe nicht den Eindruck, Ihr stündet bei Eurer Familie hoch im Ansehen.«

Antonia bemerkte ein wütendes Blitzen in Meinolfs Blick, doch sofort verschwand es wieder.

»Wenn Ihr meint. Aber vielleicht sollten wir uns ein wenig unterhalten, während wir auf dem Weg nach Halberstadt sind. Mein Bruder ist durchaus bereit, mit Euch zu verhandeln.«

»So?«

»Ihr habt ihn mit Eurer Abweisung tief in seiner Ehre gekränkt. Kein Mann hört es gern, wenn ihm die Hand eines Weibes nur deshalb nicht gewährt wird, weil er ihrem Vater zu alt ist.«

»Dann richtet Eurem Bruder aus, dass er mir als Schwiegersohn nicht nur zu alt ist. Auch sein Benehmen und seine Bildung lassen zu wünschen übrig.«

Meinolf verzog schmerzlich das Gesicht. »Ich glaube nicht, dass er das gern hören wird.«

»Soll ich noch mehr Gründe aufführen, Herr Meinolf?«

»Ihr seid also nicht auf eine gütliche Einigung aus?«

»Ich habe nicht die Absicht, mich von einem Raubritter erpressen zu lassen. Euer Bruder hat den Landesfrieden gebrochen, indem er meine Tochter entführte. Wir haben keine Fehde mit Eurer Familie, Herr Meinolf. Zudem ist es der Gipfel der Ehrlosigkeit, wenn man einen Mann festhält, der sich freiwillig als Austauschgeisel anbot, ohne das unschuldige Kind freizugeben, für das er sich verwendete.«

»Es wäre ein schlechter Tausch gewesen – ein leibliches Kind gegen einen Ziehsohn.« Meinolf grinste böse.

»Dann hättet Ihr ihn doch ziehen lassen können!«

»Warum? Wenn er doch so gern bei seiner Schwester bleiben wollte?«

Antonia sah das Zucken in der Hand ihres Vaters. Einen Augenblick lang befürchtete sie, dass er Meinolf gleich einen

Fausthieb verpassen würde, doch dann lösten sich die Finger wieder.

»Und damit habt Ihr nochmals die Begründung für die Feigheit Eures Bruders geliefert«, sagte er stattdessen. »Es muss schwer für Euch sein, Herr Meinolf, da Ihr in einer Familie leben müsst, in der es nicht auf den Wert eines Menschen ankommt, sondern nur auf seine Blutsbande.«

Meinolf ließ sich nichts anmerken. »Meint Ihr?«

»Das meine ich«, fuhr Antonias Vater fort. »Die Achtung, die ein Mensch erfährt, verdankt er entweder seinem Geburtsstatus oder aber seinem Wesen. Eure Geburt ist mit einem bösen Makel behaftet und Euer Wesen wenig einnehmend. Da bleibt Euch eigentlich nur der Weg, die Menschen durch Bosheit und Intrigen auf Abstand zu halten. Wenn sie Euch schon nicht mögen, sollen sie Euch wenigstens fürchten, habe ich recht?«

»Ich dachte immer, Eure Gemahlin ist die Seelenkundige in der Familie.«

»In vierundzwanzig Ehejahren färbt das eine oder andere ab.«

»So? Dann hoffe ich, dass Ihr inzwischen nicht unter der Fuchtel Eures Weibes steht, Herr Philip.«

Antonias Vater lachte. »Einen starken Mann stört das nicht.« Dann trieb er sein Pferd an. »Genug geschwatzt, wir haben einen weiten Weg vor uns.«

»Stört es Euch, wenn ich Euch begleite?«

»Es lässt sich wohl nicht vermeiden, da es nur eine Straße gibt.« Philip stieß einen Pfiff aus, und Wendel und Moritz schlossen sich ihnen wieder an.

»Ihr hattet zwei Eurer Männer vor mir verborgen?« Meinolf hob die Brauen.

»Ich habe keinen Grund, den Regensteinern zu trauen.«

Während die Reiter ihre Pferde zu immer schnellerer Gangart antrieben, erstarb das Geplänkel. Meinolf hielt sich etwas abseits, aber doch auf gleicher Höhe. Antonia sah, dass ihr Vater ihn stets scharf im Auge behielt.

»Befürchtest du etwas?«, raunte sie ihm zu.

»Nicht hier. Aber irgendetwas führt der Kerl im Schilde.«

»Du nanntest ihn einen Intriganten. Was weißt du über ihn?«

»Meinolf ist ehrgeizig und gefährlich. Es gibt Gerüchte, dass er Eberhard den Rang als Erbe der Grafschaft streitig zu machen versucht. Es ist allerdings unwahrscheinlich, dass ihm das jemals gelingt. Eberhard ist der legitime Sohn und hat ebenfalls schon einen Sohn.«

»Was wäre, wenn Eberhard und sein Sohn stürben oder in Ungnade fielen?«

»Selbst dann wäre es fraglich, ob ausgerechnet Meinolf von Brack neu mit Burg Regenstein belehnt würde. In dem Fall müsste er schon herausragende Dienste für die Krone geleistet haben.«

Um die Mittagszeit erreichten die Reisenden Burg Schlanstedt. Wie überall im Land waren auch hier die Vorbereitungen für das Pfingstfest im Gang. Im Hof schwatzten fröhlich die Mägde, während sie ihrem Tagewerk nachgingen, und aus dem Küchenhaus duftete es verführerisch. Sofort fühlte Antonia sich an Burg Birkenfeld erinnert, an die Abendstimmung, die sie so sehr liebte. Und an Stephan …

Philip stieg aus dem Sattel und half danach seiner Tochter beim Absteigen.

»Herr Graf!« Einer der Burgwächter eilte Philip mit einem Lächeln auf den Lippen entgegen. »Ich grüße Euch! Was führt Euch nach Schlanstedt?«

»Leider nichts Gutes«, antwortete er. »Ich muss umgehend mit Herzog Leopold sprechen.«

»Ebenso wie ich.« Meinolf war ebenfalls vom Pferd gestiegen und trat neben Philip.

Der Burgwächter sah Antonias Vater fragend an. »Gehört dieser Mann zu Eurem Gefolge?«

»Nein, er hat nur dieselbe Straße genutzt.«

»Mein Name ist Meinolf von Brack.« Er nickte dem Wächter gönnerhaft zu. »Sohn des Grafen Ulf von Regenstein, und ich bin im Auftrag meines Vaters hier, um die Sache der Regensteiner zu vertreten.«

»Ich werde es dem Herzog melden.« Der Bedienstete verschwand.

»He, du!« Meinolf rief einen der Stallburschen herbei. »Kümmere dich um mein Pferd!«

Noch bevor der Junge Meinolf die Zügel abnehmen konnte, ging Barthel dazwischen. »Halt! Du wirst dich zunächst um die Pferde meiner Herrschaft kümmern.«

»Was maßt du dir an?«, brüllte Meinolf.

»Ihr vergesst die Regeln der Höflichkeit«, entgegnete Barthel gelassen. »Ein Graf steht über einem Ritter. Merkt Euch das!«

Philip und Antonia übergaben dem Stallknecht die Zügel ihrer Pferde. Meinolf knirschte mit den Zähnen. Seine Miene verfinsterte sich noch mehr, als man ihn aufforderte, sich in Geduld zu üben, während Antonia und ihr Vater bereits zu Herzog Leopold geführt wurden.

»Philip, welch angenehme Überraschung!« Leopold kam seinem einstigen Kampfgefährten erfreut entgegen. Die beiden Männer reichten sich die Hände, dann wandte sich der Herzog an Antonia.

»Fräulein Antonia, Ihr werdet von Jahr zu Jahr schöner. Kann Euer Vater Euch die vielen Freier überhaupt noch vom Hals halten?« Er lächelte ihr mit einem Augenzwinkern zu.

»Darum geht es hier«, erklärte Philip. »Ein abgewiesener Freier …«

»So ernst?« Leopold zog die Brauen hoch. »Nehmt doch bitte Platz!« Er wies auf die Stühle, die um den mächtigen Eichentisch standen.

Antonia und ihr Vater folgten der Aufforderung, und auch Leopold setzte sich.

»Also, was ist geschehen?«

Philip erzählte Leopold von Eberhards Antrag, seiner Ablehnung und den Folgen.

»Das ist ja ungeheuerlich!« Der Herzog schlug mit der flachen Hand auf den Tisch. »Wer den Landesfrieden auf diese Weise bricht, ist nicht besser als ein Räuber!«

»Deshalb bin ich hier. Um Klage gegen Eberhard zu erheben. Rudolf hat es ihm gestern bereits angekündigt, deshalb begegneten wir auf dem Weg hierher Eberhards Halbbruder Meinolf von Brack, der behauptet, er wolle die Sache der Regensteiner vertreten.«

»Ulf von Regenstein schickt ausgerechnet seinen Bastard? Das sieht ihm ähnlich«, zischte Leopold. »Wobei man über Meinolf immerhin sagt, dass er Eberhard an Witz und Klugheit weit überlegen ist.«

»Und an Hinterlist«, fügte Antonias Vater hinzu.

»Nun, dann wollen wir uns anhören, was er zu sagen hat, nicht wahr?«

Philip nickte.

Der Herzog rief nach einem der Diener und befahl, Meinolf von Brack vorzulassen.

Kurz darauf betrat Meinolf den Saal.

»Mein Fürst!« Er deutete eine leichte Verbeugung an. »Ich danke Euch, dass Ihr bereit seid, mich zu empfangen. Wie ich sehe, habt Ihr schon die Klage des Herrn Philip vernommen.«

Leopold nickte. »Nehmt Platz, Herr Meinolf! Und dann verratet uns, wie Euer Bruder sein Unrecht sühnen will.«

Meinolf setzte sich. »Mir scheint, hier wurden einige Tatsachen böswillig verdreht. Mein Bruder hat kein Unrecht begangen.«

»Bestreitet Ihr, dass er die jüngste Tochter des Grafen von Birkenfeld überfallen und entführt hat?«

»Es war kein Überfall. Mein Bruder sah, dass der Graf von Birkenfeld seine Tochter einem unzureichenden Geleit anvertraut hatte. Er befürchtete, dem Mädchen könne auf dem Heimweg Schlimmes widerfahren, und so stellte er sie unter seinen Schutz.«

»Und warum brachte er sie dann nicht wohlbehalten nach Burg Birkenfeld, sondern ließ ihr Geleit zusammenschlagen? Er befand sich noch in Sichtweite der Burg.«

»Nun, Ihr müsst verstehen, mein Fürst, nachdem man meinen Bruder so unfreundlich der Burg verwiesen hatte, bestand kein Grund, noch einmal dorthin zurückzukehren.«

»Herr Meinolf!« Leopold schlug mit der Faust auf den Tisch. »Ich habe genug von Euren lächerlichen Versuchen, einen rachsüchtigen Überfall als rechte Tat darzustellen. Tatsache ist, dass Euer Bruder das Mädchen entführte. Und als ihr Bruder sich später auf Burg Regenstein einfand, um sich selbst als Austauschgeisel zur Verfügung zu stellen, bis der Zwist geklärt wäre, habt Ihr ihn ebenfalls festgehalten. Das ist kein ehrenhaftes Verhalten. Das ist Räubertum, eines Ritters oder gar eines Grafen nicht würdig. Ich als Euer Lehnsherr verlange, dass Euer Bruder seine Gefangenen unverzüglich freigibt.«

»Ihr vergesst, dass mein Bruder in seiner Ehre gekränkt wurde, als man ihn von Burg Birkenfeld verwies. Er verlangt eine Sühne des Grafen von Birkenfeld, die ihm seine Ehre zurückgibt.«

»Seine Ehre hat er sich selbst genommen«, fuhr Philip dazwischen. »Dass er keine besitzt, hat er gestern zur Genüge bewiesen. Wenn einer eine Sühneleistung zu fordern hat, dann bin ich es.«

»Ihr habt ihn böswillig abgewiesen, als er um die Hand Eurer Tochter bat.«

»Es ist mein gutes Recht als Vater, jeden abzuweisen, der mir als Schwiegersohn nicht genehm ist.«

»Eure Tochter hatte meinem Bruder bereits Hoffnungen gemacht.«

»Das ist nicht wahr!«, brauste Antonia auf. »Niemals hätte ich ihm Hoffnungen gemacht.«

»Beim Osterfest in Halberstadt«, fuhr Meinolf unbeeindruckt fort. »Ihr habt behauptet, Euer Vater wäre entzückt, wenn mein Bruder um Euch anhalten würde.«

»Das war ein Scherz, mit dem ich mich seiner plumpen Annäherungen zu erwehren suchte. Jeder Mann mit Verstand hätte das begriffen.«

»Fräulein Antonia, ich hoffe, Ihr wollt meinem Bruder nicht seinen Verstand absprechen.«

»Herr Meinolf«, sagte Philip streng, »ich dulde nicht, dass Ihr so mit meiner Tochter sprecht.«

»Warum werdet Ihr so wütend? Weil Eure Tochter Euch nicht die Wahrheit sagte? Euch Lügenmärchen auftischte, die Euch in diese Lage brachten? Weil sie doch heimlich mit meinem Bruder tändelte und ihn ermunterte?«

Antonia blieb vor Ärger fast die Luft weg. »Was maßt Ihr Euch an?«, keuchte sie.

»Bleib ruhig, mein Kind!«, hörte sie die Stimme ihres Vaters. »Herr Meinolf ist ein Meister darin, anständigen Menschen Böses zu unterstellen und Übles nachzusagen. Er hat eine reichhaltige Fantasie, wenn es darum geht, ehrbare Menschen mit Schmutz zu überkübeln, um die Verbrechen seiner Familie zu decken.«

»Wie auch immer …« Meinolf lächelte. »Mein Bruder erfuhr eine Kränkung durch Euch. Und er fordert eine entsprechende Sühne. In Eurem Besitz befinden sich drei Eisenerzminen. Überschreibt meinem Bruder eine davon, dann will er den Streit vergessen und schickt Euch Eure Kinder wohlbehalten zurück.«

»Also das ist es!«, rief Philip. »Darauf hat er es die ganze Zeit angelegt. Er war von Anfang an nur hinter Antonias Mitgift her. Nie und nimmer werde ich den Brautschatz meiner Tochter einem Erpresser in den Rachen werfen!«

»Herr Meinolf, es ist genug«, sprang Herzog Leopold Antonias Vater bei. »Euer Bruder hat das Recht gebrochen. Es gab keine Fehde zwischen Euch und den Birkenfeldern. Ein derartiger Überfall könnte die Reichsacht nach sich ziehen. Ihr werdet die Gefangenen umgehend freigeben, ansonsten ...«

»Ansonsten geschieht was?« Meinolf lehnte sich genüsslich auf seinem Stuhl zurück. »Werdet Ihr Burg Regenstein belagern? Oder wirklich die Reichsacht gegen den Sohn Eures mächtigsten Vasallen erwirken? Aber auch die müsstet Ihr dann mit Euren Mitteln durchsetzen. Und Ihr wisst so gut wie ich, dass Burg Regenstein uneinnehmbar ist. Sicher, Ihr könntet versuchen, die Burg zu belagern. Ein Unterfangen, das sich vermutlich Jahre hinziehen und Eure ohnehin schon schwache Kasse weiter leeren wird. Wie wollt Ihr Eure Schulden bei den Geldwechslern zahlen, wenn Eure Einkünfte von einem sinnlosen Krieg aufgefressen werden? Und wie stündet Ihr in diesen Tagen da, wenn Ihr nicht mehr auf Euren mächtigsten Vasallen zählen könntet? Noch weiß niemand, wer sich im Kampf um die Kaiserwürde durchsetzen wird. Und dann gibt es auch noch den Bischof ... Mir ist zu Ohren gekommen, dass Ihr Euch im Zwist mit Bischof Ludolf befindet. Keine guten Voraussetzungen, um einen Krieg zu beginnen. Zumal doch klar zutage liegt, wer hier im Recht ist. Der Graf von Birkenfeld mag seine Sühneleistung erbringen, und wir wollen alles vergessen und gemeinsam den kommenden Herausforderungen ins Auge blicken.«

»Ihr wagt es, mir das ins Gesicht zu sagen?«, schrie Leopold. »Ihr wagt es, offen den Gehorsam zu verweigern?«

»Das Recht ist immer mit dem, der es durchsetzen kann. Ihr könnt es nicht.«

»Geht mir aus den Augen!«

Meinolf erhob sich. »Wie Ihr befehlt, mein Fürst. Was soll

ich meinem Bruder ausrichten? Wann darf er mit der Besitzurkunde für die Eisenerzmine rechnen?«

»Den Tag wird er nicht erleben«, antwortete Philip.

»Wie schade. Dann werden Eure Kinder eben noch länger die Gastfreundschaft der Regensteiner genießen. Und wer weiß, wenn Meret unter unserer Obhut zu einer schönen Jungfer herangewachsen ist, könnte sie durchaus eine passende Braut für mich sein.«

Philip sprang auf und schlug Meinolf so heftig die Faust ins Gesicht, dass dieser zu Boden ging.

Mit einem Lächeln rappelte Meinolf sich auf und wischte sich das Blut von der Lippe. »Bislang sagte man Euch nach, Ihr wärt der Meister der Zunge. Weit ist es damit offenbar nicht her, wenn Ihr nur noch mit der Faust antworten könnt. Gehabt Euch wohl, Herr Philip!«

»Es tut mir leid«, sagte Leopold, nachdem Meinolf den Raum verlassen hatte. »Aber ich fürchte, gegen die Bosheit der Regensteiner kommen wir auf dem Rechtsweg nicht weiter. Du hast es ja gehört. Sie nehmen eine Belagerung in Kauf, wissen sie doch, dass ich mir das nicht leisten kann.«

»Du kannst also nichts für mich tun? Du lässt es zu, dass deine Vasallen dir auf der Nase herumtanzen?«

»Erinnerst du dich, wie viel Blut die Belagerung von Birkenfeld gekostet hat? Und Birkenfeld ist nicht Regenstein. Soll ich Hunderte von Männern opfern? Ganz abgesehen davon, dass ich tatsächlich die Geldmittel nicht habe. Der Hundsfott hat es vollkommen richtig erkannt. Mir sind die Hände gebunden, das Recht mit Gewalt durchzusetzen.«

»Dann rätst du mir also, mich von diesem Räuberpack erpressen zu lassen?«

Leopold schüttelte den Kopf. »Nein, natürlich nicht. Aber ich fürchte, dir bleibt nur eine Möglichkeit, gegen die Regensteiner vorzugehen.«

Antonia sah, wie ihr Vater schluckte.

»Du meinst, das Fehderecht?«

Leopold nickte. »Du musst ihnen die Fehde erklären, dann hast du das Recht, ihre Warenlieferungen zu überfallen und sie unter Druck zu setzen.«

»Du vergisst, dass ihnen dann dasselbe Recht zusteht. Und die Regensteiner haben mehr Waffenknechte unter ihrem Befehl als ich.«

»Frag Johann, ob er zu dir steht. Immerhin ist Meret auch sein Schützling. Sie wurde entführt, als man sie von seiner Burg aus heimführte.«

»Ich möchte Johanns Familie nicht in diese missliche Angelegenheit hineinziehen.«

»Frag ihn trotzdem! Wenn du es nicht tust, schicke ich ihm einen Boten.«

»Und was wirst du tun? Die Hände in den Schoß legen und zusehen?«

»Nein. Ich werde auf meine Weise handeln. Allerdings wird Graf Ulf erst sehr spät merken, welche Folgen das für ihn hat. Er wird auch von meiner Seite her nicht ungestraft davonkommen, denn ich habe die Möglichkeit, ihm einige seiner Güter zu entziehen. Vertrau mir!«

Das Angebot, die Nacht auf Burg Schlanstedt zu verbringen, lehnte Philip ab, und so erreichten er und seine Begleiter Burg Birkenfeld am frühen Abend.

»Und?« Antonias Mutter kam ihnen bereits im Vorhof entgegen. »Was habt ihr erreicht?«

Wortlos stieg Philip vom Pferd.

»Nun sag schon etwas!«, verlangte seine Frau. »Wird Leopold dir helfen?«

»Komm, ich erzähle es dir in der Burg.«

Kurz darauf saßen sie gemeinsam im Kaminzimmer. Auch Alexander hatte sich in der Zwischenzeit eingefunden. Entgegen seiner sonstigen Gewohnheit fasste Antonias Vater die Begegnung mit Meinolf und die Unterredung mit Leopold knapp zusammen.

»Das heißt, es wird keine schnelle Lösung geben«, erklärte er abschließend. »Wir haben nur zwei Möglichkeiten. Nachgeben und uns um unser Eigentum bringen lassen oder aber den Regensteinern die Fehde erklären.«

»Und was wirst du tun?«, fragte Lena.

»Ich habe lange darüber nachgedacht. Eine Fehde ist kostspielig und fordert unter Umständen Menschenleben. Andererseits kann ich mich nicht erpressen lassen. Wenn ich heute nachgebe, was geschieht dann morgen? Wir wären nie mehr sicher, wenn wir der Erpressung auch nur ein einziges Mal nachgeben. Eberhard würde es immer wieder versuchen, so lange, bis uns nichts mehr bleibt. Nein, wir haben keine andere Wahl, wir müssen den Regensteinern die Fehde erklären.«

»Johann wird uns gewiss beistehen!«, rief Alexander. Antonia hatte den Eindruck, dass ihm der Gedanke, gegen die Regensteiner zu kämpfen, durchaus gefiel.

»Barthel ist bereits nach Hohnstein geritten, um die Botschaft zu überbringen«, erklärte Philip. »Ich erwarte ihn morgen mit Johanns Antwort zurück.«

»Und wenn Johann sich zurückhält? Du weißt, was er stets sagte. Niemand kann Fehden mit den Regensteinern gebrauchen«, warf Lena ein.

»Dann kämpfen wir eben allein!«, antwortete Philip mit fester Stimme. »Was Recht ist, muss Recht bleiben und darf nicht der Furcht vor dem Stärkeren geopfert werden.«

8. Kapitel

»Du siehst angeschlagen aus.« Eberhard musterte seinen Halbbruder und konnte sich ein zufriedenes Lächeln nicht verkneifen.

Meinolf strich sich über die verschorfte Lippe. »Es ist mir gelungen, den Grafen von Birkenfeld in die Enge zu treiben und seine überhebliche Fassade zu durchbrechen. Das war mir den Fausthieb wert.«

Sie saßen gemeinsam mit ihrem Vater Ulf an der großen Tafel im Kaminsaal der Burg.

»Dann berichte! Wird Birkenfeld zahlen?« Mit lauerndem Blick musterte Ulf seinen jüngeren Sohn. Und mit einer gewissen Zuneigung, wie Eberhard verärgert feststellte.

»Ich fürchte, ihm bleibt gar nichts anderes übrig. Der Herzog wird ihm nicht helfen. Ihr hättet Leopolds Gesicht sehen sollen, als er merkte, wie genau wir seine Möglichkeiten kennen und dass er es nicht mit uns aufnehmen kann. Er ist schwach.«

»Beschreib uns noch einmal das Gesicht des Ägypters!« Ulf lachte. Er nannte den Grafen von Birkenfeld wegen seiner Herkunft gern verächtlich *den Ägypter*.

»Seine Überheblichkeit schwand mit jedem meiner Worte. Bis er sich schließlich in einen Raufbold verwandelte. Ich weiß gar nicht, warum man ihm nachsagt, er sei ein Meister der Zunge. Ich habe nichts dergleichen bemerkt.«

»Unterschätz ihn nicht!«, warf Eberhard ein. »Er war zornig. Sobald er wieder einen kühlen Kopf hat, könnte er gefährlich werden.«

»Gefährlich, von wegen!« Sein Vater machte eine wegwerfende Handbewegung. »Er hat nicht einmal halb so viele Männer wie wir, und verglichen mit Burg Regenstein ist Birkenfeld so gut befestigt wie eine Holzfällerhütte mitten im Wald. Er kann es sich nicht erlauben, sich unseren Wünschen zu widersetzen.«

»Und selbst wenn er es täte – es gibt noch eine bemerkenswerte Neuigkeit.« Meinolf lächelte verschlagen. »Ich war auf dem Rückweg in Halberstadt und habe dort etwas Wichtiges erfahren.«

»So?« Ulf bedachte Meinolf mit einem wohlwollenden Blick. Unter dem Tisch ballte Eberhard die Fäuste, bis sich seine Fingernägel schmerzhaft in die Daumenballen gruben. Warum um alles in der Welt hielt sein Vater so große Stücke auf diesen Bastard? Ihn hatte er niemals so angesehen, im Gegenteil, oft genug hatte er ihn sogar als Trottel beschimpft.

»Bischof Ludolf ist noch immer nicht vom Papst bestätigt worden.«

»Ja und?«, fragte Eberhard.

»Dass du nicht weißt, was das bedeutet, war nicht anders zu erwarten.«

»Dann lass mich doch an deiner Weisheit teilhaben«, gab Eberhard bissig zurück.

»Ein Bischof, der nicht vom Papst im Amt bestätigt wurde, ist angreifbar. Er braucht mächtige Verbündete. Vor allem dann, wenn er im Zwist mit dem Landesfürsten liegt. Ich habe ihn wissen lassen, dass er sich jederzeit auf die Waffentreue der Regensteiner verlassen kann. Wir stehen zu unserem Bischof.«

»Das war sehr klug, mein Sohn.«

»Ich weiß, Vater.«

Eberhard unterdrückte einen Würgereiz.

»Was ist? Hast du dich an einer Gräte verschluckt?« Meinolf starrte auf die Reste der Forelle, die vor Eberhard auf einem abgegessenen Zinnteller lagen. »Pass bloß auf, dass du nicht erstickst!«

»Ich wusste gar nicht, dass du so um mein Wohl besorgt bist.«

»Wir sind schließlich vom gleichen Blut.«

»Genug mit dem Geschwätz!«, fuhr ihr Vater dazwischen. »Eberhard, hast du heute schon mit unseren wohledlen Gästen gesprochen?«

»Du meinst, mit Rudolf?«

Ulf nickte.

»Nein.«

»Dann wird es Zeit. Vielleicht ist er ja verständiger als sein verstockter Ziehvater.«

»Was erhoffst du dir von ihm?«, fragte Eberhard. »Er ist nicht einmal der leibliche Sohn, geschweige denn der Erbe des Titels.«

»Eben.« Ulf lächelte. »Ich kann mir nicht vorstellen, dass ein Mann gern im Schatten des jüngeren Ziehbruders steht.«

»Zwietracht zu säen ist eine wirkungsvolle Waffe«, bestätigte Meinolf.

»Und ihr glaubt wirklich, er wird sich ausgerechnet von uns gegen seine Familie aufbringen lassen? Nach allem, was gestern geschehen ist?«

»Manchmal genügt ein kleiner Funke, um einen großen Brand zu legen.« Meinolf strich sich zufrieden über den Bart. Eberhard unterdrückte den Wunsch, ihm an die Gurgel zu gehen. Zwar hatte auch er nichts dagegen, Rudolf von Birkenfeld gegen die eigene Sippe aufzubringen – dass Meinolf sich diesen Plan jedoch als Verdienst anrechnete, ärgerte ihn. Immerhin war er derjenige, der Meret nach Regenstein gebracht hatte.

Wenig später wurde Rudolf von einem der Waffenknechte in den Saal geführt.

»Herr Rudolf, wie schön, Euch zu sehen!«, begrüßte Ulf von Regenstein seinen Gefangenen. »Setzt Euch doch! Ich hoffe, unsere Gastfreundschaft lässt nichts zu wünschen übrig.«

Schweigend nahm Rudolf an der Tafel Platz.

»So still?«, fragte nun Meinolf. »Gestern kamt Ihr mir redseliger vor.«

Rudolf musterte Meinolf. »Wie mir scheint, seid Ihr jemandem aus meiner Familie begegnet. Wer war es? Alexander oder mein Vater?«

Mit gewisser Genugtuung beobachtete Eberhard, wie der überlegene, feurige Blick in Meinolfs Augen erlosch und er unwillkürlich seine wunde Lippe berührte.

»Das tut nichts zur Sache, Herr Rudolf. Wir sind hier, um mit Euch über Geschäfte zu sprechen.«

»Ah. Geschäfte. Und heute dürft Ihr sogar mit am Tisch sitzen und müsst nicht an der Tür stehen, Herr Meinolf.«

»Schluss mit dem albernen Geplänkel!«, fuhr Ulf dazwischen. »Wir haben anderes im Sinn. Und Ihr seid doch ein verständiger Mann, Herr Rudolf.«

Rudolf hob die Brauen, sagte aber kein Wort.

»Es muss Euch doch wie Feuer in der Seele brennen, dass Euer Ziehvater Euch um Euer rechtmäßiges Erbe betrügt, nicht wahr?«

»Wie kommt Ihr auf diesen Unsinn?«

Wider Willen zollte Eberhard Rudolf für seine gelassene Antwort Bewunderung.

»Ihr seid der Ältere. Euer Vater war der letzte Graf von Birkenfeld, bevor der Ägypter die Burg übernahm.«

»Ja und?«

»Ihr müsstet den Titel und die Burg erben. Nicht Alexander.«

»Warum?« Rudolf lehnte sich bequem auf seinem Stuhl zurück.

»Warum, warum!«, äffte Ulf ihn nach. »Weil es Euer Recht ist.«

»Seid Ihr unter die Rechtsgelehrten gegangen, Herr Ulf?« Rudolf schüttelte ungläubig den Kopf. »Wenn Ihr Euch so für das Recht einsetzt, wäre es ein guter Anfang, meine Schwester morgen früh beim ersten Sonnenstrahl nach Hause zu schicken.«

»Ihr überlasst also ohne Weiteres Eurem jüngeren Ziehbruder den Vortritt und kämpft nicht um Euer Erbe?«, beharrte Eberhards Vater, ohne auf Rudolfs Einwand einzugehen.

»Er bekommt sein Erbe und ich das meine. Das ist bereits lange festgelegt, und unser Vater hat uns in die Entscheidung mit einbezogen.«

»Er hat es Euch also schöngeredet? Euch zum Nachgeben gedrängt?«

»Ich weiß zwar nicht, was Euch das überhaupt angeht, Herr Ulf, aber möglicherweise versteht Ihr es einfach nicht, weil Ihr Euren Pflichten als Graf nicht gewissenhaft genug nachkommt. Mein Vater hat uns schon früh in die Rechte und Pflichten eingeführt, die sein Amt mit sich bringt. Und für einen verantwortungsvollen Mann ist der Grafentitel nicht nur eine Ehre, sondern auch eine Bürde. Aber das habt Ihr vermutlich nie begriffen. Ihr lasst die Bauern von Euren Waffenknechten auspressen und verlangt ihnen mehr ab, als sie geben können. Euer Name wird hinter der Hand verflucht, und Ihr begreift nicht, was ein guter Herr zu tun hat.«

»Ach, so ist das.« Ulf lächelte böse. »Dann seid Ihr offenbar nicht in der Lage, selbst wie ein Graf aufzutreten und hart durchzugreifen, wenn die Bauern Euch auf der Nase herumtanzen.«

Rudolf schüttelte abermals den Kopf. »Das wäre ich durchaus, aber ich gebe anderen Herausforderungen den Vorrang. Wenn Ihr es genau wissen wollt, Herr Ulf: Mein künftiges Erbe ist Gut Eversbrück mit den dazugehörigen Ländereien.«

»Ihr zieht eine unbedeutende Niederburg dem Grafentitel vor?«, feixte Ulf. »Ich fasse es nicht!«

»Gut Eversbrück gebietet über ertragreiche Felder, und der Wald um das Anwesen ist wildreich wie keiner weit und breit. Ihr wisst vielleicht, dass ich ein leidenschaftlicher Jäger bin.«

Eberhard sah das spöttische Blitzen in Rudolfs Augen. Dieser Mann ließ sich anscheinend durch nichts aus der Ruhe bringen.

»Und während mein Bruder Alexander sich um das Grafengericht, um Steuern und zahllose andere Aufgaben kümmern muss, verbringe ich meine Zeit lieber auf der Jagd.«

»Aber Ihr wärt nur sein Vasall!«

Rudolf hob die Schultern. »Sind wir nicht alle die Vasallen von irgendjemandem?«

»Die einen mehr, die anderen weniger«, warf Meinolf ein. »Wenn Ihr damit zufrieden seid, das väterliche Erbe gegen die kleine Niederburg einzutauschen, die Eure Ziehmutter in die Ehe mit dem Ägypter brachte, soll es uns recht sein. Mir scheint, wir haben Euch falsch eingeschätzt.«

»Das glaube ich auch«, bestätigte Rudolf. »Aber sagt, da wir gerade von Erbanteilen sprechen – worauf habt Ihr als nachgeborener Sohn des Grafen von Regenstein zu hoffen? Ihr nennt Euch Meinolf von Brack, aber mir ist kein Gut bekannt, das diesen Namen trägt. Dafür führt Ihr einen Hundekopf im Wappen. Steht Brack für die Jagdhunderasse der Bracken? Seid Ihr gar der Lieblingshund Eures Vaters, den man im Zwinger der Burg hält?«

Eberhard lachte und wurde dafür mit einem bitterbösen Blick von Meinolf gestraft.

»Ihr führt ein sehr gewagtes Wort, Herr Rudolf«, stieß Meinolf zwischen den Zähnen hervor. »Ihr solltet nicht vergessen, in welcher Lage Ihr Euch befindet.«

»Keine Sorge, das vergesse ich nicht. Da ich hier nicht zu Gast bin, sondern gegen meinen Willen festgehalten werde, bin ich Euch keine Höflichkeit schuldig.«

»Bislang waren wir hinsichtlich Eurer Unterbringung überaus großzügig. Die Burg verfügt auch über einen finsteren Kerker.«

»Das haben Burgen so an sich.«

»Wie gefiele es Euch, wenn wir Eure Schwester dort einsperren würden?«

»Damit verlört Ihr den letzten Funken Ehre und Anstand«, entgegnete Rudolf mit ernster Stimme. »Ein wahrer Edelmann kennt die Sitten, an die er sich zu halten hat. Und es gibt bestimmte Regeln im Umgang mit Geiseln.«

»Wollt Ihr uns zwingen, sie einzuhalten?«

Eberhard sah das teuflische Lächeln in Meinolfs Augen. Sein Blick wanderte weiter zu Rudolf. Dessen Züge waren hart geworden, hart und unnachgiebig. Auf diese Weise gelänge es niemals, ihn gegen seine Familie auszuspielen.

»Hör auf mit dem Unsinn, Meinolf!«, fuhr er also dazwischen. »Herr Rudolf hat recht, es gibt Regeln, an die sich ein wahrer Edelmann hält. Das solltest du ebenso gut wissen wie ich, wenn du wirklich der Sohn meines Vaters bist.«

Rudolf horchte auf. »Bestehen daran etwa Zweifel?« Er musterte Meinolf erneut scharf. Der knirschte mit den Zähnen.

»Genug!«, brüllte Ulf. »Ich lasse nicht zu, dass an meiner Tafel solche Reden geschwungen werden!«

Eine Weile herrschte Schweigen, bis Rudolf erneut das Wort ergriff. »Morgen ist Pfingstsonntag. Dürfen meine Schwester und ich an der heiligen Messe teilnehmen, oder zwingt Ihr uns, das Fest ohne den Segen der Kirche zu begehen?«

»Ich wusste gar nicht, dass Ihr auf Burg Birkenfeld so fromm seid«, zischte Ulf. »Euer Ziehvater ist doch selbst ein halber Heide.«

»Ihr wisst ganz genau, dass seine ägyptische Mutter Christin ist.«

»Woher soll ich das wissen? Ich bin ihr nie begegnet. Und Euer Vater ist dafür bekannt, mit Vorliebe Märchen zu erzählen.«

Rudolf holte tief Luft. Eberhard erwartete einen erneuten Schlagabtausch und lehnte sich gespannt zurück. Doch Rudolf stieß die Luft wortlos wieder aus.

»Dürfen meine Schwester und ich nun an der heiligen Messe teilnehmen oder nicht?«, wiederholte er stattdessen seine Frage.

»Wenn Ihr mir Euer Wort als Ritter gebt, dass Ihr meine Milde nicht für unsinnige Fluchtversuche missbraucht.«

Rudolf zögerte kurz, dann nickte er. »Ihr habt mein Wort, dass ich Eure Milde nicht für unsinnige Fluchtversuche missbrauche.«

Zwischen Meinolfs Brauen hatte sich eine scharfe Falte gebildet.

»Ihr wollt mit den Worten spielen, nicht wahr? Ihr gebt meinem Vater Euer Versprechen mit einer Einschränkung.«

»Was meint Ihr damit, Herr Meinolf? Ich habe nur die Worte Eures Vaters wiederholt.«

»Versprecht uns bei Eurer Ehre, dass Ihr überhaupt keinen Fluchtversuch unternehmt, ja, mehr noch, dass Euch jeder Gedanke an Flucht fern ist.«

»Und was kann ich dafür als Gegenleistung erwarten? Bewegungsfreiheit in der Burg?«

Wieder Schweigen. Schließlich nickte Ulf. »Ich gestatte Euch, die Kammer zu verlassen. Unten im Turm befindet sich eine Wachstube, die ist Tag und Nacht besetzt. Wenn Ihr den Turm verlassen wollt, habt Ihr den Wächtern zu melden, wohin Ihr Euch wendet. Aber solltet Ihr auch nur ein einziges Mal eine falsche Auskunft geben, lernt Ihr unseren Kerker kennen. Und glaubt mir, der ist wahrlich kein angenehmer Aufenthaltsort. Reicht Euch das?«

Rudolf nickte.

»Dann schwört es!«, verlangte Meinolf.

»Ich gebe Euch bei meiner Ehre mein Wort, dass ich nicht fliehen werde.«

Ulf und Meinolf zeigten zufriedene Gesichter, doch Eberhard hatte das dumpfe Gefühl, sie hätten irgendetwas übersehen. Der Schwur war dem Birkenfelder zu rasch und zu glatt über die Lippen gekommen.

»Was ist mit Eurer Schwester?«, fragte er. »Schwört Ihr auch für sie?«

Rudolf hob erstaunt den Blick. »Glaubt Ihr wirklich, eine Elfjährige könne von hier fliehen und würde dann auch noch sicher nach Birkenfeld zurückgelangen?«

»Wenn Ihr dem Mädchen zur Flucht verhelft.«

»Ich habe Euch gerade mein Wort gegeben, nicht zu fliehen. Meint Ihr, ich würde es Meret zumuten, allein durch finstere Wälder zu reiten?«

Eberhard nickte leicht. Rudolfs Empörung schien echt zu sein. Dennoch blieb er misstrauisch. Und sei es nur, weil ihn Meinolfs selbstgefällige Miene zur Weißglut trieb.

9. Kapitel

Nicht einmal die geschmückten Wagen und der prächtige Pfingstochse vermochten darüber hinwegzutäuschen, dass dieses Pfingstfest das traurigste war, das Antonia jemals erlebt hatte. Wie jedes Jahr besuchte die gräfliche Familie den Pfingstgottesdienst in Alvelingeroth, dem größten der Dörfer, über die Burg Birkenfeld wachte. Pater Justus zelebrierte die heilige Messe, doch während in seinen Predigten für gewöhnlich ein humorvoller Unterton mitschwang, ließen seine Worte diesmal jegliche Heiterkeit vermissen. Alle Bewohner von Alvelingeroth wussten von dem Bubenstück der Regensteiner. Und jeder spürte, dass der Graf von Birkenfeld diese doppelte Demütigung nicht so einfach hinnehmen durfte. Pater Justus mahnte zur Besonnenheit, doch zugleich beschwor er Feuer und Schwefel über das Haupt der frevlerischen Regensteiner. Während der Messe linste Antonia immer wieder zu ihrem Vater hinüber, betrachtete seine unbewegte Miene. Niemals zuvor hatte sie ihn so gesehen – ohne das leiseste

Lächeln in den Augen, nahezu versteinert. Unwillkürlich schweiften Antonias Gedanken ausgerechnet zu Stephan von Cattenstedt. Niemand hatte ihn seit der Rückkehr vom Kreuzzug jemals lächeln sehen. Wie konnte ein Menschen innerlich derart versteinern? Und warum beschäftigte er sie immer wieder? Vergeblich versuchte sie, sein Bild aus ihren Gedanken zu verbannen, um sich ganz dem Gottesdienst hinzugeben.

Die gedrückte Stimmung wollte während des ganzen Pfingstsonntags nicht weichen. Als zum Mittagsmahl der zubereitete Rehbock aufgetragen wurde, den Rudolf erlegt hatte, blieb Antonia der Bissen im Hals stecken. Sie erinnerte sich, wie fröhlich er vor zwei Tagen gewesen war. An jenem Abend, als die Welt noch in Ordnung gewesen war. Es kam ihr vor, als wären Jahrhunderte vergangen. Behandelten die Regensteiner ihre Geiseln so, wie es der Sitte entsprach? Mit Achtung und Höflichkeit? Oder nahmen sie nicht einmal darauf Rücksicht? Antonia wurde die Kehle eng. Hätte sie sich in Halberstadt bei Eberhard von Regensteins plumper Annäherung gleich abgewandt, wäre alles anders gekommen. Aber es hatte ihr gefallen, ihm stark entgegenzutreten, seiner Unverschämtheit die passende Antwort zu erteilen.

Ihr Vater bemerkte, dass sie kaum aß, und zog daraus die richtigen Schlüsse. »Du trägst keine Schuld an dem Unglück«, sagte er. »Das Gift, das Meinolf in unsere Seelen träufeln möchte, darf nicht dazu führen, dass wir uns selbst zerfleischen. Die Regensteiner haben den Frieden gebrochen, nicht wir.«

»Wenn ich in Halberstadt geschwiegen hätte, dann …«, setzte Antonia an.

»Dann hätte Eberhard einen anderen Grund gefunden, uns Schaden zuzufügen«, unterbrach ihr Vater sie. »Und nun iss, mein Kind! Auch wenn Rudolf nicht mit am Tisch sitzt, so würde es ihn doch kränken, wenn du seiner Jagdbeute nicht die rechte Aufmerksamkeit schenkst.«

»Dein Vater hat recht«, fügte ihre Mutter hinzu. »Was auch kommen mag, wir werden es überstehen. Dich trifft keine Schuld.«

Antonia nickte. »Ist Barthel schon mit Nachricht von Johann zurück?«, fragte sie.

Ihr Vater schüttelte den Kopf. »Vermutlich hat Johann ihm angeboten, die Nacht auf Hohnstein zu verbringen. Er wird im Lauf des Tages zurückkehren.«

Vor der Tür hörten sie Schritte und Stimmen.

»Mir scheint, er ist soeben eingetroffen«, bemerkte Lena. »Und nicht allein.«

Die Tür wurde geöffnet, und drei Männer traten ein. Barthel war einer von ihnen, doch beim Anblick der beiden anderen schlug Antonias Herz sogleich höher. Der ältere von ihnen war Ritter Bertram, Graf Johanns jüngerer Bruder und ehemaliger Knappe ihres Vaters. Der andere war Johanns Sohn Christian, der im vergangenen Jahr gemeinsam mit ihrem Bruder Alexander die Schwertleite erhalten hatte.

»Wie wir gehört haben, machen die Regensteiner Ärger.« Bertram lächelte breit. »Da wollten wir nicht zurückstehen, auch wenn mein Bruder nicht selbst kommen konnte.«

Philip sprang auf. »Bertram, Christian!«

»Ist noch Platz an der Tafel?«, fragte Christian. »Wir haben zuletzt heute Morgen etwas zwischen die Zähne bekommen.«

»Selbstverständlich.« Antonias Vater machte eine einladende Geste. Barthel wollte sich unauffällig zurückziehen, doch Philip hielt ihn zurück. »Bleib, Barthel! Wer zusammen arbeitet, soll auch zusammen speisen.«

Christian nahm neben Antonia Platz. »Ihr seid noch schöner geworden, Fräulein Antonia. Kein Wunder, dass Eure Schönheit Eberhard den Kopf verdreht. Aber wir werden ihm auf die Finger klopfen.«

Seine Worte und sein zuversichtliches Augenzwinkern brachten Antonia wider Willen zum Lächeln. Christian war ein ansehnlicher junger Mann, er galt als eine der besten Partien der Umgebung, denn eines Tages würde er Graf von Hohnstein werden. Antonia bemerkte, dass ihre Mutter sie und Christian mit lächelnden Augen betrachtete, und stieß einen leichten Seufzer aus. Sie wusste, was ihre Mutter dachte. Mehr als einmal hatte sie beiläufig erwähnt, welch prachtvolles Mannsbild Christian doch sei und wie glücklich sich die Frau schätzen könne, die er einst freien würde. Gewiss, Christian hatte einen tadellosen Ruf, war das Idealbild ritterlicher Tugenden und Tapferkeit. Und er schien ihr durchaus zugeneigt. Aber galt seine Aufmerksamkeit wirklich ihr selbst, oder betrachtete er sie einfach nur als gute Partie? Leidenschaftliches Feuer suchte sie in seinem Blick vergebens.

»Und wie wollt Ihr den Regensteinern auf die Finger klopfen?«, fragte sie und verscheuchte alle trüben Gedanken.

Bertram antwortete an Christians Stelle.

»Wenn unsere Familien zusammenstehen, haben wir eine stattliche Anzahl waffenfähiger Männer unter unserem Befehl. Burg Regenstein mag uneinnehmbar sein, weil es nur einen Zugang gibt. Aber genau das könnte sich als Falle für die Regensteiner herausstellen, wenn wir ihre Warenlieferungen überfallen.«

»Inzwischen müssen wir also bereits unter die Räuber gehen, um unser Recht zu erzwingen.« Antonias Mutter schüttelte bedauernd den Kopf. »Gibt es wirklich keine andere Möglichkeit?«

»Nein«, erklärte Philip. »Auch in mir sträubt sich alles gegen eine Fehde, aber es ist der einzige Weg.« Dann wandte er sich an Bertram, Christian und seinen Sohn Alexander. »Ihr helft mir nach dem Mahl, den Fehdebrief aufzusetzen.«

»Sehr gern!«, rief Christian erfreut. »Darf ich ihn überbringen?«

»Das halte ich für zu gefährlich«, widersprach Philip.

»Weshalb? Der Bote ist unantastbar. Wer sich am Überbringer der Botschaft vergreift, hat jegliche Schonung verwirkt.«

Philip seufzte. »Du wärst eine viel zu wertvolle Geisel, Christian. Ehre hin oder her. Dass sie keine besitzen, haben die Regensteiner längst bewiesen, als sie Rudolf nicht mehr gehen ließen, obwohl sie Meret nicht gegen ihn austauschen wollten.«

»Ich werde ihn überbringen«, mischte Barthel sich ein.

Doch wieder schüttelte Philip den Kopf. »Stephan von Cattenstedt soll der Bote sein.«

»Stephan leidet noch immer unter den Folgen des Überfalls«, gab Antonia zu bedenken.

»Was ihn nicht daran hinderte, mit Rudolf nach Regenstein zu reiten.«

»Schickst du ihn deshalb, Vater? Als Strafe?«

»Ganz im Gegenteil. Stephan hatte in den letzten Tagen viel Pech, ich will ihm zeigen, dass er nach wie vor mein Vertrauen besitzt.«

»Aber es ist ein Wagnis.«

»Die Gefahr schreckt uns Männer nicht«, warf Christian ein. »Sie ist das Salz, das unser Leben schmackhaft macht.«

»Aber wie bei jedem guten Gericht sollte man sparsam damit umgehen, denn niemand mag versalzene Speisen«, gab Antonia zurück.

»Der Botenritt ist ungefährlich für Stephan«, beruhigte Philip seine Tochter. »Er ist viel zu unbedeutend für die Regensteiner, als dass sie das Risiko einer unverzeihlichen Ehrverletzung auf sich nähmen, die ihnen unter Umständen sogar die Reichsacht eintragen könnte.«

»Ich danke Euch für Euer Vertrauen.« Behutsam nahm Stephan das zusammengerollte Dokument an sich. Er kannte den Wortlaut des Fehdebriefs nicht, hatte nur gesehen, dass links das Wappen des Grafen von Birkenfeld – drei Birken über einem springenden Hirsch – und rechts das Hohnsteiner Wappen – ein roter Greif – den Schriftzug *Fehdebrief* einfassten. Auch hatten beide Familien das Dokument gesiegelt.

»Nach deiner Rückkehr musst du uns die Gesichter der Regensteiner beschreiben, wenn sie den Brief öffnen.« Alexander grinste. »Vielleicht vermuten sie zunächst, es handle sich um die Abtretungsurkunde für die Eisenerzmine.«

»Da wäre ich auch gern Zuschauer«, gestand Bertram. »Zu schade, dass wir nicht alle dabei sein können.«

»Ich werde Bericht erstatten«, versprach Stephan, verließ das Gemach und ging zum Stall, um seinen Hengst zu holen. Während er in den Sattel stieg, spürte er wieder die Rippe. Der Schmerz hatte seit Freitag ein wenig nachgelassen. Wenn er Glück hatte, wäre er in einer Woche wieder ein ernst zu nehmender Gegner für alle Feinde. So wie damals nach dem Fall von Damiette …

»Wer ist der Mann, der sich so mutig an die Spitze setzte und als Erster die Mauer von Damiette überwand?«

»Mein jüngerer Bruder Stephan, Sire.« Thomas tritt vor König Ludwig und verneigt sich. Der Schmerz in Stephans Rippen ist unerträglich, aber er wird standhaft bleiben, keine Schwäche zeigen.

»Dein Bruder ist ein tapferer Mann. Er soll vortreten.«

Die Männer jubeln, der Schmerz vergeht, als der König ihn öffentlich lobt, fragt, von welchem Stand er sei. Bescheiden antwortet er, er sei nur ein einfacher Edelknecht.

»Ein Edelknecht? Das darf nicht länger sein. Ein so tapferer Mann gehört in den Stand der Ritter.« Und dann spricht Ludwig IX., König von Frankreich und Herr über das Heer der Christenheit, die Worte, nach denen Stephan sich gesehnt hat, seit er mit Thomas aufbrach, um Ruhm und Ehre zu erringen.

»Knie nieder!«

Er gehorcht. Ludwig greift nach seinem Schwert.

»Stephan von Cattenstedt, von nun an wirst du ob deiner Tapfer-

keit aufgenommen in den Stand der Ritter. Nimm einen letzten Schlag unerwidert hin, danach keinen mehr.« Der König berührt seine rechte Schulter mit dem Schwert.

»Erhebt Euch, Herr Stephan, denn nun seid Ihr ein königlicher Ritter.« Der Herrscher winkt seinen Schreiber herbei, befiehlt, den neuen Stand in Stephans Wappenrolle zu verzeichnen, damit es königlich gesiegelt werde.

»Nun muss ich mich wohl vor meinem kleinen Bruder verneigen.« Thomas lacht und schlägt ihm auf die Schulter. Er erwidert das Lachen. Er ist am Ziel, noch ahnt er nichts von den bitteren Tagen, die folgen werden.

Die Sonne stand bereits tief, als Stephan Burg Regenstein erreichte.

»Ich habe eine Botschaft des Grafen von Birkenfeld!«, rief er den Wächtern zu. »Führt mich zu Graf Ulf!«

Diesmal ließ man ihn nicht lange warten, sondern führte ihn unmittelbar in den Rittersaal. Ulf von Regenstein saß in der Mitte der Tafel, zu seiner Rechten Eberhard, links von ihm Meinolf. Stephan nahm das spöttische Feuer in Meinolfs Augen wahr.

»Nun, was bringt Ihr uns?« Ulf von Regenstein musterte Stephan lauernd.

»Der Graf von Birkenfeld betraute mich mit der Übergabe dieses Dokuments.« Stephan zog den Fehdebrief hervor.

»Ist er so schlau, mir seine Eisenerzmine zu überschreiben?« Eberhard schmunzelte zufrieden.

»Lest selbst!« Er reichte Eberhard das Schriftstück.

Sogleich wollte der die Siegel zerbrechen, um die Rolle zu öffnen, doch dann zögerte er. »Es sind zwei Siegel. Warum haben die Hohnsteiner dieses Dokument gesiegelt?«

»Öffnet es und lest selbst!«, wiederholte Stephan.

Ulf wurde ungeduldig, riss Eberhard das Schreiben aus der Hand und zerbrach die Siegel.

»Ein Fehdebrief!«, schrie er. »Unterzeichnet von Birkenfeld und Hohnstein! Wie können sie es wagen?«

»Eine Fehdebrief?« Der Spott in Meinolfs Augen schwand.

»Ihr habt den Frieden aufs Schändlichste gebrochen«, las Ulf vor. »Wir klagen Euch an, ein unschuldiges Kind aus tiefstem Frieden heraus geraubt zu haben. Des Weiteren habt Ihr den Mann, der sich für seine Schwester verwendete, wider jedes Recht zu Eurem Gefangenen gemacht. Eure Räuberei versuchtet Ihr durch vergiftete Worte zu verbergen, habt desgleichen unseren wohledlen Lehnsherrn Fürst Leopold, Herzog zu Halberstadt, durch Euren Bastard beleidigen lassen. Vom dritten Tag an nach Überbringung dieses Schreibens wird Fehde herrschen zwischen Euch und uns, den Grafen von Birkenfeld und Hohnstein. Solltet Ihr noch einen letzten Funken Ehre besitzen, weisen wir Euch auf die Einhaltung der Fehderegeln hin, die da besagen, dass Unschuldige, Bauern und Geistliche verschont bleiben, dass Brandschatzung und Meuchelmord Euch in den Stand ehrloser Verbrecher setzen werden, die man mit einem Stock erschlägt, als wären es tollwütige Hunde. Solltet Ihr jedoch willens sein, vor Ablauf der drei Tage Eure Geiseln freizugeben, die da namentlich sind Meret von Birkenfeld, Tochter des Grafen Philip von Birkenfeld, und Rudolf von Birkenfeld, an Sohnes statt angenommen vom Grafen Philip von Birkenfeld, so sind wir bereit, Euch Versöhnung zu gewähren. Gezeichnet Philip Graf von Birkenfeld, Bertram Ritter von Hohnstein, Christian Ritter von Hohnstein in Vertretung seines Vaters, des Grafen Johann von Hohnstein.«

Wütend schleuderte Ulf das Schriftstück auf den Tisch.

»Das ist eine Unverschämtheit!«, brüllte er. »Bildet Euer Herr sich wirklich ein, es mit Regenstein aufnehmen zu können? Mit seiner kleinen, lächerlichen Burg, die keiner Belagerung standhält? Oder die Hohnsteiner? Wie kommt es, dass ein Geschlecht von Feiglingen es wagt, den Birkenfeldern beizuspringen und sich mit uns anzulegen?«

»Soweit ich weiß, haben Euch nur Birkenfeld und Hohnstein die Fehde erklärt«, antwortete Stephan. »Von einer dritten Familie namens Feigling weiß ich nichts. Lebt dieses Geschlecht hier in der Gegend?«

»Geh mir aus den Augen!«, brüllte Ulf.

»Einen Augenblick, Vater!«, mischte Meinolf sich ein. »Herr Stephan möchte doch gewiss unsere Antwort hören.«

Da war es wieder, das spöttische Leuchten in den Augen des Bastards.

»Wollt Ihr die Gefangenen gleich freigeben, um Euch die Fehde zu ersparen?«, fragte Stephan und nahm befriedigt wahr, wie sich Meinolfs Mundwinkel verärgert verzogen.

»Ihr könnt dem Grafen von Birkenfeld und seinen Freunden ausrichten, dass sie es bitter bereuen werden. Niemand legt sich ungestraft mit den Regensteinern an.«

»Ich werde es ausrichten. Sonst noch etwas?«

»Verschwindet!«

»Sehr wohl.« Grußlos wandte Stephan sich um und ging.

Der Waffenknecht, der an der Tür gewartet hatte, geleitete ihn zurück zur Vorburg, wo Stephans Pferd wartete. Er wollte gerade in den Sattel steigen, als er von weiter oben einen lauten Pfiff hörte. Auf der Stelle fuhr er herum und entdeckte Rudolf und Meret, die von der Hauptburg aus über die Mauer spähten. Anscheinend hielten die Regensteiner sich wenigstens an die Gepflogenheiten, wie hochgestellte Geiseln zu behandeln waren. Kurz überlegte Stephan, ob er Rudolf einige erklärende Worte zurufen sollte, aber dann entschied er sich dagegen. Er wollte ihm keine unnötigen Schwierigkeiten bereiten.

10. Kapitel

Was meinst du, Rudolf? Was wollte Stephan hier?« Fragend musterte Meret ihren Bruder. »Wird Vater für uns Lösegeld zahlen?«

»Ich hoffe nicht.« Rudolf folgte Stephan mit den Blicken, als dieser das Tor passierte und in den Wald galoppierte. »Wenn er für uns zahlt, werden die Regensteiner immer wieder Geiseln nehmen.«

»Aber wenn er nicht zahlt, wie kommen wir dann wieder nach Hause?«

»Mir fällt schon etwas ein«, erwiderte er leichthin. Doch tatsächlich machte er sich große Sorgen. Anfangs war ihm alles so leicht erschienen, er hatte das Gefühl gehabt, alles könne ihm gelingen. Inzwischen … Er hatte den verfluchten Regensteinern sein Wort gegeben, nicht zu fliehen. Zwar hatte er ihnen nichts versprochen, was Meret betraf, aber er war Eberhard gegenüber aufrichtig gewesen. Wie sollte seine kleine Schwester auch allein durch die Wälder reiten, wenn er nicht dabei war und sie beschützen konnte?

War das Gefühl der Zuversicht, das ihn in seinem gerechten Zorn vor einigen Tagen noch durchströmt hatte, tatsächlich nur der helle Vorbote der Dunkelheit gewesen? Seit er den Regensteinern sein Wort gegeben hatte, lag ein Schatten auf seiner Seele, saugte ihm alle Kraft und Zuversicht aus dem Herzen. Er kannte die dunklen Tage, hatte sie bislang immer wieder überwunden. Aber zu jener Zeit war er nur für sich selbst verantwortlich gewesen, hatte seine Familie um sich gehabt. Vor allem seine Mutter wusste, wie es in ihm aussah, und half ihm mit der ihr eigenen Stärke, die Schwermut zu besiegen. Ebenso wie sie ihm gern Zügel anlegte, wenn das Feuer der Zuversicht ihn zu verbrennen drohte, er sich für stärker hielt, als er tatsächlich war, und zu allerlei Torheit neigte.

Schritte. Rudolf wandte sich um. Einer der Waffenknechte stand hinter ihm.

»Ich soll Euch in den Rittersaal bringen«, sagte er.

Rudolf nickte. »Komm, Meret! Sicher erfahren wir, was Stephan wollte.«

»Von dem Kind war nicht die Rede. Herr Ulf will mit Euch sprechen.«

»Was längst nicht heißt, dass mich meine Schwester nicht begleiten darf.« Mit Nachdruck griff Rudolf nach Merets Hand.

Der Waffenknecht schnaubte, widersprach aber nicht.

»Wollt Ihr wissen, was Ihr Eurem Vater wert seid?« Ulf schritt verärgert vor dem Tisch auf und ab, in der Hand ein halb zerknülltes Schriftstück. Eberhard saß mit missmutiger Miene an seinem Platz, nur Meinolf zeigte ein seltsam zufriedenes Gesicht.

»Anscheinend nicht das, was Ihr Euch erhofft habt«, gab Rudolf gleichmütig zurück.

»Da!« Ulf warf ihm das Schreiben vor die Füße. Rudolf bückte sich, hob es auf, strich es glatt und las.

»Nun, was sagt Ihr dazu, Herr Rudolf?«, zischte Ulf.

»Ich habe Ritter Bertram schon immer für seine Schönschrift bewundert. Dies ist ganz zweifelsfrei von seiner Hand verfasst – ich erkenne es an den großen geschwungenen Anfangsbuchstaben. Die Formulierungen hingegen klingen nach meinem Vater. Vor allem der letzte Satz ist wunderschön, nicht wahr?«

Ulf riss Rudolf den Fehdebrief aus der Hand.

»Eigentlich sollte ich Eurem Vater darauf die Antwort geben, die er verdient. Euch mit durchgeschnittener Kehle vor seine Schwelle legen!«

»Nein!«, schrie Meret und klammerte sich ängstlich an ihren Bruder.

»Keine Sorge, Schwesterchen.« Rudolf strich ihr behutsam über das Haar. »Das wird er nicht tun, denn eine solche Tat widerspräche den Gesetzen der Ritterschaft.« Dann hob er den Blick und sah Ulf unverwandt in die Augen. »Es scheint Euch zu gefallen, kleine Mädchen zu erschrecken. Messt Euch lieber mit Euresgleichen!«

»Euer Vater hat mich bitter enttäuscht.«

»Besser Euch als mich. Und nun sagt, was wollt Ihr von mir?«

»Euch warnen, Herr Rudolf. Ihr gabt mir Euer Wort, nicht zu fliehen. Ab sofort herrscht Fehde zwischen unseren Familien. Solltet Ihr Euer Wort brechen, sterbt Ihr.«

Rudolf spürte, wie Meret sich fester an ihn schmiegte.

»Eine überflüssige Drohung. Ein Birkenfelder bricht niemals sein Wort. Und nun hört bitte damit auf, meine Schwester zu ängstigen. Das ist eines Grafen nicht würdig.«

Ulf knurrte etwas Unverständliches. Meinolf grinste, während Eberhard den Blick senkte. Für einen Moment war Rudolf verwirrt. Sollte sich Eberhard womöglich ernsthaft unwohl in seiner Haut fühlen? Vielleicht konnte Sibylla ihm mehr verraten. Er hatte sie auch in der vergangenen Nacht durch das Fenster besucht und Artigkeiten mit ihr ausgetauscht. Was hätte Eberhard wohl gesagt, hätte er gewusst, mit welchen Blicken seine Tochter einen Birkenfelder bedachte?

»War das alles?«, fragte er. »Dürfen wir uns wieder zurückziehen?«

»Gleich.« Meinolf war aufgestanden. »Vorher habe ich Euch jedoch noch etwas zu sagen.«

»Wie könnte es auch anders sein? Ihr habt ja immer etwas zu sagen.«

»Euch ist gewiss klar, dass Eure Familie diese Fehde niemals für sich entscheiden kann. Auch dann nicht, wenn die Hohnsteiner an ihrer Seite kämpfen. Regenstein hat zu viele mächtige Vasallen. Eure Familie wird unterliegen.«

»Warten wir's ab.«

»Das könnten wir. Aber wir sind bereit, Euch ein Angebot zu machen, Rudolf von Birkenfeld.«

»Ihr wollt mir ein Angebot machen?« Rudolf runzelte die Stirn. »Da bin ich aber gespannt.«

»Wir können Euch dabei helfen, selbst Graf von Birkenfeld zu werden.«

»Ich habe Euch bereits erklärt, dass ich nicht nach der Grafschaft trachte.«

»Aber so könntet Ihr den Familienbesitz erhalten. Wir werden Eure Familie besiegen. Wir werden Euch alles nehmen und Euren Ziehvater nach Ägypten zurückjagen, wo er bei seiner ungläubigen Sippschaft unterkriechen mag. Ihr könntet es verhindern, indem Ihr einen Pakt mit uns schließt.«

Rudolf senkte den Blick und betrachtete die Füße seines Gegenübers. »Herr Meinolf, seid Ihr sicher, dass Euch die Stiefel nicht zwicken?«

»Was soll das heißen?«

»Nun, ich dachte, wenn man einen Pferdefuß hat, ist es ziemlich lästig, Stiefel zu tragen. Ich schließe weder Pakte mit den Feinden meiner Familie, noch verkaufe ich meine Seele an den Satan. Komm, Meret!«

»Meinst du wirklich, er hat einen Pferdefuß?«, flüsterte Meret, als sie den Rittersaal verlassen hatten und zu ihrer Kammer hinaufstiegen.

»Und zwei Hörner. Man sieht sie nur nicht.«

»Er macht mir mehr Angst als der Graf von Regenstein«, sagte sie leise.

Rudolf nickte. »Er ist der Gefährlichste von allen. Aber keine Sorge! Der Herr ist mit denen, die reinen Herzens sind. Das hast du doch heute in der Pfingstmesse gehört, nicht wahr?«

Der Abend zog sich quälend lang hin. Rudolf wartete darauf, dass es Nacht wurde, um zu Sibylla hinabzusteigen. Den Weg über die Treppe vermied er – zu leicht hätte ihn einer der Waffenknechte sehen können. Eberhard wäre gewiss nicht erfreut gewesen, hätte er gewusst, wen seine Tochter immer wieder heimlich empfing, auch wenn nichts Unschickliches zwischen ihnen geschah.

Als es vollends dunkel war, zögerte er. War es überhaupt sinnvoll, sich einer solchen Gefahr auszusetzen? Er atmete tief durch. So fing es immer an. Er hinterfragte alles nach dem Sinn, und wenn er sich zu lange damit beschäftigte, lautete die Antwort stets Nein. Nichts hatte mehr Sinn, alles schien gleichgültig, das Leben war trostlos. Seine Mutter hatte ihn gelehrt, gegen diese Heimsuchungen anzukämpfen. Tätig zu werden, um nicht in das tiefe Loch zu stürzen, selbst wenn ihm alles aussichtslos erschien. Das fehlende Gleichmaß war sein Fluch. Vor allem die Tage, an denen das Leben ihm so schwer wurde, dass er seiner überdrüssig zu werden drohte. Was, wenn es nun wieder geschah? Er war ein solcher Dummkopf gewesen. Wenn die Schwermut ihn vollends packte und die Regensteiner seinen Zustand bemerkten, wäre er ihnen hilflos ausgeliefert. Sie würden seine Schwäche ausnutzen, ihn womöglich zu Taten verleiten, die er bei klarem Verstand niemals auch nur in Betracht gezogen hätte.

Er knotete das Seil am Fensterkreuz fest. Dann stieg er hinab zu Sibyllas Fenster.

»Ihr kommt spät, Herr Rudolf«, empfing sie ihn. Er bemerkte sogleich ihren prächtigen Surcot, hellblau mit feinen Silberstickereien. Ein Kleid, in dem sie auf jedem königlichen Empfang geglänzt hätte.

»Ihr seht bezaubernd aus, Fräulein Sibylla.«

Sie senkte den Blick. Ihre Wangen röteten sich auf liebreizende Weise. Wie konnte es sein, dass ausgerechnet im Garten der Regensteiner eine solch bezaubernde Rose blühte? Sibylla war nicht nur von angenehmem Äußeren, sondern auch von verständiger, freundlicher Wesensart. Es war die richtige Entscheidung gewesen, sie zu besuchen. Das Leben konnte nicht sinnlos sein, wenn es noch solche Kostbarkeiten zu entdecken galt.

»Sagt, ist es wahr?« Sie hob den Blick. »Mein Vater erzählte mir, Birkenfeld und Hohnstein hätten uns die Fehde erklärt.«

»Was hätte Eure Familie getan, wäre sie an unserer Stelle? Das Unrecht hingenommen und gezahlt?«

»Vermutlich nicht«, gab sie zu. »Aber nehmt doch Platz, Herr Rudolf!« Sie wies auf zwei Stühle, die mit Lammfellen belegt waren, und einen kleinen Tisch. Darauf stand ein Silberteller mit Backwerk.

»Bitte, bedient Euch!«

»Ihr seid die vollendete Gastgeberin, Fräulein Sibylla.«

»Nur bei Gästen, die mir willkommen sind.«

»Ich weiß, die anderen empfangt Ihr mit dem Schürhaken.«

Sie lachte. »Werdet Ihr mir das dauerhaft vorhalten?«

Er griff nach einem Stück Kuchen. »Gewiss nicht, auch wenn ich sagen muss, dass Ihr mich nachhaltig beeindruckt habt.«

»Und was werdet Ihr nun tun, da Fehde zwischen unseren Familien herrscht, Herr Rudolf?«

»Mir sind die Hände gebunden – ich gab mein Wort, nicht zu fliehen.«

»Ist Euch das nicht schwergefallen?«

Sie sprach diese Frage im Ton harmloser Plauderei aus, vielleicht nur aus Höflichkeit. Dennoch traf sie Rudolf völlig unvermittelt an jenem Punkt seiner Seele, den er so verzweifelt vor der Dunkelheit zu schützen suchte.

»Hat es überhaupt Sinn, gegen das Schicksal aufzubegehren?«

Sie sah ihn verwirrt an. »Bei unserer ersten Begegnung kamt Ihr mir vor wie ein Mann, der sein Schicksal selbst in die Hand nimmt.«

»Es gibt Zeiten, in denen das zutrifft.«

»Aber hier und heute ist nicht diese Zeit?« Ihre Augen weiteten sich vor Erstaunen.

»Was erwartet Ihr, Fräulein Sibylla? Ihr habt mir doch selbst gezeigt, wie vergebens ein Fluchtversuch wäre. Zudem habe ich an das Wohl meiner kleinen Schwester zu denken.«

»Möchtet Ihr, dass ich Euch dabei helfe?«

»Wie stellt Ihr Euch das vor?«

»Nun, es scheint mir nicht ratsam, wenn ein Mädchen allzu lange ohne weibliche Hand lebt. Ich könnte meinen Vater bitten, mich ihrer annehmen zu dürfen. Sagt, Herr Rudolf, woran hat Eure Schwester Freude? Sind es Handarbeiten? Ist es erbauliche Literatur?«

»Sie hat ein Geschick für feine Stickerei, und unsere Mutter hat sie in die Grundzüge des Teppichknüpfens eingeweiht.« Er lächelte. »Ein Erbe von Merets Großmutter, deren Namen sie trägt. Unsere Mutter lernte die Kunst des Teppichknüpfens in Ägypten von ihrer Schwiegermutter.«

»Ich habe selbst eine Schwäche für das Wirken von Wandteppichen. Wollt Ihr sehen, woran ich gerade arbeite?«

Er nickte, dankbar für die Ablenkung. Sibylla erhob sich und begab sich in eine Ecke ihrer Kemenate, um kurz darauf mit einer zierlichen Handarbeit zurückzukommen. Obwohl das Bild noch unvollendet war, konnte Rudolf dennoch erkennen, dass es die Heilige Familie im Stall zu Bethlehem zeigte.

»Ihr seid sehr geschickt, Fräulein Sibylla. Jedes Gotteshaus wäre dankbar, wenn seine Altäre mit solcher Kunst geschmückt würden.«

»Und Ihr seid ein Schmeichler.« Sie lachte. »Ich habe mir vorgenommen, die ganze Lebensgeschichte des Heilands in kleinen Bildern zu erzählen, und wenn das letzte gewirkt ist, alle zu einem großen Wandbehang zusammenzunähen. Vermutlich werde ich darüber alt und grau.«

»Frauen wie Ihr werden niemals alt, sie werden reif und würdevoll, und die Männer verehren sie nicht nur für ihre Schönheit und ihren Liebreiz, sondern auch für ihre Klugheit und Güte.«

Sibylla räusperte sich. »Nun endlich weiß ich, was mein Vater mit den Silberzungen der Birkenfelder meinte.«

»Ich hoffe, ich bin Euch nicht zu nahe getreten.«

»Nein, natürlich nicht.« Sie errötete. »Es waren sehr schöne Worte.«

Eine Weile herrschte Schweigen. Rudolf betrachtete Sibylla, die den Blick auf ihre Handarbeit gesenkt hielt und deren Wangen noch immer glühten.

»Erweist Ihr mir die große Gefälligkeit und nehmt Euch meiner Schwester an?«, brachte er schließlich hervor.

»Sehr gern, wenn Euch das einen Schatten von der Seele nimmt.«

Rudolf zuckte zusammen. Hatte sie es bemerkt? Doch sie lächelte ihn freundlich an, ahnungslos, wie genau ihre harmlose Bemerkung ins Schwarze getroffen hatte …

11. Kapitel

Der Pfingstmontag begann mit strahlendem Sonnenschein. Das Gesinde ging nur den notwendigsten Verrichtungen nach, denn dieser Tag gehörte ihnen. In früheren Jahren war Antonia oft mit ihrem Vater oder den Brüdern ausgeritten, doch nun, da die Fehde verkündet war, stand ihr nicht der Sinn danach. Ziellos streifte sie mit ihrem Hündchen Pepito durch die Burg. Der weiße Bologneser lief schnüffelnd umher, begrüßte die großen Jagdhunde mit fröhlichem Gekläff, so als wäre er einer der Ihren, und wurde ebenso freundlich begrüßt. Antonia lächelte. Hunde nahmen das Leben wesentlich leichter. Es scherte sie nicht, ob der Artgenosse sich von ihnen unterschied oder gar einer anderen Rasse angehörte. Wären die Menschen doch nur genauso verständig!, dachte sie.

Irgendwann fand Antonia sich in der Vorburg wieder, zwischen den Hütten der Handwerker und des Gesindes. Und in der Nähe Stephans ... Erst nachdem sie vor Witolds Haus stand, begriff sie, warum sie hier war. Die ganze Zeit schon galten ihre Gedanken Stephan, immer wieder schlich er sich in ihre Seele. Doch seit Merets Entführung war sie ihm nicht mehr begegnet. Ganz so, als ginge er ihr aus dem Weg. Welch ein Unsinn!, schalt sie sich im Stillen. So wichtig bin ich ihm nicht. Dennoch traf ein winziger Stich ihr Herz. Vermutlich war sie ihm sogar lästig gefallen, als sie ihn am Vorabend des Überfalls immer wieder zu einem Gespräch hatte nötigen wollen. Sie seufzte. Warum konnte Christian ihre Gedanken nicht beflügeln und sie zum Träumen verleiten? Warum musste es ausgerechnet dieser wortkarge, manchmal sogar recht grimmige Stephan sein? Weil er ein Geheimnis barg? Weil er niemals lachte? Weil er nicht wie alle anderen um sie warb?

Die Tür öffnete sich. Antonia trat rasch einen Schritt zurück, um den Eindruck einer zufälligen Begegnung zu erwecken. Doch es war nicht Stephan, sondern Witold, der das Haus verließ. Er grüßte sie beiläufig, dann eilte er zum Tor. Antonia war verwundert. So hastig hatte sie den Burghauptmann selten erlebt.

Seine jüngste Tochter Ursel lugte hinter ihm aus der Tür, um dann beiseitezutreten und auch Stephan hinauszulassen. Antonias Herz schlug schneller, als er sie bemerkte und ihr einen guten Morgen wünschte. Nicht so beiläufig wie Witold, aber dann lenkte auch er seine Schritte in Richtung des Tors.

»Herr Stephan!«, rief sie ihm nach. »Gibt es Ärger?«

Er blieb stehen. »Ich glaube nicht.«

»Warum eilen dann alle zum Tor?«

»Seht selbst!« Er machte eine einladende Handbewegung, ihm zu folgen. Pepito lief schwanzwedelnd voraus.

Eine seltsame Reisegesellschaft näherte sich dem Burghügel. Männer in weiten hellblauen Umhängen, die sich im Wind bauschten und einen Blick auf das gelbe Futter gewährten. Die meisten von ihnen trugen Turbane, vorwiegend weiß oder rot, wie Antonia sie nur aus den Erzählungen ihres Vaters aus dem Morgenland kannte. Sie zählte fünfzehn Reiter und vier Packpferde. Der vorderste Reiter trug einen weißen Turban, während das Haar seiner Begleiterin neben ihm offen im Wind flatterte. Mit weiten Beinkleidern saß sie wie ein Mann im Sattel, während unter dem Umhang ein locker fallendes, hemdartiges Gewand zu erahnen war. Dann jedoch entdeckte Antonia einen weiteren Mann, der sich der Spitze näherte. Im Gegensatz zu den übrigen Reitern war er wie ein Einheimischer gekleidet – in eng anliegende Beinlinge und einen dunkelblauen Bliaut. Darüber trug er einen gewöhnlichen Reisemantel, wie ihn Antonias Brüder und ihr Vater besaßen. Allerdings hatte der Fremde ebenso schwarzes Haar wie die junge Frau – und vermutlich auch die übrigen Reisenden unter ihren Turbanen.

»Wer sind diese Leute?«, fragte sie Stephan.

Der hob nur die Schultern. Plötzlich gewahrte Antonia eine gefleckte große Raubkatze, die den Reitern folgte. War das gar ein Leopard? Sie erinnerte sich an die Wappen einiger Ritter, die einen Leoparden zeigten. Ein gefährliches Raubtier, doch es lief friedlich wie ein Hund zwischen den Pferden umher.

Weitere Schritte. Antonia wandte sich um. Ihr Vater und Alexander waren zum Tor gekommen.

»Weißt du, wer das ist?«, fragte sie ihren Vater.

Zum ersten Mal seit Tagen löste sich die Anspannung in seiner Miene, und er lächelte.

»Ich habe lange keinen Brief mehr aus Ägypten erhalten. Vermutlich hat der letzte sein Ziel nicht erreicht.«

»Du meinst, es sind Verwandte aus Ägypten?«

Ihr Vater musterte die vorderen Reiter. Das Lächeln vertiefte sich.

»Ich habe ihn zwar noch nie gesehen, aber ich bin sicher, dass der junge Mann mit dem weißen Turban mein Neffe Karim ist. Er hält sich genau wie Said im Sattel.«

»Und der in der abendländischen Kleidung?«

Philip kniff die Augen zusammen, als müsse er die Unschärfe seines Blicks ausgleichen, um den Fremden genauer betrachten zu können.

»Das könnte Donatus sein«, sagte er dann. »Wenn er es so hält wie ich bei meiner ersten Reise und die Kleidung der Franken bevorzugt.«

»Dein geschenkter Halbbruder?« Antonia zwinkerte ihrem Vater zu. Er lachte, denn Donatus hieß nicht umsonst *das Geschenk*. Schließlich war seine Mutter bei seiner Geburt bereits fünfundvierzig Jahre alt gewesen.

Philip wandte sich an seinen Sohn. »Alexander, würdest du deine Mutter und Bertram holen?«

Alexander nickte und verschwand.

»Was ist das für ein Gefühl?« Antonia betrachtete ihren Vater von der Seite. »Zum ersten Mal deinen Bruder zu sehen, der jünger ist als dein eigener Sohn?«

»Ich hoffe, er hat nicht so viel Unsinn im Kopf wie ich in dem Alter. Und ich bin neugierig, ob er auch etwas von Guntrams Wesen in sich trägt. Ich würde es seinem Vater wünschen. Guntrams Tod war so grauenvoll und so sinnlos …«

Antonia nickte. Sie kannte die tragische Geschichte.

Alexander kehrte in Begleitung seiner Mutter und Bertrams zurück. Auch Christian hatte sich ihnen angeschlossen.

»Besuch?«, fragte der junge Ritter und gesellte sich zu Antonia. »Immerhin sieht das nach zusätzlichen Kämpfern für die Fehde aus.«

»Wir wollten unsere Gäste nicht mit unseren Schwierigkeiten behelligen«, warf Lena tadelnd ein.

»Aber ein bisschen Spaß dürfen sie auch haben«, bemerkte Alexander mit breitem Grinsen. »Wie war das doch gleich mit dem Salz des Lebens?« Die beiden jungen Männer lachten. Antonia sah, dass Bertram schmunzelte.

»Wer mag die junge Frau sein?«, fragte Lena. »Soweit ich weiß, ist Sophias älteste Tochter erst dreizehn.«

Philip legte seiner Frau einen Arm um die Schultern. »Erinnerst du dich an unsere erste Begegnung mit Männern in himmelblauen Umhängen? Damals in der Wüste nach dem Sandsturm?«

»Du meinst, es sind Sethi?«

Philip nickte. »Ja. Und wen mögen sie wohl schützen?«

»Die Tochter des Herrn von Djeseru-Sutech«, hauchte Lena. »Wenn sie nach ihrer Mutter schlägt, kann es sehr … bemerkenswert werden.«

Philip lachte. »Das wird es so oder so.«

Eine Ewigkeit schien zu vergehen, bis der seltsame Reisezug den Berg erklommen hatte. Je näher die Besucher kamen, umso mehr Einzelheiten erkannte Antonia. Das silberbeschlagene kostbare Sattelzeug der Pferde, die kleinen Quasten an den Zügeln. Den goldenen Halsschmuck und die prächtigen Ohrringe der jungen Frau. Der Leopard hielt sich mittlerweile ausschließlich an ihrer Seite. Antonia war erstaunt, wie schlank und hochbeinig das Raubtier war. Auf Bildern hatten die Tiere immer viel stämmiger gewirkt.

Endlich erreichte der Zug das große Tor. Der junge Mann an der Spitze brachte sein Pferd zum Stehen.

»Der Morgen der Güte sei mit Euch«, grüßte er. »Ist es müden Reisenden gestattet, den Hof zu betreten?«

Sein Lächeln und das Blitzen der Augen erinnerten Antonia an ihren Vater. Philip trat vor.

»Ihr seid willkommen«, sagte er. »Du bist Karim, nehme ich an.«

Der junge Mann nickte.

»Und du mein Onkel Philip.«

»So ist es.«

Karim sprang vom Pferd und umarmte seinen Onkel.

»Meine Eltern haben mir so viel von dir erzählt«, sagte er.

Philip erwiderte die Umarmung und sah zum ersten Mal seit Merets Entführung wieder glücklich aus.

»Auf, auf, steht nicht einfach so herum!«, rief er dann. »Macht Platz, damit unsere Gäste in den Burghof reiten können!«

Die Menge der Zuschauer zerstreute sich. Pepito kläffte. Antonia fuhr herum. Die gefleckte Raubkatze hatte das weiße Hündchen bemerkt.

»Pepito!«, rief Antonia erschrocken aus, doch der kleine Rüde bellte weiter, ohne auf seine Herrin zu hören oder sich der Gefahr bewusst zu sein, in der er schwebte.

»Nebet!«, hörte sie plötzlich einen scharfen Ruf. Die junge Frau, die neben Karim geritten war, war vom Pferd gestiegen. Das Raubtier wandte den Kopf und folgte dem Ruf. Es schnurrte fast wie eine Katze, als seine Herrin ihm beruhigend über das Fell strich.

»Keine Sorge«, sagte sie. »Nebet ist harmlos.«

»Ein harmloser Leopard?« Antonia musterte die Besucherin zweifelnd.

»Kein Leopard. Nebet ist eine Gepardin. Sie begleitet mich, als wäre sie ein Jagdhund. Ich bin Sachmet.«

»Mein Name ist Antonia.«

»Du bist Philips Tochter?« Es war mehr eine Feststellung als eine Frage. »Meine Mutter hat mir viel von deinem Vater erzählt.«

»Deine Mutter?«

»Ihr Name ist Thea, sie stammt aus dieser Gegend.«

Antonias Mutter schob sich vor. »Du bist Theas Tochter!«, rief sie erfreut. »Ich bin Lena, Philips Frau. Wie geht es deiner Mutter? Ist sie noch immer glücklich an der Seite deines Vaters?«

Sachmet lächelte. »Die Liebe zwischen den beiden ist legendär.«

Antonia bemerkte den seltsamen Akzent der schönen Ägypterin. Die deutsche Sprache ging ihr leicht über die Lippen, doch die Aussprache verriet die Fremde. Anders als Karim, der so sprach, als wäre er in dieser Gegend geboren. Lena umarmte Sachmet ungeachtet der Gepardin, die ihrer Herrin nicht von der Seite wich, und hieß Theas Tochter willkommen.

Mittlerweile waren alle Ankömmlinge in den Burghof eingeritten und von den Pferden gestiegen. Stimmengewirr, Gelächter und das Schnauben der Tiere erfüllten die Luft.

Aus den Augenwinkeln bekam Antonia mit, dass ihr Vater sich inzwischen dem jungen Mann in der abendländischen Kleidung zugewandt hatte. Und sie wurde Zeugin eines seltsamen Vorgangs. Mit Karim hatte er deutsch gesprochen, da Karim ihn in dieser Sprache begrüßt hatte. Mit Donatus hingegen verfiel er plötzlich in die arabische Mundart, und zwar in so rasender Schnelligkeit, dass Antonia, die bereits als Kind Arabisch gelernt hatte, einem völlig Fremden zuzuhören vermeinte.

Ihre Mutter deutete ihren verwirrten Blick richtig.

»So erging es mir anfangs auch jedes Mal«, erklärte sie. »Wenn mit deinem Vater der Gaul durchgeht, dann vermag ihm nur noch ein Orientale zu folgen oder jemand, der lange im Morgenland gelebt hat.«

»Und du?«

»Ich verstehe bei Weitem nicht alles. Vielleicht ist das auch ganz gut so.«

Lena rief zwei Dienstboten herbei, die sich um die Unterkünfte für die Gäste kümmern sollten. Karim, Sachmet und Donatus bekamen Kammern in der Burg, die Begleiter würden bei den Waffenknechten in der Vorburg übernachten.

Auf einmal fiel Antonias Blick wieder auf Stephan. Seine Augen waren auf Karim gerichtet, musterten ihn, ganz so, als würde er ihn kennen. Aber es war kein sonderlich freundlicher Blick. Dann sah sie, dass auch Karim Stephan bemerkt hatte. Für einen Moment glaubte sie, Karims Hand greife zum Säbel, doch dann entspannte er sich wieder. Stephan wandte sich ab und lenkte seine Schritte zu Witolds Haus.

Antonias Herz schlug schneller. Am liebsten wäre sie Stephan gefolgt und hätte ihn gefragt, ob er Karim tatsächlich kannte. Doch die Vernunft hielt sie zurück. Es schickte sich nicht, ihm nachzulaufen, und zudem hätte er ihr vermutlich nur mit einem kurzen Ja oder Nein geantwortet.

Ihr Blick wanderte zurück zu Karim. Vermutlich war es geschickter, sich an ihren Gast zu wenden, wenn sie mehr über Stephans Vergangenheit erfahren wollte …

12. Kapitel

»Es gibt bemerkenswerte Neuigkeiten!« Meinolf betrat bestens gelaunt den Rittersaal. Eberhard seufzte kaum merklich. Wenn Meinolf guter Dinge war, bedeutete das für ihn selbst meist nichts Erfreuliches.

»Komm her, mein Sohn!«, rief Ulf. »Komm her und berichte.«

Meinolf trat an den Tisch und setzte sich.

»Der Graf von Birkenfeld hat Besuch bekommen. Ganz besonderen Besuch.«

»Du meinst seine heidnische Sippschaft?« Ulf lachte. »Damit haben wir doch längst gerechnet.«

»Haben wir das?«, fragte Eberhard.

»Natürlich«, entgegnete Meinolf. »Erinnerst du dich nicht mehr an den Venezianer, der vor zwei Monaten hier war?«

»Du meinst den Spiegelhändler? Natürlich erinnere ich mich an den Burschen. Und an seine unverschämten Preise.«

»Nun, er bat uns auch, einen Brief weiterzuleiten, da er den Umweg nach Burg Birkenfeld scheute«, fuhr Meinolf fort.

»Ein Brief?« Eberhard hatte allmählich das Gefühl, alle wichtigen Entscheidungen würden über seinen Kopf hinweg getroffen.

»Ein Brief aus Alexandria an den Grafen von Birkenfeld«, antwortete Ulf anstelle von Meinolf. »Darin kündigten sein jüngerer Bruder und sein Neffe ihren Besuch für die Zeit um Pfingsten an.«

»Sie hatten wahrhaftig ein prächtiges Gefolge«, ergänzte Meinolf. »Ich habe es von Weitem beobachtet. Lauter heidnische Krieger in der Tracht der Ungläubigen.« Er lachte. »Wir wussten doch immer, dass der Graf von Birkenfeld selbst ein halber Heide ist, auch wenn er noch so fromm tut und reichlich für den Dombau zu Halberstadt spendet.«

»Nicht so viel wie wir«, warf Ulf ein.

»Und welchen Vorteil haben *wir* von dem Besuch aus Ägypten?«, fragte Eberhard, der immer noch nicht begriff, was Meinolf und seinen Vater so zuversichtlich stimmte. »Gegen Birkenfeld allein hätten wir nichts zu befürchten, aber gemeinsam mit den Hohnsteinern verfügen sie über ebenso viele Waffenknechte und Vasallen wie wir. Und nun kommen noch heidnische Krieger hinzu. Ich sehe darin wahrlich keinen Grund zu frohlocken.«

»Was wieder einmal beweist, dass du selbst einfachste Zusammenhänge nicht erfassen kannst, werter Bruder.«

Am liebsten hätte Eberhard Meinolf dieses überhebliche Lächeln aus dem Gesicht geschlagen, aber er beherrschte sich.

»Was sind schon ein Dutzend Krieger gegen die Waffe, die wir von nun an in Händen halten?«, fuhr Meinolf fort.

»Von welcher Waffe sprichst du?«

Meinolf lehnte sich behaglich auf seinem Lehnstuhl zurück. »Weißt du, Bruderherz, der Bischof von Halberstadt ist uns derzeit sehr zugetan, nachdem wir ihm unsere Unterstützung zugesichert haben. Und er ist sicherlich höchst erpicht darauf, all seine Schäfchen in den Schoß der Kirche zurückzuholen.«

»Du glaubst, er wird Krieg gegen Birkenfeld führen, weil dort Heiden bewirtet werden?«

Meinolf schüttelte den Kopf. »Ach, Eberhard, du denkst immer so kleingeistig. Betrachte das große Ganze. Wir werden natürlich niemals so dreist sein, dem Grafen von Birkenfeld Heidentum zu unterstellen. Wir würden niemals einen Mann beschuldigen, der so freigiebig für die Kirche spendet und ein so frommes Weib wie Frau Helena hat.« Meinolf schüttelte den Kopf, als wäre Eberhard ein unwissendes Kind.

»Wir werden einzig und allein unserer Sorge Ausdruck verleihen, dass es nicht zum Besten auf Burg Birkenfeld bestellt ist, und den Bischof bitten, den Birkenfeldern wieder auf den rechten Weg des Christentums zu verhelfen, indem er ihnen einen strengen Kaplan als Beichtvater auf die Burg schickt.«

Ulf lachte laut. »Das ist ein glänzender Einfall! Und wenn der fromme Mann herausfindet, wen der Graf von Birkenfeld zu seiner engsten Familie zählt, müssen wir keinen Finger rühren, ihm die heilige Inquisition auf den Hals zu hetzen.«

»Soll ich morgen nach Halberstadt zum Bischof reiten? Es wäre mir ein Vergnügen.«

Ulf klopfte seinem Sohn auf die Schulter. »Tu das, Meinolf. Du hast mich noch nie enttäuscht.«

»Aber wir wollen nicht ungerecht gegen Eberhard sein.« Meinolf lächelte seinem Halbbruder scheinheilig zu. »Ohne den guten Eberhard und seinen heißen Zorn, der ihm eingab, Meret zu entführen, befänden wir uns nicht in dieser ausgezeichneten Lage.«

»Du hast recht«, bestätigte Ulf. »Manchmal ist Eberhard doch ganz brauchbar.« Er rief nach einem Diener und verlangte nach einem Krug Wein.

»Nun sieh nicht so sauertöpfisch drein, Bruderherz!« Meinolf schlug Eberhard auf die Schulter »Vater hat dich schließlich auch gelobt.«

Einen Moment lang gab Eberhard sich der Vorstellung hin, was er mit Meinolf anstellen würde, wenn er selbst erst Graf von Regenstein wäre. Das Burgverlies war nur eine von vielen verlockenden Möglichkeiten.

Der Diener brachte den gewünschten Wein und drei kostbare Gläser aus venezianischem Glas. Die hatte ihnen der Spiegelmacher ebenfalls für teures Geld überlassen.

Der Wein war dunkelrot und schwer. Ein guter Tropfen, dabei so lieblich wie die Sünde, auch ohne die Gewürze, mit denen weniger guter Wein im Allgemeinen verschnitten wurde.

Meinolf drehte sein Glas nachdenklich in der Hand.

»Was geht dir durch den Kopf, mein Sohn?«

Eberhard schnaubte. Er hasste es, wenn sein Vater den Bastard so fürsorglich als seinen Sohn bezeichnete. Kein Wunder, dass seine eigene Mutter Irmela sich kaum noch blicken ließ. Welche Demütigung, wenn die Brut einer leibeigenen Kebse dem ehelichen Sohn vorgezogen wurde.

»Diese Fehde, Vater. Wir sollten warten, bis der Graf von Birkenfeld den ersten Angriff gegen uns führt. Und dann mitleidlos zurückschlagen.«

»Wir sollen warten? Was haben wir davon?«, brauste Eberhard auf. »Die Fehde ist erklärt, in zwei Tagen zeigen wir ihm, wer wir sind.«

»Nein«, widersprach Meinolf. »Wir sind schließlich friedliche Leute. Lass ihn beginnen.«

»Aber warum sollen wir uns den Vorteil nehmen?«

»Weil es viel mehr zu gewinnen gibt, wenn wir ihn in jeder Hinsicht besiegen. Kriegerisch ebenso wie moralisch.«

»Hör auf deinen Bruder, Eberhard! Der hat mehr im Kopf als du.«

»Fragt sich nur, was«, erwiderte Eberhard bissig.

»Vater, es ist doch nicht nötig, Eberhard zu kränken. Ich möchte keinen Zwist mit meinem geschätzten Bruder.« Meinolf trank einen weiteren Schluck Wein. »Wie geht es eigentlich unserem werten Gast Rudolf von Birkenfeld?«

»Ich habe keine Ahnung«, brummte Eberhard.

»Nein? Das ist nicht gut. Wehe, uns entfliegt das Vögelchen!«

»Er gab uns sein Wort, und die Waffenknechte haben ein wachsames Auge auf jeden seiner Schritte. Zudem befindet sich seine Schwester in unserer Gewalt.«

»Dann ist's ja gut.« Meinolf leerte sein Glas. »Aber sag, Bruderherz, hältst du es tatsächlich für ratsam, ihn in unmittelbarer Nähe zu deiner Tochter unterzubringen?«

»Was willst du damit sagen?«

»Ach nichts. Aber mir kommt die Jungfer Sibylla in letzter Zeit auffällig beschwingt vor. Ganz so wie ein verliebtes Weib. Wenn da nur nicht der Birkenfelder seine Finger im Spiel hat!«

»Sibylla hat nichts mit ihm zu schaffen. Ich habe ihr lediglich gestattet, sich um seine Schwester zu kümmern. Wem schadet's, wenn sie mit dem Mädchen Stickmuster austauscht?«

»Solange sie nur Stickmuster austauscht …« Meinolf lächelte böse.

»Noch ein Wort, Meinolf, dann schmeckst du meine Faust!«

»Gemach, gemach!« Meinolf hob beschwichtigend die Hände. »Ich wollte dich nur warnen und meinen Pflichten als

Onkel Genüge tun. Du solltest ein Auge auf deine Tochter haben. Wir wollen schließlich keinen Birkenfelder Bastard aufziehen, nicht wahr?«

Eberhard sprang auf, die Rechte zur Faust geballt.

»Es reicht!«, fuhr Ulf dazwischen. »Ich dulde keine Schlägerei an meiner Tafel. Gibt es Hinweise, dass der Birkenfelder mit Sibylla gesprochen hat? Haben die Waffenknechte etwas beobachtet?«

Meinolf schwieg.

»Also nicht«, stellte Eberhard erleichtert fest. »Du wolltest mich nur reizen.«

»Nein, ich wollte dich warnen. Wir sollten den Birkenfelder lieber ins Verlies schaffen, da macht er uns keinen Ärger.«

»Noch hat er uns keinen Ärger gemacht«, widersprach Eberhard. »Abgesehen davon, dass er dich als den Leibhaftigen erkannte.« Bei der Erinnerung daran lachte Eberhard. »Das hat dich geärgert, wie? Dass du jemanden nicht mit deinen Worten beeindruckst?«

Meinolf schenkte sich ein weiteres Glas Wein ein.

»Keine Sorge, Bruderherz. Rudolf von Birkenfeld werde ich noch so weit bringen, dass er meine Wünsche erfüllt. Auch ohne Aufenthalt im Burgverlies, wenn du für diese Maßnahme zu rührselig bist.«

13. Kapitel

Für einige Stunden waren die Sorgen auf Burg Birkenfeld vergessen. Antonia freute sich, ihren Vater so glücklich zu sehen. Auch ihr wurde das Herz leichter, als alle gemeinsam an der großen Tafel im Kaminsaal saßen und Philip für seine Gäste die besten Speisen auftragen ließ.

»Wäre es nach uns gegangen, hätten wir die weite Reise

bereits viel früher angetreten, um euch endlich kennenzulernen«, begann Karim. »Aber die versprengten Kreuzfahrer kamen uns gehörig in die Quere.« Er biss ein Stück vom Lammbraten ab, den ihm eine Magd vorgelegt hatte.

»Die meisten Kreuzritter sind schon vor Jahren zurückgekehrt«, bemerkte Antonias Vater. Ob er dabei an Stephan dachte?

»Mag sein«, entgegnete Karim kauend. »Aber einige sind geblieben. Und das waren nicht die besten. Ich erinnere mich noch deutlich daran, dass wir befürchteten, Alexandria könne das Ziel ihres ersten Angriffs sein. Wir hätten ihnen nicht viel entgegensetzen können. Aber wir hatten Glück, denn ihre Augen waren zunächst nur auf Damiette gerichtet.« Er hielt kurz inne, dann senkte er den Blick. »Die Franken haben dort gehaust wie die Barbaren«, fuhr er mit leiser Stimme fort. »Sie haben nicht gefragt, ob jemand Christ oder Muslim ist. Jeder, in dessen Adern arabisches Blut floss, war ihr Feind. Jeden Tag erreichten uns neue Berichte über die Gräuel in Damiette, und Hunderte von Flüchtlingen strömten in die Stadt. Meine Mutter hat zahlreiche Frauen und Kinder auf unserem Gut aufgenommen, denen nichts als das nackte Leben geblieben war. Darunter ein kleines Mädchen – ein Wunder, dass dieses Kind überlebt hatte, denn ein Schwertstreich hatte ihm den rechten Arm abgetrennt. Einem Kind von nicht einmal fünf Jahren! Ich frage mich immer wieder, was in Menschen vorgeht, die derart auf jedes Leben einschlagen, es vernichten wollen und tatsächlich glauben, ein gottgefälliges Werk zu verrichten. Nun ja, die Kreuzfahrer haben ihre Strafe erhalten, so schrecklich, als wäre das Jüngste Gericht über sie hereingebrochen.«

»Warst du dabei?«, fragte Christian sichtlich beeindruckt.

»Nein. Wir Alexandriner haben uns aus den Kämpfen herausgehalten. Es waren schwere Zeiten, vor allem für die christliche Gemeinde, die sich dem Hass der Muslime ausgesetzt sah.

Allerdings ist der neue Emir ein besonnener Mann. Er beschwor die Einheit der Bewohner Alexandrias, vor allem nachdem bekannt wurde, dass auch ägyptische Christen von den Kreuzrittern bestialisch ermordet wurden. So blieb uns ein Zwist im Innern erspart, und besonders mein Vater wirkte mäßigend auf die verbitterten Muslime ein, hatte er doch bewiesen, dass ein Anhänger des Propheten durchaus mit einer christlichen Ehefrau zu leben vermag.«

»Dein Vater ist Muslim?« Christian hob erstaunt die Brauen. Im Gegensatz zu allen anderen wusste er kaum etwas über Philips ägyptische Verwandtschaft.

»Ja.«

»Und du?«

Karim lächelte. »Du willst wissen, ob ich ebenfalls ein Heide bin?«

Christian errötete. »Ich wollte keine ungehörige Frage stellen.«

»Das tust du keineswegs. Ich wurde als Säugling getauft, um dem Glauben meiner Mutter Genüge zu tun. Aber ich lebe nach den Regeln des Propheten, so wie mein Vater es von mir erwartet.«

»Kann man zwei Herren dienen?«

Antonia bemerkte Christians zweifelnden Blick.

»Ich diene nicht zwei Herren. Es gibt nur einen Gott. Die einzige Streitfrage liegt darin, ob Jesus sein Sohn oder Mohammed sein Prophet war. Woher wollen wir wissen, ob nicht beides stimmt? Womöglich war Jesus sein Sohn und Mohammed dennoch sein Prophet.«

Christian räusperte sich, doch Philip lachte. »Eine gute Antwort, Karim«, sagte er, bevor Christian etwas entgegnen konnte. »Doch ich erführe gern, wie die Geschichte mit den Kreuzrittern weiterging.«

»Viel weiß ich darüber nicht zu berichten, denn auch ich erfuhr das meiste nur aus zweiter Hand. Aber da mein Vater noch ein Gestüt in Kairo besitzt, war ich des Öfteren auf den unsicheren Wegen zwischen Alexandria und Kairo unterwegs. Und so wurde ich Zeuge des Heereszugs. Die Kreuzritter hatten nach der Eroberung von Damiette überlegt, ob sie Alexandria überfallen oder aber das Nildelta hinauf nach Kairo ziehen sollten, um dort das Hauptheer des Sultans zu stellen. Es war ein gewaltiger Tross aus Rittern, Knechten und Weibern, Sklaven, Pferden und Kamelen. Ein Teil von ihnen nutzte die erbeuteten Schiffe, aber die meisten folgten dem Lauf des Nils zu Fuß oder zu Pferd. Ich sah ihre Karawane nur von Weitem und wich ihr nach Möglichkeit aus, denn ein Zusammentreffen wäre gewiss mein Todesurteil gewesen. Es war unser Glück, dass die Franken die Entscheidung gegen das Heer des Sultans ohne Umwege suchten, denn so blieb Alexandria abermals verschont, und die Kreuzritter wurden vernichtend geschlagen. Der französische König und Tausende seiner Gefolgsleute gerieten in Gefangenschaft. Es heißt, Sultan Turan Schah habe angeordnet, die meisten der christlichen Ritter enthaupten zu lassen. Manche berichten, der Wüstenboden sei vom Blut Hunderttausender geköpfter Christen durchtränkt worden. Nur die Vornehmsten wurden gegen Lösegeld freigelassen. Aber einige Kreuzritter waren Gefangennahme und Tod entgangen. Und mit denen haben wir bis heute zu tun. Sie sind nicht besser als Räuberbanden, denn sie haben nichts zu verlieren. Jene, denen ich begegnete, glichen verwundeten Tieren, die in Panik um sich beißen und nicht mehr zwischen Freund und Feind unterscheiden. Sie hatten allesamt ihren Glauben verloren.«

Eine Weile herrschte betretenes Schweigen. Unwillkürlich musste Antonia an Stephan denken. Auf einmal erschien es ihr gar nicht mehr so ungewöhnlich, dass er seit seiner Rückkehr das Lachen verloren hatte. Wenn Karims Bericht auch nur zur Hälfte stimmte, so waren die Kreuzritter auf dem Weg ins Himmelreich geradewegs in die Hölle geritten.

»Genug der Gräuel!«, fuhr Lena dazwischen. »Erzählt lieber von euch! Ihr habt eine lange Reise auf euch genommen, voller Gefahren und Abenteuer. Einfach nur, um uns kennenzulernen? Oder verbirgt sich noch etwas anderes dahinter?«

»Wir haben das Angenehme mit dem Nützlichen verbunden und einige vorteilhafte Handelsabschlüsse auf dem Weg hierher getätigt«, räumte Karim ein. »Aber vor allem sind wir gekommen, um das Band zu festigen, das unsere Familie eint. Donatus und ich hatten den Besuch bei euch schon lange geplant. Eigentlich wollten wir zu zweit reisen, so wie einst Onkel Philip und mein Vater. Doch dann kam Sachmet mit dem Vorschlag, uns zu begleiten. Und so haben wir diese große Eskorte an unserer Seite, denn der Scheik der Sethi hätte seine Tochter niemals schutzlos ziehen lassen.«

»Bemerkenswert, dass er es überhaupt erlaubte«, meinte Christian. »Für eine Frau ist eine solche Reise noch gefährlicher als für einen Mann.«

Bertram lachte. »Christian, du kennst ihre Mutter nicht. Wenn Sachmet nur halb so viel Temperament hat wie ihre Mutter, dauert mich jeder Mann, der sich mit ihr messen will.«

Sachmet lächelte verschmitzt. »Meine Mutter wusste die rechten Worte zu wählen, um meinen Vater von meiner Reise zu überzeugen. Mein Bruder besucht die Schulen der Gelehrten der arabischen Welt, dann habe ich doch wohl das Recht, die Stätten der Weisheit meiner Mutter aufzusuchen.«

»Du hast noch einen Bruder?«, fragte Lena. Sachmet nickte. »Tawil ist drei Jahre jünger als ich, gerade sechzehn. Aber er hält sich schon für einen Mann.« Sie lachte.

Die Gepardin Nebet, die bislang friedlich unter dem Tisch geruht hatte, streckte den Kopf mit leisem Grollen über die Tafel und bettelte Sachmet um einen Fleischbrocken an.

Sachmet stieß einige scharfe ägyptische Worte aus, und Nebet zog sich zurück.

»Diese Gepardin ist das verwöhnteste Raubtier, das mir je

begegnet ist«, seufzte Karim. »Für den Weg über die schneebedeckten Alpenpässe hatte Sachmet ihr sogar einen Umhang und kleine Lederschuhe genäht.«

Antonia kicherte. »Ist das wahr?«

»Nebet ist ein kostbares Tier, und sie ist Schnee nicht gewöhnt.« Sachmet tätschelte den Kopf der Gepardin unter dem Tisch und warf Karim einen herausfordernden Blick zu. »Wenn ich mich recht erinnere, hast du dich am heftigsten über die Kälte beklagt. So laut, dass Donatus nicht mehr an deiner Seite reiten mochte.«

Donatus grinste. »Vielleicht wollte Karim damit nur sagen, dass du auch *ihm* ein Paar Lederschuhe hättest nähen sollen.«

»Ich bin nicht seine Mutter.«

»Aber die von Nebet?« Donatus zwinkerte ihr zu.

Sachmet nickte. »Ich habe Nebet aufgezogen. Sie begleitet mich seit sieben Jahren auf Schritt und Tritt. In unserer Familie werden seit Generationen Geparde wie anderswo Jagdhunde gehalten.«

»Und anscheinend gehorcht sie auch so gut wie ein Jagdhund«, stellte Philip fest. »Ganz im Gegensatz zu Lenas und Antonias Schoßhunden, die sich stets wie ungezogene kleine Kinder gebärden.«

Antonia und ihre Mutter lachten.

»Ihr habt jetzt einiges über uns erfahren«, meinte Karim nach einer Weile. »Wie steht es bei euch? Mir fällt auf, dass zwei Familienmitglieder fehlen, von denen ihr uns oft geschrieben habt.«

»Du meinst Meret und Rudolf?«, fragte Philip. Karim nickte.

Antonias Vater holte tief Luft. »Das ist in der Tat eine unerfreuliche Geschichte. Ihr seid zu einer Zeit gekommen, da eine Fehde mit unseren Nachbarn bevorsteht.«

»Eine Fehde?« Donatus runzelte die Stirn. »Das heißt, ihr braucht kampfstarke Unterstützung.«

»Keine Sorge, wir ziehen euch nicht in unsere Händel hinein.«

»Ich sorge mich nicht«, widersprach Donatus. »Ich betrachte es als meine Pflicht, dir beizustehen.«

»Genau wie ich«, fügte Karim hinzu. »Erzähl uns von der Fehde!«

14. Kapitel

Der Morgen begann mit strahlendem Sonnenschein, doch Rudolf hatte keinen Blick dafür. Die innere Leere, die er seit Tagen fürchtete, breitete sich in ihm aus. Die Dunkelheit, die ihn in ein schwarzes Loch zerrte, ihm alle Kraft raubte, jeden Mut und jede Zuversicht. Noch kämpfte er. Wusste er doch, dass dies ein Ausdruck seines fehlenden Gleichmaßes war. Doch wenn er weiter hinabglitt, würde er auch dieses Wissen verlieren, zum hilflosen Spielball werden. Des Lebens überdrüssig …

Mit Mühe erhob er sich von seinem Lager. Meret war bereits aufgestanden. Im Stillen dankte er Sibylla, dass sie sich um seine Schwester kümmerte. So konnte er vor Meret weiterhin verbergen, wie es tatsächlich um ihn stand. Er wollte sie nicht beunruhigen. Das kühle Wasser aus der Waschschüssel half ihm, die innere Trägheit zu überwinden.

Versuch dir alles ins Gedächtnis zu rufen, wofür es zu leben lohnt, hatte seine Mutter ihn gelehrt. *Die Dunkelheit hat keine Macht über dich, wenn du Gott vertraust.*

Er atmete tief durch. Wäre es nur so einfach gewesen! Nun gut, er wusste, es würde vorübergehen. So wie immer. Nichts währte ewig. Er straffte sich innerlich und verließ die Kammer. Vielleicht half ihm die Frühsommersonne, die Gemütsschwere zu überwinden. Er stieg die Stufen des Turms hinab, verhielt kurz vor der Tür von Sibyllas Kemenate und hörte seine Schwester lachen. Immerhin eine Sorge, die ihm genommen war.

An der Wachstube hielt er ein zweites Mal inne.

»Ich gehe im Burghof auf und ab!«, rief er. Ein kurzes Nicken war die einzige Antwort. Schon tags zuvor hatte er bemerkt, dass er den Waffenknechten gleichgültig war. Ob sie ahnten, dass er keine Kraft mehr besaß?

Der strahlend blaue Himmel und die warme Luft verschafften ihm nicht die Erleichterung, die er sich erhofft hatte. Wem nutzte das schönste Wetter, wenn eine Fehde drohte? Hätte er sie verhindern können? Wenn er so besonnen wie Alexander geblieben wäre? Was wäre wohl geschehen, wenn die Regensteiner nur Meret und nicht auch ihn in ihre Gewalt gebracht hätten? Wären sie dann leichter zum Nachgeben bereit gewesen? Weil es keinen Ruhm einbrachte, ein Kind festzuhalten? Hatte er womöglich alles schlimmer gemacht, als es war? Oder hatte sein Versagen schon viel früher begonnen? Als er nachgegeben hatte und den Regensteinern nicht gefolgt war? Was wäre gewesen, wenn er nicht auf Alexander gehört hätte? Sondern sich mit Stephan an die Verfolgung der Entführer gemacht hätte? Hätte er es verhindern können? War letztlich nicht alles seine Schuld?

Die Gedanken kreisten in ihm, verdrängten jede vernunftgemäße Überlegung. Immer tiefer rutschte er in unsinnige Schuldgefühle hinein. Er merkte es und vermochte nicht dagegen anzugehen.

Wenn nichts anderes mehr hilft, hallten die Worte seiner Mutter in ihm nach, *dann such Hilfe bei Gott und der Heiligen Jungfrau.*

Rudolfs Blick schweifte zur kleinen Kapelle hinüber. Um diese Stunde wäre sie ohne Besucher. Niemand würde ihn stören, wenn er die Muttergottes um Kraft und Erlösung anflehte. Aber selbst wenn er anderen Gläubigen begegnen sollte – wer konnte ihm schon seine Gebete untersagen?

Er hatte die Kapelle bereits während der Pfingstmesse betreten. Anders als seine Familie verließen die Regensteiner ihre Burg auch während der hohen Feiertage nur höchst selten, und es oblag ihrem Kaplan, die Messe zu zelebrieren und sich um das Seelenheil der Burgbewohner zu kümmern.

Pater Pius war in der Tat ein friedfertiger Mann, und Rudolf hatte sich gewundert, einen so aufrichtigen Seelenhirten auf Burg Regenstein anzutreffen. Allerdings fehlte dem Gottesmann die nötige Durchsetzungskraft, um den Grafen und seine Söhne auf den rechten Pfad zurückzuführen. Die heilige Messe schien vor allem für die Frauen und das Gesinde gelesen zu werden. Die Burgherren nahmen daran nur wie an einem Ritual teil, dem man aufgrund der Anstandsgesetze beiwohnte.

Die Regensteiner Kapelle war wie so viele Räume der Burg unmittelbar in den Fels geschlagen. Mit dem schlichten Kreuz und der einfach gestalteten Madonna mutete sie geradezu altertümlich an. Ganz anders als die kleine Birkenfelder Kapelle, deren Heiligendarstellungen von großer Kunstfertigkeit zeugten. Doch was scherten Rudolf die Bilder? Sie waren nur Symbole eines Glaubens, der tief in der Brust der Menschen lebte. Oder aber dort erstarb. So wie es ihm gerade wieder einmal drohte.

Voller Furcht und zugleich voller Vertrauen wandte er sich der Statue der Heiligen Jungfrau zu, beugte die Knie und betete um Unterstützung im Kampf gegen die Düsternis. Bat sie um Kraft im Glauben und um die Stärkung seiner Seele. Versenkte sich ganz in sein Gebet um Beistand und Geleit, denn nichts anderes blieb ihm sonst.

Er spürte den harten Boden unter seinen Knien, dankbar, etwas zu fühlen, das ihm Halt gab. Immer tiefer versenkte er sich in sein Gebet, als wäre es das Seil, das ihn hielt und vor dem Abgrund bewahrte. Die Zeit verlor jede Bedeutung, er versuchte eins zu werden mit seinem Glauben, an das Licht zu denken, das die Muttergottes und der Heiland verhießen.

Erst als er ein lautes Räuspern hörte, hielt er inne und wandte den Kopf, ohne sich zu erheben.

Pater Pius stand hinter ihm.

»Ihr betet schon seit Stunden«, sagte er. »Kann ich etwas für Euch tun?«

Wortlos schüttelte Rudolf den Kopf. Welche Hilfe konnte ihm der Kaplan schon leisten?

Doch Pius ließ sich nicht beirren. Er trat näher und kniete vor dem Standbild der Muttergottes neben Rudolf nieder.

»Die Heilige Jungfrau hat für alles ein Ohr«, erklärte er. »Doch manchmal erweist es sich als hilfreich, seine Sorgen mit einem Menschen aus Fleisch und Blut zu teilen.«

Rudolf schwieg weiterhin. Was sollte er dem Priester schon sagen? Dass die große Leere ihn zu übermannen drohte? Wie sinnlos ihm das Leben erschien? Pater Pius würde es nicht verstehen, ja schlimmer noch, vermutlich trüge er sein Wissen umgehend den Regensteinern zu.

»Ihr wollt nicht sprechen?«

»Ihr könnt mir nicht helfen, Pater. Das vermag kein Mensch.« Auf einmal wünschte Rudolf sich, dass der Geistliche verschwände, ihn nicht zwang, sich der Welt und den Menschen zuzuwenden. Doch der Pater blieb. Schweigend musterte er Rudolf.

»Eure leibliche Mutter ist eine gebürtige von Ilfeld, habe ich recht?«, fragte er schließlich.

Warum fing der Kaplan plötzlich mit seiner Mutter an?

»So ist es«, bestätigte Rudolf in der Hoffnung, dass Pius dann zufrieden war und ihn allein ließ. Doch er irrte sich.

»Es heißt, die Grafen von Ilfeld trügen einen Fluch mit sich herum, der sich durch die Generationen zieht«, fuhr der Priester fort. »Ihr kennt gewiss die Legende des ersten Grafen von Ilfeld, der einen Pakt mit dem Teufel schloss.«

Rudolf hob erstaunt den Blick. Von einer derartigen Legende hatte er nie gehört. Seine leibliche Mutter sah er selten, sie lebte zurückgezogen im Kloster Sankt Michaelis und gab sich ganz und gar ihrem zweiten Leben als Ordensfrau hin. Und Lena hatte niemals irgendwelche Teufelspakte erwähnt.

Pius deutete Rudolfs Blick richtig. »Ihr kennt sie nicht?«

»Nein.«

»Soll ich sie Euch erzählen?«

»Wozu? Glaubt Ihr, Teufelsmärchen über meine Vorfahren könnten mir helfen?«

»Ja nun, vielleicht bringt es Euch weiter, wenn Ihr erfahrt, was sich die Bauern in Ilfeld über die Familie Eurer leiblichen Mutter erzählen.«

Rudolf schwieg. Er wollte nichts hören, aber er hatte nicht die Kraft, den Priester fortzuschicken. Der wertete sein Schweigen als Zustimmung.

»Es heißt, der erste Graf von Ilfeld lebte vor vielen Hundert Jahren im Hader mit seinem Nachbarn, dem Grafen von Stolberg. Die beiden stritten sich über mancherlei, doch stets obsiegte der Graf von Stolberg, denn er war vom Glück gesegnet. Da erschien eines Tages der Leibhaftige auf der Burg des Ilfelders und bot ihm einen Pakt an. Von nun an könne der Ilfelder all das Glück, welches ihm Gott der Herr am Tage der Geburt in die Wiege gelegt hatte, selbst herbeibefehlen und müsse dies nicht länger den Engeln überlassen. Doch zugleich warnte der Teufel. Der Ilfelder müsse sorgsam darauf achten, nicht zu viel auf einmal zu beanspruchen, denn sonst müsse er die Tage des Glücks mit Tagen tiefster Verzweiflung bezahlen. Der Graf von Ilfeld war sich unsicher, denn mit dem Bösen treibt man keinen Handel, und seine Seele wollte er dem Satan keinesfalls verschreiben. Doch der versprach, dass es ihm nicht um die Seele gehe, sondern nur um die Freiheit des Menschen, allein über die Gottesgaben zu herrschen. Und so stimmte der Graf von Ilfeld zu. Zunächst hielt der Teufel Wort, und der alte Ilfelder hatte mehr Glück, gewann mehr Stärke und Zuversicht, als es für einen einzelnen Mann gut ist. Was er auch anpackte, glückte ihm. Er besiegte den Grafen von Stolberg im Turnier und erlangte sogar die Hand von dessen Schwester, die er lange vergebens begehrt hatte. Doch dann kamen die Tage, da er den Preis zu zahlen hatte. Sein ganzes Glück und seine Zuversicht waren für das Jahr aufgebraucht, und er fiel in tiefste Verzweiflung. Nichts glückte mehr, die Menschen wandten sich von ihm ab, und das Leben erschien ihm sinnlos. In dieser Düsternis wurde er des Lebens überdrüssig. Der Satan aber frohlockte, denn Selbstmörder fielen ihm sofort anheim, und so lauerte er darauf, wann er ernten konnte, was er gesät hatte. Doch er hatte nicht mit der Liebe der Gattin des Ilfelders gerechnet. Sie verhinderte, dass der Graf dem Überdruss des Lebens nachgab, und betete zur Heiligen Jungfrau um Vergebung. Und tatsächlich zeigte die Muttergottes Erbarmen, doch sie konnte den Pakt mit dem Satan nicht ungeschehen machen, sie konnte ihn nur abmildern. Seither ist es den Nachkommen des Grafen von Ilfeld bestimmt, zwischen Zeiten großer Freude und tiefen Leids zu schwanken, zur Warnung für alle, sich nicht mit den Mächten der Hölle einzulassen. In ihren guten Zeiten kann niemand die Grafen von Ilfeld besiegen, doch in den dunklen Tagen durchleben sie die Hölle auf Erden.«

»Ein bemerkenswertes Märchen, Pater. Doch warum habt Ihr es mir erzählt?«

»Es mag nur eine Legende sein, eine einfache Geschichte, die sich die Bauern erzählen, um zu verstehen, was anders nicht zu begreifen ist. Und doch liegt ein Körnchen Wahrheit darin. Die Grafen von Ilfeld sind bekannt dafür, dass ihnen das Gleichmaß fehlt. Auf Tage des Glücks und der Zuversicht folgt bei ihnen stets die Verzweiflung. Bislang traf der Fluch in jeder Generation wenigstens ein Mitglied der Familie. Ich weiß, wovon ich spreche, Herr Rudolf, denn ich kenne den jüngsten Bruder des derzeitigen Grafen von Ilfeld. Er ist ein bemerkenswerter junger Priester, der in seinen guten Zeiten der beste Hirte für seine Herde ist. Doch in den dunklen Tagen ringt er mit dem Satan, der ihn zu sich in die Hölle zerren will und ihn verlockt, der Qual des Lebens zu entsagen. In solchen Zeiten will der sonst so menschenfreundliche Priester niemanden sehen. Er schließt sich in der Kapelle ein und gibt sich Bußübungen hin. Ihr habt mich an ihn erinnert, als ich Euch so sah, stundenlang ins Gebet vertieft. Auch Ihr tragt dieses Erbe in Euch, und die dunklen Tage sind angebrochen.«

Rudolf schluckte. »Was werdet Ihr nun mit Eurem Wissen anfangen?«

»Ihr seht mich an, als würdet Ihr befürchten, dass ich es gegen Euch verwende.«

»Ist der Gedanke so abwegig?«

»Das ist er, mein Sohn. Ich bin hier, um mich um das Seelenheil der Bewohner dieser Burg zu kümmern. Ihr gehört dazu ebenso wie Eure Schwester, auch wenn Ihr derzeit nicht freiwillig hier weilt.«

Als sie plötzlich ein Geräusch vernahmen, fuhren Rudolf und der Priester herum. Sibylla stand auf der Türschwelle der Kapelle. Ihr Gesicht zeigte einen seltsamen Ausdruck, den Rudolf kaum zu deuten wusste, eine Mischung aus Trauer und dem tiefen Ernst, der die junge Frau für gewöhnlich umgab.

Er erhob sich.

»Fräulein Sibylla«, sagte er leise, »habt Ihr schon lange zugehört?«

Sie senkte den Blick. »Verzeiht, ich wollte Euch nicht belauschen, aber die Geschichte des Paters zog mich in ihren Bann.«

Rudolf hatte das Gefühl, alle Kraft verlasse seinen Körper. Sibylla hatte von seinem Geheimnis erfahren. Was mochte sie von ihm denken? Obwohl – hatte das überhaupt noch eine Bedeutung? Sie war eine Regensteinerin, zwischen ihnen lag ein Abgrund, den keine Macht der Erde zu überbrücken vermochte. Vielleicht war es besser, wenn sie ihm die Verachtung entgegenbrachte, die er verdiente.

Die Stille in der Kapelle wurde bleischwer.

»Sagt, Pater«, wandte Sibylla sich schließlich an den Geistlichen, »kann ich ihm in irgendeiner Weise helfen?«

»Ihr habt schon genug getan«, kam Rudolf der Antwort des Priesters zuvor. »Vergesst einfach, was Ihr gehört habt!«

Sie hielt seinem Blick mit erstaunlicher Offenheit stand. »Ich möchte es aber nicht vergessen, Herr Rudolf. Denn ganz offenbar war es mir bestimmt, hier und heute von Eurem Schicksal zu erfahren. Warum sonst hätte die Heilige Jungfrau mir den Wunsch eingeben sollen, ihr Standbild mit frischen Blumen zu schmücken?« Sie hob die Hand mit dem Sträußchen aus Mohnblüten und Heckenrosen.

Er konnte die Freundlichkeit und Fürsorge in ihrem Blick kaum ertragen. Und doch kamen sie ihm wie ein Lichtfunken vor. Ihm war unbehaglich zumute, aber dieses Gefühl war immer noch besser als jene schreckliche Taubheit, wenn ihm alles sinnlos erschien, er nichts mehr wahrnahm. Vermutlich erwartete sie eine Erwiderung, doch ihm fehlten die Worte, und er war zu keiner Erklärung fähig.

In diesem Augenblick trat Meret hinter Sibylla in die kleine Kapelle. Als sie ihren Bruder entdeckte, blieb sie wie angewurzelt stehen. Zwar hatte sie nicht die Gabe ihrer Mutter, die Seelenflamme zu erkennen, aber sie hatte schon einmal beobachtet, wie die Dunkelheit ihn verschlang. Am liebsten wäre Rudolf ihrem Blick ausgewichen, hätte sich unsichtbar gemacht. Doch er wusste, dass es vergebens war. Meret mochte erst elf sein, aber sie war für ihr Alter nicht nur sehr verständig, sondern zeitweilig auch ein wenig altklug. Sie ging an Sibylla vorbei und griff nach seiner Hand »Du hast heute bestimmt noch nichts gegessen, oder?«, fragte sie.

Essen? Daran hatte er bisher am allerwenigsten gedacht.

»Komm!« Meret zog ihn mit sich zur Tür der Kapelle. »In der Burgküche gibt es die Reste des Bratens von gestern.«

»Ein guter Vorschlag!«, pflichtete Pater Pius bei. »Wenn Ihr nichts dagegen habt, begleite ich Euch, denn ich habe heute auch noch nicht gespeist.«

»Ich komme nach, sobald ich die Muttergottes geschmückt habe.« Sibylla lächelte Rudolf zu, während Meret ihn einfach mit sich fortzog. Rudolf seufzte, leistete jedoch keinen Widerstand. Vermutlich erinnerte Meret sich daran, wie ihre Mutter ihn stets genötigt hatte, in seinen schlechten Zeiten am alltäglichen Leben teilzunehmen – ob er wollte oder nicht.

Die Burgküche lag am anderen Ende des inneren Hofs, weit genug von den Wohngebäuden entfernt, damit der stets gut befeuerte Ofen keinen Brand auslösen konnte. Der Duft von frischem Brot hing in der Luft, und zu seiner großen Verwunderung knurrte Rudolf tatsächlich der Magen. Er beschloss, dies als gutes Zeichen zu nehmen. Vielleicht hatte die Muttergottes seine Gebete erhört. Womöglich gelang es ihm, der Schwermut doch noch zu entrinnen.

Die Küche von Burg Regenstein war etwa doppelt so groß wie die auf Burg Birkenfeld. Neben dem gemauerten Ofen, der draußen vor dem Küchengebäude stand, gab es zwei große Herdstellen, über denen mächtige Kessel und ein Bratspieß hingen. Der Bratspieß war groß genug, um einen ganzen Ochsen zu drehen. Über das Essen konnten Rudolf und Meret nicht klagen – tags zuvor hatten sie großzügige Stücke vom Pfingstochsen erhalten. In der Küche standen drei Tische. Pater Pius schritt geradewegs auf den in der Nähe des größten Herdfeuers zu und winkte Rudolf und Meret, ihm zu folgen. Die Mägde kamen sogleich und trugen ihnen Brot und Fleisch auf. Dazu noch einen Krug Wein und einen mit Milch. Meret füllte ihren Becher mit Milch. Rudolf zögerte, doch der Pater kam ihm zuvor und schenkte ihm von dem Wein ein.

»Es heißt, der Geist des Weins vertreibe alle Schwermut«, sagte er mit gutmütigem Lächeln. Rudolf zögerte. Seine Erfahrungen waren andere. Anfangs hatte er es versucht, aber außer einem mächtigen Kater am nächsten Tag, der sein Elend nur verstärkte, nicht das Geringste gewonnen. Nun gut, ein Becher würde nicht schaden, und er wollte dem Pater durchaus gefällig sein.

Es war nicht der gute italienische Wein, den Eberhard ihm am ersten Abend aufgenötigt hatte, sondern ein einfacher Holunderwein, aber er schmeckte Rudolf besser als der kostbare Südländer. Vertrauter. Nach Heimat.

Er hatte seinen Becher gerade wieder abgestellt, da erschien Sibylla. In ihren Augen stand noch immer das Lächeln, das sie ihm geschenkt hatte, bevor sie sich der Muttergottes zugewandt hatte. Zielsicher trat sie auf den Tisch zu und nahm Rudolf gegenüber Platz. Rudolf bemerkte die Blicke der Mägde. Dass der Pater hier speiste, schien üblich, und auch die Geiseln wurden regelmäßig in der Burgküche verköstigt. Aber die Enkelin des Grafen verirrte sich für gewöhnlich wohl nicht hierher. Jedenfalls nicht zum Essen.

»Magdalena, bring mir auch etwas von dem Braten!«, verlangte Sibylla.

»Aber Fräulein Sibylla, haltet Ihr das für schicklich? Ich dachte, Ihr würdet heute Abend an der gräflichen Tafel speisen.«

Sibylla antwortete nicht, ein strenger Blick genügte, und die Magd tat, was ihr geheißen.

Rudolf bemühte sich, Sibylla möglichst nicht anzusehen. Das Gefühl der Scham über seine entdeckte Schwäche war kaum erträglich. So widmete er sich dem Fleisch auf seinem Holzbrett und zwang sich, Bissen für Bissen zu kauen, so gleichmütig, als wäre nichts geschehen.

»Du hättest es mir sagen müssen«, meinte Meret nach einer Weile.

»Es gab nichts zu sagen«, antwortete Rudolf.

Meret seufzte.

Eine Weile herrschte Schweigen. Die Schwere, die auf Rudolfs Seele lastete, schien sich auf die gesamte Tischgesellschaft übertragen zu haben.

»Erlaubt Ihr mir eine Frage, Herr Rudolf?«

Rudolf hob erstaunt den Kopf. So scheu hatte Sibylla ihn bislang nie angesprochen.

»Selbstverständlich«, antwortete er aus reiner Höflichkeit, obwohl er viel lieber geschwiegen hätte.

»Ihr wisst, dass ich die Erzählung des Paters mit angehört habe. In der Legende hieß es, auf die Tage des Glücks folgten die Tage der Verzweiflung. Aber Euch war in den vergangenen Tagen doch gar kein so großes Glück beschieden.«

Rudolf holte tief Luft. »Es ist eine Legende, Fräulein Sibylla. Die Wirklichkeit sieht anders aus.«

»Und wie sieht sie aus?«

»Der Pater wird es Euch gewiss gern erzählen. Ihr habt doch gehört, dass er einen meiner entfernten Verwandten kennt.«

»Habe ich Euch gekränkt?«

Er sah die Traurigkeit in ihren Augen.

»Nein. Aber …« Er räusperte sich. »Es … fällt mir schwer, darüber zu sprechen.«

»Das ist das sicherste Zeichen«, bemerkte Meret. »Wenn Rudolf immer einsilbiger wird, geht es ihm schlecht. Und wenn wir gar nicht mehr zu Wort kommen, dann verbrennt ihn das Feuer der Zuversicht.«

»Dir könnte es auch nicht schaden, einmal den Mund zu

halten!«, fuhr Rudolf seine Schwester heftiger an als beabsichtigt.

»Verzeih!«, entschuldigte sie sich. »Aber so ist es doch.«

Bevor jemand etwas sagen konnte, wurde die Tür zum Küchenhaus aufgerissen. Es war Meinolf von Brack. Er sah erhitzt aus, und seine Kleidung war staubig wie nach einem langen Ritt.

»Was ist das denn für eine seltsame Versammlung?«, rief er. »Sibylla, was hast du hier verloren? Es ist unangemessen für eine Frau deines Standes, in der Küche zu speisen.«

Sie hielt dem Blick ihres Onkels stand. »Unangemessen vielleicht, aber keinesfalls unschicklich, da es unter den Augen des ehrwürdigen Paters geschieht.«

Sofort wandte Meinolf sich an Pater Pius. »Ihr hättet sie daran hindern müssen. Ihr wisst, wo der Platz eines sittsamen Weibes ist.«

»Ich sehe nichts Verwerfliches darin, wenn sich ein sittsames Weib in der Nähe ihres Herds aufhält«, entgegnete Pius.

Meret kicherte.

Meinolfs Blick richtete sich auf Rudolf.

»Möchtet Ihr gern wissen, wo ich gerade war, Herr Rudolf?«

»Eure Angelegenheiten kümmern mich nicht«, entgegnete Rudolf und nahm noch einen Schluck Holunderwein.

»Auch nicht, wenn sie zu den Euren werden könnten? Oder besser gesagt – zu denen Eurer Familie?«

Hätte ihn die Schwermut nicht gefangen gehalten, wäre er mit einer passenden Antwort auf die anmaßende Frage eingegangen. So aber schüttelte er nur den Kopf.

»Wirklich nicht?« Meinolf lächelte böse. »Nun, ich fürchte, Ihr werdet nicht umhinkönnen, am Schicksal Eurer Familie Anteil zu nehmen. Vor allem, wenn Euer Ziehvater und seine ägyptische Sippschaft wegen Ketzerei auf dem Scheiterhaufen landen.«

Meret sog erschrocken die Luft ein, doch Rudolf spürte die

Spitze kaum, zu fest hatte sich der Mantel der Gleichgültigkeit um seine Schultern gelegt. Und so schwieg er weiterhin.

»Ihr wisst natürlich noch nicht, dass Euer Vater eine Horde ägyptischer Heiden in seiner Burg beherbergt«, fuhr Meinolf fort.

»Besuch aus Ägypten?«, fragte Meret aufgeregt.

»So ist es«, bestätigte Meinolf. »Lauter Ungläubige aus dem Morgenland. Und ich habe dafür gesorgt, dass der Bischof davon erfährt. Er wird deinem Vater einen eigenen Kaplan auf die Burg schicken, der sich ein Bild von der Frömmigkeit ihrer Bewohner machen soll. Und wenn ich recht behalte, dann wird er dort auf allerlei heidnisches Brauchtum stoßen, das die Kirche nicht dulden kann.«

»Das ist nicht wahr!«, rief Meret. »Mein Vater ist kein Heide! Er ist ein besserer Christ als Ihr. Und unsere Verwandten aus Ägypten sind allesamt fromme Menschen.«

»Dann haben sie ja nichts zu befürchten.« Ein teuflisches Grinsen breitete sich auf Meinolfs Gesicht aus. »Und falls sie doch der Ketzerei überführt werden, bitte ich meinen Vater, den Grafen, dass du zusehen darfst, wenn sie auf dem Scheiterhaufen brennen.«

»Nein!«, schrie Meret und umklammerte Rudolfs Schultern. Doch der hatte nicht die Kraft, Meinolfs Bösartigkeit zu trotzen.

»Dein Bruder hat wohl erkannt, dass ich recht habe. Sonst würde er nicht so betrübt vor sich hin starren, nicht wahr?«

Es waren Merets verzweifelte Blicke, die Rudolfs gefühllosen Panzer für kurze Zeit durchbrachen.

»Das ist nicht der Grund«, zwang er sich zu antworten. »Ich mache mir viel mehr Sorgen um Euer Seelenheil, Herr Meinolf. Es ist eine schwere Sünde, falsches Zeugnis gegen seinen Nächsten abzulegen.«

»Um mein Seelenheil braucht Ihr Euch nicht zu kümmern. Denn Ihr wisst so gut wie ich, dass die Sippschaft Eures Ziehvaters aus lauter Heiden besteht, die es mit den göttlichen Geboten nicht ernst nehmen. Und dafür werden sie brennen.«

»Dann brennt Euer Vater mit!«, rief Meret erbost. »Denn es heißt auch: *Du sollst nicht ehebrechen.*«

Statt einer Antwort gab Meinolf ihr eine Ohrfeige. Im nächsten Augenblick ergriff die helle Flamme des Zorns von Rudolf Besitz und verdrängte das qualvolle Zaudern. Er sprang auf und verpasste Meinolf einen heftigen Faustschlag ins Gesicht.

»Niemand rührt meine Schwester an!«

Meinolf taumelte einige Schritte zurück und rieb sich das Kinn. »Das wirst du mir büßen!«

»Schluss damit!«, rief Pater Pius. »Herr Meinolf, es reicht. Ihr habt geerntet, was Ihr gesät habt.«

»Was maßt du dir an, Pfaffe? Ich dulde nicht, dass mich jemand auf meines Vaters Burg angreift. Dafür landet er im Kerker.«

»Nein!«, mischte sich nun auch Sibylla ein. »Nicht du bestimmst auf Burg Regenstein, sondern mein Großvater und mein Vater, sein rechtmäßiger Erbe. Und mein Vater ist sicher erbost, wenn er hört, dass du seine Geisel misshandelt hast.«

»Nimm dich in Acht, Sibylla!«, zischte Meinolf. »Nimm dich nur in Acht!« Dann verließ er die Küche.

Rudolf spürte, wie Meret scheu nach seiner Hand griff. »Wie geht es dir?«, flüsterte sie.

»Etwas besser, Schwesterchen.« Er strich ihr durchs Haar. Der kurze Zorn hatte die Dunkelheit für eine Weile verdrängt, doch Rudolf wusste, dass die Pein noch nicht überwunden war.

15. Kapitel

Blut rinnt ihm über das Gesicht, als wäre es Wasser. Doch er fühlt keinen Schmerz. Alles in ihm ist taub, jedes Gefühl gestorben. Er hat das Schrecklichste getan. Musste es tun, hatte keine Wahl … Belüg dich nicht! Du hättest es aushalten können, doch du hattest nicht genügend Gottvertrauen …

Hastig schüttelte Stephan die Erinnerung ab. Es war vorbei. Er hatte sich entschieden, und nichts konnte seine Tat jemals ungeschehen machen.

»Was ist mit dir?« Witold berührte ihn an der Schulter. »Seit die Gäste aus Ägypten eingetroffen sind, hast du das Haus nicht mehr verlassen.«

»Nichts ist mit mir.«

Witold zog sich einen Schemel heran und setzte sich Stephan gegenüber an den Tisch.

»Manche Männer trinken, wenn sie Sorgen haben. Vielleicht hilft es?« Der Burghauptmann griff nach einem tönernen Becher und füllte ihn mit Schlehenwein. Dann schob er ihn Stephan hinüber.

»Nein, danke«, wehrte der ab.

»Du machst es denen, die es gut mit dir meinen, nicht leicht.« Witold seufzte.

»Mag sein.«

»Also?« Witold lehnte sich nach vorn und musterte Stephan scharf. »Was drückt dich?«

»Nichts, worüber ich reden möchte.«

»Es hat mit dem Neffen des Grafen zu tun, habe ich recht?«

Stephan schwieg.

»Er hat dich so merkwürdig angesehen. Und du ihn. Ihr kennt euch.«

»Nein.«

»Nein? Nun, zumindest er kennt dich.«

Stephan schüttelte den Kopf.

»Warum habe ich den Eindruck, dass du mich belügst?«

»Ich kenne ihn nicht«, wiederholte Stephan und überlegte, ob er einfach aufstehen und gehen sollte. Aber dazu hätte er das Haus verlassen müssen.

»Aber du bist ihm schon einmal begegnet.«

»Mag sein.«

»Ah, wir machen Fortschritte. Standet ihr euch feindlich gegenüber?«

»Ist dies ein Verhör?«

»Ich will dir helfen.«

»Dann stell mir keine Fragen mehr!«

Witold nickte. »Ist vielleicht besser. Aber ganz gleich, was zwischen euch war, Karim ist ein anständiger Mann.«

»Woher willst du das wissen?«

»Ich kenne seine Eltern. Und sein Vater ist einer der aufrechtesten Männer, die mir je begegnet sind. Obwohl er ein Heide ist. Es war eine aufregende Zeit, als wir nach Ägypten reisten und die Wunder der dortigen Welt erlebten. Es war nicht einfach für die Christen, aber was ich dort sah, hat mir für alle Ewigkeiten die Augen geöffnet, mir gezeigt, dass Gott viel größer ist, als wir ahnen. Und dass er Schutz und Schirm aller aufrechten Menschen ist, ganz gleich, unter welchem Namen sie ihn anbeten.«

»Du nimmst die Heiden in Schutz?«

»Ich nehme niemanden in Schutz.« Witold starrte auf den Becher, der unberührt vor Stephan stand.

»Du willst wirklich nichts von dem Schlehenwein trinken?«

Stephan schüttelte abermals den Kopf.

»Dann trinke ich ihn, bevor er verdirbt.« Der Burghauptmann griff nach dem Becher und nahm einen großzügigen Schluck.

Es klopfte an der Tür.

»Herein!«, rief Witold.

Es war die schöne Ägypterin mit einem ihrer Begleiter.

»Fräulein Sachmet?«, fragte Witold überrascht und erhob sich. Stephan hätte es ungehörig gefunden, wenn er sitzen geblieben wäre, und stand ebenfalls auf.

»Verzeih, ich wollte keine Umstände machen«, entgegnete Sachmet lächelnd. »Aber mein Begleiter hegt schon seit Langem einen Wunsch. Er ist jedoch deiner Sprache nicht mächtig.«

»Mein Arabisch mag krächzen wie ein schlecht geöltes Kettenhemd, aber es dürfte noch immer ausreichen«, erwiderte Witold auf Arabisch. Stephan war erstaunt, wie flüssig dem Burghauptmann die Worte über die Lippen kamen. Er selbst sprach ebenfalls fließend Arabisch, aber sein starker Akzent hatte bei den Einheimischen oft genug Gelächter hervorgerufen.

»Mein Name ist Amir«, stellte der junge Mann sich vor. Stephan schätzte ihn auf Anfang zwanzig. »Ich wollte dich kennenlernen«, fuhr er fort. »Weil … weil meine Mutter Nefret mir viel von dir erzählte.«

»Nefret?« Witold erblasste. »Du bist Nefrets Sohn?«

Amir nickte.

»Er ist übrigens nicht nur Nefrets Sohn«, bemerkte Sachmet. »Aber da Amir viel zu schüchtern ist, es selbst zu sagen, muss ich es wohl aussprechen – er ist auch dein Sohn.«

Kein Wunder, dass Witold sich so lobend über die Heiden ausgelassen hatte, wenn er eine Liebschaft mit einem dieser Weiber begonnen hatte.

Der Burghauptmann bekam große Augen. »Mein … Sohn? Aber wieso hat Nefret mir nichts … Ähm, ich wäre doch bei ihr geblieben, wenn …«

»Sie bemerkte ihre Schwangerschaft erst, nachdem du Djeseru-Sutech verlassen hattest«, erklärte Amir.

»Herzlichen Glückwunsch«, sagte Stephan trocken. »Und nun lasse ich euch besser allein.«

Eigentlich stand ihm nicht der Sinn nach einem Rundgang im Hof, wo er Karim hätte begegnen können. Da er sich aber nicht einmal mehr in Witolds Heim vor den Heiden sicher fühlte, nahm er ein Zusammentreffen mit dem jungen Ägypter in Kauf.

Ein weißer Fellblitz stürmte ihm entgegen, kaum dass er das Haus verlassen hatte, und sprang an ihm hoch. Stephan streichelte den Hund. Pepito oder Pablo? Er hatte immer Schwierigkeiten, die beiden Schoßhunde der Gräfin und ihrer Tochter auseinanderzuhalten.

»Pepito!«, hörte er Antonia mit strenger Stimme rufen. Das Hündchen hielt in seiner stürmischen Begrüßung kurz inne, verweigerte seiner Herrin dann aber schlichtweg den Gehorsam.

Stephan nahm den kleinen Bologneser auf den Arm und ging Antonia entgegen.

»Hier habt Ihr den störrischen Gesellen zurück«, sagte er.

»Vielen Dank, Herr Stephan.« Sie schenkte ihm ihr schönstes Lächeln, während sie ihm Pepito abnahm. »Ich hoffe, er hat Euch nicht belästigt.«

»Nein.«

Sie schaute ihn aufmerksam an, und er wurde unsicher. Was erwartete sie von ihm? Dass er ihr nicht gleichgültig war, hatte er längst bemerkt. Nur wusste er nicht, wie er ihre Vorliebe deuten sollte. Sie war die Tochter des Grafen, er ein Ritter ohne eigenes Land. Und auf der Burg munkelte man, dass Christian von Hohnstein sich berechtigte Hoffnungen auf Antonias Hand machte. Er sah wahrlich keinen Anlass, sich auf eine Tändelei einzulassen, auch wenn es ihn noch so sehr verlockte.

»Habt Ihr noch einen Wunsch, Fräulein Antonia?«, fragte er, um die peinliche Stille zu durchbrechen.

Ihre Augen blitzten keck. »Den hätte ich durchaus, doch Ihr werdet ihn mir wohl kaum erfüllen.«

»Dann solltet Ihr ihn für Euch behalten, um mir die Unannehmlichkeit einer Absage zu ersparen.«

Sie seufzte. »Aus Euch werde ich nicht schlau, Herr Stephan. Jeder andere Mann hätte mich aufgefordert, meinen Wunsch zu nennen, und erst danach entschieden.«

»Manches bleibt besser unausgesprochen.«

»Seid Ihr deshalb immer so wortkarg?«

»Vielleicht.«

»Ist es Euch unangenehm, wenn ich Euch in ein Gespräch zu verwickeln versuche?«

»Nein.«

»Warum weicht Ihr mir dann stets aus?«

»Tue ich das?«

»Nun ja, Ihr gebt mir das Gefühl, ich würde Euch behelligen.«

»Das liegt nicht in meiner Absicht.«

»Aber Ihr seid auch nicht erfreut, wenn wir uns begegnen.«

»Ihr seid die Tochter des Grafen.«

»Was soll ich mit einer solchen Antwort anfangen?« Zwischen ihren Brauen bildete sich eine tiefe Falte. »Ich weiß selbst, wessen Tochter ich bin.«

»Gewiss.«

»Verzeiht, dass ich Eure Zeit geraubt habe, Herr Stephan.«

»Das habt Ihr nicht, Fräulein Antonia.«

»Nicht? So falle ich Euch also nicht lästig?« Die Zornesfalte verschwand.

»Nein.«

»Aber erfreut seid Ihr nicht.«

»Was wollt Ihr denn hören?«

»Wie wäre es mit: *Fräulein Antonia, ich bin entzückt, Euch zu sehen.«*

»Entzückt?« Er hob die Brauen. »Welcher Mann benutzt ein solches Wort?«

»Dann lieber erfreut?«

»Nichtssagend«, wehrte er ab.

»Beglückt?«, schlug Antonia vor.

»Unanständig.«

»Wieso unanständig?«

»Wie der Hengst, der die Stute beglückt.«

»Ähm … ich merke schon, es gibt keine Worte, die Euch angemessen erscheinen.«

»Gefesselt.«

»Gefesselt? Das klingt doch eher kriegerisch.«

»Fräulein Antonia, Euer Erscheinen fesselt mich stets aufs Neue.«

Da war sie wieder, die Falte zwischen ihren Brauen. »Sehr doppeldeutig, Herr Stephan.«

»Aber ehrlich.«

»Nun, dann gebe ich Euch für heute frei«, seufzte sie.

»Ich danke Euch.«

Antonia setzte Pepito wieder auf dem Boden ab und blickte Stephan noch eine Weile nach, als er in Richtung Stall verschwand. Zu gern hätte sie gewusst, was er wirklich über sie dachte. Immerhin war er auf ihr Spiel eingegangen. Wenn sie ihm wenigstens nur einmal ein Lächeln entlockt hätte.

»An dem beißt du dir die Zähne aus«, hörte sie Sachmets Stimme. Antonia fuhr herum. »Wie lange hast du uns schon zugehört?«

»Eine Weile. Ich bin kurz nach ihm aus dem Haus gekommen. Er ist ein seltsamer Mensch, findest du nicht?«

»Er hat Schweres durchlebt.«

»So? Was denn?«

Antonia hob die Schultern. »Ich habe keine Ahnung. Er spricht nicht darüber.«

»Woher weißt du es dann? Ich meine, die Narbe im Gesicht hat noch nicht viel zu sagen, außer dass er in einem Kampf einen Augenblick lang unaufmerksam war.«

»Er lacht nie.«

»Gibt es so etwas?«

Antonia nickte. »Ich glaube übrigens, dass Karim und er sich kennen. Ich habe beobachtet, wie die beiden sich gemustert haben. Aber es waren keine freundlichen Blicke.«

»Nun, das ist doch zumindest ein Anfang. Komm, fragen wir Karim! Der erzählt uns bestimmt alles, was wir wissen wollen.«

Sachmet griff nach Antonias Hand und zog sie mit sich.

Sie brauchten eine Weile, bis sie Karim fanden. Er hatte sich in den kleinen Garten bei der Kapelle zurückgezogen und war in ein Buch vertieft. Nebet ruhte zu seinen Füßen.

»Hier vergeudest du also deine Zeit.« Sachmet nahm ihm das Buch aus der Hand. »Lesen kannst du auch im Garten deines Vaters.«

»Was gibt's?«

»Wir wollen mit dir reden.« Sachmet setzte sich neben Karim auf die Bank und rückte ein Stück zur Seite, damit auch Antonia Platz fand.

»Worüber?«

»Antonia hat eine Frage an dich.«

»So?« Er sah Antonia aufmunternd an, dennoch zögerte sie. Es kam ihr plötzlich ungehörig vor, das Geheimnis um Stephans Vergangenheit lüften zu wollen. Er wollte nicht darüber sprechen – vielleicht sollte sie diesen Wunsch einfach beherzigen. Andererseits konnte sie ihm vielleicht helfen, wenn sie die Ursache seiner geheimen Qual erfuhr.

»Ich hatte gestern den Eindruck, als würdest du Stephan kennen.«

»Stephan? Du meinst den Mann mit der langen Narbe im Gesicht?«

Antonia nickte.

»Kennen wäre zu viel gesagt.«

»Aber du bist ihm schon einmal begegnet.«

»Ja.« Karims Gesichtszüge wurden hart.

»Es war keine erfreuliche Begegnung?«

»Es ist noch keine anderthalb Jahre her«, hob Karim an. »Wir waren auf dem Weg von Kairo nach Alexandria, um junge Pferde von unserem Gestüt in Kairo zur Zucht nach Alexandria zu holen. Mein Vater hatte mich gewarnt, die Zeiten seien unsicher, überall würden versprengte Kreuzritter herumstreunen. Nun, mich begleiteten acht Knechte, die allesamt den Säbel zu führen wussten. Wir fühlten uns sicher. Und zunächst begegnete uns auch nichts Auffälliges. Aber einige Reitstunden vor Alexandria bemerkte einer meiner Männer Geier, die vor uns am Himmel kreisten. In friedlichen Zeiten deuten sie meist auf ein verendetes Kamel hin, selten auf tote Menschen. Aber die Zeiten waren nicht friedlich, und so waren wir vorsichtig. Ich beschloss, mit einem meiner Begleiter vorauszureiten, um mir ein Bild von der Lage zu verschaffen.« Karim hielt einen Augenblick lang inne. »Es waren drei Tote, zwei Araber und ein ziemlich heruntergekommener Franke, der seine zerschlissene abendländische Tracht durch arabische Kleidungsstücke ergänzt hatte. Pferde oder Kamele waren nirgends zu sehen, aber wir entdeckten Spuren. Jemand musste mit den Pferden geflohen sein. Und ich bemerkte noch etwas. Eine frische Blutspur, die sich von den Toten in Richtung einer Düne entfernte. Jemand war noch am Leben und hatte sich versteckt, als er uns herannahen sah. Dem Blut nach war er ernsthaft verwundet. Ich stieg vom Pferd und nahm meinen Wasserschlauch. Mein Begleiter war nicht sonderlich begeistert, dass ich der Blutspur allein folgen wollte, aber sein Widerspruch hielt sich in Grenzen.«

»Kein Wunder«, bemerkte Sachmet. »Wenn du dir etwas vorgenommen hast, kann dich niemand zurückhalten.«

»Meinst du?« Er zwinkerte ihr zu. Antonia wurde ungeduldig.

»Erzähl bitte weiter!«

Karim nickte. »Ich hätte über die Düne steigen können, den Blutspuren hinterher, aber das erschien mir nicht ratsam. Auch ein verwundeter Feind kann gefährlich werden. Vor allem dann, wenn er nichts mehr zu verlieren hat. Also nahm ich einen kleinen Umweg, und das erwies sich als richtig.« Karim legte abermals eine kurze Pause ein.

»Eine Stimme fuhr mich in schlechtem Arabisch an: ›Keinen Schritt weiter, oder du stirbst!‹ Vor mir stand ein Franke, das Gesicht über und über mit Blut besudelt. Anfangs glaubte ich sogar, er habe durch den fürchterlichen Hieb ein Auge eingebüßt. Er konnte sich kaum auf den Beinen halten, aber das Schwert in seiner Hand war drohend erhoben. Wäre ich nicht stehen geblieben, hätte er mich ganz sicher wie ein waidwundes Tier angegriffen.

›Ich will dir helfen‹, sagte ich und hob den Wasserschlauch. Er wiederholte seine Drohung und klammerte sich an seiner Waffe fest, als wäre sie sein letzter und einziger Halt auf Erden. Und ich wusste, er würde nichts verstehen, was immer ich ihm zu erklären versuchte. Also warf ich ihm den Wasserschlauch zu und entfernte mich in der Hoffnung, dass er zu Verstand käme, wenn er merkte, dass ich ihn nicht angegriffen, sondern ihm Wasser gegeben hatte.«

»Das war Stephan?«, flüsterte Antonia.

»Ja. Ich habe ihn an der Narbe sofort wiedererkannt.«

»Aber warum habt ihr euch so zornig gemustert? Du hast ihm doch nichts getan, sondern ihm geholfen.«

»So ist es. Doch die Geschichte geht noch weiter. Nachdem wir uns sicher waren, dass es nur diesen einen Überlebenden gab und uns keine Gefahr drohte, schlossen meine Begleiter mit den Pferden zu uns auf. Wir kannten die Pflicht der Gläubigen. Verstorbene müssen so rasch wie möglich bestattet werden. Obwohl wir nicht wussten, wer die Toten waren, fühlten wir uns doch für ihre letzte Ruhe verantwortlich und hoben drei Gräber aus. Für die beiden Araber und den Franken. Dabei schweifte mein Blick immer wieder zu der Düne hinüber, hinter der sich der Verwundete versteckte. Hoffentlich sah er endlich ein, dass wir ihm helfen wollten! Andererseits war ich nicht sicher, wer hier wen überfallen hatte. Gehörten die beiden zu einem Trupp marodierender Kreuzritter, oder waren sie allein unterwegs gewesen und arabischen Wüstenräubern in die Hände gefallen? Beides war möglich. Die Toten hatten keine Wertgegenstände mehr bei sich. Möglicherweise hatten die Räuber den Verletzten für tot gehalten und waren mit ihrer Beute auf und davon geritten. Es war aber ebenso gut möglich, dass sie geflohen waren und der Verletzte die Wertgegenstände der Toten an sich genommen hatte, bevor er sich vor uns versteckt hatte. Wie auch immer, wir stimmten das Totengebet an. In dieser kurzen Zeit ließ ich die Düne aus den Augen. Und genau diesen Augenblick hatte der Verletzte abgewartet. Ohne dass wir etwas bemerkten, schlich er sich zu unseren Pferden. Als wir aufmerksam wurden, war es zu spät. Zum Dank für meine Hilfe stahl er meinen Hengst und trieb die übrigen Pferde auseinander, damit wir ihn nicht verfolgen konnten. Es dauerte Stunden, bis wir sie wieder eingefangen hatten. Ich habe natürlich dennoch nach dem Pferdedieb gesucht, aber er war wie vom Erdboden verschluckt. Auch in Alexandria hatte ihn niemand gesehen, obwohl er aufgrund seiner Verletzung leicht zu erkennen gewesen wäre.«

Antonia war tief erschüttert. Bislang hatte sie Stephan immer als einen ehrenhaften Mann erlebt, der keine Furcht zu kennen schien. Das Bild, das Karim ihr vermittelt hatte, zeugte von einem anderen Menschen.

»Er muss furchtbare Angst gehabt haben«, murmelte sie. »Er war verletzt und wollte fort. Deshalb hat er das Pferd gestohlen und die anderen verjagt.«

»Das mag sein«, gab Karim zu. »Ich nehme es ihm dennoch übel. Jeder kennt die Bedeutung, wenn einem Mann in der Wüste Wasser gereicht wird.«

»Vielleicht befürchtete er eine Falle.«

»Wir hätten ihn ohne Weiteres töten können, und das hätte er wissen müssen. Ich glaube vielmehr, er war einer der Räuber. Seine Spießgesellen hielten ihn für tot und ließen ihn zurück. Muslime hätten ihren Glaubensbruder nicht den Geiern überlassen. Ein Räuber und Mörder aber hätte allen Grund gehabt, vor uns zu fliehen.«

»Ich kann nicht glauben, dass Stephan ein Mörder ist«, widersprach Antonia.

»Ein Pferdedieb ist er in jedem Fall.«

»War das Pferd, das er dir nahm, ein Falbe?«

Karim nickte.

»Er hat das Tier noch immer«, sagte sie. »Vielleicht gibt er es dir zurück.«

»Ich werde gewiss nicht so tief sinken, mein Eigentum von einem Vasallen meines Onkels zurückzuverlangen und damit Zwist heraufzubeschwören. Wie es scheint, ist es derzeit notwendiger denn je, dass alle zusammenstehen.«

16. Kapitel

In dieser Nacht wurde Antonia von unruhigen Träumen heimgesucht. Es war, als sei Karims Erzählung in ihrer Seele lebendig geworden. Sie sah Stephan mit blutüberströmtem Gesicht inmitten einer Überzahl von Feinden. Dann war er wieder allein, und sie erkannte Karim mit dem Wasserschlauch. Doch zugleich war sie selbst an Stephans Stelle, betrachtete Karim mit seinen Augen. Das Gesicht ihres Vetters verwandelte sich in eine albtraumhafte Fratze, das Wasser in Blut.

Schweißgebadet schreckte sie hoch.

Durch die Ritzen der Fensterläden drang ein schmaler roter Streif. Antonia stieg aus dem Bett und öffnete das Fenster. Die Sonne erhob sich soeben über den dichten Wäldern, Vögel sangen das erste Lied des Tages, und ein lauer Wind strich ihr sanft über das Gesicht. Ein herrlicher Tag mit strahlend blauem Himmel kündigte sich an. Viel zu schade, sich trüben Gedanken hinzugeben.

Um diese Stunde erwachte die Burg allmählich. Das Gesinde nahm seine Arbeit auf, und mit etwas Glück bekam man in der Küche bereits das erste frische Brot, das gerade heiß aus dem Ofen gezogen worden war. Auf Burg Birkenfeld wurde an jedem Tag außer am Sonntag gebacken. Ein Vorzug, den nur wenige Haushaltungen boten. In den meisten Burgen und Höfen wurde nur einmal in der Woche gebacken.

Ihr Vater saß bereits in der Küche beim Morgenmahl, und das wunderte Antonia. Für gewöhnlich war er nicht so früh auf den Beinen. Wenn er doch einmal zeitig aufstand, dann allenfalls, um wichtige Angelegenheiten der Grafschaft mit den Söhnen oder dem Vogt zu klären.

»Guten Morgen«, begrüßte sie ihn freundlich und nahm ihm gegenüber Platz.

»Guten Morgen. Bist du aus dem Bett gefallen?« Er zwinkerte ihr zu.

»So wie du?«, erwiderte sie keck.

Ihr Vater lachte, doch dem Lachen fehlte die Kraft. Die Fehde mit den Regensteinern belastete ihn mehr, als er zugeben mochte.

»Hier, das Brot kommt frisch aus dem Ofen.« Philip reichte es ihr.

»Danke.« Antonia brach sich ein Stück ab. »Sag, Vater, darf ich dir eine Frage stellen?«

»So förmlich? Sonst plapperst du doch drauflos, wie dir der Schnabel gewachsen ist.«

»Wusstest du, dass Karim Stephan schon einmal begegnet ist?«

»Nein.« Ihr Vater schüttelte den Kopf.

»Was weißt du eigentlich über Stephan? Ich meine, außer dass man ihn aufgrund seiner Tapferkeit zum Ritter geschlagen hat.«

»Dieser junge Mann scheint dich ja reichlich zu beschäftigen. Was hat Karim erzählt?«

Antonia wiederholte Karims Bericht, und ihr Vater hörte aufmerksam zu. Sie versuchte, in seinem Gesicht zu lesen, doch er ließ sich keine Gefühlsregung anmerken.

»Was denkst du?«, fragte sie, nachdem sie geendet hatte.

»Es waren schwierige Zeiten. Ich glaube, Stephan wollte kein Wagnis eingehen.«

»Was hättest du an seiner Stelle getan?«

»Ich hätte den Mann, der mir Wasser reicht, nach seinem Namen gefragt. Aber das kannst du nicht vergleichen. Ich bin im Orient geboren, ich kenne die Gepflogenheiten. Zudem …« Er zögerte.

Antonia sah ihn aufmunternd an, und er sprach weiter.

»Du sagst, Karim habe zwei tote Muslime und einen toten Ritter vorgefunden. Stephan ist damals gemeinsam mit seinem Bruder Thomas aufgebrochen. Aber nur er kehrte zurück.«

»Du meinst, der Tote war sein Bruder?«

»Womöglich.«

Sein Bruder … Wenn das stimmte, dann hatte Stephan vermutlich in jedem arabisch gekleideten Mann einen Feind gesehen.

»Hat er dir je von seinen Erlebnissen in Ägypten berichtet?«

Philip schüttelte den Kopf. »Sein Vater bat mich, ihn in meine Dienste zu nehmen. Ich kannte Stephan von früher und war deshalb sofort bereit. Allerdings …«

»Ja?«, fragte Antonia nach.

»Ich kannte ihn als jungen Burschen von sechzehn, siebzehn Jahren. Der Mann, den ich in meine Dienste nahm, hatte mit diesem Jungen nichts mehr gemein.«

»Wie war er früher?«

»Übermütig und zu Scherzen aufgelegt. Er hatte die Fähigkeit, mit einer kurzen, knappen Bemerkung alle zum Lachen zu bringen. Und er hat selbst am lautesten mitgelacht.«

Antonia versuchte sich den jungen Burschen vorzustellen. Ein lachender Stephan …

»Ich möchte ihm helfen.«

Philip seufzte. »Ich fürchte, das liegt nicht in unserer Macht. Deine Mutter hat es bereits versucht – vergeblich.«

»Sie hat es versucht?« Antonia horchte auf. Das war ihr neu.

»Schon bei der ersten Begegnung fiel deiner Mutter auf, dass seine Seelenflamme nur noch ein schwaches Glimmen ist. Doch er wich jeder Hilfe aus.«

»Sie hat ihn aufgegeben?«

»Nein, sie gesteht ihm sein Verhalten zu. Das ist ein Unterschied.«

Antonia drehte ihr Brotstück unschlüssig in den Händen.

»Ist das wirklich ein Unterschied?«, fragte sie. »Mutter hat die Macht, die Beladenen von ihrer Last zu befreien. Besäße ich ihre Fähigkeit, dann … dann würde ich nicht zögern, Stephan zu helfen.«

»Du kannst niemandem gegen seinen Willen helfen.«

»Woher weißt du, dass er jeden Beistand ablehnt? Vielleicht« – sie suchte nach den rechten Worten – »ist er nur zu scheu, ihn anzunehmen.«

Ihr Vater schüttelte kaum merklich den Kopf. »Antonia, du verrennst dich in deinem Wunsch, Stephan zu retten. Vermutlich sollten wir dankbar sein, dass du nicht Mutters Fähigkeit geerbt hast.«

»Warum?«

»Ich fürchte, dir fehlt die nötige Geduld. Wie ich schon sagte – du kannst niemandem gegen seinen Willen helfen. Im Gegenteil, du würdest die Menschen verschrecken. Deine Mutter weiß, wann sie sich zurückhalten muss und wann es nachzubohren gilt.«

»Und du glaubst, ich wüsste das nicht?«

»Du hast mein Temperament geerbt. Mir ging es in deinem Alter genauso. Ich wollte alles selbst in die Hand nehmen und die Welt verändern.« Er lächelte ihr gutmütig zu und tätschelte ihr die Hand.

»Dann können wir also nichts für Stephan tun?«

Philip lachte. »Siehst du – du weißt nicht, wann du besser nicht nachbohren solltest. Du solltest dich ein bisschen mehr zurücknehmen. Auf der Burg wird bereits geklatscht.«

Antonia spürte, wie ihr das Blut in die Wangen stieg.

»Es wird geklatscht?«

»Darüber, dass du eine Schwäche für Stephan hast. Das ist mehr als offensichtlich. Bislang hat dein Ruf darunter nicht gelitten, aber du solltest vorsichtig sein.«

Antonia schluckte. »Und was rätst du mir?«

»Die meisten Schwärmereien halten der Wirklichkeit nicht stand. Er mag dich in Bann ziehen, weil ihn ein tragisches Geheimnis umgibt. Aber du weißt nicht, welche Dämonen ihn jagen. Du blickst nicht hinter die Maske.«

Antonia seufzte, und auch ihr Vater atmete tief durch.

»Deine Mutter ist übrigens sehr erfreut, dass Christian zu Gast ist. Ich nehme an, du kennst den Grund.«

Abermals stieg Antonia das Blut in die Wangen. »Sie wünscht sich, dass ich mich mit ihm verlobe?«

Philip nickte.

»Und du, Vater?«

»Ich hätte nichts dagegen. Er ist ein aufrechter junger Mann, der dir eine gesicherte Zukunft bietet. Er hat einen guten Leumund, so wie alle Mitglieder seiner Familie. An seiner Seite würde es dir an nichts fehlen, und er wäre dir gewiss ein guter Ehemann.«

Antonia senkte den Blick.

»Aber ich werde dich niemals drängen«, fuhr ihr Vater fort.

»Und was wäre, wenn ich mich für einen anderen entscheide?«

»Zum Beispiel für einen Mann wie Stephan?«

»Vater!«, rief sie entrüstet.

»Ist das so abwegig?« Er lachte. »Nun, vom Stand her wäre er eine angemessene Partie. Aber er ist ein Ritter ohne Landbesitz. Er könnte keine Familie unterhalten. Wobei sich das sicher noch am leichtesten regeln ließe. Die Schwierigkeit liegt anderswo, Antonia.«

»Du meinst bei den Dämonen, die ihn jagen?«

Ihr Vater nickte. »Ein Mann, der seit Jahren nicht gelacht hat, ist tief in seiner Seele verwundet. So schwer, dass niemand weiß, ob er überhaupt noch lieben kann. Glaub mir, Antonia, was du für ihn zu empfinden glaubst, ist nichts als ein Traum. Du kennst den wirklichen Menschen dahinter nicht.«

»Ich … ich habe doch nie behauptet, dass … dass ich ihn …« Sie räusperte sich erneut. Warum durchschaute ihr Vater sie nur immer?

Die Tür öffnete sich, und Donatus betrat die Küche.

»Guten Morgen!«, rief er fröhlich und nahm neben Antonia Platz. »Ich schätze, auf Karim und Sachmet müssen wir noch eine Weile warten. Die konnte ich schon während der Reise nur mit Mühe rechtzeitig aufscheuchen. Karim ziehe ich einfach die Decke weg. Aber bei Sachmet wird es gefährlich, denn Nebet schläft an ihrer Seite und nimmt es ausgesprochen übel, wenn man ihrer Herrin zu nahe kommt.« Er grinste breit über das ganze Gesicht. Antonia war erstaunt über seine Lebendigkeit. Sie hatte ihn ganz anders eingeschätzt, denn in den ersten Tagen hatte er sich meist zurückgehalten und Karim das Wort überlassen.

»Wie geht es nun mit dieser Fehde voran?« Donatus blickte Philip erwartungsvoll an. »Wird es zu Kämpfen kommen?«

»Eine Fehde ist kein blutiges Gemetzel«, entgegnete Antonias Vater. »Sie verläuft nach festen Regeln. Ich habe Barthel ausgeschickt, um herauszufinden, wann die Regensteiner die nächsten Lieferungen auf ihre Burg erwarten. Wir werden die Wagenzüge überfallen und als Beute nehmen. Auf diese Weise schädigen wir die Regensteiner am meisten, ohne dass es viel Blut kostet.«

»Also wird bei einer Fehde nicht getötet?«

»Wenn sich gleichrangige Gegner im Kampf begegnen und einer stirbt, fällt dies unter das Fehderecht. Es ist kein Mord. Verboten ist es jedoch, Unbeteiligte, Bauern oder Geistliche zu töten. So sagt es zumindest das Recht. Die Wirklichkeit sieht oft anders aus. Deshalb habe ich lange mit mir gerungen, ob ich den Regensteinern tatsächlich die Fehde erkläre. Allerdings blieb mir keine andere Möglichkeit. Ein derartiges Unrecht darf nicht ungesühnt bleiben. Es wäre das Ende unseres friedlichen Zusammenlebens. Wenn ich nachgegeben und das Lösegeld gezahlt hätte, würden die Regensteiner es immer toller treiben.«

Donatus nickte. »Ich stehe ganz auf deiner Seite. Es gibt nur eine kleine Schwierigkeit. Ich musste meinem Vater bei meiner Abreise versprechen, mich in keine gefährlichen Abenteuer zu stürzen. Er mahnte mich eindringlich, hielt mir das Bild seines Erstgeborenen vor Augen.«

»Das verstehe ich nur zu gut, Donatus. Wir sind auch nicht auf deine Kampfkraft angewiesen.«

»Halt, du missverstehst mich, Philip! Ich werde mitkämpfen. So wie du es schilderst, ist diese Fehde gar nicht gefährlich, sondern lediglich die Fortführung einer Rechtsstreitigkeit mit anderen Mitteln, nicht wahr? Und mein Vater hätte wohl kaum etwas dagegen, wenn ich mir ansehe, wie dem Recht in seiner alten Heimat zum Sieg verholfen wird.« Ein schelmisches Lächeln breitete sich auf Donatus' jugendlichen Zügen aus.

Philip runzelte die Stirn. »So umgehst du das Wort, das du deinem Vater gabst?«

»Das ist noch harmlos. Wusstest du, dass Karim auf der Reise hierher seine Vorliebe für Schinken entdeckt hat?«

Die Falte auf Philips Stirn vertiefte sich. »Dann möchte ich lieber gar nicht wissen, was meine Söhne hinter meinem Rücken treiben.«

»Nichts, was sie nicht auch unter deinen Augen täten«, sprang Antonia ihren Brüdern bei. »Schließlich hast du nichts dagegen, wenn sie Schinken essen oder an Fehden teilnehmen.«

Die Tür klappte erneut. Diesmal waren es Karim und Sachmet mit Nebet.

»Der Morgen der Güte sei mit euch«, grüßte Karim und setzte sich an den Tisch. Sachmet blieb noch stehen und sah sich in der Küche um.

»Suchst du etwas?«, fragte Philip.

»Ja, ich muss Nebet füttern. Es muss nichts Besonderes sein – die Schlachtabfälle haben ihr hervorragend geschmeckt.«

»Hanne, ist noch etwas von den Resten für die Hunde da?«, rief Philip einer der Mägde zu. Die nickte und holte einen Eimer voller Fleischabfälle. Doch als Nebet von dem Geruch angelockt näher kam, ließ die Magd den Eimer fallen und sprang schreiend zurück.

»Hanne, das Tier ist so harmlos wie ein Hund«, tadelte Philip. »Das habe ich dir bereits gestern gesagt.«

»Ja, Herr Graf, aber es ist doch ein wildes Tier.«

»Nebet ist ein zahmes Haustier«, wiederholte Antonias Vater nachdrücklich. »In Ägypten werden diese Tiere gehalten wie bei uns die Hunde. Also stell dich nicht so an!«

Die Magd nickte, machte aber keine Anstalten, den Eimer aufzuheben. Das war auch nicht nötig, denn Nebet hatte keine Lust, länger zu warten, und fraß aus dem umgestürzten Eimer.

Sachmet setzte sich und griff nach dem frischen Brot.

»Ich bin schon sehr gespannt auf die Fehde«, sagte sie. »Wusstest du, dass ich eine ausgezeichnete Bogenschützin bin? Und meine Krieger bilden eine unüberwindliche Einheit im Kampf.«

»Eine Fehde ist nichts für Frauen«, widersprach Philip.

»Ich kann sogar mit dem Schwert umgehen«, fuhr Sachmet ungerührt fort. »Und mit Säbeln.«

»Eine Fehde ist nichts für Frauen«, wiederholte Philip. »Ganz gleich, wie gut du zu kämpfen vermagst.«

»Du glaubst mir nicht?«

»Du sagst gewiss die Wahrheit – schließlich kenne ich deine Mutter. Aber das ändert nichts daran, dass du dich zurückhalten wirst.«

Sachmet verzog das Gesicht. »Warum?«

»Weil ich in des Teufels Küche geriete, wenn ich eine waffenstarke Frau an meiner Seite kämpfen ließe.«

»Das verstehe ich nicht.«

»Ich habe heute Morgen eine Botschaft des Bischofs von Halberstadt erhalten«, sagte Philip.

»Warst du deshalb schon so früh auf den Beinen, Vater?«

Er nickte.

»Und was hat der Bischof dir geschrieben?«, fragte Antonia weiter.

»Er befiehlt uns den Benediktiner Hugo vom Waldsee als neuen Kaplan auf Burg Birkenfeld. Denn man habe ihm zugetragen, dass es mit dem christlichen Glauben auf unserer Burg nicht zum Besten stehe. Ich würde Heiden beherbergen, und wir alle würden die göttlichen Gebote missachten.«

»Hugo vom Waldsee?«, rief Antonia erschrocken. »Ist das nicht dieser gestrenge Pater, der angeblich hinter jeder Fröhlichkeit Teufelswerk wittert?«

»Genau der. Und ich kann mir gut vorstellen, wem wir diese Maßnahme zu verdanken haben. Das riecht verdammt nach Meinolf von Brack.«

»Wann wird Hugo vom Waldsee eintreffen?«

»Vermutlich schon morgen«, stieß Philip bitter hervor. »Wenn er erfährt, dass Karim Muslim ist und Sachmet heidnische Götter anbetet, dann schickt er uns die heilige Inquisition auf den Pelz.«

»Wir brauchen ihm doch nicht die Wahrheit zu sagen«, warf Sachmet gelassen ein. »Ich kann sogar ein paar christliche Gebete aufsagen. Und Karim braucht nur zu erklären, dass er als Kind getauft wurde. Das dürfte doch reichen.«

»Und zur Bekräftigung verspeist er noch eine Scheibe Schinken.« Donatus stieß Karim spaßhaft den Ellbogen in die Seite.

»Ihr solltet das nicht zu leichtnehmen«, mahnte Philip. »Fanatische Glaubensmänner sehen mehr, als sie sollten.«

»Und was sagt Mutter dazu?«

»Sie meint, wir sollten ihn mit seinen eigenen Waffen schlagen«, antwortete Philip. »Sobald der Pater auf Burg Birkenfeld weilt, wird nur noch einmal in der Woche gebacken. Christen, die sich in einer Fehde befinden, steht Demut und Fasten gut an. Sie schlug vor, dass wir nicht nur am Freitag, sondern auch am Mittwoch auf jegliche tierischen Erzeugnisse verzichten, so wie es die Christen in Ägypten halten, um die Frömmigkeit zu betonen. Und ansonsten sollten wir uns unter der Woche auf Heringe und Brot beschränken.«

Antonia runzelte die Stirn. »Und sie meint, das hilft?«

»Es wäre einen Versuch wert«, entgegnete ihr Vater. »Soweit ich weiß, ist Bruder Hugos Kloster bekannt für seine ertragreichen Felder, die Schweinemast und die guten Milchkühe. Die meisten der dortigen Brüder neigen zur Fettleibigkeit.«

Donatus lachte. »Ach so, wenn er merkt, dass es hier nichts Anständiges zu essen gibt, wird er deiner Meinung nach von selbst bald verschwinden?«

»So schnell wird es nicht gelingen, aber es könnte seine Entscheidung beschleunigen.« Ein bitteres Lächeln umspielte Philips Lippen. »Natürlich werden wir uns künftig bei Sonnenaufgang nicht in der Küche einfinden, sondern in der Kapelle – wir erwarten von einem frommen Kaplan, dass er uns bei den Morgengebeten anleitet.«

»Oh!«, rief Antonia. »Jeden Tag? Sollen wir auch jeden Tag beichten?«

»Das machen wir von den Empfehlungen des frommen Mannes abhängig. Schließlich wollen wir unsere Seelen nicht mit Bösem belasten, gerade in Zeiten, da wir in der Fehde mit den Regensteinern jeden göttlichen Beistand brauchen.«

»Dann hoffe ich nur, oft genug zu sündigen, damit ich ausreichend Gründe für eine Beichte habe«, spottete Karim. »Wie geht das eigentlich vor sich mit dem Beichten?«

»Vor allem demütig und reuevoll musst du dich zeigen. Der Beichtvater spricht dann den Segen: *Der Herr sei in deinem Herzen und auf deinen Lippen, damit du alle deine Sünden recht beichtest, im Namen des Vaters und des Sohnes und des Heiligen Geistes. Amen.* Darauf antwortest du, wann deine letzte Beichte stattfand, und bekennst in Demut und Reue deine Sünden. Dabei kannst du dich nach den zehn Geboten richten. Hast du seit der letzten Beichte gelogen oder Vater und Mutter nicht genügend geehrt, hast du dich unschicklich verhalten …«

Sachmet kicherte. »Karim doch nicht! Der ist die Schicklichkeit in Person.«

»Ach ja, Sachmet – bitte nicht allzu Unschickliches beichten! Nur lässliche Sünden. Ich möchte nicht, dass Pater Hugo gar zu aufmerksam zuhört.«

»Oh. Nun, mein Lebenswandel ist ohne Tadel.«

Philip zog die Brauen hoch. »Tatsächlich?«

»Tatsächlich«, bestätigte sie mit keckem Augenaufschlag.

»Nun, dann genieße ich jetzt das letzte frische Brot«, sagte

Donatus und riss sich ein Stück vom Laib ab. »Der Gedanke an die salzigen Heringe erfreut mich nicht sonderlich.«

Philip lächelte. »Warte einfach ab! Auch da gibt es Lösungen, die dich gewiss erfreuen werden.«

»Was ist mit dem Gesinde? Jemand könnte sich verplappern und verraten, dass es bei uns für gewöhnlich nicht so zugeht.«

»Auch daran hat deine Mutter gedacht, Antonia. Für gewöhnlich liegen wir in keiner Fehde. Besondere Zeiten erfordern besondere Demut.«

»Aber Nebet bekommt weiterhin Fleisch«, forderte Sachmet mit Nachdruck. »Sie mag keine salzigen Heringe.«

»Nebet und die Hunde müssen auch nicht zur Beichte«, antwortete Philip.

Karim lächelte breit. »Ich habe durchaus damit gerechnet, dass wir bei euch einiges erleben werden. Aber gleich solch einschneidende Ereignisse … da werden wir später viele Abende lang zu erzählen haben.«

17. Kapitel

In Stephans Magen rumorte es. Seit die Ägypter auf Burg Birkenfeld weilten, war er Karim aus dem Weg gegangen. Inzwischen war das nicht länger möglich. Graf Philip hatte ihm befohlen, Alexander beim Überfall auf die Lieferungen der Regensteiner zur Seite zu stehen. Leider schienen die Ägypter die Fehde für einen aufregenden Zeitvertreib zu halten und wollten sich dem Trupp anschließen. Sogar die vorwitzige Sachmet, doch das hatte ihr der Graf strengstens untersagt.

Warum machte er sich überhaupt so viele Gedanken? Weil sich herausgestellt hatte, dass dieser verfluchte Araber der Neffe des Grafen war? Er hatte damals das Richtige getan, hatte Thomas' letzten Wunsch erfüllt. Thomas … Bei der Erinnerung an seinen Bruder wurde Stephan die Kehle eng. Mit entschlossener Handbewegung ergriff er den schweren Sattel und legte ihn seinem Hengst auf. Noch während er die Sattelgurte festzurrte, klappte die Stalltür. Er sah sich um. Ausgerechnet dieser Karim. Ihre Blicke trafen sich. Die Luft dazwischen schien zu gefrieren. Wortlos trat Karim zu seinem Pferd und sattelte es.

Stephan führte seinen Falben nach draußen. Alexander saß bereits im Sattel, neben ihm Barthel.

»Wer begleitet uns noch?«, fragte er Alexander.

»Donatus, Karim, Christian, Moritz, Nikolaus und Sachmets Garde.«

»Sämtliche Ägypter?«

Alexander musterte ihn schmunzelnd. »Sie sind gute Bogenschützen. Hast du etwas dagegen?«

»Das steht mir nicht zu.« Stephan bestieg sein Pferd.

»Dann sag es schon, Stephan! Was stört dich?«

»Sind wir auf den Beistand von Heiden angewiesen?«

Bevor Alexander antworten konnte, hörte er Karims Stimme. »Du meinst, die sollte man lieber totschlagen, nicht wahr?«

Stephan fuhr im Sattel herum. »Du weißt gar nichts über mich!«

»Nein?« Karim lächelte böse. »Du reitest ein schönes Pferd. Ein arabisches Vollblut. War es eine Kriegsbeute?«

»Es traf keinen armen Mann.«

»Ist das eine Entschuldigung für Diebstahl?«

»Das fragt einer, der sich gerade einem Überfall anschließen will.«

»Bist du dabei, weil du ein erfahrener Pferdedieb bist?«

»Ein erfahrener Pferdedieb hätte alle gestohlen.«

Alexander trieb seinen Hengst zwischen sie. »Was soll das?«, fragte er.

»Nichts weiter«, erwiderte Karim. »Wir haben nur über alte Zeiten geplaudert.«

»Falls ihr irgendwelche Händel offen habt, dann sagt es lieber gleich. Ich dulde keinen Streit unter meinen Männern.«

Stephan holte tief Luft, tätschelte den Hals seines Hengstes und nickte in Karims Richtung. »Es war einmal sein Pferd.«

»Oh.« Alexander wandte sich an Karim. »Hast du es zurückgefordert? Herrscht deshalb eine so eisige Stimmung zwischen euch?«

Karim schnaubte. »Nein. Aber ich traue keinem Mann, der mich bestohlen hat.«

»Und ich traue keinem Ungläubigen in der Wüste!«, stieß Stephan hervor. Dann stieg er vom Pferd. »Es ist wohl besser, wenn ich nicht mitkomme.«

»Du steigst sofort wieder auf!«, befahl Alexander. »Ich brauche dich.«

Stephan zögerte. »Hältst du das für sinnvoll?«

»Ja!«

»Denk dran, er traut mir nicht.« Er wies auf Karim.

»Aber ich traue dir, und das genügt!«

Stephan schwang sich erneut in den Sattel.

»Und nun will ich nichts mehr von euren alten Händeln hören. Hier gibt es nur einen Feind, und das sind die Regensteiner.«

»Mich musst du nicht überzeugen«, entgegnete Karim. »Ich war nie sein Feind.«

»Wäre ich dein Feind gewesen, hätte ich dich damals getötet«, bemerkte Stephan beiläufig.

Karim fuhr im Sattel herum. »Soll ich dich auslachen? Du konntest dich kaum auf den Beinen halten!«

»Für dich hätte meine Kraft noch gereicht.«

»Ich sagte, ihr sollt damit aufhören!«, brüllte Alexander. »Wo bleiben eigentlich die anderen?«

»Da kommen sie schon.« Barthel wies zum Stall hinüber.

»Wurde auch Zeit«, brummte Alexander. Stephan sah ihm deutlich an, dass er seinen Groll kaum noch beherrschen konnte. Ihm selbst erging es ganz ähnlich. Aber er hatte längst gelernt, seine Gefühle hinter einer unbewegten Miene zu verbergen.

Sie waren bald zwei Stunden unterwegs, bis sie den Hohlweg erreichten, der von Blankenburg nach Regenstein führte. Barthel hatte herausgefunden, dass die Regensteiner Waffenknechte im Lauf des Tages mit den Abgaben der umliegenden Dörfer an dieser Stelle vorüberkommen würden.

»Denkt daran«, mahnte Alexander, »wir wollen niemanden töten. Zielt auf Arme und Beine. Zum einen sind wir keine Mörder, zum anderen bringen uns Verwundete einen unschätzbaren Vorteil. Sie müssen gepflegt, ernährt und weiterhin entlohnt werden. Tote würden die Regensteiner einfach durch neue Männer ersetzen.«

Karim übersetzte die Worte für die Männer aus Sachmets Garde. Stephan sah, wie Christian mit Donatus flüsterte. Der lachte. Für sie war der bevorstehende Waffengang ein großes Abenteuer, das sie sich um keinen Preis entgehen lassen wollten, hatten sie doch nie erlebt, wie Blut und Tod über die Kämpfenden hereinbrachen. Nun gut, hier wäre es anders als in Damiette oder bei dem Gefecht gegen das Heer des Sultans, als … Stephan schüttelte den Gedanken ab. Warum um alles in der Welt verfolgten die Erinnerungen ihn so beharrlich? Hatte es mit Karim zu tun? Weil er ihm am finstersten Tag seines Lebens begegnet war?

Sie stiegen von den Pferden und versteckten sich im dichten Unterholz zu beiden Seiten des Pfads. Die Männer waren guter Dinge, selbst Alexander. Stephans Blick schweifte unwillkürlich zu Karim hinüber. Dessen Miene war unbewegt, er war der Einzige außer ihm selbst, der sich nicht von den Scherzen und der Vorfreude anstecken ließ.

Weil er dem Tod bereits begegnet ist, dachte Stephan. Nur wir wissen, dass Fehden und Kriege Schlimmeres bedeuten als

Spiele für übermütige Knaben. Alexander mag es vom Verstand her erfassen, aber er hat niemals eine blutige Auseinandersetzung bestritten.

Die Zeit verging quälend langsam, während Stephan auf dem Boden lag und auf die Regensteiner wartete, das Schwert griffbereit neben sich. Obwohl weder die dichten Wälder noch der farnbewachsene Untergrund an die Wüste erinnerten, glitten seine Gedanken immer wieder in die Vergangenheit zurück. Nach der Eroberung von Damiette war er am Ziel seiner Träume gewesen. Beschwingt von seinen Erfolgen. Er war ein Ritter! Nie wieder müsste er sich von dem Regensteiner Bastard dumm anreden lassen. Und wenn das Glück ihnen hold blieb, würde auch Thomas die Ritterwürde erwerben. Spätestens wenn sie das Heer des Sultans stellten. Gott war mit ihnen. Sonst hätten sie die Festung der Heiden nicht so rasch erobern können. Obwohl ein kleiner Zweifel blieb, ob wirklich alles gottgewollt war. Er hatte gesehen, wie einige Männer sich in entfesselte Bestien verwandelten, auf alles einschlugen, selbst auf Kinder … Kinder … warum in Gottes Namen beherbergten die Heiden Kinder in ihren Festungen? Da war ihm plötzlich klar geworden, dass Damiette nicht nur eine reine Festung war, wie man ihm immer wieder versichert hatte. Damiette war eine Stadt. Eine Stadt mit unbewaffneten Bewohnern. In einem leeren Haus, das sie plünderten, hatte er sogar einen kleinen Altar mit Heiligenbildern entdeckt. Als er Thomas darauf hinwies, hatte der gemeint, dass es eine Beute der Ungläubigen sei. Die rechtmäßigen Besitzer seien von den Ungläubigen gewiss getötet worden. Damals hatte Stephan ihm nur allzu gern geglaubt. Inzwischen wusste er, dass dies nur eine von vielen Lügen war, die man ihnen erzählt hatte. Dabei hätte er es wissen müssen. Genau wie Thomas. Sie kannten Graf Philip, den Lehnsherrn ihres Vaters. Sie wussten, dass er in Ägypten geboren war. Aber Alexandria war nicht

Damiette. Damiette war eine Festung. So hatte man ihnen erzählt, und sie hatten zu keiner Zeit an den Worten der Priester gezweifelt, die ihnen in der heiligen Messe vor der Schlacht stets gepredigt hatten, alles geschehe im Namen Gottes. Sie seien das Schwert des Herrn, um die Ungläubigen zu vertreiben. Gott sei mit ihnen, und wer in seinem Namen sterbe, dem sei das Himmelreich sogleich gewiss. Jede Sünde werde vergeben …

Stephan atmete tief durch. Noch immer spürte er bei tiefen Atemzügen einen kleinen Stich in der Rippengegend. Aber dieser Schmerz konnte seine Kampfkraft nicht schwächen.

Jede Sünde werde vergeben … Inzwischen war es zu spät. Manche Sünde wog zu schwer, als dass ihr jemals Vergebung gewährt würde. Mochten die Pfaffen auch anders reden, er glaubte ihnen nicht mehr. Gott war nicht mit ihnen gewesen, er hatte sie verlassen …

»Sie kommen«, raunte jemand. Barthel? Stephan hörte, wie sich die ägyptischen Bogenschützen aufrichteten, die Sehnen spannten. Plötzlich hörte er wieder die Schreie der längst Gefallenen, drohte ihn die Erinnerung an das vergangene Grauen zu übermannen. Er schüttelte sie ab, erhob sich leise und schlich zu seinem Pferd, das weiter hinten im Wald wartete, geschützt vor fremden Blicken. Hinter ihm knackte ein Zweig. Er wandte sich um. Karim!

»Was folgst du mir?«, flüsterte er verärgert.

Karim wies mit einem Kopfnicken auf sein eigenes Pferd, das ganz in der Nähe angebunden war. Stephan entspannte sich.

Behutsam führten sie die Pferde in die Nähe des Hohlwegs und warteten. Das Rumpeln der Wagenräder kam näher. Es war ein Zug aus zwei Wagen, begleitet von zwölf Waffenknechten und dem Regensteiner Vogt Hubertus. Die Bauern nannten ihn hinter vorgehaltener Hand Hubertus Raffzahn.

Früher hatte Stephan darüber gelacht, inzwischen schmeckte die Erinnerung schal.

»Jetzt!«, hörte er Alexanders Ruf. Ein Dutzend Pfeile schwirrte durch die Luft, sieben Waffenknechte schrien auf, die Geschosse hatten sie in Armen und Beinen getroffen. Der nächste Pfeilregen folgte. Das Pferd des Vogts wieherte und stürmte auf und davon. Ging ihm das Reittier durch, oder versuchte der feige Raffzahn zu fliehen? Stephan schwang sich in den Sattel, galoppierte den Hohlweg hinunter und folgte dem Regensteiner Vogt.

Hinter sich hörte er die Kampfschreie der Männer, doch seine Aufmerksamkeit galt nur dem Flüchtling. Wenn Hubertus Alarm schlug, war ihr Vorteil dahin.

Stephans Pferd war schneller, er holte den Vogt ein, griff ihm in die Zügel. Dessen Pferd scheute, Hubertus stürzte rücklings aus dem Sattel und jammerte lauthals. Stephan schüttelte verächtlich den Kopf und stieg ab.

»Los, hoch mit Euch, Herr Hubertus!«, befahl er. »Eure Flucht ist zu Ende.«

»Stephan von Cattenstedt«, keuchte der Vogt. »Was maßt Ihr Euch an?«

»Nichts, das Ihr nicht verdient.« Rücksichtslos zerrte er den Mann auf die Füße. »Und nun kommt mit!«

Hubertus unternahm keinen Fluchtversuch. Er war ein Knecht des Rechenbretts, kein Kämpfer. Stephan ließ ihn vor sich hergehen, während er selbst die Pferde führte. Die Kampfhandlungen waren vorüber, die Regensteiner besiegt. Einige hatten Verwundungen davongetragen, die übrigen lagen gebunden am Boden.

»Was fangen wir mit den Gefangenen an?«, fragte Karim.

»Wir lassen sie hier zurück. Man wird schon nach ihnen suchen, wenn die Lieferungen ausbleiben«, entgegnete Alexander. Dann fiel sein Blick auf Stephan und den Vogt.

»Du hast ihn erwischt, das ist gut.«

»Ich habe auch schon einen schönen Baum für ihn gefunden.« Stephan stieß Hubertus vorwärts. »Hat jemand ein Seil?«

»Was … was soll das?«, keuchte der Vogt.

»Keine Sorge!« Stephan packte ihn grob an der Schulter. »Ihr sollt nicht baumeln, sondern Wurzeln schlagen.«

Donatus und Christian lachten, während er den Vogt an den dicken Stamm einer Eiche fesselte.

»Wir haben gute Beute gemacht!«, rief Barthel. Der Waffenknecht hatte die Wagendecken zurückgeschlagen und gab den Blick auf die Abgaben frei: Mehlsäcke, geflochtene Käfige, aus denen Hühner ihre neugierigen Hälse reckten, fette Stallhasen, Würste, Schinken, eingemachte Früchte, Krüge mit Milch und Butter. Sogar Bierfässer lagerten auf einer der Fuhren.

»Da wird bei den Regensteinern keine Freude aufkommen!« Alexander lachte. »Zwei Wagen voller Ladung, dazu dreizehn Reitpferde und Waffen. Damit haben die Regensteiner gewiss nicht gerechnet. Und nun lasst uns verschwinden!«

Auf dem Weg nach Birkenfeld lenkte Karim sein Pferd neben Stephan.

»Wirst du mir eine Frage beantworten?«

»Wozu?«

»Wer hat damals wen überfallen? Gehörtest du zu einer dieser Banden aus versprengten Kreuzrittern? Oder warst du das Opfer von Wüstenräubern?«

»Was schert es dich?«

»Ich will es wissen.«

»Es ändert nichts an den Tatsachen.«

»Also warst du der Räuber.«

Der Hieb saß. Stephan hatte nicht erwartet, dass ihn Karim mit nur einem Satz so tief zu treffen vermochte.

»Nein«, entgegnete er. »Wir waren die Überfallenen.«

»Du sahst nicht so aus, als sei viel bei dir zu holen gewesen.«

Stephan schwieg und trieb sein Pferd zu schnellerer Gangart an. Karim blieb beharrlich an seiner Seite.

»Wenn du der Überfallene warst, weshalb hattest du noch deine Waffen?«

»Ich bin dir keine Rechenschaft schuldig.«

»Ein Mann mit gutem Gewissen hätte meine Hilfe angenommen. Nur ein Mörder hätte Grund zur Flucht gehabt.«

»Glaubst du?«

»Ja.«

»Es ist mir gleich, was du über mich denkst.«

»Aber mir nicht. Ich will wissen, mit wem ich es zu tun habe.«

»Mit dem Mann, der dein Pferd gestohlen hat.«

»Warum hast du es gestohlen?«, bohrte Karim weiter.

Stephan holte tief Luft. »Weil ich nicht zu Fuß gehen wollte.«

»Wir hätten dich mitgenommen und dir geholfen.«

Unvermittelt zügelte Stephan sein Pferd. »Jetzt hör mir zu, Karim ben Said al-Musawar oder wie immer du dich nennst. Du weißt nichts über mich. Hätte ich gewollt, wärst du an jenem Tag gestorben. Aber ich sah, dass du nicht mit der Waffe, sondern mit einem Wasserschlauch kamst. Deshalb habe ich dich gewarnt. Wärst du nur einen Schritt weitergegangen, hätte ich dich getötet.«

»Das hättest du nicht geschafft.«

Blitzschnell zog Stephan sein Messer aus dem Gürtel und schleuderte es in den Stamm einer Eiche.

»Nicht mit dem Schwert. Ich halte das Messer immer bereit. Merk dir das!«

Er ritt langsam auf den Stamm zu und zog seine Waffe heraus.

Karim saß wie versteinert im Sattel.

»Glaubst du es mir nun?«, fragte Stephan, als er das Messer in die Scheide zurückgeschoben hatte.

»Dass du mich getötet hättest?«

»Ja.«

Karims Blick schweifte zwischen Stephan und der Eiche hin und her.

»Vermutlich«, gab er zu.

Stephan trieb sein Pferd erneut an. Diesmal versuchte Karim nicht, zu ihm aufzuschließen.

18. Kapitel

»Verflucht!« Ulf von Regenstein schlug so heftig mit der Faust auf den Tisch, dass die Trinkpokale klirrten.

»Ich habe es gleich gesagt«, polterte Eberhard. »Wir hätten nicht auf den ersten Angriff warten sollen. Meinolf ist nicht unfehlbar.«

Der Gerügte lehnte sich gelassen auf seinem Stuhl zurück.

»Kein Grund zur Aufregung!«, erwiderte er mit einem so selbstzufriedenen Lächeln, dass Eberhard ihm am liebsten ins Gesicht geschlagen hätte. »Dann sollen die Bauern eben ihre Abgaben noch einmal entrichten.«

»Dummkopf!«, schrie Ulf. Eberhard grinste. Doch Meinolf schien die Beschimpfung nicht im Geringsten zu stören.

»Hör mir zu, Vater«, setzte er an. »Die Bauern werden murren, aber was schert es uns? Sie haben zu spuren.«

»Wenn wir die Bauern zu sehr auspressen, gibt es Unruhen«, widersprach Eberhard.

»Die wir dann gegen die Birkenfelder lenken werden. Und die sind doch so edel und gut, die werden gewiss nicht wollen, dass arme Bauernkinder hungern, wenn sie uns die Lieferungen rauben. Lass die Bauern hungern, dann werden die Birkenfelder sich künftig hüten, unsere Lieferungen zu überfallen.«

»Wie kommst du auf diesen Unsinn?«, schrie Ulf. »Weshalb sollte das Wohlergehen unserer Bauern den Grafen von Birkenfeld kümmern? Wir schneiden uns ins eigene Fleisch, wenn wir sie zu sehr auspressen.«

»Selbst wenn du recht hast«, warf Eberhard ein, »traue ich den Birkenfeldern zu, dass sie unsere Lieferungen überfallen und sie dann heimlich den Bauern überlassen. Damit hätten sie ergebene Zuträger.«

»Ein guter Einwand«, gab Meinolf zu. »Dann müssen wir dafür sorgen, dass sie selbst nichts mehr zu essen haben.«

»Du meinst, wir sollten ihre Lieferungen ebenfalls überfallen?«

»Nein, mit solchen Kindereien geben wir uns nicht ab. Wir sollten ihre Felder verheeren und die Dörfer anzünden.«

»Das widerspricht dem Fehderecht!«, rief Eberhard.

»Das Recht ist mit dem Stärkeren. Was soll schon geschehen? Herzog Leopold hat Graf Philip bereits einmal abgewiesen, weil er keine Geldmittel hat, ihn gegen uns zu unterstützen. Wenn wir die Felder der Birkenfelder verwüsten, wird uns niemand daran hindern. Und wenn die Hohnsteiner befürchten müssen, dass mit ihrem Land das Gleiche geschieht, ziehen sie sich womöglich aus der Fehde zurück. Gönnen wir den Birkenfeldern ihren kleinen Sieg. Und dann schlagen wir zurück. So hart und unbarmherzig wie möglich.«

Eberhard beobachtete, wie das Gesicht seines Vaters nachdenklich wurde.

»Da magst du recht haben«, erwiderte er. »Meinolf, du warst schon immer ein kluger Kopf. Ruft mir Hubertus! Er soll von den Bauern noch einmal die gleiche Höhe an Abgaben einfordern. Im Übrigen brechen wir das Fehderecht nicht, wenn unsere unzufriedenen Bauern die Felder der Birkenfelder niederbrennen.«

»Das werden sie nicht tun«, warf Eberhard ein.

»Nein«, gab sein Vater zu. »Aber wer soll schon dahinterkommen, wenn wir unsere Männer in alte Bauernkittel stecken? Dann erntet der Ägypter, was er gesät hat, während wir händereibend abwarten.«

»Warten wir noch einige Tage!«, schlug Meinolf vor. »Sollen die Birkenfelder ihren vermeintlichen Sieg ruhig auskosten, bevor die Flammen der Hölle über ihnen zusammenschlagen. Und gönnen wir ihnen den Beistand ihres neuen Kaplans. Ich habe läuten gehört, Hugo vom Waldsee werde morgen auf Birkenfeld erwartet.«

»Sehr gut, mein Sohn.«

Eberhard erhob sich und verließ den Raum. Er konnte Meinolfs selbstgefällige Miene nicht mehr ertragen. Zum ersten Mal bedauerte er, dass er sich an jenem Freitag vor Pfingsten von seiner Wut hatte hinreißen lassen. Hätte er Meret nicht entführt, wäre es niemals zu dieser Fehde gekommen, und Meinolf hätte keine Gelegenheit gehabt, sich vor seinem Vater ins beste Licht zu setzen. Wie anders war es gewesen, als Madlen noch gelebt hatte! Sie war klug und gewitzt, hatte Meinolf meist mit wenigen Worten wie einen dummen Jungen heruntergeputzt. In den letzten beiden Jahren erinnerte ihn Sibylla immer mehr an Madlen, aber sie war noch jung, hatte noch nicht die Kraft ihrer Mutter. Ohne recht zu wissen, wohin ihn seine Schritte lenkten, hatte ihn sein Weg in die Kinderstube geführt. Burchard war ein prächtiger Junge und trotz seiner fünf Jahre schon sehr verständig. Wie sehr hatten er und Madlen sich über seine Geburt gefreut. Doch auf jede Freude, die ihm vergönnt war, folgte die Bitternis. Die Geburt war schwer gewesen, Madlen hatte sich nie mehr ganz erholt, und drei Monate nach Burchards Geburt hatte Gott sie heimgerufen. War es ein Zufall, dass Meinolfs Flamme in der Stunde, da Madlens Licht erlosch, zu neuer Stärke aufloderte? Eberhard war sich nicht sicher. Als Madlen noch lebte, hatte Meinolf sich stets zurückgehalten, denn Ulf schätzte seine Schwiegertochter. Ihr Wortwitz und ihre Stärke hatten ihm gefallen. Manchmal hatte er sie gefragt, was sie an einem so tumben Zeitgenossen wie seinem Sohn nur finde, doch Madlen war ihrem Gatten niemals in den Rücken gefallen. Ihrer Liebe konnte Eberhard sich stets gewiss sein. Ebenso wie sie sich der seinen.

»Vater!« Der kleine Burchard hatte bemerkt, dass Eberhard die Stube betreten hatte, und lief ihm entgegen. »Kommst du, um mit mir die Pferde zu besuchen?«

Eberhard nahm ihn auf den Arm. »Ja«, sagte er, »nur du und ich.« Zuzusehen, wie geschickt Burchard sein Pony beherrschte, würde ihn von seinen Sorgen ablenken.

19. Kapitel

»Nichts lässt sich erzwingen.« Lena schenkte ihrer Tochter ein liebevolles Lächeln. »Schon gar nicht bei einem Mann wie Stephan.«

»Aber du hast doch die Gabe«, beharrte Antonia. »Du siehst und fühlst, was die Menschen belastet. Warum kannst du sein Leid nicht lindern?«

»Komm, setz dich zu mir!« Ihre Mutter rückte auf der steinernen Bank in dem kleinen Garten ein wenig zur Seite, und Antonia nahm neben ihr Platz. »Jeder Mensch hat die Freiheit, selbst zu entscheiden, ob und wann er Worte für das Unaussprechliche findet«, fuhr Lena fort. »Zurückhaltung und Achtung vor dem Wunsch eines anderen sind Teil der Gabe. Wir müssen vor allem zuhören, nicht immer nur fragen.«

»Hat Gott dir deshalb diese Gabe geschenkt? Weil du zuhören kannst?«

Lena musterte ihre Tochter mit prüfendem Blick. »Das klingt, als würdest du dich selbst nach einer solchen Gabe sehnen.«

»Ich weiß nicht ...«, gab Antonia zu. »Zumindest sehne ich mich danach, den Beladenen zu helfen.«

»Allen oder nur Stephan?«

Antonia spürte, wie ihr die Hitze ins Gesicht stieg. »Ich glaube, er braucht unsere Hilfe am dringendsten. Er hat so viel Schweres durchlitten«, wich sie aus.

»Und wie willst du ihm helfen?«

Diese Frage verunsicherte Antonia. »Ich weiß es nicht. Darauf erhoffte ich mir eigentlich von dir eine Antwort.«

Lena griff nach der Hand ihrer Tochter. »Möchtest du Stephan wirklich helfen, oder möchtest du einfach nur sein Geheimnis ergründen?«

»Natürlich möchte ich ihm helfen.«

»Dann lass ihm seine Ruhe! Du hast in deinem Leben niemals wirkliches Leid erlitten, Antonia. Du hast nie erlebt, wie es ist, wenn sich schreckliche Ereignisse in deinen Träumen immer von Neuem wiederholen, dich sogar im Wachen heimsuchen. Wer so etwas durchleidet, spricht ungern darüber, denn er ist froh, wenn er nicht von den Schrecken verfolgt wird. Hast du dich noch nie gefragt, warum Stephan so wortkarg ist?«

»Weil er Schweres erlebt hat?«

»Wer viel redet, wird viel gefragt. Und Fragen sind oft qualvoll, können den Betroffenen zwingen, sich erneut den alten Bildern zu stellen. Und die weitaus meisten Fragen werden aus Neugier gestellt. Natürlich gibt das kaum jemand zu. Man nennt es Anteilnahme, doch in Wahrheit geht es vielen nicht um den Leidenden, sondern nur um ihr eigenes Bedürfnis. Viele Menschen ergötzen sich unter dem Deckmäntelchen des Mitleids am Leid des anderen.«

»Das täte ich niemals!«

»Nicht absichtlich. Aber je mehr du in einen anderen Menschen dringst, umso mehr raubst du ihm die Freiheit, selbst zu entscheiden, was er preisgeben möchte und was nicht. Vielleicht schenkt Gott die Gabe deshalb nur Menschen, die selbst Leid erfahren haben, die wissen, wie es sich anfühlt, am Rand des Todes zu stehen, und die die Schatten kennen. Ich war so alt wie du, als ich die Gabe in mir entdeckte. In den dunkelsten Tagen meines Lebens. Als sie mir half, selbst zurück ins Heil zu finden.«

Antonia seufzte. »Vater meint, ich sei ihm vom Temperament her zu ähnlich, ich wisse nicht, wann es nachzugeben gelte.«

Ihre Mutter lächelte. »Da hat er nicht ganz unrecht. Dein Vater konnte sich mir erst öffnen, nachdem ich überhaupt nicht mehr nachfragte. Denn die Worte müssen dann einen Weg finden, wenn es an der Zeit ist. Nicht, wenn wir darauf hoffen.«

»Aber … was ist, wenn man über die Zurückhaltung vergisst, dem Betreffenden eine Brücke zu bauen? Wie sollte Stephan den Mut finden, sich an dich zu wenden, wenn die Zeit gekommen ist? Ich glaube nicht, dass er es täte. Du bist die Gräfin – glaubst du wirklich, er würde dich aus freien Stücken um Hilfe ersuchen?«

»Nur wenn er sie bräuchte. Und nicht für jeden Menschen ist es gut, Erinnerungen zu wecken, die tief in ihm verborgen sind.«

»Welches Geheimnis mag Stephan wohl hüten?«

»Es geht dir also doch um sein Geheimnis!« Lena zwinkerte ihrer Tochter zu. Antonia senkte verlegen die Lider.

»Nun«, fuhr ihre Mutter fort, »vermutlich hat er während des Kreuzzugs in menschliche Abgründe geblickt, Erschreckendes gesehen, dessen Vorhandensein du nicht einmal erahnst. Und womöglich hat er auch in die eigenen Abgründe geblickt. Meist sind es unsere eigenen Taten, die uns am meisten quälen.«

»Du glaubst, er hat Verbrechen begangen?«

»Ich weiß es nicht. Aber ich bin überzeugt, dass er glaubt,

Böses getan zu haben. Das Verglimmen einer Seelenflamme geht bei einem starken Menschen oft mit schweren Schuldgefühlen einher.«

»So ist seine Seelenflamme am Verglimmen?« Die Aussage der Mutter traf Antonia wie ein Fausthieb.

»Er kämpft dagegen an. Er lebt und wird weiterleben. Aber ein Teil seiner Lebensfreude ist gestorben, und es fragt sich, ob die verbliebene Kraft seine Wunde zu schließen vermag.«

»Und wir können nichts tun?«

»Nicht gegen seinen Willen.«

In dem Gespräch mit ihrer Mutter hatte Antonia keine der erhofften Antworten erhalten. Ziellos streifte sie danach durch den Burghof. War sie wirklich nur neugierig? Ging es ihr tatsächlich einzig darum, Stephans Geheimnis zu ergründen? Warum in Gottes Namen fühlte sie sich von diesem Mann so sehr angezogen, dass es anscheinend jedem Burgbewohner aufgefallen war? Hatte sie sich lächerlich gemacht? Stephan begegnete ihr nach wie vor höflich, hatte mehrfach verneint, dass er sich von ihr belästigt fühle. Andererseits hatte er ihr nicht den kleinsten Hinweis gegeben, dass sie ihm mehr bedeutete als die anderen. Verrannte sie sich wirklich in eine Phantasie?

Noch dazu konnte sie sich selbst nicht erklären, warum dieser Mann ihre Gedanken beherrschte, warum sie ständig an ihn denken musste, warum ihr Herz klopfte, sobald sie ihn sah. Es war einfach geschehen, irgendwann. Und sie hatte keine Macht darüber.

Jemand stieß ihr von hinten gegen die Waden. Sie fuhr herum. Es war Nebet, die sich lautlos angeschlichen hatte und den Kopf an ihren Beinen rieb. Antonia erschrak, doch dann rief sie sich die Harmlosigkeit des zahmen Raubtiers ins Gedächtnis und tätschelte ihm den Schädel. Nebet begann zu schnurren wie eine Hauskatze.

Sachmet war der Gepardin in den Burghof gefolgt. »Sie mag dich«, stellte sie fest.

»Ich hätte nie vermutet, dass sie sich wie ein Kätzchen aufführt.« Trotz ihrer unerquicklichen Gedanken zuvor musste Antonia lachen.

»Nebet vereint die Majestät der Katze mit der Treue eines Hundes«, erwiderte Sachmet und streichelte die Gepardin ebenfalls. Plötzlich hielt sie inne.

»Oh, da hinten scheinen düstere Wolken aufzuziehen.« Sachmet nickte in Richtung der Ställe. »Ich hätte nicht gedacht, dass der sogar noch finsterer dreinschauen kann. Irgendwie ein merkwürdiger Bursche, findest du nicht?«

Antonia folgte dem Blick der Ägypterin. Stephan führte sein Pferd aus dem Stall, band es an einem kleinen Pfosten an und begann mit dem Striegeln. So wie jeden Morgen. Als er noch neu auf der Burg gewesen war, hatte sie sich gewundert, dass er diese Arbeit nicht den Stallknechten überließ. Überhaupt schien er sich für bestimmte Tätigkeiten nicht zu schade zu sein. So hatte sie einmal beobachtet, wie er selbst die Futterkrippen der Pferde mit Hafer gefüllt hatte, weil der Knecht, der damit betraut war, einer fohlenden Stute beistand. Als sie ihn gefragt hatte, warum er keinen weiteren Knecht herbeigerufen habe, hatte er nur geantwortet, die Pferde seien schneller versorgt, wenn er selbst Hand anlege, statt seine Zeit mit der Suche nach einem zweiten Knecht zu verschwenden.

»Karim wird aus ihm einfach nicht schlau.« Sachmets Worte rissen Antonia aus ihren Erinnerungen. »Weißt du, dass Stephan gestern behauptete, er hätte Karim damals in der Wüste getötet, wenn der nur einen Schritt weitergegangen wäre? Als Karim es ihm nicht glauben wollte, schleuderte er zum Beweis sein Messer in den Stamm einer Eiche. Und das, während beide friedlich nebeneinander herritten. Das nenne ich jemandem das Wort abschneiden.«

»Und was sagte Karim zu diesem Vorfall?«

»Dass ihm erst danach klar wurde, wie gefährlich dieser Mann sein kann.«

»Misstraut Karim Stephan?«

»Ich habe vielmehr den Eindruck, dass er ihm unheimlich ist.«

»So?«

»Dir natürlich nicht, du hast ihn ja ins Herz geschlossen, nicht wahr?« Sachmet zwinkerte ihr zu. »Was findest du eigentlich an diesem grimmigen Kerl?«

Antonia seufzte auf. Also auch Sachmet. Sie musste ihre Gefühle künftig wirklich besser verbergen.

»Ich bin mir sicher, dass er schweres Leid mit sich herumschleppt, und ich möchte ihm helfen. Hätte ich die Fähigkeit meiner Mutter, dann gelänge mir das ganz gewiss.«

»Deine Mutter kann den Ka sehen, nicht wahr?«

»Den Ka?«

»So nennen wir die Seele, die im Körper wohnt«, erklärte Sachmet. »Meine Tante Pachet besitzt diese Begabung ebenfalls. In Djeseru-Sutech werden solche Fähigkeiten hochgeschätzt. Deshalb werden die Kinder derer, die mit der Gabe gesegnet sind, schon von klein auf geschult. So können die Lehrer erkennen, ob auch sie erwählt sind.«

»Du meinst, die Gabe ist erblich?«

Sachmet nickte. »Allerdings zeigt sie sich nicht immer von selbst. Manchmal muss man nachhelfen. So wie es bei meiner Tante geschah.«

Antonia horchte auf. »Man kann die Gabe hervorlocken?«

»Es gibt einige Rituale, die dienlich sind.«

»Beherrscht du sie?«

Sachmet musterte Antonia mit scharfem Blick. »Möchtest du, dass ich sie bei dir anwende?«

Antonia zögerte. War das wirklich ihr Wunsch? Wollte sie sich heidnischen Ritualen hingeben, um etwas zu erzwingen, das ihr noch nicht gegeben war? Sie wusste, dass ihre Mutter ihr abgeraten hätte.

Ihr Blick schweifte zurück zu Stephan, der noch immer seinen Hengst striegelte. Es mutete fast zärtlich an, wie er ihn versorgte. Der Falbe schnaubte und schüttelte die Mähne. Stephan hielt kurz inne, klopfte ihm den Hals und schien ihm etwas zuzuflüstern. Antonia wusste, dass er für sein Pferd größere Zuneigung empfand als die meisten Ritter, die in den Tieren nur das Symbol ihres Standes oder eine Möglichkeit zur Fortbewegung sahen. Selbst Rudolf und Alexander, die stets darauf achteten, dass ihre Lieblingspferde gut versorgt wurden, wären nie auf den Gedanken gekommen, sie selbst zu striegeln, solange es Stallburschen gab. Stephan hingegen schien es geradezu zu genießen, sich um seinen Hengst zu kümmern. Irgendwo in seinem Herzen gab es noch Liebe und Zärtlichkeit, auch wenn er sie nach außen hin nicht mehr zeigte. In diesem Punkt war Antonia fest davon überzeugt, dass ihre Mutter unrecht hatte. Stephan war kein Mensch, der irgendwann von sich aus um Hilfe bat. Er würde seinen Schmerz für immer in seiner Brust verschließen und weiter darunter leiden, immer darauf bedacht, dass niemand es spürte und ihm niemand zu nahekam.

»Ja«, antwortete sie Sachmet nach einer ganzen Weile. »Ich möchte, dass du die Rituale anwendest.«

Stephan ließ sich viel Zeit, seinen Hengst zu striegeln. Er hatte in seinem Leben nur zwei Pferde jemals sein Eigen genannt. Den alten Wallach, mit dem er sich dem Kreuzzug angeschlossen hatte, und diesen Hengst, den er von Anfang an zärtlich Windläufer genannt hatte. Von drei stolzen Rössern, die ein Ritter mit sich führen musste, um standesgemäß aufzutreten, konnte er nur träumen. Dennoch hatte er seit seiner Rückkehr keinen anderen beneidet. Windläufer war kein kräftiges Schlachtross, doch mit seiner Schnelligkeit den anderen Pferden überlegen. Selbst beim Kampf mit der Lanze. Der Hengst war noch sehr jung gewesen, als er ihn nahm. Karim konnte ihn kaum länger als einige Monate in Beritt gehabt haben. Auf der Flucht und dem langen, mühevollen Heimweg hatte sich das Pferd auf Stephan geprägt, gelernt, ihm vollständig zu vertrauen. Ebenso wie er dem Tier vertraute. Windläufer gehorchte auf den kleinsten Schenkeldruck, und nie wäre Stephan auf den Gedanken gekommen, dieses Tier scharf zu reiten – mit Sporen und Kandare, wie es bei vielen Rittern üblich war, deren Tiere nach harten Ritten oftmals mit blutigen Flanken und Mäulern in die Ställe zurückkehrten. Er achtete stets darauf, dass es seinem Tier an nichts fehlte, und das einzige Blut, das Windläufers Fell jemals benetzt hatte, war Stephans eigenes gewesen, an jenem Tag, als er ihn Karim gestohlen hatte.

Gestohlen … ja, jedes andere Wort hätte die Tat nur beschönigt. Lange Zeit hatte er kaum darüber nachgedacht und fast vergessen, wie er zu seinem Pferd gekommen war. Zumal er sich auch nicht daran erinnern wollte, was davor geschehen war.

Er klopfte Windläufer den Hals und legte den Striegel beiseite.

Sollte er es wirklich tun? Niemand hatte ihn dazu aufgefordert. Er konnte einfach so weitermachen wie bisher. Die ganze Nacht hatte er sich mit dem Gedanken gequält, hatte wiederholt seine Barschaft gezählt. Seit er in Graf Philips Diensten stand, war er sparsam gewesen, hatte fast nichts von seinem Lohn verbraucht. Dennoch kam er nur auf dreiundvierzig Silberdenare. Ein gutes Pferd kostete rund hundertachtzig, eins von der Güte Windläufers weit über zweihundert. Wenn er den Hengst Karim zurückgab, könnte er sich in den nächsten Jahren kein eigenes Pferd leisten. Ein Ritter ohne Pferd und ohne Land. Was bedeutete da noch das Siegel des französischen Königs auf der zerfledderten Wappenrolle, die seinen Stand belegte? Nichts.

Windläufer schnaubte und rieb den Kopf an Stephans Schulter.

»Du machst es mir verdammt schwer, alter Junge«, flüsterte Stephan und klopfte ihm abermals den Hals.

Sollte er Alexander fragen, ob der ihm eines der erbeuteten Regensteiner Pferde überließ? Nein, das kam nicht infrage. Er würde nicht betteln. Vielleicht machte der Graf ihm einen erschwinglichen Preis. Aber auch dann war jedes Tier noch immer mindestens hundert Silberdenare wert. Vermutlich ließ der Graf sich darauf ein, wenn er ihm den Betrag von seinem Lohn abzahlte. Er bekam fünf Silberdenare im Monat. Vierzig konnte er sofort geben, und wenn er jeden Monat drei zurückzahlte, würde ihm das Pferd in anderthalb Jahren gehören. Zwar kein Schlachtross und erst recht nicht mit Windläufers Vorzügen zu vergleichen, aber wenigstens ein eigenes Pferd.

Vom Hof der Hauptburg her näherten sich Donatus und Karim. Stephan atmete noch einmal tief durch, dann löste er den Haltestrick und ging Karim mit dem Pferd entgegen.

»Hier, das gehört dir«, sagte er grußlos und drückte Karim den Führstrick in die Hand. »Deinen Sattel habe ich leider nicht mehr. Dafür ist das Pferd aber hervorragend ausgebildet. Das dürfte den Verlust ausgleichen.«

Karim starrte ihn verblüfft an, doch Stephan gab ihm keine Gelegenheit zur Erwiderung, sondern wandte sich um und ging. Er wollte nicht, dass Karim bemerkte, wie schwer es ihm fiel, sich von Windläufer zu trennen.

»Warte!«, rief Karim ihm nach, doch Stephan ging unbeirrt weiter. Er hörte, wie Karims Schritte schneller wurden.

»Ich sagte, du sollst warten!«

Er spürte Karims Hand an der Schulter und wandte sich um.

»Was willst du noch?«, fragte er ungehalten. »Du hast zurückbekommen, was dir gehört.«

»Ich habe das Pferd nicht zurückverlangt.«

»Nicht mit Worten«, entgegnete Stephan.

»Hat es dich in deinem Stolz verletzt, dass ich dich Pferdedieb nannte?«

»Nein.«

»Was ist es dann?«

»Lass gut sein. Hier hast du dein Pferd zurück, und damit sind wir quitt.«

»Ich möchte, dass du es behältst.«

»Ich nehme keine Almosen an. Es ist dein Pferd, das hast du oft genug betont. Und wenn du mir weiterhin nachläufst, dann macht deine Nase Bekanntschaft mit meiner Faust, Karim ben Said al-Musawar.«

»Denkst du, ich habe Angst vor dir?«, zischte Karim.

»Das ist mir gleich. Du sollst mich einfach nur in Ruhe lassen.«

Karim blieb tatsächlich stehen, und Stephan flüchtete förmlich in Witolds Haus, schritt wortlos an dem Burghauptmann vorbei, der mit seiner Familie am Tisch saß, eilte in seine Kammer und schlug die Tür hinter sich zu. Er ließ sich aufs Bett fallen, vergrub das Gesicht in den Händen und gab den Kampf um seine Selbstbeherrschung auf. Das letzte Band war zerrissen, und die Tränen strömten ihm so heiß über das Gesicht, als wäre sein Bruder ein zweites Mal gestorben.

20. Kapitel

»Du musst deine Gedanken auf dein Innerstes lenken. Blick in diese Kugel, und sie wird deine Gedanken zu dir zurückwerfen.«

Antonia und Sachmet saßen in der Kammer der jungen Ägypterin auf dem Boden. Sachmet hatte mehrere seltsam anmutende Figuren aufgestellt. Menschen mit Tierköpfen. Sie waren rings um eine faustgroße Kugel aus klarem Bergkristall aufgereiht.

»Wer die Gabe erwecken will, muss sich von fremden Gedanken befreien«, erklärte Sachmet. »Bleibe ganz bei dir und verbanne alles aus deinem Geist, was Gefühle in dir auslösen könnte. Gefühle können dich betrügen, denn dann siehst du nur, was du sehen willst, aber nicht das, was wirklich ist.«

Antonia starrte in die Kristallkugel, doch ihr Geist konnte sich nicht von den Gedanken befreien. Sie musste immer wieder an Stephan denken. Sah ihn, wie er sein Pferd striegelte, wie er ihm zärtliche Worte ins Ohr flüsterte. Und je entschlossener sie dagegen ankämpfte, umso deutlicher wurden die Bilder.

Schon wollte sie einwenden, dass sie heute wohl nicht in der rechten Verfassung für diese Übung sei, als es klopfte. Gleich darauf öffnete sich die Tür, und Karim trat ein.

»Oh, gibst du dich wieder der ägyptischen Magie hin?« Ein spöttisches Lächeln umspielte seine Mundwinkel.

»Du hättest warten können, bis ich dich hereinbitte«, zischte Sachmet und raffte die Figuren zusammen.

»Verzeih, du hast recht. Aber ich bin so wütend, ich muss einfach mit dir reden, Sachmet.«

»Wütend auf mich?«

»Natürlich nicht. Auf diesen … Stephan!« Er stieß den Namen zwischen den Zähnen hervor.

Antonia horchte auf. »Was hat er dir getan?«, fragte sie.

Karim setzte sich zu den beiden jungen Frauen auf den Boden.

»Er kam mir unvermittelt mit seinem Pferd am Halfter entgegen und machte ein Gesicht, als würde er mich am liebsten von oben bis unten aufschlitzen. Dann drückte er mir den Führstrick in die Hand und sagte, das Tier gehöre mir. Keine weitere Erklärung, gar nichts.«

»Und darüber bist du wütend?« Sachmet schüttelte den Kopf. »Sei doch froh, dass er dir das Pferd zurückgegeben hat.«

»Das wollte ich gar nicht und habe ihm gesagt, er solle es behalten. Da hat er mich angegiftet, von mir nehme er keine Almosen, und drohte mir Schläge an.«

Sachmet lachte. »Das hätte ich gern miterlebt.«

Karim überhörte die Bemerkung und schüttelte den Kopf. »Dieser Mann ist ein unberechenbares Raubtier. Ich habe ihm nie etwas getan, im Gegenteil, ich wollte ihm helfen. Aber er tritt mir ständig wie ein Feind entgegen. Selbst die Rückgabe des Pferds münzte er in eine Beleidigung um.«

»Karim«, sagte Antonia leise, »der Hengst war sein einziger Besitz, und er hat ihn sehr geliebt. Er wird sich auf absehbare Zeit kein eigenes Pferd mehr leisten können. Wir drei, wir bekommen immer alles, was wir uns wünschen, weil unsere Eltern reich sind. Stephan ist der jüngste von sechs Söhnen einer Familie, die außer ihrem guten Namen nichts besitzt. Sein Vater konnte nur den beiden Ältesten eine Ausbildung zum Ritter ermöglichen. Deshalb schlossen sich Stephan und sein Bruder dem Kreuzzug an. Sie waren jung und hofften, Ruhm, Ehre und Reichtum zu erringen. Stephan kehrte allein zurück, sein Bruder war tot. Er hat nie darüber gesprochen, wie Thomas starb. Mein Vater glaubt, dass du Thomas bestattet hast – den zweiten Franken.«

»Das ist bedauerlich und tut mir leid für ihn, aber ich bin nicht schuld an seinem Schicksal. Außerdem habe ich das Pferd nie zurückverlangt.«

»Aber du hast ihn unmissverständlich darauf hingewiesen, dass er es dir gestohlen hat«, bemerkte Sachmet spitz.

»Hat er ja auch.«

»Also wolltest du es zurückhaben.«

»Nein, ich wollte, dass er sich mir erklärt.«

»Dass er sich rechtfertigt?«, fragte Antonia.

»Vielleicht. Ja, bestimmt sogar. Ich habe keine gute Meinung von den Kreuzrittern. Und sein Verhalten hat meine Einstellung nur bestätigt. Dann sah ich ihn ausgerechnet hier. Als einen Mann, dem dein Vater vertraut. Natürlich wollte ich wissen, warum er mich bestohlen hat, obwohl ich ihm Hilfe anbot.«

»Und du glaubst, er erzählt es ausgerechnet dir, während nicht einmal seine Familie Bescheid weiß?«, fragte Antonia. »Nachdem du bekannt gemacht hast, dass er dir das Pferd damals gestohlen hat, gab es für ihn nur zwei Möglichkeiten, die Ehre zu bewahren. Sich zu erklären oder dir das Pferd zurückzugeben.«

»Aber ich habe ihm doch gesagt, dass ich das Pferd nicht will. Und da wurde er erst richtig wütend.«

Sachmet musterte Karim mit schief gelegtem Kopf. »Mangelt es dir wirklich an Scharfsinn, oder stellst du dich nur so einfältig?«

»Was soll das heißen?«

»Hast du nicht zugehört, was Antonia erzählte? Er hat dir seinen einzigen Besitz übergeben. Das ist ihm gewiss nicht leichtgefallen. Und du missachtest das Opfer, das er gebracht hat. Du hättest großmütig die Geste zur Versöhnung annehmen können. Aber nein, du musstest wieder einmal deiner Eitelkeit frönen.«

»Ach, meinst du, er hätte sich dankbar gezeigt, wenn ich in lautes Jubelgeschrei ausgebrochen wäre?«

»Nein, aber du hättest deinen Verstand benutzen können«, entgegnete Sachmet scharf. »Hättest ihn fragen können, ob er den Hengst kaufen will. Du bist doch Pferdehändler, oder?«

»Antonia erwähnte doch gerade, dass er kaum Geld hat.«

»Ich werde die Götter bitten, dich mit mehr Geistesgaben zu segnen. Du hättest ihm einen symbolischen Preis nennen können.«

»Dann hätte er geglaubt, ich wolle ihn verspotten.«

»Das wäre darauf angekommen, *wie* du es gesagt hättest.«

»Warum sollte ich mir Gedanken über einen verdammten Pferdedieb machen?«, brüllte Karim. »Ihr tut ja gerade so, als hätte ich einen armen Mann bestohlen!«

»Er hat immerhin einen Reichen bestohlen«, gab Sachmet zurück. »Dich hat damals doch nicht so sehr der Verlust des Pferdes geschmerzt. Du hast dich geärgert, dass deine Hilfe nicht gewürdigt wurde.«

Einen Augenblick lang schien es, als wolle Karim zu einer heftigen Erwiderung ansetzen. Doch dann nickte er. »Du hast recht«, sagte er leise. »Ich wusste doch, dass es gut ist, mit dir zu reden.«

Sie lächelte. »Und was wirst du jetzt tun?«

»Ich überlege mir etwas.«

»Gieß bloß kein Öl ins Feuer!«, warnte Sachmet.

Karim nickte, erhob sich und verließ Sachmets Kammer.

»Allmählich verstehe ich dich«, sagte Sachmet zu Antonia, kaum dass Karim gegangen war.

»Was meinst du damit?«

»Deine Vorliebe für Stephan. Er versucht etwas wiedergutzumachen, und Karim ist ein Trottel.«

»Ein Trottel, für den du eine Schwäche hast«, bemerkte Antonia.

Sachmet lächelte. »Ein wenig. Was ist – wollen wir mit dem Ritual fortfahren?« Sachmet griff nach der Kristallkugel, um sie an die ursprüngliche Stelle zu legen.

»Heute nicht mehr. Mein Innerstes ist in Aufruhr, und ich könnte mich nicht von meinen Gedanken befreien.«

»Stephan?« Zum wiederholten Mal hörte er Witolds Stimme, der vergebens an seine Tür klopfte. »Ist alles in Ordnung?«

Er seufzte auf. Es hatte keinen Sinn, sich länger zu verstecken und um etwas zu trauern, das unwiederbringlich vorüber war. Hastig fuhr er sich mit der Hand über das Gesicht, um die letzten verdächtigen Spuren zu verwischen, die eines Mannes unwürdig waren. Dann stand er auf und öffnete die Tür.

»Es ist alles gut«, sagte er.

»Und ich bin der Kaiser von Byzanz«, entgegnete Witold.

»Bist du befördert worden? Herzlichen Glückwunsch.«

Witold seufzte. »Lass den Unsinn! Ich kenne dich gut genug und erkenne, wenn es dir schlecht geht. Also, was ist mit dir?«

»Glaubst du, Graf Philip verkauft mir ein Pferd, das ich abarbeiten kann?«

»Wozu brauchst du ein zweites Tier?«

»Ich habe Windläufer Karim zurückgegeben.«

»Oh.«

»Also, glaubst du, der Graf verkauft mir ein Pferd und stundet mir die Bezahlung? Vierzig Denare kann ich sofort hinlegen.«

»Bestimmt. Komm, meine Frau ist mit Ursel bei der Wäsche, wir haben die Stube für uns.«

Stephan folgte Witold und nahm am Tisch Platz.

Witold holte zwei tönerne Becher und einen Krug Schlehenwein aus einem Wandschrank. Er schenkte zwei Becher voll.

»Hier! An manchen Tagen empfiehlt es sich, schon in der Frühe einen Schluck zu sich zu nehmen.«

Stephan nahm den Becher und trank, mehr um Witold einen Gefallen zu erweisen, als von der Wirkung des Getränks überzeugt zu sein.

»Du hast ihm also Windläufer zurückgegeben.«

»Ja.«

»Hat er das Tier zurückverlangt?«

»Nein.«

»Warum hast du es ihm dann gegeben?«

»Meine Angelegenheit.«

»Dein Stolz?«

»Womöglich.«

»Man sollte sich gut überlegen, ob man sich Stolz leisten kann.«

»Ich weiß.«

»Und kannst du ihn dir leisten?«

Stephan drehte den Becher in der Hand und betrachtete das eingeritzte Muster.

»Ich habe meinen Stolz oft genug verleugnet. Ich wollte überleben, Witold. Ich habe überlebt. Inzwischen gibt mir nur mein Stolz die Kraft zum Weiterleben. Und den lasse ich mir nicht von diesem Karim nehmen.«

»Karim ist nicht dein Feind.«

»Ich weiß. Das macht es so schlimm.«

»Das verstehe ich nicht.«

»Das kannst du auch nicht verstehen.«

Es klopfte an der Tür.

»Erwartest du Besuch?«, fragte Stephan. Witold schüttelte den Kopf, dann bat er den Ankömmling herein.

Ausgerechnet Karim! Stephan zuckte zusammen, spürte, wie sich alles in ihm verkrampfte, wie seine Hand sich fester um den tönernen Becher schloss, um sich nicht zur Faust zu ballen. Warum in Gottes Namen ließ dieser Kerl ihn nicht endlich in Ruhe?

»Guten Morgen, Witold«, begrüßte Karim den Burghauptmann. »Ich habe gehofft, Stephan hier zu treffen. Darf ich Platz nehmen?«

»Selbstverständlich.« Witold machte eine einladende Handbewegung, und Karim setzte sich.

»Ich habe gehört, du brauchst ein Pferd«, sagte er zu Stephan. »Ich könnte dir eins verkaufen.«

»Ich habe nicht genügend Geld, um mir eines deiner Pferde leisten zu können.«

»Ich habe einen Falben, noch keine fünf Jahre alt. Ich weiß zwar nicht genau, in wessen Besitz das Pferd die letzten anderthalb Jahre war, aber es macht einen guten Eindruck.«

»Wie viel?«

»Fünfunddreißig Silberdenare.«

»Fünfunddreißig?«, fragte Stephan nach.

»Ist dir das etwa zu viel?«

Einen Augenblick lang war Stephan versucht, sogleich einzuschlagen, doch dann bemerkte er das schalkhafte Blitzen in Karims Augen. War das Angebot gar als Versöhnungsversuch gemeint?

»Zehn, keinen Denar mehr«, antwortete er deshalb.

»Zehn? Soll ich am Bettelstab enden? Zehn Denare für ein Pferd von dieser Güte? Wir können über zweiunddreißig reden, aber niemals über zehn.«

»Du willst zweiunddreißig Denare für ein solches Pferd? Wer weiß, ob es nicht längst zu Schanden geritten wurde. Oder es hat verdeckte Mängel. Nein, ihr orientalischen Rosshändler wollt uns Franken immer übers Ohr hauen.«

»Also, da hat Stephan recht«, sprang Witold ihm bei. »Ehrlich gesagt, zehn ist noch etwas sehr hoch. Fünf wäre angemessen.«

»Fünf?« Karim starrte Witold an. »Was fällt dir ein, ein Pferd von edelster Güte mit nur fünf Denaren bezahlen zu wollen?«

»Nun, du sagst doch selbst, dass du kaum etwas über das Tier weißt. Was, wenn es krank ist und stirbt? Vielleicht willst du es nur deshalb loswerden«, behauptete Witold. »Damit wir uns darum kümmern sollen, den Kadaver an die Hunde zu verfüttern? Eigentlich müsstest du uns noch etwas zuzahlen, damit wir dir die Mähre abnehmen. Sie wird vermutlich bald das Zeitliche segnen, nachdem du dich ihrer so gern entledigen willst.«

»Dreißig«, räumte Karim ein.

»Drei«, erwiderte Witold.

»Witold, wenn ich auf dreißig vermindere, kannst du nicht auf drei heruntergehen, wenn du vorher fünf gesagt hast, sondern musst acht bieten«, belehrte Karim den Burghauptmann.

»Im Orient vielleicht. Hier nicht«, gab Witold trocken zurück.

Karim seufzte. »Vielleicht sollten wir denjenigen fragen, der das Pferd kaufen möchte. Wie viel bietest du?«

»Fünf«, antwortete Stephan.

»Fünf«, wiederholte Karim und reichte Stephan die Hand.

»Warte, der haut dich übers Ohr!«, warnte Witold.

»Ich bin es gewohnt, von Orientalen übers Ohr gehauen zu werden«, entgegnete Stephan und schlug ein.

Karim lachte. Stephan erhob sich, um die fünf Silberdenare aus seiner Kammer zu holen.

»Hier«, sagte er, als er zurückkam und Karim das Geld gab.

Karim steckte die Münzen ein. »Danke. Dein Pferd steht im Stall. Du kennst den Platz.«

Stephan nickte nur. Karim stand auf und ging zur Tür. Bevor er das Haus verließ, wandte er sich noch einmal um.

»Was immer du mir nachträgst – ich war nie dein Feind.«

»Ich weiß«, erwiderte Stephan. »Du warst nur zum falschen Zeitpunkt am falschen Ort.«

»Und das verübelst du mir?«

Stephan holte tief Luft. »Ich habe dich dafür gehasst. Aber das ist vorbei.«

Karim blieb ungerührt stehen. »Warum hast du mich dann nicht getötet? Du hast mir gezeigt, wie gut du mit dem Messer umgehen kannst.«

»Ich wusste, dass du unschuldig warst. Ich töte keine Unschuldigen.«

»Sagt mir ein ehemaliger Kreuzritter.«

»Sagt dir ein ehemaliger Sklave.«

Karims Augen weiteten sich, und sofort bedauerte Stephan, so viel von sich preisgegeben zu haben.

»Ich …«, setzte Karim an.

»Spar dir deine Worte! Ich sagte dir bereits, dass du nichts von mir weißt.«

21. Kapitel

Am späten Nachmittag erreichte Hugo vom Waldsee Burg Birkenfeld. Im Gegensatz zu manch anderem Geistlichen hatte er sich nicht gescheut, den weiten Ritt von seinem Kloster hierher allein auf sich zu nehmen. Vermutlich wähnte er sich unter dem Schutz des Allmächtigen, aber vielleicht vertraute er auch nur darauf, dass er kein lohnendes Opfer für Räuber darstellte. Sein Maultier war mager und struppig, und seine eigene hagere Gestalt strahlte eine eigentümliche Düsternis aus, die durch die dunkle Kutte noch verstärkt wurde.

»Den vertreibt karge Kost aus altem Brot und Heringen bestimmt nicht«, raunte Donatus Antonia zu, während sie beide von der Mauer des oberen Burghofs in den Hof der Vorburg spähten und die Ankunft ihres neuen Kaplans beobachteten.

Antonias Vater schritt dem Benediktiner entgegen und begrüßte ihn. Er trug ein gewinnendes Lächeln zur Schau, doch Hugo verzog keine Miene. Zum Leidwesen von Donatus und Antonia befanden sich die beiden Männer zu weit entfernt, als dass sie den Wortlaut des Gesprächs verstanden.

»Ich fürchte, wir müssen den Mann Gottes ebenfalls begrüßen«, seufzte Antonia. »Vater wird ihn gewiss in den Kaminsaal führen.« Sie stiegen vom Wehrgang in den Hof hinunter und kehrten in die Burg zurück. Antonias Mutter saß bereits vor dem erloschenen Kamin, eine Stickerei auf dem Schoß, während Alexander unruhig auf und ab ging und dabei immer wieder Bertram und Christian über die Schulter sah, die in eine Partie Schach vertieft waren.

»Ah, ihr seid da, das ist gut!«, rief Lena, als sie Antonia und Donatus hereinkommen sah. »Dein Vater ist soeben Pater Hugo entgegengegangen, um ihn zu begrüßen.«

»Wir haben es vom Wehrgang aus gesehen«, bestätigte Antonia.

»Wärt ihr so lieb, Karim und Sachmet zu holen?«, bat ihre Mutter.

»Ich bin schon unterwegs!«, rief Donatus und verschwand.

Antonia trat neben ihre Mutter und begutachtete die Stickerei.

»Rote Rosen?«

Lena nickte. »Die Rose ist die Königin der Blumen. Voller Stolz, durch ihre Dornen scheinbar unnahbar, und doch lieblich in ihrem Duft. Zudem recht anspruchsvoll als Motiv.«

Antonia zog einen Stuhl heran und setzte sich. Dabei bemerkte sie, wie Christian von seinem Schachspiel aufblickte und sie musterte. Rasch senkte sie die Lider und wandte sich ab. Christian schien nur allzu gut zu wissen, dass ihre Mutter ihn gern als Schwiegersohn gesehen hätte.

Die Tür ging auf. Antonia zuckte zusammen, doch es waren nicht ihr Vater und der neue Kaplan, sondern Donatus kehrte mit Karim und Sachmet zurück. Natürlich folgte Nebet ihrer Herrin auf dem Fuß. Was würde der Kaplan wohl zu der großen Raubkatze sagen? Sachmet setzte sich zu Antonia und ihrer Mutter, während Nebet sich zu ihren Füßen niederließ.

»Jetzt kommt also dieser gestrenge Gottesmann?«, raunte sie Antonia zu. »Ich bin gespannt.«

»Sieh zu, dass du keine Fehler begehst!«, flüsterte Antonia zurück.

Sachmet tätschelte Nebet den Kopf. Die Gepardin schnurrte so laut, dass Lena von ihrer Stickerei aufsah.

»Manchmal könnte man sie wirklich für eine zu groß geratene Hauskatze halten.«

»Du hast sie noch nie jagen sehen.« Sachmets Augen leuchteten. »Sie holt eine Gazelle in vollem Lauf ein und bringt sie zu Boden. Kein Tier ist so schnell wie Nebet.«

Es verging noch eine ganze Weile, bis Antonias Vater mit dem Kaplan erschien. Alexander wanderte weiterhin ungeduldig auf und ab, Donatus und Karim unterhielten sich leise, während Sachmet ihre Gepardin kraulte, die sich genüsslich auf den Rücken drehte und den Bauch darbot.

»Jetzt will sie wieder gekitzelt werden.« Sachmet zwinkerte Antonia zu. »Dieses Tier ist einfach unersättlich.«

Von draußen hörten sie erneut Schritte. Ein Knecht öffnete die Tür, dann trat Antonias Vater ein, gefolgt von Hugo vom Waldsee. Antonia durchschaute sofort die Geste – der Graf ließ sich alle Türen öffnen und nahm für sich den Vortritt in Anspruch. Der Kaplan mochte im Auftrag des Bischofs gekommen sein, doch der Herr im Haus war Graf Philip von Birkenfeld, und es war eine besondere Ehre, dass er sich des Geistlichen höchstselbst annahm.

Antonia wollte aufstehen, um den Gast zu begrüßen, doch Lena hielt sie unauffällig am Handgelenk fest, damit sie sitzen blieb. Sachmet folgte ihrem Beispiel. Nur die Männer erhoben sich.

Antonia begriff, dass in Gegenwart des Geistlichen jede Geste eine Bedeutung hatte. Eine Gräfin begrüßte einen männlichen Gast nicht im Stehen, ebenso wenig ihre Tochter und ihre vornehmen weiblichen Gäste. Die Ungezwungenheit, in der Antonia aufgewachsen war, ging in einem steifen Zeremoniell unter, das ihnen als Rüstung dienen sollte.

Zielstrebig trat Philip auf seine Frau zu. »Helena, ich möchte dir Pater Hugo vom Waldsee vorstellen, der uns auf Wunsch des Bischofs von Halberstadt in diesen schweren Zeiten als Kaplan zur Seite stehen wird.« Lena blickte von ihrer Stickerei auf und musterte den Geistlichen mit demselben Blick, mit dem sie Antonia als Kind auf saubere Fingernägel hin überprüft hatte.

»Herr Kaplan, ich bin erfreut, einen so ehrbaren Gottesmann auf Burg Birkenfeld begrüßen zu dürfen«, sagte sie, ohne sich zu erheben. »Wir haben viel Gutes über Euch gehört und hoffen nun inständig, dass Eure Anwesenheit uns den Beistand Gottes gewährt, damit diese schreckliche Fehde ein Ende findet, zu der uns die Regensteiner gezwungen haben.«

Hugo vom Waldsee räusperte sich. Antonia fiel auf, dass sein rechtes Augenlid und der rechte Mundwinkel leicht herabhingen.

»Gräfin Helena, ich werde mein Bestes geben«, antwortete er und deutete eine leichte Verbeugung an.

»Dessen bin ich mir gewiss«, entgegnete Lena. Dann wies sie auf Antonia. »Dies ist unsere älteste Tochter Antonia, und dies ihre Base Sachmet, die gemeinsam mit dem Neffen und dem Bruder meines Gatten aus dem fernen Ägypten angereist ist.«

Antonia bemerkte das spöttische Aufblitzen in Sachmets Augen, als Lena sie Antonias Base nannte, doch dem Kaplan entging es. Sein Blick ruhte auf Nebet.

»Ihr erlaubt es der Jungfer, ein Raubtier mit sich zu führen?«

»Selbstverständlich«, antwortete Antonias Mutter. »In Ägypten werden diese Tiere ähnlich wie Jagdhunde gehalten. Und wie Ihr bemerken werdet, besitzt Nebet ein außerordentlich sanftmütiges Wesen.«

Beinahe wie zur Bestätigung schnurrte die Gepardin und erhob sich, um den Neuankömmling näher zu betrachten. Hugo vom Waldsee wich unwillkürlich einen Schritt zurück, stieß dabei gegen Philip.

»Keine Sorge, Herr Hugo«, sagte der Hausherr. »Wie meine

Gattin Euch bereits erklärte, ist dieses Tier zahm wie ein Hund und sanft wie eine Katze.«

Hugos rechtes Augenlid flatterte heftig, doch er wagte nicht auszuweichen, als Nebet den Kopf an seinen Beinen rieb.

»Sie mag Euch«, bemerkte Sachmet. »Jetzt müsst Ihr sie auch streicheln.«

Hugo schluckte, ließ ganz vorsichtig seine Hand einmal über Nebets Kopf gleiten und wollte sich dann zurückziehen, doch Philip stand noch immer hinter ihm.

»Ein reizendes Tier, nicht wahr?«, fragte er den Kaplan.

»Gewiss, gewiss«, würgte dieser hervor.

»Wisst Ihr, was man in Ägypten sagt?«, fuhr Philip fort. »Im Paradies lebt das Lamm mit dem Löwen, und so ist es auch im Haus frommer Menschen, in dem die Raubkatze dem Jagdtrieb entsagt, um die Ehre der Jungfern zu schützen.«

Antonia biss sich auf die Lippen, um nicht laut lachen zu müssen.

»Aber genug davon, Herr Hugo. Ihr wolltet ja nicht Sachmets Haustier, sondern den edlen Herren vorgestellt werden. Meine Gäste Ritter Bertram von Hohnstein und sein Neffe Christian, mein Sohn Alexander.« Bei jeder Namensnennung nickte er einem der Männer zu. »Und hier mein Neffe Karim aus Ägypten und mein jüngerer Bruder Donatus, der ihn und Sachmet begleitete.«

»Ich bin sehr erfreut«, antwortete der Priester.

»Unmittelbar neben unserer Kapelle befinden sich die Wohnräume unseres vormaligen Kaplans«, fuhr Philip unbeirrt fort. »Seit dem Heimgang des Herrn Ewald sind sie unbewohnt, da meine Familie jeden Sonntag die Messe in Alvelingeroth besucht. Wir legen Wert darauf, den Bauern ein gutes Beispiel zu geben und uns nicht in der Welt des Adels abzuschotten und darüber hinweg den Blick für die Sorgen der kleinen Leute zu verlieren.«

»Das ist sehr lobenswert«, bestätigte Hugo vom Waldsee.

»Wir speisen nach der Vesper«, erklärte Philip noch. »Wenn es Euch genehm ist, finden wir uns zuvor zum Gebet in der Kapelle ein und hoffen auf Euren Beistand. Doch nun wird Hans Euch erst einmal Eure Unterkunft zeigen.«

Der Geistliche nickte und folgte dem Knecht, der ihnen zuvor die Tür geöffnet hatte.

Nachdem Hugo gegangen war, herrschte eine Weile Schweigen.

»Und?« Antonias Mutter sah ihren Gatten fragend an. »Was meinst du?«

»Abwarten. Er war verunsichert, aber das hat nichts zu besagen.«

»Immerhin sind wir fromme Leute«, sagte Sachmet und kraulte Nebet wieder den Bauch.

»Fromme, standesbewusste Leute«, ergänzte Alexander, und für einen Augenblick glaubte Antonia, in seinen Augen denselben scherzhaften Ausdruck wie in denen ihres Vaters zu entdecken.

»Wie auch immer«, sagte Philip, »wenn wir keinen Fehler begehen, haben wir nicht viel zu befürchten. Möglicherweise gelingt es uns sogar, unsere Stellung vor den Augen des Bischofs gegenüber der der Regensteiner zu verbessern.«

Lena horchte auf. »Du meinst, Hugo vom Waldsee könnte sich zu einem unserer Fürsprecher entwickeln?«

»Das wäre vermutlich zu viel verlangt, aber er wird sehen, dass unser Lebenswandel weitaus solider ist als der des Grafen von Regenstein. Zumindest habe ich keine Bastarde in die Welt gesetzt.«

»Ich glaube nicht, dass man dir das hoch anrechnen wird. Soweit ich weiß, hat der Bischof von Halberstadt selbst welche«, bemerkte Lena trocken.

Zur Vesper, dem Abendgebet, traf sich die gräfliche Familie gemeinsam mit ihren Gästen in der kleinen Kapelle der Burg.

Der neue Kaplan kam seiner Aufgabe gewissenhaft nach und begann das Abendgebet.

»Iucunda lux tu gloriae, fons luminis de lumine,
beate Iesu caelitus a Patre sancto prodiens.
Fulgor diei lucidus solisque lumen occidit,
et nos ad horam vesperam te confitemur cantico.
Laudamus unicum Deum, Patrem potentem, Filium cum Spiritu Paraclito in Trinitatis gloria.
O digne linguis qui piis lauderis omni tempore,
Fili Dei, te saecula vitae datorem personent.
Amen.«[1]

Nach jedem Halbsatz unterbrach er kurz, damit die gräfliche Familie die Worte nachbeten konnte. Antonia kniete zwischen ihrer Mutter und Sachmet und erheiterte sich über den inbrünstigen Gesichtsausdruck, den Sachmet zur Schau trug.

Nachdem das Gebet gesprochen war, folgten fünf Psalme. Dann wollte der Kaplan sich erheben, doch Philip blieb auf den Knien.

»Wir beenden die Vesper stets mit dem *Sub tuum praesidium*«, erklärte er dem Geistlichen. »Haltet Ihr es etwa anders?«

Sofort kniete der Kaplan wieder nieder und stimmte das Gebet an. Antonia warf ihrer Mutter einen Blick zu.

»Jetzt übertreibt Vater aber«, raunte sie ihr zu.

»Ein wenig«, flüsterte ihre Mutter lächelnd zurück.

Dem Kaplan war deutlich anzusehen, dass er sich nach dem Ende des Gebets sehnte. Vermutlich hatte er den ganzen Tag

1 Heiteres Licht vom herrlichen Glanze deines unsterblichen, heiligen, seligen himmlischen Vaters: Jesus Christus. Dich verherrlichen alle Geschöpfe. Siehe, wir kommen beim Sinken der Sonne, grüßen das freundliche Licht des Abends, singen in Hymnen Gott dem Vater, singen dem Sohn und dem Heiligen Geist. Würdig bist du, dass wir dich feiern zu allen Zeiten mit heiligen Liedern, Christus, Sohn Gottes, Bringer des Lebens: dich lobpreise die ganze Erde. Amen.

lang nichts gegessen, und auch wenn er von hagerer Gestalt war, so besagte dies längst noch nicht, dass er den Genüssen der Tafel tatsächlich abgeneigt war.

Doch hier erwartete ihn die zweite Überraschung. Zunächst verlangte Antonias Vater das Tischgebet in einer Ausführlichkeit und Länge, wie sie es noch nie erlebt hatte. Und dann wurden auch noch die salzigen Heringe, das Brot vom Vortag und Krüge mit gesäuertem Wasser aufgetragen. Das Gesicht des Kaplans wurde immer länger.

»Mir ist nicht bewusst, dass heute ein Fastentag wäre«, bemerkte er.

»Nein«, antwortete Philip. »Wir fasten am Mittwoch und Freitag, so wie es in Ägypten Brauch ist. Dann gibt es keinerlei tierische Erzeugnisse, denn wir wollen der Zeit des Paradieses gedenken, als Löwe und Lamm noch im Einvernehmen lebten. Greift zu! Heute gibt es Hering, eine Speise, die in ihrer Demut jenen angemessen ist, die auf Gottes Beistand in schweren Zeiten hoffen. Ihr wisst sicher, dass mein ältester Sohn und meine jüngste Tochter auf Burg Regenstein gefangen gehalten werden. Wie könnten wir hier im Überfluss leben, während sie darben müssen?«

Der Kaplan räusperte sich. »Mir ist bislang nicht bekannt geworden, dass die Regensteiner ihre Geiseln hungern ließen.«

»Dennoch üben wir uns in Demut, bis uns Recht widerfahren ist.« Philip musterte den Kaplan scharf. »Man sagte mir, Ihr seid ein frommer Mann und wir könnten uns glücklich schätzen, Euren Beistand zu erhalten. Ihr seid doch meiner Meinung, nicht wahr?«

»Es ist wichtig, Maß zu halten«, bestätigte der Kaplan. »Doch es muss das rechte Maß sein.«

»Wollt Ihr meine Auffassung der Demut tadeln?«

Hugo räusperte sich. »Das steht mir nicht zu.«

»Sprecht ruhig frei von der Seele weg, Herr Hugo! In

Ägypten lernte ich von meinen Eltern, dass Zeiten der Not besondere Demut erfordern, um Gott gefällig zu sein und sich seines Beistands zu versichern.«

»Das ist lobenswert«, bekannte Hugo. »Und ich will gewiss nicht am ersten Abend an Eurem Lebensstil Tadel üben. Aber Gott ist mehr als Askese. Er ist das Leben.«

Antonias Vater runzelte die Stirn, während ihre Mutter den Geistlichen aufmerksam betrachtete. Ob sie nach der Seelenflamme in seinen Augen suchte?

»Wie sollen wir Eurer Ansicht nach Gott unsere Demut dann bezeugen, Herr Hugo?«, fragte Lena nun.

»Dazu kenne ich Euch bislang zu wenig. Gebt mir ein wenig Zeit!«

Nachdem die Tafel aufgehoben war und der neue Kaplan sich zurückgezogen hatte, hörte Antonia, wie ihr Vater die Mutter nach ihrer Meinung fragte.

»Er hat eine helle, leuchtende Seelenflamme«, antwortete Lena. »Er ist mit sich selbst im Reinen.«

»Das hat nichts zu besagen. Auch Fanatiker können mit sich im Reinen sein«, entgegnete Philip.

»Aber meist leuchtet in deren Augen der rote Funke des Zorns und der Leidenschaft. Nichts von alldem sah ich bei Hugo.« Sie senkte kurz die Lider. »Wenn ich nicht diese Geschichten über ihn gehört hätte, hielte ich ihn für einen ehrlichen, vertrauenswürdigen Mann, von dem uns nichts Böses droht.«

Philip runzelte erneut die Stirn. »Hm«, stieß er hervor. »Leider gibt es diese Geschichten. Ein Mann bar jeder Lebensfreude, der peinlich genau auf die Einhaltung des Glaubens achtet. Was glaubst du, Lena? Will er uns prüfen? Durchschauen, ob wir ihm etwas vorspielen, wenn wir allzu schnell von unserer unerbittlichen Auffassung ablassen?«

»Das wäre möglich«, gab Antonias Mutter zu. »Es gibt nur

eine Möglichkeit, seine Absichten zu durchschauen. Tritt ihm weiter streng und unnachgiebig entgegen. Es könnte auch nichts schaden, wenn du bei manchen Auslegungen, die dir zu weltlich vorkommen, von Häresie sprichst.«

Lena lächelte ihren Mann liebevoll, doch voller Verschmitztheit an.

»Du möchtest also einen gestrengen Gatten haben?«

»Ja. Einen gestrengen Gatten, den ich nur manchmal mit der mir eigenen weiblichen Sanftmut bezähmen kann.«

Philip lachte laut. »Das lässt sich einrichten.«

»Dann brechen wohl harte Zeiten an«, meinte Alexander, doch in seinen Augen leuchtete der gleiche Schalk wie in denen seiner Mutter.

»Stimmt, ein gestrengerer Vater sollte ich wohl auch sein. Also, was sitzt ihr noch herum? Begebt euch zur Nachtruhe, damit wir morgen in aller Frühe Gott lobpreisen können.«

Seine Worte gingen in allgemeinem Gelächter unter.

22. Kapitel

Seit die Ägypter aufgetaucht waren, schlief Stephan schlecht. Die alten Bilder kehrten zurück, längst überwundene Gefühle und die alles erdrückende Trauer um seinen Bruder. Und die Erinnerung an Bespina … zum ersten Mal seit langer Zeit hatte er wieder an sie gedacht. An sie und ihren kleinen Sohn Zeki, eine vaterlose Waise ohne Zukunft. Zeki war fünf gewesen, als er ihn kennenlernte, sieben, als sich ihre Wege trennten. Ein kluges Kind, das sich voller Zuneigung an ihn geklammert und in ihm den Vater gesucht hatte. Verständlich, schließlich hatte er selbst bei Zekis Mutter einen Teil der Geborgenheit gesucht und gefunden, die das gewöhnliche Leben ausmachte. In den erbärmlichen und entwürdigenden Umständen seines Sklavendaseins hatte es tatsächlich noch ein Lachen gegeben. Aber damals lebte Thomas noch.

Stephan atmete tief durch. Es hatte keinen Sinn – heute Nacht würde er keinen Schlaf mehr finden. Er richtete sich auf, setzte sich auf die Kante seines Betts und entzündete das Öllämpchen. Sein Blick fiel auf das Wandbord, dann auf den kleinen Beutel aus bunten Lumpen, den Bespina genäht hatte. Darin verwahrte er einen Schatz, der ihm mehr als alles Gold der Welt galt. Er nahm den Beutel in die Hand, öffnete ihn und schüttete den Inhalt behutsam aufs Bett. Zweiunddreißig handgeschnitzte Schachfiguren. Thomas hatte sie gefertigt. Jeden Tag ein Teil, gefertigt aus den Abfällen der Zimmerleute. Sein Bruder war geschickt gewesen. Geschickt und voller Zuversicht, ganz gleich, welche Widrigkeiten das Schicksal für sie bereitgehalten hatte.

Stephan berührte die Figuren, als könne er dem Geist seines Bruders dadurch näherkommen. Aber Thomas war tot. Außer der Erinnerung an ihn war nichts geblieben. Die Erinnerung an den Traum großer Heldentaten. Die Erinnerung an den Triumph, für besondere Tapferkeit zum Ritter geschlagen worden zu sein. Die Erinnerung an die Niederlage bei Kairo. Die Erinnerung an Gefangenschaft, Verrat und Sklaverei. Dennoch hatte er sich selbst mit dem Halseisen zuversichtlicher gefühlt als derzeit. Damals war sein Ziel die Freiheit gewesen. Inzwischen war er frei, aber all seine Träume und Hoffnungen hatten sich aufgelöst. Was konnte er vom Leben noch erwarten? Wenn er Glück hatte, würde er irgendwann Witolds Platz als Burghauptmann einnehmen. Eine ehrenwerte Stellung, fürwahr, die seine Opfer allerdings nicht im Geringsten aufwog. Vermutlich hätte er es so wie Witold halten sollen. Niemals mehr vom Leben zu fordern, als einem von jeher zustand. Auch Witold stammte aus ritterbürtiger Familie, doch ebenso wie er selbst war er der jüngste Sohn, für den es keine andere Möglichkeit gab, als sich als Waffenknecht bei einem

Herrn zu verdingen. Und dennoch war Witold zum Burghauptmann aufgestiegen, hatte in seiner Jugend an der Seite des Grafen den Orient bereist. Seine Zuverlässigkeit hatte dazu geführt, dass er das vollständige Vertrauen des Grafen genoss.

Stephan seufzte. Hätten er und Thomas ihr Schicksal demütiger angenommen und weniger gehadert, dann hätte Thomas noch leben können. Vermutlich wären sie gemeinsam an jene Stelle gelangt, an der er nun allein stand. Was bedeutete die Ritterwürde schließlich, wenn der Ritter kein Geld besaß? Er konnte sich niemals ein standesgemäßes Auftreten leisten, doch das war ihm mittlerweile fast gleichgültig geworden. Was immer ihm noch offenstehen mochte, hätte er auch als Edelknecht erreichen können. Alles hinter ihm Liegende war wertlos. Ja mehr noch – es war sein Fluch.

Mit einem Ruck stand er auf, griff nach seiner Kleidung und zog sich an. Er brauchte dringend frische Luft. Er löschte das Lämpchen und verließ leise Witolds Haus, um niemanden zu wecken.

Im Osten graute bereits der Morgen und hüllte die Burg in blaues Licht. Morgenröte und Tageshelle ließen noch lange auf sich warten, doch das Ende der Nacht kündigte sich bereits an.

Er stieg auf den Wehrgang. Der Blick über die heimatlichen Wälder hatte etwas Tröstliches. Davon hatte er geträumt, als die Freiheit noch in weiter Ferne lag.

»Bist du aus dem Bett gefallen?«, hörte er eine Stimme. Nikolaus hatte die Nachtwache.

»Sieht so aus«, antwortete er.

»Das widerfährt dir in letzter Zeit oft.«

»Mag sein.«

»Sag mir« – Nikolaus trat einen Schritt näher – »stimmt's, dass du der schönen Antonia den Kopf verdreht hast?«

»Nein.«

»Nein? Hier macht aber eine ganz andere Geschichte die Runde. Die junge Dame scheint bis über beide Ohren in dich verliebt zu sein.«

»Das ist nur Klatsch.«

»So, so.«

»Grins nicht so dämlich!«

»Ein rechter Mann würde die Gelegenheit beim Schopf packen.«

»Wenn ich noch einmal höre, dass du die Ehre von Fräulein Antonia beschmutzt, landest du im Burggraben.«

»Meine Güte, dein Sturz aus dem Bett muss wahrhaft heftig gewesen sein.«

Stephan wollte sich schon abwenden, da bemerkte er in weiter Ferne mehrere Lichter im Wald.

»Sieh dort!«, rief er Nikolaus zu und wies in die Richtung. »Das sieht ganz nach Reitern mit Fackeln aus.«

»Sie halten auf Alvelingeroth zu.«

»Schlag Alarm!«

»Wegen ein paar Reitern auf der Straße nach Alvelingeroth?«

»Schlag Alarm!«, wiederholte Stephan. »Das ist der Weg nach Blankenburg!«

»Aber …«

»Ich nehme es auf mich, wenn es ein falscher Alarm war. Aber den Regensteinern und vor allem Meinolf von Brack traue ich jede Hinterlist zu!«

Stephan hastete zur Treppe.

»Wohin willst du?«, rief Nikolaus ihm nach.

»Mein Pferd holen!«

Nikolaus schlug Alarm, und noch während Stephan sein Pferd Windläufer sattelte, war der Hof voller Männer in Waffen. Auch Alexander und die Ägypter befanden sich darunter.

»Was ist geschehen?«, fragte Alexander.

»Reiter mit Fackeln sind auf dem Weg nach Alvelingeroth«,

erklärte Stephan und schwang sich in den Sattel. »Ich fürchte einen Überfall auf die Bauern.«

»Das widerspricht dem Fehderecht«, warf Alexander ein.

»Was hilft uns das, wenn die Höfe abgefackelt werden?«

»Gut, zwanzig Mann kommen mit, der Rest hält hier die Stellung«, befahl Alexander. Soeben war auch sein Vater im Hof erschienen.

»Was liegt an?«, rief der Graf seinem Sohn zu.

»Stephan glaubt, die Regensteiner überfallen Alvelingeroth. Wir sehen nach dem Rechten.«

Graf Philip nickte. »Passt gut auf euch auf!«

Mittlerweile zogen sich die ersten Finger der Morgenröte über den Horizont, und sie konnten auf Fackeln verzichten. Stephan bemerkte, dass Karim sein Pferd neben das seine gelenkt hatte. Warum konnte der Ägypter ihn nicht einfach in Frieden lassen? Warum schien er seine Nähe geradezu zu suchen? Er trieb Windläufer zum Galopp und schloss zu Alexander auf, der die Führung übernommen hatte. Karim blieb an seiner Seite.

»Verdammt, seht ihr das?«, rief Alexander und deutete auf den roten Schein, der den Himmel hinter dem Waldstück erleuchtete, das sie noch von Alvelingeroth trennte.

»Sie haben tatsächlich Feuer gelegt«, zischte Stephan. Wie schon in der Nacht drohten ihn die Bilder der Vergangenheit zu überwältigen, Erinnerungen an Feuer und Tod, an Schreie und Qual. Feuer konnte eine grausame Waffe sein. Die grausamste überhaupt …

Die Schreie seiner Erinnerung mischten sich mit dem Gebrüll der Gegenwart, als sie das Dorf erreichten. Mehrere Männer hatten die Felder in Brand gesetzt, trieben die Menschen aus den Häusern, warfen Fackeln in die Gebäude. Stephan zog sein Schwert und galoppierte auf die Brandschatzer zu. Der Angriff kam für die Täter vollkommen unerwartet.

Hastig ließen sie von ihren Opfern ab, versuchten sich zu verteidigen, doch schon waren sie von Alexanders Männern umringt.

Stephan hieb noch vom Pferd aus einem Mann in den Schwertarm, der schreiend in die Knie brach. Dann sprang er aus dem Sattel und stellte sich den Übrigen. Wieder war Karim an seiner Seite, in jeder Hand einen krummen Säbel. Einen Moment lang hielt Stephan in seinem eigenen Angriff inne, beobachtete, wie geschickt Karim die Säbel tanzen ließ, einen Mann entwaffnete, der sich sofort ergab.

»Das war gut«, hörte er sich selbst rufen, ohne es zu wollen.

Karim lächelte. »Das habe ich von meinem Vater gelernt.«

Der Schrei einer Frau! So voller Qual und Furcht, dass Stephan an einen anderen Vorfall gemahnt wurde. An einen Schrei, der vor langer Zeit ausgestoßen worden war.

»Mein Kind!«, schrie sie. »Mein Kind ist noch dort drinnen!« Sie wies auf eines der beiden brennenden Häuser. Mehrere Bauern waren dabei, eine Eimerkette zu bilden, doch die Flammen züngelten bereits aus den Fenstern.

Karim wollte sich ins Innere des Hauses stürzen, doch Stephan hielt ihn zurück. »Nicht so!«, zischte er. »Gib mir deinen Umhang!«

Karim folgte der Aufforderung. »Was hast du vor?«, fragte er, während Stephan sich seinen Mantel samt Kapuze überwarf, dann einem der Bauern den vollen Wassereimer aus der Hand riss und sich den eisigen Inhalt von oben über den Kopf und den Mantel schüttete.

»Sobald ich mit dem Kind herauskomme, überschüttet ihr uns sofort mit Wasser, ist das klar?«, herrschte er den Mann an, während er ihm den leeren Eimer zurückreichte.

»Ich begleite dich!«, rief Karim.

»Du bleibst draußen!«

»Hör zu – du kannst jede Hilfe gebrauchen.«

»Nicht hierbei!«

»Aber …«

»Vertrau mir einfach!«, schnitt Stephan ihm das Wort ab. Dann stürzte er sich in das brennende Haus. Der dichte Qualm nahm ihm die Sicht. Wo mochte das Kind sein? Ringsum vernahm er das Prasseln des Feuers, das Knacken des Gebälks, spürte die Hitze, die ihm entgegenschlug. Es war ein einfaches Bauernhaus, ein einziger großer Raum. Das erleichterte sein Vorgehen. Ganz anders als damals … er schüttelte die unangenehme Erinnerung ab. Er durfte nicht wieder daran denken, sonst würde ihn der Mut verlassen. Hier war es anders, keine einstürzenden Balken. Da! Ein Greinen in der Ecke des Raums. Eiligst folgte er den Lauten, versuchte nicht an die züngelnden Flammen zu denken, die nach seiner nassen Kleidung leckten. Trotz der Hitze wurde ihm kalt, so kalt wie stets, wenn die Furcht ihn zu übermannen drohte. Er holte tief Luft. Ein Fehler – der Rauch raubte ihm den Atem. Er hustete, fürchtete schon, sich übergeben zu müssen. Mit einer fahrigen Bewegung zog er die Kapuze tiefer ins Gesicht. Da entdeckte er den Kinderkörper. Zusammengekauert hinter einem umgestürzten Tisch. Es war ein blondes Mädchen von höchstens vier Jahren.

»Alles wird gut«, flüsterte er ihr zu, während er sich zu ihr niederbeugte und sie aufhob. »Ich bringe dich zu deiner Mutter.«

Sie klammerte sich wimmernd an ihm fest. Er hielt sie mit der Linken, presste sie an sich, hüllte sie in seinen nassen Mantel, bis sie ganz darunter verborgen war. Der Eingang stand in Flammen, aber es war noch keine undurchdringliche Feuerwand. Wenn er genügend Mut aufbrachte, schnell hindurchhastete … Er zögerte. Der längst vergessene Schmerz kroch ihm den Rücken hinauf, drohte ihn für einen Augenblick zu lähmen.

Sei kein verdammter Feigling!, schalt er sich in Gedanken. Dieses Feuer ist nichts im Vergleich zu damals.

Er drückte das Mädchen noch fester an sich, achtete darauf, dass sie vollständig unter dem feuchten Stoff verborgen war. Dann rannte er los, spürte kaum die Hitze, als er mit ihr den Vorhang aus Feuer durchstieß, hinaus aus dem Qualm und der Höllenglut. Sofort fühlte er, wie sie von eisigem Wasser übergossen wurden. Das kleine Mädchen in seinen Armen schrie auf, weinte, doch das war nur der Schreck über den kalten Guss. Er warf den nassen Umhang ab und setzte das Kind auf den Boden. Sofort war die Mutter bei ihm.

»Danke, Herr!«, rief sie immer wieder, während sie ihr Kind an sich presste. Stephan nickte nur, warf einen Blick auf das Kampffeld. Die Brandstifter waren überwältigt. Er erkannte Meinolf von Brack unter den Gefangenen. Der Bastard hatte sich tatsächlich nicht gescheut, sich als Bauer zu verkleiden, um mit seinen Kumpanen gegen das Fehderecht zu verstoßen. Wie würde Alexander wohl mit ihm verfahren? Ihn als Austauschgeisel behalten? Allerdings bezweifelte Stephan, dass Ulf von Regenstein beide kostbaren Geiseln gegen den Bastard austauschen würde. Allenfalls Rudolf, aber der würde Meret nie allein zurücklassen.

Der frische Morgenwind zerrte an Stephans nassen Kleidern, und er fröstelte. Neben ihm stand Karim.

»Besorgst du mir ein Tuch zum Abtrocknen?«, fragte er. Karim nickte und kehrte kurz darauf mit mehreren Leinentüchern zurück. Stephan hatte sich inzwischen bereits Bliaut und Hemd ausgezogen und griff dankbar nach dem trockenen Stoff.

»Du hast nicht zum ersten Mal einen Menschen aus dem Feuer gerettet«, bemerkte Karim. »Hast du mich deshalb zurückgehalten?«

Stephan nickte. »Weißt du, was geschieht, wenn du ungeschützt ins Feuer rennst?«, fragte er und wandte seinem Gegenüber den nackten Rücken zu.

Er hörte Karim entsetzt aufkeuchen. Kein Wunder, dachte

Stephan. Die alten Brandnarben verunstalteten die gesamte obere Hälfte seines Rückens und die Schultern, dort, wo ihn einst der brennende Balken getroffen hatte. Er wandte sich wieder zu Karim um und legte sich das Tuch um die Schultern.

Einen Moment lang trafen sich ihre Blicke. Er sah das Erschrecken in Karims Augen, dann die Frage.

»Du hast dich dennoch erneut ins Feuer gewagt? Das war verdammt mutig!«

»Du wärst genauso mutig gewesen«, entgegnete Stephan. »Aber ich wollte nicht, dass jemand meinen alten Fehler wiederholt.«

»Danke«, antwortete Karim leise.

Stephan nickte nur und bat eine der Bäuerinnen, seine Kleidung zum Trocknen aufzuhängen. Dann trat er auf Alexander zu.

»Wie wirst du mit den Gefangenen verfahren?«

»Sie haben das Fehderecht gebrochen und Ackerland verwüstet.« Alexander wies auf die noch immer glimmenden Felder, die ebenso wie die brennenden Häuser nur mühsam gelöscht werden konnten. »Eigentlich hätten sie den Tod verdient.«

»Du solltest ihnen das nackte Leben lassen«, meinte Stephan.

»Das nackte Leben?« Ein belustigter Zug huschte über Alexanders Gesicht. »Das ist ein guter Gedanke.«

Stephan starrte Alexander an. Er hatte keinen Witz gemacht, sondern seine Worte ernst gemeint. Auch wenn er Meinolf von Brack nicht ausstehen konnte, so wünschte er ihm dennoch nicht den Tod. Womöglich wäre er anderer Meinung gewesen, hätte die Kleine in dem brennenden Haus den Tod gefunden. Aber sie lebte.

Alexander bemerkte nicht, in welche Verwirrung er ihn gestürzt hatte, sondern schritt auf die entwaffneten Gefangenen zu, die von seinen Männern umringt wurden.

»Ihr habt in abscheulicher Weise gegen das Fehderecht verstoßen, Herr Meinolf. Jedermann weiß, dass Bauern und Land nicht zu Schaden kommen dürfen. Eure Streitigkeiten habt Ihr allein mit den Mitgliedern meiner Familie auszutragen. Eigentlich hättet Ihr dafür den Tod verdient, und niemand könnte es uns verargen. Aber ich will großmütig sein und Euch und Euren Männern das nackte Leben lassen.« Er machte eine bedeutungsschwangere Pause.

»Ausziehen!«, befahl er dann.

»Was?«, brüllte Meinolf. »Das ist nicht Euer Ernst!«

»Wir werden Euch das nackte Leben lassen – nicht mehr. Ihr könnt es Euch aussuchen, Herr Meinolf. Eure Kleider oder Euer Leben.«

»Das wagt Ihr nicht!«

»Wir wagen alles.« Alexander lachte. »Aber wenn Ihr so scheu wie eine Jungfer seid, so werden Euch die Bauern von Alvelingeroth gewiss zu helfen wissen.«

»Und ob sie das wissen!«, rief einer der Bauern, der bis eben noch gelöscht hatte. »Schnappen wir sie uns!«

Im nächsten Augenblick sahen sich die Regensteiner einer wilden Meute gegenüber, und selbst die Frauen beteiligten sich an dem Geschehen. Karim und Alexander lachten, doch Stephan wandte sich ab. Derartige Kindereien waren ihm fremd geworden. Sein Blick schweifte in Richtung der Burg, und so gewahrte er drei Reiter, die sich von dort aus dem Dorf näherten. Es waren Antonia, Sachmet und Donatus. Was würden die beiden Frauen wohl bei diesem Anblick empfinden? Soeben hatte man Meinolf den letzten Fetzen vom Leib gerissen und ihn zwischen seine nackten Männer gestoßen. Es gab ein großes Gejohle und Gelächter. Ganz so, als befände man sich auf dem Jahrmarkt zu Halberstadt. Trotz seiner Vorbehalte musste Stephan sich eingestehen, dass der Anblick des Regensteiner Bastards im Adamskostüm mit zornentflammter Miene etwas Erheiterndes hatte.

»Was ist denn das?« Sachmets Stimme schwirrte durch die Luft, dann hörte er ihr Lachen. Er wandte sich um. Die Frauen und Donatus hatten das Dorf erreicht. Antonia stutzte kurz und stimmte herzhaft in das Gelächter ein.

»Hier bekommt man ja etwas geboten!«, rief Donatus. »Ich hätte gern den Anfang der Geschichte miterlebt.« Philips Bruder stieg vom Pferd. Sachmet und Antonia taten es ihm gleich.

»So ist es, wenn man Rechtsbrechern nur das nackte Leben lässt«, erklärte Alexander immer noch lachend. »So, Herr Meinolf, nun habt Ihr uns alles gegeben und sollt dafür Euer Leben behalten. Kehrt zurück nach Regenstein und grüßt Euren Vater schön von mir!« Er deutete eine spöttische Verbeugung an.

»Das wirst du mir büßen!«, schrie Meinolf.

»Spart Euren Atem, Herr Meinolf. Auf bloßen Füßen werdet Ihr wohl vier Stunden bis Regenstein unterwegs sein.«

Abermals erhob sich Gelächter, als sich der nackte Trupp in die Wälder flüchtete. Stephan bemerkte, dass Antonia ihn ansah. Er zog das Leinentuch fester um den Oberkörper und verhüllte damit die Narben auf dem Rücken. Wie gut, dass er noch Bruche, Beinlinge und Stiefel trug. Fast erwartete er, dass sie auf ihn zugehen und ihn ansprechen würde. Doch als sie bemerkte, dass er ihren Blick erwiderte, senkte sie verlegen die Lider. Hatte sie von dem Klatsch gehört, der sie beide betraf? Hielt sie sich deshalb zurück? Ein leises Bedauern breitete sich in seiner Brust aus. Er hatte die kleinen Wortspielereien mit ihr geschätzt, die Art, wie sie versuchte, seinen Harnisch zu durchbrechen. Manchmal hatte er sich regelrecht danach gesehnt, dass es ihr gelänge, doch er war vorsichtig geblieben. Nie war er sich sicher, ob sie tatsächlich mehr für ihn empfand als oberflächliche Freundlichkeit und Neckerei. Ganz gleich, was andere reden mochten.

Sein Hemd und Bliaut hingen in der Nähe einer Feuerstelle auf der Leine. Ob sie wohl schon trocken waren? Er ging hinüber und befühlte den Stoff. Er war noch etwas feucht, aber die Kleidung würde am Körper trocknen. Während er sich anzog, achtete er unwillkürlich darauf, Antonia nicht den Rücken zuzuwenden. Ein völlig neues Gefühl, hatte er sich seiner Narben doch nie geschämt. Es waren auch nicht die Narben. Es war die Furcht vor der Geschichte dahinter. Dass sie mehr wissen wollte. Und falls sie ihm Fragen stellen sollte – würde er ihr antworten? Manchmal drängte es ihn, sich der alten Geschichten zu entledigen. Zugleich fürchtete er sich, zu viel von sich preiszugeben. Erst recht einer Frau wie Antonia gegenüber.

Als hätte sie gespürt, dass er an sie dachte, stand sie plötzlich neben ihm. Ihre Wangen waren vom Lachen gerötet, ihre Augen blitzten keck. Kein Wunder, dass Nikolaus sie *die schöne Antonia* genannt hatte.

»Euch belustigt das Schauspiel gar nicht, Herr Stephan?«

»Nein.«

»Warum nicht?«

»Wir wurden Zeugen, wie aus einem Feind ein Todfeind wurde.«

Das fröhliche Leuchten ihrer Augen erlosch.

»Glaubt Ihr das wirklich?«

»Ja.«

»Aber es war doch ein Scherz. Für seine Taten hätte er eine weitaus härtere Strafe verdient.«

»Gibt es eine härtere Strafe, als ihm die Würde zu nehmen?«

»Kann ein Mensch einem anderen überhaupt die Würde nehmen?« Sie blickte ihm unverwandt in die Augen. »Oder handelt es sich nicht vielmehr um eine Demütigung, die ihn in seiner Ehre kränkt?«

»Worin seht Ihr den Unterschied, Fräulein Antonia?«

»Ich glaube, Würde ist ein Wert, der einen Menschen auszeichnet. Ein Wert, den er sich bewahrt, mag er auch noch so tief gedemütigt werden. Die Würde kann ein Mensch nur durch eigene Taten verlieren.«

Er wollte schon zum Widerspruch ansetzen, als er den tieferen Sinn ihrer Worte erkannte. Thomas hätte seinen Gefallen daran gefunden. Sein Bruder hatte es meisterlich verstanden, seine Würde zu bewahren, mochten die äußeren Umstände noch so demütigend sein.

»Woran denkt Ihr, Herr Stephan?«

»Ich stelle mir gerade vor, wie sich mein Bruder Thomas an Meinolfs Stelle verhalten hätte.«

»Und?«

»Er hätte sich die Demütigung erspart, sich die Lumpen vom Leib reißen zu lassen. Er hätte Alexander die Kleidungsstücke vor die Füße geworfen und gesagt, er habe schon gewusst, warum er nur in billigen Bauernkleidern aufgetreten sei. Die könne er verschmerzen.«

Antonia kicherte. »Nur hätte Euer Bruder gewiss niemals so ehrlos gehandelt, dass er in eine solche Lage geraten wäre.«

»Manchmal, Fräulein Antonia, gerät man gerade durch ehrenvolles Handeln in eine solche Lage.«

»Das verstehe ich nicht.«

»Vergesst es einfach.«

»Ich möchte es aber nicht vergessen. Ist Euch etwas aufgefallen? Wir haben noch nie so viele Worte miteinander gewechselt wie heute.«

»Werde ich schwatzhaft?«

Sie lachte. »Fast kommt es mir so vor.«

»Verzeiht.«

»Es gefällt mir.«

»So?«

»Ja. Werdet Ihr die Gewohnheit beibehalten?«

»Vielleicht.«

»Wann?«

»Manchmal.«

»Wann ist manchmal?« Sie blitzte ihn mutwillig an.

»Gelegentlich.«

»Jetzt soll ich mir wohl wieder die Zähne an Euch ausbeißen, wie?«

»Nein.«

»Nein?«

»Man beobachtet uns«, raunte er ihr zu. »Wir geben wieder Anlass zum Klatsch.«

Sie sah sich um und bemerkte mehrere von Alexanders Männern, die zu ihnen herübersahen.

»Fürchtet Ihr um Euren Ruf, Herr Stephan?«

»Nur um den Euren.«

»Den weiß ich zu wahren.«

»Hoffentlich.«

»Worum sorgt Ihr Euch dann?«

»Um den Burggraben.«

»Um den Burggraben?« Sie hob die Brauen und maß ihn mit strengem Blick.

»Er könnte überlaufen, wenn ich dort jeden hineinwerfen muss, der Euren Ruf durch üble Nachrede beschmutzt.«

Sie lachte. »Dazu lasst Ihr Euch womöglich hinreißen?«

»Bei meiner Ehre – ja.«

»Dann wollen wir hoffen, dass der Graben tief genug ist.« Sie berührte ihn scheinbar absichtslos am Arm, ließ ihn stehen und schlenderte zu Sachmet hinüber.

23. Kapitel

Sag, Vater, was ist mit dir?«

Eberhard spürte die Hände seiner Tochter auf den Schultern und wandte sich auf seinem Stuhl zu ihr um. Sie war ihm unbemerkt in die verlassene Kemenate ihrer Mutter gefolgt. An einen Ort, wo er Zuflucht suchte, wenn er mit seinen Gedanken allein sein wollte. Nach Madlens Tod hatte er allen untersagt, auch nur die kleinste Veränderung in ihrem Gemach vorzunehmen.

»Du vermisst Mutter noch immer schmerzlich, nicht wahr?«

Er erhob sich und ergriff ihre Hände. »Du wirst ihr immer ähnlicher, Sibylla. Du bist eine bezaubernde junge Frau geworden.«

Sie senkte den Blick. »War es dir eigentlich ernst mit deiner Werbung um Antonia?«

»Sie ist ein hübsches Mädchen, hat Feuer und Geist.«

»Sie ist achtzehn, du bist vierzig, Vater. Wäre das wirklich eine kluge Verbindung?«

»Viele Männer ehelichen jüngere Frauen. Das ist nichts Ungewöhnliches.«

Sibylla nickte. »Das mag sein. Aber was hättest du gesagt, wenn der Graf von Birkenfeld verwitwet wäre und um mich angehalten hätte?«

»Philip?«, stieß Eberhard hervor. »Du bist siebzehn, er wird bald fünfzig.«

»Du hättest ihn also abgewiesen.«

»Selbstverständlich!«

»Wegen seines Alters oder weil du ihn nicht magst?«

»Beides.«

»Und wenn er dann, aus lauter Wut über deine Zurückweisung, den kleinen Burchard entführt hätte? Was hättest du dann getan?«

»Du willst also sagen, es sei nicht recht gewesen, Meret zu entführen?«

»Vater, wie könnte ich dein Handeln jemals zu einem Unrecht erklären? Du warst verärgert. Aber ist das Ergebnis deines Vorgehens noch rechtens?«

Sie musterte ihn mit dem gleichen Blick, mit dem Madlen ihn stets bedacht hatte, wenn sie einen Tadel hinter Zuneigungsbekundungen versteckte. Er wollte und musste sich vor seiner Tochter nicht rechtfertigen. Und doch fühlte er sich plötzlich schuldig. Genauso war es ihm mit ihrer verstorbenen Mutter ergangen.

Ein leises Klopfen enthob Eberhard einer Antwort.

»Herr Eberhard?« Eine der Mägde streckte den Kopf zur Tür herein. »Euer Vater wünscht Euch und Fräulein Sibylla im Kaminsaal zu sehen. Es ist Besuch erschienen.«

»Besuch? Wer ist gekommen?«

»Die wohledle Frau Alheidis.«

»Tante Alheidis?«, rief Sibylla erfreut. »Wie schön! Komm, Vater, begrüßen wir sie!«

Eberhard schluckte. Alheidis war die Witwe seines Schwagers, eine resolute Mitdreißigerin, die kein Blatt vor den Mund nahm. Sibylla liebte ihre Tante, alle anderen fürchteten sie.

Alheidis saß bereits im Kaminsaal neben dem Hausherrn. Eberhard bemerkte den unwilligen Zug um den Mund seines Vaters. Trotzdem konnte er nicht umhin, Alheidis noch immer als höchst ansehnliche Frau wahrzunehmen. Ohne ihr widerwärtiges Mundwerk hätte sie durchaus einige Reize zu bieten gehabt. Sie besaß eine üppige Figur, und die schlanke Taille wurde durch einen flammend roten, geschickt geschnürten Surcot noch besonders betont.

»Sibylla, mein Häschen!« Sie sprang auf, eilte ihrer Nichte

etwas schneller entgegen, als es der Schicklichkeit entsprach, riss sie in die Arme und drückte ihr einen Kuss auf jede Wange.

»Tante Alheidis, ich freue mich so!« Sibylla erwiderte die herzliche Begrüßung.

Dann wandte Alheidis sich Eberhard zu.

»Eberhard, ich freue mich, dich zu sehen. Irre ich mich, oder bist du ein wenig dicker geworden?« Sie schlug ihm mit der flachen Hand gegen den Leib. Eberhard hustete.

»Nicht mehr so stark auf der Brust?« Sie musterte ihn besorgt. »Dir fehlt ein treu sorgendes Weib an der Seite.«

»Danke für deine Anteilnahme«, nuschelte Eberhard und flüchtete sich aus ihrer Reichweite.

»Nun, es wundert mich nicht, dass sich außer mir keine anständigen Frauen mehr nach Regenstein wagen. Ihr werdet mir nicht glauben, was mir auf dem Weg hierher widerfahren ist!« Alheidis setzte sich wieder und blickte in die Runde. Eberhard und sein Vater wichen ihren Blicken tunlichst aus.

»Was ist dir widerfahren, Tante Alheidis?« Sibylla nahm neben ihr am Tisch Platz.

»Ich habe ja schon einiges über Heidenpack gehört, das sich in den Wäldern herumtreiben soll, Orgien veranstaltet und angeblich nackt den Waldgeistern huldigt. Doch bislang hielt ich alles für das abergläubische Geschwätz dummer Bauern. Aber heute …« Sie zog ein besticktes Tüchlein hervor und tupfte sich das Gesicht. »Ob ihr es glaubt oder nicht, da streunten wirklich nackte Männer durch den Wald. Und als sie uns gewahrten, sprangen sie sofort in die Büsche. Ich sah nur noch ihre weißen Hinterbacken blitzen.«

»Tante Alheidis!« Sibylla schlug sich die Hand vor den Mund.

»Ja, so war es. Ulf, es ist an der Zeit, die Wälder zu durchkämmen. Einer ehrbaren Frau könnte ja das Herz in der Brust stehen bleiben, wenn sich hier nackte Lüstlinge herumtreiben, die womöglich noch heidnischem Aberglauben frönen!«

»Bist du dir sicher, dass da nicht eher der Wunsch der Vater des Gedankens war?«, brummte Ulf.

»Du willst doch nicht etwa behaupten, ich hätte Sehnsucht nach einem Aufmarsch nackter Ärsche! Ulf, ich bin empört. Schick auf der Stelle deine Männer los, dieses heidnische Pack einzufangen!«

Aus dem Burghof erhob sich ein Tumult.

»Ist Euch etwa zu warm geworden?«, hörten sie einen der Männer von unten brüllen. Gejohle, wieherndes Gelächter. Tante Alheidis stand auf und trat ans Fenster.

»Pfui!«, schrie sie. »Jetzt wagen diese Kreaturen sich schon hierher! Ulf, unternimm auf der Stelle etwas dagegen!«

Sibylla war bereits an der Seite ihrer Tante und schlug erneut die Hand vor den Mund. Eberhard folgte ihr und erstarrte. Zwei von seinen Männern standen nackt im Hof. Wenn er sich recht erinnerte, waren sie noch vor dem Morgengrauen mit Meinolf und einer Handvoll weiterer Männer nach Alvelingeroth aufgebrochen.

»Haltet bloß das Maul!«, brüllte einer der beiden Nackten. »Die anderen sehen nicht besser aus, nur ist das Los auf uns gefallen, ihnen Kleider zu bringen.«

»Siehst du?« Alheidis stieß Ulf, der sich mittlerweile ebenfalls am Fenster eingefunden hatte, mit dem spitzen Zeigefinger gegen das Brustbein. »Habe ich's nicht gesagt? Ich verlange, dass du diese Wüstlinge sofort einsperren lässt!«

Unwirsch schob Ulf Alheidis' Hand beiseite und eilte aus dem Saal in den Hof hinunter. Eberhard folgte seinem Vater.

Die beiden Nackten waren bereits verschwunden, tauchten aber kurz darauf ordentlich angezogen mit weiteren Kleidungsstücken über den Armen wieder auf.

»Was ist euch widerfahren?« Ulf musterte die Männer streng. Flammende Röte ergoss sich über die Gesichter der beiden. Sie waren es nicht gewohnt, so ohne Umschweife vom Grafen angesprochen zu werden.

»Wir … wir hatten Pech«, stammelte der eine. »Herr Meinolf wird es Euch gewiss berichten. Er wartet auf uns.«

»Er wartet auf euch? Wo steckt er?«

Der Mann nickte in Richtung des Burgtors und deutete auf den Wald dahinter.

»Vater, lass sie gehen!«, mischte Eberhard sich ein. »Ich brenne darauf, Meinolfs Bericht zu hören.«

Ulf nickte. »Sagt Meinolf, er soll sich im Kaminsaal einfinden, sobald er wieder … standesgemäß erscheinen kann.«

Eberhard unterdrückte ein Lächeln. Auf die Geschichte war er gespannt.

Seine Neugier wurde kurz darauf befriedigt. Sibylla und Alheidis befanden sich nach wie vor im Kaminsaal, auch wenn Eberhards Vater die beiden Frauen gern fortgeschickt hätte. Doch Alheidis war keine Frau, die sich so einfach vertreiben ließ, und Eberhard selbst gönnte seiner Tochter das Vergnügen, Zeugin von Meinolfs Auftritt zu werden.

Äußerlich wirkte Meinolf gefasst, aber Eberhard erkannte die kaum verborgene Erregung, den Hass und die brennende Scham. Diesmal unterdrückte er das Lächeln nicht.

Mit übertriebener Selbstverständlichkeit trat Meinolf an den Tisch, nahm Platz und musterte Alheidis und Sibylla.

»Dies sind Männergespräche«, sagte er.

»Unsinn!«, fuhr Alheidis ihm über den Mund. »Ich will wissen, was vorgefallen ist. Oder hältst du es für vergnüglich, deinen nackten Arsch zu sehen und euch allesamt für heidnische Götzendiener zu halten?«

»Heidnische …« Meinolf biss die Zähne so fest aufeinander, dass die Kiefermuskeln hervortraten.

»Nun rede schon!«, fuhr sein Vater ihn an. »Was ist geschehen?«

Meinolf zögerte.

»Du kannst warten, so lange du willst. Aber Alheidis und

Sibylla werden erst gehen, wenn du uns alles berichtet hast«, fügte Eberhard hinzu.

Meinolf atmete tief durch.

»Wir waren in Alvelingeroth und haben den Auftrag ausgeführt«, erklärte er knapp. »Leider sind die Birkenfelder auf uns aufmerksam geworden.«

»Und dann?« Ulf wurde ungeduldig.

»Sie waren uns zahlenmäßig überlegen. Wir hatten keine Möglichkeit, ihnen zu entkommen.«

»Sie haben euch gefangen genommen?«

Meinolf nickte.

»Weshalb bist du dann hier?«

»Sie haben uns gehen lassen«, lautete die leise Antwort.

»Sie haben euch gehen lassen? Nicht als Geiseln genommen?« Ulf starrte seinen Sohn verblüfft an.

»Und was ist mit euren Kleidern geschehen?«, bohrte Eberhard weiter. Meinolf schwieg.

»Nun rede schon!«, fuhr sein Vater ihn an.

Meinolf holte abermals tief Luft. »Alexander von Birkenfeld verkündete, man wolle uns das nackte Leben lassen. Dann ließ er die Bauern auf uns los, und die rissen uns die Kleider vom Leib.«

Tante Alheidis brach in Gelächter aus.

»Ich wusste gar nicht, dass die Birkenfelder so viel Humor haben«, brachte sie glucksend hervor. »Das ist in der Tat spaßig.«

»Alheidis!«, brüllte Ulf. »Der Vorfall ist kein Scherz, sondern eine tödliche Beleidigung. Dafür wird Alexander von Birkenfeld büßen.«

»Ach was! Das sind dumme Streiche – ein echter Mann sollte darüberstehen. Meinolf, sei das nächste Mal ein wenig vorsichtiger! Dein Vater darf sich nicht so aufregen. Ihn könnte der Schlag treffen.«

»Liebe Alheidis, wie lange gedenkst du denn zu bleiben?«, fragte Meinolf statt einer Antwort.

»Ich dachte an zwei, drei Monate«, antwortete Alheidis beiläufig, bevor sie sich Ulf zuwandte. »Wie geht es eigentlich deiner Frau? Ich hätte erwartet, sie an deiner Seite zu sehen.«

»Irmela hat ihr Gemach seit Wochen nicht verlassen.«

»Ist sie leidend?«

Ulf brummte etwas Unverständliches.

»Nun, wie dem auch sei, wir stellen die gute Irmela schon wieder auf die Beine, nicht wahr, Sibylla?«

»Ich bin mir sicher, Tante Alheidis.«

»Nun, dann will ich deiner Großmutter meine Aufwartung machen. Begleitest du mich, Häschen?«

»Gern, Tante Alheidis.«

Die Frauen erhoben sich. Eberhard sah, wie Meinolf erleichtert aufatmete. An der Tür wandte Alheidis sich noch einmal um.

»Meinolf, sei doch so lieb und kümmere dich um mein Gepäck!«

»Ich?«, brauste er auf. »Ausgerechnet ich soll mich um dein Gepäck kümmern?«

»Nun ja, es täte dir gut, dich nützlich zu machen. Vor allem, nachdem du mir mit deinen nackten Gesellen einen solchen Schrecken eingejagt hast.«

»Ich wusste gar nicht, dass man dir einen Schrecken einjagen kann.«

»Und ich dachte, du hättest inzwischen gelernt, dich wie ein Ritter zu benehmen.« Sie seufzte und verließ mit Sibylla den Saal.

Meinolf schnaubte. »Wirst du dieses Weib wirklich zwei Monate lang durchfüttern, Vater?«

»Ich kann sie ja schlecht hinauswerfen, oder?«

»Warum nicht?«, widersprach Meinolf.

»Weil sich das für einen Grafen nicht schickt«, kam Eberhard seinem Vater zuvor. »Aber Vater hätte gewiss nichts dagegen, wenn du sie hinausekeln würdest. Bastarde haben in diesem Fall mehr Freiheiten als Edelleute, weißt du?«

»Hört auf damit!«, fuhr Ulf dazwischen. »Alheidis bereitet mir das geringste Kopfzerbrechen. Viel mehr liegt mir daran, es den Birkenfeldern heimzuzahlen.«

»Keine Sorge, Vater! Alexander von Birkenfeld wird seine Taten noch bitter bereuen.«

Eberhard hob die Brauen. »Du willst hoffentlich keine Blutrache auf unser Haupt beschwören!«

»Soll ich diesen Ehrabschneider etwa ungestraft davonkommen lassen?«, stieß Meinolf zwischen den Zähnen hervor.

»Er hätte dich für den Bruch des Fehderechts töten können.«

»Auf wessen Seite stehst du eigentlich?« Meinolf war aufgesprungen. »Warum nimmst du dieses Pack in Schutz?«

Eberhard lachte. »Weil mir diese Geschichte den Tag versüßt hat.« Er erhob sich ebenfalls. »Leck deine Wunden ohne mich, Bruderherz!« Mit diesen Worten verließ auch er den Saal.

24. Kapitel

Die zweite Nacht in Folge, in der Stephan keine Ruhe fand. Die alten Bilder vermischten sich mit den Erlebnissen des vergangenen Tages. Nachdem sie Meinolf und die Seinen nackt in die Wälder gejagt hatten, war das gesamte Ausmaß des Schadens in Alvelingeroth deutlich geworden. Ein Drittel der zu erwartenden Ernte war vernichtet worden. Stephan wusste, dass Alexander und sein Vater darüber nachsannen, wie sie die Verluste ersetzen konnten. Die erbeuteten Waren der Regensteiner würden nicht ausreichen. Deshalb hatte er Alexander vorgeschlagen, eine große Jagd zu veranstalten, um Wild und Felle auf dem Markt zu Halberstadt zu verkaufen und dafür andernorts Getreide zu erwerben. In seiner Jugend auf Gut Cattenstedt war das Jagdrecht seiner Familie oft die einzige Quelle des Gelderwerbs gewesen. Alexander hatte ihm aufmerksam zugehört, doch nach der Rückkehr auf Burg Birkenfeld verschwanden er und die anderen Mitglieder der gräflichen Familie sofort in der Hauptburg. Der neue Kaplan müsse bei Laune gehalten werden, hatte Alexander kurz zuvor augenzwinkernd angemerkt.

Stephan war froh, dass ihn Hugo vom Waldsee nichts anging. Für frömmlerisches Getue hatte er nichts übrig. Zu deutlich erinnerte er sich noch an die Lügen der Pfaffen vor Damiette.

Als der Abend dämmerte, war er nicht in seine Kammer zurückgekehrt, sondern hatte sich auf den Wehrgang der Hauptburg zurückgezogen. Er wusste, dass er die Enge des Hauses in dieser Nacht nicht ertragen würde. So blickte er über das Bodetal und die Wälder, ließ seine Gedanken ziellos treiben, in der Hoffnung, dass es ihm gelänge, die Bilder von Feuer, Tod und Gefangenschaft zu verdrängen. Hierher kamen die Nachtwächter nur selten, denn sie besetzten vor allem die beiden kleinen Wehrtürme bei der Zugbrücke. Umso erstaunter war er, als er irgendwann Schritte hörte. Er wandte sich um. Im fahlen Licht des Mondes erkannte er Karim. Der Ägypter trug einen schweren Krug und zwei tönerne Becher.

»Hier treibst du dich also herum.« Karim stellte Krug und Becher auf die Mauerbrüstung. »Ich wollte dich fragen, ob du mit mir zusammen einen Krug Wein trinkst.«

»Wein? Mit dir?«

»Warum nicht?« Karim füllte einen der Becher und hielt ihn Stephan entgegen. Nach den Ereignissen dieses Tages wäre Stephan eine Ablehnung der Einladung ungehörig vorgekommen. Also griff er zu.

»Ich dachte immer, der Prophet verbietet berauschende Getränke.«

»Mag sein.«

»Du bist kein Muslim?«

»Ich bin ein Mischling.« Karim grinste.

»Das heißt?«

»Du weißt doch, dass meine Mutter Christin ist und mein Vater Muslim. In Ägypten achte ich die Regeln des Propheten, hier halte ich mich an die Gebräuche meiner Mutter.«

»Aha.«

Karim hatte sich selbst eingegossen und trank einen Schluck. »Ich habe den Wein meinem Onkel abgeschwatzt. Ist guter italienischer.«

Stephan betrachtete den tönernen Becher in seiner Hand, dann kostete er. Karim hatte nicht zu viel versprochen. Ein Krug Wein dieser Güte hätte ihn einen halben Monatslohn gekostet.

»Und warum willst du ausgerechnet mit mir trinken?«

Karim antwortete nicht sofort, sondern ließ den Blick über die nächtlichen Wälder schweifen.

»Vielleicht weil es dir stets gelingt, mir ein schlechtes Gewissen zu bereiten, obwohl ich dir nie etwas getan habe«, entgegnete er schließlich.

Stephan horchte auf. »Ein schlechtes Gewissen?«

Karim nickte. »Was auch immer ich tue, ich habe ständig das Gefühl, dir unrecht zu tun.«

»Und tust du mir unrecht?« Stephan trank einen weiteren Schluck.

»Anfangs schon.«

»So?«

»Ich habe dich für einen dieser Mörder gehalten, die nach der Niederlage des Kreuzritterheers die Straßen unsicher machten.«

»Und nun?«

»Wie du so schön zu sagen pflegst – ich weiß nichts von dir. Nur dass du kein Mörder bist.«

»Wie kannst du dir so sicher sein?«

»Du hast schon einmal ein Kind aus dem Feuer gerettet.«

»Woher willst du wissen, dass es ein Kind war und keiner meiner Kameraden?«

»Es war ein Kind«, beharrte Karim.

Stephan stürzte seinen Wein in einem Zug hinunter.

»Ich habe recht, nicht wahr?«, bohrte Karim nach. »Und es war kein christliches Kind.«

»Hör auf damit!« Stephan griff nach dem Krug und schenkte sich nach.

»Gut, ich höre auf«, erwiderte Karim mit einem Schulterzucken und goss sich ebenfalls den Becher wieder voll.

Eine Weile schwiegen sie.

Stephan fühlte sich unbehaglich. Irgendetwas in ihm drängte danach, Karim von dem Feuer in Kairo zu erzählen. Zugleich befürchtete er, sich auszuliefern, wenn er zu viel von sich preisgab. Er leerte den zweiten Becher und schenkte sich abermals nach.

»Du möchtest die Geschichte hören?«, fragte er schließlich.

»Ja.«

»Also gut.« Stephan holte tief Luft. Der Wein war schwer, aber er löste die Zunge.

»Du weißt von unserer Niederlage bei Kairo.«

Karim nickte.

»Bald hunderttausend Mann gerieten damals in Gefangenschaft«, fuhr Stephan fort. »Mein Bruder Thomas und ich waren darunter. Die Sarazenen suchten nach Edelleuten, von denen sie sich reiches Lösegeld versprachen. Für die Übrigen hatten sie keine Verwendung.«

»Ich weiß. Es heißt, der Boden der Wüste sei knöchelhoch mit dem Blut der Enthaupteten bedeckt gewesen.«

»Thomas und ich gehörten zu denen, die dem Tod geweiht waren. Wir wurden zusammen mit zahlreichen anderen Männern in einem Verschlag innerhalb der Stadtmauern Kairos eingesperrt. Es waren so viele Gefangene, viel zu viele, als dass man sie alle sofort hätte töten können. Zu unseren Mitgefangenen gehörte ein Franzose, Ambroise Lacroix, einer der selbstgefälligsten Männer, die mir jemals begegnet sind. Und von berechnender Schlauheit. Keiner von uns hatte Lust, seinen Kopf zu verlieren. Lacroix heckte einen hinterhältigen Plan aus. Es war kein Ding der Unmöglichkeit, aus dem Verschlag zu entkommen. Aber es wäre immer nur wenigen gleichzeitig gelungen, wenn die anderen ihnen dabei halfen. Bevor diese Männer jedoch das Tor geöffnet hätten, wären die Wächter längst herbeigestürmt. Die Schwierigkeit lag also darin, allen die Flucht zu ermöglichen, Pferde zu beschaffen und aus der Stadt zu fliehen. Und die Zeit drängte, denn die Hinrichtungen hatten bereits begonnen. Wir hatten Glück, dass man uns in der Stadt gefangen hielt. Die Ersten, die das Schicksal traf, waren jene, die man in der Wüste bewachte.« Stephan hielt einen Augenblick lang inne und nahm einen Schluck.

»Lacroix schlug vor, dass drei von uns den Verschlag verlassen und in der Stadt heimlich Feuer legen sollten. Er meinte, wenn die Quartiere der Stadtwache brennen würden, könne man uns nicht verfolgen. Wir waren etwa einhundert Männer, und die Aussicht, mit dem Leben davonzukommen, verlieh uns den Mut, alles zu wagen. Lacroix und zwei andere wurden von uns über die hohe Palisade gehoben. Wir hörten das dumpfe Geräusch, als sie die Wächter niederschlugen und deren Waffen an sich nahmen. Ich frage mich bis heute, warum unsere Aufseher so unaufmerksam waren. Vermutlich dachten sie, wir seien zu geschwächt, um einen Ausbruch zu wagen. Wir hatten seit zwei Tagen kein Wasser erhalten, geschweige denn einen Bissen Nahrung. Wozu auch – wir sollten ja sterben. Einige der Schwächeren hatte der Tod bereits dahingerafft. In der drangvollen Enge hatten wir ihre Leichname in einer Ecke übereinandergeschichtet. Vielleicht kannst du dir den Dreck und Gestank vorstellen, der dort herrschte. Hundert Männer auf engstem Raum, so eng, dass du gerade genügend Platz hast, dich auf den Boden zu kauern.«

Karim schenkte sich schweigend einen Becher Wein nach.

»Lacroix' Plan schien aufzugehen«, erzählte Stephan weiter. »Ich kann nicht genau sagen, wie viel Zeit vergangen war, aber schon bald hörten wir Schreie und sahen den roten Schein des Feuers am Himmel. Das Tor zum Verschlag wurde geöffnet, und alle stürzten hinaus. Jede Rücksichtnahme war vergessen. Thomas und ich hielten uns zurück, während andere sich gegenseitig niedertrampelten. Wir gehörten zu den Letzten, die das Gefängnis verließen. Zu dieser Zeit tobte auf der Straße bereits ein heftiger Kampf. Und ich sah, dass Lacroix uns belogen hatte. Nicht die Quartiere der Stadtwache brannten, sondern die Häuser der einfachen Leute. Lacroix und seine Vertrauten hatten Pferde aufgetrieben. Mein Bruder hatte schon zwei am Zügel ergriffen, da hörte ich eine Frau schreien. Vor einem der brennenden Häuser. Keiner kümmerte sich um sie, weder ihre Landsleute und erst recht keiner von uns. Mein Arabisch war damals noch sehr schlecht, aber ich hörte, wie sie immer wieder rief: ›Mein Kind! Mein Kind!‹ Dabei deutete sie auf das brennende Haus.«

»Und du bist hineingerannt, ohne nachzudenken, statt mit deinem Bruder zu fliehen?«

Stephan nickte. »Es war ein kleines Mädchen, ungefähr so alt wie das Kind heute früh. Beim Verlassen des Hauses stürzte ein Deckenbalken ein und traf mich. Thomas hat das Kind und mich herausgezogen. Tja, da waren die Pferde natürlich längst weg, aber ich konnte mich ohnehin nicht mehr bewegen. Ich sah noch, wie mehrere Stadtwächter auf uns zustürmten, und hoffte, es möge schnell gehen. Der Schmerz in meinem Rücken war so grauenvoll, dass mir der Tod wie eine Erlösung vorkam.«

Stephan leerte den Rest seines Bechers.

»Du lebst«, sagte Karim. »Sie haben euch also nicht getötet.«

»Ich erinnere mich noch, wie die Frau den Männern zurief, wir hätten ihr Kind gerettet. Deshalb ließen sie uns am Leben.«

»Und dann?«

»Du wolltest die Geschichte vom Feuer hören. Das war sie.«

»Du kannst nicht mitten in der Geschichte mit dem Erzählen aufhören! Ich will wissen, wie es weiterging.«

»Kennst du Rafik ben Tahir?«

Karim nickte. »Ein wohlhabender Kaufmann, der mit Teppichen und kostbaren Tuchen handelt. Und er hat eine kleine Pferdezucht, die aber nur dem eigenen Vergnügen dient. Er kaufte gelegentlich Pferde von meinem Vater.«

»Und manchmal erwarb er vom Hauptmann der Stadtwache auch Kriegsgefangene als Sklaven.«

»Ihr wurdet an Rafik ben Tahir verkauft?«

Stephan griff zum wiederholten Mal nach dem Weinkrug.

»Oh, er ist leer! Nun, das passt. Meine Geschichte ist ohnehin zu Ende.«

»Erzählst du weiter, wenn ich einen zweiten Krug mit Wein auftreibe?«

»Ich habe schon viel zu viel geredet. Gute Nacht, Karim.« Er wollte sich abwenden, doch Karim hielt ihn am Arm fest.

»Warte!«

»Was ist noch?«

»Hast du mir damals misstraut, weil du auf der Flucht warst?«

»Nein.«

»Was war es dann?«

»Lass es gut sein. Ich habe dir genug von mir erzählt.«

»Warum willst du nicht weiterreden?«

»Weil es dich nichts angeht.«

Karim ließ ihn los.

»Es tut mir leid«, sagte er leise.

Stephan nickte nur, ging an Karim vorbei und verließ die Mauer.

25. Kapitel

»So kommen wir nicht weiter.« Kopfschüttelnd räumte Sachmet die ägyptischen Figuren und die Kristallkugel beiseite. »Du bist nicht bei der Sache, Antonia.«

Antonia seufzte. Es gelang ihr einfach nicht, sich nur auf die Kristallkugel zu konzentrieren und ihre Gedanken zu vertreiben. Immer wieder musste sie an Stephan denken, an das letzte Gespräch mit ihm in Alvelingeroth. Zum ersten Mal war sie sich sicher, dass sie ihm nicht gleichgültig war, ja, dass er ihre Gefühle erwiderte. Vielleicht war es gar nicht mehr nötig, etwas erzwingen zu wollen. Wenn Stephan sie mochte, konnte sie ihm auch ohne besondere Gabe helfen. Womöglich bedurfte es der Fähigkeit, die Seelenflamme zu erkennen, also gar nicht mehr.

»Es bringt vermutlich ohnehin nichts«, sagte sie zu Sachmet. »Ich danke dir für deine Bemühungen, aber ich fürchte, ich bin nicht berufen.«

»Ich glaube, du bist nur nicht bei der Sache. Verliebte werden blind für alles andere.«

»Ach was!«

»Warum willst du es bestreiten? Außer Christian von Hohnstein weiß es doch ohnehin schon jeder.«

Antonia horchte auf. »Wie kommst du ausgerechnet auf Christian von Hohnstein?«

»Hast du nicht bemerkt, wie er dich anhimmelt?«

»Das nennst du anhimmeln? Ich hatte viel mehr den Eindruck, er betrachte mich mit den Augen seiner Eltern, die in mir eine standesgemäße Ehefrau sehen.«

Sachmet hatte die Figuren inzwischen in einer Truhe verstaut. Daneben lehnte ihr Bogen an der Wand. Die junge Ägypterin strich behutsam über die hölzerne Wölbung.

»Was meinst du, Antonia? Wird dein Vater mir wenigstens erlauben, an der Jagd teilzunehmen? Nebet sollte wieder einmal richtig laufen können, und das Wild treffe ich sicherer als jeder Mann.«

»Grundsätzlich hätte er gewiss nichts dagegen«, entgegnete Antonia. »Allerdings muss er in diesen Tagen strenger als sonst auf die Schicklichkeit achten.«

»O ja, ich weiß, der gestrenge Herr Kaplan! Nur kommt er mir gar nicht so gestreng vor, wie alle behaupten. Hast du ihn heute an der Tafel beobachtet?«

Antonia nickte. Sie erinnerte sich deutlich an das enttäuschte Gesicht des Kaplans, als es wieder nur salzige Heringe und trockenes Brot gab. Und an seinen scheuen Widerspruch. »Wäre es nicht angemessen, den Triumph über den Fehdegegner mit einer zünftigen Mahlzeit zu feiern?«, hatte er zaghaft eingeworfen.

»Ihr redet Feierlichkeiten in ernsten Zeiten wie diesen das Wort?«, hatte Philip mit strengem Gesicht zurückgefragt. Daraufhin hatte der Kaplan geschwiegen, aber seine Miene hatte unverkennbar Missfallen ausgedrückt.

Sachmet hatte recht, ein wirklich gestrenger Gottesmann, der von heiligem, religiösem Eifer durchdrungen war, verhielt sich nicht so.

Irgendetwas stimmte nicht mit Hugo vom Waldsee. Oder zumindest nicht mit seinem Ruf.

Was hätte der wackere Kaplan wohl gesagt, hätte er erfahren, dass sich die gräfliche Familie und ihre Gäste kurz darauf im Vorratskeller trafen, um sich dort an Schinken, Pasteten und Wein gütlich zu tun?

»Ich gehe zu Bett«, sagte Antonia zu Sachmet. »Gute Nacht.«

Auf dem Weg in ihre Kammer bemerkte sie, dass die Tür zum Burghof offen stand. Wer mochte um diese späte Stunde noch draußen unterwegs sein? Neugierig stieg sie hinab und erkannte Karim, der einen leeren Krug und zwei tönerne Becher bei sich trug. Sie erinnerte sich, wie er ihren Vater beim heimlichen Mahl im Vorratskeller um den Krug gebeten hatte. Da hatte sie sich schon gewundert, mit wem er ihn wohl leeren wollte. Doch Karim war zu schnell verschwunden, als dass sie ihn fragen konnte. Diesmal würde er ihr nicht so leicht davonkommen.

»Mit wem hast du noch so spät da draußen angestoßen?«, neckte sie ihn. Sie erwartete eine Ausflucht, doch Karim antwortete sofort.

»Mit Stephan.«

»Mit Stephan?« Sie mochte es kaum glauben. »Hat euch der heutige Tag einander nähergebracht?«

»So könnte man sagen.«

Antonia spürte, wie ihr Herz schneller schlug. »Und hat er dir erzählt, warum er dir damals das Pferd gestohlen hat?«

»Nein.«

»Du kannst mir doch nicht einreden, dass ihr nur schweigend einen Krug Wein geleert habt.«

»So sind wir Männer.« Karim grinste sie breit an, bevor er an ihr vorbei in die Burg ging.

Sie sah ihm eine Weile nach, wusste nicht so recht, was sie davon halten sollte. Auf der einen Seite erleichterte es sie, dass die Spannung zwischen den beiden Männern sich allmählich löste, aber tief in ihrem Innern fühlte sie auch den Stachel der Eifersucht. Was, wenn gar nicht sie diejenige sein sollte, der Stephan sich öffnen würde? Wenn sie ihm tatsächlich lästig wurde? Früh am Tag war sie sich noch sicher gewesen, dass er ihre Gefühle erwiderte. Aber vielleicht hatte er sie tatsächlich nur warnen wollen, weil er um ihren Ruf besorgt war.

Sie ärgerte sich über sich selbst, dass sie Karim die Nähe zu Stephan neidete. Obwohl Karim behauptet hatte, sie hätten nur schweigend miteinander getrunken. Das glaubte sie ihm ohnehin nicht. Langsam begriff sie, dass ihr die Welt der Männer und ihrer Geheimnisse vermutlich für immer verschlossen bliebe. Zugleich verfluchte sie ihre eigene Hilflosigkeit, die Ungerechtigkeit, dass eine Frau nur warten konnte, ob ein Mann sie einer Werbung für würdig befand. Dass ihr Vater womöglich recht gehabt hatte mit seiner Warnung, Männer sähen sich nur ungern als Beute.

Sie war Stephan nachgelaufen, hatte jede Gelegenheit gesucht, ihm nahe zu sein. Er hingegen war kein einziges Mal auf sie zugekommen. Und das lag gewiss nicht allein daran, dass sie die Tochter des Grafen war. Es hätte Wege gegeben, sie hatte ihm so viele Brücken gebaut. Nein, es lag viel eher daran, dass er ihr gegenüber nur höflich war. Ich sollte aufhören, mich länger lächerlich zu machen und Träumereien hinterherzulaufen, dachte sie bei sich und spürte, wie ihr dabei eine Träne über die Wange rollte.

Am nächsten Morgen stand Antonia bereits vor Sonnenaufgang auf – wie jeden Tag, seit Hugo vom Waldsee auf Burg Birkenfeld weilte, um in der kleinen Kapelle am gemeinsamen Morgengebet teilzunehmen.

Der Geistliche machte einen müden, hungrigen Eindruck, und ungewollt bekam sie Mitleid mit ihm. War es wirklich rechtens, ihm die fromme, asketische Familie vorzuspielen und sich heimlich des Nachts im Vorratskeller den Wanst vollzuschlagen?

Nach dem Frühgebet trafen sich alle in der Küche. Auch hier gab es wieder nur ein karges Mahl aus Brot und hartem Käse.

»Herr Philip, auch wenn es ungehörig erscheinen mag, ich muss ein ernstes Wort mit Euch wechseln«, setzte der Kaplan an.

Antonias Vater lehnte sich auf der Bank zurück, schob seinen Brotkanten beiseite und verschränkte die Arme vor der Brust.

»Ich höre, Herr Kaplan.«

»Eure Frömmigkeit in allen Ehren, Herr Philip, aber glaubt Ihr wahrhaftig, es sei gottgefällig, die Euch Anvertrauten hungern zu lassen? Vor allem die jungen Männer, die doch stark sein müssen, um im Kampf gegen Eure Fehdegegner zu bestehen.«

»Gott ist mit denen, die im Recht sind.«

»Nirgendwo steht geschrieben, dass es von fehlender Demut zeugt, wenn ein Vater seinen Kindern ausreichend zu essen gibt.«

»Ihr werft mir vor, ich lasse meine Kinder hungern?«

»Herr Kaplan«, mischte sich nun auch Antonias Mutter ein, »ich muss Euch aufs Schärfste widersprechen. Mein Gatte ist der fürsorglichste und beste Vater, den ich mir für meine Kinder wünschen kann.«

»Und warum gibt es dann nur trockenes Brot und Fisch?«

»Hat nicht unser Herr Jesus Christus fünftausend nur mit Brot und Fisch gespeist, Herr Kaplan?« Lena maß den Geistlichen mit strengem Blick. »Wenn unser Herr meint, diese Speise sei angemessen, so ist sie das auch für uns.«

Hugo schwieg, und Antonia bemerkte, wie Sachmet sich mühsam das Lachen verbiss.

»Dürfte ich mich auch dazu äußern?«, warf Alexander mit unterwürfiger Stimme ein. »Es wäre für mich der höchste Genuss, wenn es am Sonntag wieder einmal Fleisch zum Mittagsmahl gäbe.«

»Und vergisst darüber vor Gier deinen Bruder und deine Schwester, die in der Gewalt der Regensteiner darben?«, donnerte Philip seinen Sohn so heftig an, dass alle unwillkürlich zusammenzuckten.

»Verzeih, Vater, das Ansinnen war ungehörig von mir.«

Antonia biss sich auf die Lippen, um nicht laut loszulachen. Sachmet hustete und lief aus dem Küchenhaus.

»Jetzt hast du Sachmet verschreckt«, tadelte Lena ihren Gatten. »Antonia, sieh nach, was deiner Base fehlt!«

Sie sah das schalkhafte Blitzen in den Augen ihrer Mutter. Vermutlich hatte Lena bemerkt, dass ihre Tochter sich ebenfalls nicht mehr lange beherrschen konnte.

»Ja, Mutter.« Antonia erhob sich und verließ die Küche. Vor der Tür traf sie Sachmet, die sich die Lachtränen von den Wangen wischte. Aus der Küche erhob sich jedoch ein ganz anderes Donnerwetter. So laut, dass Antonia vorsichtig die Tür öffnete. Selbst Sachmets Lachen verebbte, und neugierig trat sie neben Antonia, um gemeinsam mit ihr durch den Spalt zu linsen.

»Es reicht, Herr Philip!«, schrie Hugo. »Mir scheint, Euer Gottesbild enthält nichts von der allgegenwärtigen Liebe des Schöpfers, sondern nur seine Strenge. Aber Gott ist mehr! Er mahnt uns, mit unserem Leib ebenso wohlgefällig zu verfahren wie mit unserer Seele. Demut und Bescheidenheit sind nur dann Zierden, wenn sie nicht zum Hochmut verkommen. Anfangs warnte man mich, ich würde hier auf Häresie und Ketzerei stoßen. Aber mir scheint, Ihr bedürft einer ganz anderen Hilfe.«

Philip runzelte die Stirn. »Ihr maßt Euch recht viel an, Herr Kaplan.«

»Das mag sein, aber es ist zu Eurem Besten.«

»So? Vielleicht sollte ich dem Bischof eine Nachricht zukommen lassen«, entgegnete Antonias Vater. »Dass Ihr Eurem Ruf nicht gerecht werdet, sondern fromme Menschen zur Sünde und Völlerei auffordert. Und ich hatte mir einen Mann an meiner Seite erhofft, der mir gerade in diesen schweren

Tagen mit Strenge und Tatkraft zur Seite steht, damit wir uns der Gnade Gottes gewiss sein können.«

Antonia sah, wie der Kaplan bei der Erwähnung des Bischofs in sich zusammensank und jedes weitere Wort ihres Vaters wie Schläge entgegennahm.

»Wenn es Euch beliebt, wendet Euch an den Bischof«, sagte der Kaplan mit deutlich leiserer Stimme. Dann erhob er sich und schickte sich an, die Küche zu verlassen. Hastig verschwanden Antonia und Sachmet von der Tür und versteckten sich hinter dem Küchenhaus.

»Irgendetwas stimmt da nicht«, raunte Sachmet Antonia zu. »Hattest du auch den Eindruck, er fürchte den Bericht deines Vaters an den Bischof?«

Antonia nickte. Dann sah sie dem Kaplan nach, der über den inneren Burghof in Richtung der Kapelle verschwand.

»Vielleicht wäre es an der Zeit, dass du deine Großmutter kennenlernst«, schlug sie Sachmet vor. »Möglicherweise weiß sie etwas über Hugo vom Waldsee.«

»Meine Großmutter?«

»Die ehrwürdige Äbtissin Clara vom Kloster Sankt Michaelis. Sag nur, deine Mutter hat dir nie die tragische Geschichte ihrer Eltern erzählt!«

Eine tiefe Falte grub sich in Sachmets Stirn. »Doch, sie hat mir davon erzählt.«

»Und bist du gar nicht neugierig?«

»Ich nähme lieber an der Jagd teil.«

»Schließt eins das andere aus?«

Ein leises Lächeln zog sich über Sachmets Gesicht. »Du hast recht«, sagte sie. »Und wer weiß, was wir alles von meiner Großmutter erfahren …«

26. Kapitel

Er hat ihnen also nur das nackte Leben gelassen?«, fragte Rudolf noch einmal nach.

Sibyllas Augen blitzten voller Schadenfreude. »Tante Alheidis sagte, so viel Humor habe sie den Birkenfeldern gar nicht zugetraut. Und sie würde Euch gern kennenlernen.«

»Ihr habt ihr doch nicht etwa von unseren Begegnungen erzählt?«

»Nur von diesen ganz harmlosen auf dem Wehrgang.« Sie lächelte ihn voller Wärme an, und endlich gelang es ihm, ihr Lächeln zu erwidern. Die Dunkelheit wich langsam wieder dem Licht. In den vergangenen Tagen hatte er sich geradezu zwingen müssen, morgens aufzustehen. Meret hatte ihn dabei nach Kräften unterstützt. Um sich danach nicht sofort wieder zurückzuziehen, hatte er sich angewöhnt, täglich mehrere Stunden auf dem äußeren Wehrgang zu verbringen, von dem aus er bis nach Halberstadt blicken konnte. Die Waffenknechte hatten nichts dagegen. Von hier aus fiel der Burgfelsen so steil ab, dass jeder Fluchtversuch von vornherein zum tödlichen Scheitern verurteilt gewesen wäre. Dafür hatte Sibylla die Gelegenheit genutzt, ihm hier nahe zu sein. Der Schicklichkeit widersprach es nicht, schließlich redeten sie unter aller Augen miteinander, aber doch so weit entfernt, dass niemand sie belauschen konnte.

»Erweist Ihr meiner Tante die Ehre, Herr Rudolf?«

»Sehr gern«, antwortete er und folgte ihr die Stufen hinunter in die Hauptburg. Sie durchquerten eine Vielzahl von gemauerten Sälen und Räumen, die man aus dem Fels herausgehauen hatte. Burg Regenstein war groß und mächtig, uneinnehmbar, voller Waffenknechte. Und zugleich kalt. Ganz anders als das kleine Birkenfeld, das keiner längeren Belagerung standgehalten hätte, seine Bewohner jedoch mit wärmender Behaglichkeit umgab.

Sibyllas Tante bewohnte eine Kammer in der Hauptburg. Die Behausung war groß und geräumig, beinahe einer herrschaftlichen Kemenate angemessen. Rudolf sah, wie sie eine Stickarbeit beiseitelegte, als Sibylla und er eintraten.

»Tante Alheidis, dies ist Herr Rudolf von Birkenfeld. Herr Rudolf, meine Tante Alheidis von Eckholt«, stellte Sibylla sie einander vor.

Rudolf hatte sich keine genaue Vorstellung von Sibyllas Tante gemacht, aber ihr Anblick überraschte ihn nun doch. Sie war nicht mehr jung, doch keinesfalls alt. Er schätzte sie auf Mitte dreißig, aber ihr Gesicht hatte dennoch etwas Zartes, Mädchenhaftes, das auf unerklärliche Weise unschuldig und zurückhaltend wirkte. Zumindest solange sie ihn schweigend musterte. Dann jedoch veränderte sich ihre Miene. Ein keckes Blitzen, ein verschmitzter Zug um den Mund, der verriet, dass diese Frau über Witz und Verstand verfügte.

»Ihr seid also der Bruder von Meinolfs neuem Lieblingsfeind.«

»Den Rang, selbst zum Lieblingsfeind zu werden, habe ich mir wohl noch nicht verdient.« Rudolf erwiderte ihr Lächeln.

»Nehmt doch Platz, Herr Rudolf! Und du auch, Sibylla.«

»Wo steckt eigentlich Meret?«, raunte Rudolf Sibylla zu, während sie sich setzten.

»Mir scheint, sie hat ihr Herz für Burchard entdeckt«, flüsterte Sibylla zurück. Rudolf nickte beruhigt. Dass Eberhards fünfjähriger Sohn Meret wie ein kleiner Bruder bezauberte, hatte er schon bemerkt. Hätte Eberhard Meret wohl auch entführt, wenn er die Folgen geahnt hätte? Rudolf war sicher, dass sich die alte Feindschaft mit den Regensteinern spätestens in seiner Generation überleben würde, ganz gleich, wie die Fehde ausging. Immer öfter ertappte er sich dabei, sich eine gemeinsame Zukunft mit Sibylla vorzustellen. Sie hatte in seine Abgründe geblickt und zu ihm gestanden, ja mehr noch, sie war ihm in den dunklen Tagen ebenso wie Meret zu einer wichtigen Stütze geworden. Einige Male hätte er ihr um ein Haar gestanden, was er für sie empfand. Doch noch fehlte ihm der Mut, denn ein solches Geständnis würde alles verändern …

Tante Alheidis' Worte holten ihn zurück in die Gegenwart.

»So, Ihr liegt also in Fehde mit meinem Schwager Eberhard.« In ihren Augen blitzte es noch immer keck.

»Was blieb meinem Vater anderes übrig? Kennt Ihr den Grund, Frau Alheidis?«

»Der gute Eberhard hat sich darüber ausgeschwiegen, aber Sibylla hat mir erzählt, dass er ein Auge auf Eure Schwester geworfen hat und zutiefst gekränkt war, als Euer Vater ihn zu alt nannte.« Sie lachte ein wenig lauter, als es für eine vornehme Frau ziemlich gewesen wäre. Rudolf fühlte sich zunehmend von ihr eingenommen.

»In der Tat«, gab er zu. »Mein Vater war doch sehr verwundert über Herrn Eberhards Ansinnen, zumal unsere Familien sich seit Generationen nicht sonderlich wohlgesinnt sind.«

»Warum eigentlich nicht?« Alheidis musterte ihn aufmerksam.

»Soweit ich weiß, begann es schon zu Zeiten meines Urgroßvaters«, antwortete Rudolf. »Die Regensteiner Grafen hatten sich das Lehen erhofft, doch der alte Otto von Birkenfeld erhielt Burg und Grafentitel, um ein Gegengewicht zum mächtigen Regenstein zu bilden. Und daran hat sich in all den Jahren nichts geändert. Zudem eignete sich die erste Begegnung meines Vaters mit Herrn Eberhard vor vierundzwanzig Jahren nicht gerade als Beginn einer Freundschaft, sondern besiegelte vielmehr eine innige Feindschaft.«

»Das müsst ihr mir erzählen! Ich habe eine Schwäche für alte Geschichten.«

»Es geschah während des Turniers, das unser verstorbener Lehnsherr, Herzog Leopold der Ältere, anlässlich der Verlobung seiner Tochter Mechthild ausrichten ließ. Mein Vater hatte allerdings nicht die Absicht, an dem Turnier teilzunehmen, er weilte aus anderen Gründen auf Burg Schlanstedt. In seiner Begleitung befand sich sein bester Freund Said, ein Araber.«

»Ich habe schon gehört, dass Euer Vater im Orient geboren wurde!«, rief Tante Alheidis aufgeregt dazwischen. Rudolf lächelte über ihre Begeisterung, dann fuhr er mit seiner Erzählung fort.

»Eberhard war damals ein Knappe von sechzehn Jahren und machte den Marktplatz unsicher, der rund um das Turniergeviert und die Tribünen errichtet worden war. Und als er Said sah, bereitete es ihm und seinen Kumpanen ein diebisches Vergnügen, ihn mit scharfen Lanzen anzugreifen und zu verwunden. Mein Vater stürzte sich dazwischen, schlug Eberhard zu Boden und verlangte von den herzoglichen Waffenknechten, die den Markt bewachten, sie sollten Eberhard festsetzen.«

»Ich nehme an, sie haben es nicht gewagt, weil er Ulfs Sohn ist.«

»So ist es. Mein Vater erzählte mir später, wie Ulf und Eberhard danach sehr großspurig auftraten und meinen Vater und Said beleidigten, indem sie es als hehre Tat darstellten, einen Andersgläubigen anzugreifen und zu verwunden.«

»Was tat Euer Vater?«

»Er nahm entgegen seiner ursprünglichen Absichten am Turnier teil und stieß Ulf so machtvoll beim Tjost aus dem Sattel, dass der eine ausgerenkte Schulter, ein gebrochenes Schlüsselbein und mehrere gebrochene Rippen davontrug und den Nimbus seiner Unbesiegbarkeit für immer verlor. Seither mögen sie sich noch weniger.« Rudolf grinste. »Mein Vater erzählte mir weiter, dass Ulf ihm kurz darauf noch einen Knüppel zwischen die Beine werfen wollte. Es ging darum, das Räuberlager des damals gefürchteten Räuberhauptmanns Barbarossa auszuheben. Ulf bestand darauf, dass Eberhard die Ritter begleiten sollte, weil er wusste, dass mein Vater sich über den aufsässigen Knappen ärgern würde. Aber auch da hielt das Schicksal die rechte Strafe für Eberhard bereit.«

Rudolf warf einen kurzen Blick zu Sibylla hinüber und bemerkte, dass sie gebannt an seinen Lippen hing, auch wenn er nur wenig Schmeichelhaftes über ihren Vater und Großvater zu berichten wusste.

»Man befahl Eberhard, die Pferde zu bewachen. Doch als die Ritter nach erfolgreicher Einnahme des Lagers zurückkehrten, fehlten mehrere Pferde, und Eberhard hing splitternackt und an den Füßen aufgehängt an einem Baum. Er hatte die Tochter des Räuberhauptmanns unterschätzt. Und ausgerechnet mein Vater und Johann von Hohnstein waren die Ersten, die ihn entdeckten und nicht mit Spott sparten.«

»Der arme Eberhard.« Tante Alheidis schmunzelte. »Kein Wunder, dass er uns diese wenig ruhmvolle Geschichte bislang unterschlagen hat.«

»Sagt, Frau Alheidis, darf auch ich Euch eine Frage zur Vergangenheit stellen?«

»Selbstverständlich, Herr Rudolf.«

»Was wisst Ihr über Meinolf von Brack? Er war mir vor Beginn der Fehde kein Begriff. Ich wusste über ihn nur, dass Herr Ulf ihn als natürlichen Sohn anerkannte und dafür sorgte, dass er in den Ritterstand aufgenommen wurde. Mittlerweile scheint er mir jedoch dem Herzen des Grafen näherzustehen als sein rechtmäßiger Sohn.«

Aus den Augenwinkeln sah er, wie Sibylla zusammenzuckte. Doch Tante Alheidis blieb ungerührt.

»Man hört so einiges«, sagte sie nachdenklich. »Aber wie immer weiß man nicht, ob es der Wahrheit entspricht. Es heißt, Meinolf habe die Liebe des Vaters durch seine Klugheit für sich errungen. Ulf plane, ihm die Burg Thale zukommen zu lassen. Es gibt Pachtverträge über das benachbarte Gut, die bereits Graf Ulrich mit dem alten Herzog Leopold abgeschlossen hat. Soweit ich weiß, laufen sie in diesem Sommer aus. Das Gut unterstand bislang der Aufsicht des alten Kastellans der Burg Thale, aber der vermag aufgrund seines Alters den Posten nicht mehr auszufüllen. Ulf möchte nun die alten Pachtverträge erneuern und um die Burg als künftigen Stammsitz für Meinolf erweitern.«

»Burg Thale? Das wäre in der Tat ein Sitz, um den ihn jeder beneiden würde«, gab Rudolf zu. »Ich war einmal in Thale mit seinen wildreichen Wäldern. Ein gutes Jagdgebiet. Ich fürchte nur, dass unser gemeinsamer Lehnsherr sich derzeit schwertun wird, die Pachtverträge zu verlängern. Schließlich gehört Herzog Leopold der Jüngere zu den Jugendfreunden meines Vaters, und ich glaube, er ist nicht sonderlich erfreut über Herrn Ulfs Verhalten.«

»Ich bezweifle, dass der gute Ulf sich darum jemals Gedanken gemacht hat«, bemerkte Alheidis. »Bislang hat er noch immer bekommen, was er wollte.«

»Außer Burg Birkenfeld«, erwiderte Rudolf. »Und das ist der zweite Grund, warum die alte Feindschaft so lange fortbestehen konnte.«

»Wäre es nicht langsam an der Zeit, das Zerwürfnis zu beenden?«, fragte Sibylla. Ihre Blicke trafen sich.

»Ihr ahnt nicht, wie gern ich es täte, Fräulein Sibylla«, entgegnete er leise und musste an sich halten, nicht nach ihrer Hand zu greifen.

27. Kapitel

Ich bin gespannt, was Nebet zu dieser Jagd beitragen wird.« Sachmet tätschelte ihrer Gepardin die Flanken und überprüfte den Sitz des reich verzierten Halsbands.

»Warum nimmst du sie heute an die Leine?«, wollte Antonia wissen. Sie standen gemeinsam im Burghof und erwarteten Alexanders Zeichen zum Aufbruch. Antonia freute sich über die Erlaubnis ihres Vaters, dass sie und Sachmet die Jagd begleiten durften. Bewundernd betrachtete sie Sachmets Bogen, der am Sattelhorn ihres Pferdes hing. Sie selbst würde nur als Zuschauerin teilnehmen, denn sie hatte nie gelernt, Waffen zu führen.

»Damit sie nicht sofort losstürmt. Bislang habe ich mit ihr nur Gazellen gejagt, aber die Rehe in den Feldern bringt sie bestimmt genauso gern zur Strecke.«

»Fräulein Antonia, ich freue mich, dass Ihr uns begleitet.« Christian von Hohnstein war an ihre Seite getreten. In den letzten Tagen hatte sie ihn und seinen Onkel Bertram kaum wahrgenommen. Und dass er sie so strahlend anlächelte, war ihr eher unangenehm. Dennoch lächelte sie höflich zurück.

»Ich will mir auf keinen Fall Nebets Jagdkünste entgehen lassen«, erwiderte sie und streichelte die Gepardin.

»Ein edles Tier«, bestätigte Christian. Wieder sah er sie mit diesem Blick an, in dem sich Schwärmerei mit Begehren und Besitzanspruch mischte. Ihr Jagdkostüm mit der weit geschnittenen orientalischen Hose, dank der sie ihre Schimmelstute im Herrensitz reiten konnte, schien ihm besonders zu gefallen. Antonia schlug die Augen nieder und wandte den Blick ab. In der Nähe des Tors standen Stephan und Karim mit ihren Pferden am Zügel.

Christian folgte Antonias Blick.

»Die beiden scheinen sich tatsächlich angefreundet zu haben«, bemerkte er. »Erstaunlich, findet Ihr nicht auch, Fräulein Antonia?«

»Warum sollte ich? Beide sind aufrechte Männer, auf die in jeder Lebenslage Verlass ist.«

»Soweit ich beobachten konnte, haben sie sich anfangs geradezu angefeindet.«

»Haben sie?«

Christian lachte. »Fräulein Antonia, Ihr treibt Euer Spiel mit mir!«

»Glaubt Ihr?« Noch während des Sprechens fiel ihr auf, dass ihre Antworten ebenso knapp waren wie die von Stephan. Nun gut, Stephan war immer wortkarg, bei ihm hatte es eine andere Bedeutung. Dennoch wuchs ihre Unsicherheit. Zumal Stephan sie an diesem Morgen gar nicht wahrzunehmen schien. Sie sah, wie er Karim sein Jagdmesser mit Hirschhorngriff zeigte und etwas sagte. Karim lachte. Christian hatte recht, die beiden hatten sich angefreundet. Irgendetwas war in jener Nacht geschehen, als Karim mit dem leeren Krug in die Burg zurückgekehrt war. Wieder fühlte sie sich ausgeschlossen, begriff, dass sie in der Männerwelt immer nur als Gast weilte, niemals wirklich dazugehörte. Männer durften um Frauen werben, Antonia aber musste warten. Und hatte sogar freundlich zu lächeln und zu nicken, wenn sich der Falsche näherte …

»Ist Euch nicht wohl, Fräulein Antonia?«

»Wie kommt Ihr darauf, Herr Christian?«

»Ihr habt einen tiefen Seufzer ausgestoßen.«

»Ich bin nur ungeduldig. Ich hoffe, dass wir bald aufbrechen.« Wieder lächelte sie, wie es von ihr erwartet wurde. Höflich, kalt und ohne jedes Gefühl.

Christian blieb während des ganzen Ritts an ihrer Seite und bemühte sich nach Kräften, sie in ein Gespräch zu verwickeln.

Sie antwortete freundlich, doch niemals stellte sie ihrerseits eine Frage. Ihn schien das nicht zu stören, ja, sie war sich sicher, dass er es nicht einmal bemerkte.

Immer wieder versuchte sie einen Blick auf Stephan zu erhaschen, der weit vor ihr ritt. Karim hielt sich an seiner Seite. Antonia sah, dass die beiden Männer nicht mehr sprachen, sondern schweigend nebeneinander herritten. Am liebsten hätte sie ihr Pferd angetrieben und wäre zu ihnen aufgeschlossen. Aber sie hielt sich zurück. Sie hatte sich vorgenommen, Stephan nicht länger nachzulaufen.

»Ihr wisst, was unsere Eltern sich wünschen, nicht wahr, Fräulein Antonia?«, hörte sie Christians Stimme neben sich.

O nein! Wollte er gar heute um sie freien? Wie um alles in der Welt konnte sie ihn dazu bringen, den Mund zu halten?

»Dass Meret und Rudolf möglichst bald wohlbehalten zu uns zurückkehren«, erwiderte sie ausweichend.

»Ähm, ja, das auch. Aber ich meinte eigentlich etwas anderes.«

»Ich kann einfach nicht vergessen, dass Meret und Rudolf durch meine Schuld auf Regenstein festsitzen«, antwortete sie in dem verzweifelten Bemühen, dem Gespräch eine andere Richtung zu geben.

»Durch Eure Schuld? Wie kommt Ihr auf solchen Unfug?«

Gottlob hatte er ihre Ausflüchte nicht bemerkt und folgte ihr bereitwillig auf sichere Pfade, weg von ernsten Gesprächen über unerwünschte Eheschließungen.

»Wäre ich Eberhard von Regenstein in Halberstadt anders begegnet, hätte er sich keine falschen Hoffnungen gemacht.«

»Ihr seid doch nicht schuld daran, dass sich ein alter Narr von Eurer Schönheit blenden ließ, Antonia.«

Die Art, wie er ihren Namen betonte, jede einzelne Silbe auszukosten schien, ohne dabei die Anrede Fräulein zu benutzen, erschreckte sie. Damit ging er einen Schritt zu weit. Zeigte ihr zu deutlich, wie sehr er sie begehrte. Allerdings übertrat er die Grenze der Schicklichkeit um keinen Fingerbreit. Nie hätte sie mit Christians Hartnäckigkeit gerechnet. Wie sollte sie sich seiner noch erwehren? Ihn zum Schweigen bringen, verhindern, dass er ihr die Frage stellte, die sie nicht bejahen wollte? Unwillkürlich trieb sie ihre Schimmelstute zu schnellerer Gangart an. Christian blieb an ihrer Seite.

»Ich erinnere mich gern an die Zeiten, da Ihr regelmäßig zu Gast auf Burg Hohnstein wart«, fuhr Christian fort. Hilflos sah Antonia sich nach Sachmet um, doch die war mit Nebet um einiges zurückgeblieben. Die Gepardin mochte eine schnelle Läuferin sein, folgte dem Pferd allerdings nur ungern im Trab.

»Guten Morgen, Fräulein Antonia.«

Sie fuhr herum! Stephan ritt plötzlich an ihrer linken Seite.

Ihr Herz schlug schneller, und in ihrem Leib kribbelte es. Sie hatte gar nicht bemerkt, wie er sein Pferd hatte zurückfallen lassen.

»Guten Morgen, Herr Stephan.«

»Verzeiht, wenn ich Euer Gespräch unterbreche, aber ich hatte eben den Eindruck, Euer Pferd lahme. Dürfte ich einmal nachsehen?«

Antonia musterte ihn erstaunt. Sie hatte keine Lahmheit bemerkt. Dennoch hielt sie ihr Pferd an. Christian runzelte die Stirn. »Mir ist nichts aufgefallen«, sagte er.

Stephan stieg aus dem Sattel und strich am linken Vorderlauf ihres Reittiers entlang, bis es bereitwillig den Huf hob. Antonia konnte nichts Genaues erkennen, denn Stephans Rücken verdeckte ihr die Sicht.

»Da haben wir den Übeltäter.« Er hielt ein winziges Steinchen hoch. »Es hatte sich zwischen Huf und Eisen verfangen.«

Dabei bedachte er sie mit einem ernsten Blick. Wie konnte er etwas bemerkt haben, nachdem er ihr doch die ganze Zeit den Rücken zugekehrt hatte? Zumal sie selbst keine Unregelmäßigkeit im Gang der Schimmelstute wahrgenommen hatte.

Auch Karim war zurückgeblieben. Es schien, als wolle er

sich Sachmet anschließen, doch dann hielt er geradewegs auf Christian zu.

»Christian, darf ich dir eine Frage stellen?«

»Selbstverständlich.«

»Also, es handelt sich um …«

Das Weitere konnte Antonia nicht mehr verstehen, da Karim, noch während er sprach, sein Pferd in einen leichten Trab fallen ließ. Christian musste ihm wohl oder übel folgen. Stephan stand noch immer neben ihrem Pferd. Erst jetzt bemerkte sie, dass er ihrer Stute in die Zügel gegriffen hatte. Offenbar hatte er verhindern wollen, dass sie Christian womöglich folgte.

»Mein Pferd lahmte also.«

»Nein.«

»Ihr habt gelogen?«

»Gewiss.« Spielte da wirklich ein winziges Lächeln um seine Mundwinkel?

»Ihr könnt also lügen?«

»Sicher.« Er ließ ihre Zügel los und stieg wieder auf sein Pferd.

»Und warum habt Ihr das getan?«

»Der Wind trug mir zu, dass Ihr in Bedrängnis wart.«

Sie hatte sich nicht geirrt. Sein Lächeln verstärkte sich.

»Und lächeln könnt Ihr auch?«

»Manchmal.«

»Manchmal?«

»Wenn ein Fuchs dem Jäger die scheinbar sichere Beute abjagt.«

»Ein Fuchs?«

»Sagt nicht, Euch sei das Wappen der Cattenstedter fremd.«

Sie senkte den Blick. »Ich fürchte doch. Ich bin in der Heraldik nicht bewandert.«

»Ein roter Fuchs über gekreuztem Eichenlaub.«

»Ich habe Euch dieses Wappen noch nie führen sehen.«

»Es ist lange her.«

»Auf dem Kreuzzug?«

Er nickte.

»Warum hier nicht mehr?«

»Hier führt es mein ältester Bruder.«

»Aber es steht doch jedem Mitglied Eurer Familie zu.«

»Gewiss.«

»Ihr könntet es also auch führen.«

»Ich könnte es.«

»Warum tut Ihr es nicht?«

»Es ergab sich bislang keine Gelegenheit.«

»Manche Männer tragen stets einen Waffenrock mit dem Familienwappen.«

»Ich weiß.«

»Ihr lehnt das ab?«

»Jeder soll tun, was ihm beliebt.«

»Ihr lehnt es für Euch ab?«

»Ja.«

»Weshalb?«

»Ich führe mein Wappen in der Schlacht, damit man mich trotz Visier erkennt, oder auf dem Turnierplatz, um für die Ehre meiner Familie zu streiten. Alles andere ist törichte Eitelkeit.«

Eine Weile ritten sie schweigend nebeneinander. Karim hielt sich noch immer neben Christian an der Spitze des Zugs und redete auf ihn ein.

»Wollte Karim wirklich so dringend mit Christian sprechen?« Sie sah Stephan lächelnd an.

»Anscheinend.« Er erwiderte ihr Lächeln und wirkte plötzlich viel jünger und unbeschwerter als sonst. War dies ein Blick auf den Mann, der er früher gewesen war? Wem war es zu verdanken, dass er sein Lächeln wiedergefunden hatte? Karim? Oder gar ihr selbst? Ihr Herz tat einen weiteren Sprung, schlug so heftig, als wolle es ihr aus der Brust springen.

»Ich bin froh, dass Ihr keinen Groll mehr gegen Karim hegt. Er ist ein guter Mensch.«

»Ich weiß.«

»Ich bin ihm vorletzte Nacht mit einem leeren Weinkrug und zwei Bechern begegnet«, fuhr sie unbeschwert fort.

Stephan hielt ihrem Blick stand, sagte jedoch kein Wort.

»Er sagte, Ihr hättet miteinander getrunken.«

»Das haben wir.«

»Wisst Ihr, dass ich Karim darum beneidet habe?« Kaum hatte sie die verräterischen Worte ausgesprochen, hätte sie sich am liebsten die Zunge abgebissen, denn sofort verhärtete sich Stephans Miene, und jedes Lächeln erstarb. »Was hat er Euch sonst noch erzählt?«

»Nichts.«

Seine Züge entspannten sich.

»Glaubt Ihr wirklich, Ihr müsstet Karim um etwas beneiden, Fräulein Antonia?«

»An jenem Abend glaubte ich es.«

»Und heute?«

»Ich bin mir unsicher.«

»Warum?«

»Könnt Ihr Euch das nicht denken?«

»Nein.«

Antonia seufzte. Sollte sie noch länger warten? Ihn wieder entwischen lassen? Oder war der rechte Zeitpunkt gekommen, offen zu sprechen?

»Ihr wisst doch genau, was ich für Euch empfinde«, brachte sie schließlich hervor.

»Neugier?«, fragte er zurück. Sie sah das Funkeln in seinen Augen. Nahm er sie etwa nicht ernst?

Sie zügelte ihr Pferd. »Ich fürchte, mein Pferd lahmt gerade wieder.«

»Soll ich nachsehen?« Er blitzte sie nach wie vor mutwillig an.

»Nein!«, fuhr sie ihn an, heftiger als gewollt.

»Nein?«

»Ich will endlich eine Antwort! Empfindet Ihr auch etwas für mich?«

»Ja.«

»Was?«

»Zuneigung.«

»Zuneigung?« Sie starrte ihn entgeistert an. »Ist das alles?«

»Große Zuneigung?«

»Fällt Euch noch ein anderes Wort dafür ein?«

»Ja.«

»Dann sagt es!«

»Bewunderung.« Und dabei besaß er noch die Frechheit, verschmitzt zu lächeln.

»Ihr seid so töricht!«, schrie sie und trieb ihr Pferd aus dem Stand heraus in den Galopp.

Er folgte ihr sogleich, holte sie mühelos ein und drängte sie mit seinem Pferd vom Weg ab. Dann griff er ihr in die Zügel und brachte beide Pferde zum Stehen.

Sie bemerkte den kurzen Blick, den er über die Schulter zurückwarf. Niemand war ihnen gefolgt.

»Du wolltest hören, dass ich dich liebe«, flüsterte er. »Und ich würde es dir so gern sagen. Aber ich kann es nicht.«

Eine eisige Faust umschloss ihr Herz.

»Weil du mir nicht mehr als Zuneigung entgegenbringst?« Sie spürte das Brennen aufsteigender Tränen. Sie hatte alles zerstört, sich unnötig lächerlich gemacht. Sie hätte auf ihren Vater hören sollen. Ein Mann war ungern die Beute.

»Nein, das ist nicht der Grund, aber …« Er brach ab.

»Ich verstehe es nicht.« Eine Träne rollte ihr über die Wange. »Erklär es mir!«

»Das kann ich nicht. Nicht hier und jetzt.«

»Warum nicht?«

»Bitte gib mir Zeit!«, flüsterte er.

»Zeit?«, wiederholte sie. »Wofür? Um herauszufinden, ob du mich liebst?«

Er schüttelte schweigend den Kopf. Dann ließ er die Zügel ihrer Stute los. Sie sah, wie er sich anschickte, zum Tross zurückzukehren, doch sie rührte sich nicht. Als er es bemerkte, wandte er sich erneut zu ihr um.

Ihre Blicke trafen sich. Sie versuchte, in seinen Augen zu lesen, doch alles, was sie sah, war das undurchdringliche Blau. Ihre Mutter hätte gewusst, was in ihm vorging.

Während sie zur Jagdgesellschaft aufschlossen, ärgerte Stephan sich über sich selbst. Hätte er doch den Mut gehabt, die Worte auszusprechen, die sie hören wollte. Schließlich brachte er ihr mehr als große Zuneigung entgegen, und möglicherweise hätte er es in anderen Zeiten sogar Liebe genannt. In jenen Tagen, bevor alles in ihm abgestumpft war.

Vielleicht hätte er die Worte auch ausgesprochen, wenn er über Besitz verfügt hätte. Über ein Gut, auf dem sie versorgt gewesen wäre. Ehen wurden als Zweckbündnisse geschlossen. Liebe war nicht vonnöten, Zuneigung genügte. Doch er besaß nichts. Alles, was er Antonia hätte geben können, wäre sein Herz gewesen. Ein verwundetes Herz, dessen Stimme er sich nicht gewiss war. War das genug? Genug für die Tochter eines wohlhabenden Grafen, die sich mit einem mittellosen Mann eingelassen hätte? Er bezweifelte es.

Antonia ritt weiterhin an seiner Seite, aber sie schwieg. Er sah ihr deutlich an, wie stark er sie verunsichert, ja vielleicht sogar gekränkt hatte, und empfand Scham darüber. Dennoch war seine Zurückhaltung besser, als ein Versprechen zu geben, das er nicht einzulösen vermochte.

Bald darauf erreichten sie ihr Ziel. In der Nähe von Alvelingeroth versammelte sich regelmäßig Rotwild auf einer Lichtung. Zudem waren die Feldraine reich an Niederwild.

»Endlich!«, hörte er Sachmets Stimme. Die junge Ägypterin sprang aus dem Sattel. »Lange wäre Nebet mir nicht mehr wie ein treues Hündchen nachgelaufen.« Sie tätschelte der Gepardin den Kopf.

»Und ich dachte, sie ist dir den ganzen Weg über die Alpen gefolgt«, warf Antonia ein. Erleichtert nahm Stephan wahr, dass sie sich nichts mehr anmerken ließ.

»Nein, meist hat sie sich's in einem Korb auf dem Packpferd behaglich gemacht.«

»Und nun wird sie Rehe jagen?«

Sachmet nickte. »Damit wird sie gewiss keine größere Mühe haben als mit Gazellen.«

Inzwischen hatte sich auch Karim zu ihnen gesellt. Christian war zurückgeblieben. Ein kurzer Blick verriet Stephan, dass sich der Hohnsteiner bei Alexander und Donatus aufhielt. Umso besser, dann machte er Antonia wenigstens nicht wieder den Hof.

»Was wolltest du von Christian vorhin eigentlich wissen?«, raunte er Karim zu.

»Warum niemand einen Jagdhund dabei hat. Ich dachte, das sei hier so üblich.«

»Kommt darauf an«, entgegnete Stephan.

»Ich weiß, Christian hat es mir ausführlich erklärt.« Karim verdrehte die Augen. »Sehr ausführlich.«

»Zu ausführlich?«

»Viel zu ausführlich. Ich kenne mittlerweile alle Jagdhundrassen und ihren Einsatz. Du bist mir etwas schuldig.«

»Bin ich?«

»Heute Abend auf dem Wehrgang. Ich bringe den Wein mit.«

Stephan schwieg.

»Wirst du dort sein?«

»Vielleicht.«

»Immerhin kein Nein.« Karim grinste, nahm seinen Bogen

und den Köcher vom Sattelhorn und warf sich beides über die Schulter.

Auch Stephan griff nach seinem Bogen. Es war lange her, seit er mit dieser Waffe zum letzten Mal gejagt hatte.

Alexander stand mit Christian und Donatus etwas weiter vorn. Zur Sicherheit wurden sie von drei der insgesamt fünf Waffenknechte begleitet. Diese nahmen jedoch nicht an der Jagd teil, sondern achteten darauf, ob sich Feinde näherten. Die Jagd blieb Alexander, Christian, Donatus, Karim und Stephan selbst vorbehalten. Und natürlich Sachmet mit ihrer Gepardin, falls sich geeignetes Wild zeigen sollte. Stephan hatte niemals eine Gepardenjagd beobachtet, obwohl Nebet nicht der erste Gepard war, mit dem er Bekanntschaft gemacht hatte. Rafik ben Tahir hatte ebenfalls ein solches Raubtier besessen.

Rafik ben Tahir ... Stephan atmete tief durch. In letzter Zeit holte ihn die Vergangenheit allzu oft ein.

Während die Waffenknechte die Gegend überprüften, teilten sich die Jäger. Antonia, Sachmet, Karim und Stephan bildeten eine Gruppe, während Christian bei Alexander und Donatus blieb. Stephan hatte den Eindruck, dass Christian über diese Fügung nicht sonderlich glücklich war, doch sein Mitleid hielt sich in Grenzen. Der Fuchs war nicht umsonst das Wappentier seiner Familie.

Aber wozu jagte der Fuchs, wenn er die sichere Beute bei Erfolg verschmähte? War sie vielleicht zu groß für einen Fuchs?

Alexander und seine Begleiter verschwanden kurz darauf im Wald, während Sachmet mit Nebet auf der Lichtung blieb.

»Ich glaube kaum, dass du in diesem Gelände Erfolg haben wirst«, meinte Karim. »Wenn sich hier wirklich Wild aufhielt, dann ist es bei unserer Ankunft schleunigst verschwunden.«

»Aber im Wald kann ich mit ihr nicht jagen.« Sachmet klang enttäuscht. »Nebet muss ihre Schnelligkeit einsetzen.«

»Wir werden Nebet das Wild zutreiben«, versprach Stephan. »Kommst du mit, Karim?«

Der Ägypter nickte und folgte ihm.

In seiner Jugend war Stephan oft auf der Jagd gewesen. Das heimliche Anpirschen war ihm die liebste Art. Doch auch die Drückjagd gefiel ihm, wenn einige Jäger den Wartenden langsam das Damwild zutrieben, ganz behutsam, ohne es zu hetzen. So hatte er meist mit seinen Brüdern gejagt. Fasan und Hase mochten schmackhaft sein, aber das Leder von Reh und Hirsch brachte gute Preise bei den Händlern. Und auf dieses Geld war seine Familie angewiesen gewesen.

Stephan liebte die frühsommerlichen Wälder, den Duft der Kiefern und feuchten Blätter, den Gesang der Vögel und das leise Rascheln des Wilds, das ein Unerfahrener leicht mit dem Rauschen des Windes verwechselte. Er kannte die Spuren und Losungen, auf die er zu achten hatte. Viel zu lange war es her, dass er im Wald gejagt hatte, aber er hatte nichts vergessen. Hier kam es ihm so vor, als hätte es die vergangenen sechs Jahre nicht gegeben.

Karim folgte ihm beinahe lautlos, achtete Stephans Erfahrung. Beide schwiegen, und doch wusste Stephan, dass Karim ihn auch ohne Worte verstand. Bei dem Gedanken an dieses stille Einverständnis spürte er einen Stich in der Brust. Zuletzt hatte er so empfunden, als er mit Thomas auf der Jagd gewesen war.

Ein Rascheln! Stephan verharrte auf der Stelle. Karim berührte ihn an der Schulter und sah ihn fragend an. Stumm deutete Stephan auf das Strauchwerk vor ihnen. Es waren mindestens drei Rehe. Karim griff nach dem Bogen, doch Stephan schüttelte den Kopf. Wenn sie sofort schossen, mochten sie zwei Rehe erlegen, aber Sachmet wäre um die Jagd gebracht. Zu seiner Erleichterung verstand Karim sofort und ließ die Waffe los.

Vorsichtig zogen sie sich einige Schritte zurück, um sich den Tieren im großen Bogen von der anderen Seite zu nähern. Der Wind stand günstig, und das Wild nahm ihre Witterung erst auf, als sie sich hinter ihm befanden. Doch es war keine wilde Flucht. Fast schienen die Rehe vor ihnen davonzuschleichen. Stephan und Karim tauschten einen zufriedenen Blick. Die Beute hatte die richtige Richtung eingeschlagen.

Antonia wartete ungeduldig neben Sachmet, die Nebet nach wie vor an der Leine hielt und den Waldsaum beobachtete.

»Da!« Sachmet deutete auf drei Rehe, die sich vorsichtig auf der Lichtung zeigten. Antonia sah, wie Nebets Leib erzitterte, so als wisse die Raubkatze ganz genau, dass ihr großer Augenblick gekommen war. Sachmet kraulte sie zwischen den Ohren und redete beruhigend in einer Sprache auf sie ein, die Antonia völlig fremd war. Auf einmal kam Bewegung in die Rehe, denn plötzlich tauchten Stephan und Karim hinter ihnen auf. Sogleich löste Sachmet die Leine und ließ Nebet frei.

Antonia hatte schon Hunde Hasen hetzen sehen, aber im Vergleich zu der Gepardin hatten sie sich geradezu tollpatschig verhalten. Nie zuvor hatte sie ein Tier so schnell und anmutig laufen sehen. Die Rehe bemerkten die Gefahr, wandten sich wieder dem Wald zu, doch dort versperrten ihnen Stephan und Karim den Rückzug. Stephan hatte seinen Bogen gespannt und schneller, als Antonia erwartet hatte, den Pfeil von der Sehne gelassen. Eines der Rehe brach tödlich getroffen zusammen. Gleichzeitig hatte Nebet sich ein weiteres Beutetier erwählt. Es wollte über die Lichtung flüchten, die Gepardin indes war schneller, stürzte sich darauf, warf es zu Boden und schien ihm regelrecht die Luft abzuschnüren. Sachmet lief los, Antonia folgte ihr.

Die sonst so sanftmütige Nebet kauerte noch immer über

ihrer Beute und grollte, als Sachmet sich näherte. Die junge Ägypterin legte ihr erneut die Leine an und rief nach Karim. Er kam sofort.

»Sie will ihren Anteil«, sagte sie. »Gibst du ihn ihr?«

Antonia sah, mit welcher Kraft Sachmet Nebet von dem toten Reh fortzerren musste. Karim nickte nur und zog sein Messer. Er und Sachmet hatten vermutlich schon oft auf diese Weise gejagt. Während Sachmet die knurrende Nebet hielt, trennte Karim dem toten Reh den Kopf ab und warf ihn ein Stück weiter fort. Sofort stürzte Nebet sich darauf.

»Ist das bei euch so üblich?«, fragte Antonia.

»Ja. Der Kopf gehört der Jägerin.« Sachmet lächelte zufrieden. »Das ist immer so. Die meisten Jagdgeparde lassen sich nicht so leicht wie Nebet von ihrer Beute trennen. Denen muss man erst Hauben über die Augen ziehen, um ihnen den Fang abspenstig zu machen.«

»Das nanntest du leicht?« Antonia schüttelte zweifelnd den Kopf.

»Sie ist eben kein Hund«, entgegnete die Ägypterin. »Sie hat Charakter.«

»Und Hunde haben keinen Charakter?«

Stephan hatte sein Reh inzwischen zu den Pferden getragen und vor seinem Sattel verzurrt. Jetzt trat er zu ihnen.

»Hunde sind wie Sklaven«, erklärte Sachmet. »Sie kämpfen nicht um das, was ihnen zusteht, sondern ordnen sich ihrem Herrn unter.«

»Vielleicht sind Hunde einfach klüger«, bemerkte Stephan. »Sie bekommen auch ohne Kampf ihren Anteil an der Beute.«

»Nur wenn der Herr es erlaubt«, widersprach Sachmet.

»Ist es bei Nebet etwa anders?«, gab Stephan zurück. »Sie erhält auch nur so viel, wie du ihr zugestehst. Und du zeigst es ihr deutlich, indem du die Leine anziehst.«

Antonia wunderte sich über den bissigen Tonfall.

»Ob die anderen ebenfalls schon Jagdglück hatten?« Karim

wies in die Richtung, in der Alexander mit seinen Begleitern verschwunden war.

»Ich sehe nach«, sagte Stephan und ging.

»Ich wusste nicht, dass er Hunde so gern hat und für ihre Ehre streitet«, bemerkte Sachmet kopfschüttelnd.

»Er sprach gar nicht über Hunde«, wandte Karim ein und machte sich an das Aufbrechen des kopflosen Rehs.

»Worüber denn sonst?«, fragte Antonia. Sie war sich sicher, dass Karim recht hatte. Sachmets Worte hatten bei Stephan eine empfindliche Stelle getroffen.

»Ach was!«, fuhr Sachmet dazwischen. »Ich habe das schon oft erlebt. Viele Männer meinen, ihre Hunde …«

Ein lauter Schrei gellte durch die Luft.

Antonia zuckte zusammen. »Wer war das?«, hauchte sie.

»Ihr wartet hier! Ich sehe nach!« Und schon lief Karim in die gleiche Richtung, in der Stephan verschwunden war.

28. Kapitel

Du bist ein ehrloser Hund!« Niemals hatte er diese Beschimpfung vergessen, niemals die Hasstiraden, den Zorn, die Hilflosigkeit des französischen Ritters, der dadurch Stärke zu zeigen glaubte.

»Hör nicht auf ihn!«, hatte Thomas ihn immer wieder beschworen. »Er weiß es nicht besser. Es ist seine Art zu sterben. Aber wir werden leben!«

Ein lauter Schrei! Stephan zuckte zusammen und hielt inne. Hatte er wirklich etwas gehört, oder suchte ihn der Nachhall seiner Erinnerungen heim? Nein, der Wehruf war echt! Und er kam aus der Richtung, in der Alexander mit Donatus und Christian jagte.

Ein weiterer Schrei – Stephan war sich sicher, dass er von

einem anderen Mann ausgestoßen worden war. Ein Pferd wieherte. War es zu einem Unfall oder einem Überfall gekommen? Unwillkürlich tastete seine Hand zum Waffengurt. Doch er fühlte nur sein Jagdmesser. Das Schwert hatte er vor der Pirsch abgenommen und beim Pferd gelassen, um sich besser bewegen zu können.

Aufgeregte Stimmen! Seine Gefährten! Während er dem Waldsaum entgegeneilte, rief er laut Alexanders Namen.

»Stephan?« Das war Alexanders Stimme.

»Ja!« Er folgte dem Ruf. Dann sah er sie. Donatus kauerte stöhnend am Boden. Ein Pfeil steckte in seinem rechten Oberarm. Verzweifelt versuchte Alexander, die Wunde zu versorgen. Christian stand hinter ihm.

Stephan schritt geradewegs auf den Verletzten zu. »Wie konnte das geschehen?«

»Wir wurden angegriffen!«, stieß Alexander bitter hervor. »Unsere Männer haben die Verfolgung aufgenommen.«

»Zeig her!« Stephan ging neben Donatus in die Hocke. Wunden dieser Art hatte er schon zur Genüge versorgt. Alexander machte ihm bereitwillig Platz. Donatus presste die Zähne zusammen. Ein weiteres Rascheln. Stephan fuhr herum, doch es waren nur ihre eigenen Waffenknechte.

»Habt ihr jemanden erwischt?«, hörte er Christian fragen.

»Sie waren zu zweit. Einen haben wir verwundet, aber sie sind uns auf ihren Pferden entkommen.«

Der Pfeil hatte Donatus mit voller Wucht getroffen, den Muskel des Arms durchschlagen, sodass die Spitze an der gegenüberliegenden Seite zur Hälfte wieder ausgetreten war. Stephan brach den Schaft ab. Donatus stöhnte auf, als der Pfeil sich dabei in der Wunde bewegte.

»Es ist gleich vorbei«, beruhigte er den Verletzten.

»Hast du eine solche Wunde schon einmal versorgt?«, fragte Christian. Stephan hörte die Mischung aus Argwohn und Bewunderung in seiner Stimme. Wieder einmal wurde ihm bewusst, dass der junge Hohnsteiner noch niemals einen ernsthaften Kampf ausgefochten hatte.

»Öfter, als mir lieb war. Habt ihr saubere Tücher?«

»Nein.«

»Das kommt mir bekannt vor«, seufzte Stephan. Dann schnitt er Donatus den Ärmel auf, trennte diesen ab und zerriss ihn in zwei Teile. »Nimm!«, forderte er Alexander auf und reichte ihm sein Messer sowie die eine Hälfte des abgeschnittenen Ärmels.

»So, nun wird es noch einmal schmerzhaft, aber dann geht es dir besser.« Er packte Donatus' Arm mit der linken Hand, mit der Rechten griff er nach dem Pfeilschaft und stieß ihn weiter in die Wunde hinein. Donatus heulte auf, doch Stephan ließ sich davon nicht beirren. Er fasste die austretende Spitze und zog sie mit einem Ruck samt dem restlichen Pfeil aus der Wunde. Dann drückte er seinen Teil des abgeschnittenen Ärmels auf die Blutung.

»Gib mir die zweite Hälfte!«, verlangte er von Alexander. Der reichte ihm das Stoffstück. Geschickt verband Stephan die Wunde, sodass die Blutung fürs Erste gestillt war.

»Danke«, keuchte Donatus. »Diese Jagd vergesse ich so schnell nicht wieder. Eigentlich wollte ich nicht die Beute sein.«

Stephan betrachtete die entfernte Pfeilspitze genauer.

»Seht euch das an! Dies ist kein Jagdpfeil, sondern ein teurer Kriegspfeil mit drei eingeschliffenen Widerhaken. Ich habe schon Männer gesehen, denen diese Dreikantpfeile den Leib zerrissen haben.«

»Und das hätte dieser auch«, bemerkte Christian mit tonloser Stimme. »Wenn er Alexander getroffen hätte.«

»Alexander?« Stephan hielt kurz inne, während er sich das Blut von den Händen wischte. »Der Anschlag galt Alexander?«

Christian nickte. »Ich sah, wie Donatus den Arm hob, um

uns etwas zu zeigen, als ihn der Pfeil traf. Alexander stand unmittelbar dahinter. Sonst wäre er in der Brust getroffen worden.«

Ein Rascheln. Alle fuhren herum, doch es war nur Karim.

»Was ist geschehen?«

»Hast du Antonia und Sachmet etwa allein gelassen?«, fuhr Stephan ihn statt einer Antwort an.

»Ich kümmere mich sofort um die Sicherheit der Frauen!«, rief Christian. »Barthel, Caspar, Matthias, ihr begleitet mich!« Die drei Waffenknechte folgten ihm.

»Wer wusste, dass wir heute hier auf Jagd gehen?« Stephan sah Alexander fragend an. Donatus erhob sich mühsam auf die Füße.

»Es war kein Geheimnis«, erwiderte Alexander. »Du hältst die Regensteiner für die Täter, nicht wahr?«

»Wer hätte sonst Anlass, mit Kriegspfeilen aus dem Hinterhalt auf uns zu schießen? Das riecht verdammt nach Meinolf von Brack.«

»Du meinst, er selbst hat uns aufgelauert?«

»Erinnere dich, was Moritz sagte – es waren zwei Männer. Würde mich nicht wundern, wenn Meinolf einer von ihnen ist. Der war schon immer hinterhältig.«

»Aber das Fehderecht …«

»Das hat Meinolf schon gebrochen, als er die Felder verwüstete!«, brüllte Stephan. »Verdammt, diese Fehde ist kein Spiel! Die Regensteiner kämpfen mit allen Mitteln. So wie in jedem Krieg. Da geht es nicht um Ehre, da geht es nur um den Sieg!«

Für eine Weile verstummten alle – waren sie es doch nicht gewohnt, dass Stephan die Stimme erhob. Und schon gar nicht, dass er länger als nötig sprach. Stephan atmete tief durch. Er merkte, wie er dünnhäutiger wurde und sich der Panzer der Schweigsamkeit löste, der ihn seit seiner Rückkehr umschloss. Ein Gefühl, das ihm Angst machte …

Alexander fasste sich als Erster. »Die Jagd ist beendet«, erklärte er. »Auch wenn wir ohne Beute heimkehren.«

»Wir haben zwei Rehe«, sagte Karim. »Sollen wir sie den Bewohnern von Alvelingeroth bringen?«

»Das sollen Moritz und Nikolaus erledigen.« Er nickte den beiden Waffenknechten zu. »Wir reiten umgehend nach Birkenfeld zurück. Ich will kein weiteres Wagnis eingehen, solange Antonia und Sachmet bei uns sind.«

»Sachmet kann gut auf sich selbst aufpassen«, warf Karim ein. »Sie kämpft wie ein Mann.«

»Aber Antonia nicht. Und Donatus ist verwundet.« Alexanders Stimme klang fest und befehlsgewohnt. Stephan war überzeugt, dass er eines Tages einen mindestens ebenso guten Grafen wie sein Vater abgeben würde.

Donatus war noch immer leichenblass, als sie zu den Pferden zurückkehrten. Tapfer bemühte er sich um Haltung, doch Stephan wusste um seine Schmerzen. Immerhin würde er überleben. Anders als der letzte Mann, dem Stephan geholfen hatte. Damals in dem Pferch in Kairo, als alle auf den Tod gewartet hatten, umgeben von Enge, Schmutz und Gestank, seit zwei Tagen ohne Nahrung und – weitaus schlimmer – ohne Wasser. Es war nicht die Wunde gewesen. Der Mann war an Entkräftung gestorben. Plötzlich war die Erinnerung an den brennenden Durst wieder gegenwärtig. Erstaunlich, dass sie seinerzeit überhaupt noch an Flucht hatten denken können. Kein Wunder, dass die Wächter vor dem Pferch so sorglos gewesen waren. Für sie waren die Gefangenen längst lebende Leichname gewesen.

Weitere Bilder stürmten auf ihn ein. Wie Thomas das wenige Wasser, das er nach ihrer zweiten Festnahme bekommen hatte, nicht trank, sondern dazu nutzte, ihm die Brandwunde zu kühlen. Einer der Wächter hatte es gesehen. Vielleicht hatte er Mitleid bekommen, vielleicht wollte er sie einfach nur am Leben lassen, um einen guten Preis auf dem Sklavenmarkt zu erzielen. Auf jeden Fall hatte er Thomas weiteres Wasser gebracht. Genug zum Trinken und zur Kühlung der Verbrennung.

»Donatus!« Antonia eilte ihnen entgegen. »Christian hat uns alles erzählt. Bist du schwer verletzt?«

Stephan sah, wie Antonia den jungen Mann behutsam am Arm berührte, absichtslos, aber doch eine Geste voller Fürsorge und Trost.

»Ich werde es überleben.« Donatus zwang sich zu einem Lächeln. »Stephan hat den Pfeil bereits entfernt.«

Bei der Erwähnung seines Namens sah Antonia ihn an. Kurz war er versucht, ihrem Blick auszuweichen, wollte nicht wieder die Kränkung in ihren Augen lesen. Doch er entdeckte nichts als Freundlichkeit und Anerkennung. Er war erleichtert. Sie war viel stärker, als er vermutet hatte.

Sein Blick streifte Christian. Anders als Antonia wirkte er blass und in sich gekehrt. Er mochte ein Ritter und der künftige Graf von Hohnstein sein, aber ob er echte Stärke besaß, musste er erst noch beweisen.

»Einen Silberdenar für deine Gedanken«, hörte er Karims Stimme.

Er wandte sich um.

»Was sagst du?«

»Ich wüsste zu gern, was dir gerade durch den Kopf ging.«

»Nichts weiter.«

»Ich bin mir fast sicher, dass du dasselbe gedacht hast wie ich.«

»Wie du?« Stephan hob die Brauen. »Ich glaube kaum.«

»Heute ist der Tag, an dem aus dem Spiel für Knaben blutiger Ernst wurde, nicht wahr?«

»Das war die Fehde von Anfang an«, widersprach Stephan. »Denk an die brennenden Häuser.«

»Für uns war es ernst«, gab Karim zu. »Aber nicht für sie.« Er nickte kaum merklich in Christians und Donatus' Richtung. »Und ich glaube, nicht einmal für Alexander. Keiner von ihnen hat jemals einen Kampf auf Leben und Tod bestritten.«

»Du schon.«

Karim nickte. »Du hast es von Anfang an gewusst, nicht wahr?«

»Ich habe es vermutet.«

»Willst du die Geschichte hören?«

»Erzähl sie mir heute Abend auf dem Wehrgang.«

»Da wollte ich eigentlich mehr über *deine* Erlebnisse hören.«

»Dann bring zwei Krüge Wein mit!«

29. Kapitel

Nach dem Aufbruch ritt Antonia an Donatus' Seite. Er hielt sich tapfer, wollte sich nichts anmerken lassen, aber jeder sah ihm den Schmerz an. Um wie vieles schlimmer wäre es gewesen, wenn der Pfeil Alexander in die Brust getroffen hätte! Sie warf ihrem Bruder einen Blick zu. Der trug eine unergründliche Miene zur Schau, doch sie kannte ihn so gut, dass ihr seine Besorgnis nicht verborgen blieb. Immer wieder schweiften seine Blicke umher, tasteten den Wald ab. Alle waren aufmerksam, achteten auf jeden Laut.

Noch während sie ritten, fragte Antonia sich, woher die Regensteiner gewusst haben mochten, dass sie ausgerechnet an diesem Tag zur Jagd aufbrechen wollten. Es war zwar kein Geheimnis gewesen, aber nur die Bewohner von Birkenfeld wussten davon. Gab es jemanden, der den Regensteinern heimlich zutrug, was sich auf der Burg abspielte? Oder hatten die Feinde sich aus anderem Grund in der Nähe des Dorfs aufgehalten und die günstige Gelegenheit genutzt?

Sie trieb ihr Pferd zu schnellerer Gangart an und schloss zu Alexander auf.

»Hast du schon einmal daran gedacht, dass wir einen Spion der Regensteiner auf Burg Birkenfeld haben könnten?«, fragte sie ihren Bruder. Er wandte überrascht den Kopf.

»Wie kommst du darauf?«

»Weil man dir gerade hier aufgelauert hat.«

Alexander schwieg, dafür antwortete Stephan, der neben ihm ritt.

»Es gibt eine viel einfachere Erklärung.«

»Und die wäre?« Antonia lehnte sich im Sattel vor und betrachtete Stephan aufmerksam von der Seite.

»Sie lungern ständig in dieser Gegend herum, immer bedacht, eine gute Gelegenheit für einen Überfall zu finden. Die Halunken wissen, dass Alexander sich nicht dauerhaft in der Burg verschanzen wird. Und wo kann man ihn am ehesten treffen? Auf dem Weg zwischen Birkenfeld und Alvelingeroth.«

»Aber warum wurden wir dann nicht schon auf dem Ritt zum Jagdrevier angegriffen?«, beharrte Antonia.

»Weil sie nur zu zweit waren. Sie haben gewartet, bis wir uns aufgeteilt hatten. Wären sie ein wenig schlauer zu Werke gegangen, hätten sie den Anschlag sogar als Unfall darstellen können.«

»Du meinst, wenn sie einen Jagdpfeil genommen hätten?«, fragte Alexander. Stephan nickte.

»Allmählich macht mir diese Fehde Angst«, sagte Antonia.

»Dafür müsst Ihr Euch nicht schämen«, hörte sie Christians Stimme hinter sich. »Es ist verständlich, wenn Frauen Angst haben. Aber wir beschützen Euch.« Er lenkte sein Pferd an ihre rechte Seite.

»Mir machte diese Fehde von Anfang an Angst«, bemerkte Stephan.

»Ach, tatsächlich?« Christian sah ihn mit hochgezogenen Augenbrauen an. »Das hätte ich von dir nicht erwartet.«

»Nicht?«

»Nun ja«, Christian räusperte sich. »Ich dachte … bei allem, was man über dich erzählt …«

»Was denn?«

»Man habe dich für deine Tapferkeit zum Ritter geschlagen.«

»Richtig.«

»Aber dann … ich dachte, wenn man im Heiligen Land gekämpft hat, dann kämen einem unsere Zwistigkeiten wie Kinderspiele vor.«

»Nein.«

Einen Augenblick lang hatte Antonia den Eindruck, als wolle Christian noch etwas sagen, doch er schwieg.

»Bist du überhaupt bis ins Heilige Land gekommen?«, fragte Alexander.

»Nur bis Kairo.«

»Und dort geht es nicht sonderlich heilig zu«, bemerkte Karim. »Im Vergleich zur hiesigen Gegend könnte man es eher das heiße Land nennen.« Er grinste.

Bald darauf erreichte die Jagdgesellschaft Burg Birkenfeld. Antonia begleitete Alexander und Donatus ins Hauptgebäude. Ihr Vater kam ihnen entgegen, er hatte schon von Weitem gesehen, dass Donatus verwundet war.

»Ein Unfall?«, fragte er.

Alexander schüttelte den Kopf. »Ein Anschlag.«

Antonia sah, dass er die Pfeilspitze eingesteckt hatte und sie nun seinem Vater zeigte.

»Ein Dreikantpfeil!«, stieß Philip hervor. »Wer war das?«

Bevor Alexander antworten konnte, stürmte ihnen Lena entgegen. »Mein Gott, Donatus, du bist verletzt? Komm herein! Wir müssen die Wunde richtig verbinden.«

Antonia war sich unschlüssig, ob sie Donatus und ihrer Mutter folgen oder bei ihrem Vater und Alexander bleiben sollte. Sie entschied sich für ihren Vater und begleitete die Männer in den Kaminsaal. Auch Christian schloss sich ihnen an, nicht aber Karim und Stephan. Ein Blick zurück verriet ihr, dass die beiden ihre Pferde in die Stallungen brachten. Wieder einmal hätte sie gar zu gern gewusst, was Stephan Karim erzählt hatte. Welches Wissen mochten sie teilen, das ihr Verhältnis so grundlegend verändert hatte?

Sie seufzte kaum hörbar auf. Stephan hatte sie um Zeit gebeten, und sie war zum Warten bereit. Auch auf die Gefahr hin, dass sie niemals jene Worte hören würde, nach denen sie sich so sehr sehnte. Je länger sie darüber nachsann, umso sicherer wurde sie, dass es so sein würde. Warum sollte sich ein Mann wie Stephan in sie verlieben? Gewiss, sie war eine gute Partie. Aber vermutlich schreckte dieser Umstand Stephan eher ab. Sie erinnerte sich, wie er ihren Stand wiederholt betont hatte. Und es hatte nicht wie eine Auszeichnung geklungen. Nun gut, sie würde sich in Geduld üben. Auch wenn dies nicht ihre starke Seite war.

»Wir müssen etwas unternehmen.« Die Stimme ihres Vaters riss sie aus ihren Gedanken. »Gegenseitige Überfälle bringen uns nicht weiter. Irgendwann werden sie Menschenleben kosten.« Er seufzte. »Möglicherweise war es ein Fehler, dass ich diese Fehde überhaupt erklärt habe.«

»Nein, Vater!«, widersprach Alexander energisch. »Wir hatten keine andere Wahl. Wir sind im Recht!«

»Mir fällt da etwas ein, Vater«, mischte Antonia sich ein.

Philip wandte sich ihr zu. »Ja?«

»Die Regensteiner haben uns doch beim Bischof wegen unserer Gäste aus Ägypten angeschwärzt. Deshalb schickte uns Bischof Ludolf den Pater Hugo als Kaplan. Weil es hieß, er sei ein strenger Glaubensmann. Doch alles, was wir bislang erlebten, spricht eine andere Sprache. Und wirkte er neulich nicht völlig verunsichert, als du ihm mit einer Beschwerde beim Bischof drohtest?«

»Du hast es bemerkt? Aber du warst doch gar nicht mehr in der Küche.«

»Sachmet und ich haben durch den Türspalt gespäht.«

Philip lächelte. »Ihr seid wahrhaftig zwei durchtriebene junge Dinger!« Dann wurde er wieder ernst. »Und was schließt du aus Hugo vom Waldsees Verhalten?«

»Irgendetwas stimmt nicht mit dem Kaplan. Und auch nicht mit dem Bischof. Sollten wir nicht versuchen, die Hintergründe aufzudecken? Möglicherweise gäbe uns dieses Wissen Macht, die wir gegen die Regensteiner einsetzen können.«

»Und wo möchtest du ansetzen, Antonia?«

»Sachmet könnte ihre Großmutter besuchen. Die edle Mutter Clara weiß als Äbtissin gewiss mehr über die Ränke der Kirche.«

Ihr Vater nickte nachdenklich. »Das wäre eine Möglichkeit. Zwar würde ich euch in diesen Tagen nur ungern auf eine so weite Reise schicken, aber auf Sachmets Bogenschützen können wir uns ganz sicher verlassen.«

»Und Stephan könnte sie ebenfalls begleiten«, schlug Alexander vor. »Hugos Kloster liegt doch ganz in der Nähe von Sankt Michaelis. Wenn ich mich recht erinnere, ist einer von Stephans Brüdern Mitglied des Ordens. Stephan könnte ihn besuchen und ihn nach Hugo fragen.«

»Richtig!«, rief Philip aus. »Ich erinnere mich. Lukas von Cattenstedt ist dem Orden vor dreizehn Jahren beigetreten. Ein guter Gedanke, Alexander.«

Antonias Herz schlug schneller. Stephan würde sie begleiten! Womöglich ergab sich unterwegs die eine oder andere Gelegenheit, ihn noch mehr für sich einzunehmen.

»Wann sollen wir aufbrechen?«, fragte sie.

»Morgen.«

»Morgen schon, Vater?«

»Ja, ich halte es für vernünftig, nach diesem feigen Anschlag so schnell wie möglich zu handeln. Die Wahrscheinlichkeit, dass euch morgen Regensteiner auflauern, ist gering. Sie glauben sicher, wir würden uns aus Furcht vor einem weiteren Anschlag vorerst auf Birkenfeld verschanzen.«

»Soll ich Stephan holen?«, fragte Alexander.

»Tu das.«

Kurz darauf kehrte Alexander mit Stephan und Karim zurück.

In knappen Worten teilte Antonias Vater seine Entscheidung mit.

»Würdest du mit deinem Bruder sprechen?«, fragte er Stephan zum Abschluss.

Der nickte. »Ich kann allerdings nicht versprechen, dass er mir viel erzählen wird.«

»Wieso? Hat er seine Zunge auch verschluckt?« Karim versetzte Stephan einen leichten Schlag auf die Schulter.

»Nein.«

»Worin besteht die Schwierigkeit?«, fragte Philip.

»Ich habe ihn seit mehr als sechs Jahren nicht gesehen. Menschen verändern sich.«

»Versuch es einfach!«, beschied Antonias Vater. »Wir haben nichts zu verlieren.«

Stephan nickte schweigend.

Antonia hatte den Eindruck, dass ihn etwas belastete. Hatte er kein gutes Verhältnis zu Lukas? Sie überlegte kurz, ob sie ihn auf dem Ritt nach Sankt Michaelis am nächsten Tag danach fragen sollte, aber dann verwarf sie den Gedanken wieder. Es war sicher besser, ihn nicht zu sehr zu bedrängen.

30. Kapitel

Du bist schon da?« Karim trat auf den Wehrgang und musterte Stephan mit einem Lächeln. In seinen Händen hielt er einen Krug Wein und zwei Becher. »Mein Onkel hat leider nur diesen einen herausgerückt. Er meinte, ich solle es nicht übertreiben, sonst könnte er meinem Vater nicht mehr in die Augen sehen.« Er stellte den Wein und die Becher auf die Mauer.

»Das hatte ich befürchtet«, entgegnete Stephan. »Und habe vorgesorgt.« Er wies auf einen zweiten Krug, der zwischen den Schießscharten stand. »Ist allerdings nur Schlehenwein.«

Karim lachte leise. »Welchen trinken wir zuerst?«

Statt einer Antwort griff Stephan nach dem Schlehenwein und füllte die Becher.

»Und wer fängt an zu erzählen?«, fragte Karim weiter, während Stephan ihm einen Becher reichte.

»Du.«

»Warum ich?«

»Weil wir meinen Wein trinken.«

»Klingt nach einem ausgeglichenen Handel.« Karim nahm einen Schluck. »Mhm, dieser Schlehenwein ist gar nicht so schlecht.«

Er drehte den Becher in der Hand. »Ich soll also anfangen? Nun gut.« Er hielt eine Weile inne, so als müsse er seine Gedanken ordnen. »Ich nehme an, du warst in Damiette, nicht wahr?«

Stephan nickte schweigend.

»Ich war auch dort.«

»Bei der Eroberung?« Stephan hob erstaunt die Brauen.

»Nein«, wehrte Karim ab. »Erst einige Tage später, als es darum ging, die Flüchtlinge zu retten. In Damiette lebten viele

Familien, darunter auch Christen. Aber das war gewissen anderen Christen wohl gleich, die meinten, der Herr werde die Seinen schon erkennen, wenn man alle totschlüge.«

Stephan nahm die Bitterkeit in Karims Stimme wahr. »Ich habe es erst erfahren, als wir Damiette plünderten«, sagte er leise.

»Und was hast du daraufhin getan?« In Karims Stimme lag kein Vorwurf, nur der Schmerz alter Erinnerungen.

»Nichts. Ich wollte nicht glauben, was ich sah. Alles, was mir bis dahin etwas bedeutet hatte, wäre Lügen gestraft worden.« Wieder fühlte er die Unsicherheit, die Schuldgefühle, die ihn damals übermannt hatten, als sie das verlassene Haus geplündert hatten und dabei christliche Symbole und Hinweise auf Kinder fanden. Hätte er etwas tun können? Etwas ändern können? Karims Frage gab der alten Schuld neue Nahrung. »Noch sind wir bei deiner Geschichte, nicht bei meiner«, sagte er schließlich.

»Bei meiner Geschichte, ja.« Karims Blick verharrte auf dem Becher in seiner Hand. Es dauerte eine Weile, bevor er weitersprach. »Einige von uns hatten sich zusammengeschlossen, um den Flüchtlingen ein sicheres Geleit zu geben. Ein gefährliches Unterfangen, denn wir mussten heimlich die Linien des Kreuzfahrerheers durchbrechen. Zum Glück für uns war das am dritten Tag nach der Eroberung nicht mehr sonderlich schwierig, weil die Feinde in ihrem Triumph schwelgten und kaum noch darauf achteten, was ringsum geschah.«

Stephan nickte. Er erinnerte sich gut an die betrunkenen Männer, die sich an ihrer Beute ergötzten und die Tugenden der Ritterschaft oder christlicher Nächstenliebe grob missachteten. In jenen Tagen war es ihm zunehmend schwergefallen, an die Rechtmäßigkeit seines Tuns zu glauben. In tiefer Verunsicherung hatte er sich an einen Priester gewandt, doch der hatte ihm lediglich versichert, dass Gott ihm seine Taten im Himmel lohnen werde. Keine Erklärung, keine Antwort, warum auch Kinder sterben mussten. Kein Wort zu Taten, die eigentlich in der Hölle hätten gesühnt werden müssen.

»Es gelang uns, zahlreiche Flüchtlinge von Damiette nach Alexandria zu bringen«, fuhr Karim fort. »Sieben Tage lang ging alles gut. Dann, am achten Tag, wurden mehrere Kreuzritter auf uns aufmerksam. Aber statt sich mit ihren Angriffen auf uns Männer zu beschränken, griffen sie auch die Frauen und Kinder an. Einem kleinen Mädchen trennte ein Schwerthieb den Arm ab. Daraufhin verlor ich jede Zurückhaltung, mein klares Denken wich heißer Wut. Ich griff den Mann und seine beiden Begleiter an, ohne auf meine eigene Sicherheit zu achten. Ich weiß nicht, ob du dieses Gefühl kennst, wenn der Körper von allein handelt, die Waffe ins Fleisch des Gegners fährt und du nichts als Genugtuung empfindest. Wenn ein Mann allein zum unüberwindlichen Kämpfer gegen drei stärkere Gegner wird. Allein aus Wut.« Karim stürzte seinen Becher in einem Zug hinunter. »Als sie dann tot vor mir lagen, kam ich wieder zur Besinnung. Meine Gefährten starrten mich an, als wäre ich ein wild gewordener Dschinn. Aber keiner sagte etwas. Ich habe nie mehr über diesen Tag gesprochen. Mit niemandem.«

»Aus Scham?«, fragte Stephan.

»Nein, weil mich vermutlich niemand verstanden hätte. Keiner von meinen Gefährten hatte je getötet. Und schon gar nicht auf diese Weise. Rasend, ohne jede Zurückhaltung.«

»Ich kenne das.« Stephan ließ den Blick über die dunklen Wälder am Fuß der Burg schweifen. »Ich habe es auch erlebt, den Augenblick, wenn der Hass die Führung übernimmt, jeder klare Gedanke hinter einer blutroten Wolke aus Zorn verschwindet und dich unempfindlich gegen jeden Schmerz macht. Dieser Hass ist so stark, dass selbst stärkere Gegner fallen müssen.«

»War das anlässlich der Eroberung Damiettes?«

Stephan schüttelte den Kopf. »Nein, das war, als ich mit Ambroise Lacroix abrechnete.«

Karim horchte auf. »Mit dem Mann, der eure Flucht in Kairo geplant hatte?«

»Ja.«

»Dann bist du ihm also wieder begegnet?«

»Wir sind noch bei deiner Geschichte.«

»Die ist so gut wie zu Ende. Es gelang uns, das Mädchen trotz der schweren Wunde zu retten und ins Haus meiner Eltern zu bringen. Meine Mutter kümmerte sich aufopferungsvoll um die Flüchtlinge. Sie hat bis heute keine Ahnung, in welche Gefahren wir uns begaben, um sie in Sicherheit zu bringen. Mein Vater ahnte es, aber er fragte mich nie. Vermutlich wich er damit einem Gewissenskonflikt aus – mir zu verbieten, mein Leben zu wagen, oder mich zu unterstützen.«

Eine Weile herrschte Schweigen. Stephan leerte seinen Becher und schenkte sich nach.

»Kein Wunder, dass du mich für einen dieser Mörder gehalten hast«, sagte er. »Und im Grunde hast du recht. Ich habe mich zwar nie an Frauen oder Kindern vergriffen, aber rechtfertigt das irgendetwas?«

»Du hast ein Kind aus den Flammen gerettet. Ein Leben, das du bewahrt hast.«

»Ein Leben«, wiederholte Stephan. »Als ob das alles andere aufwöge.

Wieder Schweigen.

»Damit wären wir bei deiner Geschichte«, stellte Karim fest.

»Bei meiner Geschichte ...« Stephan betrachtete das eingeritzte Muster auf seinem Becher. Drei Birken über einem springenden Hirsch. Das gräfliche Wappen. »Wo soll ich anfangen?«

»Du hast damit geendet, dass Rafik ben Tahir euch kaufte.«

Stephan spürte eine Enge im Hals und nahm einen großzügigen Schluck Schlehenwein.

»Hasst du Rafik ben Tahir dafür?«

Stephan schüttelte den Kopf. »Nein.«

»Nein? Du klangst verbittert, als du von ihm sprachst. Ich dachte …« Karim brach ab.

»Verbittert … nein, das Wort trifft nicht ganz zu. Bitterkeit schon eher. Weißt du, es gibt verschiedene Arten von Demütigungen. Jene, die dazu dienen sollen, dich zu brechen, bis nichts mehr von dir bleibt. Das erzeugt Verbitterung. Aber es gibt auch Demütigungen, die den Umständen geschuldet sind. Das erzeugt Bitterkeit, weil es ebenso demütigend ist. Doch du bewahrst dir deinen Kern.« Er stieß einen tiefen Seufzer aus. »Ich fange am besten ganz von vorn an, damit du verstehst, was ich meine. Nachdem die Stadtwächter uns nicht getötet hatten, brachten sie uns in einen kahlen Raum und sperrten uns dort ein. Ich konnte mich kaum bewegen. Thomas stützte mich – fast trug er mich. Dabei war er selbst am Ende seiner Kräfte. Wir hatten seit zwei Tagen weder Wasser noch Nahrung erhalten. Und die letzte Kraft, die uns noch aufrechterhalten hatte, war mit dieser zweiten Gefangennahme erschöpft. Immerhin bekamen wir Wasser, sogar genug, dass Thomas meine Verbrennung kühlen konnte. Viel hätte ich darum gegeben, einfach das Bewusstsein zu verlieren. Aber so schnell sank ich in keine gnädige Ohnmacht. Ich bekam das Geschehen ringsum noch mit, auch wenn ich es wie durch einen Vorhang aus Schmerzen wahrnahm. Wir verharrten einige Stunden in diesem Gefängnis, dann wurde die Tür geöffnet, und drei Männer traten ein. Was sie sagten, war für meinen begrenzten Wortschatz nahezu unverständlich. Thomas hingegen beherrschte das Arabische damals schon recht gut. Er hatte von jeher ein Geschick für Sprachen und lernte sehr schnell. ›Sie feilschen, was wir wert sind‹, raunte er mir zu. Irgendwann waren sie sich dann wohl einig, und wir wurden zum Mitkommen aufgefordert. Wieder musste Thomas mich stützen, aber zum Glück lag das Gut von Rafik ben Tahir nicht allzu weit entfernt. Dort verpasste man uns als Erstes ein Halseisen.« Bei der Erinnerung daran hielt Stephan inne und trank einen weiteren Schluck Wein, um die Bitternis hinunterzuspülen.

»Danach wurden wir zu den Sklavenunterkünften gebracht. Da gab es mehrere Bereiche. Wir kamen nach ganz hinten, nochmals durch eine Tür von den übrigen Schlafstellen getrennt. An der Wand hinter den Strohsäcken, die als Nachtlager dienten, waren lange Ketten befestigt. Wir mussten uns hinknien, dann wurden die Ketten an den Halseisen befestigt. Stell es dir ungefähr so vor, als würde man Hunde an die Kette legen. Wir waren so entkräftet, dass wir nicht die geringste Gegenwehr leisteten. Einer der Männer stellte offenbar eine Frage, deren Inhalt ich nicht verstand. Thomas nannte daraufhin unsere Namen. Der Mann antwortete etwas und verließ mit seinen Begleitern die Unterkunft.

›Er sagt, wir bekommen gleich zu essen, und jemand wird sich um deine Wunden kümmern‹, raunte Thomas mir zu. Essen … die Schmerzen waren so stark, dass ich keinerlei Hunger verspürte. Mir war aber klar, dass ich mich zum Essen zwingen musste, wollte ich am Leben bleiben.

›Hör zu‹, sagte Thomas, sobald wir wieder unter uns waren. ›Wir müssen uns anpassen, unauffällig sein und beobachten. Wir werden keinen Widerstand leisten und jegliche Anweisung befolgen. Dabei sollten wir alle Hinweise sammeln, die unserer Flucht dienlich sein könnten. Aber wir dürfen auch nichts überstürzen. Wir haben nur einen Versuch, und der muss auf Anhieb gelingen.‹

Ich nickte schwach. Der Gedanke an Flucht erschien mir in jenem Augenblick so fern, konnte ich doch kaum aus eigener Kraft stehen. Aber Thomas hatte recht – wir durften nicht übereilt vorgehen, mussten vorsichtig sein und so listig wie unser Wappentier, der Fuchs.«

Stephan griff nach dem Krug mit Schlehenwein, doch der war inzwischen leer. Karim bemerkte es.

»Deine Geschichte, mein Wein«, sagte er und schenkte Stephan nach.

»Danke.« Stephan trank einen Schluck, dann fuhr er fort. »Kurz nachdem die Männer verschwunden waren, kamen zwei Frauen. Sie trugen Körbe und Wasserkrüge. Sie waren etwa in unserem Alter, nicht hässlich und ähnelten sich. Zwischen ihnen und Thomas entspann sich gleich ein Gespräch, das wohl ziemlich lustig war, denn alle lachten. Ich hingegen war verwirrt.«

»Das kann ich mir vorstellen«, meinte Karim. »Hat Thomas dir übersetzt?«

Stephan nickte. »Du musst wissen, dass Thomas und ich uns sehr ähnlich sahen, und Thomas war nur zehn Monate älter als ich. Im Kreuzfahrerlager hatte man uns immer wieder gefragt, ob wir Zwillinge seien.« Bei der Erinnerung an seinen Bruder verzogen sich Stephans Lippen zu einem schwachen Lächeln. »Thomas pflegte dann zu sagen: ›Nein, mein Bruder kommt immer zu spät.‹ Genau das erzählte er den beiden Frauen. Daher das Gelächter. Sie waren Schwestern und zudem koptische Christinnen. Vor Jahren war ihr Dorf bei Unruhen überfallen worden. Die Männer hatte man getötet und Bespina, ihren kleinen Sohn Zeki sowie ihre jüngere Schwester Amira in die Sklaverei verschleppt. Während die Frauen uns zu essen gaben und Bespina sich um meine Brandwunden kümmerte, versicherten sie uns, dass ihr Los recht erträglich sei. Voraussetzung sei jedoch, dass sie sich gut mit Wakur stellten, dem Sklavenaufseher, der uns hergebracht hatte. Das sei nicht schwer, berichteten sie weiter, denn Wakur sei gerecht. Allerdings dulde er keinen Ungehorsam und keine Frechheiten. Wenn er etwas anordne, sollten wir uns nicht dagegen wehren, sondern ihm gehorchen. Im Gegenzug lasse er die Sklaven weitgehend in Ruhe. Tja, und dann hätte Thomas gleich am nächsten Tag beinahe seine erste Auseinandersetzung mit Wakur gehabt.«

»Das klingt nicht gut.«

Stephan trank noch einen Schluck.

»Es gab Regeln, die nahmen wir widerspruchslos hin, auch wenn sie uns erniedrigten und wir uns innerlich dagegen auflehnten. Eins dieser Rituale bereitete mir anfangs große Schwierigkeiten.« Stephan hielt kurz inne, bevor er weitersprach. »Mit zusammengebissenen Zähnen, aber klaglos ertrugen wir die Art und Weise, wie wir abends an die Kette gelegt wurden. Wir mussten niederknien, damit Wakur die Kette am Halseisen befestigen konnte. Morgens erfolgte das Gleiche. Niederknien, damit er die Kette lösen konnte. Ich bebte vor Zorn, hielt jedoch den Mund. Viel schlimmer war das, was am zweiten Abend geschah. Aufgrund meiner Verwundung blieb ich in den nächsten Tagen noch in der Sklavenunterkunft, während Thomas zum ersten Mal zur Arbeit geholt wurde. Mir ging es immer noch sehr schlecht, und als Thomas am Abend zurückgebracht wurde und niederkniete, damit Wakur ihn an die Kette legen konnte, fragte er mich leise nach meinem Befinden. Daraufhin riss Wakur ihn an der Kette zurück. Nicht heftig oder gewalttätig, das war nicht seine Art. Aber ganz offenkundig erzürnte ihn Thomas' Verhalten.«

»Weshalb?« Überrascht hob Karim den Kopf. »Dein Bruder hatte doch gar nichts getan.«

»Wakur sagte etwas zu Thomas, das ich natürlich wieder nicht verstand. Später, als wir allein waren, übersetzte mir Thomas den Wortwechsel. ›Ihr werdet in Gegenwart anderer nicht in eurer Sprache reden!‹, hatte der Aufseher ihn angeherrscht.

›Mein Bruder versteht kein Arabisch‹, widersprach Thomas.

›Dann wird er es lernen‹, lautete die mitleidlose Antwort.

›Darf ich ihm wenigstens übersetzen?‹

›Nur wenn ich es dir erlaube, sonst nicht. Redet, wie ihr wollt, wenn ihr allein seid. Aber niemals, wenn ich dabei bin.‹

Ich sah, wie Thomas sich auf die Unterlippe biss, um sich zu keinen weiteren Unhöflichkeiten hinreißen zu lassen. Wakur hatte es ebenfalls bemerkt. ›Hast du sonst noch etwas zu sagen?‹, fragte er meinen Bruder.

›Nein.‹

›Das ist auch besser für dich.‹ Dann ging er.

Als ich von Wakurs Forderung erfuhr, wurde ich wütend. Aber Thomas beruhigte mich und meinte, es sei ohnehin an der Zeit, dass ich Arabisch lernte, denn das könne bei unseren Fluchtplänen nur hilfreich sein. Er hatte von jeher die Fähigkeit, mich zu besänftigen.«

»Hast du Wakur für sein Verhalten gehasst?«

»Nein. Ich war wütend, aber ich konnte ihn verstehen. Während meine Wunden langsam verheilten, hatte ich in den nächsten Tagen Zeit zum Nachdenken. Es ging Wakur nicht darum, uns zu demütigen. Er wollte einfach sichergehen, dass wir ihm keinen Ärger bereiteten. Wir waren schließlich keine gewöhnlichen Sklaven, sondern ehemalige Kreuzritter. Er musste auf Widerstand gefasst sein. Wie bei diesem Franzosen … ist noch Wein da?«

Karim nickte und schenkte Stephan nach.

»Was war mit dem Franzosen?«, fragte er.

»Er wurde einige Tage nach uns in die Sklavenunterkunft gebracht. Aber der Bursche führte sich auf wie ein Wilder. Wehrte sich, schrie und tobte, bis Wakurs Gehilfen auf ihn einprügelten, ihn niederzwangen und an die Kette legten. Er ließ sich nur mit Mühe bändigen und begriff nicht, dass Nachgeben klüger gewesen wäre. Als die Männer bereits die Tür hinter uns zuschlugen, rief er ihnen noch immer Verwünschungen nach. Sobald wir allein waren, sprach ich ihn an. Da gab er mir bereitwillig Auskunft. Er hieß Sebastien, war aus einem der Gefangenenlager in der Wüste geflohen, erneut in Gefangenschaft geraten und an Rafik ben Tahir verkauft worden. ›Aber wenn diese Ungläubigen mich wie einen Hund abrichten wollen, damit ich für sie Kunststücke vorführe, dann haben sie sich geirrt‹, beendete er seine Erzählung. Ich versuchte, mäßigend auf ihn einzuwirken, ihm zu erklären, dass Einlenken zunächst besser sei. ›Niemals!‹, beharrte er. Als Thomas am Abend in die Unterkunft zurückgebracht wurde und ohne Aufforderung niederkniete, damit Wakur ihn an die Kette legen konnte, geriet Sebastien außer sich. ›Du ehrloser Hund!‹, brüllte er auf Französisch. ›Du erniedrigst dich vor den Ungläubigen! Ich spucke auf dich!‹

Thomas starrte den Neuling verblüfft an, sagte aber kein Wort.

Dafür gab Wakur Thomas den Rat, seinen Landsmann zur Wohlgefälligkeit anzuhalten.

›Er ist kein Landsmann von uns‹, erwiderte Thomas. ›Er ist Franzose.‹ Er hatte es dem französischen König nie vergeben, dass dieser vor dem Sultan von Kairo kapituliert und damit hunderttausend Männer dem Tod ausgeliefert hatte, um sein eigenes Leben zu retten.

›Was ist der Unterschied?‹, wollte Wakur wissen.

›Ein anderer Stamm‹, antwortete Thomas. ›Wir kommen aus anderen Ländern, haben einen anderen König, sprechen eine andere Sprache.‹

›Aber du verstehst seine Sprache.‹

›Ja.‹

›Was hat er geschrien?‹

›Das galt mir, nicht dir.‹

›Ich will wissen, was er geschrien hat.‹

›Ich sei ein ehrloser Hund.‹

›Besser als ein geprügelter Hund wie er‹, bemerkte Wakur und verließ die Unterkunft.«

»Was wurde aus diesem Sebastien?«

»Ein Mann, der in seinem Hass nicht mehr zwischen Freund und Feind unterscheiden konnte. Er tat alles, um Wakurs Zorn heraufzubeschwören, nahm Schläge und Nahrungsentzug billigend in Kauf. Ja, er fand offenbar sogar Gefallen an seiner Rolle als Märtyrer. Er beschimpfte uns, weil wir keinen Widerstand leisteten, und begriff nicht, welche Absicht wir damit verfolgten. Tja, und dann kam der Tag, an dem er starb.« Stephan brach ab und hielt Karim seinen leeren Becher hin. Der schenkte nach.

»Das war ungefähr vier Wochen später. Ich war seit etwa einer Woche für die Stallungen und die Pferde verantwortlich, die auf dem Gut gehalten wurden. Das war mir nur recht. Ich mag Pferde und träumte immer von einem eigenen Gestüt. Außerdem war diese Tätigkeit von Vorteil für eine spätere Flucht. Ich kannte die Tiere, wusste, welche von ihnen schnell und ausdauernd waren. Aber noch lag eine Flucht in weiter Ferne. Wie Thomas schon gesagt hatte – Weglaufen war einfach. Die Kunst bestand darin, nicht wieder eingefangen zu werden.«

Stephans Blick schweifte erneut über die dunklen Wälder. Wieder sah er die Bilder von damals vor seinem inneren Auge, die Pferde, Bespinas fünfjährigen Sohn Zeki, der sich so gern in den Ställen herumtrieb, ihm beim Striegeln half und sich zeigen ließ, wie Hufe ausgekratzt wurden.

»Zu meiner Aufgabe gehörte nicht nur das Ausmisten und die Versorgung der Tiere, sondern auch das Satteln der Pferde, die an jenem Tag gebraucht wurden«, fuhr er fort. »Sebastien schien seinen Widerstand zwei Tage zuvor aufgegeben zu haben, sodass Wakur ihm befohlen hatte, mir zur Hand zu gehen. Du kannst dir meine Begeisterung vorstellen, aber Wakur hatte sich etwas dabei gedacht. Sebastien sprach wie ich kein Arabisch, und zumal er mich hasste, konnte Wakur sicher sein, dass wir gemeinsam nichts aushecken würden. Während ich die Pferde striegelte und anschließend sattelte, mistete Sebastien den Stall aus. Ich stand gerade neben dem Pferd von Rafiks Sohn Faris, als ich einen heftigen Schlag auf den Hinterkopf bekam und sofort benommen zu Boden ging. Als ich wieder zu mir kam, sah ich, wie Sebastien auf Faris' Pferd durch das Tor galoppierte. Neben mir lag die Mistforke, an ihrem Stiel klebte mein Blut. Ich rappelte mich mühsam auf und tastete nach der Platzwunde an meinem Schädel. Sie war zum Glück nicht tief, und die Blutung ließ bald nach. Das Geschrei im Hof war indes ohrenbetäubend. Bewaffnete schwangen sich auf die erstbesten Reittiere und setzten Sebastien nach. Natürlich fassten sie ihn bald darauf. Und anschließend wurde er vor aller Augen an der Stallwand geköpft. Als Warnung für jene, die mit dem Gedanken an Flucht spielen mochten.«

»Eine grausame Strafe«, bemerkte Karim.

»Thomas wiederholte, was er zuvor schon über Sebastien gesagt hatte – es war seine Art zu sterben. Er hatte es billigend in Kauf genommen. Wir hingegen wollten leben.«

»Und wie seid ihr schließlich entkommen?«

Stephan hob den Blick zum Nachthimmel. In der Ferne schien das Schwarz bereits vom Blau des aufziehenden Morgens durchbrochen zu werden. »Das erzähle ich dir ein anderes Mal. Es ist schon spät.«

»Immer hörst du an der spannendsten Stelle auf.«

»Nein, immer dann, wenn der Weinkrug leer ist. Gute Nacht, Karim.«

31. Kapitel

Muss das wirklich sein?« Meret musterte Rudolf mit einem Stirnrunzeln.

»Ja«, sagte er knapp und band das Seil am Fensterkreuz fest.

»Du siehst sie doch ohnehin jeden Tag. Ich habe jedes Mal Angst, dass du abstürzt.«

»Du solltest inzwischen wissen, dass mir nichts geschieht.«

»Kaum geht es dir besser, wirst du wieder übermütig.«
»Für eine Elfjährige bist du ganz schön vorlaut.«
»Irgendjemand muss doch auf dich aufpassen.«
»Ach? Du auf mich?«
»Ja.«
»Nun, dann pass gut auf, dass keiner kommt und das Seil durchschneidet, während ich zu Sibylla hinunterklettere.«
Rudolf hörte Meret laut aufseufzen und konnte sich bildlich vorstellen, wie sie hinter seinem Rücken die Augen verdrehte. Doch er musste Sibylla sehen. Jetzt, solange er noch er selbst war, denn er spürte, dass die Dunkelheit der vergangenen Tage dem lodernden Feuer wich, das ihn zu einem Menschen machte, der sich für unfehlbar und unüberwindlich hielt. Zu einem Menschen, der seine Worte nicht mehr abwägte, sondern hemmungslos und ohne Rücksicht auf nachteilige Folgen drauflosredete.
Als er zaghaft an Sibyllas Fenster klopfte, öffnete sie ihm höchst überrascht.
»Herr Rudolf, ich hatte nicht erwartet, dass Ihr diesen Weg jemals wieder nehmt!«
»Verzeiht, wenn ich ungelegen komme, aber es muss sein. Darf ich eintreten?«
Sie lachte leise. »Das wisst Ihr doch.«
Er stieg durch das Fenster in die Kemenate und nahm auf dem angebotenen Stuhl Platz.
»Also, was gibt's?« Sie musterte ihn aufmerksam.
Er räusperte sich. In seiner Vorstellung hatte er sein Anliegen leichteren Herzens vorgebracht als jetzt, da er ihr gegenübersaß.
»Ihr erinnert Euch an die Geschichte, die Pater Pius über die Grafen von Ilfeld erzählte, nicht wahr?«
»Selbstverständlich.«
»Deshalb bin ich hier.«
»Wegen der Geschichte?«

»Nein, eigentlich nicht … das heißt, in gewisser Weise schon.« Verflucht, warum stammelte er so herum? Gewöhnlich bereitete es ihm keine Mühe, sich in Gegenwart einer Dame angemessen auszudrücken.

»Was ist?«, fragte sie mit sanftem Blick. »Euch scheint etwas zu bedrücken.«

»Fräulein Sibylla, ich möchte nicht, dass Ihr schlecht von mir denkt.«

»Ich denke nicht schlecht von Euch, ganz im Gegenteil. Das müsstet Ihr doch wissen.«

»Ja, weil Ihr bislang nur eine Seite des Fluchs der Ilfelder kennengelernt habt. Aber ich fürchte, das Feuer in mir übernimmt alsbald die Herrschaft über mich.«

»Das Feuer? Was bedeutet das?«

Er zögerte. Obwohl er das Gespräch in Gedanken viele Male durchgegangen war, vermochte er Sibylla jenen Teil seines Leids kaum zu offenbaren, für den er sich weitaus mehr schämte als für die Dunkelheit.

»Meine Mutter sagt, dann brenne meine Seelenflamme lodernd hell, viel heller als bei allen anderen Menschen«, brachte er schließlich hervor. »In dem Zustand neige ich zu allerlei Torheit. Und vermutlich würde ich die Worte, die ich im Augenblick kaum auszusprechen wage, recht unverblümt äußern. Deshalb wollte ich es lieber hier und jetzt versuchen.«

»Ich begreife nicht ganz …«

»Ihr werdet es gleich verstehen. Sollte ich etwas sagen, das Euren Ohren missfällt, dann tun wir am besten so, als hätte es dieses Gespräch nicht gegeben.«

Zwischen ihren Brauen bildete sich eine Falte. »Dann fangt an!«

Er holte tief Luft, öffnete den Mund, brach ab. Atmete erneut ein, setzte an. »Sibylla, Ihr seid die wundervollste Frau, die mir je begegnet ist. Das wusste ich schon in dem Augenblick, als Ihr mit erhobenem Schürhaken auf mich zukamt.« Er legte eine kurze Pause ein, um die Wirkung seiner Worte abzuwarten.

»Das hat Euch gefallen? Mit dem Schürhaken bedroht zu werden?« Ihre Empörung war nur gespielt, und die Falte auf ihrer Stirn glättete sich.

»Nun ja, dass Ihr hübsch seid, ist sofort ersichtlich. Aber ich mag Frauen, die sich durchzusetzen wissen.«

Sie lachte leise. »So, so.«

Er räusperte sich. »Natürlich ist es nicht nur das. In den darauffolgenden Tagen durfte ich Euer einnehmendes, freundliches Wesen näher kennenlernen. Ihr zeigtet Euch nicht erschreckt oder gar abgestoßen, als Ihr die Wahrheit über mich erfuhrt. Und Ihr habt mir in den letzten Tagen sehr geholfen.«

Sie senkte den Blick. »Das war doch selbstverständlich.«

»Nein, das war es nicht. Das war Eure ganz eigene Art der Hilfsbereitschaft. Getragen durch all das, was Euch neben Eurem Liebreiz, Eurer Anmut und Eurem Durchsetzungsvermögen auszeichnet. Und es bestätigte das Gefühl, das mich von Anfang an durchströmte, als ich Euch das erste Mal begegnete.«

Er holte nochmals tief Luft.

»Ich habe lange mit mir gekämpft, ob ich es wagen darf, Euch tatsächlich zu fragen. Nicht etwa deshalb, weil eine Fehde zwischen unseren Familien herrscht. Fehden können beendet werden. Sondern weil ein Makel auf mir liegt. Ich bin mir niemals sicher, ob mich die Dunkelheit oder das lodernde Feuer zu völlig unpassender Zeit überkommt. Aber dennoch muss ich Euch fragen, Sibylla. Weil ich noch nie für eine Frau so empfunden habe wie für Euch.«

Wieder hielt er einen Augenblick lang inne, um dann feierlich fortzufahren. »Würdet Ihr mir erlauben, Euren Vater um Eure Hand zu bitten, sobald diese Fehde vorüber ist? Auch auf die Gefahr hin, dass er mich im Burggraben ertränken will oder zur Abwechslung *meiner* Familie die Fehde erklärt?«

Schweigen. Immerhin keine Falte zwischen den Brauen. Nur ein prüfender Blick.

»Wie bist du, wenn das Feuer dich verbrennt?«, fragte sie schließlich.

Erfreut nahm er den Wechsel vom steifen Ihr zum vertrauten Du wahr.

»Überheblich, vorlaut … und ich sage jedem, was ich denke, ob er's hören will oder nicht. Das hat mir in der Vergangenheit schon ein Duell eingetragen. Der einzige Vorteil liegt darin, dass ich in solchen Zeiten im Duell kaum zu besiegen bin. Insofern kann ich mir die lose Zunge erlauben.«

»Letztendlich ähnlich wie ein Betrunkener, der sich für einen Löwen hält?«

»Der Vergleich trifft durchaus zu«, räumte Rudolf ein.

»Und wie oft geschieht es?«

»Das letzte Mal liegt zwei Jahre zurück.«

»Und wie bist du zu zügeln, damit du keine Torheiten begehst? Müsste ich den Schürhaken schwingen?« Ein verschmitztes Lächeln umspielte ihre Lippen.

»Nein, das nicht. Im Allgemeinen lasse ich mir gut zureden. Aber ich erhebe heftige Widerrede, und meine Familie behauptet, mein Wesen sei in jenen Tagen schwer zu ertragen.«

»Aber dennoch steht sie zu dir, liebt und schätzt dich.«

»Ja.«

»Dann kann der Makel so groß nicht sein.«

»Für mich ist er das«, erwiderte Rudolf mit leiser Stimme. »Deshalb bin ich auch freiwillig zurückgetreten, als es darum ging, ob Alexander oder ich unseres Vaters Erbe antreten sollen. Ich weiß, dass ich niemals ein so guter Graf wie Alexander werden könnte, da ich das Ungleichgewicht meiner Natur nicht zu beherrschen vermag.«

»Für mich ist das kein Makel«, widersprach sie ihm entschieden, »sondern ein Zeichen der Stärke, weil du zu deiner

Schwäche stehst.« Sie hielt einen Augenblick lang inne, ganz so, als überlege sie. »Ich würde dir gern mein Jawort geben«, sagte sie schließlich. »Aber ich möchte wissen, worauf ich mich einließe. Du sagst, du befürchtest, das Feuer werde bald ausbrechen?«

Rudolf nickte. Ihre Einschränkung raubte ihm den anfänglichen Mut. Was, wenn sein Verhalten sie abstieß? Andererseits – er war ihr eine Erklärung schuldig. Sie musste wissen, was sie erwartete.

»Es kann schon morgen geschehen, vielleicht aber auch erst in einigen Tagen«, erwiderte er. »Es gibt Vorboten.«

»Vorboten?«

»Ich schlafe wenig und verspüre dennoch keine Müdigkeit. Ich fühle mich voller Kraft und jeder Herausforderung gewachsen. Die Vorboten äußern sich meist in großer Tatkraft, während ich noch sehr wohl zu unterscheiden weiß, was angemessen ist und was nicht. Aber das ändert sich, je heftiger das Feuer brennt. Meine Gedanken werden sprunghaft. Wer mich nicht kennt, vermag ihnen dann nicht mehr zu folgen. Wenn das geschieht, brennt meine Seelenflamme lichterloh, wie meine Mutter zu sagen pflegt. So lange, bis sie ausgebrannt ist. Dann folgt meist wieder eine Zeit der Dunkelheit, bevor ich zu mir selbst zurückfinde.«

Sibylla ergriff Rudolfs Hände und drückte sie. »Du trägst ein schweres Los mit beneidenswerter Gelassenheit.«

Dann ließ sie ihn los und erhob sich. Er nahm es als Zeichen, dass er nun gehen solle, und stand gleichfalls auf. Doch Sibylla war schneller, legte ihm die Hände um den Nacken und zog ihn sanft an sich.

»Manchmal brennt auch in mir ein Feuer«, flüsterte sie. »Und das hast du von Anfang an geschürt. Seit dem Augenblick, als du an meinem Fenster aufgetaucht bist und mich mit deinem Witz für dich eingenommen hast. Ab dem Zeitpunkt war ich dir verfallen.«

Ihre Lippen boten sich ihm bereitwillig dar, er umfasste ihre Taille und presste sie an sich. Erst küsste er sie sanft und zärtlich, dann, als er merkte, wie begierig sie auf sein Spiel einging, voller Leidenschaft.

»Ich liebe dich, Sibylla«, hauchte er, nachdem sie sich wieder voneinander gelöst hatten.

»Ich weiß«, erwiderte sie mit keckem Augenaufschlag. »So wie ich dich. Und was immer ich hören oder sehen werde, ändert nichts daran. Ich weiß, dass du ein guter Mensch bist, der stets seinem Herzen folgt. In Trauer wie im Überschwang. Sonst hättest du dich nicht deiner kleinen Schwester zuliebe in diese Lage gebracht.«

»Dann heißt das im Grunde schon Ja?« Er zog sie erneut an sich.

Sie nickte. »Aber frag meinen Vater nicht zu früh. Auf keinen Fall, bevor die Fehde vorüber ist. Auch wenn das Feuer dich dazu treiben sollte. Ich fürchte, sein Jähzorn könnte ihn zu einer großen Dummheit verleiten. So wie an jenem Tag, als er Meret raubte.«

»Du meinst, er könnte mich tatsächlich im Burggraben ertränken?«

»Oder etwas noch Schlimmeres mit dir anstellen.«

»Keine Sorge, ich werde ihm keinen Grund geben.«

»Auch dann nicht, wenn das Feuer in dir brennt?«

»Auch dann nicht.« Er küsste sie zärtlich. »Ich möchte dich am liebsten gar nicht mehr loslassen, meine wundervolle Sibylla.«

»Dann bleib doch!«, flüsterte sie. »Ich habe keine Angst.«

»Nein, nicht so. Ich bringe dich nicht in Schwierigkeiten.«

»Dann geh jetzt, bevor ich *dich* in Schwierigkeiten bringe.« Sie küsste ihn und gab ihn frei.

Rudolfs Körper kribbelte, ein Gefühl ungeahnter Kraft durchströmte ihn. Sie liebte ihn. Sie hatte Ja gesagt! Es war viel einfacher gewesen, als er befürchtet hatte.

Wohlgemut verließ er ihre Kemenate durch das Fenster, beflügelt von dem Gefühl, dass er alles erreichen würde, was auch immer er sich vornahm.

32. Kapitel

Obwohl der Morgen erst angebrochen war, brannte die Sonne bereits auf die Reiter nieder. Antonia fragte sich, wie heiß es wohl mittags werden mochte, und genoss den Schatten der dichten Bäume am Rand des Hohlwegs. Sie ritt neben Sachmet inmitten der ägyptischen Garde, während Stephan sich an der Spitze des Trosses hielt, noch wortkarger als üblich und nicht ganz so aufrecht im Sattel, wie sie es von ihm gewöhnt war.

Eine Weile beobachtete sie ihn, dann fasste sie sich ein Herz, trieb ihr Pferd an und schloss zu ihm auf.

»Bist du wohlauf?«, fragte sie.

»Gewiss.«

Sie musterte ihn besorgt. Er wirkte müde, und seine Augen waren gerötet. Ähnliche Anzeichen hatte sie während des Frühgebets bei Karim wahrgenommen.

»Darf ich ehrlich sein, Stephan?«

»Sicher.«

»Du siehst übernächtigt aus. Genau wie Karim heute Morgen. Habt ihr die ganze Nacht getrunken?«

»Nein.«

»Nein?« Sie runzelte die Stirn. »Das kann ich mir nicht vorstellen.«

Ein kurzes Lächeln umspielte seine Lippen. »Der Wein hat nicht für die ganze Nacht gereicht.«

»Wird das zur Gewohnheit zwischen euch?«

»Wer weiß?«

»Dann müsst ihr euch ja viel zu erzählen haben.«

»Womöglich.«

Sogleich unterdrückte sie die aufsteigende Eifersucht und lächelte ihn stattdessen an. »Hätten wir uns denn auch etwas zu erzählen?«

»Wer weiß?«

Ein Pferd schnaubte, und eine leise Stimme sagte beruhigende Worte auf Arabisch. Irgendwo raschelte ein kleines Tier durchs Unterholz, und der allgegenwärtige Chor der Vögel erfüllte die Luft. Doch auf ein weiteres Wort von Stephan wartete Antonia vergeblich. Schweigend ritt er an ihrer Seite.

»Warum ausgerechnet Karim?«, fragte sie schließlich.

»Warum nicht?«

»Weil ihr euch anfangs nicht leiden konntet.«

»Da kannten wir uns noch nicht.«

»Und inzwischen kennt ihr euch?«

»Ja.«

»Sehr redselig bist du heute nicht.«

»Nein.«

»Hast du gar einen Kater?«

»Nein.«

»Nein?«

»Nein«, wiederholte er. »Eher einen Löwen«, fügte er dann mit verschmitztem Lächeln hinzu. Einem Lächeln, das ihr jeden Zweifel raubte. Sie bedeutete ihm mehr, als er zugeben wollte. Sonst hätte er ihr nicht seine Schwäche offenbart.

»Dann lasse ich dich besser in Ruhe, bis du deinen Löwen besiegt hast.« Vergnügt zwinkerte sie ihm zu und ritt zu Sachmet zurück.

Schon von klein auf hatte Antonia, genau wie ihre Geschwister, von ihrem Vater Arabisch gelernt. Allerdings konnte sie schnellen Gesprächen kaum folgen. Sprach ihr Gegenüber jedoch langsam und deutlich, reichten ihre Kenntnisse jederzeit für eine angeregte Unterhaltung aus. Und so war sie mit Amir ins Gespräch gekommen, dem jungen Mann aus Sachmets Garde, der unbedingt seinen Vater Witold hatte kennenlernen wollen.

»Und ist er so, wie du ihn dir vorgestellt hast?«

»Ja und nein«, antwortete Amir. »Ich war unsicher, weil ich nicht wusste, ob meine Mutter mir die ganze Wahrheit gesagt hatte.«

»Die ganze Wahrheit?«

Amir nickte. »Angeblich wollte er bei ihr bleiben, aber sie merkte, dass er in Djeseru-Sutech auf Dauer nicht glücklich geworden wäre. Deshalb verschwieg sie ihm, dass sie ein Kind erwartete, und schickte ihn fort. Ich habe manchmal daran gezweifelt.«

»Du dachtest, er habe sie verlassen?«

»Ich war unsicher. Sachmets Mutter blieb in Djeseru-Sutech und ist dort glücklich. Warum nicht auch er?«

»Das kannst du nicht vergleichen«, mischte sich Sachmet ein. »Meine Mutter hatte alles verloren. Djeseru-Sutech wurde zu ihrem neuen Zuhause. Witold hingegen war mit dem Land seiner Väter verwurzelt.«

»Dennoch wollte ich Gewissheit«, erwiderte Amir. »Und nun habe ich sie. Meine Mutter hat die Wahrheit gesagt – er wäre geblieben. Und er hat sich gefreut, einen Sohn zu haben.« Ein Lächeln huschte über Amirs Gesicht. Es war das gleiche Lächeln, das Antonia von Witold kannte. Nachdem sie die Zusammenhänge kannte, war die Ähnlichkeit zwischen ihnen recht deutlich.

»Du kannst Arabisch?«

Überrascht fuhr Antonia herum. Stephan ritt plötzlich wieder an ihrer Seite. Er sah etwas erholter aus. Seine Augen waren kaum noch gerötet, und er saß so aufrecht im Sattel, wie sie es von ihm gewohnt war.

»Wusstest du das nicht?«, antwortete sie. »Du beherrschst es doch auch, nicht wahr?«

Stephan nickte.

»Wollen wir uns dann nicht lieber auf Arabisch unterhalten, solange wir mit Begleitern reiten, die unserer Sprache nicht mächtig sind?«

Auf einmal verfinsterte sich seine Miene. »Muss das sein?«

Sein plötzlicher Stimmungsumschwung verunsicherte sie.

»Ich dachte …«, sie zögerte. »Es wäre einfach höflich, damit sie uns verstehen.«

Stephans Kiefer pressten sich so heftig zusammen, dass seine Wangenmuskeln hervortraten.

»Was ist?«, fragte Antonia. »Du siehst mich an, als hätte ich etwas Unanständiges von dir verlangt.«

»Nein«, beschwichtigte er sie sogleich. »Es ist nur so … ich verstehe sehr gut Arabisch, aber ich hatte immer Schwierigkeiten mit der Aussprache. Ich habe mir damals angewöhnt, mit so wenigen Worten wie möglich zu antworten.«

»Das tust du doch immer.«

»Mittlerweile.«

»Früher nicht?«

»Nein.«

»Hast du inzwischen etwa auch Schwierigkeiten mit der deutschen Aussprache?« Sie blitzte ihn keck an, doch er blieb ernst.

»Nein.«

»Und warum bist du dann so wortkarg?«

»Es macht vieles leichter.«

»Leichter?«

»Ich erkenne, wem wirklich etwas an mir liegt.«

»Indem du wenig redest?«

Er nickte. »Wer nur auf Klatsch und seichtes Geplänkel aus ist, verliert bald die Lust an einem Gesprächspartner, der kaum antwortet, denn er hört nicht die Botschaften in der Wahl der Worte.«

Antonia lächelte. »Die Veränderung von *womöglich* zu *gewiss?*«

»Du hast es immer verstanden«, bestätigte er. »Das hat mir gefallen.«

»Und Karim?«

»Das ist etwas anderes. Wir teilen eine Geschichte.«

»Eine Geschichte?«

»Manches lässt sich nur mit einem Menschen teilen, der Ähnliches erlebt hat.«

»Meiner Mutter haben sich viele Menschen anvertraut, die Schlimmes erlebt haben.«

»Deiner Mutter ist selbst großes Leid widerfahren. Jeder kennt die Geschichte.«

»Demnach kann also nur der das Leid eines anderen lindern, der selbst Leid kennt?«

»Nein.«

»Was dann?«

Er hob den Kopf und blickte ihr unverwandt in die Augen. »Ich möchte, dass die Vergangenheit dort bleibt, wo sie hingehört. Karim ist Teil dieser Vergangenheit. Du zählst nicht dazu. Du bist die Gegenwart, und ich möchte dich damit nicht belasten, denn ...« Er brach ab und sah zu Boden.

»Denn was?«, beharrte sie.

»Lass es für heute gut sein, ja?«

Sie erkannte die inständige Bitte in seinen Augen. Doch als sie nicht sofort antwortete, wirkte er plötzlich wieder verunsichert.

»Gewiss«, sagte sie schließlich und freute sich über sein belustigtes Kopfschütteln, als sie seine bevorzugte Wortwahl nachahmte.

Am frühen Abend erreichten die Reisenden das Kloster Sankt Michaelis. Es war ein gut geschütztes Anwesen mit hohen Mauern. Antonia hatte es in der Vergangenheit bereits mehrfach besucht. Sie kannte die Klosterkirche, den Kreuzgang und die wunderschön angelegten Gärten, in denen neben Heilpflanzen auch die unterschiedlichsten Gemüsesorten wuchsen. Vom Turm der Klosterkirche aus, den sie als neugieriges Kind in Begleitung der Mutter Oberin hatte besteigen dürfen, war das nahe gelegene Mönchskloster Sankt Andreas zu sehen.

»Wir warten, bis ihr eingelassen werdet«, sagte Stephan. »Dann reiten wir nach Sankt Andreas. Ich hoffe, wir stellen die frommen Brüder nicht vor allzu große Herausforderungen.«

Sachmet runzelte die Stirn. »Eigentlich sollte meine Garde bei mir bleiben.«

»Ich fürchte, in den Gästekammern eines Nonnenklosters sind zwölf Männer wenig willkommen.«

»Stephan hat recht«, bestätigte Antonia. »Es ist besser so.«

»Wir kehren morgen Vormittag zurück und holen euch ab«, versprach er.

Die beiden jungen Frauen mussten nicht lange warten, bis sie eingelassen wurden. Antonia und Sachmet wurden freundlich begrüßt, dennoch nahm Antonia die misstrauischen Blicke wahr, mit denen ihre Freundin die ungewohnte Umgebung maß.

»Erweist die ehrwürdige Mutter uns die Ehre und empfängt uns?«, fragte Antonia, nachdem sich das Tor hinter ihnen geschlossen hatte.

»Schwester Barbara ist bereits unterwegs, ihr die Kunde Eurer Ankunft zu überbringen«, erwiderte die junge Nonne, die derzeit den Dienst am Tor versah.

Während die Pferde in den Stall geführt wurden, warteten die beiden jungen Frauen im Besucherraum darauf, der ehrwürdigen Mutter vorgestellt zu werden. Sachmet betrachtete die kahlen weißen Wände, die nur durch ein schlichtes Holzkreuz geschmückt waren.

»Und hier sollen die Menschen zum Glauben finden?«, raunte sie Antonia zu. »Wenn ich bedenke, welche Pracht in

Djeseru-Sutechs Tempeln herrscht, dann frage ich mich, wie mächtig ein Gott wohl sein mag, der sich mit derartiger Kargheit zufriedengibt.«

»Du verwechselst das Haus Gottes mit dem Haus seiner Dienerinnen. Kein äußerer Prunk soll eine Braut Christi von ihren frommen Werken und der Hingabe an den Herrn ablenken.«

Sachmet schwieg, aber der zweifelnde Ausdruck in ihren Augen blieb.

Kurz darauf betrat die ehrwürdige Mutter Clara den Besucherraum. Obwohl sie das sechzigste Lebensjahr bereits überschritten hatte, war sie noch immer von einer ganz eigenen Kraft erfüllt, und in ihren Bewegungen zeigte sich die Geschmeidigkeit einer Frau, die zeitlebens von harter Arbeit und qualvollen Geburten verschont geblieben war.

»Ehrwürdige Mutter.« Antonia erhob sich und neigte den Kopf.

»Antonia, meine Tochter. Ich freue mich, dass du trotz der schweren Zeiten den Weg nach Sankt Michaelis gefunden hast.«

Dann fiel ihr Blick auf Sachmet, die sich ebenfalls erhoben hatte.

»Ich müsste wohl eher ehrwürdige Großmutter sagen, nicht wahr?«, fragte die junge Ägypterin und hielt dem Blick der Äbtissin stand. »Ich bin Theas Tochter«, fügte sie hinzu.

Ruckartig hob die alte Ordensfrau den Kopf.

»Du bist Theas Tochter?«, hauchte sie. Nie zuvor hatte Antonia die ehrwürdige Mutter ähnlich fassungslos erlebt. Mit zitternden Händen berührte sie Sachmets Hände, betrachtete sie, als stünde die verlorene Tochter höchstselbst vor ihr.

»Mein Name ist Sachmet.«

»Sachmet«, wiederholte die Oberin. »Ein ägyptischer Name, nicht wahr?«

»Ja.«

»Er klingt ungewohnt in meinen Ohren, aber er scheint zu dir zu passen.«

Eine Weile herrschte Schweigen. Antonia erkannte deutlich, dass der ehrwürdigen Mutter viele Fragen in der Seele brannten.

»Ist dein Vater Christ?«, erkundigte sie sich schließlich.

»Unter Christen ist er ein besserer Christ als die meisten«, erwiderte Sachmet. Antonia atmete auf. Ihre Mutter hatte ihr erzählt, dass Sachmets Vater die Fähigkeit besaß, sich überall anzupassen und seinem Gegenüber vorzuspielen, was jener zu sehen verlangte, obwohl er selbst der alten Religion Ägyptens anhing.

Auch die Oberin wirkte erleichtert.

»Ich fürchtete schon, er sei einer dieser Ungläubigen, die den Herrn schmähen«, sagte sie. »Wovon bestreitet er seinen Lebensunterhalt?«

»Er ist ein reicher Grundbesitzer mit zahlreichen Untergebenen.«

»So hat Thea doch noch ihr Glück gefunden. Kommt, meine Kinder! Wir wollen nicht hier verweilen. Ihr seid gewiss hungrig und werdet mit uns im Refektorium speisen. Schwester Ludovika liest heute vor.«

Sachmet warf Antonia einen fragenden Blick zu.

»Die Mahlzeit wird schweigend eingenommen, und eine der Schwestern liest währenddessen einen Abschnitt aus der Bibel vor«, erklärte sie.

»Und wann können wir sprechen?«

Diesmal antwortete Mutter Clara. »Nach dem Mahl begleitet ihr mich in meine Wohnräume. Dort sind wir ungestört.«

33. Kapitel

Unruhig schritt Stephan im Besucherraum von Sankt Andreas auf und ab. Seine Begleiter hatten bereits Unterkunft im Gästetrakt des Klosters erhalten, aber er wollte noch mit seinem Bruder Lukas sprechen. Obwohl – wollte er das überhaupt? Eigentlich war es der Wunsch des Grafen, um Näheres über Hugo vom Waldsee herauszufinden.

Sechs Jahre war es her, seit er Lukas zuletzt gesehen hatte. Gemeinsam mit Thomas war er hier gewesen, hatte am selben Ort auf Lukas gewartet, um sich von ihm den Segen für die heilige Mission geben zu lassen. Damals waren alle davon überzeugt gewesen, das Richtige zu tun. Er hatte den Stolz in Lukas' Stimme wahrgenommen, den Stolz auf seine jüngeren Brüder, die für den Heiland in den Krieg zogen, um die Stätten der Christenheit aus den Händen der Ungläubigen zu befreien.

»Gott ist mit euch«, hatte er gesagt. »Er ist euer Hirte und wird euch führen. Solange ihr in seinem Namen kämpft, wird euch kein Leid widerfahren, denn euer ist das Himmelreich.«

Damals hatte Stephan ihm geglaubt. Doch nun ballte er in Erinnerung an diese Worte vor Wut die Fäuste. Alles war eine Lüge gewesen. Kein gnädiger Gott hatte sie vor der Dummheit oder der Sünde des Hochmuts bewahrt. Im Gegenteil.

Es ist nicht Lukas' Schuld, ermahnte Stephan sich immer wieder. Es ist mein eigenes Versagen. Doch seine Fäuste lösten sich nur langsam.

Er hörte Schritte und spannte sich innerlich wieder an. Die Tür öffnete sich. Sein Bruder trat ein. Beinahe hätte Stephan ihn nicht wiedererkannt. Lukas war in den vergangenen Jahren dicker geworden, sehr viel dicker. Ein stattlicher Mönch mit einem gutmütigen Gesicht, das niemals etwas von den

Grausamkeiten der Welt gesehen hatte. Stephan bemerkte, dass Lukas ihn ebenfalls musterte und zusammenzuckte, als er die lange Narbe in seinem Gesicht gewahrte. Doch sofort fasste der Mönch sich wieder und eilte dem Ankömmling lächelnd entgegen.

»Stephan!« Er schloss ihn in die Arme. Stephan blieb stocksteif stehen, konnte es nicht über sich bringen, die Umarmung des Bruders zu erwidern.

»Ich freue mich, dich zu sehen!«, rief Lukas und ließ Stephan wieder los. »Ich hatte schon viel früher mit deinem Besuch gerechnet.«

»Warum?«

Lukas stutzte. »Du bist mein Bruder. Du hast im Namen des Herrn gekämpft. Es müsste dir doch ein Bedürfnis sein, deine Erlebnisse mit mir zu teilen. So wie früher.«

»Du weißt, dass Thomas tot ist, nicht wahr?« Er sah Lukas unverwandt in die Augen. Der senkte den Blick und bekreuzigte sich. »Ich habe um ihn getrauert und für ihn gebetet. Der Herr hat sich seiner angenommen. Thomas war ein guter Mensch.«

»Der beste von uns allen«, erwiderte Stephan mit tonloser Stimme. »Ein solches Ende hat er nicht verdient.«

»Du trauerst noch immer um ihn?« Lukas berührte ihn mitfühlend am Arm. »Das musst du nicht. Gott ist gerecht. Er hat Thomas gewiss einen Platz an seiner Seite gewährt. Und Thomas hätte ganz sicher nicht gewollt, dass du dich in Trauer und Leid um ihn dauerhaft grämst.«

Stephan schwieg. Zumindest in einem Punkt hatte Lukas recht – Thomas hätte es nicht gewollt.

»Ich weiß, was Thomas dir bedeutet hat«, fuhr sein Bruder fort. »Manchmal habe ich euch beide um diese innige Verbindung beneidet. Wie lange weilt er inzwischen nicht mehr unter uns?«

»Ein Jahr, drei Monate und siebzehn Tage.«

Lukas hob überrascht die Brauen. »Du führst wohl genau Buch.«

»Ich hielt ihn bis zum letzten Atemzug in meinen Armen. Ich kann seinen Tod nicht vergessen.«

»Willst du darüber sprechen?« Lukas legte seinem Bruder die Hände sanft auf die Schultern.

»Nein.«

»Das sagte Richard mir schon.« Lukas seufzte und ließ los. »Er besucht mich oft.«

»Ich weiß«, erwiderte Stephan gleichmütig. Sein ältester Bruder hatte schon immer viel auf Lukas' Rat gegeben. »Aber ich bin nicht wegen der alten Geschichten gekommen, Lukas. Ich muss mit dir über ernste Belange sprechen.«

»Über noch ernstere Belange als über Thomas' Tod?«

»An Thomas' Tod lässt sich nichts mehr ändern. Wir leben in der Gegenwart.«

Plötzlich veränderte sich das Gesicht des Bruders. Hinter der gutmütigen Miene zeigte sich ein Ausdruck, der einem Kämpfer gut angestanden hätte.

»Dann komm mit! Über ernste Belange spricht sich's besser dort, wo keiner lauschen kann.«

»Was soll das heißen?«

Lukas legte einen Finger auf die Lippen und ging voraus. Stephan folgte ihm schweigend und verwirrt.

Der Weg führte sie in den Klostergarten. Niemand arbeitete um diese Zeit, denn die meisten Brüder hatten sich bereits in die stille Klausur ihrer Zellen begeben.

»Also?«, fragte Lukas erwartungsvoll.

»Sag mir zuvor, wer uns belauscht hätte.«

»Niemand, den ich benennen könnte. Aber es herrschen schwierige Zeiten. Selbst in Sankt Andreas stehen die Männer auf unterschiedlichen Seiten.«

»Unterschiedliche Seiten? Ich verstehe nicht recht …«

»Musst du auch nicht. Sag mir lieber, was du wissen willst.«

»Graf Philip bat mich, dich nach seinem neuen Kaplan zu befragen. Es heißt, Hugo vom Waldsee sei ein strenger Asket, peinlich darauf bedacht, den Inhalt der Bibel wörtlich zu nehmen.«

»So?« Lukas schmunzelte. »Und ist der gute Bruder Hugo so, wie ihr ihn euch vorgestellt habt?«

»Nein.«

»Das wundert mich nicht.«

»Aber warum hat er diesen Ruf? Der Bischof selbst schickte ihn Herrn Philip auf die Burg, als ihm zu Ohren kam, dass dort angeblich Ungläubige aus Ägypten ein und aus gingen.«

»Die Männer, die dich hierher begleiteten?«

»Sie gehören zum Gefolge von Fräulein Sachmet, die mit dem Neffen und dem Bruder von Herrn Philip nach Burg Birkenfeld kam.«

»Und warum begleiten sie dich hierher?«

»Wir waren das Geleit für Fräulein Antonia und Fräulein Sachmet nach Sankt Michaelis. Aber du verstehst, dass wir dort nicht bleiben konnten.«

»Wer weiß? Vielleicht hätte es die ehrwürdigen Schwestern gefreut, so stattliche Männer beherbergen zu dürfen.«

»Ich wusste gar nicht, dass man im geistlichen Stand derartige Zweideutigkeiten pflegen darf.«

»Darf man auch nicht. Ich werde dafür Buße tun.« Lukas grinste breit, und für einen Augenblick war die alte Vertrautheit wieder zu spüren.

»Also, was hat es nun mit Hugo vom Waldsee auf sich?«, verlangte Stephan zu wissen. »Wieso erzählen sich alle, er sei so streng?«

Lukas sah sich kurz um.

»Das hat mit den unterschiedlichen Seiten zu tun. Unser Abt, Vater Melchior, hat derzeit einige Schwierigkeiten mit dem Bischof von Halberstadt. Es gibt hier in Sankt Andreas Kräfte, die das für ihr eigenes Fortkommen nutzen wollen.«

»Welcher Art sind die Schwierigkeiten mit dem Bischof?«

»Sie könnten an den Fundamenten des Friedens rütteln.«

»Ich verstehe nicht ganz …«

»Manchmal entscheiden Bischöfe über Könige.«

»Über Könige?«

Lukas nickte. »Auf welcher Seite steht Graf Philip?«

»Wie meinst du das? Um welche Seiten geht es?«

»Wilhelm von Holland oder Manfred von Sizilien?«

»Ich verstehe immer noch nicht … Wilhelm von Holland ist unser König, aber wer ist Manfred von Sizilien?«

»Ein Bastardsohn von Kaiser Friedrich dem Zweiten, der ebenfalls Anspruch auf den Thron erhebt.«

»Ein Bastard kann keinen Anspruch auf das väterliche Erbe erheben!«

»Es heißt, der alte Kaiser habe Manfred durch die Heirat mit seiner Mutter auf deren Sterbebett legitimiert«, widersprach Lukas. »Zudem ist die Abkunft eines Mannes bedeutungslos, wenn ihm eine Streitmacht untersteht, die seine Ansprüche notfalls mit Gewalt durchzusetzen vermag.«

»Aber was hat das mit Hugo vom Waldsee zu tun?«

»Früher warst du nicht so schwer von Begriff.« Lukas seufzte. »Nun ja, woher sollst du es auch wissen? Nun, Bischof Ludolf wurde nicht vom Papst als Bischof von Halberstadt bestätigt. Er hat sich darüber hinweggesetzt, denn Rom ist weit. Aber um seine Macht zu halten, muss er sich einflussreiche Verbündete schaffen. Deshalb unterstützt er Manfred von Sizilien mit Geldern der Kirche bei seinem Kampf gegen den rechtmäßigen König.«

Stephan erstarrte. »Das wäre Hochverrat!«

Lukas nickte. »So ist es. Die Schwierigkeit besteht darin, dass wir die Beweise für diesen Verrat zwar besitzen, sie aber nicht fortschaffen können. Selbst in Sankt Andreas gibt es Anhänger des Bischofs, die ihm alles zutragen. Und so müssen wir nach außen hin Ergebenheit zeigen. Noch ahnen unsere

Gegner nicht, dass unser Abt Dokumente besitzt, die das Verbrechen des Bischofs beweisen. Wenn sie es wüssten, gäbe es Sankt Andreas nicht mehr in der Form wie heute. Und auch Sankt Michaelis nicht.«

Stephan horchte auf. »Was hat das Nonnenkloster damit zu schaffen?«

»Die hochehrwürdige Äbtissin Clara von Askanien ist eine sehr gebildete Frau. Der frühere Bischof von Halberstadt war ihr Onkel. Sie hat deshalb noch immer Vertraute in der Bischofsburg, die sie mit Nachrichten versorgen. Diese wiederum übermittelt sie unserem Abt Melchior.«

Stephan starrte seinen Bruder fassungslos an. Mit allem hatte er gerechnet, aber nicht damit, in ein klerikales Spiel um Hochverrat verwickelt zu werden.

»Und Hugo vom Waldsee?«

»Ist ein gutmütiger, freundlicher Bruder. Wegen eines Magenleidens, das ihm das finstere Aussehen und den hageren Leib bescherte, fiel ihm die Aufgabe zu, nach außen den strengen, asketischen Glaubensmann darzustellen, den der Bischof sich wünscht. Du weißt doch, was man sich über uns erzählt.« Lukas lachte und rieb sich den feisten Bauch.

»O ja. Die Mönche von Sankt Andreas sind den Genüssen der Tafel eher zugeneigt als der Askese.«

»Hätte Gott den Menschen als höchstes Ziel den Hunger zugedacht, gäbe es dann fette Gänse, Fasane, Rebhühner, Täubchen, Schweine und Ochsen? Oder marinierten Fisch? Ganz zu schweigen von …«

»Hör auf, ich bekomme Hunger von deinem Geschwätz!«

»Dem können wir abhelfen«, versprach Lukas. »Komm! Ich sorge dafür, dass auch dir Gottes leiblicher Segen teilhaftig wird.«

»Und was ist mit der anderen Geschichte, die du mir erzählt hast?«

»Ich weiß, dass du Stillschweigen bewahren kannst, Stephan.

Noch heute spreche ich mit Vater Melchior. Dann müssen wir entscheiden, ob es an der Zeit ist, unser Wissen nicht länger zu verbergen, sondern zu nutzen.«

Antonia und Sachmet hatten derweil mit den Schwestern gespeist und saßen nun mit der ehrwürdigen Mutter Clara in deren Gemach. Antonia kannte die Wohnräume der Oberin bereits, auch deren Art, das Gebot der Armut auszulegen. Ärmlich ließ sich die Einrichtung nur angesichts des Umstands nennen, dass Mutter Clara als Herzogstochter aufgewachsen war. Die Möbel waren aus fein gedrechseltem Nussbaumholz gefertigt. Den Boden bedeckte ein orientalischer Teppich, das Geschenk des Bruders der Äbtissin, den er vom Vierten Kreuzzug fünfzig Jahre zuvor mitgebracht hatte.

Zunächst verlangte die Mutter Oberin, dass Sachmet von sich und ihren Eltern berichtete. Die junge Ägypterin tat dies in einer Weise, die Antonia beeindruckte. Sachmet verstand sich meisterlich auf die Kunst, das Erbe Djeseru-Sutechs vor der Welt zu verbergen.

Nachdem die Neugier der Oberin befriedigt war, berichtete Antonia in vorsichtigen Worten von den Ereignissen auf Burg Birkenfeld, auch von Hugo vom Waldsee.

Zu ihrer Überraschung lachte die sonst so ernsthafte Äbtissin.

»Bruder Hugo ist ein sanftmütiger, freundlicher Mann, der den Glauben nicht durch harte Askese lebt, sondern der die Liebe des Herrn predigt, wenn man ihn lässt.«

»Ja, aber ...« Antonia starrte Mutter Clara erstaunt an. »Warum erzählt man sich dann von seiner Strenge und Unerbittlichkeit?«

Die Äbtissin seufzte. »Selbst vor dem Haus Gottes macht der Satan nicht halt mit seinen Versuchungen und seiner Verderbtheit. Aber damit solltet ihr eure Seelen nicht beschweren.«

»Nichtwissen beschwert die Seelen viel mehr«, wandte Antonia ein. »Ich will ehrlich sein, ehrwürdige Mutter. Wir sind nicht nur gekommen, damit Sachmet ihre Großmutter kennenlernt, sondern auch, um mehr über Pater Hugo zu erfahren. So lautete der Wunsch meiner Eltern.«

Die Äbtissin musterte Antonia mit scharfem Blick. »Ist das so?«

Es fiel Antonia schwer, dem Blick standzuhalten, doch es gelang ihr. »Ja, ehrwürdige Mutter. So ist es.«

»Manchmal empfiehlt es sich, nicht zu viel von den Ränken anderer zu wissen. Vor allem für junge Mädchen wäre das besser.«

»Nur leider werden auch junge Mädchen nicht von den Ränken anderer verschont«, warf Sachmet ein. »Meine Mutter lehrte mich, dass eine Frau nicht weniger als ein Mann wissen sollte. Im Gegenteil – es ist sogar besser, wenn sie mehr als jeder Mann weiß, um auf diese Weise die körperliche Unterlegenheit auszugleichen und siegreich zu bleiben.«

Ein feines Lächeln umspielte Mutter Claras Lippen.

»Etwas anderes hätte ich von Thea auch nicht erwartet«, gab sie zu. »Und du scheinst das Feuer geerbt zu haben, das die Frauen unserer Familie durchdringt.«

»Selbst eine ehrwürdige Äbtissin?«, fragte Sachmet und erwiderte das feine Lächeln.

»Wäre ich sonst deine Großmutter?«

»Dann wirst du es uns erzählen?«

»Wenn ihr verschwiegen seid wie die Mäuschen, die alles sehen und hören, aber nichts verraten. Denn dieses Wissen ist gefährlich.«

»Was ist mit meinen Eltern?«, fragte Antonia. »Dürfen wir ihnen gegenüber offen sprechen?«

Mutter Clara zögerte kurz, dann nickte sie. »Es gibt wenige Menschen, denen ich so rückhaltlos vertraue wie deinen Eltern. Vielleicht sollte der Graf von Birkenfeld über alles Bescheid wissen. Er wäre ein wertvoller Verbündeter.«

Und so erfuhren Antonia und Sachmet von der Verschwörung des Bischofs von Halberstadt gegen den König.

»Es gibt Beweise«, schloss die Mutter Oberin ihre Rede. »Allerdings sind sie anfechtbar, denn es handelt sich ausschließlich um Abschriften, die mir ein Getreuer zukommen ließ und die ich bei Vater Melchior in Sankt Andreas hinterlegt habe. Außer dem Abt vertraue ich nur wenigen Brüdern in Sankt Andreas. Pater Hugo vom Waldsee ist einer von ihnen. Aber auch Lukas von Cattenstedt.«

»Stephans Bruder ist eingeweiht?« Antonia horchte auf.

Die Äbtissin nickte.

»Stephan ist mit unserer Eskorte nach Sankt Andreas geritten. Mein Vater hat auch ihm den Auftrag erteilt, etwas über Pater Hugo herauszufinden.«

»Nun, dann nehme ich an, dass sein Bruder ihn einweihen wird. Die Cattenstedts waren stets für ihre Treue und Verschwiegenheit bekannt. Wir brauchen waffenstarke Verbündete, die sich nicht scheuen, gefährliche Botschaften zu überbringen. Denn was gilt unser Wissen, wenn wir stets auf der Hut sein müssen, dass der Bischof davon erfährt? Es ist an der Zeit, den König und den Papst in Kenntnis zu setzen.«

»Mein Vater wird dies gewiss in die Wege leiten.«

»Da bin ich mir sicher, Antonia. Es gibt jedoch eine Schwierigkeit, und die nannte ich bereits. Es handelt sich um Abschriften und um keine Originale. Wir wissen, dass der Bischof Kirchengelder veruntreut, um Manfred von Sizilien zu unterstützen. Aber solange wir kein gesiegeltes Original vorweisen können, sind unsere Beweise wertlos. Ja, schlimmer noch – man könnte sie gegen uns verwenden. Dann nämlich, wenn der Bischof behauptet, wir hätten sie gefälscht, um ihn in ein schlechtes Licht zu rücken.«

»Wie oft werden derartige Botschaften herumgeschickt?«, fragte Sachmet.

»Ein- oder zweimal im Monat. Ich erfahre es immer durch

meinen Vertrauten im Bischofspalast, der die Abschriften anfertigt.«

»Mein Vater würde handeln, wenn dies seine Angelegenheit wäre«, warf Sachmet ein.

»Was täte er?«, fragte Mutter Clara und hob den Kopf.

»Er finge einen Boten ab und brächte das Original dorthin, wo der Verrat offenbar wird.«

»Das ist gefährlich.«

»Aber nützlich«, bemerkte Sachmet trocken. Antonia beobachtete, wie die Äbtissin nachdenklich die Stirn runzelte.

»Für heute habt ihr genug erfahren«, beschied die Oberin schließlich. »Schwester Barbara wird euch in die Gästekammer führen.«

»Und wie geht es mit dem Bischof weiter?«, beharrte Sachmet.

»Lass mich eine Nacht darüber schlafen! Dann setze ich mich mit Vater Melchior in Verbindung. Alles Weitere wird sich ergeben.«

34. Kapitel

»Ich habe nachgedacht.« Lena schmiegte sich eng an ihren Gatten. Den ganzen Tag hatte sie dieses Gespräch vor sich hergeschoben. Nun, da sie in seinen Armen lag und sich die Ruhe der Nacht über die Burg senkte, hielt sie die Stunde für gekommen, ihm ihren Plan darzulegen.

»Worüber?« Er zog sie fester an sich und streichelte ihr sanft über den Rücken. Lena lächelte. Sie waren seit vierundzwanzig Jahren verheiratet, Alexander und Antonia waren mittlerweile erwachsen, dennoch hatte das Feuer der Leidenschaft niemals nachgelassen. Sie begehrte Philip wie am ersten Tag und wusste, dass er genauso empfand.

»Über diese Fehde. Es ist an der Zeit, sie zu beenden.«

»Soll ich etwa nachgeben?«

»Nein, ganz im Gegenteil. Aber diese Überfälle bringen uns nicht weiter. Irgendwann wird es die ersten Toten geben. Das gilt es zu vermeiden.«

»Was schlägst du vor?«

»Ich habe in den letzten Tagen häufig an unsere Zeit in Djeseru-Sutech gedacht. Und an das Wissen, das dort in der Bibliothek gehütet wird. Erinnerst du dich an die Geschichte vom Trojanischen Pferd?«

»Selbstverständlich. Aber ich wüsste nicht, wie wir den Regensteinern ein solches Pferd aufschwatzen könnten.«

»Manchmal muss man im übertragenen Sinn denken. Es wäre ein Leichtes, diese Fehde zu beenden, wenn die Regensteiner bereit wären, gegen die Ritter von Birkenfeld und Hohnstein im Turnier anzutreten. Der Gewinner gilt auch als Sieger der Fehde.«

Philip seufzte. »Ich fürchte, die Regensteiner würden einen derartigen Vorschlag ablehnen. Sie waren uns bislang in jedem Turnier unterlegen.«

»Ja, derzeit würden sie großspurig ablehnen. Sollte es aber auch in ihrem Sinn sein, die Fehde ohne Gesichtsverlust möglichst bald zu beenden, sähe es anders aus.«

»Sie haben alle Vorteile auf ihrer Seite. Meret und Rudolf sind ihre Gefangenen, Regenstein selbst ist uneinnehmbar. Warum sollten sie diesen Vorteil aufgeben?«

»Weil ich vorhabe, das Trojanische Pferd zu werden.«

»Du?« Philips liebkosende Hand hielt inne. »Was soll das heißen?«

»Wir haben erfahren, wie ehrlos sie handeln, wenn sich jemand als Austauschgeisel anbietet. Andererseits scheinen sie sich aber an den üblichen Umgang mit Geiseln zu halten. Stephan hat Rudolf und Meret auf dem Wehrgang gesehen. Das heißt, sie dürfen sich innerhalb der Burg frei bewegen.«

»Ja und?«

»Ich habe mir überlegt, mit einem Gefolge nach Burg Regenstein zu reisen und Ulf aufzufordern, meine Kinder freizugeben.«

»Das wird er nicht tun.«

»Nein, natürlich nicht. Wie ich ihn einschätze, wird er mir drohen, mich ebenfalls gefangen zu nehmen. Und dann beginnt mein Plan.«

Lena bemerkte, wie Philip die Luft anhielt.

»Du willst dich in die Gewalt der Regensteiner begeben?«

»Eine so verlockende Geisel lassen sie sich gewiss nicht entgehen. Sie glauben, dich dadurch noch tiefer zu demütigen, Philip. Aber in Wirklichkeit holen sie sich das Trojanische Pferd in die Burg.«

»Weil du das Tor heimlich öffnen willst?« Deutlich nahm sie den Zweifel in seiner Stimme wahr.

»Nein, weil ich es ihnen auf ihrer Burg so ungemütlich mache, dass sie nach jedem Ausweg greifen werden, um die lästigen Geiseln ohne Gesichtsverlust loszuwerden.«

»Verrat mir, wie du derartig grobe Klötze in die Knie zwingen willst!«

»Durch die Feinheit einer gebildeten Dame. Ganz langsam und freundlich.« Lena lächelte. »Unterschätze nie die Macht der Frauen! Sie mag unscheinbar sein, aber die Frauen sind die Seele eines Hauses. Und wehe dem Mann, der das vergisst!«

»Glaubst du wirklich, Ulf ließe sich so etwas gefallen?«

»Nicht sofort. Die Erziehung eines ungehobelten Kerls bedarf einiger Mühe und Zeit. Gib mir einen Monat! Ich glaube, dann sind die Regensteiner dankbar für jede Möglichkeit, mich loszuwerden.«

»Und wenn du dich irrst? Wenn dein Plan misslingt?«

Lena atmete tief durch. »Dann trittst du ihnen eben die gewünschte Eisenerzmiene ab. Das ist mir lieber, als dass es Tote gibt. Du weißt doch selbst, dass wir diese Fehde auf herkömmlichen Weg nicht für uns entscheiden können. Versuchen wir es mit dieser List! Wir können nur gewinnen.«

»Ich soll dich also gehen lassen?«

»Darum bitte ich dich.«

»Ich habe kein gutes Gefühl dabei.«

»Das hattest du auch nicht, als ich Barbarossa damals im Kerker aufsuchte. Du dachtest, er würde mich demütigen. Tatsächlich brachte ich den verstockten Räuber zu einem Geständnis. Vertrau mir auch diesmal!«

Philip seufzte. »Bleibt mir etwas anderes übrig?«

Lena streichelte ihm über die Brust und küsste ihn.

»Ich ginge nie gegen deinen Willen«, flüsterte sie. »Nur mit deinem Segen, Liebster.«

Er strich ihr über das Gesicht. »Den hast du«, flüsterte er zurück. »Ich bedaure nur, dass ich nicht dabei sein kann, wenn die Herren von Regenstein durch weibliche List zur Strecke gebracht werden.«

35. Kapitel

Ist euch überhaupt klar, was das bedeutet?«, rief Philip.

Noch nie hatte Antonia ihren Vater so erregt im Kaminsaal auf und ab schreiten sehen. Nicht einmal Merets Entführung oder Rudolfs Gefangennahme hatten ihn so aus der Fassung gebracht. Sogar ihre Mutter war blass geworden.

»Ja«, antwortete Stephan für alle. »Der Bischof von Halberstadt veruntreut Kirchengelder, um den falschen Thronfolger zu unterstützen. Diesem Spiel müssen wir ein Ende bereiten.«

»Es ist nicht klug, sich allzu offen auf eine Seite zu schlagen, wenn der Ausgang ungewiss ist«, gab Lena zu bedenken.

»Aber Wilhelm von Holland ist der rechtmäßige König«, beharrte Stephan. Antonia wunderte sich über die Leidenschaft, mit der er ihrer Mutter widersprach. »Es kostet immer Mut, in gefährlichen Zeiten richtig zu handeln.«

»Und was gedenkst du zu tun?« Philip hielt in seinem rastlosen Schreiten inne und musterte den jungen Ritter mit scharfem Blick.

»Wir benötigen ernst zu nehmende Beweise, die wir der päpstlichen Nuntiatur in Magdeburg übergeben können. Wenn wir einem Boten des Bischofs ein Originaldokument entwenden könnten, dann …«

»Nein!«, fuhr Philip ihn an. »Das ist viel zu gewagt! Wir könnten alles verlieren, wenn wir scheitern.«

»Ich hätte nichts zu verlieren«, entgegnete Stephan mit fester Stimme. »Sollten wir scheitern, nehme ich alle Schuld auf mich.«

Eine Weile herrschte Schweigen. Stephan hielt dem Blick von Antonias Vater kraftvoll stand. Schließlich glätteten sich Philips Züge, und Antonia glaubte, den Hauch eines Nickens wahrzunehmen.

»Aber keine Gewalt«, sagte er. »List ist eine stärkere Waffe.«

»List?«, fragte Stephan nach.

»List«, bestätigte Philip. »Es ist unnötig gefährlich, einen Boten des Bischofs zu überfallen und zu berauben. Es wäre weitaus geschickter, die Botschaft bereits in Halberstadt zu vertauschen und uns das Original anzueignen. Sobald wir wissen, ob die Botschaft ausreichend beweiskräftig ist, bringst du sie nach Magdeburg.«

Erneutes Schweigen. Antonia und Sachmet tauschten einen Blick. Wie sollte ein bischöflicher Bote überlistet und seine Botschaften vertauscht werden?

»Dann habt Ihr einen Plan?«, fragte Stephan.

»Plan wäre zu viel gesagt, mehr eine Eingebung, die noch reifen muss.« Philip schlug Stephan freundschaftlich auf die Schulter. »Aber zuvor habe ich noch etwas anderes zu erledigen. Ich fürchte, ich muss unserem guten Kaplan etwas beichten.«

»Willst du ihm heute noch beichten?« Lena sah ihren Gatten fragend an.

»Unangenehme Vorhaben bringe ich lieber so bald wie möglich hinter mich«, sagte er und verließ den Kaminsaal.

»Wenn dein Vater zurückkommt, müssen wir Alexander, Christian und Bertram einweihen.«

»Was ist mit Donatus und Karim, Mutter? Sie sind ebenso vertrauenswürdig.«

»Davon bin ich überzeugt. Aber vielleicht sollten wir sie nicht in unsere Händel verwickeln.«

»Sie wissen doch längst Bescheid«, warf Stephan ein. »Würden wir ihnen unsere Pläne vorenthalten, käme das einem Verrat an ihrer Treue gleich.«

»Sagt, Herr Stephan, was ist in Sankt Andreas geschehen, dass Ihr so heftig für die Sache des Königs streitet?«

»Es geht nicht allein um die Sache des Königs, Frau Helena. Die Regensteiner haben sich mit dem Bischof verbündet. Wollen wir die Fehde für uns entscheiden, müssen wir ihren wichtigsten Verbündeten zu Fall bringen.«

»Ein kluger Einwand. Aber ich glaube, das ist nicht alles.«

»Wie meint Ihr das?«

»Ich bin mir nicht so sicher. Aber ich werde neugierig, wenn ein zurückhaltender Mensch wie Ihr mit Feuer und Leidenschaft spricht. Zumal ich Eure Seelenflamme noch nie so hell lodern sah.«

Stephan senkte den Blick, als fühle er sich ertappt.

»Darin liegt nichts Schlimmes«, fuhr Lena fort. »Es ist das Feuer, das allen Menschen eigen ist und das ich viel zu lange in Euch vermisst habe.«

Eine Weile herrschte Schweigen. Sachmet schien die Stille kaum auszuhalten und bot sich an, Karim und Donatus dazuzuholen.

»Noch nicht!«, wehrte Lena ab. »Wir warten, bis Philip zurück ist. Er soll entscheiden.«

Es dauerte einige Zeit, bis Antonias Vater erschien. Seine Miene wirkte undurchdringlich, dennoch bemerkte Antonia ein belustigtes Blitzen in seinen Augen.

»Du hast mit Hugo gesprochen?«, fragte Lena. »Was sagte er zu deiner Beichte?«

»Er meinte, sechs Ave Maria seien angemessen. Ich habe ihn auf vier Ave Maria und zwei Schinkenbrote für ihn heruntergehandelt.« Der vergnügte Zug um seine Augen breitete sich nun auch über das ganze Gesicht aus.

Einen Augenblick lang starrte Antonias Mutter ihren Gatten verdutzt an, dann brach sie in Gelächter aus, in das alle anderen einstimmten.

»Immerhin hat er Humor«, gab sie zu.

»Nicht nur das, er hatte auch Verständnis und meinte, wir hätten ihn zwar auf hinterhältige Weise hinters Licht geführt, allerdings beruhige es ihn, dass unsere Kinder nicht wirklich darben müssten.«

»Antonia fragte, ob wir auch Karim und Donatus einweihen wollen.«

»Selbstverständlich«, antwortete Philip, ohne zu zögern. »Zudem ist es an der Zeit, dass du ihnen deinen Plan bezüglich der Regensteiner offenbarst.«

»Mutter hat einen Plan?« Antonia blickte fragend zwischen ihren Eltern hin und her.

»So ist es«, antwortete Lena. »Doch ruft erst einmal alle zusammen! Damit ich nicht zweimal berichten muss.«

»Auch den Kaplan?« Sachmet blitzte Lena mutwillig an.

»Warum nicht?«, antwortete Philip anstelle seiner Gattin. »Wenn wir schon auf einer Seite stehen, darf er auch in die weiteren Pläne eingeweiht werden.«

Es war eine bemerkenswerte Beratung, die kurz darauf am großen Tisch vor dem Kamin stattfand. Pater Hugo nahm ebenso selbstverständlich daran teil wie alle anderen. Ja, er hatte sogar den entscheidenden Einfall, wie sich die Futterale mit den Botschaften austauschen ließen.

»Es spräche nichts dagegen, eine zweite Botschaft aufzusetzen«, schlug er vor. »Wenn es sich dabei um einen Pachtzinsvertrag des Bischofs handelt, gehen die Empfänger vermutlich von einem Irrtum aus und denken nicht sofort an Verrat und Diebstahl. Das würde Euch wiederum Zeit verschaffen, die echte Botschaft zur päpstlichen Nuntiatur zu bringen.«

»Allerdings müssten wir nahe genug an den Boten herankommen«, warf Alexander ein.

»Das dürfte nicht allzu schwer sein.« Sachmet lächelte verschmitzt. »Ein wenig weibliche Ablenkung von vorn und ein geschickter männlicher Griff von hinten …«

»Wie stellst du dir das vor?«

»Nun, wir könnten doch eine fromme Pilgerreise nach Halberstadt unternehmen. Ich würde gern die Baustelle des großen Doms besichtigen und in der Liebfrauenkirche beten. Sobald wir herausgefunden haben, wer der Bote ist, lächle ich ihn freundlich an, während Karim meinen eifersüchtigen Beschützer spielt. Man kennt doch den verletzlichen Stolz der Orientalen, nicht wahr?«

Karim verdrehte die Augen. »Das ist doch Unsinn.«

»Nein, das klingt gut!«, widersprach Alexander. »Wenn wir den Boten kennen, reißt du ihn zu Boden, ich greife schlichtend ein und helfe ihm auf die Beine. Und dabei vertausche ich die Futterale.«

Antonia sah die tiefe Falte, die sich zwischen den Brauen ihres Vaters bildete. Es gefiel ihm nicht, dass Alexander sich an dem Zwischenfall beteiligen wollte.

»Wenn ich ebenfalls mitkomme, wäre es vielleicht noch glaubhafter«, schlug sie deshalb vor. »Wer würde es uns verargen, in der Bischofsstadt um Segen für unsere Fehde zu beten?«

»Wenn ihr dabei erwischt werdet, spielt diese Fehde ohnehin keine Rolle mehr. Dann sind wir alle des Todes.«

»Philip, du solltest nicht schwarzsehen!« Begütigend legte Lena ihrem Gatten eine Hand auf den Arm. »Vor fünfundzwanzig Jahren hättest du ohne Zögern ebenso gehandelt.«

»Da trug ich auch noch nicht die Verantwortung für meine Familie und eine Grafschaft.«

»Ich weiß. Dennoch solltest du nachgeben. Sollte der Bote wirklich bemerken, dass Alexander die Futterale vertauscht hat, kann unser Sohn sich immer noch bedanken, dass der Mann so aufmerksam war und ihn vor einem schweren Irrtum bewahrte. Wer sollte ihm etwas Böses unterstellen?«

»Ich sehe schon, gegen die Weiberlist komme ich nicht an.« Philip seufzte.

»So soll es auch sein.« Lena lächelte ihn liebevoll an. »Und damit kommen wir zum zweiten Plan. Ich werde nach Burg Regenstein aufbrechen.«

»Nach Regenstein?«, rief Alexander. »Aber Mutter, das ist doch Wahnsinn!«

»Nein, mein Sohn, ganz im Gegenteil. Trojanische Pferde sind wirksame Waffen«, entgegnete sie und erzählte von ihrem Plan, die Regensteiner heimzusuchen.

Als sie geendet hatte, waren alle Zweifel aus den Gesichtern der Zuhörer geschwunden.

»Frau Helena, Ihr beeindruckt mich.« Pater Hugo deutete mit dem Kopf eine anerkennende Verbeugung an. »Wenn Ihr es mir gestattet, würde ich Euch gern begleiten, um einer frommen Frau wie Euch mit Rat und Tat zur Seite zu stehen.«

»Und den Regensteinern das Sündigen zu verleiden?« Alexander grinste.

»So kann man sagen.«

»Wann willst du aufbrechen, Mutter?«, wollte Antonia wissen.

»In zwei Tagen. Morgen werde ich die letzten Vorbereitungen treffen. Und wann wollt ihr nach Halberstadt?«

»Das hängt davon ab, wann wir das gefälschte Dokument vollendet haben«, erklärte Alexander.

»Gebt mir drei Tage!«, bat Ritter Bertram, der bislang geschwiegen hatte. »Wenn ich ein gesiegeltes Dokument des Bischofs als Vorlage bekomme, dürfte es nicht allzu schwer sein, den Stil zu kopieren, das alte Siegel abzulösen und auf der Fälschung anzubringen.«

»Soll ich Euch ebenfalls begleiten?«, fragte Christian.

»Nein«, widersprach Philip. »Es genügt, wenn die Birkenfelder Gefahr laufen, als Hochverräter festgesetzt zu werden. Du bleibst hier und hilfst mir bei den Turniervorbereitungen.«

»Aber noch ist doch gar nicht sicher, ob tatsächlich ein Turnier abgehalten wird.« Christian war sichtlich enttäuscht.

»Wenn meine Frau sagt, dass es eines geben wird, dann wird es eins geben. Das ist so sicher wie die Morgenröte am Ende der Nacht.« Philip klopfte dem Sohn seines Freundes auf die Schulter und beschloss damit zugleich die Versammlung.

36. Kapitel

Herr Graf!« Einer der Waffenknechte stürzte aufgeregt in den Rittersaal. Eberhard bemerkte das verärgerte Blitzen in den Augen seines Vaters. Seit Alheidis auf Burg Regenstein weilte, hatte sie sich den Kaminsaal zu eigen gemacht. Selbst Eberhards Mutter Irmela hatte sie bewogen, ihre Kemenate endlich wieder zu verlassen und am gesellschaftlichen Leben teilzunehmen. Oder daran, was die Frauen dafür hielten. Lächerlicher Klatsch und Tratsch, der die Ohren eines jeden ernsthaften Mannes beleidigte. Wichtige Gespräche oder gar Pläne für erneute Angriffe auf die Fehdegegner waren zwischen Stickgarn, Knüpfrahmen und sonstigem Weiberkram nicht mehr möglich. Zweimal hatte Ulf die Frauen in Irmelas Gemächer zurückzuschicken versucht. Seine Aufforderungen waren jedoch geflissentlich überhört worden. Daher hatten die Männer sich mittlerweile dauerhaft in den Rittersaal zurückgezogen und zwei Waffenknechte vor der Tür aufgestellt, die ungebetenen Gästen den Zutritt verwehren sollten – vor allem, wenn sie weiblichen Geschlechts waren.

»Was gibt's?«, fragte Ulf ungehalten, während er sich Wein nachschenkte.

»Gräfin Helena von Birkenfeld verlangt Euch zu sprechen.«

Beinahe wäre Ulf der Weinpokal aus der Hand gefallen.

»Gräfin Helena von Birkenfeld?«, wiederholte er ungläubig. »Ist sie allein?«

»Nun ja, nicht ganz, sie hat ein fünf Mann starkes Gefolge bei sich, zwei Waffenknechte, zwei Mägde und einen Mönch.«

»Hat sie gesagt, was sie will?«

»Nur dass sie Euch zu sprechen wünscht, Herr Graf.«

»Das könnte eine lohnende Angelegenheit sein«, raunte Meinolf seinem Vater zu. »Vielleicht hat der Graf von Birkenfeld eingesehen, dass er gegen uns auf Dauer nicht gewinnen kann.«

»Aber warum schickt er dann sein Weib?«, warf Eberhard ein.

»Wahrscheinlich ist er zu feige, uns selbst gegenüberzutreten«, erwiderte Meinolf.

»Genug der Vermutungen!«, rief Ulf und hob die Hand zu einer wegwerfenden Handbewegung. »Führ sie herein! Ich bin neugierig, was uns das Weib des Ägypters anzubieten hat.«

Kurz darauf erschien Gräfin Helena in Begleitung eines hageren Mönchs.

»Gräfin Helena, ich heiße Euch auf Burg Regenstein willkommen.« Ulf erhob sich, Eberhard folgte seinem Beispiel, nur Meinolf zögerte kurz. Eberhard schüttelte verächtlich den Kopf. Der Bastard begriff einfach nicht, wann es die Höflichkeit zu wahren galt.

»Ich danke Euch, Herr Ulf.« Sie nickte dem Grafen und dann auch Eberhard und Meinolf zu.

»Darf ich Euch meinen Begleiter vorstellen? Pater Hugo vom Waldsee, unser neuer Kaplan auf Burg Birkenfeld. Er war so freundlich, mich bei meiner Mission zu unterstützen.«

»Mission?«

»Gestattet Ihr uns, dass wir uns setzen? Wir haben einen langen Ritt hinter uns, und wie Ihr sicher wisst, sind Frauen und Geistliche keine so geübten Reiter wie erprobte Rittersleute.«

Ulf nickte und bot seinen Gästen mit einladender Geste Plätze auf der gegenüberliegenden Seite der Tafel an.

»Also, worum geht es, Gräfin Helena?«

»Nun, ich wollte Euch bitten, meine Kinder freizugeben. Wäre es nicht an der Zeit, Frieden zu schließen und diese Fehde zu beenden, bevor gar Menschenleben zu beklagen sind? Bislang war das Glück uns hold, Euch wie uns. Bedenkt, bei der gesetzlosen Verheerung der Felder und der Brandschatzung des Dorfs hätte es auch Tote geben können.«

»Gräfin Helena, Ihr wisst, was Euer Gatte zu tun hat, um diese Fehde zu beenden. Er braucht mir bloß eine seiner drei Eisenerzminen zu überschreiben.«

»Nein, Herr Ulf. Ihr und Eure Söhne habt Euch wiederholt ins Unrecht gesetzt. Angefangen bei der Entführung meiner jüngsten Tochter. So handelt kein Ehrenmann. Und dass Ihr meinen ältesten Sohn Rudolf …«

»Ihr meint wohl Euren Ziehsohn«, fuhr Meinolf der Gräfin über den Mund.

»Herr Meinolf, ein Sohn ist ein Sohn, wenn er als solcher aufgezogen wurde. Ganz gleich, ob es ein leibliches Kind, ein Ziehsohn oder ein Bastardsohn ist. Gerade Ihr müsstet dafür doch das meiste Verständnis aufbringen.«

Eberhard biss sich auf die Lippen, um nicht laut loszulachen, als er Meinolfs verdrießliches Gesicht sah.

»Also, wir waren bei dem Unrecht stehen geblieben, das Ihr meiner Familie zugefügt habt. Die Entführung meiner Tochter, die Gefangennahme meines ältesten Sohns Rudolf, die rechtswidrige Verwüstung der Felder in Alvelingeroth. Von dem Mordanschlag auf meinen Sohn Alexander wollen wir nicht reden. Das könnte man gerade noch mit dem Fehderecht in Einklang bringen. Auch wenn es eine Blutrache zur Folge gehabt hätte, wäre der Überfall geglückt. Nun, wie es aussieht, ist das Recht auf Seiten Birkenfelds. Deshalb bitte ich Euch nochmals, als gute Christenmenschen in Euch zu gehen und die Hand zum Frieden anzunehmen, damit wir diese Fehde gemeinsam beenden. Es wäre nur zum Nutzen von uns allen. Also, werdet Ihr meine Kinder freilassen?«

»Bislang hielt man Euch für eine kluge Frau, Gräfin Helena. Allerdings frage ich mich, ob dieser Ruf berechtigt ist. Wie könnt Ihr erwarten, dass wir sämtliche Vorteile aufgeben, nachdem Euer Gatte uns die Fehde erklärte? Nein, wir beharren auf unserem Recht.«

»Auf welchem Recht? Auf dem Recht des Stärkeren, der vergessen hat, welche Eide er einst schwor?«

»Ihr vergesst Euch, Gräfin Helena!«

»Ach, wirklich?«

»Bedenkt, Ihr habt Euch in meine Hand begeben. Es liegt an mir, ob ich Euch wieder gehen lasse oder ebenfalls zu meiner Geisel mache.« Ulf lachte höhnisch, und Meinolf stimmte sogleich mit ein. Nur Eberhard fiel das Blitzen in den Augen der Gräfin auf.

»Würdet Ihr wahrhaftig so tief sinken?«

»Treibt es nicht zu weit, Gräfin Helena! Ich meine es ernst.«

»Ich fordere Euch noch einmal auf, meine Kinder freizugeben, Herr Ulf. Es ziert einen Ritter nicht, und schon gar keinen Grafen, Kinder in Streitigkeiten hineinzuziehen.«

»Euer Ziehsohn ist dem Kindesalter längst entwachsen.«

»Ich sprach von meiner Tochter Meret, dem ersten Opfer Eures Sohns Eberhard.«

»Und was werdet Ihr tun, wenn ich Nein sage?«

»Wäre ich ein Mann, griffe ich zum Schwert und zwänge Euch mit der Waffe in der Hand zur Herausgabe meiner Kinder.«

»Dann hättet Ihr lieber Euren Gatten schicken sollen. Oder seid Ihr genau wie Euer Ziehsohn ohne sein Wissen gekommen?«

»Ich bin Euch über meine Taten keine Rechenschaft schuldig, Herr Ulf.«

»Also seid Ihr tatsächlich ohne sein Wissen hier?« Eberhards Vater lachte höhnisch. »Nun, dann wird er sich gewiss wundern, wo Ihr bleibt. Ich glaube, Ihr solltet endlich lernen, wo Euer Platz ist, Gräfin Helena. Wer sich in die Gewalt der Regensteiner begibt, bleibt dort so lange, wie ich es für richtig halte.«

»Ihr wollt mich ebenfalls zu Eurer Geisel machen?«

»Jawohl.«

Eine Weile herrschte eisiges Schweigen.

»Mir bleibt wohl nichts anderes, als mich Eurer Bosheit zu fügen. Nun gut. Dann zeigt mir meine Gemächer! Meine Dienstboten bringen sogleich mein Gepäck.«

»Euer … Gepäck?«

»Glaubt Ihr wirklich, ich hätte nicht mit Eurer Ehrlosigkeit gerechnet?« Ein feines Lächeln umspielte die Mundwinkel der Gräfin. »Pater Hugo hatte mich gewarnt und deshalb seines Beistands versichert.« Sie warf dem Mönch einen Blick zu.

»So ist es«, bestätigte der Pater. »Ich habe Gräfin Helena begleitet, damit sie sich der Unterstützung des Allmächtigen gewiss sein kann. Zudem ist mir zu Ohren gekommen, dass es mit der Moral auf Burg Regenstein nicht zum Besten steht. Ich habe den Auftrag, hier nach den Spuren der Häresie zu forschen.«

»Ihr habt *was?*«, rief Meinolf. »Die Ungläubigen und Ketzer sitzen auf Burg Birkenfeld!«

»Ich weilte lange genug auf Burg Birkenfeld, um mich von der Frömmigkeit und Gottesfurcht ihrer Bewohner zu überzeugen. Mir scheint, auf Burg Regenstein bedarf man meiner Hilfe mehr.«

»Der Bischof hat Euch nach Burg Birkenfeld beordert!«, beharrte Meinolf.

»So ist es. Aber nun bin ich hier. Und mir scheint, meine Hilfe ist dringend vonnöten.«

»Aber …«, wollte Meinolf widersprechen, doch sein Vater brachte ihn mit einer Handbewegung zum Schweigen.

»Joachim, weise Gräfin Helena und ihrem Gefolge ihre Unterkünfte zu!«, befahl er stattdessen dem Waffenknecht. »Pater Hugo, Ihr nehmt gewiss gern bei unserem Burgkaplan Pater Pius Unterkunft. Einigt Euch mit ihm, wer von nun an für das Seelenheil auf Burg Regenstein zuständig ist.«

Nachdem Joachim Gräfin Helena und den Pater hinausgeführt hatte, brauste Meinolf erneut auf. »Wir hätten sie allesamt in den Kerker werfen sollen!«

»Bislang, mein Sohn, hielt ich dich für gewitzt. Deshalb erspar mir künftig derart einfältige Vorschläge!«

»Aber …«

»Sie ist eine Gräfin und er ein Vertrauter des Bischofs, der nach Häresie und Ketzerei forscht, du Dummkopf!«

»Aber wir haben doch gar nichts zu befürchten. Schließlich unterstützen wir den Bischof.«

»Weißt du denn, wie viel Honig dieses Weib dem Kirchenmann in die Ohren geträufelt hat, bis er für die Wahrheit taub ist? Nein, wir müssen vorsichtig sein.«

»Und immerhin haben wir eine weitere wertvolle Geisel«, bemerkte Eberhard. »Auch wenn ich fast den Eindruck gewann, sie habe es absichtlich darauf angelegt.«

»Und wenn schon. Sie ist unsere Geisel, und wenn der Ägypter sie zurückhaben will, wird ihn das eine zweite Eisenerzmine kosten.«

»Das klingt gut, Vater.« Meinolf schenkte sich einen Pokal

mit Wein ein. »Und was den Pfaffen angeht, mit dem werde ich schon fertig.«

»Vorsicht, mein Sohn, unterschätz ihn nicht! Helena von Birkenfeld mag ein überhebliches Weib sein, aber dass sie den Pfaffen mitbrachte, war ein geschickter Schachzug. Wer weiß, ob sie diesen Weg nicht einfach gewählt hat, um ihre heidnische Sippschaft vor der Enttarnung zu schützen?«

»Und dafür begibt sie sich freiwillig in unsere Hände?«, fragte Eberhard.

»Besser das, als ihre Sippe brennen zu sehen, oder?«

Eberhard nickte, hatte aber nach wie vor das deutliche Gefühl, sein Vater und Meinolf hätten etwas übersehen. Nur leider konnte er es nicht genauer benennen.

37. Kapitel

Die Unterbringung gab keinen Anlass zur Klage. Aber damit hatte Lena auch nicht gerechnet. Ulf von Regenstein mochte ein grober Klotz sein, aber er konnte es sich nicht erlauben, sein Ansehen gänzlich zu verlieren, vor allem, da sie in Begleitung des Paters erschienen war.

Während die beiden Mägde das Turmzimmer wohnlich gestalteten, rief Lena nach ihrem kleinen Hund Pablo. Sie hatte ihn in einem Tragekorb auf dem Packpferd mitgenommen, um mit ihm die Burg zu durchstreifen. Sie erinnerte sich noch gut an Philips Worte und sein erstauntes Gesicht, als sie erwähnte, dass sie den Hund mitnehmen wolle.

»Du solltest lieber Sachmet fragen, ob sie dir Nebet anvertraut. Die Gepardin würde den Regensteinern wenigstens Respekt einflößen.«

»Unsinn, ein kleiner Hund ist viel wirkungsvoller, glaub es mir!«

Philip hatte daraufhin keine Einwände mehr erhoben – er vertraute ihr rückhaltlos.

Ihr erster Weg führte sie zur Wachstube.

»Meine Herren«, sprach sie die Waffenknechte an, »ich wünsche zu erfahren, wo sich mein Sohn und meine Tochter aufhalten.«

Die Männer starrten sie verwirrt an.

»Rudolf und Meret von Birkenfeld«, ergänzte sie ihre Frage.

»Wahrscheinlich im Kaminsaal bei den Weibsleuten«, stieß ein jüngerer Bursche gelangweilt hervor.

»Besten Dank. Und wie gelange ich zum Kaminsaal?«

»Immer dort entlang.« Der Wächter machte eine unbestimmte Handbewegung.

»Das ist keine hinreichende Auskunft. Hätte jemand die Güte, mich hinzuführen?«

»Nicht unsere Aufgabe.«

»Nein, aber es wäre ein Zeichen der Ritterlichkeit. Also?«

Noch während sie sprach, lief Pablo schwanzwedelnd in der Wachstube umher und schnüffelte an den Stiefeln der Männer. Lena folgte dem Hund mit den Blicken. »Es wäre ratsam, einer von Euch würde mich sofort begleiten, bevor Pablo sein Revier markiert.«

»Schafft uns den Köter vom Hals!«

»Senkt sofort den Fuß!«, rief Lena. »Wehe, Ihr wagt es, ihn zu treten!«

»Was sonst?«

»Sonst werde ich in den kommenden beiden Stunden in dieser Wachstube lautstark um Vergebung für Eure bösen Taten beten.«

Für eine Weile herrschte Schweigen. Nur Pablos Schnüffeln und das Tappen seiner kleinen Pfoten auf dem steinernen Boden waren zu hören.

»Nun zeig ihr schon den Weg!«, brummte einer der Wächter und stieß den Mann an, der Pablo gedroht hatte.

Widerwillig folgte dieser der Aufforderung.

»Habt Dank für Eure Freundlichkeit.« Lena lächelte, rief nach Pablo und folgte dem Waffenknecht aus dem Turm in die Hauptburg.

Schon von Weitem vernahm Lena fröhliches Gelächter. Und sie hörte noch etwas. Rudolfs Stimme. Noch konnte sie nicht verstehen, was er sagte, aber er musste die Damen wohl meisterhaft unterhalten, denn jedem Innehalten seiner Worte folgte weibliches Gelächter. Ob das Feuer alsbald die Herrschaft in ihm übernehmen würde? Leise Besorgnis schlich sich in ihr Herz. Rudolf war ein ausgezeichneter Gesellschafter, bevor das Feuer gänzlich Besitz von ihm ergriff. Doch wenn es geschah, kostete es viel Geduld, seine Gegenwart zu ertragen und seinem Redeschwall zu folgen. Zudem bedurfte es großer Entschlossenheit, ihn von den unsinnigsten Handlungen abzuhalten, zu denen ihn die schiere Selbstüberschätzung verleitete.

»Wir sind da«, brummte der Waffenknecht und stieß die Tür auf, ohne vorher anzuklopfen. Lena runzelte die Stirn. Mit den Manieren stand es auf Burg Regenstein wahrhaftig nicht zum Besten. Nun gut, das würde sie ändern.

Das Gelächter verebbte, und neugierige Köpfe wandten sich zur Tür.

»Mutter!« Meret sprang als Erste auf und lief ihr entgegen. Lena schloss ihre Jüngste in die Arme und drückte sie fest an sich.

Inzwischen war auch Rudolf auf sie zugekommen. Ein Blick in seine Augen genügte. Das Feuer loderte. Noch war es kein Brand, und wer ihn nicht kannte, bemerkte vermutlich kaum etwas. Lena wusste jedoch, dass er in diesem Zustand keine ausreichende Selbstbeherrschung mehr besaß und sein Herz auf der Zunge trug. Und nicht nur das Herz …

»Ist die Fehde vorüber?«, fragte er.

»Nein«, erwiderte Lena. »Ich kam, um Graf Ulf um eure

Freilassung zu bitten, doch es zeigte sich, dass er mir gegenüber dasselbe ehrlose Verhalten an den Tag legte wie gegen dich, Rudolf.«

»Dann bist auch du seine Geisel?« Meret starrte ihre Mutter mit großen Augen an.

»Manch ein Bissen ist zu groß für einen Gierschlund«, flüsterte Lena ihrer Tochter zu. »Er wird sich daran verschlucken.«

Meret war verständig genug, das Augenzwinkern ihrer Mutter richtig zu deuten, doch Rudolf brauste auf.

»Dieser Hund! Soll ich ihn mir vornehmen, Mutter?«

»Nein, Rudolf, das überlässt du mir.«

Er verzog das Gesicht. »Wenn du meinst …«

Inzwischen hatten sich auch Alheidis und Sibylla erhoben und begrüßten Lena.

»Soll ich erfreut sein, dich zu sehen, oder mich für Ulf schämen?«, fragte Alheidis zur Begrüßung, während sie Lena einen Kuss auf die Wange hauchte.

»Beides«, erwiderte Lena mit einem Lächeln. Sie kannte Alheidis seit ihrer Jugend, hatte sie aber nach deren Eheschließung mit dem Ritter von Eckholt nur noch selten gesehen. Dann wandte sie sich an Sibylla und trat schließlich auf Irmela zu, die in ihrem Lehnstuhl sitzen geblieben war.

Beim Anblick der hinfälligen Frau erschrak Lena. Sie hatte Ulfs Weib zuletzt vor Jahren gesehen, doch während er selbst ein tatkräftiger Mann geblieben war, hatte sie sich in eine gebrechliche Greisin verwandelt. Sie war so dürr geworden, dass ihr die Haut wie Pergament an den Knochen haftete. Die Augen lagen tief in den Höhlen, und der Kopf vermittelte den Eindruck eines Totenschädels.

War es nur der Kummer über den untreuen Gatten, oder litt Irmela an einer auszehrenden Krankheit? Nun, auch das hoffte Lena noch zu ergründen.

»Frau Irmela, ich grüße Euch. Es ist lange her, dass wir uns zuletzt begegneten.«

Die Greisin neigte leicht das Haupt. »Sehr lange«, bestätigte sie. »War es nicht auf Burg Hohnstein, in jenem kalten Winter, bevor Ihr nach Ägypten gereist seid, Frau Helena?«

»Richtig, anlässlich der Geburt von Maria Amalia, Johanns und Mechthilds Erstgeborener.« Lenas Gedanken schweiften zurück. Es war im März gewesen, Said hatte noch bei ihnen geweilt. Damals hatte Johann Philip gebeten, seinen jüngeren Bruder Bertram zu seinem Knappen zu machen. Dreiundzwanzig Jahre und ungezählte Abenteuer am anderen Ende der Welt lagen dazwischen.

»Warum habt Ihr den Schutz Eurer Burg verlassen, Frau Helena?« Plötzlich kam Leben in die Augen der alten Irmela. »Es bringt nur Ärger, wenn Frauen sich in die Angelegenheiten der Männer einmischen.«

»Glaubt Ihr?«, fragte Lena mit ruhiger Stimme zurück. »Ich habe eher den Eindruck, es bringe Ärger, wenn man ihnen allzu freie Hand lässt.«

»Ganz richtig«, pflichtete Alheidis Lena bei. »Ich sehe doch, was geschieht, wenn die ordnende weibliche Hand schwach wird oder wenn sie gar verstirbt. So wie die arme Madlen, Gott hab sie selig.« Alheidis bekreuzigte sich, und Sibylla tat es ihr bei der Erinnerung an ihre Mutter gleich.

»Willst du sagen, es sei meine Schuld gewesen?« Irmela funkelte Alheidis mit überraschender Kampfeslust an.

»Natürlich nicht.« Beschwichtigend hob Alheidis die Hände. »Aber es zeigt sich, wie sehr manche Männer die geschwächte Gesundheit ihres Weibs nutzen, um alle Moral zu vergessen.«

Irmela stieß heftig die Luft aus und erinnerte Lena an ein zorniges Pferd. »Den Weibern ist Ulf schon nachgesprungen, als ich noch voller Kraft und Jugend war. Wenigstens haben die meisten seiner Bastarde das Säuglingsalter nicht überlebt.«

Die innere Zufriedenheit, mit der Irmela diese Worte aussprach, versetzte Lena einen Stich. Sie erinnerte sich, wie Sachmets Mutter Thea ihr von ihrem ersten Kind erzählt hatte. Julia, deren Vater Ulf von Regenstein gewesen war. Auch Julia war bereits im Säuglingsalter verstorben, und Thea hatte Irmela beschuldigt, das Kind heimlich beseitigt zu haben. Damals hatte Lena der Vermutung keinen Glauben schenken wollen. Als sie jedoch die Verbitterung in Irmelas Augen las, konnte sie Theas Verdacht nachvollziehen. Unwillkürlich suchte Lena nach Irmelas Seelenflamme. Sie hatte ein schwaches Glimmen erwartet, der Schwäche des Leibes entsprechend. Was sie indessen sah, war eine blutrote Flamme, genährt von Hass und Verbitterung. Unwillkürlich wich Lena einen Schritt zurück. Diese Frau krankte nicht nur am Leib, sondern vor allem an der Seele. Was mochte wohl zuerst vorhanden gewesen sein? Irmelas boshafte Verbitterung oder Ulfs verächtliches Verhalten ihr gegenüber?

»Was kann ein Bastard für die Fehltritte seines Vaters?«, fragte Lena nun.

Sofort loderte die blutrote Flamme in Irmelas Augen stärker auf. »Der verdorbene Kern wird sich immer zeigen. So wie bei Meinolf.«

»Verdorben ist der Bursche durch und durch«, bemerkte Rudolf, der die ganze Zeit ruhig hinter seiner Mutter gestanden hatte.

»Das mag sein«, erwiderte Lena. »Es fragt sich allerdings, ob dies an seiner Geburt oder an seiner Erziehung liegt. Ich glaube, dass jeder Mensch mit einer reinen Seele geboren wird. Der eine mag den Unbilden des Lebens gegenüber anfälliger sein als der andere, aber eine liebevolle Führung und Erziehung vermögen vieles auszugleichen.«

»Nur ist er inzwischen ein wenig zu alt dafür, oder?«, warf Rudolf ein.

»Außerdem ist er unhöflich, hochfahrend und schlicht unerträglich«, bestätigte Alheidis. Sibylla und ihre Großmutter nickten zustimmend.

»Das ist richtig«, bestätigte Lena. »Umso wichtiger ist's, dass wir Frauen den berechtigten Zorn auf unsere untreuen Gatten nicht auf deren unschuldige Kinder lenken.«

»Ihr habt leicht reden«, zischte Irmela. »Jeder weiß, dass Euer Gatte treu wie Gold ist.«

»Das ist er«, bestätigte Lena. »Nun gut, lassen wir diese unerfreulichen Angelegenheiten lieber auf sich beruhen. Trotzdem ist es meiner Meinung nach die Aufgabe einer liebenden Gattin, ihren fremdgehenden Ehemann auf den Pfad der Tugend zurückzuführen.«

Irmela lachte bitter auf. »Wenn der Pfad der Tugend vor den Toren Regensteins läge, dann wäre Ulf vermutlich so weit von ihm entfernt, als würde er in Worms weilen.«

»Das klingt nach einer bemerkenswerten Herausforderung. Wollen wir uns ihr gemeinsam stellen, Frau Irmela?«

Für einen Augenblick war Irmela verwirrt. »Ich verstehe nicht recht, was Ihr damit sagen wollt, Frau Helena.«

»Nicht viel. Nur dass wir uns um das Seelenheil Eures Gatten kümmern sollten. Ich habe auch einen geistlichen Beistand bei mir. Der berühmte Pater Hugo vom Waldsee begleitete mich nach Regenstein.«

»Hugo vom Waldsee?« Irmelas Augen weiteten sich, und für kurze Zeit schwand die blutrote Seelenflamme. Lena ahnte, wie kraftvoll und rein sie einst gebrannt haben musste, bevor das Leben die Gräfin verbittert hatte.

»Vielleicht wurden meine Gebete doch erhört«, murmelte sie.

»Daran zweifle ich nicht«, bestätigte Lena. »Gott lässt niemanden im Stich, der seine Hilfe benötigt.«

38. Kapitel

Was haltet Ihr davon?« Bertram legte ein vom Bischof gesiegeltes Dokument auf den großen Tisch im Kaminsaal. Antonia sah, wie ihr Vater das Schreiben einem prüfenden Blick unterzog.

»Ausgezeichnet«, sagte er schließlich. »Niemand käme darauf, die Botschaft für eine Fälschung zu halten.«

»Und wenn wir diese Hülle benutzen, sind wir über jeden Verdacht erhaben.« Stephan trat einen Schritt vor und legte ein ledernes Futteral auf den Tisch, in dessen Korpus das bischöfliche Siegel eingebrannt war. »Die Boten des Bischofs verwenden ausschließlich diese Futterale.«

»Ist es echt?« Alexander nahm das Behältnis in die Hand und betrachtete es von allen Seiten.

»Selbstverständlich.«

»Und woher hast du es?«

»Lukas hat es mir geschickt. Das Kloster besitzt einige dieser Futterale, da sie den Boten bereits versiegelt übergeben werden, wenn es sich um besonders wertvolle Dokumente handelt. Siehst du die beiden kleinen Ösen am Korpus und am Deckel?«

Alexander nickte.

»Sie können mit einem dünnen Draht verschlossen werden. Anschließend versiegelt man die Drahtenden miteinander. So wird sichergestellt, dass die Dokumente unterwegs nicht vertauscht werden.«

Alexander lächelte. »Es sei denn, man vertauscht gleich das ganze Futteral.«

»Und wie sieht das Siegel aus, mit dem die kleinen Drähte verbunden werden?«, fragte Philip.

Stephan nahm Alexander das Futteral aus der Hand, öffnete

es und schüttelte ein Stückchen gesiegeltes Wachs heraus, an dem noch die durchtrennten Drähte hingen.

»Wenn wir das Siegelwachs heiß machen und vorsichtig ablösen, können wir es ohne Schwierigkeiten ein zweites Mal verwenden.«

»Du hast an alles gedacht.«

»Mein Bruder, nicht ich«, wehrte Stephan das Lob ab.

»Dann brechen wir morgen früh nach Halberstadt auf«, bestimmte Alexander.

»Ich würde euch zu gern begleiten.« Donatus seufzte. »Aber ich fürchte, ich wäre euch nur eine Last.« Er tippte auf die Schlinge, in der er den rechten Arm trug.

»Ich wäre keine Last«, versuchte Christian Antonias Vater noch einmal umzustimmen. »Ganz im Gegenteil. Ich kenne mich in Halberstadt gut aus.«

»Nein, Christian, du weißt, dass ich dich hier brauche«, widersprach Philip. Dann sah er seinen Sohn fragend an. »Wie viele Waffenknechte willst du mitnehmen?«

»Acht«, entgegnete Alexander. »Das müsste reichen, um Antonia und Sachmet zu schützen, zumal Karim, Stephan und ich ebenfalls kämpfen können.«

»Ich kann mich übrigens auch bestens verteidigen.« Sachmet musterte Alexander mit schief gelegtem Kopf und angriffslustigem Blick. »Soll ich es dir beweisen?«

»Ich glaube dir aufs Wort. Wäre es anders, hätte ich wohl zehn Waffenknechte verlangt.« Alexander lächelte Sachmet versöhnlich an, und sie erwiderte sein Lächeln.

»Wenn die Regensteiner uns nach wie vor beobachten, könnte es einen erneuten Überfall geben.« Nachdenklich verschränkte Philip die Hände hinter dem Rücken.

»Ich verspreche dir, vorsichtig zu sein, Vater.«

»Ob sie überhaupt noch Zeit finden, sich um uns zu kümmern, nachdem Mutter auf Burg Regenstein das Regiment an sich reißt?«, warf Antonia ein. Sie freute sich auf den

Ritt nach Halberstadt und genoss das Gefühl, endlich etwas Sinnvolles zu dieser Fehde beitragen zu können. Schließlich fühlte sie sich für deren Ausbruch nach wie vor verantwortlich. Zudem würde Stephan sie begleiten … Bei dem Gedanken daran klopfte ihr Herz schneller. Seit ihrem Gespräch auf dem Ritt nach Sankt Michaelis war der Wunsch, alles über ihn zu erfahren, nicht mehr so drängend. Und die Eifersucht auf Karim war verschwunden. Immer wieder hatte sie über Stephans Worte nachgedacht. Karim und er teilten eine Geschichte. Karim war die Vergangenheit. Sie war die Gegenwart, die er nicht mit seinem Vorleben belasten wollte. Die Gegenwart … und womöglich die Zukunft. Plötzlich kam ihr der Versuch, mit Sachmets Hilfe eine Gabe in sich zu erwecken, derer sie letztendlich nicht bedurfte, lächerlich und kindisch vor. Tatsächlich war es nur die Furcht gewesen, nicht gesehen und wahrgenommen zu werden. Doch diese Furcht war ihr inzwischen genommen worden. Stephan sah sie durchaus, und sie war ihm wichtig. Auch wenn er ihr niemals die Worte gesagt hatte, nach denen sie sich so sehr sehnte …

Als die Reisenden am nächsten Morgen aufbrachen, brannte die Sonne bereits vom Himmel. Antonia war dankbar, dass der dichte Wald ihnen Schatten spendete. Mit großer Freude bemerkte sie, dass sich Stephan seit Beginn des Ritts an ihrer Seite hielt. Und zum ersten Mal hatte sie das Gefühl, dass er dort auch bleiben würde, selbst wenn sie ihn nicht ständig in Gespräche verwickelte.

»Wir erreichen bald das Gebiet der Regensteiner, nicht wahr?«, fragte sie, nachdem sie schon eine Weile unterwegs waren. Stephan nickte. »Dort vorn gabelt sich der Weg. Rechts geht es nach Cattenstedt, links nach Halberstadt und geradeaus nach Regenstein.«

Ein Vogelschwarm flatterte auf. Im Hintergrund hörten sie

das Rauschen der wilden Bode, und der Duft des Sommers erfüllte die Luft. Plötzlich zügelte Alexander sein Pferd.

»Was ist?«, fragte Karim, der neben ihm ritt.

»Mir war so, als hätte ich etwas gehört. Hufschläge.«

Antonia sah, wie Stephans Hand zum Schwert zuckte.

»Regensteiner?«, raunte sie ihm zu.

»Wer weiß?«, erwiderte er.

Die Waffenknechte bildeten sofort einen schützenden Ring um die Reisenden.

»Hätte ich bloß meinen Bogen mitgenommen!« Sachmet seufzte.

»Oder Nebet, um mit ihrer Hilfe Regensteiner zu jagen«, neckte Karim sie.

»Seid still!«, zischte Alexander.

»Bleib in meiner Nähe!«, flüsterte Stephan Antonia zu. »Ganz gleich, was geschieht, ich halte die Angreifer auf Abstand.«

Er hatte die Worte kaum ausgesprochen, da stürmten ihnen mehrere Reiter entgegen, aber auch von links und rechts galoppierten Männer aus dem Wald auf den Hohlweg. Antonia erkannte auf ihren Waffenröcken die Regensteiner Hirschstange.

»Das sind zu viele!«, schrie Alexander. »Wendet euch!«

Noch während Antonia der Aufforderung ihres Bruders folgte, hörte sie Stephans Stimme. »Los! Ich bin hinter dir!«

Ihre Stute gehorchte, und Antonia war froh, für den langen Ritt die weit geschnittene orientalische Hose gewählt zu haben. Hinter ihr erhoben sich Schreie und Kampfeslärm. Sie wollte sich umwenden, aber da war Stephan schon an ihrer Seite. »Reite weiter! Sieh nicht zurück!«

Er hatte sein Schwert gezogen. Einer der Feinde kam ihm bedrohlich nahe. Bevor Antonia begriff, was geschehen war, stürzte der Gegner vom Pferd. Sie entdeckte das Blut an Stephans Klinge.

»Ist er …« Sie mochte die Frage nicht beenden. Hinter sich hörte sie noch immer die Schreie der Kämpfenden.

»Weiter!«, herrschte er sie an.

Zwei Männer wollten ihnen den Fluchtweg abschneiden. Stephan zögerte keinen Lidschlag lang, trieb sein Pferd schützend vor Antonia, das blutige Schwert noch immer in der Hand. Mitleidlos zog er die Klinge zweimal durch. Die Angreifer stürzten, doch einer der Männer streifte Antonias Stute. Sie bäumte sich auf, und einen Augenblick lang fürchtete Antonia, das Tier sei verletzt worden. Dann stürmte es in wilder Panik los.

»Antonia!«, hörte sie Stephan schreien.

»Sie geht mir durch!«, rief sie verzweifelt. Gleichzeitig zog sie die Zügel fest an, lehnte sich im Sattel zurück, um das Pferd zum Anhalten zu zwingen, doch in blinder Panik galoppierte es weiter.

»Nicht dort entlang!«, brüllte Stephan. Sie hörte die Verzweiflung in seiner Stimme. Ihre Stute hielt geradewegs auf die reißende Bode zu. Immer wieder versuchte Antonia, sie zu zügeln. Vergeblich. Stephan war eine halbe Pferdelänge hinter ihr, vermochte das rasende Tier aber nicht einzuholen.

Wir werden in den Tod stürzen, durchzuckte es sie. Und dann handelte sie aus blindem Gespür heraus. Wenn sie das Tier schon nicht zum Anhalten zwingen konnte, vielleicht konnte sie es zum Sprung bewegen.

»Nein!«, schrie Stephan, doch er kam nicht nahe genug, um ihr in die Zügel greifen zu können.

Dann muss es wohl so sein, dachte sie, gab die Zügel etwas nach, trieb die Stute nun ihrerseits an und machte sich so leicht wie möglich. Das Pferd sprang tatsächlich, kam auf der anderen Seite des Flusses mit den Hufen im Uferschlamm der Böschung auf, doch dann rutschte es ab. Antonia wurde aus dem Sattel geschleudert. Das eisige Wasser des reißenden Flusses schlug über ihr zusammen, die plötzliche Kälte raubte ihr den Atem, drohte sie zu lähmen. Ein Schatten über ihr. Auch Stephans Pferd war gesprungen, doch sein Tier hatte das andere Ufer sicher erreicht. Verzweifelt kämpfte Antonia gegen die Strömung, wurde gegen Steine geworfen, spürte, wie die scharfen Kanten Kleidung und Haut aufrissen. An einem der Steine versuchte sie sich festzuklammern, doch er war zu glatt. Ihre Finger rutschten ab, der Fluss trug sie weiter, drückte sie immer häufiger unter Wasser. Sie kämpfte um jeden Atemzug, Wasser drang durch die Nasenlöcher in ihren Schlund. Sie fürchtete zu ersticken, hustete, doch immer mehr Wasser lief ihr in die Kehle. Sie kämpfte gegen den Drang, sich zu übergeben, bemühte sich, mit der Strömung zu schwimmen. Dabei tastete sie immer wieder nach Steinen, doch nirgends fanden ihre Hände Halt. Mittlerweile waren ihre Finger steif vor Kälte, das Ufer lag in unerreichbarer Ferne. Ihr wurde schwindelig. War dies das Ende? Ihr Herz raste, und der Körper gehorchte ihr nicht mehr. Das Wasser riss sie immer schneller mit sich, warf sie gegen Steine und Felsüberhänge, überspülte ihr Gesicht, raubte ihr die Luft zum Atmen.

Heilige Jungfrau, waren ihre letzten Gedanken, empfiehl mich deinem Sohn!

Ein Ruck! Irgendetwas hatte ihren Arm gepackt, schlang sich um ihren Leib, riss sie hoch, hielt ihren Kopf über Wasser.

»Ganz ruhig! Ich halte dich fest!«

Stephan! Wann war er ihr nachgesprungen? Plötzlich kehrte ihr Lebenswille zurück, sie spürte die Wärme seines Körpers, der sie hielt, der stark genug war, mit seiner Last auf das Ufer zuzuhalten. Dennoch bekam sie nur undeutlich mit, wie er sie schließlich aus dem kalten Wasser zog. Gierig sog sie Luft in die Lungen. Luft bedeutete Leben. Stephan hielt sie noch immer fest. Sie schmiegte sich zitternd an seinen warmen Leib und öffnete schließlich die Augen. Sein Gesicht schwebte dicht über ihr, sein schneller, heißer Atem strich ihr über die Schläfe. Ihre Blicke trafen sich. Sie erkannte die Sorge darin.

Aber da war noch etwas anderes, das ihr nie zuvor aufgefallen war. Ein kleines Feuer, das hinter seinen Pupillen zu lodern schien.

»Du darfst mich nie wieder so in Angst und Schrecken versetzen«, keuchte er. Und dann zog er sie fester an sich und küsste sie.

Einen Augenblick lang war sie überrascht von seiner Leidenschaft, doch dann überkam sie unbändige Freude. Wie lange hatte sie sich danach gesehnt! Nach seiner Liebe, seinem Bekenntnis! Endlich hielt er sich nicht mehr zurück. Sein Mund lag warm und weich auf ihren Lippen, seine Hände umfassten sie beschützend, fest und sanft zugleich. Ein wunderbares Kribbeln erfasste ihren Körper, spülte die Todesangst aus ihrer Seele. Ihre Arme schlangen sich um ihn und hielten ihn fest. Voller Hingabe zehrte sie von seiner Kraft und Wärme. Als er sich zurückziehen wollte, hätte sie ihn am liebsten festgehalten und die Zärtlichkeiten fortgesetzt. Doch dann spürte sie den Schmerz in ihren Gliedern, die Abschürfungen, die sie sich im reißenden Fluss zugezogen hatte, und die Kraft, die sie eben noch durchströmt hatte, verlosch gänzlich. Der Wind zerrte an ihrer nassen Kleidung, während Stephan sie langsam losließ und einen Blick auf ihre Verletzungen warf.

»Sind sie noch hinter uns her?«, flüsterte sie und fühlte sich außerstande, lauter zu sprechen.

»Das weiß ich nicht. Wir sind eine weite Strecke vom Fluss mitgerissen worden. Hast du starke Schmerzen?«

Sie schüttelte den Kopf. »Es ist nicht weiter schlimm. Nur einige Abschürfungen und Prellungen.«

Ungeachtet ihrer Bekundungen berührte er behutsam ihre Beine und bewegte sie vorsichtig. Sie war erstaunt, wie sanft, ja fast liebkosend er bei der Untersuchung vorging. Jede seiner Berührungen erzeugte ein wunderbares Prickeln auf ihrer Haut. Ob er ahnte, was in ihr vorging?

»Tut dir etwas weh?«, fragte er.

»Nein«, antwortete sie.

»Gut.« Er ließ ihre Beine los. »Gebrochen ist jedenfalls nichts.« Dann erhob er sich und stieß einen lauten Pfiff aus. Erschrocken zuckte Antonia zusammen.

»Wenn Windläufer mich gehört hat, folgt er dem Ruf«, erklärte er.

Stephans Hengst hatte den Pfiff seines Herrn tatsächlich vernommen und galoppierte auf ihn zu. Und nicht nur das. Antonias Stute folgte ihm, dem Herdentrieb gehorchend. Augenscheinlich hatte auch sie den missglückten Sprung unverletzt überstanden.

Stephan ging den Pferden entgegen und überprüfte die Satteltaschen.

»Ich fürchte, dein Reisegut ist feucht geworden«, sagte er und wies auf die dunklen Flecken, die das Wasser im Leder ihrer Taschen hinterlassen hatte. Dann schnallte er seine eigene Satteltasche auf, zog eine Decke heraus und legte sie Antonia, die immer noch am Boden saß, um die Schultern. Während sie den warmen Wollstoff fester um sich zog, spähte sie zur anderen Seite des Flusses hinüber.

»Was ist wohl mit Alexander und den anderen geschehen?«, fragte sie.

Stephan hob die Schultern. »Vermutlich sind sie entkommen. Falls nicht, werden wir es bald erfahren.«

»Wie kannst du so ruhig bleiben? Was ist, wenn sie tot sind?« Sie starrte ihn mit weit aufgerissenen Augen an.

»Das sind sie nicht. Die Regensteiner hätten nichts von einer Blutrache. Zudem sind hochrangige Gefangene wertvoll.« Er sah sie an, und abermals hatte sie den Eindruck, dass hinter seinen Pupillen ein helles Feuer loderte. Sie kniff die Augen zusammen und öffnete sie wieder. Die Flamme blieb.

»Im Übrigen habe auch ich niemanden getötet«, fuhr er fort. »Ich habe die Verfolger nur verwundet.«

Er wandte sich erneut seiner Satteltasche zu und zog ein

trockenes Hemd hervor. Dann entledigte er sich des nassen Bliauts und des Hemds, das er darunter trug. Beim Anblick der großflächigen Brandnarben auf seinem Rücken erschrak Antonia. Das wulstige rote Narbengeflecht zog sich von den Schultern quer über die obere Hälfte des Rückens. Antonia wusste einiges über Verbrennungen und ahnte, wie schwer jene Verletzung gewesen sein musste. Vor geraumer Zeit war sie dabei gewesen, als ihre Mutter sich um einen Köhler gekümmert hatte, der eine ähnlich schwere Verbrennung davongetragen hatte. Mit Schrecken erinnerte sie sich an die Schmerzensschreie, an den Geruch nach verbranntem Fleisch und die zahllosen Fliegen, die sich kaum von der offenen Wunde hatten vertreiben lassen. Trotz bester Versorgung war der Mann einige Tage später gestorben.

Unwillkürlich musste sie daran denken, wie sich Stephan in Alvelingeroth das Tuch um die Schultern geschlungen hatte. Damals hatte sie sich nichts dabei gedacht. Nun begriff sie. Er hatte die Narben vor ihr verbergen wollen.

»Du hast viel Schreckliches erlebt«, sagte sie leise, während er das Hemd überstreifte. Er fuhr herum, als fühle er sich ertappt.

»Das ist lange vorbei.« Seine Worte klangen gleichmütig, aber Antonia hatte dennoch das Gefühl, dass sie etwas in ihm aufgewühlt hatte. Wieder achtete sie auf das Licht in seinen Augen, das ihr bislang nie aufgefallen war. Doch auf einmal war da nur noch ein schwaches bläuliches Glimmen. Und endlich begriff sie, was geschehen war. Zum ersten Mal hatte sie die Seelenflamme eines Menschen erblickt!

»Stephan?«, fragte sie mit unsicherer Stimme.

»Ja?«

»Sieh mir noch einmal in die Augen!«

Er folgte ihrer Bitte mit verwirrtem Stirnrunzeln. Das blaue Glimmen war wieder zu einer kräftigen Flamme geworden. Es gab keinen Zweifel mehr – sie besaß die Gabe. Ein Frösteln lief ihr über den Rücken, und unwillkürlich zog sie die Decke fester um die Schultern. So lange hatte sie sich danach gesehnt, bis sie endlich eingesehen hatte, dass sie dieser Gabe nicht bedurfte, sondern dass es ihr nur um Stephan gegangen war. Und nun, da sie sich seiner endlich sicher war, entdeckte sie diese Fähigkeit in sich! Heilige Muttergottes, dachte sie bei sich. Warum jetzt? Und warum ich? Tausend Gedanken schossen ihr durch den Kopf, doch sie konnte keinen einzigen fassen. Nur die Frage nach dem Warum blieb. War es ihre Bestimmung?

Stephan musterte sie besorgt. »Was ist mit dir, Antonia?«

»Ich weiß nicht recht. Ich … ich glaube, ich sehe deine Seelenflamme. Sie ist stark und leuchtend, aber als ich deine Vergangenheit erwähnte, war sie nur noch ein schwaches Glimmen.«

»Du kannst die Seelenflamme erkennen? Aber … ich dachte, nur deine Mutter beherrsche diese Kunst.«

Antonia nickte, zwang sich zur Ruhe, bevor sie ihm antwortete. Sie wollte ihm nicht noch mehr Sorgen bereiten.

»Ich weiß nicht, warum ich sie plötzlich sehe. Ich habe sie noch nie bei einem Menschen bemerkt.« Sie schluckte. »Meine Mutter fand zu dieser Gabe, als sie dem Tod entging. Auch ich wäre heute fast gestorben, wenn du mich nicht gerettet hättest.«

Er ging neben ihr in die Knie, während sie noch immer im Gras saß, nahm sie in die Arme und gab ihr etwas von der Wärme zurück, die sie schon im Wasser gespürt hatte, als er sie umfangen gehalten hatte.

»Ich habe dir versprochen, dich zu beschützen, was auch geschieht«, flüsterte er. »Und dieses Versprechen halte ich.«

»Immer?«

»Solange ich lebe.«

»Stephan …«, setzte sie an, doch er ließ sie nicht aussprechen, sondern küsste sie wieder.

Diesmal dauerte es länger, bis er sie losließ. Das Schnauben der Pferde hatte ihn aufgeschreckt, doch niemand war zu sehen.

»Es ist vermutlich besser, wenn wir nach Birkenfeld zurückkehren«, sagte er schließlich.

»Aber wir müssen doch nach Halberstadt!«

»Ich glaube nicht, dass du in diesem Zustand nach Halberstadt reiten solltest.« Seine Finger glitten vorsichtig über den zerrissenen Ärmel ihres Obergewands, berührten die blutige Schramme, die ein spitzer Stein auf ihrer Haut hinterlassen hatte. »Zum Glück ist dein Gesicht unverletzt geblieben.« Er strich ihr sanft über die Wange.

»Wenn nicht, wäre es auch nicht schlimm gewesen.« Sie berührte die lange Narbe, die sich von seinem Jochbein über die Wange bis zum Kinn zog. »Du lebst ja auch damit.«

»Aber ich hätte auch gern darauf verzichtet.« Er legte seine Hand über die ihre, die noch immer sein Gesicht liebkoste.

»Diese schlimmen Narben auf deinem Rücken, die wolltest du vor mir verbergen, nicht wahr?«

»Du meinst – so wie in Alvelingeroth?«

Sie nickte.

»Zu der Zeit habe ich Fragen befürchtet.«

»Zu der Zeit? Mittlerweile nicht mehr?«

»Ich habe die Geschichte Karim erzählt. Manche Erinnerungen verlieren ihre Schrecken, wenn sie ausgesprochen sind.« Er holte tief Luft. »Ich habe schon einmal ein Kind aus einem brennenden Haus gerettet, aber damals traf mich ein brennender Balken. Daher stammen die Narben.«

»Du bist einer der mutigsten Männer, von denen ich je gehört habe.«

»Früher stürzte ich mich oft in Gefahr, ohne nachzudenken. Es ist nicht immer einfach, zwischen Mut und Dummheit zu unterscheiden.«

»War es dumm, das Kind zu retten?«

»Es war das einzig Richtige, und ich täte es immer wieder. Dennoch war es eine Dummheit, für die Thomas und ich einen hohen Preis zahlen mussten.«

»Wie sagtest du doch so richtig zu meiner Mutter, als es darum ging, den Bischof zu entlarven? Es ist niemals ungefährlich, in schwierigen Zeiten das Richtige zu tun.«

»Du willst gar nicht wissen, welchen Preis wir zu zahlen hatten?«

Sie blickte ihm in die Augen, achtete auf das Feuer. Es leuchtete hell. Ob er wirklich bereit war, ihr von sich zu erzählen? Eine seltsame Scheu überkam Antonia. Plötzlich schämte sie sich für ihr früheres Ungestüm. Sie hatte tatsächlich immer nur an sich gedacht, an ihre eigene Neugier und ihren Wunsch, Stephans Herz zu gewinnen. Plötzlich kam ihr jede Frage ungehörig vor. Es war sein gutes Recht, seine Vergangenheit für sich zu behalten, wenn er ihr dafür die Gegenwart schenkte.

»Möchtest du es denn erzählen?«, erkundigte sie sich vorsichtig.

»Vielleicht.« Das Leuchten seiner Flamme wurde kräftiger.

»Vielleicht?«, wiederholte sie und ging auf sein Spiel ein.

»Womöglich«, entgegnete er mit einem Lächeln.

»Womöglich?« Sie erwiderte das Lächeln.

»Gewiss.«

Doch bevor er zu weiteren Worten ansetzen konnte, hörten sie Hufschläge vom anderen Ufer. Stephan erhob sich behände und half Antonia auf die Beine. Einen Moment lang hatte sie das Gefühl, der Boden schwanke unter ihr, doch Stephan hielt sie so lange fest, bis sie sicher auf den Füßen stand.

»Seid ihr schwimmen gewesen?« Das war Alexanders Stimme! Und so fröhlich, wie er klang, hatte er den Überfall unbeschadet überstanden.

Mittlerweile erkannte Antonia auch Karim, Sachmet und die Waffenknechte. Niemand fehlte.

»Wie seid ihr entkommen?«, rief Stephan zurück.

»Mit schnellen Pferden und scharfen Schwertern«, antwortete Alexander. »Auch Karims Säbel sind nicht zu verachten. Sollen wir an der Brücke auf euch warten?«

»Nein«, entgegnete Stephan. »Ich bringe Antonia nach Birkenfeld zurück. Reitet allein nach Halberstadt, bevor die Regensteiner sich noch einmal sammeln können!«

»Ich bin wohlauf«, widersprach Antonia.

»Das mag sein«, räumte Stephan ein. »Aber bis wir die andere Seite des Flusses erreicht haben, geht kostbare Zeit verloren. Oder wagst du einen weiteren Sprung ins kalte Wasser?«

Antonia schluckte.

»Nikolaus und Moritz warten auf euch an der Brücke!«, rief Alexander. »Als Geleit zurück nach Birkenfeld.«

»Das ist nicht nötig«, wehrte Stephan ab. »Ich bringe Antonia sicher nach Hause. Du aber solltest genügend kampferprobte Männer in deiner Begleitung haben.«

Alexander schien kurz zu überlegen und gab schließlich nach. »Aber verweilt nicht mehr allzu lange am jenseitigen Ufer. Die Regensteiner haben vermutlich längst bemerkt, dass ihr euch auf der anderen Seite der Bode aufhaltet.«

»Gibt es eigentlich eine Erklärung, weshalb sie uns überhaupt auflauern konnten?«

»Anscheinend bewachen sie ihr Gebiet seit unserem letzten Überfall erheblich schärfer. Gut, dann reiten wir weiter nach Halberstadt.«

»Viel Glück!«, rief Stephan. Alexander wendete sein Pferd, und seine Begleiter folgten ihm. Bald darauf waren sie zwischen den Bäumen verschwunden.

»Komm!«, sagte Stephan zu Antonia. »Alexander hat recht – es wäre Leichtsinn, noch länger an dieser Stelle zu verweilen.«

»Schade – ich hätte so gern deine Geschichte gehört!« Sie schenkte ihm ein Lächeln.

»Später.« Er schickte sich an, die Pferde zu holen. Doch dann zögerte er und wandte sich noch einmal zu ihr um. Antonias Herz schlug schneller, als sie seinen Blick auffing. Noch nie hatte er sie so angesehen, so seltsam verletzlich. Er strich sich das feuchte Haar aus der Stirn, während das Feuer hinter seinen Pupillen flackerte. »Da gibt es noch etwas«, sagte er.

»Ja?« Sie sah ihm unverwandt in die Augen. Er senkte die Lider und gab ihr dadurch das Gefühl, auf ungehörige Weise in seine Seele einzudringen. Doch bevor sie selbst den Blick abwenden konnte, sah er ihr bereits wieder in die Augen. Und auf einmal war seine Unsicherheit verschwunden. Das Feuer hinter seinen Pupillen leuchtete hell und stark. Antonia entdeckte sogar bunte Funken, die in seiner Seelenflamme tanzten. Er trat einen Schritt auf sie zu und zog sie in die Arme, so eng, dass sie den Schlag seines Herzens spürte.

»Ich liebe dich, Antonia.«

Er hatte es gesagt! Er liebte sie! Ihr Herz schlug so heftig im Gleichtakt mit dem seinen, dass ihr schier die Brust zu zerreißen drohte. Sie schmiegte sich fest in seine Arme, ließ sich von ihm halten.

»Lass mich nie mehr los!«, flüsterte sie. »Halt mich immer so wie jetzt.«

»Für immer«, flüsterte er und küsste sie.

39. Kapitel

Zahlreiche Gedanken gingen Stephan durch den Kopf, während er Antonia nach Birkenfeld zurückgeleitete. War es richtig gewesen, sich von den Gefühlen des Augenblicks treiben zu lassen? Gewiss, Antonia war die Frau, mit der er sein Leben verbringen wollte. Aber wie sollte er ihrem Vater gegenübertreten? Was würde Graf Philip sagen, wenn ein Mann, der lediglich ein Pferd, seine Waffen und achtunddreißig Silberdenare sein Eigen nannte, um die Hand seiner Tochter anhielt, deren Mitgift mehr wert war als ein ganzes Dorf? Nun, vermutlich wäre Graf Philip höflich genug, ihn nicht so offen einen Habenichts zu nennen, wie Meinolf von Brack es stets tat. Aber denken würde er es zweifellos. Stephan seufzte leise. Hätte er wenigstens eine angemessene Barschaft vorweisen können, dann wäre ihm sein Ziel nicht gar so unerreichbar vorgekommen. Er wusste, dass demnächst die Pachtverträge für einige Güter des Herzogs von Halberstadt mit den Regensteinern ausliefen. Und zum gegenwärtigen Zeitpunkt würde Herzog Leopold diese Verträge sicher nicht verlängern. Eine günstige Gelegenheit, sich selbst um die Güter zu bewerben. Allerdings musste er in dem Fall Sicherheiten vorlegen. Wenigstens eintausend Silberdenare, um überhaupt als Pächter in Betracht zu kommen. Und wenn er später wirklich Pferde züchten wollte, brauchte er noch einmal die gleiche Summe, um drei oder vier gute Zuchtstuten zu erwerben und die notwendigsten Anschaffungen zu tätigen. Aber woher sollte jemand wie er zweitausend Silberdenare bekommen? Die Geldverleiher verlangten Sicherheiten, und die besaß er nicht. Der Name seiner Familie war in der Ritterschaft geachtet, aber die Geldverleiher schüttelten allenfalls mitleidig den Kopf. Eine tapfere, ehrbare Familie. Und meistens völlig blank.

»Du bist so schweigsam«, hörte er Antonias Stimme. Er wandte sich zu ihr um. Sie sah noch immer erschöpft und müde aus, aber in ihren Augen blitzte die Lebensfreude. Was hatte er da nur angerichtet? Er hatte Hoffnungen geschürt, die er nicht erfüllen konnte. Was halfen ihm schon sein guter Name und sein Stand, wenn ihm die Mittel fehlten, um eine Familie zu unterhalten? Es sei denn … aber ja! Warum war er nicht gleich darauf gekommen? Es gab eine Möglichkeit, die gewünschte Summe aufzutreiben – oder alles zu verlieren. Doch an das Verlieren wollte er nicht denken. Welchen Unterschied machte es schon, ob er ein armer oder ein bettelarmer Ritter war?

»Ich habe nachgedacht«, antwortete er.

»Worüber?«

»Wenn es deiner Mutter tatsächlich gelingt, die Regensteiner zum Turnier zu bewegen, nehme ich am Tjost teil.«

»Davon bin ich ausgegangen.« Sie lächelte ihn an. »Ich sähe dich gern mit meinen Farben kämpfen.«

Natürlich, sie verlor sich in ihren Schwärmereien, war behütet genug aufgewachsen, um nur den ritterlichen Wettkampf zu sehen und nicht das Geld. Im Geist überschlug Stephan die Möglichkeiten. Der Sieger im Tjost gewann Pferd und Rüstung des Gegners. Es war üblich, stattdessen den Geldwert zu erhalten. Die Ausrüstung eines Ritters wurde im Schnitt mit vierhundert Silberdenaren veranschlagt. Sollte er selbst gleich beim ersten Kampf unterliegen, wäre alles verloren. Nie könnte er es sich leisten, sein Pferd und die Rüstung auszulösen. Aber wenn er fünf Mann im Tjost besiegte, hätte er zweitausend Denare zusammen. An seinen Fähigkeiten zweifelte er nicht. Nach der Eroberung Damiettes hatten sich die Kreuzritter oftmals gegenseitig im Kampf mit der Lanze gemessen. Damals hatten sie nicht um Pferd oder Rüstung gekämpft. Die Einsätze waren Teile der Beute gewesen, und wäre er bei Kairo nicht in Gefangenschaft geraten, hätte er tatsächlich als reicher Mann heimkehren können.

»Stephan?« Wieder war es Antonias Stimme, die ihn in die Gegenwart zurückholte.

»Ja?«

»Quälen dich etwa schwere Gedanken?«

»Wie kommst du darauf?«

»Du bist so in dich gekehrt.«

»Ich achte nur auf den Weg. Ein weiteres Mal sollten wir besser in keinen Hinterhalt geraten«, wich er aus. Besser, er verriet ihr nichts von seinen Plänen, bevor er sie verwirklichen konnte. Zu groß wäre ihre Enttäuschung gewesen, wenn sein Vorhaben misslang. Und sein Glaube an sich selbst wäre ebenfalls erschüttert gewesen …

Sie erreichten Burg Birkenfeld ohne weitere Zwischenfälle am frühen Nachmittag. Ausgerechnet Christian wurde als Erster auf sie aufmerksam.

»Was ist geschehen?« Er eilte den Ankömmlingen entgegen und half Antonia aus dem Sattel. »Um Gottes willen, Antonia! Wer hat Euch so zugerichtet?«

»Die Bode«, entgegnete sie knapp. »Aber bevor der Fluss mir Schlimmeres anhaben konnte, rettete mich Stephan aus den Fluten.« Stephan fing ihr warmes Lächeln auf und erwiderte es.

»Und wo sind die anderen?«

»Weiter nach Halberstadt«, antwortete Stephan und stieg ebenfalls vom Pferd. »Den kleinen Zwischenfall verdanken wir übrigens den Regensteinern.«

»Den Regensteinern?« Christians Augen wurden immer größer.

Stephan nickte und wandte sich an Antonia. »Du solltest besser ins Haus gehen und ein heißes Bad nehmen.«

Sie nickte, drückte Christian die Zügel ihres Pferdes in die Hand und ging.

»Seit wann duzt du meine Braut?« Christian funkelte Stephan verärgert an.

»Deine Braut?« Stephan sah sich um. »Ist sie mir schon vorgestellt worden?«

»Du weißt genau, dass Antonia mir versprochen ist!«

»Ist sie das?«

»Ja!«

»Von wem?«

»Das haben unsere Eltern längst besprochen.«

»So?«

»Ja!«

»Aha.«

»Dann ist das also klar?«

»Nein.«

»Willst du mich ärgern?«

»Nein.«

»Was dann?«

»Mein Pferd in den Stall bringen. Soll ich Antonias Stute mitnehmen, oder kümmerst du dich um sie?«

Mit einem Schnauben übergab Christian Stephan die Zügel der Stute. »Ich glaube kaum, dass Fräulein Antonia viel für Ritter übrig hat, die freiwillig den Pferdeknecht spielen.«

»Wer weiß?« Stephan grinste.

»Du hast sie angerührt!«, schrie Christian zornentbrannt.

»Ich musste. Sie wäre sonst ertrunken.«

»Du weißt genau, was ich meine!«, zischte Christian.

»Eine weitere Unterstellung, und du landest im Burggraben.«

»Das wagst du nicht!«

»Ich habe Antonia versprochen, dass jeder im Burggraben landet, der ihre Ehre in Zweifel zieht. Und das hast du soeben getan. Hüte deine Zunge in Zukunft besser!«

Ein Zittern durchlief Christians Körper. Einen Augenblick lang befürchtete Stephan einen Angriff, doch dann beruhigte sich der Hohnsteiner wieder.

»Lass künftig die Finger von meiner Braut!«, knurrte er stattdessen.

»Ich habe nicht die Absicht, ihr zu nahe zu treten«, entgegnete Stephan. »Da halte ich mich lieber an meine eigene Braut.«

Überrascht hob Christian die Brauen.

»Ich wusste gar nicht, dass du eine hast.«

»Das geht dich auch nichts an.«

Dann ließ er den Hohnsteiner stehen und führte die Pferde in den Stall.

40. Kapitel

»Und du glaubst wirklich, Ritter Goswins Hund ist der geeignete Deckrüde für unsere Hündinnen?« Nachdenklich musterte Ulf seinen Sohn Eberhard. Meinolf saß schweigend daneben und trug ein gelangweiltes Gesicht zur Schau. Eberhard kannte den Grund. Meinolf zeigte keinerlei Neigung zur Jagd mit Hunden. Er lauerte seiner Beute lieber aus dem Hinterhalt auf – mochten es Hirsche oder Menschen sein.

»Ja, ich habe noch nie einen so großen Bracken gesehen. Hochbeinig und ausdauernd. Goswin versprach mir, seinen Harro morgen zu uns zu bringen. Vor allem von der Atta verspreche ich mir schöne Welpen.«

Sein Vater nickte. »Atta ist eine ausgezeichnete Hündin, fast so groß wie ein Rüde.«

»Herr Graf!« Einer der Waffenknechte betrat eilends den Rittersaal.

»Was gibt's?«, fragte Ulf ungehalten.

»Frau Irmela, Frau Alheidis und Frau Helena wünschen Euch zu sprechen.«

»Sag ihnen, ich habe keine Zeit.«

»Ich fürchte, sie werden nicht auf mich hör…« Die Tür wurde aufgerissen, und die drei Damen verschafften sich selbst Einlass.

»Ulf, wir müssen reden!«, fuhr Irmela ihren Gatten an. Eberhard war überrascht, seine Mutter so lebenskräftig zu sehen. Sie stand aufrecht zwischen ihren Begleiterinnen, obwohl ihr die Schwäche, die sie bislang an ihre Kemenate gefesselt hatte, noch immer anzusehen war. In ihren Augen blitzte indes die Angriffslust.

»Später.« Ulf machte eine abwehrende Handbewegung.

»Wir haben Wichtiges zu besprechen. Da können wir kein Weibervolk gebrauchen.« Dann wandte er sich wieder an Eberhard. »Also gut! Sag mir Bescheid, wenn Goswin seinen Rüden bringt! Vielleicht lasse ich auch Brunhild decken.«

»Das nennst du also Wichtiges? Deine Hunde?« Irmela ließ sich auf einem der Stühle an der Tafel nieder, ihre Begleiterinnen folgten ihrem Beispiel.

»Oh, Ihr mögt Hunde?« Helena von Birkenfeld lächelte erfreut in die Runde. »Habt Ihr meinen kleinen Pablo schon kennengelernt?«

Erst jetzt fiel Eberhard das weiße Wollknäuel auf, das die Gräfin gerade vom Boden hochhob und auf den Schoß nahm. Hechelnd blickte es über die Tafel.

»Wir reden von Hunden, nicht von übergroßen Ratten«, brummte Ulf.

»Das ist nicht sehr höflich, Herr Ulf. Bedenkt, ein reinrassiger Bologneser ist kostbarer als ein Jagdhund. Pablo wurde mit Gold aufgewogen – ebenso wie sein Bruder Pepito, der Hund meiner Tochter Antonia.«

»Dann passt gut auf, dass niemand Euer Spielzeug aus Versehen tottritt. Und nun belästigt uns bitte nicht weiter!«

»Oh, Ulf, heute so ungehalten?« Alheidis beugte sich vor und tätschelte ihm die Hand. Sofort zog Ulf die Hand vom Tisch.

»Also, dann heraus damit! Was wollt ihr?«

»Nun, mir scheint, es ist an der Zeit, dass wir uns wieder der guten Sitten und des geselligen Beisammenseins erinnern«, erklärte Irmela. »Es mag zwar Fehde herrschen, aber das ist noch längst kein Grund, ein schlechtes Benehmen an den Tag zu legen. Schließlich ist die Gräfin von Birkenfeld unsere Nachbarin.«

»Ja und?«

»Künftig, mein lieber Ulf, werden hier wieder die Tugenden gepflegt, die zu Zeiten deines Bruders Ulrich üblich waren.

Du wirst dich nicht länger mit Eberhard und Meinolf von der gemeinsamen Tafel fernhalten, und unter der geistigen Führung von Pater Hugo werden wir alle gemeinsam das Frühgebet in der Kapelle verrichten. Ich habe schon mit dem Pater gesprochen. Pater Pius wird weiterhin unser Beichtiger sein.«

»Das sind Geiseln, keine Gäste!«, brüllte Meinolf. »Ich werde mich mit Rudolf von Birkenfeld bestimmt nicht an einen Tisch setzen!«

»Du kannst gern in der Gesindeküche speisen«, beschied Irmela. »Dort hast du schließlich als Kind viel Zeit mit deiner Mutter verbracht.«

Eberhard biss sich auf die Unterlippe. Dabei fiel sein Blick auf Alheidis, die ein Lächeln unterdrückte. Teufel auch!, dachte er. Ohne ihr vorlautes Mundwerk wäre sie eine wahrhaft begehrenswerte Frau. Nur Gräfin Helena saß mit ernster, würdevoller Miene am Tisch und kraulte ihren Hund.

»Das muss ich mir von dir nicht anhören!«, schrie Meinolf.

Irmela blieb gelassen. »Ich erlaube dir, den Saal zu verlassen, wenn meine Worte dir missfallen.«

»Irmela, ich verbiete dir, so mit meinem Sohn zu sprechen!«, donnerte Ulf. »Ich sehe keine Veranlassung, irgendetwas an unserem bisherigen Benehmen zu ändern. Wenn dir das nicht zusagt, zieh dich in deine Kemenate zurück!«

»Dann muss ich wohl mit Pater Hugo sprechen«, gab Irmela zurück, doch sofort legte Gräfin Helena ihr eine Hand auf den Arm.

»Tut das nicht, Frau Irmela! Ihr wisst, welche Folgen dies für Euren Gatten hätte. Wollt Ihr ihm das wirklich antun?«

»Wenn es sein muss.« Irmela erhob sich schwerfällig von ihrem Stuhl.

»Ulf, du wirst schon sehen, was du davon hast.« Dann schickte sie sich zum Gehen an.

»Einen Augenblick!« Ulf war aufgesprungen. »Ich dulde

nicht, dass man mir mit Andeutungen droht. Was führst du im Schilde, Weib?«

»Beruhigt Euch, Herr Ulf, es ist alles in Ordnung.« Gräfin Helena setzte ihren Hund auf den Boden und erhob sich ebenfalls. »Ich sorge dafür, dass Euch nichts widerfährt.«

»*Ihr?* Wofür haltet Ihr Euch eigentlich?«

»Mäßigt Euch besser, Herr Ulf! Ich sah schon Männer, die der Schlagfluss traf, als sie sich derart aufregten.«

»Ich will sofort wissen, was Ihr mit dem Pfaffen ausgeheckt habt!«

»Komm, Irmela, lass uns gehen!« Auch Alheidis war aufgestanden und reichte Ulfs Gattin den Arm als Stütze.

»Ihr verlasst den Saal nicht eher, bis ich weiß, was Ihr ausbrütet!« Mit Besorgnis nahm Eberhard wahr, wie das Gesicht seines Vaters dunkelrot anlief.

»Pater Hugo hat mir versprochen, für dein Seelenheil zu sorgen«, erwiderte Irmela. »Und genau das wird er tun. Entweder mit Vernunft oder der Geißel Gottes.«

»Und was soll das heißen?«

»Herr Ulf, bitte ereifert Euch nicht weiter! Es wird alles gut.«

»Schweigt, Frau Helena! Ihr habt Euch nicht einzumischen, wenn ich mit meinem Weib spreche.«

»Wie Ihr wünscht, Herr Ulf.«

Plötzlich winselte Pablo kläglich und flitzte wie ein Blitz aus dem Saal.

Helena sah ihm verwundert nach, bevor sie sich wieder an Eberhards Vater wandte. »Sagt, Herr Ulf, spracht Ihr bei unserem Eintreffen nicht gerade über Eure Hündinnen? Ich hoffe, sie halten sich nicht in der Nähe auf.«

»Was?« Ulf schreckte auf. »Behauptet Ihr etwa, diese kleine Ratte … Holt sofort Euren verdammten Köter zurück!«

Gräfin Helena lächelte. »Gern, Herr Ulf.« Dann ging sie.

Lena war zufrieden mit ihrem Auftritt. Bemerkenswert, wie leicht sich Männer durch wenige Andeutungen aus der Ruhe bringen ließen! Viel wirkungsvoller als durch handfeste Drohungen.

Von ihrem Hund war in den dunklen Gängen der Burg nichts zu sehen. Immer wieder rief sie nach ihm. Vergeblich. War er wirklich zu Ulfs Jagdhündinnen gelaufen? Sie hatte es als Scherz gemeint, aber allmählich wurde sie unsicher, ob ihre Behauptung nicht doch der Wahrheit entsprach. Für gewöhnlich gehorchte Pablo spätestens beim zweiten Ruf.

Kurz bevor sie den Hof betrat, rief sie ihn noch einmal. Plötzlich hörte sie Schritte und erkannte Rudolf, der ihr mit Pablo auf dem Arm entgegenkam. »Ich habe den Ausreißer erwischt, Mutter. Er wirbelte an mir vorbei, als gäbe es im Hof frisches Fleisch.« Noch während Rudolf sprach, zappelte und quiekte Pablo, als wäre er ein Ferkel kurz vor der Schlachtung. »So ungezogen habe ich das Kerlchen noch nie erlebt.« Rudolf hielt Pablo im Nacken fest, bis er schließlich Ruhe gab.

»Ich fürchte, das ist seine Männlichkeit.« Lena seufzte. »Eberhard und Ulf haben ein paar läufige Jagdhündinnen.«

»Oh.« Das Feuer, das seit Tagen in ihm gloste, schien neue Nahrung erhalten zu haben und loderte hell auf.

»Rudolf, was hast du vor?«

»Nichts Besonderes.« Er lächelte breit. »Darf ich Pablo eine Weile bei mir behalten?«

»Wozu?«

»Ich würde gern ein wenig mit ihm spazieren gehen, um ihn abzulenken.«

»Du glaubst, das lenkt ihn ab?«

»Kommt auf die Richtung an.«

»Du willst doch nicht etwa …« Unwillkürlich musste Lena das Lächeln ihres Sohns erwidern. »Doch – ich sehe, du wirst es tun.«

Rudolf nickte. »Wir Männer müssen zusammenhalten,

stimmt's, Pablo?« Er strich dem Hund über den Kopf und setzte ihn auf dem Boden ab.

»Ist er nicht erstaunlich schnell auf seinen kurzen Beinen, Mutter?«

»Du bist unmöglich, Rudolf.« Schmunzelnd schüttelte sie den Kopf. »Pass nur auf, dass ihm nichts geschieht!«

Irmelas Auftritt hatte Früchte getragen, denn Ulf und Eberhard erschienen am Abend pünktlich zum gemeinsamen Mahl im Kaminsaal. Auch die Patres Hugo und Pius gesellten sich zu der Tafelrunde. Alheidis zwinkerte Lena verschwörerisch zu und erinnerte an das vorlaute kleine Mädchen, das sie früher einmal gewesen war. Damals, während der unbeschwerten Sommermonate auf Gut Eversbrück, lange bevor Blut und Tod Lenas Schicksal bestimmt hatten.

Nur Meinolf fehlte. Dass er sich freiwillig zurückhielt, statt um seinen Status als anerkannter Sohn zu kämpfen, bezweifelte Lena. Sicher plante er irgendetwas.

Kaum hatte sie sich wieder der Tischgesellschaft zugewandt, wurde die Tür geöffnet, und Meinolf trat ein, ganz so, als hätte er ihre Gedanken erraten.

»Verzeiht meine Verspätung!« Er nickte artig in die Runde und nahm Lena gegenüber Platz. »Ich bin leider aufgehalten worden.« Er seufzte tief. »Ich fürchte, ich bringe keine guten Nachrichten, Gräfin Helena.«

Seine Miene zeugte von Betroffenheit, doch in seinen Augen sah Lena eine hellrote Seelenflamme. Die Flamme der Heißblütigen und Skrupellosen.

»Welche Nachricht habt Ihr für mich, Herr Meinolf?«

Meinolf senkte den Blick. »Es tut mir aufrichtig leid, Euch mitteilen zu müssen, dass Eure Tochter Antonia ertrunken ist.«

Lena drohte das Herz stehen zu bleiben. Die Schreckensschreie, die die Frauen ausstießen, nahm sie kaum wahr, sah aber umso deutlicher, wie Pater Hugo und Pater Pius sich bekreuzigten.

»Was sagt Ihr?«, fragte sie mit tonloser Stimme. Wieder suchte sie Meinolfs Blick, und diesmal hielt er ihr stand. Seine Flamme leuchtete blutrot. Nur zweimal in ihrem Leben hatte Lena eine blutrote Seelenflamme gesehen. Augen, aus deren Tiefe schon die Hölle loderte. Verzweifelt versuchte sie zu deuten, was sie sah. War es der Triumph über ihren Verlust oder über seine Lüge? Über eine Lüge, die sie schlimmer treffen musste als ein tödlicher Pfeil? Ihr wurde schwindelig. Nein, dachte sie. Nur keine Schwäche zeigen! Er lügt. Er ist bekannt als guter Lügner.

Ängstlich griff Meret nach ihrer Hand. Lena erwiderte den Händedruck mit gewohnter Festigkeit. Ihre jüngste Tochter sollte spüren, dass sie diese Lüge nicht glaubte.

Rudolf sprang seiner Mutter sofort bei. »Was fällt Euch ein, derartigen Unsinn zu erzählen?«, fuhr er Meinolf an. »Meine Schwester ist nicht ertrunken. Sie kann schwimmen.«

»In einem reißenden Fluss, nachdem sie vom Pferd gestürzt ist?«

»Antonia kann auch reiten, Herr Meinolf. Vermutlich besser als Ihr. Und nun hört auf, meine Mutter mit Euren Lügen in Angst und Schrecken versetzen zu wollen! Andernfalls ziehe ich Euch über den Tisch und wische mit Euch den Boden sauber.«

»Rudolf, bitte hör auf!« Lena war aufgestanden und berührte ihren Sohn am Arm. Ihre Gedanken ordneten sich nur langsam. Sagte Meinolf die Wahrheit? Nein, das konnte sie nicht glauben. Mit Sicherheit handelte es sich um eine Teufelei, mit der er ihre Seele tödlich verwunden wollte. Sie atmete tief durch. »Erklärt mir den Vorfall genauer, Herr Meinolf!«

»Wollt Ihr Euch nicht lieber wieder setzen, Gräfin Helena? Ihr seid bleich wie der Tod. Nicht, dass Ihr noch umfallt.«

Diese scheinheilige Fürsorge war das Schlimmste. Nicht nur

für sie. Bevor sie es verhindern konnte, hechtete Rudolf über die Tafel und riss dabei Pokale, Schüsseln und Speisen vom Tisch.

»Ich habe dich gewarnt!«, schrie er und packte Meinolf. Der war im ersten Augenblick verblüfft, dann versuchte er sich zu wehren. Vergeblich, denn das Feuer verlieh Rudolf wie jedes Mal ungeahnte Kräfte.

»Rudolf«, rief Lena, »lass ihn los!«

Doch er hörte nicht auf sie, schlug auf Meinolf ein, und als Eberhard dazwischengehen wollte, fing auch er sich einen heftigen Faustschlag ein. Ulf rief nach den Wächtern.

»Rudolf!«, versuchte Lena es noch einmal, aber ihr Sohn schien sie nicht wahrzunehmen. Mehrere Waffenknechte stürzten in den Kaminsaal. Meinolf lag mit blutender Nase am Boden, Eberhard hatte eine aufgeplatzte Augenbraue davongetragen.

»Oh, nur drei?« Rudolf lachte, als er die Männer gewahrte. »Dann kommt näher und holt euch eure verdienten Prügel ab!«

»Rudolf!«, schrie Lena, so laut sie konnte.

»Später, Mutter! Ich habe gerade zu tun.« Und schon knirschte das nächste Nasenbein unter seinen Fäusten.

Es bedurfte letztlich der Anstrengung von sieben Männern, um Rudolf zu bändigen und aus dem Saal zu schaffen.

»Dafür landet er im Kerker!«, zischte Ulf.

Lena schwieg, konnte sie Ulf die zornigen Worte doch nicht einmal verdenken. Es war nur eine Frage der Zeit gewesen, bis Rudolf die Beherrschung verlor. Und solange das Feuer ihn verzehrte, würde er auch im Kerker nicht verzweifeln, sondern den Wächtern das Leben so schwer wie möglich machen.

»Bitte berichtet mir noch einmal, was mit meiner Tochter Antonia ist, Herr Meinolf! Wer hat gesehen, dass sie tot ist?«

Meinolf drückte sich ein Tuch gegen die blutende Nase.

»Meine Männer, die sie verfolgten.«

»Was genau haben sie gesehen?«

»Eure Tochter stürzte in den Fluss und ertrank.« Er wischte sich mit dem blutigen Tuch über die Nase und betastete sie vorsichtig.

»Ich fürchte, die bleibt schief«, bemerkte Eberhard.

»Herr Ulf«, wandte Lena sich an Meinolfs Vater, »wenn die Worte Eures Sohns der Wahrheit entsprechen, hätte mein Gatte mir eine Botschaft geschickt. Werdet Ihr sie mir aushändigen?«

»Ich habe keine Botschaft erhalten.«

»Nun, dann gehe ich davon aus, dass meine Tochter noch lebt.« Lena straffte sich. »Ich erwarte, dass Ihr mich morgen zu meinem Sohn lasst, sobald er sich etwas beruhigt hat.«

»Darauf könnt Ihr lange warten!«, knurrte Ulf.

»Wenn es sein muss. Aber die Verantwortung tragt dann Ihr.«

»Was soll das nun wieder heißen?«

»Das werdet Ihr schon merken, Herr Ulf. Komm, Meret, wir gehen! Gute Nacht allerseits.«

41. Kapitel

He, wann schrubbt ihr hier endlich einmal den Boden?«, schrie Rudolf die Waffenknechte durch die geschlossene Tür an. »Und eure Ratten solltet ihr auch besser füttern. Die sind schon bis auf die Knochen abgemagert.«

Obwohl auch er einige Schläge hatte einstecken müssen, fühlte er sich kräftig und jeder Herausforderung gewachsen. Die Kerkerwände von Burg Regenstein waren gemauert, der Boden hingegen bestand aus felsigem Untergrund. Von der Seite fiel fahles Licht durch eine Fensteröffnung. Rudolf erhob sich von seinem Strohlager und begutachtete die Öffnung. Sie war nicht vergittert, befand sich aber so hoch oben, dass er nicht hinaussehen konnte. Nun, das ließ sich ändern. Er nahm einen kurzen Anlauf, sprang und griff mit beiden Händen nach dem Sims. Es bereitete ihm wenig Mühe, sich hochzuziehen und mit den Füßen an der Wand abzustützen. Das Fenster war so groß, dass sich ein ausgewachsener Mann hindurchzwängen konnte, aber noch zögerte er. Ein Blick nach draußen zeigte ihm, warum das Fenster nicht vergittert war. Das Verlies befand sich nahe der höchsten Stelle des Berggrats. Rudolf zog sich noch weiter nach oben, bis er mit dem Oberkörper über dem Sims hing, und sah hinaus. Rechts vom Fenster ging das Mauerwerk in glattes Felsgestein über, links davon ragte eine schroffe Bergwand auf. Die Felskanten waren so steil, dass niemand daran hinabklettern konnte, ohne in den Tod zu stürzen. Der Wald tief unten wirkte so winzig, als wäre er ein Moosteppich.

Ein Blick nach oben verriet Rudolf, dass der Weg zum Dach nicht minder steil war. Allerdings waren die untersten Schindeln knapp eineinhalb Mannshöhen über seinem Fenster angebracht. Für einen Mann mit seinen Fähigkeiten eine Kleinigkeit. Säße er erst einmal auf dem Dach, würde er weitersehen. Die Regensteiner sollten sich noch wundern. Er liebte Herausforderungen, wenn die Kraft ihn durchströmte. Nichts konnte ihn aufhalten. Er wand sich noch weiter aus der Öffnung, bis er auf dem Sims saß, während sein Oberkörper aus dem Kerkerfenster ragte. Dann untersuchte er die Mauer. Einige der Steine standen unregelmäßig vor. Kein sonderlich sicherer Stand, für ihn jedoch leicht zu bewältigen. Gut, ein weniger geschickter Mann hätte durch einen einzigen Fehlgriff abstürzen können – aber was scherte ihn das? Nur gut, dass Meret und seine Mutter ihn nicht sahen. Ihre übertriebene Ängstlichkeit war ihm zunehmend lästig.

Frei von jeder Furcht griff Rudolf nach den Steinen, zog

sich vollends aus dem Fenster und kletterte mit beachtlicher Schnelligkeit auf das schräg abfallende Dach. Die Schindeln waren glatt, aber auch hier half ihm das Gefühl der Unfehlbarkeit, jedes Hindernis zu überwinden. Vom Dach des Kerkers aus sprang er mit Leichtigkeit auf ein weiteres Dach und ruhte eine Weile aus.

Während er über die Wälder tief unter sich hinwegsah, überdachte er sein weiteres Vorgehen. Sollte er Meinolf einen Besuch abstatten und ihm ein Veilchen verpassen? Seine Mutter beruhigen? Oder doch lieber Sibylla seine Aufwartung machen? Er hatte ihr entsetztes Gesicht gesehen, als die Waffenknechte ihn aus dem Kaminsaal geschleift hatten. Vermutlich sollte er erst einmal sie beruhigen. Oder doch erst seine Mutter, damit sie Eberhard aufsuchte und im Auftrag ihres Sohns um Sibyllas Hand bat? Nein, das wäre wohl ein wenig verfrüht gewesen. Sibylla hatte schließlich darum gebeten, es erst nach Beendigung der Fehde zu tun.

Also doch zu Sibylla. Sie hatte ihm versichert, ihm ihre Zuneigung auch dann zu schenken, wenn das Feuer ihn verzehrte. Gewiss erführe sie mit Freuden, dass ihn niemand auf Dauer gegen seinen Willen festhalten konnte und dass ihn sein erster Weg von nun an stets zu ihr führen würde. Ganz gleich, welchen Widrigkeiten er sich ausgesetzt sah.

Sollte er sie wieder durchs Fenster besuchen? Sehnsüchtig spähte er zu ihrem Turm hinüber. Von hier aus führte allerdings ohne Hilfsmittel von außen kein Weg zu ihrer Kammer. Rudolf seufzte. Obwohl ein herkömmlicher Auftritt bei Weitem nicht so ritterlich wirkte, wie er ihn sich gewünscht hätte, kam wohl nur der Zugang durch die Tür infrage.

Vorsichtig ließ er sich vom Dach hinab und erreichte einen der kleinen Nebenhöfe. Um diese Zeit war es hier menschenleer. Eigentlich schade. Es hätte ihn gereizt, Meinolf und Ulf vorzuführen, wie er mit ihren Waffenknechten umsprang. Ob er sich bei Sibylla entschuldigen sollte, dass er ihrem Vater die

Faust ins Gesicht gerammt hatte? Das wäre vermutlich angemessen gewesen. Immerhin handelte es sich um seinen künftigen Schwiegervater.

Während ihm so viele Gedanken durch den Kopf schossen, hatten seine Füße ihn längst zum Turm gelenkt. Er öffnete die Tür und hörte die Waffenknechte in der Wachstube laut lachen. Pflichtvergessenes Pack, aber ihm war es recht. So kurz vor dem Ziel legte er keinen Wert auf eine weitere Schlägerei. Er blickte an sich hinunter. Seine Kleidung hatte unter den Ereignissen der letzten Stunde arg gelitten. An den Flecken ließ sich noch gut erkennen, was es zum Abendmahl gegeben hatte, und sein Bliaut war an mehreren Stellen zerrissen. Vielleicht sollte er sich doch erst umkleiden, bevor er Sibylla unter die Augen trat? Und wenn er schon seine Kammer aufsuchte, konnte er danach auch den Weg durchs Fenster nehmen. Aber was war mit Meret? Die würde nur wieder jammern und womöglich ihrer Mutter Bescheid sagen. Demnach war es wohl doch besser, Sibylla auf kürzestem Weg zu besuchen.

Als er an Sibyllas Tür klopfte, regte sich nichts. Er klopfte noch einmal, diesmal lauter.

»Ich will niemanden sehen!«, hörte er ihre Stimme. Sie klang zornig und zugleich verzweifelt.

»Sibylla, mach auf, ich bin's, Rudolf!«

Hastige Schritte, dann wurde der Riegel aufgeschoben.

»Rudolf!« Sie starrte ihn fassungslos an. Vermutlich hätte er doch erst seine Kleidung wechseln sollen.

»Wie … ich dachte, mein Großvater hätte dich in den Kerker werfen lassen.«

»Das hat er auch getan. Aber dort gefiel es mir nicht. Darf ich hineinkommen?«

Sie nickte wortlos und trat einen Schritt beiseite.

»Aber … wer hat dich freigelassen?«

Rudolf lächelte. »Niemand. Ich bin aus dem Fenster gestiegen und dann übers Dach geklettert.«

»Du … du bist aus dem Fenster …?« Sie wurde blass. »Das war doch lebensgefährlich! Kein Mann bei Verstand würde diesen Weg wagen!«

»Unsinn!« Er machte eine wegwerfende Handbewegung. »Das war eine Kleinigkeit.«

Sie schien einer Ohnmacht nahe zu sein.

»Ist dir nicht gut, Liebste?« Besorgt nahm er sie in die Arme.

»Oh, Rudolf, du hättest tot sein können! So etwas darfst du nie wieder tun!«

Sie schmiegte sich an seine Brust und ließ sich von ihm festhalten.

»Ich weiß schon, was ich tue«, flüsterte er ihr zu.

»Nein, Rudolf. Das weißt du nicht.« Sie hob den Kopf und sah ihm unverwandt in die Augen. »Wie deine Mutter es ausdrückt, verbrennt dich das Feuer. Nur deshalb hast du Meinolf an der Tafel angegriffen, und es bedurfte sieben kräftiger Männer, um dich zu bändigen.«

»Sollte ich etwa zulassen, dass Meinolfs Lügen die Seele meiner Mutter vergiften?«

Sibylla seufzte. »Und was unternehmen wir jetzt?«, fragte sie, statt ihm zu antworten.

»Ich habe mich entschlossen, deinen Vater um Verzeihung zu bitten. Es war nicht angemessen, ihn zu schlagen, obwohl er selbst schuld war. Schließlich hätte er sich nicht in meinen Streit mit Meinolf einmischen müssen.«

»Ähm … ja, das wäre vielleicht nicht verkehrt. Aber ich meinte eigentlich, was wir *jetzt* unternehmen sollen.«

»Jetzt?« Er musterte sie verwirrt. »Du meinst, ich sollte ihn nicht sofort aufsuchen?«

»Auf keinen Fall! Er ließe dich umgehend wieder einsperren.«

»Und wenn schon! Du hast doch gesehen, wie unzulänglich euer Kerker ist.«

»Rudolf, bitte, du hattest unfassbares Glück. Wage nicht noch einmal so viel! Du wärst nicht der Erste, der dort in den Tod stürzt.«

Sie wand sich aus seinen Armen. »Es ist wohl besser, wenn ich deine Mutter hinzuziehe. Sie weiß am besten, was zu tun ist.«

»Muss das sein?«

»Ja, das muss sein.« Wie so oft bildete sich wieder eine strenge Falte zwischen ihren Brauen. »Setz dich und warte, bis ich zurückkomme!«

»Nun gut.« Er folgte ihrer Aufforderung. »Sehe ich da übrigens einen Teller mit Apfelkuchen auf dem Tisch?«

»Ja, bediene dich! Aber bitte nicht weglaufen. Ich bin gleich zurück.«

Dann verschwand sie aus der Tür.

Rudolf hatte gerade das letzte Stück Kuchen verzehrt, als Sibylla mit seiner Mutter zurückkehrte.

»Zu welchen Tollheiten hast du dich wieder hinreißen lassen, Rudolf?« Lena schüttelte den Kopf. »Sieh mich an!«

»Willst du überprüfen, wie heftig es lodert?« Er hob den Blick. »Das brauchst du nicht erst an den Augen abzulesen. Mir geht es prächtig.«

»Allzu prächtig.« Sie zog einen Stuhl heran und nahm ihm gegenüber Platz, während Sibylla unschlüssig stehen blieb.

»Du bist also aus dem Kerkerfenster und dann über das Dach gestiegen.«

»Das war recht einfach.«

»Und du würdest die Kletterei natürlich jederzeit wiederholen – habe ich recht?«

»Jederzeit, Mutter.« Er grinste.

»Das habe ich befürchtet.« Sie seufzte. »Ulf wird darauf

keine Rücksicht nehmen. Dem ist es gleich, ob du dich zu Tode stürzt oder nicht.«

»Ich? Mutter, da kann ich nur lachen! Schließlich weiß ich genau, was ich tue. Hat Sibylla dir schon erzählt, dass sie meine Frau werden will? Wie wäre es, wenn du ihren Vater im Namen unserer Familie um ihre Hand bittest? Ich entschuldige mich bei ihm auch für den Faustschlag. Aber nicht bei Meinolf. Der könnte gut einen weiteren Hieb vertragen. Oder besser zwei. Statt eines Waffengangs ein schöner Faustgang. Was hältst du davon, Mutter?« Er schlug sich mit der rechten Faust so heftig in die linke Handfläche, dass es laut klatschte.

»Gar nichts, Rudolf.«

»Ach, nun sieh mich doch nicht so vorwurfsvoll an. Er hat es doch verdient! Solche Märchen zu erzählen – von wegen, Antonia sei ertrunken.« Er schnaubte geräuschvoll. »Oder meinst du, ich sollte ihn lieber in den Brunnen werfen? Das wäre ihm angemessen, oder? Er redet vom Ertrinken, und ich bade ihn ein wenig im Brunnen.« Rudolf sprang auf. »Ich bin gleich wieder da!«

»Rudolf!« Die Stimme seiner Mutter zerschnitt die Luft.

»Ja, schon gut.« Missmutig setzte er sich wieder. »Kann ich dann wenigstens noch ein Stück Kuchen haben?«

Seine Mutter warf Sibylla einen kurzen Blick zu, die nickte und verließ das Gemach.

»Rudolf, ich weiß, dass du im Augenblick nicht Herr deiner Sinne bist. Du solltest dich aber trotzdem zusammennehmen.«

»Weißt du, was lustig wäre, Mutter?«

»Was denn?«

»Wenn Meinolf merkt, dass ich verschwunden bin. Das wird er bestimmt vor dir geheim halten.« Er lachte. »Und du wirst vor ihm geheim halten, wo ich zu finden bin.«

Plötzlich hellte sich die Miene seiner Mutter auf. »Rudolf, das bringt mich auf einen Gedanken!«

»Ich höre.« Neugierig lehnte er sich weiter vor.

»Niemand außer Sibylla und mir weiß, dass du nicht mehr im Kerker sitzt. Schließlich heißt es, niemand könne aus Burg Regenstein fliehen. Wenn aber keiner mit dir rechnet, könntest du doch heimlich zum Manntor hinaus verschwinden. Sibylla und ich würden die Waffenknechte ablenken. Nach Birkenfeld schaffst du es doch gewiss zu Fuß, oder?«

»Nach Braunschweig, wenn es sein muss.« Er lachte.

Die Tür klappte. Rudolf sah, wie seine Mutter zusammenzuckte, doch es war Sibylla, die einen weiteren Teller voller Kuchenstücke mitbrachte.

»Sibylla, wir haben einen Plan. Würdet Ihr uns dabei helfen?«

»Worum geht es, Frau Helena?«

»Rudolf wird die Burg verlassen und nach Birkenfeld zurückkehren. Ich bin höchst gespannt, was Euer Großvater mir erzählt, wenn ihm die Wächter das Verschwinden des Gefangenen gebeichtet haben. Rudolf ist derzeit zu Hause am sichersten aufgehoben – auch wenn er in wenigen Tagen wieder der Alte ist. In diesem Zustand allerdings stellt er mir allzu viel Unfug an.«

Sibylla lachte leise. »Das habe ich schon gemerkt.«

»Und stört es dich?« Rudolf griff nach ihren Händen und lächelte sie an.

»Nur wenn du dich in Gefahr begibst.«

»Sagt, Fräulein Sibylla, ist es wahr, dass Ihr meinem Sohn Eure Hand zugesagt habt?«

Rudolf sah, wie Sibylla errötete. Dann nickte sie.

»Mit all seinen Fehlern?«

Sie nickte abermals. »Er ist mir mit all seinen Fehlern lieber als jeder andere Mann.«

»Siehst du, Mutter? Und nun – fragst du Eberhard?«

»Das klären wir später. Erst einmal sorgen wir dafür, dass du dieser Burg ohne Schaden entkommst.«

»Aber wie?«, fragte Sibylla mit banger Stimme. »Stellt Euch das nicht so einfach vor! In jedem Mauerwinkel befindet sich eine Wachstube.«

»Das mag sein. Aber mein ungehorsamer kleiner Hund ist bereits überall bekannt, nicht wahr? Ich werde im Hof lautstark nach ihm suchen, und in der Zwischenzeit begleitet Ihr meinen Sohn zum Manntor. Sollte Euch jemand begegnen, wird Rudolf sich verstecken. Dann behauptet Ihr einfach, mir bei der Suche nach Pablo behilflich zu sein.«

»Lieber verprügele ich die Kerle, als mich zu verstecken.«

»Um mir den ganzen Spaß zu verderben? Schließlich weiß keiner, wo du steckst. Nein, Rudolf, Gewalt kommt nicht infrage. Du tust, was ich dir aufgetragen habe.«

»Aber nur dir zuliebe, Mutter.«

»Wird er sich wirklich an Eure Anweisung halten?«, raunte Sibylla Lena zu.

»Das hättest du mich auch selbst fragen können. Natürlich halte ich mich daran.«

»Da bin ich mir nicht so sicher.«

»Heiliges Ehrenwort!« Er hob die Schwurhand. »Ich tue alles, was du von mir verlangst.«

Sibylla tauschte einen hilflosen Blick mit seiner Mutter. Lena klopfte ihr auf die Schulter. »Keine Sorge, nächste Woche ist er wieder vernünftig.«

»Was soll das nun wieder heißen, Mutter? Mein Verstand ist in der Lage, jede Aufgabe zu lösen. Du erteilst mir einen Auftrag, und ich führe ihn sogleich aus. Wie wäre es mit einem Plan, die gesamte Burg zu übernehmen? Was hältst du davon?«

»Mir genügt es, wenn du den Mund erst wieder öffnest, wenn Burg Regenstein eine Meile hinter dir liegt.«

»Wenn du darauf bestehst. Soll ich dir auch dafür mein Ehrenwort geben?«

Lena seufzte.

42. Kapitel

Nachdem Antonia ein heißes Bad genommen und saubere Kleidung angelegt hatte, stieg sie in den Burghof hinab, um nach einer möglichst unverfänglichen Gelegenheit zu suchen, Stephan nahe zu sein.

Inzwischen war ein heftiger Wind aufgekommen, und über dem Himmel zogen dunkle Wolken auf.

»Da zieht bestimmt ein Unwetter auf!«, hörte sie die alte Trudis rufen. »Rasch, Mädchen, nehmt die Wäsche ab!«

Zwei Mägde eilten, der Aufforderung der Alten nachzukommen.

Dann entdeckte sie Stephan. Er stand an der Schmiede und sprach mit Meister Mattes. Sie näherte sich einige Schritte, bis er sie sehen konnte. Ihr Herz pochte vor Freude, als er ihr kaum merklich zunickte, das Gespräch beendete und auf sie zukam.

»Du hast mich gesucht?«

Sie nickte.

Stephan sah sich kurz um. Meister Mattes hatte sich wieder seinem Hammer zugewandt, aber einige der Mägde und Burschen beobachteten sie neugierig.

»Komm!«, raunte er ihr zu. »Ich weiß, wo wir allein sind.«

Er führte sie zum Wehrgang, der die Hauptburg von der Vorburg trennte.

»An dieser Stelle hast du dich immer mit Karim getroffen, nicht wahr?«

Stephan nickte. »Hierher kommt selten jemand. Ein guter Ort, um unter sich zu sein.«

Seine Hände griffen nach den ihren. Wieder durchströmte sie dieses wunderbare Kribbeln.

»Du hast gar keine Fragen?« Er sah sie liebevoll an.

»Nein.«

»Nein?« Er hob die Brauen. »Was ist mit dir geschehen? Wo ist das vorwitzige Mädchen geblieben?«

»Sie hat Vertrauen.«

»Vertrauen?«

Antonia nickte. »Ich habe genügend Vertrauen, um zu schweigen.«

Er runzelte verwirrt die Stirn.

»Verstehst du das nicht? Ich habe immer viel geredet und dachte, sonst nähme mich niemand wahr.«

»Dabei bewundern dich so viele Männer.«

»Nein, sie bewundern nicht mich, sondern meinen gesellschaftlichen Stand. Ich bin die Tochter des Grafen. Eine gute Partie, nicht mehr und nicht weniger.«

»Du unterschätzt dich. Du bist weit mehr als das.«

»Für dich, ich weiß. Und seit ich es weiß, muss ich dich nicht mehr ständig in ein Gespräch verwickeln. Ich darf auch mit dir gemeinsam schweigen.«

»So habe ich das noch nie gesehen.« Er lachte leise. Doch dann wurde er wieder ernst. »Wirst du mir dafür eine Frage beantworten, Antonia?«

»Gewiss.« Sie lächelte ihn an.

»Warum ich?«

»Du meinst, warum ich dich liebe?«

Er nickte.

»Kann man Liebe erklären?«

»Du weichst mir aus.«

Sie senkte den Blick. »Nein«, sagte sie leise. »Aber von Anfang an zog mich etwas an. Etwas, das dich von allen anderen Männern unterscheidet. Du hast Schweres erlebt, dir einen Harnisch zugelegt, der die meisten Menschen auf Abstand hielt. Aber wer sich ein wenig Mühe gibt, der erkennt, dass hinter dieser grimmigen Rüstung ein warmherziger, liebevoller Mann steckt.«

Er räusperte sich. »Das sind nicht gerade die Tugenden, die von einem Ritter erwartet werden.«

»Deshalb versteckst du sie?«

»Ich fürchte, du irrst dich.«

»Ich fürchte, du willst nicht zugeben, dass ich recht habe.«

»Du weißt nichts von mir.«

»Ich weiß genug von dir, um dich zu lieben.«

»Würdest du mich auch noch lieben, wenn du wüsstest, dass ich etwas Schreckliches getan habe?«

Einen Moment lang glaubte sie, er wolle sie necken, doch als sie in seine Augen sah, erschrak sie. Seine Seelenflamme war nur noch ein schwaches Glimmen. Unwillkürlich nahm sie ihn in die Arme. »Ganz gleich, was du getan hast, ich werde dich immer lieben.«

Er erwiderte ihre Umarmung und gab ihr einen sanften Kuss auf die Stirn. Ihr Herz schlug schneller. Was bedrückte ihn? Wessen hatte er sich schuldig gemacht? Sie erwartete seine Erklärung, doch er schwieg, hielt sie nur fest und drückte sie an seine Brust.

Ein dicker Regentropfen fiel ihr in den Nacken. Ein zweiter. Stephan ließ sie los.

»Lass uns hineingehen!« Noch während er sprach, brach der Himmel auf. Das waren keine Regentropfen mehr – eine neue Sintflut schien auf die Erde herabzustürzen. Doch Antonia blieb stehen und sah Stephan unverwandt an. Ein Blitz zuckte über den Himmel. Gleich darauf brachte ein Donnerschlag die Burg schier zum Erzittern.

»Komm!« Stephan griff nach ihrer Hand und zog sie mit sich.

Als sie im Hof ankamen, waren sie bereits bis auf die Haut durchnässt. Einer der Knechte rannte über den Hof, stieß mit Stephan zusammen, stürzte. Stephan zog ihn auf die Beine. »Wohin so eilig?«

»Ins Dorf!«, rief er. »Wir brauchen den alten Jecklin! Das Fohlen von der Myra steckt fest.«

»Sie fohlt schon heute?«

Der Knecht nickte. »Nur Jecklin kann ihr noch helfen.«

Ein weiterer Blitz zuckte über den Himmel, und im gleichen Augenblick krachte der Donner. Das Unwetter tobte unmittelbar über ihnen.

»Spar dir den Weg! Ich kümmere mich um das Fohlen.«

»Aber Herr Stephan, nur der Jecklin …«

»Halt den Mund!« Stephan ließ den Knecht stehen und rannte zum Stall. Antonia folgte ihm. Myra war eine der wertvollsten Zuchtstuten ihres Vaters. Sie hatte bereits vier prächtige Fohlen zur Welt gebracht. Der Verlust dieses Tiers wäre überaus schmerzlich gewesen. Kein Wunder, dass der Knecht außer sich war.

Im Stall flackerte eine kleine Öllampe, ansonsten war es dunkel. Einer der Stallburschen wachte bei Myra und redete beruhigend auf sie ein. Das Pferd zitterte und schnaubte.

»Wie lange hält dieser Zustand schon an?«, fragte Stephan.

»Seit heute Vormittag«, antwortete der Junge. »Fred will Jecklin holen.«

»Bei dem Unwetter könnte er leicht zu spät kommen. Ich kümmere mich um das Tier.« Stephan betastete vorsichtig den Leib der Stute.

»Wahrscheinlich steckt das Beinchen fest.« Der Stallbursche strich Myra über die Nüstern. »Nur Jecklin kann ein Fohlen im Leib wenden.«

»Das kann ich auch«, entgegnete Stephan mit erstaunlicher Gelassenheit und zog sein Hemd aus. »Hol mir einen Eimer Wasser und zwei Stricke! Fräulein Antonia wird das Pferd so lange beruhigen.«

Antonia trat einen Schritt näher. »Was hast du vor?«

»Nachfassen, wo es hakt.«

»Hast du das schon einmal gemacht?« Sie hob verunsichert die Brauen. Es gab nur wenige Männer, die diese Kunst beherrschten, und für gewöhnlich stammten sie nicht aus dem Ritterstand.

»Mehrmals«, entgegnete er. »Ich habe es in Ägypten gelernt.«

»Auf dem Kreuzzug?«

»Nein.« Er betastete noch einmal Myras trächtigen Leib und schob die rechte Hand vorsichtig in die Geburtsöffnung. Das Pferd schnaubte, wehrte sich aber nicht.

»Fühlst du etwas?«

Er schob den Arm weiter vor. »Ja. Die Knechte hatten recht. Ein Vorderlauf liegt quer.«

Der Stallbursche kehrte zurück.

»Hier, Wasser und Stricke!« Er stellte den Eimer ab und hielt Stephan die Stricke entgegen.

»Knüpf zwei Schlingen für die Vorderbeine!«, befahl der. »Hast du schon einmal geholfen, ein Fohlen vorsichtig zu ziehen?«

»Nein, Herr.«

»Dann pass gut auf!« Stephan zog die rechte Hand zurück, nahm die Stricke und führte den Arm wieder ein. Antonia merkte, wie die Stute unruhig wurde.

»Ganz ruhig!«, flüsterte sie ihr zu und streichelte sie sanft. Dabei blickte sie ihr in die Augen – und erstarrte! Sie hatte geglaubt, alles über die Seelenflamme von ihrer Mutter gehört zu haben, aber niemals hatte ihre Mutter ihr verraten, dass auch Tiere eine solche Flamme besaßen. Sie sah das Licht hinter den Augen des Pferdes, ein weißes Feuer. Die weiße Flamme derer, die eine ungeborene Seele hüteten. Ein Licht, das ihre Mutter immer nur bei schwangeren Frauen wahrgenommen hatte. Besaßen die Tiere etwa ebenso eine von Gott gegebene Seele? Oder war es nur der Lebensfunken?

Die Gedanken rasten, waren so ungeheuerlich, dass sie nicht mehr auf Stephan und den Stallburschen achtete.

»Halt sie gut fest!« Stephans Stimme riss Antonia aus ihrer Erstarrung. »Bei der nächsten Wehe ziehen wir vorsichtig.«

Myras Körper erzitterte erneut.

»Nicht so schnell!«, hörte sie Stephan dem Jungen zurufen. »Ganz langsam, sonst zerreißen wir ihr den Leib.«

Antonia betrachtete weiterhin die Augen der Stute. Das weiße Licht wurde schwächer. War es am Verglimmen, weil sie in Lebensgefahr schwebte? Oder war dies ein Zeichen dafür, dass sie sich von ihrem Fohlen trennte?

»Halt, wir müssen warten, bis die nächste Wehe kommt!« Stephan atmete schwer. Antonia sah, wie er in der Zwischenzeit zum Eimer griff und sich das Blut vom Arm und von den Händen wusch.

Mit der nächsten Wehe der Stute schoben sich die Hufe hervor.

»Jetzt ist es gleich geschafft«, sagte Stephan. »Noch ein oder zwei Wehen.«

Antonia streichelte die Nüstern des Pferdes. Myras Seelenflamme leuchtete mittlerweile hell und gelb wie die eines Menschen.

Plötzlich ging alles ganz schnell. Antonia spürte den Ruck, der durch das Pferd ging, hörte das dumpfe Aufschlagen des neugeborenen Fohlens.

»Da ist es!« Stephan lachte laut auf, griff nach einem Strohbündel und rieb das Fohlen trocken. »Ein kleiner Hengst. Los, Antonia, zeig ihr das Fohlen!«

Während Myra ihr Fohlen beschnupperte, betrachtete Antonia Stephan. Das Haar fiel ihm schweißnass in die Stirn, sein nackter Oberkörper war mit dem Blut der Stute besprenkelt, aber sie hatte ihn noch nie so strahlend gesehen. Ein Mann, der mit sich und seinem Tun vollständig im Reinen war. Sie kniete neben ihm im Stroh nieder und streichelte über das feuchte Fell des Fohlens.

»Du bist wundervoll«, flüsterte sie ihm zu. »Und wenn es nicht längst geschehen wäre, dann würde ich mich spätestens jetzt in dich verlieben.«

43. Kapitel

Ein greller Blitz erhellte den Hof, während sich rollender Donner mit dem Geräusch des prasselnden Regens mischte.

»Vielleicht sollten wir die Flucht doch lieber abbrechen«, raunte Lena Sibylla zu. Sie waren unbemerkt an der Wachstube vorbeigekommen, aber beim Blick nach draußen zögerte Lena. Sie kannte die Gefahren eines Gewitters im Wald nur zu gut.

»Unsinn!« Rudolf schob sich zwischen die beiden Frauen und öffnete die Tür mit einem Ruck. »Die drei harmlosen Tropfen stören mich nicht.« Ein heftiger Windstoß blies ihm den Regen ins Gesicht und durchnässte seine Kleidung. »Siehst du Mutter? Ich lebe noch.« Er lachte. »Gott der Herr mag uns aus Lehm geschaffen haben, aber es scheint gebrannter Lehm zu sein.«

»Ich meinte nicht den Regen, sondern das Gewitter.« Lena riss ihrem Sohn den Türgriff aus der Hand und schloss die Tür. »Ich hätte kein gutes Gefühl, wenn du bei diesem Unwetter stundenlang durch den Wald läufst.«

»Das müsste er gar nicht«, warf Sibylla ein. »Am Fuß des Regensteins liegt eine verlassene Holzfällerhütte. Dort könnte Rudolf abwarten, bis das Schlimmste vorüber ist.«

»Wird er sie in der Dunkelheit finden?«

»Sie ist kaum zu verfehlen, wenn er sich immer geradeaus hält.«

»Redet bitte nicht über mich, als wäre ich nicht anwesend! Natürlich finde ich diese Hütte. Ich habe auch keine Angst vor Blitz und Donner. Ich bin kein kleiner Junge mehr, auch wenn ihr mich im Augenblick so behandelt.«

»Schon gut.« Lena strich ihm beschwichtigend über den

Arm. »Sibylla, wo halten sich die Waffenknechte, die den Wehrgang bewachen, bei solch einem Unwetter für gewöhnlich auf? Gibt es Unterstände?«

»Nicht auf dem Wehrgang.«

»Dann haben sie vermutlich unter dem Wehrgang Schutz gesucht«, bemerkte Rudolf. »Wer wäre auch so dumm, bei diesem Wetter einen Angriff zu wagen?«

»Das klingt einleuchtend«, gab Lena zu. Auch wenn ihrem Sohn derzeit die rechte Einsichtsfähigkeit in Sinn oder Unsinn seiner Taten fehlte, so wusste Lena doch, dass er in mancher Hinsicht immer noch ein scharfer Beobachter war. »Was glaubst du? Würden sie bemerken, wenn wir das Manntor öffnen?«

Rudolf hob die Schultern. »Ich glaube nicht. Wer sollte sich um diese Zeit und bei diesem Wetter dort herumtreiben?«

Lena nickte. Auch das erschien ihr nachvollziehbar.

»Ihr beide müsst mich nicht begleiten, Mutter. Mich entdeckt schon niemand.«

»Das mag sein, aber das Tor muss von innen wieder verriegelt werden.«

»Ich komme mit«, sagte Sibylla. »Falls ich gesehen werde, wird sich niemand getrauen, mir Fragen zu stellen.«

»Seid Ihr Euch sicher, Fräulein Sibylla?«, fragte Lena zweifelnd.

»Ganz sicher, Frau Helena. Kein Waffenknecht hat von der Enkelin des Grafen Rechenschaft zu fordern. Sollte es dennoch einer wagen, beschwere ich mich bei meinem Vater über ihn.«

»Mir scheint, es herrschen strenge Sitten auf Burg Regenstein.«

»Müsste Eure Tochter sich vor jedem Waffenknecht rechtfertigen, Frau Helena?«

»Nein, Ihr habt recht, Sibylla. Nun gut, dann geht! Rudolf, pass gut auf dich auf!«

»Mach dir keine Sorgen, Mutter. Mir wird nichts widerfahren.« Er drückte sie einmal kurz an sich. Lena erwiderte seine Umarmung.

»Ach, Rudolf.«

»Kein Grund zum Aufgeben.« Er zwinkerte ihr übermütig zu. »Ich werde Vater berichten, welche Lügenmärchen Meinolf hier verbreitet. Er lässt dir gewiss eine Nachricht über Antonia zukommen. Ihr geht es ganz bestimmt gut.«

»Dein Wort in Gottes Ohr.« Lena gab ihren Sohn frei und nickte Sibylla zu. Dann sah sie den beiden nach, wie sie in den Regen hinausliefen. Glücklicherweise musste sie nicht lange auf Sibyllas Rückkehr warten. Das Mädchen war völlig durchnässt, aber ihre Augen blitzten vergnügt.

»Er ist ohne Schwierigkeiten aus der Burg entkommen. Er hatte vollkommen recht – weit und breit war niemand zu sehen.«

Lena atmete erleichtert auf. »Dann kommt, Fräulein Sibylla! Nicht jeder muss sehen, dass Ihr bei diesem Wetter draußen wart.«

»Ja, es ist wohl besser, wenn ich mich gleich umkleide. Aber eines müsst Ihr mir versprechen, Frau Helena. Fragt meinen Großvater erst nach Rudolf, wenn ich dabei bin. Ich möchte so gern sein Gesicht sehen.«

»Es macht Euch nichts aus, Eurer Familie diesen Streich zu spielen?«

»Nein, nicht das Geringste. Ich habe eine Schwäche für Streiche.«

Sie lachte, und plötzlich wusste Lena, dass Sibylla die richtige Frau für Rudolf war.

Am nächsten Tag ließ Lena sich Zeit, nach Rudolf zu fragen. Sie wollte erst sicher sein, dass man sein Verschwinden bereits bemerkt hatte. So ließ sie das gemeinsame Frühgebet ungenutzt verstreichen. Erst am späten Vormittag bat sie Pater

Hugo, sie zu einer Unterredung mit Graf Ulf zu begleiten, um ihn um Milde für ihren Sohn zu bitten.

»Sehr gern, Frau Helena. Bruder Pius berichtete mir bereits von dem« – er räusperte sich – »Leiden Eures Ziehsohns. Der Fluch der Ilfelder. Ich habe davon gehört.«

»Ich wäre Euch sehr verbunden, wenn Ihr den Fluch der Ilfelder nicht vor den Herren von Regenstein erwähnen würdet, Pater. Mein Sohn schämt sich dessen zutiefst und sähe es nur ungern als Waffe in Händen seiner Gegner.«

»Ihr habt mein Wort darauf, Frau Helena.«

»Fräulein Sibylla war so liebenswürdig, mir ebenfalls ihre Fürsprache anzubieten«, fuhr Lena fort. »Ich hoffe inständig, dass der Anblick seiner Enkelin Graf Ulf milde stimmt. Damit er mir zumindest gestattet, Rudolf kurz zu sehen.«

»Ein weiser Entschluss, Frau Helena. Ich warte hier, während Ihr die Jungfer holt.«

Kurz darauf betraten sie zu dritt den Rittersaal. Ulf hob ungehalten den Kopf. »Was wollt Ihr hier?«

Lena musterte ihn und seine Söhne scharf. Den missmutigen Mienen nach zu urteilen wussten sie bereits von Rudolfs Verschwinden.

»Herr Ulf, ich bitte Euch und Eure Söhne für das gestrige Verhalten meines Sohns Rudolf um Verzeihung. Angesichts der Sorge um seine Schwester Antonia hatte ihn die Leidenschaft übermannt.«

Schweigen.

»Ich verstehe, dass Ihr dieses Verhalten nicht gutheißen könnt und ahnden müsst. Dennoch wollte ich Euch bitten, ob ich meinen Sohn kurz sehen darf.«

Schweigen.

»Ich möchte mich der Bitte der Gräfin anschließen«, hob Pater Hugo an. »Auch wenn das Verhalten des jungen Mannes tadelnswert ist, solltet Ihr seiner Mutter gestatten, ihn zu sehen und ihm ins Gewissen zu reden. Ich werde sie begleiten und um göttlichen Beistand bitten.«

»Bitte, Großvater!«, stimmte nun auch Sibylla ein. Der Blick, den die junge Frau zur Schau trug, hätte Pablo alle Ehre gemacht, wenn er bei Tisch um Leckereien bettelte.

»Das alles geht dich nichts an, Sibylla!«, donnerte Ulf seine Enkelin an. »Und Ihr, Frau Helena, habt hier nichts zu fordern.«

»Ich fordere nicht, Herr Ulf. Ich bitte demütig. Ich möchte ihn nur kurz sehen, denn ich habe Verständnis für Euer Handeln. Rudolfs Verhalten war unangemessen. Ich schäme mich dafür. Dennoch bitte ich mit dem Herzen einer Mutter, ihn sehen zu dürfen.«

»Das kommt überhaupt nicht infrage! Euer Sohn bleibt in unserem Kerker, bis Euer Gatte das Lösegeld für Euch alle gezahlt hat.«

Lena seufzte. »Dann lasst wenigstens Pater Hugo zu ihm, auf dass ihm der geistige Beistand nicht versagt bleibe.«

»Nein!« Ulf schlug mit der Faust auf den Tisch. »Und nun verschwindet!«

»Werdet Ihr mich andernfalls in den Kerker werfen lassen?« Lena maß ihr Gegenüber mit stolzem Blick. »Wenn dies der einzige Weg ist, um meinen Sohn zu sehen, bin ich bereit, diese Bürde auf mich zu nehmen.«

»Nein. Für Euch genügt ein verschlossenes Turmzimmer. Also, geht Ihr freiwillig? Oder muss ich Euch durch meine Waffenknechte aus dem Saal schaffen lassen?«

»Herr Ulf«, versuchte Pater Hugo es noch einmal, »ist es wirklich notwendig, alle Ritterlichkeit zu vergessen? Ich gebe zu, Herr Rudolf hat sich ungebührlich verhalten, aber müsst Ihr deshalb seine Mutter strafen?«

»Geht!«

»Wir gehen«, entgegnete der Pater. »Aber ich erwarte, dass Ihr mir gestattet, Herrn Rudolf am Sonntag nach der Messe im Kerker besuchen zu dürfen, um ihm den Trost der Kirche zu spenden.«

Für einen Augenblick verzerrten sich Ulfs Züge. Meinolf erblasste, und Eberhard wandte den Blick ab. Lena verbiss sich ein Lächeln. Bis Sonntag blieben noch fünf Tage. Sie war gespannt auf die nächste Ausflucht.

»Verdammt, findet mir den Burschen!« Ulf schlug mit der Faust auf den Tisch.

»Nicht so laut, Vater! Sie könnten uns noch hören.« Vergeblich versuchte Eberhard, seinen Vater zu beschwichtigen. Ulf raste vor Zorn.

»Meinolf, du hast die Aufsicht über den Kerker. Wie konnte er entkommen?«

Betreten senkte der Bastard den Blick. »Ich weiß es nicht, Vater. Ich habe alle Wächter befragt. Niemand ist an der Tür gewesen.«

»Und wenn er durchs Fenster gestiegen ist?«, gab Eberhard zu bedenken.

»Durchs Fenster?« Meinolf lachte auf. »Wer wäre so wahnsinnig, sich durch das Fenster zu zwängen? Kein Mensch könnte mit bloßen Händen an den Felsen hinabklettern.«

»Hast du schon am Felsgrund suchen lassen?«, beharrte Eberhard. »Vielleicht war er so wahnsinnig und liegt mit zerschmettertem Leib am Fuß des Berges.«

Meinolf schwieg.

»Lass die Männer nachsehen!«, beschied Ulf. »Wenn er sich zu Tode gestürzt hat, ist's nicht unser Verschulden. Vielleicht gibt der Ägypter dann endlich nach.«

»Und wenn er nicht dort unten liegt?«

»Dann suchst du so lange nach ihm, bis du ihn wieder hergeschafft hast. Und wenn du diese Burg von oben bis unten umkrempelst! Hast du mich verstanden, Meinolf?«

»Ja, Vater.«

44. Kapitel

In dieser Nacht schlief Antonia trotz der überstandenen Schrecken des Vortags tief und fest. Keinerlei Traumbilder verfolgten sie, weder die Bilder vom reißenden Fluss noch die von der endlich eingestandenen Liebe. Erfrischt erwachte sie, als ihr die ersten Sonnenstrahlen durch das Fenster ins Gesicht fielen. Sie kleidete sich rasch an und machte sich zur Burgküche auf. Sie hatte ihren Vater am Tag zuvor nur kurz gesehen, als er sich davon überzeugen wollte, dass sie den Sturz in den Fluss unbeschadet überstanden hatte. Gern hätte sie ihm mehr erzählt. Von ihrer neu entdeckten Fähigkeit, die Seelenflamme zu sehen, von ihren Gefühlen für Stephan. Aber ein Blick in seine Augen hatte genügt, um sie zum Schweigen zu bringen. Sie hatte das Flackern seiner Seelenflamme bemerkt. Er hatte Sorgen. Viel größere Sorgen, als er ihr jemals eingestanden hätte. Und er versuchte sie hinter einem Lächeln zu verbergen. In den Tagen, bevor sie die Gabe in sich entdeckt hatte, wäre ihm das gelungen. Inzwischen nicht mehr. Und da erkannte sie, dass ihre Kindheit unwiederbringlich vorüber war. Sie hatte zum ersten Mal Schwäche in den Augen ihres unbesiegbaren Vaters wahrgenommen …

Als sie sich der Burgküche näherte, hörte sie lachende Stimmen. Eine davon gehörte ihrem Vater, die andere … Rudolf?

Sie riss die Tür auf. Tatsächlich, ihr Bruder war zurückgekehrt! Und obwohl er so aussah, als sei er stundenlang durch Wald und Morast gekrochen, umgab ihn ein Strahlen. Und ein dritter Mann, den sie nicht erwartet hatte, saß mit am Tisch. Stephan.

»Rudolf!«, rief sie.

»Wusste ich doch, dass du nicht ertrunken bist, Schwesterchen!« Er sprang auf und umarmte sie stürmisch. Sie ließ es sich trotz seiner verschmutzten Kleidung gern gefallen, glücklich, ihn wieder zu Hause zu wissen.

»Wie bist du entkommen?« Sie sah ihm in die Augen. Seine Seelenflamme leuchtete so hell, dass sie sich fast geblendet fühlte. War dies das verzehrende Feuer, von dem ihre Mutter immer sprach? Hatte Rudolf das Gleichmaß verloren?

Er ließ sie los. »Setz dich! Ich wollte es ohnehin gerade erzählen. Aber vorher muss ich etwas essen.«

Antonias Blick wanderte zu Stephan.

»Ich fand ihn vor der Burg«, erklärte er.

»Gefunden ist gut.« Rudolf schüttelte den Kopf, während er sich eine dicke Scheibe Schinken abschnitt. »Ich habe mich lauthals bemerkbar gemacht.«

»Ja, das hast du«, gab Stephan zu. »Ich dachte, jemand sei in den Burggraben gefallen.«

»Du hattest übrigens unrecht, was Regenstein angeht«, nuschelte Rudolf mit vollem Mund weiter. »Man kann entkommen. Und der Kerker dort ist ein Witz.«

»Seit wann lodert das Feuer in dir?«, fragte Antonia.

»Wie kommst du darauf?« Er biss ein weiteres Stück vom Schinken ab.

»Deine Seelenflamme verrät es.«

»Du kannst die Seelenflamme sehen?« Ihr Vater hob überrascht den Kopf. »Seit wann?«

»Seit gestern. Ich habe es bemerkt, nachdem Stephan mich aus dem Fluss gezogen hat.« Sie blickte ihrem Vater in die Augen. Er hielt ihr stand. Anders als am Tag zuvor war kein Flackern mehr zu erkennen. Rudolfs Rückkehr hatte ihm seine Stärke zurückgegeben.

»Wusste ich's doch.« Rudolf kaute noch immer. »Und uns wollte dieser verschlagene Meinolf einreden, du seist ertrunken. Nun, dafür hat er eine krumme Nase davongetragen.«

»Du hast ihn verprügelt?«

»Jawohl. Eberhard hat mit meiner Faust ebenfalls Bekanntschaft geschlossen. Und von den sieben Waffenknechten, die sie dann aufgeboten haben, wird auch der eine oder andere einen Schmiss zurückbehalten.«

»Und dann?«

»Haben sie mich in den Kerker geworfen, aber ich bin durchs Fenster hinaus aufs Dach. Eine Kleinigkeit.«

Sein Vater räusperte sich. »So, so.«

»Dann haben mir Mutter und Sibylla geholfen, die Burg zu verlassen. War bei dem Gewitter ebenfalls ein Kinderspiel. Nur dumm, dass ich mein Pferd nicht mitnehmen konnte. Ist doch ein ganz hübscher Fußmarsch bis nach Hause.«

»Du hättest nur bis Cattenstedt gehen müssen. Mein Bruder Richard hätte dir ein Pferd geliehen.«

»Auf den Gedanken bin ich gar nicht gekommen. Ist noch mehr von dem Schinken da?«

Philip nickte und gab einer der Mägde ein Zeichen.

»Und nun will Mutter diesem Ulf Daumenschrauben anlegen.« Rudolf lachte vergnügt. »Indem sie ihn bittet, mich sehen zu dürfen. Vermutlich will er meine Flucht vor ihr geheim halten.«

»Dann sollten wir auch geheim halten, dass du wieder hier bist, mein Sohn.«

»Von mir aus.« Rudolf schluckte das letzte Stück Schinken hinunter, während die Magd ihm zwei neue Scheiben vorlegte. »Haben wir auch noch Pastete, Rike?«

»Ja, Herr Rudolf.« Sie verschwand in der Speisekammer und stellte kurz darauf eine riesige Pastete auf den Tisch.

»Ah, die dürfte gerade so eben reichen.«

»Hast du auf Burg Regenstein überhaupt nichts zu essen bekommen?«, fragte Antonia.

»Doch, aber keine leckeren Pasteten, wie Rike sie zaubert.« Er zwinkerte der Magd zu, die verlegen kicherte.

Während Rudolf aß, wandte Philip sich Stephan zu. »Ich habe gehört, du hast gestern Myras Fohlen gerettet.«

»Ja.«

»Gute Arbeit. So etwas braucht viel Erfahrung.«

»Die habe ich.«

Antonia sah, wie ihr Vater Stephan forschend musterte.

»Hast du das auf dem Gut deines Vaters gelernt?«

»Nein.«

»Du musst ihn anders fragen, Vater«, mischte Rudolf sich kauend ein. »Nicht so, dass er nur mit Ja oder Nein antworten kann. Sonst dauert es ewig, bis er mehr als zwei zusammenhängende Worte herausbekommt.«

»Während du nicht einmal beim Essen den Mund halten kannst«, bemerkte Antonia spitz.

»Wenn Gott nicht gewollt hätte« – Rudolf schluckte den Bissen hinunter –, »dass der Mensch spricht, hätte er ihm keine Stimme verliehen, Schwesterchen.«

»Wo hast du die Geburtshilfe bei Tieren gelernt, Stephan?«, fragte Philip, ohne auf das Geplänkel seiner Kinder zu achten.

»In Ägypten.«

»Das lernt man auf keinem Kriegszug. Ein solches Geschick setzt den ständigen Umgang mit Pferden voraus.«

Stephan schwieg.

»Nun sag schon! Wir sind alle neugierig.« Rudolf stieß seinem Tischnachbarn den Ellbogen spielerisch in die Seite.

Einen Augenblick lang befürchtete Antonia, Stephan könnte aufstehen und die Küche verlassen. Aber dann antwortete er doch.

»Nach der Niederlage bei Kairo geriet fast das gesamte Kreuzfahrerheer in Gefangenschaft. Die meisten Gefangenen wurden getötet. Nur die Wohlhabenden aus vornehmen Familien ließ man gegen Lösegeld frei. Einigen wenigen gelang die Flucht. Thomas und ich hingegen wurden in die Sklaverei verkauft. Ich habe anderthalb Jahre lang die Pferde eines reichen Kaufmanns in Kairo gepflegt. Da lernt man so einiges.«

Nur das Prasseln des Herdfeuers unterbrach die Stille, die sich nach Stephans Eröffnung über die Menschen in der Küche gesenkt hatte. Antonia dachte an den Preis, den er für die Rettung des Kindes hatte zahlen müssen. War dies der Preis gewesen? Der Verzicht auf die eigene Flucht? Sie musterte ihn fragend. Er schien ihre Gedanken zu erahnen und nickte kaum merklich.

»Das tut mir leid«, sagte ihr Vater.

»Ein solches Leben mag nicht besonders ehrenhaft sein, aber ich habe es dem Tod vorgezogen.« Stephan atmete tief durch.

»Das hätte ich auch getan«, bestätigte Philip. »Das Leben ist immer besser als der Tod, denn erst mit dem Tod erstirbt jede Hoffnung.«

Stephan nickte, dann erhob er sich und verließ die Küche.

»Wusstest du das?«, fragte Rudolf seinen Vater, nachdem Stephan gegangen war.

»Nein.«

Eine Weile sagte niemand etwas.

»Da wir gerade von Ägypten sprechen«, brach Rudolf schließlich das bleierne Schweigen. »Mutter erzählte mir, dass wir Gäste aus Ägypten haben. Wann stellt ihr sie mir vor?«

»Wenn du gegessen, ein Bad genommen und frische Kleider angelegt hast«, erwiderte Philip. »Zumindest Donatus wirst du kennenlernen. Sachmet und Karim sind mit Alexander in Halberstadt. Wir erwarten sie in ein paar Tagen zurück.«

»Was hat sie denn nach Halberstadt geführt?«

Antonia sah, wie ihr Vater ansetzte, Rudolf in die bisherigen Ereignisse einzuweihen.

»Entschuldigt mich bitte«, sagte sie und erhob sich. »Ich kenne die Geschichte bereits.«

»Du hast noch gar nichts gegessen!«, rief Rudolf ihr hinterher.

»Ich hatte nicht so großen Hunger wie du.«

»So? Ich glaube eher, du bist wieder hinter dem armen Stephan her. Lass ihm doch den Frieden seiner Seele!«

»Hör du lieber auf, mit vollem Mund zu reden, sonst verschluckst du dich noch.«

Sie fand Stephan vor dem Stall, wo er seinen Hengst striegelte. Als er sie sah, hielt er kurz inne.

»Das war der Preis, nicht wahr?«, fragte sie, damit ihre Vermutung zur Gewissheit wurde. »Du hättest fliehen können, wenn du das Kind nicht gerettet hättest.«

»Vielleicht.« Beinahe liebevoll ließ er den Striegel über Windläufers Fell gleiten. »Vielleicht aber auch nicht. Damals entkamen nur wenige Männer.«

»Du hattest recht – das war ein hoher Preis«, sagte sie leise. »Ein sehr hoher Preis.«

»Wahrscheinlich stellst du es dir schlimmer vor, als es war.« Seine Stimme klang so betont gleichmütig, dass sie seine Worte Lügen strafte. Antonia erinnerte sich an seine bissige Antwort auf Sachmets harmlose Bemerkung, Hunde seien wie Sklaven. Nun verstand sie es.

»Es war schlimm«, wiederholte sie. »Du leidest noch immer darunter.«

»Nein, damit habe ich längst abgeschlossen.« Er sah sie offen an. Seine Seelenflamme leuchtete hell und rein. Sie wurde unsicher. »Was belastet dich dann?«

Er schloss kurz die Lider. »Thomas' Tod.«

Auch Antonia senkte den Blick. Ihr fiel kein tröstendes Wort ein.

»Solange Thomas und ich zusammen waren«, fuhr er fort, »gab es immer Hoffnung. Gemeinsam durchlebten wir Triumph und Niederlage. Und wir hatten den festen Willen, irgendwann nach Hause zurückzukehren. Das hielt uns aufrecht. Wir schluckten unseren Stolz hinunter und passten uns an. Und wir hatten auch Glück, denn Wakur, der Aufseher unseres Herrn Rafik ben Tahir, quälte die Sklaven nicht aus Lust an Grausamkeiten. Wer sich unterordnete und seine Arbeit verrichtete, den ließ er in Ruhe. Thomas und ich waren fleißig und zuverlässig, deshalb hatten wir nie ernsthafte Schwierigkeiten. Im Grunde ging es uns gar nicht so schlecht.«

Antonia wartete darauf, dass er weitersprach, aber er putzte sein Pferd mit so kräftigen Streichen, als müsse er unangenehme Erinnerungen fortwischen.

»Wie starb Thomas?«

Stephan zuckte zusammen und erstarrte in der Bewegung. Sofort bereute Antonia ihre Frage.

»In meinen Armen«, flüsterte er. Er wandte sich hastig ab, war aber nicht schnell genug, um die Tränen in seinen Augen zu verbergen.

45. Kapitel

Hast du ihn gefunden?«, donnerte Ulf Meinolf an.

»Nein, Vater.«

Eberhard schmunzelte stumm vor sich hin. Zwar blieb das Verschwinden des Birkenfelders nach wie vor ein Rätsel, aber er freute sich diebisch, dass Meinolf dafür zur Rechenschaft gezogen wurde. Endlich verblich der Glorienschein, mit dem sein Vater den Bastard immer umgeben hatte.

»Dann sieh zu, dass du ihn endlich findest! Bis Sonntag muss ich dem Pfaffen etwas vorweisen.«

»Warum sagst du ihm nicht die Wahrheit?«, schlug Eberhard vor.

»Dummkopf! Er und das Gesinde würden sich ausschütten

vor Lachen über unsere Torheit. Nein, das können wir uns nicht erlauben.«

Eberhard seufzte. »Spätestens am Sonntag erfahren es ohnehin alle. Oder wie willst du den Pater daran hindern, Rudolf im Kerker die Beichte abzunehmen?«

»Das ist meine geringste Sorge, Bruderherz.« Meinolf lehnte sich auf seinem Stuhl zurück. »Wir teilen dem Pater einfach mit, dass der verstockte Rudolf keinen Pfaffen sehen will.«

»Und du glaubst, damit lässt der sich abspeisen?«

»Was soll er schon dagegen unternehmen?« Meinolf hielt Eberhards Blick mit dem üblichen Hochmut stand.

»Meinolf hat recht«, beschied Ulf. »Wir sind dem Pfaffen keine Rechenschaft schuldig. Auf meiner Burg entscheide ich, was geschieht. Niemand sonst.«

Eberhards Hände ballten sich zu Fäusten. Warum musste sein Vater Meinolf jedes Mal zustimmen?

»Natürlich bleibt die Frage, wo Rudolf von Birkenfeld abgeblieben ist«, fuhr Meinolf fort. »Wo könnte er also stecken?«

»Woher soll ich das wissen?«, brummte Eberhard missmutig.

»Dir fehlt einfach die Vorstellungskraft, Bruderherz. Falls ihm die Flucht tatsächlich gelungen ist, weilt er vermutlich längst wieder auf Burg Birkenfeld.«

»Und lässt seine Mutter und Schwester im Ungewissen?«

»Ahnen sie wirklich nichts?« Meinolf lehnte sich vor und musterte Eberhard eindringlich. »Mir kam die Gräfin allzu demütig vor, als sie sich für Rudolfs Verhalten entschuldigte. Gewiss kennt Gräfin Helena den Aufenthaltsort ihres Sohns ganz genau. Wenn wir sie nicht länger mit Samthandschuhen anfassen, plaudert sie vielleicht ihr Wissen aus.«

»Was soll das heißen?« Eberhard starrte seinen Bruder an. »Es gibt Regeln im Umgang mit Geiseln. Vergiss das nicht!«

»Sicher, Bruderherz. Aber ich möchte mich nur eine Weile mit ihr unterhalten. Welch bemerkenswerte Herausforderung, die empfindsamsten Stellen dieses Weibes mit Worten zu treffen und ihnen einen tödlichen Stich zu versetzen!«

Eberhard verdrehte die Augen. »Du hattest schon bessere Einfälle.«

»Lass ihn, Eberhard! Mir gefällt dieser Gedanke.« Ulf lachte. »Ich erinnere mich gut an ihr entsetztes Gesicht, als Meinolf ihr vom Tod ihrer Tochter erzählte.«

»Wenn ich mit ihr fertig bin, wird sie ein heulendes Elend sein, ohne dass ich sie auch nur angerührt habe.« Meinolf verschränkte die Hände ineinander und ließ genüsslich die Fingergelenke knacken.

Am liebsten hätte Eberhard ihm das selbstgefällige Grinsen aus dem Gesicht geschlagen. Stattdessen zog er seinen Geldbeutel und warf einen Silberdenar auf den Tisch.

»Ich setze auf die Gräfin.«

»Ist das dein Ernst?« Meinolfs Blick wurde eiskalt. »Nun, wenn du dein Geld unbedingt loswerden willst ...«

»Weißt du was? Ich erhöhe meinen Einsatz sogar noch.« Eberhard warf vier weitere Münzen auf den Tisch. »Hältst du die Wette?«

»Hört auf mit dem Unfug!«, ging Ulf dazwischen. »Eberhard, was fällt dir ein, dich gegen deinen Bruder zu stellen?«

»Ich stelle mich nicht gegen meinen Bruder. Ich bezweifle nur, dass er tatsächlich so großartig ist und die Gräfin in die Knie zwingt. Wenn ich mich irre, zahle ich demütig meine Wettschulden.«

»Meine Schwiegermutter brachte mir diese Kunst vor vielen Jahren bei.« Geschickt bespannte Lena den Knüpfrahmen, so wie sie es im Orient gelernt hatte. »Ein Teppich bemisst sich nach der Zahl seiner Knoten«, erklärte sie Sibylla weiter. »Je mehr Knoten, umso kostbarer ist er. Und natürlich sind die Muster wichtig. Es gibt Teppiche, die sehen einfach nur schön aus, und es gibt solche, die erzählen eine Geschichte.«

»So wie meine gewirkten Wandteppiche?«

»Manche, die so prächtige Bilder wie die Euren zeigen. Aber die Teppiche meiner Schwiegermutter erzählten ihre Geschichte auf andere Weise. Sie verbarg geheime Botschaften aus fremden Schriftsymbolen in ihren Knüpfarbeiten.«

»Ihr macht mich neugierig, Gräfin Helena.«

Es klopfte an der Tür.

»Herein!«, rief Sibylla. »Oh, was führt dich zu uns, Onkel Meinolf?«

»Ich würde gern ein Wort mit Frau Helena wechseln. Hättet Ihr die Güte, mich zu begleiten, Gräfin?«

»Wenn Ihr mich so artig bittet, Herr Meinolf.« Lena erhob sich. »Wohin soll es gehen?«

»In ein kleines Gemach, wo wir in Ruhe unter vier Augen sprechen können.«

Lena sah Meinolf in die Augen. Seine Seelenflamme leuchtete hellrot. Sie musste sich vor ihm in Acht nehmen.

Das Zimmer, in das er sie führte, war eine kleine Schreibstube.

»Bitte, nehmt doch Platz, Gräfin Helena!« Er lächelte sie liebenswürdig an.

»Vielen Dank, Herr Meinolf.« Lena setzte sich, und Meinolf nahm ihr gegenüber Platz.

»Darf ich Euch etwas zu trinken anbieten, Gräfin?«

»Danke, gern.«

Er füllte zwei Pokale mit dunkelrotem Wein und reichte Lena einen davon. Sie drehte ihn langsam zwischen den Fingern, während Meinolf sofort einen tiefen Schluck nahm.

»Also, worüber möchtet Ihr mit mir sprechen, Herr Meinolf?«

»Nun, manche halten mich für einen Mann, der gern seine Spielchen treibt.« Er trank noch einen Schluck Wein. »Das trifft allerdings nur bedingt zu. Manchmal gehe ich lieber ohne Umwege auf mein Ziel zu.« Er sah ihr unverwandt in die

Augen. Lena bemerkte, wie sich seine Seelenflamme blutrot verfärbte. »Wo steckt Euer Sohn, Gräfin Helena?«

»Ich nehme an, Alexander weilt auf Birkenfeld. Warum fragt Ihr nach ihm?«

»Ich spreche von Rudolf.«

»Herr Meinolf, was soll das? Ihr selbst habt Rudolf in den Kerker werfen lassen. Ihr wolltet doch keine Spielchen treiben!«

»Hört auf! Ihr wisst ganz genau, dass Euer Ziehsohn geflohen ist.«

»So?« Lena nippte an dem Wein. Meinolf war scharfsinniger, als sie gedacht hatte. Vermutlich wollte er sie einschüchtern. »Ein guter Jahrgang, Herr Meinolf. Was sagtet Ihr gerade? Wann ist Rudolf geflohen?« Sie hielt seinem Blick stand.

»Ihr wirkt nicht überrascht, Gräfin Helena.«

»An Euch, Herr Meinolf, überrascht mich ehrlich gesagt überhaupt nichts.« Sie lehnte sich zurück. »Sagt, stimmt es, dass Eure Mutter starb, als Ihr sechs Jahre alt wart?«

»Wir sind nicht hier, um über mich zu sprechen.«

»Nein? Wie bedauerlich. Ich habe so viel über Euch gehört. Vielleicht könnte ich Euch helfen.«

»Jetzt wollt *Ihr* also spielen.«

Lena seufzte. »Ihr bemüht diesen Vergleich recht oft, Herr Meinolf. Durftet Ihr als Kind nicht spielen? Hat Euer Vater Euch gleich hart herangenommen, um einen Mann aus Euch zu machen?«

»Hört auf damit!«

»Warum? Ihr habt doch das Gespräch mit mir gesucht.«

»Ich gebe Euch einen guten Rat, Gräfin Helena. Sagt mir, wo Rudolf ist, dann habt Ihr nichts zu befürchten. Andernfalls …« Er ließ die Drohung unausgesprochen im Raum stehen.

»Ja? Ich bin ganz Ohr. Was geschieht andernfalls?«

»Eurer Tochter Meret könnte ein Unfall zustoßen.« Das Feuer hinter seinen Pupillen loderte dunkelrot.

Lena straffte sich. Die Drohung war ernst gemeint, daran bestand kein Zweifel. Aber zugleich wusste sie, dass sie die Gefahr nicht nur durch Nachgeben zu bannen vermochte.

»Herr Meinolf«, erwiderte sie und zwang sich zu ihrem liebenswürdigsten Lächeln, »sollte meiner Tochter – oder auch nur meinem Hund – ein Leid geschehen, dann werde ich Euch höchstpersönlich mit einem silbernen Löffel die Augäpfel aus dem Schädel schälen.«

Für einen Moment flackerte seine Seelenflamme. Mit einer Gegendrohung hatte er nicht gerechnet. Dann lachte er laut auf. »Glaubt Ihr wirklich, mir Angst einjagen zu können?«

»Nein. Es war nur eine freundschaftliche Warnung.« Sie stimmte in sein Lachen ein. »Wisst Ihr, in Ägypten ist das eine höchst beliebte Art, wie sich Frauen an ihren untreuen Ehemännern rächen. Man nimmt den Löffel so …« Sie machte eine Handbewegung. »Dann eine kurze Drehung, und schon rollt das Augäpfelchen über den Boden. Ein Tritt und ein hässliches Knacken, wenn es unter der Schuhsohle zerplatzt.« Lena verzog angewidert das Gesicht. »Diesen Teil finde ich immer besonders eklig.«

»Ihr seid verrückt!«

»Ist unser Gespräch beendet, oder habt Ihr mir noch etwas zu sagen, Herr Meinolf?«

»Wo ist Rudolf?«

»In Eurem Kerker, das wisst Ihr doch!«, fuhr sie ihn ungehalten an. »Erst habt Ihr mir ein Märchen über den Tod meiner Tochter erzählt, und nun wollt Ihr mich wegen meines Sohnes verunsichern. Ihr wisst doch selbst, dass eine Flucht aus Eurem Kerker unmöglich ist. Allmählich bin ich die Belästigungen leid!« Sie stand auf. »Ich erwarte, dass Ihr mich spätestens am Sonntag gemeinsam mit Pater Hugo zu ihm lasst.«

»Holt Ihr sonst Euer Silberlöffelchen?«, spottete er.

»Für Euch genügt ein Holzlöffel. Gehabt Euch wohl, Herr Meinolf!« Lena erhob sich und verließ die Schreibstube.

Erst als sie vor der Tür stand, bemerkte sie das Zittern ihrer Hände. Sie durfte Meret ab sofort keinen Augenblick lang aus den Augen lassen.

46. Kapitel

Warum bist du so missmutig?«, fragte Eberhard seinen Halbbruder auf dem Weg zum Kaminsaal, wo das Abendmahl eingenommen werden sollte. »Habe ich etwa fünf Silberdenare gewonnen?« Er versetzte Meinolf einen leichten Schlag auf die Schulter.

»Nein.«

»Dann sehe ich sie also gleich weinend an der Tafel?«

»Warten wir's ab«, knurrte Meinolf.

»Das klingt aber nicht sonderlich siegesgewiss, Bruderherz.«

»Du verstehst nicht, wie man einen Krieg mit Worten führt und gewinnt. Das geschieht nicht durch plumpe Drohungen, das braucht seine Zeit.«

Helena von Birkenfeld wirkte so selbstsicher wie immer, als Eberhard sie an der Tafel sah. Sie saß neben ihrer Tochter Meret, zu ihren Füßen ruhte ihr lächerlicher Hund, und sie unterhielt sich angeregt mit Alheidis, die zu ihrer Rechten Platz genommen hatte.

»Ihr kommt spät«, tadelte Ulf seine beiden Söhne.

»Wir hatten noch Wichtiges zu erledigen«, antwortete Meinolf.

»Warst du erfolgreich?«

»Abwarten.« Dann wandte er sich der Gräfin zu. »Ich hoffe, es geht Euch und Eurer bezaubernden Tochter gut.«

»Selbstverständlich.« Die Gräfin erwiderte das Lächeln. »Oh, es gibt eingelegte Pflaumen! Dafür habe ich eine Schwäche.« Sie nahm einen silbernen Löffel und zerteilte eine der halbierten Pflaumen geschickt in der Mitte. Bevor sie den Löffel an den Mund führte, betrachtete sie das Stück Pflaume noch einmal eingehend.

»Das erinnert mich an Ägypten«, sinnierte sie.

»Gibt es dort auch so schöne Pflaumen?«, fragte Meinolf. Trotz des beiderseitigen Lächelns hatte Eberhard das Gefühl, die Luft zwischen ihnen gefröre.

»Oh, Ägypten bietet alles in reinem Überfluss«, antwortete sie, nachdem sie die Frucht genüsslich zerkaut und hinuntergeschluckt hatte. »Ihr müsst wissen, dass ich vieles durch meine Schwiegermutter kennengelernt habe. Am allerhöchsten schätze ich ihre Kenntnisse über die Wirkungsweise der Pflanzen. Besonders über jene, die einen tiefen Schlaf schenken. Es gibt Pflanzen, aus denen unterschiedliche Pulver gewonnen werden. Mit Wein vermischt, genügt oft eine kleine Messerspitze des Mittels, um einen Mann ins Reich der Träume zu schicken. Man könnte ihm seinen Augapfel stehlen, und er würde es nicht merken.« Sie stieß den Löffel so heftig in die nächste Pflaume, dass der Saft über das Tischtuch spritzte.

»Oh, verzeiht mein Missgeschick!« Sie blickte entschuldigend in die Runde. »Gewöhnlich gehe ich geschickter mit dem Löffel um.«

»Ach, das ist doch nicht der Rede wert, Frau Helena!«, beschwichtigte Irmela. Eberhard fiel auf, dass seine Mutter in Gegenwart der Gräfin geradezu aufblühte.

»Ich danke Euch für Eure Nachsicht, Frau Irmela.« Helena nickte ihrer Gastgeberin herzlich zu. Dann wandte sie sich an Eberhards Vater. »Gestattet Ihr mir eine Frage, Herr Ulf?«

»Wenn's sein muss.«

»Herr Meinolf gestand mir, dass mein Sohn aus Eurem Kerker geflohen ist. Entspricht dies der Wahrheit?«

Ulf wurde erst blass, dann rot.

»*Was* hat er gesagt?«

»Dass mein Sohn Rudolf geflohen sei. Ich hielt seine Worte zunächst für eine Finte, um mich zu demütigen. Andererseits würde es erklären, warum Ihr weder mir noch dem Pater gestattet, Rudolf zu sehen.«

»Meinolf!«, schrie Ulf. »Welchen Unsinn hast du der Gräfin erzählt?«

»Ich …«, stammelte Meinolf. Offensichtlich verschlug es ihm tatsächlich die Sprache. Eberhard verbiss sich ein Lächeln und deutete unauffällig die Geste des Geldzählens an.

»Das möchte ich auch gern wissen«, ereiferte sich Pater Hugo. »Ich habe hier schon so einiges erlebt, aber diese Bosheit einer wehrlosen Mutter gegenüber sucht ihresgleichen. Erst die Lügen über den Tod der Tochter, dann Märchen über den Verbleib des Sohns. Ich verlange auf der Stelle Gewissheit. Führt uns sofort zu Herrn Rudolf!«

»Das … ist unmöglich«, beschied Ulf.

»Weil er geflohen ist?«

»Nein, weil … er hat die Pocken. Deshalb darf niemand zu ihm. Ich wollte der Gräfin diese Sorge ersparen.«

»Die Pocken?«, wiederholte Helena mit hochgezogenen Brauen. »Das erscheint mir unwahrscheinlich. Er hatte keinerlei Krankheitsanzeichen. Der Ausbruch der Pocken geht für gewöhnlich mit mehreren Tagen des Fiebers einher, ehe sich die bekannten Pusteln bilden. Glaubt mir, ich kenne mich damit aus. In Ägypten gab es …«

»Verschont uns mit Eurem verdammten Ägypten!«, brüllte Ulf.

»Dann sagt mir endlich, was meinem Sohn widerfahren ist, statt eine Lüge mit der nächsten vertuschen zu wollen!«

Schweigen.

»Wir warten, Herr Ulf.« Pater Hugo klopfte ungeduldig mit den Fingern auf die Tischplatte.

»Es stimmt«, gab Eberhards Vater schließlich zu. »Rudolf ist verschwunden. Wir haben alles abgesucht, sogar den Fuß des

Berges. Dort hofften wir, wenigstens seinen Leichnam zu finden, falls er törichterweise aus dem Fenster geklettert war. Aber wir fanden nichts. Wo immer er stecken mag – wir wissen es nicht.«

»Und warum habt Ihr mir das nicht gleich gesagt, Herr Ulf?«, fragte Gräfin Helena nun deutlich sanfter.

»Bohrt nicht in seiner Wunde!«, riet Eberhard und nutzte das kurze Zögern seines Vaters. »Er wollte nur die Ehre seines Sohnes Meinolf schützen, der für die Aufsicht über den Kerker verantwortlich war. Nachdem mein lieber Bruder Euch sein Versagen aber eingestanden hat, sollten wir es damit bewenden lassen.« Aus den Augenwinkeln nahm er wahr, dass Meinolf vor Wut mit den Zähnen knirschte.

»Das erklärt mir aber noch immer nicht, wo mein Sohn abgeblieben ist.«

»Vermutlich ist der längst wieder nach Birkenfeld zurückgekehrt«, knurrte Ulf.

»Glaubt Ihr? Nun, dann könnt Ihr mir sicher endgültige Gewissheit darüber verschaffen. Meine Sorgen haben sich nämlich leider keineswegs zerstreut, zumal Herr Meinolf mir anlässlich eines aufschlussreichen Gesprächs den freundschaftlichen Rat erteilte, gut auf meine Tochter Meret zu achten. Andernfalls könne sie auf Burg Regenstein einen schlimmen Unfall erleiden.«

»Ulf, ist das wahr?«, schrie Irmela. »Du erlaubst es deinem Bastard, Drohungen gegen Frauen und Kinder auszustoßen?«

»Ich muss auch sagen, das ist ungeheuerlich!« Alheidis blitzte Meinolf zornig an.

»Das ist eine bewusste Verdrehung harmloser Worte«, versuchte Meinolf sich zu rechtfertigen. »Gräfin Helena, ich bin erschüttert, zu welchen Mitteln Ihr greift, um im Haus meines Vaters Unfrieden zu stiften.«

»Im Fall eines Missverständnisses dürfte es Euch umso leichter fallen, mir einen Beweis für das Wohlbefinden meines

Sohns Rudolf zu erbringen, Herr Meinolf. Wie wäre es, wenn Ihr meinen Gatten auf Burg Birkenfeld aufsucht? Keine Sorge, er wird Euch in Eurer Eigenschaft als Bote kein Haar krümmen und Euch nicht zu seiner Geisel machen. Er ist ein Ehrenmann.«

»Ich bin nicht Euer Laufbursche.«

»Dann schickt einen anderen!«

»Wir schicken überhaupt niemanden!«, donnerte Ulf. »Ihr habt uns nichts zu befehlen, Frau Helena!«

»Das ist kein Befehl, Herr Ulf. Das ist eine verständliche Bitte, nachdem ich wiederholt beobachten musste, dass Euer Verhalten ganz und gar nicht den ritterlichen Gepflogenheiten und dem Fehderecht entspricht.«

»Ich muss auch sehr bitten, Herr Ulf«, sprang Pater Hugo der Gräfin abermals bei. »Der Anstand gebietet einen solchen Schritt. Zudem kann ich in keiner Weise gutheißen, dass einer Mutter mit einem Anschlag auf ihr Kind gedroht wird. Nach allem, was ich auf Burg Regenstein erlebt habe, muss ich bei meiner Rückkehr ein ernstes Wort mit dem Bischof wechseln. Es nähme mich nicht wunder, wenn er in Eurem Fall sogar die Exkommunikation in Erwägung zöge.«

»Die … Exkommunikation?« Ulf erblasste. »Was soll dieser Unsinn?«

»Nun, Ihr erweckt nicht den geringsten Eindruck, Eure Sünden zu bereuen und wohlgefällig in den Schoß der Kirche zurückkehren zu wollen. Würde man über Eure Sünden Buch führen, bedürfte es vermutlich zweier starker Männer, um dieses Buch auch nur anzuheben.«

»Das ist ungeheuerlich! Ich verbiete Euch, auf diese Weise mit mir zu reden!«

»Werdet Ihr mir nun auch mit dem Tod drohen, um meine Rückkehr zum Bischof zu verhindern?« Der Pater verschränkte die Arme vor der Brust und maß den Grafen mit strengem Blick.

»Ulf, denk an dein Seelenheil!«, rief Irmela. »Ich flehe dich an! Willst du der ewigen Verdammnis der Hölle anheimfallen?«

»Herr Graf, ich bitte Euch ebenfalls – geht in Euch!«, beschwor ihn nun auch Pater Pius, der bislang schweigend an der Tafel gesessen hatte. »Stolz und Hochmut führen auf geradem Weg in die Hölle und Verdammnis!« Er bekreuzigte sich.

»Jetzt reicht's mir!« Ulf erhob sich und verließ die Tafel.

»Warte, Vater!« Auch Meinolf sprang auf und folgte ihm. Eberhard überlegte, ob er ebenfalls aufstehen sollte, entschied sich dann aber doch für das Essen. Seine fünf Silberdenare konnte er noch früh genug von Meinolf einfordern.

»Hättet Ihr genügend Einfluss auf Euren Vater, damit er in sich geht, Herr Eberhard?«, fragte Pater Hugo. »Denkt daran, es geht um sein Seelenheil!«

»Ja, Vater, sprich mit Großvater!«, bat Sibylla. »Warum sollten wir uns Meinolfs Unverschämtheiten noch länger gefallen lassen? Sie beschmutzen unsere Familie und rauben unserem Großvater das ewige Leben.«

Für einen Augenblick hatte Eberhard das Gefühl, Madlens Stimme zu hören. Sibylla sah ihrer Mutter immer ähnlicher. Und sie hatte recht. Es wurde höchste Zeit, dass er seinen Anspruch geltend machte. Er war der künftige Erbe, Meinolf nur ein frecher Bastard, der dankbar sein sollte, dass er wie ein rechtmäßiger Sohn behandelt wurde.

»Ich kümmere mich darum«, versprach er seiner Tochter. »Gräfin Helena, Ihr hattet recht, die Pflaumen sind ganz ausgezeichnet.«

Warum die Gräfin über diese Bemerkung lachte, verstand er allerdings nicht.

Nach dem Mahl suchte Eberhard den Rittersaal auf. Er hatte Streitigkeiten erwartet, gehofft, dass sein Vater seine Wut an Meinolf auslassen würde. Stattdessen saßen die beiden friedlich an der Tafel, vor sich einen Krug mit Wein und zwei zur Hälfte gefüllte Pokale.

Als Eberhard sich setzte, warf Meinolf fünf Silberdenare auf den Tisch.

»Genieß deinen Triumph, Bruderherz!«

»Vielen Dank.« Eberhard steckte die Geldstücke ein. »Und was wirst du nun tun, Meinolf? Was ist von deinem viel gerühmten Biss übrig geblieben?«

»Dieses Weib ist gefährlich. Wir müssen sie loswerden, bevor sie weiteres Unheil anrichtet.«

»Ich hoffe, du denkst nicht an Mord.«

Meinolf funkelte ihn böse an. »Das würde die Schwierigkeiten nur vergrößern und nicht beheben.«

»Dann bin ich beruhigt. Also, was hat dein genialer Verstand, den wir alle so sehr bewundern, stattdessen ausgebrütet?«

»Spar dir deinen Spott!«

»Kein neuer Geistesblitz? Du enttäuscht mich, Meinolf.«

»Hört auf, euch wie Waschweiber zu zanken!«, fuhr Ulf dazwischen. »Meinolf hat recht, wir müssen dieses Weib und den Pfaffen loswerden.«

»Schick den Pfaffen los, um als Vermittler mit Graf Philip zu verhandeln!«, schlug Eberhard vor.

»Ich soll zu Kreuze kriechen?«, brüllte sein Vater. »Ich? Nachdem die Birkenfelder *uns* die Fehde erklärt haben? Das wäre ja so, als würde ich mir die Niederlage eingestehen. Dabei haben wir alle Vorteile auf unserer Seite. Wir haben Geiseln. Wir haben mehr Waffenknechte. Unsere Burg ist uneinnehmbar. Du bist und bleibst ein Dummkopf, Eberhard. Mir graut vor der Zeit, da du Graf von Regenstein sein wirst. Gott sei Dank bin ich dann bereits tot. Erst fängst du dieses Spiel an, und dann fehlt dir der Mumm, den Weg bis zum Ende zu gehen.«

»Lässt du es wirklich auf deine Exkommunikation ankommen, Vater?«

»Ich glaube nicht, dass der Pfaffe tatsächlich so viel Einfluss hat«, bemerkte Meinolf beiläufig.

»Ach nein?« Eberhard maß seinen Bruder mit scharfem Blick. »Nun, schließlich steht ja nicht dein Seelenheil, sondern das unseres Vaters auf dem Spiel. Ich wäre mir da übrigens gar nicht so sicher. Hast du nicht selbst gesagt, Pater Hugo vom Waldsee sei für seine Strenge bekannt? Und ich erinnere mich noch gut an dein Frohlocken, dass es den Heiden auf Burg Birkenfeld an den Kragen gehe. Und nun bist du bereit, die Seele unseres Vaters zu opfern?« Eberhard spie die Worte förmlich aus.

»Und was schlägst du vor?« Ulf musterte seinen Sohn nachdenklich.

Eberhard holte tief Luft. »Du hast recht – ich habe das Spiel begonnen, also muss ich es wohl auch beenden. Ich werde nach Burg Birkenfeld reiten und mit Graf Philip sprechen.«

»Dann solltest du doch lieber den Pfaffen schicken«, warf Meinolf ein. »Du bist dem Birkenfelder nicht gewachsen.«

»Immerhin habe ich mich von seiner Frau nicht wie ein dummer Tanzbär vorführen lassen. Wie konntest du ihr nur verraten, dass Rudolf geflohen ist? Zu allem Überfluss hast du ihr auch noch gedroht, ihrer Tochter etwas anzutun. Sieht so die geschickte Kriegsführung aus, die mit Worten kämpft und auf plumpe Drohungen verzichtet?«

»Und was ist, wenn der Ägypter dich ebenfalls als Geisel nimmt?«

Diese Frage bewies Eberhard, dass sein Vater den Vorschlag in Erwägung zog.

»Das wird er kaum wagen. Dadurch würden die Fronten nur verhärtet. Er weiß, dass er diese Fehde nicht gewinnen kann.«

»Immerhin hätte er dann meinen Erben in seiner Gewalt und könnte einen Austausch verlangen.«

»Richtig! Aber Alexander nahm auch Meinolf nicht als Geisel, sondern schickte ihn lieber nackt nach Hause. Wobei das auch daran liegen mag, dass Bastarde nicht so hoch im Wechselkurs stehen.«

Eberhard warf Meinolf einen raschen Seitenblick zu, doch der machte keine Anstalten, die Spitze zu parieren.

Eine Weile herrschte Schweigen.

»Was willst du dem Ägypter vorschlagen?«

»Nichts, Vater. Ich warte auf sein Angebot zur Beendigung der Fehde. Deshalb habe ich auch keine Sorge, selbst festgehalten zu werden. Ein Austausch von Geiseln würde diese Fehde nämlich nicht beenden. Aber darauf kommt es mir an.«

»Wenn er etwas Ehrenrühriges fordert, brichst du das Gespräch sofort ab. Hast du verstanden?«

»Dann bist du mit meinem Vorschlag einverstanden?«

»Da Meinolf mir keinen besseren Plan unterbreitet, versuchen wir's.«

47. Kapitel

Schachmatt!«, rief Antonia und schloss mit ihrem Turm die Falle.

»Du wirst immer besser«, lobte ihr Vater sie.

»Nein, du bist nicht bei der Sache, Vater. Worüber machst du dir Gedanken?«

»Alexander und die anderen sind noch nicht aus Halberstadt zurück.«

»Der Bote wird ihnen sicher nicht gleich am ersten Tag über den Weg gelaufen sein.« Sie lächelte ihrem Vater aufmunternd zu. »Außerdem ist Alexander der Vernünftigste von uns allen. Er begeht keine Fehler.«

»Es ist bald eine Woche her.«

»Gestern war Sonntag. Um nicht aufzufallen, haben sie die heilige Messe bestimmt nicht versäumt.«

»Du hast doch weit mehr von deiner Mutter, als ich bisher dachte«, bemerkte ihr Vater. »Und damit meine ich nicht deine neu entdeckte Gabe.«

»Nicht?«

»Wo ist meine lebensprühende kleine Tochter geblieben, die wie ein Wüstensturm durch die Burg tobte?«

»Sie sitzt vor dir.«

»Nein.« Philip schüttelte den Kopf, und ein Ausdruck von Wehmut trat in seine Augen. »Du bist erwachsen geworden.«

Es klopfte an der Tür, und Stephan trat ein. Sofort schlug Antonias Herz schneller, doch diesmal schenkte Stephan ihr nur einen kurzen Blick.

»Herr Graf, Eberhard von Regenstein wünscht Euch zu sprechen.«

Philip fuhr herum. »Eberhard? Er traut sich tatsächlich hierher?«

»Ein Geleit von sechs Waffenknechten ist bei ihm. Er sagt aber, er komme als Unterhändler.«

»Ist er bereits in der Burg?«

»Nein. Witold schickt mich, Euch um Anweisungen zu bitten.«

»Eberhard darf die Burg allein betreten. Seine Männer müssen draußen warten.«

»Sollen wir unsere Armbrustschützen in Stellung bringen?«

»Es kann nicht schaden, die Waffen ein wenig blitzen zu lassen«, bestätigte Antonias Vater. »Bring Eberhard unverzüglich zu mir, aber nimm ihm die Waffen ab! Ich will kein unnötiges Wagnis eingehen.«

»Jawohl.« Stephan ging. Antonia warf ihm einen langen Blick nach. Ihr Vater bemerkte es. »Mir scheint, er beherrscht deine Gedanken noch immer.«

»Scheint es so?«

»Mehr als das, Antonia.«

»Und wenn es so wäre?«

»Ich schätze Stephan sehr. Aber er hat keinerlei Besitz und könnte dich nicht standesgemäß unterhalten.«

Antonia senkte den Blick. »Und wenn mir das gleichgültig wäre?«

»Ihm wäre es nicht gleichgültig, Antonia. Er ist ein stolzer Mann.«

»Was ist mit dir, Vater?«

»Mit mir? Was soll mit mir sein?«

»Würdest du ihn als Schwiegersohn billigen?«

»Hat er dich etwa gefragt?«

»Noch nicht. Aber wenn er es täte? Was würdest du erwidern?«

Eberhards Erscheinen verhinderte die Antwort ihres Vaters. Stephan begleitete den Regensteiner, der den Kaminsaal wie verlangt ohne Waffen betrat.

»Herr Eberhard, ich bin überrascht.« Philip erhob sich und ging dem Ankömmling entgegen. »Was führt Euch zu mir?«

»Wollt Ihr mir keinen Platz anbieten? Manches bespricht sich besser im Sitzen.«

»Wie Ihr wünscht.« Philip wies auf einen der Stühle am großen Tisch, an dem Antonia noch immer vor dem Schachbrett saß. Stephan wollte sich gerade zurückziehen, als Philip ihn zurückhielt. »Ich möchte, dass du bleibst, Stephan. Bitte, setz dich!«

Antonia bemerkte, dass ihr Vater sehr genau darauf achtete, wo Stephan Platz nahm. Glaubte er, Stephan suche bei dieser Unterredung ihre Nähe? Wenn er so dachte, dann erlebte er eine Enttäuschung. Stephan blieb dicht bei Eberhard und nahm den Stuhl neben ihm.

»Also, was wollt Ihr von mir?«

»Befürchtet Ihr Übles, da einer Eurer Jagdhunde neben mir sitzt?« Eberhard nickte zu Stephan hinüber.

»Habe ich Übles von Euch zu erwarten?«

»Nein.«

»Dann habt Ihr auch nichts zu befürchten, Herr Eberhard. Also, was wollt Ihr von mir?«

»Was bietet Ihr uns an, um die Fehde zu beenden?«

»Ich Euch, Herr Eberhard? Ich habe Euch diese Fehde nach Eurem dreisten Überfall erklärt. Wenn einer von uns beiden etwas anzubieten hätte, dann Ihr mir.«

»Bedenkt, wir haben Eure Frau und Tochter in unserer Gewalt.«

»Ja und? Was wollt Ihr mir damit sagen?«

»Ihr habt doch gewiss Sehnsucht nach Eurer Familie.«

»Ich habe nichts dagegen, wenn meine Frau ab und an Verwandte oder Freundinnen auf benachbarten Burgen besucht.«

»Hier kann man wohl kaum von einem Freundschaftsbesuch sprechen.«

Antonias Vater hob gleichmütig die Schultern. »Sie wird schon zurückkommen. Das war bislang immer so.«

»Sie ist unsere Geisel.«

»Dann dauert der Besuch diesmal eben etwas länger.« Philip nahm das Glöckchen, das auf dem Tisch lag, und läutete. Eine Magd erschien.

»Bring uns einen Krug Wein und vier Becher!«

»Sehr wohl, Herr Graf.«

»Ihr tut gerade so, als sei Euch das Schicksal von Frau und Tochter gleichgültig.«

»Ihr vergesst meinen Sohn Rudolf. Den habt Ihr auch auf äußerst unehrenhafte Weise in Eure Gewalt gebracht.«

Eberhard erblasste. »Ich dachte, Rudolf sei …«

»Ja, Herr Eberhard?«

»Ach, nichts, vergesst es!«

»Wie Ihr meint. Gut, Ihr möchtet diese Fehde also beenden. Lasst meine Frau und Kinder frei! Dann bin ich bereit, von allen weiteren Feindseligkeiten abzusehen.«

»Und Eure Gegenleistung?«

Die Magd kehrte mit dem Wein zurück und schenkte den Anwesenden ein.

»Danke«, sagte Philip und trank einen Schluck. Dann wandte er sich wieder an Eberhard. »Ich verzichte darauf, Euch den Schaden in Rechnung zu stellen, den Eure Männer in Alvelingeroth angerichtet haben.«

»Seid Ihr nicht mehr ganz bei Trost?« Fast hätte Eberhard vor Erregung den Weinbecher fallen lassen.

»Ich weiß, das ist sehr großzügig von mir.«

»Spart Euch dieses selbstgefällige Grinsen! Ihr wisst genau, was ich meine.«

»In der Tat, Herr Eberhard. Aber eine Frage – wenn Ihr wirklich eine so unangreifbare Stellung hättet, warum sucht Ihr mich dann auf? Warum lasst Ihr mich nicht aushungern, bis ich auf Knien angekrochen komme?«

Eberhard schwieg.

»Und da wir schon bei den offenen Worten sind«, fuhr Philip fort, »Ihr kennt meine Frau. Und inzwischen dürftet Ihr sie noch besser kennengelernt haben. Wie wäre es also mit einer Lösung, die es beiden Familien erlaubt, das Gesicht zu wahren und die Fehde zu beenden?«

Antonia sah, wie Eberhard aufhorchte.

»Welche Lösung schwebt Euch vor, Herr Philip?«

»Ein Turnier, das stellvertretend für die Fehde steht. Gewinnen die Ritter von Regenstein, sollt Ihr die Eisenerzmine haben, hinter der Ihr schon so lange her seid. Gewinnen wir, wird das Ende der Fehde ohne jede Gegenleistung beschworen.«

»Ein Turnier?«

Antonias Vater nickte. »Das wäre die ritterlichste Lösung für beide Seiten. Oder habt Ihr Angst, gegen uns zu unterliegen?«

»Das kann ich nicht allein entscheiden. Ich muss mit meinem Vater sprechen.«

»Tut das, Herr Eberhard.« Philip erhob sich.

»Gestattet Ihr mir noch eine Frage, Herr Philip?«

»Fragt!«

»Hält sich Euer Ziehsohn wieder auf Burg Birkenfeld auf?«

»Rudolf?«

Eberhard nickte. »Gräfin Helena wünscht Gewissheit über sein Befinden.«

»Hat sie denn Grund zur Sorge um ihn?«

»Er ist geflohen, aber sie glaubt uns nicht und hat dem Pfaffen eingeredet, Meinolf habe ihm etwas angetan.«

»Oh. Nun, das ist unschön.« Antonias Vater verschränkte die Arme vor der Brust. »Je schneller wir uns über die Bedingungen des Turniers einigen, umso rascher lassen sich sämtliche Zweifel zerstreuen.«

»Ihr wollt Euer Weib also im Ungewissen lassen?«

»Das liegt nicht in meiner Macht. Und nun gehabt Euch wohl. Stephan wird Euch zum Tor geleiten.«

48. Kapitel

Ein Turnier?« Ulf runzelte die Stirn.

»Warum nicht, Vater?«, erwiderte Eberhard. »Es wäre für beide Seiten vorteilhaft. Niemand würde das Gesicht verlieren, und uns böte sich eine gute Gelegenheit, Gräfin Helena und den Pfaffen endlich loszuwerden, bevor sie weitere Unruhe stiften.«

»Die Birkenfelder sind dafür bekannt, ihre Turniere zu gewinnen«, brummte Ulf. »Er hat diesen Vorschlag nicht ohne Hintergedanken gemacht.«

»Das mag sein«, mischte sich Meinolf ein. »Aber müssen wir uns vor den Birkenfeldern fürchten? Ich für meinen Teil hebe diese hochnäsige Bande gern aus dem Sattel.«

»Zumal wir die besten Turnierstreiter zu unseren Vasallen zählen«, fügte Eberhard hinzu. »Ich erinnere mich noch gut an die Zeiten, als die Regensteiner in jedem Turnier als unbesiegbar galten. Wen hat Graf Philip schon aufzubieten? Er selbst wird bald fünfzig. Ich glaube nicht, dass er noch einmal in den Sattel steigt. Sein Sohn Alexander ist noch jung, ihm fehlt die Erfahrung. Und die Hohnsteiner sind allesamt nur Mittelmaß.«

»Was ist mit Rudolf?«

»Wir wissen noch immer nicht, ob er nach Hause zurückgekehrt ist. Ich gehe zwar davon aus, weil Graf Philip sehr gelassen …«

»Ich meinte seine Fähigkeiten als Turnierstreiter«, unterbrach sein Vater ihn ungehalten. »Er ist genauso gut wie der Ägypter in seinen besten Zeiten. Wer soll Rudolf übernehmen?«

»Ich«, zischte Meinolf und rieb sich die verletzte Nase. »Falls er zum Turnier erscheint, wird er sich wundern.«

»Dann wären da noch die Ritter von Cattenstedt«, fuhr Ulf mit seiner Aufzählung fort. »Richard und Michael sind Draufgänger, die nie einen Kampf verloren geben. Ihr jüngster Bruder Stephan scheint sie sogar noch zu übertreffen, wenn die Gerüchte über seine Heldentaten während des Kreuzzugs zutreffen.«

Meinolf schnaubte verächtlich. »Um Stephan kümmere ich mich. Mit dem habe ich noch eine Rechnung offen.«

»So?« Neugierig musterte Eberhard seinen Halbbruder. »Hat er dir auch eins auf die Nase gegeben?«

»Nein.«

»Was dann?«

»Das tut nichts zur Sache.«

»Nun, dann will ich hoffen, dass du dich nicht übernimmst.«

»Willst du etwa wieder gegen mich wetten?«

»Könnte einträglich werden.« Eberhard grinste.

»Und mit wem wirst du es aufnehmen?«, fragte Meinolf, anstatt darauf einzugehen. »Oder wirst du dem Turnier von der Zuschauertribüne aus beiwohnen, weil dein Wanst nicht mehr in die Rüstung passt?«

»Keine Sorge, mein Kettenhemd und Waffenrock sind wohlgepflegt und werden mir gute Dienste leisten. Und wie du dich vielleicht erinnerst, habe ich Michael von Cattenstedt schon einmal aus dem Sattel gestoßen.«

»Das ist länger als zehn Jahre her, und es war Michaels erstes Turnier.«

»Ja und? Ein Sieg ist ein Sieg. Und mit Michael von Cattenstedt nehme ich es jederzeit wieder auf.«

Ulf holte tief Luft. »Nun gut, so soll es sein. Wir werden es den Birkenfeldern zeigen!« Seine Faust donnerte auf den Tisch. »Der Ägypter wird es noch bitter bereuen, uns herausgefordert zu haben. Eberhard, schick ihm einen Boten! Wir nehmen an.«

»Wie wäre es, wenn wir ihm statt eines Boten gleich seine Frau und Tochter zurückschicken?«, schlug Eberhard vor. »Und natürlich den Pfaffen. Dann sind wir alle los, und der Pfaffe erkennt unsere ehrbaren Absichten.«

Ulf maß seinen Sohn mit einem langen Blick. »Du bist doch kein so großer Dummkopf, wie ich bislang glaubte, Eberhard.«

»Und wenn er noch einen Weg fände, Alheidis loszuwerden, würde sogar *ich* mich vor Eberhards Klugheit verneigen.« Meinolf lächelte hinterhältig.

»Stört es dich, dass sie dir immer wieder auf die Zehen tritt?« Eberhard erwiderte das boshafte Lächeln. »Ich für meinen Teil weiß die gute Alheidis immer mehr zu schätzen.«

»Sicher, du magst es ja auch, wenn man dich wie Dreck behandelt.«

Einen Augenblick lang kämpfte Eberhard gegen den Drang, Meinolf aus dem Fenster zu werfen. Doch dann beruhigte er sich.

»Weißt du, was der Unterschied zwischen uns beiden ist, Meinolf? Mich mag man vielleicht manchmal so behandelt haben. Aber du *bist* Dreck, ganz gleich, wie man dich behandelt.«

»Hört auf damit!«, brüllte Ulf. »Ich dulde keinen Streit unter meinen Söhnen!«

Zum ersten Mal fiel Eberhard auf, wie alt sein Vater tatsächlich geworden war. Sein Gebrüll war der letzte Hort seiner Kraft.

»Ach, tatsächlich?«, fragte er. »Nun, dann solltest du wissen, dass dies kein Streit ist, ich die Überheblichkeit meines Bastardbruders aber nicht länger hinnehme. Seine selbstgefällige Dummheit hat uns schließlich erst in die Lage gebracht, dass man dir mit Exkommunikation drohte, Vater. Und dich, Meinolf, dich warne ich! Du verdankst deinen Stand einzig der Großzügigkeit meines Vaters. Ohne ihn bist du gar nichts. Merk dir das!«

»Und was bist du schon?« Meinolf funkelte Eberhard wütend an.

»Ich bin der rechtmäßige Erbe von Regenstein. Daran wirst du niemals etwas ändern, Bruderherz.« Eberhard stand auf und verließ den Rittersaal. Vor der Tür wäre er beinahe mit Alheidis zusammengestoßen.

»Was suchst du denn hier?«

»Eigentlich wollte ich in den Kaminsaal, aber dann hörte ich deine lautstarke Stimme.«

»Du hast an der Tür gelauscht?«

Sie nickte, und anstatt schamvoll zu erröten, lächelte sie ihn an. »Es wird also ein Turnier geben?«

»Ja«, bestätigte Eberhard, unsicher, ob er ihre Offenheit bewundern oder tadeln sollte.

»Und du wirst daran teilnehmen?« Plötzlich wurde ihr Blick sanft und liebevoll.

»Selbstverständlich.«

»Ich bin mir sicher, dass du die Ehre der Regensteiner tapfer verteidigen wirst«, flüsterte sie. Ihre Hand glitt über seine Brust. Eberhard wusste nicht, ob er zurückweichen oder standhalten sollte. Auf der einen Seite war es immer besser, Alheidis aus dem Weg zu gehen. Andererseits … noch nie zuvor war sie ihm so verlockend erschienen. Sie duftete nach Rosenöl, ihre Lippen waren gerötet und voller Kraft. Dieses Weib hatte wahrlich den Teufel im Leib. Und wie sie ihn ansah … da war etwas Gieriges, Forderndes in ihrem Blick. Und zugleich etwas ungemein Sinnliches, das ihm Himmel und Hölle zugleich versprach. Ihre liebkosende Hand verschwand unter seinem Hemd, strich ihm über die nackte Haut.

»Wirst du meine Farben führen?« Sie drängte sich so eng an ihn, dass er ihre vollen Brüste spürte.

»Deine Farben? Das wäre ein Versprechen.«

Sie nickte. »Du ahnst nicht, wie sehr ich dich will, Eberhard. Seit dem Tod meines Mannes gab es niemanden, den ich so sehr begehrt hätte wie dich.«

»Wie mich?« Er schluckte. Sein Verstand drängte nach Flucht, aber seinen Körper zog es zu Alheidis. Zu ihren Lippen, zu ihrer Haut. Er wollte in ihr versinken, mit ihr eins werden, sie nie wieder loslassen. Auch wenn er es vermutlich bereuen würde, sobald die Begierden des Fleischs gestillt wären.

»Wie dich«, wiederholte sie. »Warum sollte ich sonst gekommen sein? Um deinen Vater oder Meinolf zu besuchen? Nein, Eberhard, du bist es. Einzig du!«

Ihre Hände krallten sich in seinen Nacken, sie drückte ihre Lippen auf die seinen und küsste ihn mit einer Leidenschaft, die er zuletzt bei seiner Madlen verspürt hatte. Hier war eine Frau, die ihn tatsächlich wollte. Keine willige Magd wie Meinolfs Mutter, die sich Vorteile versprach, wenn sie für den Herrn die Beine spreizte.

Vielleicht war es ein Fehler, wenn er nachgab. Ganz sicher war es falsch … Aber zugleich wusste er, dass er es für immer bereuen würde, wenn er diese Gelegenheit ungenutzt verstreichen ließ.

Er erwiderte ihren Kuss. Dann umfasste er sie, hob sie hoch und trug sie in seine Kammer.

49. Kapitel

Alexander und seine Begleiter kehrten nach neun Tagen aus Halberstadt zurück. Philip berief sofort nach ihrer Ankunft eine Versammlung im Kaminsaal ein.

Auf der Treppe begegnete Antonia Sachmet, die ein wenig verstimmt wirkte. Nach dem langen Ritt hätte sie gern ein Bad genommen, um den Staub der Reise abzuwaschen.

»Tröste dich«, versuchte Antonia sie aufzumuntern. »Das Wasser ist ohnehin erst heiß, wenn die Besprechung vorüber ist.«

»Ja, ich weiß. Eure Badekultur besteht aus einfachen Holzzubern. Du solltest die Bäder bei uns in Ägypten sehen. Kein Vergleich.«

Antonia lachte. »Meine Mutter hat mir davon erzählt.« Sie betraten den Kaminsaal. Alexander stand neben seinem Vater, Christian und Bertram hatten bereits am Tisch Platz genommen, ebenso wie Rudolf und Donatus. Hinter sich hörte Antonia Schritte. Sie wandte sich um. Es waren Karim und Stephan. Damit waren sie vollzählig.

»Das ist in der Tat von höchster Bedeutung.« Philip betrachtete aufmerksam die Dokumente, die Alexander ihm überreicht hatte. »Und du bist sicher, dass niemand Verdacht geschöpft hat?«

»Völlig sicher. Der Bote hat nichts bemerkt. Er hatte nur Augen für Sachmet.«

»Das kann ich mir vorstellen.« Rudolf schmunzelte. Das Feuer brannte immer noch in ihm, aber es wurde bereits schwächer.

»Ich hatte mir meine Aufgabe allerdings angenehmer vorgestellt«, seufzte Sachmet. »Anscheinend lässt der Bischof alle hässlichen Männer antreten, die weit und breit aufzutreiben sind. Und dann sucht er den Allerhässlichsten als persönlichen Boten aus. Ich dachte zuerst, ein Wildschwein habe sich in die Bischofsburg verirrt.«

Antonia kicherte, während Karim laut lachte. »Dafür hast du ihm aber wirklich schöne Augen gemacht«, meinte er. »Ich musste gar nicht mehr eingreifen. Der arme Bursche war so von Sachmets Lächeln verzaubert, dass er nicht mehr auf seine Schritte achtete und auf der Treppe stolperte. Alexander half ihm sogleich fürsorglich auf die Beine und vertauschte dabei das Futteral. Ich glaube, der Mann nahm Alexander gar nicht richtig wahr.«

»Tja, vermutlich hätte der Bischof lieber ansehnliche Boten nehmen sollen, die es nicht sofort aus dem Tritt bringt, wenn ihnen schöne Frauen zuzwinkern.« Alexander schmunzelte. »Du siehst, Vater, es war ein völlig unbedeutender Zwischenfall, an den der Bote sich vermutlich nicht einmal mehr erinnert.

»Und was steht nun in der Botschaft?«, fragte Antonia.

»Ja, genau, was steht darin?« Auch Rudolf wurde ungeduldig.

»Der eigentliche Brief ist verschlüsselt«, erwiderte ihr Vater. »Aber der beigefügte Wechsel über eintausend Goldstücke ist unverkennbar.« Er hielt das wertvolle Dokument in die Höhe.

Rudolf nahm es ihm ab und wog es in der Hand. »So viel Gold – und es wiegt fast gar nichts.«

»Sei bloß vorsichtig damit!«, mahnte Antonia.

»Keine Sorge, ich hatte nicht die Absicht, den Kamin damit zu befeuern, Schwesterchen.« Er gab es seinem Vater zurück.

»Und was ist mit dem Brief? Können wir den Text entschlüsseln?«

»Ja.« Alexander zog ein Stückchen Pergament hervor. »Der Vertraute von Mutter Clara, der für sie heimlich die Abschriften fertigt, hat mir den Schlüssel mitgegeben.« Antonia sah, dass auf dem Schriftstück mehrere seltsame Buchstabenfolgen verzeichnet waren.

»Ich kümmere mich sofort darum«, versprach Bertram. »Ich habe eine Schwäche für geheime Dokumente.«

»Wie lange wird es dauern?«, fragte Philip, während er Bertram das Pergament aushändigte und Alexander ihm den Buchstabenschlüssel gab.

Bertram warf einen kurzen Blick auf das Schreiben. »Die Botschaft ist nicht sonderlich lang – vermutlich weniger als eine Stunde. Ich melde mich, sobald ich fertig bin.«

Damit verließ er den Kaminsaal. Antonia sah, wie Christian seinem Onkel bewundernd nachsah.

»So, und nun erzählt in Ruhe!«, forderte Philip die Heimkehrer auf. »Warum hat es so lange gedauert? Ich war schon in Sorge.«

»Wir hatten großes Glück, dass alles überhaupt so schnell vonstattenging«, entgegnete Alexander. »Der letzte Bote war erst drei Tage vor unserer Ankunft aufgebrochen. Es gibt Gerüchte, Manfred von Sizilien stelle bei Foggia in Italien ein Heer zusammen, um gegen die päpstlichen Truppen zu Felde zu ziehen.«

»Dann ist der Wechsel gewiss für die Bezahlung der Söldner gedacht«, vermutete Rudolf.

»Möglicherweise«, bestätigte sein Vater. »Wir werden es wissen, wenn Bertram seine Arbeit beendet hat.«

Plötzlich waren hastige Schritte vor der Tür zu hören.

»Herr Graf!« Eine der Mägde stürzte in den Saal, ohne anzuklopfen. »Gräfin Helena ist zurück! Und Fräulein Meret!«

Alle sprangen auf.

»Mutter ist zurück? So schnell?« Antonia musste an sich halten, ihr nicht entgegenzustürmen, als wäre sie noch ein kleines Mädchen.

Als Erster lief Pablo schwanzwedelnd in den Saal und begrüßte seinen Bruder Pepito mit fröhlichem Gekläff. Dann kamen Lena und Meret. Antonias Vater ging seiner Frau und Tochter entgegen und nahm sie in die Arme. Erst danach hatte er Augen für Pater Hugo, der die Frauen begleitete.

»Wie kommt es, dass man Euch bereits heute gehen ließ?«

»Ich glaube, wir waren sehr unbequeme Gäste. Nicht wahr, Pater Hugo?«

»Die unbequemsten, die man sich vorstellen kann, Gräfin Helena«, bestätigte der Pater, und zum ersten Mal sah Antonia den Kirchenmann lächeln. Ein wenig erinnerte er sie an Stephan. Hinter der grimmigen Fassade verbarg sich ein warmherziger Mensch.

»Der Graf von Regenstein ist mit deinem Vorschlag einverstanden, Philip«, fuhr Antonias Mutter fort. »Es soll ein Turnier abgehalten werden, aber er möchte, dass es auf neutralem Boden stattfindet. Vor den Toren Halberstadts auf dem Gebiet von Herzog Leopold.«

Philip zeigte ein zufriedenes Lächeln. »Von mir aus gern. Dort haben die Regensteiner schon einmal den Staub geküsst.«

»Und du hast das Turnier gewonnen, ich erinnere mich gut.« Eine Woge von Zärtlichkeit lag in den Blicken, die Antonias Eltern tauschten. Antonia seufzte leise. Es musste wundervoll sein, wenn eine Liebe die Ewigkeit überdauerte. Sie warf Stephan einen kurzen Blick zu. Er hatte sich bislang schweigend im Hintergrund gehalten. Würden sich ihre Träume erfüllen? Und wenn es so war, wo mochten sie wohl in einem Vierteljahrhundert stehen? Doch bevor sie sich länger in ihren Gedanken verlieren konnte, kam ihre Mutter auf sie zu.

»Antonia, ich bin so froh, dass es dir gut geht! Meinolf behauptete, du seist ertrunken. Zwar war ich mir sicher, dass er log, aber ein kleiner Zweifel blieb.« Sie drückte ihre Tochter an sich.

Antonia erwiderte die feste Umarmung. »Ich wäre ertrunken, wenn Stephan mich nicht gerettet hätte.« Sie blickte ihrer Mutter in die Augen – und zuckte zurück. Für einen Moment hatte sie ein weißes Leuchten entdeckt, dann verschwand es, und ein gelbes Feuer strahlte ihr kräftig entgegen. Da begriff sie. Sie hatte nicht die Seelenflamme ihrer Mutter gesehen, sondern ihre eigene.

Auch Lena bemerkte den Unterschied. »Du kannst die Seelenflamme sehen?«, hauchte sie.

Antonia nickte. »Ich nahm sie zum ersten Mal wahr, nachdem Stephan mich aus dem Fluss gerettet hatte.«

»Dann warst du dem Tod in der Tat nahe. Ich bin so froh, dass dir nichts geschehen ist!«

Sie drückte Antonia noch einmal an sich, bevor sie sie wieder losließ.

»Wir haben viel zu bereden und zu planen«, erklärte sie dann mit der ihr eigenen Festigkeit. »Ich sehe, ihr seid aus Halberstadt zurückgekehrt. Erfolgreich, wie ich annehme.«

Alexander nickte und fasste noch einmal zusammen, was sie bisher besprochen hatten.

»Nun, das heißt, wir haben viel zu tun. Das Turnier, die Botschaft an die päpstliche Nuntiatur ...« Lena sah in die Runde. »Wann fangen wir an?«

»Wenn du auf Burg Regenstein ebenso erfolgreich das Kommando an dich gerissen hast, wundert es mich nicht, dass sie dich so schnell loswerden wollten.« Philip lachte. Doch dann wurde er wieder ernst, denn Bertram kehrte zurück.

»Hier ist der Text. Es handelt sich um die erste Anzahlung für ein Söldnerheer in Foggia – unter dem Kommando von Manfred von Sizilien.«

»Wie vermutet«, bestätigte Alexander.

»Das Schreiben muss umgehend der päpstlichen Nuntiatur in Magdeburg überbracht werden«, sagte Pater Hugo. »Zusammen mit den Botschaften, von denen wir bereits Abschriften besitzen, beweist es eindeutig den Hochverrat des Bischofs von Halberstadt.«

»Ich bin bereit«, versicherte Stephan. »Wann soll ich aufbrechen?«

»Morgen früh«, beschied Philip.

»Ich werde dich begleiten«, sagte Karim.

»Es ist besser, wenn ich allein reite.«

»Warum?«

»Du bist zu auffällig.« Stephan wies auf Karims orientalische Kleidung.

»Das lässt sich ändern. Donatus hat gewiss ein paar Beinlinge und einen Bliaut für mich übrig, nicht wahr?«

»Wenn ich schon sonst nichts dazu beitragen kann … Meine Kleidung ist deine Kleidung.« Donatus verzog das Gesicht. »Den Burschen, der mir diesen Pfeil verpasst und mich zur Untätigkeit verdammt hat, möchte ich mir gar zu gern noch einmal vorknüpfen.«

»Dazu wirst du bestimmt noch Gelegenheit bekommen«, versprach Alexander. »Spätestens beim Turnier.«

»Also, dann begleite ich dich?« Karim sah Stephan auffordernd an. Der zögerte kurz, dann nickte er.

»Seht nur zu, dass ihr nicht von den falschen Leuten erwischt werdet!«, mahnte Philip.

»Wem auch immer wir begegnen, wir lassen uns von niemandem erwischen, nicht wahr, Stephan?«

»Nein.«

»Siehst du, Onkel Philip? Alles bestens.«

»Irgendwann, Karim, wirst auch du Söhne und Neffen haben, und sie werden dich um den Schlaf bringen.«

»Wenn es dereinst so weit sein sollte«, versprach Karim,

»werde ich mich den Herausforderungen mannhaft stellen. Aber ich hoffe, bis dahin habe ich noch viel Zeit.«

Philip seufzte.

50. Kapitel

Treffen wir uns später auf dem Wehrgang?«, raunte Karim Stephan zu, nachdem die Versammlung beendet war.

»Nein.«

»Warum nicht?«

»Wir müssen morgen in aller Frühe aufbrechen.«

»Wir brauchen es ja nicht zu übertreiben. Nur ein Krug Wein. Du schuldest mir die Fortsetzung deiner Geschichte.«

»Ich wusste gar nicht, dass ich bei dir Schulden habe.«

»Du willst es mir also nicht erzählen?«

Stephan zögerte. »Darum geht es nicht. Aber …« Er holte tief Luft. »Also gut, in einer Stunde.«

Karim klopfte ihm zufrieden auf die Schulter. »Ich bringe den Wein mit.«

»Keinen Wein!«, wehrte Stephan ab. »Wir sollten uns morgen ohne Kater auf den Weg machen.«

»Nun gut, aber dann kannst du nicht mehr an der spannendsten Stelle abbrechen, weil der Weinkrug leer ist.«

»Wer weiß?«

Eine Stunde später trafen sie sich auf dem Wehrgang, der vom Schein der untergehenden Sonne in rotes Licht getaucht wurde.

»Was willst du hören?«, fragte Stephan, während er über die Wälder zu Füßen der Burg blickte.

»Wie seid ihr entkommen?«

»Gar nicht.«

»Gar nicht? Du stehst vor mir, also musst du entkommen sein.«

Stephan seufzte. »Weißt du, was die größte Schwierigkeit war?«

»Nein.« Karim schüttelte den Kopf.

»Wir wussten nicht, in welche Richtung wir fliehen sollten. Wir kannten nur den Weg des Kreuzfahrerheers von Damiette nach Kairo. Selbst wenn wir wohlbehalten ans Meer gelangt wären, hätten wir für die Heimkehr doch ein Schiff gebraucht.«

Noch während er sprach, spürte er wieder die Verzweiflung von damals, die erbärmliche Angst, für immer fernab der Heimat gefangen zu sein. Niemals seine Familie und die vertrauten Wälder wiederzusehen … Hastig schüttelte er das unangenehme Gefühl ab.

»Sicher«, versuchte er, möglichst gleichmütig weiterzuerzählen, »wir hätten zwei Pferde stehlen und es einfach versuchen können. Aber man hätte uns vermutlich genauso schnell wie Sebastien erwischt. Schließlich hätten wir nur tagsüber fliehen können, da wir nach wie vor jede Nacht wie Hunde an die Kette gelegt wurden.« Er atmete tief durch und wich Karims betroffenem Blick aus. Mitleid konnte er gar nicht gebrauchen.

»Die Zeit verging, aber für uns änderte sich nichts. Ich kümmerte mich um Rafiks Pferde, während Thomas als Zimmermann eingesetzt wurde. Mein Bruder hatte bereits auf Gut Cattenstedt Freude am Tischlern gehabt und war sehr geschickt im Umgang mit Beitel und Schnitzmesser.«

Wieder verlor sich Stephans Blick in der Vergangenheit. Er dachte daran, wie Thomas den Vater einst gebeten hatte, als Zimmerer in die Lehre gehen zu dürfen. Der Vater hatte es abgelehnt. Ein Mann aus ritterlicher Familie lernte kein einfaches Handwerk – das war unter seiner Würde. Ehre und Würde, damit waren sie aufgewachsen. Alles für die Ehre, nur um dann als Sklave wie ein Hund an der Kette zu liegen …

»Stephan?« Karim berührte ihn an der Schulter. »Alles in Ordnung?«

Stephan zuckte zusammen. Hastig nickte er und wich Karims mitfühlendem Blick aus. Nun hätte er sich doch gern an einem Becher Wein festgehalten.

»Thomas war für Rafik ben Tahir vermutlich ein Glücksgriff«, fuhr er eilig fort, ganz so, als könne er die bösen Erinnerungen durch schnelle Worte abmildern, sie einfach nur mit Karim teilen, ohne sie noch einmal durchleben zu müssen. »Er machte sich bald einen Namen als guter Zimmermann. Während ich für die Ställe zuständig war und stets auf dem Gut blieb, wurde Thomas regelmäßig in andere Häuser geschickt, um dort Holzarbeiten vorzunehmen. So hatte er die Gelegenheit, die Stadt Kairo kennenzulernen, und er bekam auch das eine oder andere Bakschisch. Zudem trieb er einen schwunghaften Handel mit kleineren Schnitzarbeiten, und das brachte ihm ebenfalls Geld ein. Es war nicht viel, aber seine Barschaft wuchs stetig. Dabei versuchte er auch, Näheres über mögliche Fluchtrouten herauszufinden. So vergingen viele Monate. In dieser Zeit kamen einige neue Sklaven auf das Gut von Rafik ben Tahir. Mir fiel auf, dass die meisten Neuen nach spätestens drei Monaten vom Halseisen befreit wurden, selbst wenn sie weniger zuverlässig waren als Thomas und ich. Das empfanden wir jedes Mal als Stich in unsere Seelen. Ich fand es ungerecht, und eines Tages fragte ich Wakur, ob er mit unserer Leistung zufrieden sei.

›Ich dachte, das wüsstest du‹, erwiderte er.

›Warum tragen wir dann immer noch das Halseisen?‹

›Ein Löwe bleibt ein Löwe, auch wenn er an der Kette liegt‹, lautete seine Antwort.

›Es ist also völlig gleichgültig, ob wir gute Arbeit leisten oder nicht? Es wird sich nie etwas ändern?‹

Er sah mich erstaunt an, denn er war es nicht gewohnt, dass ich so viel sprach.

›Würde ich es dulden, dass du dich regelmäßig mit Bespina im Heu vergnügst, oder dass dein Bruder mit seinen Schnitzereien Handel treibt wie ein syrischer Händler, um Amira mit Süßigkeiten zu verführen, wenn ich mit eurer Arbeit unzufrieden wäre?‹

Ich schwieg. Mit einem Satz hatte er mir deutlich gemacht, wo mein Platz war und dass all meine kleinen Geheimnisse wertlos waren, wenn er sie mir nicht wie eine Belohnung zugestand. Ich war nur froh, dass Thomas tatsächlich regelmäßig Naschwerk für Amira kaufte, denn so ahnte Wakur nicht, dass wir den Großteil des Gelds für unsere Flucht versteckten. Am Abend erzählte ich Thomas von dem Gespräch. Er hob nur die Schultern und meinte, die Schlösser, mit denen die Ketten an den Halseisen befestigt waren, seien alle gleich gearbeitet. Er werde versuchen, einen Schlüssel zu beschaffen, sobald unser Fluchtweg feststehe. Er sagte das leichthin, aber zum ersten Mal spürte ich, dass auch ihn der Mut verließ. Bald ein Jahr war vergangen, aber wir hatten keine Fortschritte gemacht. Im Gegenteil, wir hatten uns in unserem Sklavendasein so gut eingerichtet, dass wir die damit verbundenen Demütigungen kaum noch spürten. In den Augen der anderen Sklaven galten Bespina und Amira als unsere Frauen. Ich kümmerte mich um Bespinas Sohn Zeki, als wäre ich sein Vater. Wenn ich die Pferde zur Koppel brachte, durfte er immer auf einem der Tiere reiten. Dabei erklärte ich ihm, wie man ein Pferd lenkt. Das war natürlich nichts, was ein kleiner Sklavenjunge lernen sollte, aber Wakur schritt nicht dagegen ein. Seine große Stärke bestand darin, dass er die Leine lang genug ließ, sodass ich immer noch das Gefühl hatte, irgendetwas verlieren zu können. Denn ich genoss das Zusammensein mit Zeki und seiner Mutter, fand bei ihnen eine Geborgenheit, wie sie nur die eigene Familie schenken kann.«
Bei der Erinnerung an jene Zeit schweifte sein Blick wieder über die Wälder. Die Sonne war mittlerweile ganz unter-

gegangen, und die Wächter hatten die Fackeln am Tor entzündet.

»Hast du Bespina geliebt?«, fragte Karim.

Stephan zögerte. Er hatte sich diese Frage nie gestellt. Bespina war von Anfang an für ihn da gewesen, hatte sich um seine schweren Verbrennungen gekümmert und ihn gesund gepflegt. Er hatte sie geschätzt, ihre Nähe, ihre Zuneigung, ihre Wärme. Aber war das Liebe gewesen? Verzehrende, leidenschaftliche Liebe, die kaum Raum für andere Gedanken ließ? Für die er alles aufgegeben hätte? Gefühle, wie er sie für Antonia empfand?

»Ich hatte sie sehr gern«, antwortete er schließlich, »und für Zeki übernahm ich gern die Aufgaben eines Vaters. Vermutlich haben wir uns gegenseitig gebraucht, um unserem Dasein einige schöne Augenblicke abzutrotzen. Ich glaube, Thomas und Amira empfanden ähnlich. Zudem nahm mein Bruder bei der Arbeit seine Umgebung oft gar nicht mehr wahr. Ausgerechnet in der Knechtschaft durfte er endlich dem Handwerk nachgehen, das ihm größte Freude bereitete. Aber das war noch nicht alles – irgendwann achtete ich Wakur nicht nur, sondern ich fing an, ihn zu mögen. Verrückt, nicht wahr?«

»Dafür hattest du wahrscheinlich gute Gründe«, erwiderte Karim.

Stephan nickte. »Die hatte ich. Denn da gab es noch Hakan, den Hauptmann von Rafiks Wachmannschaft. Hakan konnte mich nicht ausstehen, war ich doch Christ und ehemaliger Kreuzritter.« Wieder sehnte er sich nach einem Becher Wein, um die Erinnerungen besser ertragen zu können. »Hakan war ein Mistkerl, der mich anfangs unterdrückte, wo er nur konnte. Ich musste mich immer wieder zusammennehmen, um ihm nicht mit der Faust zu antworten. Aber ich wusste, dass ich mir damit noch mehr Ärger eingehandelt hätte. Also setzte ich mich auf andere Weise zur Wehr. Jedes Mal, wenn er mir übel mitspielte, sagte ich: ›Ich vergebe dir.‹ Diese Worte machten ihn nur noch wütender, und ich frohlockte im Stillen. Einmal verlor er die Beherrschung und prügelte wie besessen auf mich ein. Ich dachte schon, er würde mich totschlagen, als er plötzlich zurückgerissen wurde. Wakur hatte ihn gepackt und versetzte ihm einen Faustschlag mitten ins Gesicht. So heftig, dass Hakan gegen die Stallwand flog und eine Weile benommen liegen blieb. Wakur richtete sich vor ihm auf und stemmte die Hände in die Hüften. ›Du wirst ihn künftig in Ruhe lassen‹, sagte er. Nur diesen einen Satz, mehr nicht. Zu meiner großen Überraschung nickte Hakan und trollte sich. Danach ließ er mich tatsächlich in Ruhe. Bis zu jenem Tag, als ich Ambroise Lacroix wieder begegnete …«

»Wehe, du hörst jetzt auf zu erzählen!«

Stephan lachte. »Keine Angst! Du wolltest wissen, wie Thomas und ich entkommen sind. Das wirst du heute erfahren.«

»Was hatte Ambroise Lacroix mit eurer Flucht zu tun?«

»Gar nichts. Eines Morgens brachte ich die Pferde wie üblich auf die Weide, die zu Rafiks zweitem Gut am Stadtrand gehörte. Die Stadtwache war in diesen Tagen besonders aufmerksam, denn immer wieder strichen versprengte Kreuzritter durch die Gegend und raubten alles, was sie in die Finger bekamen. Einem Nachbarn von Rafik hatten sie einige Zeit zuvor mehrere Pferde gestohlen und den Mann getötet, der sie bewacht hatte. Doch daran dachte ich an diesem Morgen nicht. Ich ließ Zeki wie immer auf einem der Tiere reiten, während ich sie führte. Doch kurz bevor wir die Koppel erreichten, bemerkte ich vier gesattelte Pferde, die so versteckt angebunden waren, dass sie einem zufällig Vorbeikommenden nicht sogleich ins Auge fielen. Ich hob Zeki vom Pferd und befahl ihm, Rafiks Wächtern Bescheid zu sagen. Aus meiner Sicht sprach alles für einen bevorstehenden Überfall. Zeki erschrak, denn er hatte große Angst vor Hakan und seiner

Wachmannschaft, aber er gehorchte und flitzte los. Ich hatte gerade das Gatter geöffnet und die Pferde auf die Weide geführt, als mir drei Männer zu Fuß entgegenkamen. Anhand ihrer Kleidung erkannte ich sie sofort als ehemalige Kreuzritter. Rasch löste ich den Führstrick und trieb die Pferde auseinander.

›Oha, da sieh einer an!‹, rief einer der drei auf Französisch. ›Stephan von Cattenstedt!‹ Es war Ambroise Lacroix. Er zog sein Schwert und stieß mit der Spitze gegen mein Halseisen. ›Du hattest anscheinend nicht so viel Glück. Aber das können wir ändern. Kommst du mit uns?‹

›Ich lasse Thomas nicht im Stich‹, erwiderte ich.

›Ach ja, Thomas …‹ Lacroix pfiff abfällig durch die Zähne. ›Bruder hin oder her – entscheide dich rasch! Hier ist sich schließlich jeder der Nächste.‹

Plötzlich hörte ich eine Frau schreien. Ein vierter Mann näherte sich, hatte ein junges Mädchen gepackt und stieß es vor sich her.

›Seht nur, was ich gefunden habe!‹, brüllte er.

Ich erschrak, denn es war Jamila, die älteste Tochter von Rafik ben Tahir. Gewöhnlich verließ sie das Haus nie ohne Begleitung.

›Nun, die reicht für uns alle, oder? Also, was ist, Stephan? Freiheit und ein Mädchen? Das wäre doch ein Angebot.‹

›Lasst sie gehen‹, forderte ich. ›Sie hat euch nichts getan.‹

›Oh, ich vergaß! Du warst ja schon immer der Beschützer der Schwachen. Der edle Ritter. Und was hat es dir gebracht? Wenn du nicht willst, dann bleib ein Sklave. Oder stirb. Das wäre wahrscheinlich gnädiger.‹ Er lachte gehässig und hob sein Schwert. In jenem Moment zerriss etwas in mir. Ohne nachzudenken schlug ich ihm die Führleine, die ich noch immer umklammert hielt, ins Gesicht. Er schrie auf, ich packte seinen rechten Arm, riss ihm das Schwert aus der Hand und zog es durch. Ambroise Lacroix stürzte zu Boden. Mit brechendem Blick starrte mich der Sterbende ungläubig an. Sofort zogen die drei anderen ihre Schwerter. Der Mann, der Jamila bislang festgehalten hatte, stieß sein Opfer zu Boden.

›Hinter mich!‹, rief ich ihr zu, und sie gehorchte sofort. Lange hatte ich kein Schwert mehr in Händen gehalten, aber die einmal erlernten Bewegungen hatte ich nicht vergessen. In mir glühte der Hass – es war genau so, wie du es beschrieben hast, Karim. Da gab es kein Denken mehr, da gab es nur noch die ungezügelte Wut, die mir ungeahnte Kräfte verlieh.

Als Hakans Männer kamen, waren Lacroix und zwei seiner Begleiter bereits tot. Der vierte erwischte mich am linken Oberarm. Keine gefährliche Wunde, aber sie blutete heftig. Beim Anblick von Rafiks Wächtern wollte er fliehen. Vergebens, denn einer der Männer war ein hervorragender Bogenschütze, und sein Pfeil traf tödlich. Ich stieß mein Schwert in die Erde und presste die Hand auf die Wunde. Hakan starrte mich an, als hätte er mich noch nie gesehen. Da war immer noch die alte Feindseligkeit im Blick, aber auch etwas anderes. Er hatte Angst, obwohl ich unbewaffnet und blutend vor ihm stand. Jamila hauchte mir ihren Dank ins Ohr. Dann lief sie hastig ins Haus, um sich vor den Blicken der Männer zu verbergen. Was sie an jenem Tag da draußen zu suchen hatte, habe ich nie erfahren. Ich selbst schickte mich an, zu Rafiks Stadthaus zurückzukehren wie jeden Tag, wenn ich die Pferde auf die Weide gebracht hatte. Hakan verfolgte mich mit flackerndem Blick, aber hielt mich nicht auf. Da meine Wunde immer noch blutete, suchte ich Bespina auf und ließ mich von ihr verbinden. Der Überfall hatte sich bereits herumgesprochen. Thomas und Amira stürzten in der kleinen Stube hinter der Gesindeküche auf mich zu. Kurz darauf erschien auch Wakur. Mit finsterer Miene. ›Da hat sich ja die ganze Familie versammelt‹, zischte er. ›Was habt ihr beide hier zu suchen?‹, herrschte er Thomas und Amira an. ›Warum seid ihr nicht bei der Arbeit?‹

›Ich erfuhr von Stephans Verwundung‹, antwortete Thomas. ›Ich wollte nach ihm sehen.‹

›Ist es schlimm?‹, fragte Wakur. Bespina verneinte.

›Da hast du's gehört – es ist nicht schlimm. Und nun schert euch zurück an die Arbeit, bevor ich euch mit der Peitsche antreibe!‹

Kopfschüttelnd warf mir Thomas einen langen Blick zu und verließ den Raum. Dermaßen schlecht gelaunt hatten wir Wakur selten erlebt. Wakur wartete, bis Bespina meine Wunde versorgt hatte, dann forderte er mich auf, ihm zu folgen.

›Du bist in Schwierigkeiten‹, sagte er. ›Hakan behauptet, du seist gefährlich. Er sitzt beim Herrn und rät ihm, dich zu verkaufen, bevor du hier Unheil anrichtest.‹

›Ich dachte, ich hätte Unheil abgewendet.‹

›Ich weiß‹, bestätigte Wakur. ›Aber Hakan hasst dich. Sei vorsichtig! Der Herr will dich sehen. Erwarte keine Dankbarkeit!‹

Zum ersten Mal betrat ich die Wohnräume von Rafik ben Tahir. Hakan stand aufrecht neben der Polsterbank, auf der Rafik wie ein König thronte. Wakur stieß mich kaum merklich an. Ich sollte niederknien. Nun ja, die Übung kannte ich bereits zur Genüge, und es kostete mich keine Überwindung mehr.

›Hakan behauptet, du hättest allein gegen vier Männer gekämpft und drei von ihnen getötet, obwohl du unbewaffnet warst. Ist das wahr?‹

›Ja.‹

›Das hätten nicht viele Männer geschafft. Warst du etwa ein besonders herausragender Krieger unter den Kreuzrittern?‹

Ich schwieg.

›Antworte gefälligst!‹, herrschte Hakan mich an.

›Ich war einer unter vielen.‹

›Aber dennoch wurdet ihr vernichtet. Dem Sturm des Islam und dem Schwert des Sultans vermag sich niemand zu widersetzen‹, höhnte Hakan.

Ich schwieg erneut, dafür ergriff Wakur das Wort. ›Damit hast du doch selbst die Antwort gegeben, Hakan. Niemand kann sich uns widersetzen, und das hat er auch nicht getan, sondern das Eigentum und die Ehre der Tochter seines Herrn verteidigt.‹

›Dennoch ist er eine Gefahr!‹, schrie Hakan. ›Er ist ein unberechenbares Raubtier, das du nur scheinbar gezähmt hast.‹ Dann wandte er sich an Rafik ben Tahir. ›Herr, du solltest auf mich hören und ihn und seinen Bruder verkaufen. Die Kapitäne zahlen gutes Gold für kräftige Ruderer.‹

Rafiks Blicke schweiften zwischen Hakan, Wakur und mir hin und her. Schließlich sprach er mich an. ›Was sagst du? Hat Hakan recht?‹

›Wenn Hakan deiner Meinung nach recht hat, dann verkauf uns an die Galeeren‹, erwiderte ich. ›Es wird den übrigen Sklaven eine Lehre sein, sich lieber zu verstecken, als für Leben, Ehre und Besitz ihres Herrn zu kämpfen.‹

›Ich denke darüber nach‹, entgegnete Rafik. Dann gab er mir einen Wink, ich solle aufstehen und gehen.

›Warte draußen auf mich!‹, raunte Wakur mir zu.

Es dauerte eine ganze Weile, bis er kam. Seine Miene war undurchdringlich. ›Komm mit!‹, forderte er mich auf. Ich war unsicher, stellte aber keine Fragen. Er führte mich zu der kleinen Schmiede, die zum Gut gehörte. ›Nimm ihm das Eisen ab!‹, befahl er dem Schmied. ›Er hat es sich verdient.‹

Wenig später wurde auch Thomas das Halseisen abgenommen, aber zunächst änderte sich nicht viel. Wir gingen weiterhin unserer gewohnten Arbeit nach, bis einige Wochen später eine Karawane mit kostbarer Handelsware von Kairo nach Alexandria aufbrechen sollte. Noch immer machten die versprengten Kreuzritterbanden die Wege unsicher, sodass die Handelszüge einen bewaffneten Geleitschutz brauchten. Zu jener Zeit waren einige von Hakans Männern an Sumpffieber erkrankt. Deshalb entschied Rafiks Sohn Faris, ich solle die

Karawane bewaffnet begleiten. Hakan tobte, aber niemand hörte auf ihn. Jeder wusste, dass ich nicht fliehen würde, wenn mein Bruder in Kairo blieb.

In der Nacht, bevor ich aufbrach, gab Thomas mir sein ganzes Geld. Ich sollte versuchen, in Alexandria einen Kapitän zu finden, der die Stadt regelmäßig anlief, damit wir im Fall einer Flucht wussten, an wen wir uns wenden konnten.«

»Keine einfache Aufgabe für einen unfreien Mann«, bemerkte Karim.

»Das scheint nur so.« Stephan lächelte. »Wir hatten uns viele Gedanken gemacht. Es gab eine Möglichkeit, heimlich mit Seeleuten ins Gespräch zu kommen.«

»Ich kann mir nicht vorstellen, dass man dich zum Hafen gelassen hätte.«

»Das war auch gar nicht nötig. Nach unserer Ankunft in Alexandria bat ich Faris, für ein Gebet die christliche Kirche aufsuchen zu dürfen. Seit ich seine Schwester gerettet hatte, war Faris mir gegenüber recht großzügig und stimmte zu. Ich hatte Glück und traf in der Kirche tatsächlich einen alten Kapitän aus Lübeck, der seit mehr als zwanzig Jahren Handel mit Kaufleuten aus Alexandria trieb. Kapitän Ludger war bereit, das Wagnis einzugehen, Thomas und mich auf seinem *Lübischen Adler* mitzunehmen, wenn er in einem halben Jahr wieder nach Alexandria käme. Damit war die größte Hürde überwunden. Zum ersten Mal hatten wir Anlass zu der Hoffnung, die Heimat doch noch einmal zu sehen.«

»Und dann seid ihr nach deiner Rückkehr geflohen?«

»Nein. Es kam anders.« Stephan atmete tief durch. »Kurz bevor wir die letzten Vorbereitungen für die Flucht getroffen hatten, fand die Hochzeit von Rafiks Tochter Jamila mit dem Sohn eines benachbarten Kaufmanns statt. Jamila war mir noch immer zu tiefem Dank verpflichtet. Deshalb erbat sie sich von ihrem Vater unsere Freilassung als Hochzeitsgeschenk. Er gewährte ihr diesen Wunsch, und so kamen wir frei.«

»An ein solches Ende hätte ich nicht gedacht.«

»Es war wie ein Traum. Und doch mischte sich in die Freude über die Freiheit Trauer über den Abschied von Bespina, Zeki und Amira. Sogar von Wakur.« Ein wehmütiges Lächeln umspielte Stephans Lippen. »Aber sie hatten Verständnis, wussten, dass wir in ihrem Land nie heimisch würden. Voller Übermut brachen wir auf, waren uns so sicher, in einigen Wochen wieder in den heimischen Wäldern zu jagen.«

»Und dann?«

Stephan senkte den Blick. »Am folgenden Tag sind wir beide uns zum ersten Mal begegnet, Karim.«

Karim erblasste. »Wer hat euch überfallen? Und warum?«

»Lass es für heute genug sein.« Stephan wandte sich ab, wohl wissend, dass ihn der alte Albtraum in dieser Nacht wieder quälen würde …

51. Kapitel

Kurz vor Sonnenaufgang eilte Antonia zu den Ställen. Sie wollte Stephan vor seiner Abreise unbedingt noch einmal sehen. Er legte gerade letzte Hand an den Sattel seines Hengstes. Als er sie bemerkte, lächelte er. Antonias Herz schlug schneller. Sie war so glücklich, dass er seine Lebensfreude wiedergefunden hatte und ihr seine Zuneigung zeigte.

»Ich wollte dich nicht ohne Abschied ziehen lassen«, sagte sie.

»Komm!«, flüsterte er und zog sie in eine Ecke hinter dem Stall. »Wir haben nicht viel Zeit. Karim holt seine Satteltaschen und kehrt gleich zurück.« Dann nahm er sie in die Arme und küsste sie. Antonia genoss die Selbstverständlichkeit, mit der er sich inzwischen zu seiner Liebe bekannte. Sie war am Ziel ihrer Wünsche.

»Ich bin rechtzeitig zum Turnier zurück«, versprach er ihr. »Achte darauf, dass mein Name auf der Liste steht! Ich will unbedingt am Tjost teilnehmen.«

Sie bemerkte die Ernsthaftigkeit seiner Worte. Es ging ihm um mehr, als für ihre Ehre zu streiten.

»Warum ist der Tjost für dich so wichtig?«

Er atmete tief durch. »Damit ich deinem Vater nicht mit leeren Händen gegenübertrete, wenn ich um deine Hand bitte.«

Wenn ich um deine Hand bitte … Er hatte es gesagt. Er hatte es wirklich gesagt. Er liebte sie und wollte sie heiraten! Sie achtete kaum auf seine weiteren Worte.

»Wenn ich beim Tjost fünf Ritter schlage, hätte ich zweitausend Silberdenare gewonnen. Das genügt, um mich als Pächter auf einem Gut einzukaufen, einige Zuchtstuten zu erwerben und uns ein Heim mit gesichertem Auskommen zu schaffen.«

»O Stephan! Du bist wundervoll. Ich liebe dich.« Sie küsste ihn, und er erwiderte ihre Zärtlichkeiten voller Leidenschaft. Alles in ihr fühlte sich so leicht und unbeschwert an. Während sie in seinen Armen lag und das Schlagen seines Herzens an ihrer Brust spürte, schien sie über dem Boden zu schweben. Nie zuvor war sie so glücklich gewesen. Stephan mochte aus einer verarmten Adelsfamilie stammen, aber er hatte genügend Mut und Verstand, seine Ziele unbeirrt zu verfolgen und jedes Hindernis aus dem Weg zu räumen.

Schritte! Sofort ließ Stephan sie los, und sie fuhren herum.

»Meret, was suchst du bei den Ställen?«, stieß Antonia erschrocken hervor.

»Das Gleiche könnte ich dich fragen. Du lässt dich also frühmorgens hinter dem Stall abküssen. Ich dachte, das ist nur abends so üblich.«

Antonia spürte, wie ihr das Blut in die Wangen stieg. »Dass du niemandem etwas erzählst!«

»Warum sollte ich auch?«, erwiderte Meret schulterzuckend. »Es weiß doch ohnehin jeder, dass du in Stephan verliebt bist. Die Frage war immer nur, ob er dich auch liebt oder ob du ihm lästig bist.«

»Meret, du bist unmöglich!«

Stephan lachte leise. »Nun weiß sie wenigstens, dass du mir nicht lästig bist. Ganz im Gegenteil.« Er hauchte Antonia noch einen Kuss auf die Stirn und wandte sich wieder seinem Pferd zu. Gleich darauf erschien auch Karim mit seinen Satteltaschen.

»Großer Abschied?«, fragte er mit Blick auf Antonia und ihre kleine Schwester. Es war ein ungewohnter Anblick, ihn in abendländischer Kleidung zu sehen. Beinahe kam es Antonia so vor, als stünde ein jüngeres Abbild ihres Vaters vor ihr. Karim hatte mehr Ähnlichkeit mit seinem Onkel, als sie bis dahin bemerkt hatte. Der Bogen des Mundes, die Augen …

»Wir wollten euch nur eine gute Reise wünschen«, antwortete Meret. Dabei zwinkerte sie Stephan zu, der schmunzelte und den Schwestern ein letztes Lebewohl zurief, während er sich in den Sattel schwang.

»Passt gut auf euch auf!«, rief Antonia ihnen zum Abschied hinterher.

»Wirst du ihn heiraten?«, fragte Meret, nachdem Karim und Stephan aus dem Tor geritten waren.

»Du bist mir ein bisschen zu naseweis.«

»Bin ich. Also?«

»Behältst du es für dich?«

»Natürlich.«

»Er will beim Turnier in meinen Farben streiten und genügend Geld gewinnen, um bei Vater um meine Hand anhalten zu können.«

»Und was sagt Christian dazu?«

Antonia seufzte. »Der weiß es noch nicht. Und er tut mir leid. Aber ich liebe ihn nicht.«

»Ich finde Christian nett.«

»Dann kannst *du* ihn heiraten.«

»Ich bin doch erst elf!«

»Dann muss er eben noch fünf Jahre warten.«

»Meinst du, dazu wäre er bereit?«, fragte Meret mit so ernster Miene, dass Antonia lachen musste.

»Vielleicht. Du bist immerhin eine genauso gute Partie wie ich.«

»Aber er liebt dich.«

»Wahrscheinlich glaubt er nur, mich zu lieben, weil es alle von ihm erwarten.« Sie stieß einen tiefen Seufzer aus. »Genug geschwatzt. Lassen wir uns lieber das Frühstück schmecken!«

»Und?«

»Und was?« Stephan sah Karim fragend an. Burg Birkenfeld lag bereits eine ganze Strecke hinter ihnen, und sie näherten sich dem Gebiet der Regensteiner, das sie auf ihrem Weg nach Magdeburg durchqueren mussten.

»Was ist mit dir und Antonia?«

»Was willst du hören?«

»Wirst du meinen Onkel um ihre Hand bitten?«

Stephan zögerte kurz, dann nickte er. Seit Thomas' Tod hatte er keinem Menschen so viel anvertraut wie Karim und hatte nun auch keine Bedenken, ihn in seine derzeitigen Pläne einzuweihen.

»Ich will versuchen, beim Turnier das nötige Geld zusammenzubekommen, um ein Gut zu pachten.«

»Indem du beim Tjost gewinnst?«

»Ja. Wenn ich fünf Ritter besiege, würde das Geld ausreichen.«

Karim pfiff durch die Zähne. »Gleich fünf? Das wird harte Arbeit.«

Stephan hob die Schultern. »Es ist zu schaffen. Im Kreuzfahrerlager ritten wir in kampflosen Zeiten oft gegeneinander.

Dem Gewinner winkten Teile der Beute. Ich war recht erfolgreich. Vor der Schlacht bei Kairo, in der wir alles verloren, hatte ich beinahe siebentausend Silberdenare zusammen.«

»Donnerwetter. Und Thomas?«

»Er hat sich seltener an unseren Turnieren beteiligt. Eigentlich nur einmal, als es um Fatimeh ging.« Stephans Gedanken schweiften zurück in die Vergangenheit. Zurück zu Thomas' großer Liebe …

»Fatimeh?«, fragte Karim.

»Eine junge Araberin. Thomas kämpfte um sie als Beute, denn er wollte sie vor den grausamen Kerlen schützen, die sie als Sklavin in unser Lager verschleppt hatten. Anfangs hatte sie große Angst vor ihm. Als sie aber merkte, dass er ihr nichts antat, sondern sie beschützte, fasste sie allmählich Vertrauen zu ihm. Von ihr lernte Thomas Arabisch, und er hat sie wirklich geliebt. Kurz vor der Schlacht bei Kairo vertraute er ihr sein gesamtes Geld an und bat sie, auf ihn zu warten. Doch dann gerieten wir in Gefangenschaft.«

»Was wurde aus Fatimeh?«

»Wir haben es nie erfahren.« Stephan atmete tief durch. »Thomas suchte nach ihr, als er sich in Kairo freier bewegen durfte. Aber nach den langen Monaten war sie längst fort, und er wusste nicht einmal, ob sie noch am Leben war. Daraufhin fand er in Amiras Armen Vergessen. Andernfalls hätte er die Ungewissheit nicht ertragen.«

Plötzlich raschelte es im Gebüsch. Stephan fuhr herum, konnte aber nichts entdecken.

»Du bist recht schreckhaft«, neckte Karim ihn.

»Mag sein«, gab Stephan zu. »Aber ich werde das Gefühl nicht los, dass uns jemand beobachtet.«

»Vielleicht ein Wildschwein?«

»Vielleicht«, erwiderte Stephan. Doch sein ungutes Gefühl blieb.

Am frühen Abend erreichten sie eine kleine Herberge. Im Hof standen die Wagen durchreisender Händler, und in der Wirtsstube drängten sich die Gäste. Aus der Küche duftete es verführerisch nach gebratenem Fleisch und frisch gebrautem Bier.

»Wollt Ihr nur speisen oder auch ein Nachtlager?«, sprach die Schankmaid die beiden an. Stephan fiel auf, dass Karim die dralle Jungfer aufmerksam betrachtete. Obwohl ... der Augenaufschlag, den sie Karim schenkte, wäre keiner Jungfer angemessen gewesen.

»Ein Nachtlager für uns und unsere Pferde, außerdem eine anständige Mahlzeit und einen Krug Bier«, antwortete er.

Das Mädchen nickte, wies ihnen einen der Tische zu und rief nach einem halbwüchsigen Jungen, der sich um ihre Pferde kümmern sollte.

»Was hat die Küche denn zu bieten, schöne Jungfer?« Karim zwinkerte ihr zu.

»Die Wirtin hat heute fette Hennen geschlachtet. Danach leckt Ihr Euch die Finger.«

»Und frisches Bier gebraut?«

»Das war ich.«

»Mit diesem zarten Händchen?« Er griff nach ihrer Rechten und zog sie lächelnd zu sich heran. Ihr schien das Spiel zu gefallen, und sie blitzte ihn schelmisch an.

»Wie ist dein Name, schöne Maid?«

»Marianne.«

»Marianne«, wiederholte Karim. »Die Muttergottes, vereint mit dem Namen ihrer Mutter? Da fühle ich mich gleich geborgen.«

»An meinen mütterlichen Rundungen?« Sie kicherte.

Stephan verdrehte die Augen. »Karim, willst du mit ihr tändeln, oder soll sie uns etwas zu essen bringen?«

»Euer Gefährte scheint recht grimmig zu sein«, raunte die Schankmaid Karim zu und strich ihm dabei über die Schulter.

»Das ist er immer, wenn er Hunger hat. Also, dann bring uns die fetten Hennen und das frische Bier!«

Das Mädchen lachte und ging.

»Das hast du nicht ernst gemeint, oder?« Stephan musterte Karim mit strengem Blick.

»Wovon sprichst du?«

»Von gewissen zusätzlichen Diensten, die das Mädchen freigiebigen Gästen nur allzu gern erweist.«

»Nun, warum nicht?«

»Weil wir nicht zum Vergnügen hier sind und beim Morgengrauen wieder im Sattel sitzen müssen.«

»Bis dahin haben wir noch lange Zeit. Aber eigentlich erhoffe ich mir etwas anderes.«

»So?«

»Die Fortsetzung deiner Geschichte. Das zöge ich jeder willigen Maid vor. Also, erfahre ich das Ende heute Abend? Oder muss ich mich mit Marianne trösten?«

Stephan seufzte. »Einverstanden, aber erst nach dem Essen.«

Die gebratenen Hühner schmeckten so köstlich, wie Marianne es versprochen hatte. Das Bier war würzig, wenn auch ein wenig zu stark. Doch das störte Stephan nicht im Mindesten. Er hatte Karim versprochen, ihm vom bitteren Ende seiner Abenteuer in Ägypten zu erzählen. Von Erlebnissen, an die er eigentlich nie mehr denken wollte. Dennoch kehrten die Erinnerungen immer wieder zurück, verfolgten ihn in Albträumen, raubten ihm den Seelenfrieden. Würde Karim ihn verurteilen? Oder würde er es verstehen? Wenn er es verstand, dann konnte er hoffen, dass auch Antonia sich nicht angewidert von ihm abwandte, wenn sie irgendwann davon erfuhr.

Er musste diese Last endlich loswerden, sie mit einem vertrauten Menschen teilen.

»Hat es gemundet?« Marianne lächelte Karim keck an und

räumte die Teller mit den Hühnerknochen ab. »Darf ich Euch noch etwas bringen?«

»Einen Krug Bier«, verlangte Stephan, ohne Mariannes Lächeln zu erwidern. Sie warf Karim einen weiteren herausfordernden Blick zu, doch er nickte ebenso ernst wie Stephan.

»Also?« Karim legte Stephan einen Arm um die Schultern, nachdem Marianne ihnen den zweiten Krug Bier gebracht hatte. »Wie ging es weiter, nachdem ihr freigelassen worden wart?«

Stephan trank einen Schluck. Es tat gut, sich wieder an einem Becher festhalten zu können. Diese Stütze hatte er bei seiner letzten Erzählung mehr vermisst, als er gedacht hätte.

»Wir begaben uns auf den Heimweg.« In seiner Erinnerung spürte er wieder die Hitze der Wüste, heiß und flirrend. Er atmete tief durch, um sich der zunehmenden Enge in der Brust zu erwehren. »Ich hatte Faris um die Waffen gebeten, die wir Ambroise Lacroix und seinen Männern abgenommen hatten. Angesichts der weiten Reise, die vor uns lag, stimmte er zu. So waren wir nicht schutzlos, auch wenn es bei uns nicht viel zu holen gab. Thomas' Ersparnisse waren für die Überfahrt vorgesehen. Wenn wir erst wieder auf heimischem Boden wären, würden wir schon einen Weg finden, an Geld zu kommen. In den Hafenstädten warben reisende Kaufleute gern bewaffnete Begleiter zum Schutz ihrer Waren an.« Stephan trank noch einen Schluck Bier. »Da wir nun freie Männer und keine entlaufenen Sklaven waren, konnten wir dem Karawanenweg von Kairo nach Alexandria folgen. Zwar hatten wir keine Pferde, aber wir kamen dennoch gut voran. Wir übernachteten in einer der Karawansereien, die allenthalben den Weg säumten, und brachen am nächsten Morgen in aller Frühe auf. Gegen Mittag legten wir am Wegesrand eine Rast ein. Aus Richtung Kairo näherte sich eine Staubwolke. Wir beachteten sie nicht weiter. Wir waren schon von zahlreichen Reitern überholt worden, und niemand hatte uns besondere

Aufmerksamkeit geschenkt. Außerdem hatten wir von Rafik ben Tahir einen Freibrief bekommen, durch den wir uns ausweisen konnten.« Stephan hielt kurz inne, leerte seinen Becher in einem Zug und schenkte sich nach.

»Es waren fünf Männer. Vier von ihnen kannte ich nicht, aber ihr Anführer war Hakan.«

»Hakan!«, rief Karim. »Das hätte ich mir denken können!«

»Ohne jede Warnung griff er uns an. Sein Säbel traf mich im Gesicht.« Stephan fuhr sich mit der Hand über die lange Narbe. »Hätte ich mich im letzten Augenblick nicht zur Seite gedreht, wäre ich nicht mehr am Leben. Thomas brüllte vor Zorn, als hätte der Hieb ihn selbst getroffen, zog sein Schwert, riss Hakan am Bein vom Pferd und stieß ihm die Waffe in die Brust. Ein weiterer Reiter hob seine Waffe, um Thomas zu treffen. Doch der wich aus, verfehlte den Mann und traf das Pferd, das sich vor Schmerz aufbäumte und durchging. Die anderen sprangen von den Pferden, und ein heftiger Kampf entbrannte. Ich hatte mittlerweile ebenfalls mein Schwert gezogen, spürte kaum noch den Schmerz im Gesicht und kämpfte Rücken an Rücken mit Thomas. Ein zweiter Mann fiel, ein dritter wurde verwundet. Da Hakan bereits tot war, ergriffen die Verbliebenen die Flucht. Dann erst entdeckte ich, dass auch Thomas verwundet war. Er sank auf die Knie und presste die Hand auf den Leib. Ein Säbelhieb hatte ihn tief im Bauch getroffen. Das Blut rann ihm durch die Finger, und eine bläuliche Darmschlinge quoll aus der Wunde.« Stephan würgte, spülte die aufkommende Übelkeit mit einem Schluck Bier hinunter. Die Erinnerung war so machtvoll, dass er eine Weile brauchte, bis er weitersprechen konnte.

»Vergeblich versuchte ich, Thomas zu verbinden, die Blutung zu stillen. Meine eigene Verletzung hatte ich vergessen, sie war nicht wichtig. Thomas aber war lebensgefährlich verwundet. Dazu kam die Furcht, dass die Angreifer zurückkehrten. Wenn sie unseren erbärmlichen Zustand bemerkten, wären wir eine leichte Beute gewesen. Nochmals hätten wir uns nicht gegen sie verteidigen können. Die Zeit verging, Thomas litt unmenschliche Qualen. Ich hielt ihn die ganze Zeit in den Armen, betete um ein Wunder, denn nur ein Wunder hätte uns noch retten können. Die ersten Geier tauchten am Himmel auf. Noch wagten sie sich nicht herabzustürzen, aber das war nur noch eine Frage der Zeit ...« Stephan kämpfte um Worte.

»Irgendwann entdeckte ich eine weitere Staubwolke, die sich von Kairo her näherte. Thomas war noch immer bei Bewusstsein – ihn wollte keine gnädige Ohnmacht erlösen. Er merkte, dass ich in die Ferne spähte.

›Kommen … sie … zurück?‹, presste er unter Schmerzen hervor.

›Ich weiß es nicht.‹

›Sie dürfen … dich hier nicht … finden‹, keuchte er. ›Versteck dich!‹

›Niemals könnte ich dich verlassen, Thomas!‹, rief ich verzweifelt und presste ihn fester an mich. Er stöhnte.

›Ich werde … immer bei dir sein‹, flüsterte er kaum hörbar. ›Wenn … wenn du mich … erlöst.‹

Ich begriff den Sinn seiner Worte nicht. Wollte ihn nicht begreifen.

›Bring es zu Ende!‹, hauchte er. ›Ich sterbe ohnehin … hilf mir, in Würde … zu gehen!‹

›Nein!‹, schrie ich. ›Das kannst du nicht von mir verlangen! Niemals! Niemals!‹

Aber er sah mich nur bittend an, halb wahnsinnig vor Schmerz. Und die Staubwolke kam näher.

›Tu es!‹, flüsterte er. ›Bitte!‹

Ich weigerte mich noch immer. Er flehte weiter, beschwor mich mit letzter Kraft. ›Meine Seele wird dich begleiten, damit du sicher heimkehrst‹, flüsterte er. ›Wenn du es nicht fertigbringst, lege ich selbst Hand an …‹

Ich sah, wie er nach seinem Messer tastete. Es war ihm vollkommen ernst.

Ich entriss ihm das Messer. ›Nein, tu's nicht!‹, keuchte ich. ›Ich nehme die Sünde auf mich.‹

›Keine Sünde … ich segne dich dafür.‹ Er schloss die Augen. Ich nahm das Messer, drückte ihn noch einmal an mich und bat ihn um Vergebung. Dann stieß ich ihm das Messer von hinten in den Nacken. Er war sofort tot.«

Stephan brach ab und wischte sich fahrig über das Gesicht. Er konnte die Tränen nicht länger zurückhalten.

Karim sagte kein Wort. Stephan schluckte schwer. »Dann«, fuhr er fort, »ließ ich ihn langsam zu Boden gleiten, nahm seine Waffen und sein Geld an mich. Die Staubwolke kam näher. Beim Aufstehen merkte ich, dass ich vermutlich selbst eine Menge Blut verloren hatte, denn um mich herum drehte sich alles. Ich sank auf die Knie, fuhr mir mit der Hand durch das Gesicht und riss dabei versehentlich die dünne Schorfschicht über meiner Wunde auf. Von Neuem floss das Blut über die Wange. Ich fluchte über meine eigene Dummheit, dass ich nun auch noch eine Spur hinterließ. Dann untersuchte ich Hakans Leichnam, fand einen Dolch und einen Beutel mit Münzen. Ich strich Thomas ein letztes Mal über das tote Antlitz, versteckte mich hinter der Düne und wartete, wer da näher kam.«

Karim hatte den Blick gesenkt, das Gesicht bleich wie der Tod.

»Ich hatte mit Hakans Gefährten gerechnet, aber dann sah ich dich – mit einem Wasserschlauch und ohne Waffe. Ich hatte gerade eben meinen Bruder getötet, der mir mehr als mein eigenes Leben bedeutet hatte, um zu verhindern, dass er sterbend den zurückkehrenden Feinden in die Hände fiel. Und dann kamst du mit einem Wasserschlauch!« Stephans Stimme geriet ins Schwanken. »Ich hätte dich umbringen können, weil alles, was ich getan hatte, plötzlich so sinnlos und umsonst war. Ich hätte es nicht tun müssen, verstehst du? Ich hätte Thomas nicht töten müssen. Ich hätte nur warten müssen.« Er verbarg das Gesicht in den Händen, kämpfte gegen den Weinkrampf an, atmete mehrfach tief durch und spürte Karims Hand auf der Schulter.

»Es tut mir so leid«, flüsterte Karim.

Ein letztes Durchatmen, dann hatte Stephan seine Selbstbeherrschung zurückgewonnen.

»Nachdem du dich zurückgezogen hattest, war mein Leben sinnlos geworden. Ich wäre am liebsten gestorben, wollte mit dieser Schuld nicht mehr leben. Da fühlte ich plötzlich eine Berührung an der Schulter und wusste, dass es Thomas war. In meinem Kopf hörte ich seine Stimme, die mir zurief, ich solle nach Hause zurückkehren. Sie war so lebendig, dass ich herumfuhr und fast damit rechnete, ihm gegenüberzustehen. Doch es war nicht Thomas. Es war eines der Pferde, das mich mit den Nüstern berührt hatte. Die Sonne spiegelte sich in den silbernen Beschlägen seines Sattels, es schien zu mir gekommen zu sein, um mich ins Leben zurückzuholen. In jenem Augenblick war ich mir sicher, dass Thomas mir das Pferd geschickt hatte. Plötzlich war alles ganz einfach. Ich kroch zu den übrigen Pferden, band sie los und trieb sie auseinander. Und dann ritt ich nach Alexandria.« Er holte noch einmal tief Luft. »Ich hatte Glück, der *Lübische Adler*, die Kogge von Kapitän Ludger, lag bereits im Hafen. Am folgenden Morgen liefen wir aus. Einige Wochen später erreichten wir Lübeck. Ich trennte die Silberplatten von deinem Sattel, verkaufte sie, um ein wenig Reisegeld zu haben. Es dauerte von Lübeck aus noch eine Woche, bis ich wieder zu Hause war. Nun weißt du, warum ich dir damals dein Pferd gestohlen habe.«

Karim zog seinen Geldbeutel hervor und legte fünf Silberdenare auf den Tisch.

»Was soll das?«, fragte Stephan.

»Du hast mir nie ein Pferd gestohlen«, erwiderte Karim.

»Wie mir scheint, hat mein Pferd vielmehr *dich* gestohlen. Und deshalb kann es auch keinen Kaufpreis geben.«

»Dann nimm ihn für den Sattel!« Stephan schob die Münzen wieder zu Karim hinüber. »Das ist ungefähr die Summe, die ich für das Silber bekam.«

»Manchmal ist dein Stolz unerträglich.«

»Manchmal«, bestätigte Stephan. »Aber du kannst mir eine andere Gefälligkeit erweisen, die mir sehr viel bedeuten würde.«

»Welche?«

»Wenn ich beim Tjost genügend Geld gewinne, würde ich gern einen Teil davon nutzen, um Bespina, ihren Sohn und ihre Schwester freizukaufen. Könntest du das für mich regeln und ihnen eine Anstellung auf deinem Gut geben?«

»Selbstverständlich, ich …«

Die Tür zur Gaststube wurde heftig aufgerissen, und mehrere Männer traten ein. Sofort verstummten alle Gespräche an den Tischen, so machtvoll war das Erscheinen der Ankömmlinge.

»Meinolf von Brack!«, entfuhr es Stephan.

»Oh, angezogen hätte ich ihn fast nicht erkannt«, bemerkte Karim. »Glaubst du, das gibt Ärger?«

»Ja«, erwiderte Stephan, denn Meinolf wurde von sechs Waffenknechten begleitet.

Karim leerte seinen Becher. Mittlerweile hatte Meinolf sie entdeckt und trat an ihren Tisch.

»Sieh an, Stephan von Cattenstedt! In muselmanischer Begleitung? Oder hat der Heide sich zum Christentum bekehrt, nachdem er sich derweil so angemessen kleidet?«

»Spart Euch die üble Nachrede, Herr Meinolf!«, entgegnete Stephan. »Ihr wisst genauso gut wie ich, dass mein Freund Christ ist.«

»So?« Meinolf zog einen Schemel heran und setzte sich mit an den Tisch. Seine Begleiter blieben hinter ihm stehen. In der

Gaststube war es noch immer totenstill. Die Augen aller Gäste waren auf die drei Männer gerichtet.

»Was wollt Ihr von uns?«, fragte Karim. »Ihr seht doch, dass dieser Tisch zu klein ist für uns alle. Nehmt den dort hinten! Dann müssen Eure Begleiter nicht länger stehen.«

»Wir sind nicht zum Trinken hier.«

»Wenn Ihr essen wollt, wird es erst recht zu eng.«

»Ich habe keine Zeit für lächerliche Spielchen«, zischte Meinolf. »Ich will wissen, wohin Ihr unterwegs seid. Einer meiner Männer hat beobachtet, dass Ihr unser Gebiet durchquert habt.«

»Mein Freund« – Karim wies auf Stephan – »sagte mir, in diesem Gasthaus gebe es das beste Bier und die fettesten Brathühner. Ich war neugierig, ob das stimmt. Deshalb sind wir hier.«

»Das soll ich Euch glauben? Ein voller Tagesritt, um in einer heruntergekommenen Herberge Bier zu trinken?«

»Vergesst nicht die Hühner!« Karim grinste. »Die waren den weiten Weg wert.«

»Antwortet mir ehrlich, oder Ihr werdet es bereuen!« Meinolf warf seinen Begleitern einen kurzen Blick zu, die daraufhin drohend die Hände um die Griffe ihrer Schwerter legten.

»Was wollt Ihr hören? Dass mir die hübsche Schankmaid gefällt?«

»Schlagen wir sie mit dem Tisch nieder!«, raunte Stephan Karim auf Arabisch zu.

»Guter Vorschlag«, antwortete Karim in derselben Sprache. »Jetzt!«

Im selben Augenblick sprangen er und Stephan auf, hoben den Tisch an und stießen Meinolf von seinem Schemel. Der brüllte, versuchte sich aufzurappeln, während seine Männer ihre Waffen zogen. Stephan und Karim hielten den Tisch wie einen Schild vor sich und stürmten auf die Gegner zu. Schreie gellten durch die Wirtsstube, viele Gäste sprangen auf und verließen eilends den Raum. Zwei von Meinolfs Männern drückten sie mit dem Tisch nieder, dann ließen sie ihn fallen, um sich denen zuzuwenden, die sie von hinten packen wollten.

Einen konnte Stephan noch mit der Faust niederschlagen, dann zog er sein Schwert. Karim hielt seine beiden Säbel bereits in Händen.

»Ich glaube, mit der Nachtruhe hier wird es heute nichts!«, rief Karim auf Arabisch.

»Hinaus zu den Pferden!«, schrie Stephan. Nie hätte er gedacht, dass es in seiner Heimat einmal von Vorteil sein könnte, diese Sprache zu beherrschen.

Meinolf brüllte etwas Unverständliches. Da wurde die Tür aufgerissen, und weitere Männer im Regensteiner Waffenrock stürzten in die Gaststube.

»Da scheint es ein Nest zu geben!«, rief Karim. »Sieht nach einem Krokodilgelege aus.«

»Das Fenster!« Stephan riss den Laden auf.

»Guter Gedanke!« Karim stieß noch einen Angreifer nieder, dann folgte er Stephan. »Marianne, das ist für das Essen und die Möbel!«, rief er im Hinausspringen und warf einige Münzen auf den Boden.

Sie hasteten zum Stall. Der Junge hatte ihre Pferde noch nicht abgesattelt. Unter gewöhnlichen Umständen hätte Stephan sich über eine solche Pflichtvergessenheit geärgert, aber in diesem Fall war er geradezu dankbar dafür. Rasch saßen sie auf, galoppierten in die Nacht hinaus, doch die Regensteiner folgten ihnen dichtauf.

»Wir sollten uns trennen«, schlug Karim vor. »Ich lenke sie auf mich, damit du unbeschadet durchkommst.«

»Du kennst dich hier nicht aus.«

»Deshalb musst du nach Magdeburg reiten. Ich finde allein zurück nach Birkenfeld.«

»Dort vorn hinter der Kreuzung?«

Karim nickte. Sie erreichten die Weggabelung.

»Mach's gut! Wir sehen uns beim Turnier«, sagte Karim.

»Pass gut auf dich auf!«, erwiderte Stephan leise und trieb sein Pferd den Hohlweg hinauf in den Wald, während Karim mit lautem Gebrüll der Straße folgte. Die Regensteiner bemerkten nicht, dass Stephan fehlte. Er sah, wie sie an seiner Deckung vorübergaloppierten und Karim folgten. Als der letzte Reiter im Dunkel der Nacht verschwunden war, lenkte Stephan Windläufer zurück auf den Weg nach Magdeburg. Doch seine Gedanken blieben noch eine ganze Weile bei Karim. So lange hatte er geglaubt, Gott habe ihn verlassen, ihn strafen wollen, als er ihm den Helfer in der Wüste erst schickte, als es längst zu spät war. Doch mittlerweile wusste er, dass Gottes Wege voller Gnade waren. An jenem Tag hatte der Herr ihm den Mann gesandt, dem es bestimmt war, Thomas' Stelle in seinem Herzen einzunehmen. Er hatte es nur nicht erkannt. Aber zum Glück hatte der Herr Karim mit Beharrlichkeit ausgestattet.

52. Kapitel

Oh, wie ich das liebe!«, rief Sachmet, während sie neben Antonia und ihrer Gepardin Nebet durch das Zeltlager schlenderte, das anlässlich des Turniers in Sichtnähe von Burg Schlanstedt errichtet worden war. Überall waren Ritter und ihre Knappen zu sehen, die sich auf den Beginn der Wettkämpfe am folgenden Tag vorbereiteten. Aber nicht nur die Kämpfer hatten ihre Zelte aufgeschlagen, es fand auch ein großes Volksfest statt. Die Stände und Schankbuden zahlreicher Händler und Handwerker säumten das Turniergeviert. Sogar Spielleute waren angereist, stimmten ihre Instrumente und schlugen muntere Weisen an. Wäre der Hintergrund dieses

Turniers nicht so ernst gewesen, hätte Antonia das Spektakel genossen. Zumal sie es ausgesprochen erheiternd fand, welch vorsichtigen Abstand die Menge zu Nebet hielt. Doch noch herrschte Fehde, und zudem sorgte Antonia sich um Stephan. Er war seit mehr als zwei Wochen unterwegs. Der Ritt nach Magdeburg hätte hin und zurück allenfalls vier Tage in Anspruch genommen. Karim war bereits drei Tage nach seinem Aufbruch zurückgekehrt und hatte berichtet, wie sie von Meinolf in einem Wirtshaus aufgespürt und überfallen worden waren. Daraufhin hatte Karim die Regensteiner durch den dunklen Wald von Stephans Fährte fortgelockt, bis er sich selbst hoffnungslos verirrt hatte. Immerhin hatten sie ihn nicht zu fassen bekommen. Allerdings war es ihm erst zwei Tage später mithilfe eines Köhlers gelungen, den Weg zurück nach Birkenfeld zu finden.

Ob Stephan den Regensteinern doch noch in die Hände gefallen war? Niemand wusste es. Aber je mehr Zeit verstrich, umso größer wurden Antonias Ängste. Am nächsten Tag sollte das Turnier beginnen. Sie hatte dafür gesorgt, dass sein Name auf der Teilnehmerliste stand. Was würde geschehen, wenn er nicht rechtzeitig eintraf? Noch zwei Tage bis zum Tjost. Bei dem Gedanken daran wurde ihr das Herz noch schwerer.

»Sieh an, ist das nicht Fräulein Antonia in Begleitung der berüchtigten ägyptischen Prinzessin? Erweist Ihr uns die Ehre, uns für den morgigen Tag Glück zu wünschen?«

Antonia fuhr herum. Ohne es zu bemerken, waren sie in die Nähe der Zelte der Cattenstedter gekommen. Sie sah das Banner mit dem Fuchs über dem größten der drei Zelte wehen.

»Herr Richard?«, fragte sie unsicher. Sie erkannte die Ähnlichkeit zu Stephan, auch wenn Richards Züge markanter waren.

»Zu Euren Diensten, Fräulein Antonia und Fräulein … Sachmet, wenn ich recht unterrichtet bin?«

Sachmet lächelte. »Ihr seid recht unterrichtet. Und Ihr seid Richard von Cattenstedt?«

»So ist es. Soll ich Euch auch den Rest der Familie vorstellen?« Ohne Sachmets Antwort abzuwarten, stieß er einen lauten Pfiff aus.

Eine Frau trat aus dem Zelt, die Arme in die Hüften gestemmt. »Richard, wie oft habe ich dir gesagt, du sollst mit diesem Gepfeife aufhören!«

»Mein Weib Fronika«, stellte er sie lächelnd vor. »Fronika, erinnerst du dich noch an Fräulein Antonia? Und das ist Fräulein Sachmet aus Ägypten.«

Sofort glätteten sich Fronikas Züge.

»Fräulein Antonia, ich hätte Euch kaum wiedererkannt! Beim letzten Mal wart Ihr noch ein Kind.«

»Ja.« Antonia nickte. Sie konnte sich kaum an jene Begegnung erinnern. Mittlerweile waren noch drei kleine Mädchen, von denen das jüngste kaum laufen konnte, und zwei Männer aus den Zelten gekommen.

»Meine Brüder Michael und Paul«, stellte Richard die beiden Männer vor. »Irgendwo treibt sich auch Lukas herum. Aber ich fürchte, der ist wieder unterwegs und prüft, ob die Schankwirte auch gottesfürchtiges Bier ausschenken.« Die Männer lachten. »Und dies sind meine Töchter. Ännelin ist sechs, Marie vier und Susi zwei. Ich hoffe, nächstes Jahr um diese Zeit haben sie endlich ein Brüderchen.« Er warf Fronika einen auffordernden Blick zu.

»Was kann ich dafür, wenn du nur Töchter zeugst?«, hielt sie ihm entgegen. »Gib dir mehr Mühe!«

»Ich gelobe Besserung«, erwiderte Richard mit blitzenden Augen.

»An unseren Vater kommst du eben noch nicht heran«, meinte Michael. »Aber bei ihm war es zu viel des Guten. Eigentlich sollte Stephan ja eine Stephanie werden.«

»Nur gut, dass er deine Worte nicht gehört hat!«, bemerkte Paul. »Als du zu Thomas sagtest, er hätte eine Melusine werden sollen, bekamst du seine Faust zu spüren.«

»Habt Ihr etwas von Stephan gehört?«, fragte Fronika Antonia. »Er hat sich lange nicht mehr bei uns blicken lassen.«

»Er ist in wichtiger Mission für meinen Vater unterwegs. Ich hoffe, er kommt noch rechtzeitig zum Turnier.«

»Und wenn nicht, dann stoßen wir die Regensteiner allein aus dem Sattel.« Richard lachte. »Das wird ein Spaß!«

»Mit Eberhard habe ich ohnehin noch eine Rechnung offen«, fügte Michael hinzu. »Der stach mir bei meinem ersten Turnier ein Pferd unter dem Sattel weg und versuchte, den Eindruck eines bedauerlichen Unfalls zu erwecken. Für solche Schurkenstücke sind die Regensteiner bekannt.«

»Dafür holst du dir dieses Mal sein Pferd und seine Rüstung.« Paul schlug seinem älteren Bruder auf die Schulter.

Während des Gesprächs war die kleine Susi unbemerkt zu Nebet getrippelt und streichelte das große Tier. Als Fronika ihre Tochter und die Gepardin entdeckte, keuchte sie entsetzt auf, doch Sachmet beruhigte sie sofort. »Nebet ist zahm wie ein Hund und sanft wie ein Kätzchen.« Wie zur Bestätigung legte die Gepardin sich hin und schnurrte, während das Mädchen ihr jauchzend über das Fell strich.

»In Susi fließt das echte Cattenstedter Blut«, sagte Richard stolz. »Zu schade, dass sie kein Knabe ist, der unseren Namen mit Ehre belegen könnte.«

»Den Knaben wirst du noch auf den Armen wiegen können.« Fronika strich ihrem Gatten liebevoll über die Hand.

»Ich mag diese Familie«, sagte Sachmet, nachdem sie sich von den Cattenstedtern verabschiedet hatten und zum Markt schlenderten. »Nur Richard tut mir leid, weil er unbedingt einen Sohn möchte. Dabei hat er doch drei prächtige Töchter. In Djeseru-Sutech ist das anders. Warum dürfen Frauen nicht am Turnier teilnehmen?«

»Es ist gefährlich und benötigt viel Kraft. Wir wären den Männern doch hoffnungslos unterlegen.«

»Da bin ich mir nicht so sicher«, entgegnete Sachmet. »Sieh, dort drüben wird Ringreiten geübt! Das will ich auch einmal versuchen.«

»Sachmet, das ist nicht möglich!«

»Warum nicht?«

»Weil es sich nicht schickt.«

»Ach was! Warte hier mit Nebet! Ich hole mein Pferd.«

»Sachmet!«, rief Antonia verzweifelt, doch die junge Ägypterin hörte längst nicht mehr zu, sondern kehrte kurz darauf hoch zu Ross zurück.

Ihr Auftritt überraschte die Ritter so sehr, dass sie ihr bereitwillig Platz machten. Sachmet ergriff eine Lanze und trieb ihre Stute an. Es waren zwölf Ringe, die in unterschiedlichen Höhen nahe beieinanderhingen, vom Durchmesser kaum größer als der der Lanze. Sie galt es in vollem Galopp zu treffen und mit der Lanze zu pflücken.

Antonia wusste aus früheren Turnieren, wie schwierig diese Übung war. Kaum einem der Männer gelang es, alle Ringe zu erbeuten. Ihr Vater und ihre Brüder gehörten zu den wenigen, die fast immer alle Ringe in ihren Besitz brachten.

Sachmet holte neun Ringe. Einer der Zuschauer klatschte in die Hände, die anderen folgten seinem Beispiel. Sachmet strahlte über das ganze Gesicht. Sie gab die Lanze mit den Ringen einem der Knappen und lenkte ihr Pferd zu Antonia.

»Fürs erste Mal nicht schlecht, oder?«

»Das war dein erstes Mal?«

»Nun ja, hier war es mein erstes Mal. In Ägypten habe ich mit dem Speer Gazellen gejagt. Das erfordert auch einiges Geschick.«

Sie stieg aus dem Sattel.

»Mit den Birkenfeldern scheint es abwärts zu gehen«, höhnte eine Stimme. Antonia fuhr herum. Meinolf von Brack führte sein Pferd zum Übungsplatz. »Wenn sie nun schon von Frauen überboten werden …«

»Wer ist dieser unhöfliche Mensch?« Sachmet sah Antonia fragend an.

»Sag bloß, du erkennst Herrn Meinolf nicht.«

»Ah ja, doch, natürlich! Der Nackedei.«

Meinolf knirschte mit den Zähnen. »Ihr führt ein loses Mundwerk, Jungfer Ägypterin.«

»Und Ihr seid ein unverschämter Kerl, Ritter Nackedei. Nun, dann zeigt uns doch, wie gut Ihr seid!«

Meinolf lächelte böse. Unwillkürlich suchte Antonia nach seiner Seelenflamme und erschrak. Sie war blutrot. Augen, aus denen die Hölle leuchtete.

Er stieg auf sein Pferd, ließ sich eine Lanze geben und ritt los. Ein Ring nach dem anderen wurde von seiner Lanze getroffen, so schnell, dass die Augen dem Geschehen kaum folgen konnten. Stolz ritt Meinolf zurück zu Antonia und Sachmet, alle zwölf Ringe auf der Lanze.

»So machen es richtige Männer.«

»Wollt Ihr, dass ich Euch dafür Bewunderung zolle?«, fragte Sachmet.

»Nicht für Spielereien. Die könnt Ihr an den Tag legen, wenn ich Eure Gastgeber einen nach dem anderen aus dem Sattel stoße.«

»Ihr seid ein Angeber.«

»Meint Ihr, Jungfer Ägypterin?«

»Das meine ich, Ritter Nackedei.«

»Wenn Ihr das noch einmal sagt, vergesse ich, dass Ihr eine Frau seid!«

»Ein echter Mann vergäße das nie.« Sachmet schüttelte verächtlich den Kopf.

Meinolf sprang vom Pferd und kam drohend auf die junge Ägypterin zu. »Was wollt Ihr damit sagen?«

»Nun ja, es gibt da so gewisse Unterschiede zwischen Männern und Frauen.« Sachmets Augen blitzten keck. »Und damit meine ich nicht Euren Bart. Obwohl ich natürlich weiß, warum Ihr Euch einen stehen lasst. Ihr wollt damit wohl andere Unzu*läng*lichkeiten ausgleichen.«

Das Feuer in Meinolfs Augen glühte.

»Dafür wirst du mir bezahlen, du ägyptische Hure!«

»Wäre ich eine Hure, müsstet Ihr bezahlen. So seid Ihr allenfalls ein Hurenbock«, entgegnete Sachmet gelassen. »Befriedigt Ihr Witwen? Oder stellt Ihr lieber den Mägden nach wie Euer Vater?«

Einen Augenblick lang fürchtete Antonia, Meinolf wolle die Hand gegen Sachmet erheben. Und sie war nicht die Einzige, denn ihr Bruder Alexander löste sich aus der Menge der Ritter und trat auf sie zu.

»Gibt es Schwierigkeiten?«, fragte er.

»Nein, wir haben nur nett geplaudert, nicht wahr, Herr Meinolf?«

Meinolf ging nicht darauf ein, sondern musterte Alexander scharf. »Wir beide begegnen uns im Tjost«, sagte er.

»Das will ich hoffen«, erwiderte Alexander. »Ihr habt ein schönes Pferd und eine prächtige Rüstung. Die täten mir schon gefallen.«

»Ihr werdet allenfalls die Hufe meines Pferds spüren«, zischte Meinolf. »Wenn Ihr vor mir im Staub liegt.«

»Das drohen Verlierer ihren Gegnern immer an, bevor sie selbst dort landen.« Alexander rief nach einem der Knappen und ließ sich sein Pferd bringen. »Seht gut hin, Herr Meinolf! Vielleicht könnt Ihr noch etwas lernen.« Antonias Bruder schwang sich in den Sattel, nahm die Lanze und ritt in die Bahn. Er pflückte die zwölf Ringe ebenso schnell wie Meinolf – oder war er gar noch schneller? Dann ritt er mit seiner Beute zurück.

»Wie Ihr seht, müssen wir Birkenfelder uns nicht hinter anderen verstecken.«

Meinolf stieg wortlos in den Sattel seines Pferds und zog sich zurück. Alexander und Sachmet lachten. Die blutrote

Flamme in Meinolfs Blick verhinderte indes, dass Antonia fröhlich mit einstimmte. Sie wusste, dass von ihm kein ehrenvoller Kampf zu erwarten war. Noch viel weniger, als Sachmet ihn so tief in seiner Ehre gekränkt hatte.

»Und du bist dir sicher, dass du dich selbst noch einmal in ein Turniergefecht stürzen willst?« Lena musterte ihren Gatten, während der sein Kettenhemd und die Waffen überprüfte. »Du wirst bald fünfzig.«

»Aber noch bin ich neunundvierzig.« Er schenkte ihr sein unvergleichliches Lächeln, das sie vom ersten Augenblick an für ihn eingenommen hatte. Dennoch blieb sie ernst.

»Du weißt, was deinem Vater im gleichen Alter widerfuhr.«

Philips Lächeln schwand. »Das waren andere Voraussetzungen. Ich habe nicht die Absicht, mich mit Alexander oder Rudolf zu messen.«

»Aber mit Eberhard oder Meinolf.«

»Für die beiden reicht meine Kraft noch aus.«

»Ach, Philip.« Lena legte ihm die Arme um den Hals. »Wir sind in einem Alter, in dem Männer keine Turniere mehr reiten und Frauen keine Kinder mehr bekommen sollten.«

»Meine Mutter war zwei Jahre älter als du, als Donatus geboren wurde.«

»Willst du noch einmal Nachwuchs?« Sie lächelte ihn herausfordernd an.

»Mir genügt die Aussicht auf Enkelkinder.«

»Nun ja, dann hättest du vermutlich in der Nacht, bevor ich nach Regenstein aufbrach, zurückhaltender sein müssen.«

Philip musterte sie verwirrt. »Was willst du damit sagen?«

»Ich sagte, wir sind in einem Alter, in dem Männer keine Turniere mehr reiten und Frauen keine Kinder mehr bekommen sollten. Nicht, dass sie es nicht mehr könnten. Ich habe meine eigene Seelenflamme im Spiegel von Antonias Augen gesehen. Sie leuchtete weiß. Wie damals, als ich Pachet in die Augen blickte und mit Alexander schwanger war.«

»Oh.«

»Und du gibst wieder die gleiche dumme Antwort wie damals, nämlich gar keine.« Sie versetzte ihm einen liebevollen Stoß in die Rippen. »Schäm dich!«

»Das war ein Scherz, nicht wahr?«

Sie schüttelte den Kopf. »Es war mein Ernst.«

Er atmete tief durch und nahm sie in die Arme. »Wahrscheinlich liegt es daran, dass du niemals alterst.«

»Bis auf deine weißen Schläfen hast du dich auch recht wacker gehalten«, gab sie zurück und küsste ihn. Für einen Moment war die Fehde vergessen, und in Lena stieg die Erinnerung an Philips allererstes Turnier auf. Sie dachte an seinen Sieg und wie er sie danach in aller Öffentlichkeit um ihre Hand gebeten hatte. Niemals hatte sie seine Worte vergessen. *Helena von Eversbrück, in den letzten drei Tagen trug ich nicht nur mein Wappen, sondern kämpfte auch in deinem Zeichen. Wirst du mir erlauben, dein Wappen für alle Ewigkeit dem meinen hinzuzufügen? Auf dass wir eine neue Linie begründen? Wirst du mir erlauben, dich dorthin zu führen, wo in allen Zeiten Wunder geschahen und auch heute noch geschehen, wenn der Mond den Nil küsst? Helena von Eversbrück, willst du meine Frau werden?*

Vierundzwanzig Jahre waren seither ins Land gezogen. Vierundzwanzig Jahre, in denen er alle seine Versprechen erfüllt hatte. Auf einmal kamen ihr die Fehde und alles, was damit zusammenhing, gänzlich unwichtig vor. Das Leben hatte ihr so viel geschenkt, und Gott würde seine schützende Hand weiterhin über ihre Familie halten.

»Glaubst du, Christian wird nach dem Turnier um Antonias Hand anhalten?«, fragte sie.

»Ich hoffe für ihn, dass er davon Abstand nimmt«, erwiderte Philip.

»Warum?«

»Weil Antonia ihm eine Abfuhr erteilen wird.«

Lena hob fragend die Brauen.

Philip seufzte. »Ich dachte immer, Mütter wüssten vor den Vätern, für wen das Herz ihrer Tochter schlägt.«

»Stephan?«

Philip nickte. »Ich bin neugierig, ob er den Mut aufbringt, um ihre Hand anzuhalten.«

»Und wenn er es tut? Was wirst du ihm sagen?«

»Das hängt davon ab, wie er fragt.«

»Sei ehrlich, du hoffst, dass er fragt.«

Philip lächelte schweigend.

53. Kapitel

Am folgenden Morgen erwachte Antonia bereits vor Sonnenaufgang. Ein kurzer Blick verriet ihr, dass Sachmet und Meret, mit denen sie das Zelt teilte, noch tief und fest schliefen. Die Gepardin Nebet hob kurz den Kopf und ließ ihn wieder auf Sachmets Beine sinken. Nur Pepito sprang munter aus Antonias Bett und wedelte mit dem Schwanz, als er bemerkte, dass seine Herrin erwacht war. Eine seltsame Unruhe ergriff Antonia. Es war noch viel zu früh, um aufzustehen, aber dennoch hielt sie nichts mehr im Bett. Hastig suchte sie ihre Kleidung zusammen, wusch sich kurz mit dem kalten Wasser aus der Waschschüssel und ordnete rasch ihr Haar. Das Turnier würde erst in einigen Stunden beginnen. Bis dahin hätte sie genügend Zeit, die kostbaren Kleider anzulegen, mit denen die Damen auf der Zuschauertribüne prunkten. Im Augenblick genügte ihr eine schlichte Suckenie.

Lautlos öffnete sie den Vorhang, der den Eingang des Zeltes verschloss, und trat gemeinsam mit Pepito nach draußen. Die Zelte ihrer Familie standen auf einer kleinen Anhöhe, sodass sie von hier aus einen Blick über das gesamte Lager einschließlich des Turniergevierts hatte. Sie sah, wie einige Knechte die Tribünen bereits mit bunten Fahnen und Bändern schmückten. Auch der eine oder andere Händler war schon auf den Beinen, um seinen Marktstand zu bestücken. Aber die meisten Menschen schliefen noch. Antonia wandte sich zu den Zelten ihrer Familie um. Das größte teilten sich ihre Eltern. Ein weiter Baldachin beschirmte den Eingang, der um diese frühe Stunde noch von einem ledernen Vorhang verschlossen war. Über der Spitze wehte die Fahne mit dem Wappen der Birkenfelder. Drei Birken über einem springenden Hirsch. Zu beiden Seiten des großen Zeltes standen zwei etwas kleinere. Aus dem einen war sie gerade gekommen, das andere teilten sich ihre Brüder mit Karim und Donatus. Dann gab es noch drei weitere Zelte im Hintergrund, die den begleitenden Knappen, Waffenknechten und Sachmets Garde vorbehalten waren. Etwas weiter längs hatten die Hohnsteiner ihr Lager aufgeschlagen, und dort befand sich auch das große Vorratszelt mit den Lebensmitteln für die Kämpfer und den Wein- und Bierfässern.

Plötzlich kläffte Pepito laut und flitzte auf das Vorratszelt zu.

Antonia eilte ihm nach, hatte schon ein scharfes »Aus!« auf den Lippen, hielt dann aber inne. Sie wollte nicht noch mehr Lärm verursachen als ihr ungezogener kleiner Hund.

Pepito war unter der ledernen Plane durchgeschlüpft und bellte noch immer. Antonia öffnete den Vorhang und betrat das Zelt. »Pepito! Sofort kommst du her!«

Plötzlich fühlte sie sich von hinten gepackt. Eine Hand legte sich hart über ihren Mund, die andere schloss sich grob um ihren Leib.

»Oha, wen haben wir denn da?«

Antonia erstarrte. Meinolf von Brack! Was trieb er bei den Vorräten ihrer Familie? Und wie konnte er es wagen, sie einfach anzugreifen?

Sie wand sich in seinem Griff, doch er hielt sie unbarmherzig fest.

»Welch unverhofftes Geschenk«, flüsterte er ihr ins Ohr. »Wir werden jetzt ein wenig Spaß miteinander haben, nicht wahr?« Die Hand, die ihren Leib umfasst hatte, wanderte zu ihrem Busen.

Antonia wollte die Hand packen und fortreißen, doch sofort stieß er sie zu Boden, stürzte sich erneut auf sie und versuchte, ihr die Kleider vom Leib zu reißen.

»Du Schwein!«, brüllte Antonia und rief um Hilfe. Meinolf lachte nur und presste ihr wieder eine Hand auf den Mund. Plötzlich aber schrie er selbst auf und ließ von Antonia ab.

»Verdammtes Mistvieh!«, keuchte er. Pepito hatte sich in seiner Wade verbissen. Während Meinolf sich des Hunds erwehrte, wand Antonia sich aus seiner Reichweite, sprang auf und schrie um Hilfe. Schritte vor dem Zelt. Alexander stürzte herein. Meinolf versetzte Pepito einen so heftigen Tritt, dass der Hund jaulend in die Ecke flog, und versuchte, aus dem Zelt zu fliehen. Alexander stellte sich ihm in den Weg. Antonia sah nach ihrem Hund, doch zum Glück schien der kleine Bologneser unverletzt.

»Was hast du hier zu suchen?«, rief Alexander. Statt einer Antwort holte Meinolf zu einem Faustschlag aus. Alexander duckte sich, doch Meinolf setzte nicht nach, sondern nutzte die entstandene Lücke, um an seinem Gegner vorbei aus dem Zelt zu stürzen. Antonia sah, dass er leicht hinkte. Obwohl Pepito so klein war, schien er kräftig zubeißen zu können.

»Geht es dir gut?«, fragte Alexander mit Blick auf Antonias verrutschte Kleidung.

Sie nickte. »Pepito hat mir geholfen. Hast du gesehen, wie Meinolf hinkte?« Trotz des gerade überstandenen Schreckens musste sie bei dem Gedanken daran lächeln. Alexander hingegen blieb ernst.

»Weißt du, was er hier wollte?«

Er hatte die Frage kaum gestellt, da stürzte Rudolf ins Zelt, dichtauf gefolgt von Karim. »Wer hat um Hilfe gerufen?«

Alexander runzelte die Stirn. »Ihr kommt ein wenig zu spät.«

»Weshalb warst du so schnell zur Stelle?«, fragte Antonia.

»Ich war schon auf den Beinen und habe nach meinem Pferd gesehen. Rudolf und Karim haben noch geschlafen.«

»Nun sag schon – was ist geschehen?« Rudolf blickte zwischen Antonia und Alexander hin und her.

Antonia berichtete in kurzen Sätzen.

»Dieser Mistkerl!«, zischte Rudolf. »Den knöpfe ich mir sofort vor!« Er schickte sich an, das Zelt zu verlassen.

»Halt!«, rief Alexander. »Das bringt nichts. Ich werde ihn im Tjost so nachhaltig aus dem Sattel stoßen, dass er wochenlang nicht mehr aufstehen kann.«

»Warum so lange warten? Er hat versucht, unsere Schwester zu schänden. Das schreit nach sofortiger Vergeltung.«

»Nein«, beschied Alexander. »Antonias Ruf würde darunter unnötig leiden. Wir regeln das im Turnier.«

Rudolf murmelte verärgert etwas vor sich hin, verstummte aber, als Alexander ihm einen strengen Blick zuwarf.

»Das alles erklärt jedoch nicht, was Meinolf in diesem Zelt zu suchen hatte«, warf Karim ein. »Er konnte nicht wissen, dass Antonia so früh auf den Beinen ist und dann ausgerechnet hierherkommt. Ursprünglich muss er etwas anderes im Schilde geführt haben. Dabei hat sie ihn gestört.«

»Aber was?« Alexander hob fragend die Schultern.

»Vielleicht wollte er unsere Vorräte vernichten«, meinte Antonia. »Wenn er das Zelt in Brand gesetzt hätte, wären die Vorräte auf jeden Fall verloren gewesen. Vielleicht wären die Flammen auch übergesprungen. Und dass er sich nicht scheut, gegen die Regeln des Anstands und der Ritterlichkeit zu verstoßen, wissen wir seit dem Angriff auf Alvelingeroth.«

»Und wenn er die Lebensmittel vergiftet hat?«, fragte Karim.

»Vergiftet?« Rudolf runzelte zweifelnd die Stirn. »Wie und womit sollte er diese Menge an Vorräten vergiften? Hatte er irgendetwas dabei? Einen Krug, einen Beutel, was auch immer?«

»Ich habe nichts gesehen«, erwiderte Antonia, und auch Alexander schüttelte den Kopf. Dennoch überprüften sie die Säcke und Körbe sowie die Siegel der Krüge.

»Mir scheint alles in Ordnung zu sein«, erklärte Alexander schließlich. »Keine Ahnung, was der Kerl hier wollte.«

Inzwischen war die Sonne vollends aufgegangen, und das Leben im Lager erwachte. Antonia sah ihre Mutter, die mit Pablo vor dem Zelt spazieren ging.

»Nanu, ihr seid schon so früh auf den Beinen?«, begrüßte Lena ihre Kinder.

»Daran ist Meinolf schuld!«, stieß Rudolf hervor. Alexander verpasste ihm einen Rippenstoß, doch Rudolf ließ sich nicht davon abbringen, Lena von Meinolfs Übergriff zu berichten. Antonia sah, wie sich die Augen ihrer Mutter verengten und ihr Mund zu einem Strich wurde.

»Dafür wird er bezahlen!«

»Das werde ich morgen im Tjost erledigen«, versprach Alexander.

»Das genügt nicht.« Ein gefährliches Funkeln glomm in Lenas Augen auf. Zu gern hätte Antonia die Seelenflamme ihrer Mutter gesehen, doch wie jedes Mal sah sie nur den Spiegel ihrer eigenen Flamme.

»Rudolf, erweist du mir eine kleine Gefälligkeit?«, fragte Lena schließlich.

»Gern, Mutter.«

»Komm, ich erkläre dir alles.«

»Und was ist mit uns?«, rief Alexander den beiden hinterher. Antonia hörte die Verärgerung in seiner Stimme.

»Du wirst ihn im Tjost besiegen. Das genügt. Den Rest wird seine eigene Phantasie übernehmen«, bekam er zur Antwort, bevor Lena mit Rudolf im Elternzelt verschwand.

»Ich hasse es, wenn sie uns nicht verrät, was sie vorhat«, knurrte Alexander.

»Rudolf wird es uns schon erzählen«, versuchte Antonia ihren Bruder zu beruhigen.

»Warum sagt sie es uns nicht gleich? Warum diese Geheimniskrämerei mit Rudolf? Zumal er noch nicht wieder der Alte ist.«

Antonia nickte. Rudolfs Seelenflamme loderte noch immer heller als die der meisten Menschen. Aber für das Turnier war das von Vorteil. In diesem Zustand war Rudolf jedem Gegner überlegen. Vermutlich legte ihre Mutter ihm deshalb keine Zügel an.

Was auch immer Lena Rudolf aufgetragen hatte, er behielt es für sich. Alexander nahm ihm die Geheimniskrämerei übel, aber Rudolf lachte darüber nur. »Ihr erfahrt es morgen früh«, antwortete er geheimnisvoll und machte sich daran, seine Waffen und sein Pferd für den ersten Turniertag vorzubereiten. Dieser erste Tag war den Geschicklichkeitsproben vorbehalten. Die Ritter zeigten ihr Können und die Beherrschung ihrer Pferde, indem sie kleine Ringe mit der Lanze pflückten, wie Sachmet es versucht hatte, aber auch gegen Schwingpuppen ritten oder Blütenkränze für die Damen errangen. Die echten Kämpfe begannen erst am zweiten Tag.

Während Antonia eines ihrer schönsten Kleider anlegte, einen königsblauen Surcot mit üppiger Silberstickerei, und ihr langes schwarzes Haar mit einem silbernen Reif bändigte, musste sie immer wieder an Stephan denken. Unschlüssig wand sie das blaue Band, das aus dem gleichen Stoff wie ihr Kleid gefertigt war, um ihr rechtes Handgelenk. Wie gern hätte sie Stephan in strahlender Rüstung aufs Turniergeviert galoppieren sehen und ihm dieses Band zu Beginn des Turniers um die Lanzenspitze geschlungen. Aber er war nicht gekommen, und vermutlich erwartete nun Christian dieses Zeichen ihrer Gunst. Sie hatte während des ganzen Vormittags gegrübelt, wie sie diese Geste umgehen konnte, ohne Christian zu kränken. Sie hatte sogar überlegt, ob sie ihn nicht vor dem Turnier aufsuchen und bitten sollte, ihr nicht die Lanze entgegenzuhalten. Doch so viel Mut brachte sie nicht auf.

»Denkst du an deinen Liebsten?«

Antonia fuhr herum. Meret stand hinter ihr. Aus den Augen der Elfjährigen leuchtete der Schalk, aber das sah nur, wer sie kannte. Für Fremde war sie ein reizendes Mädchen mit langem goldenem Haar, dessen Flut sich wie Sonnenstrahlen über ihre hellgrüne Suckenie ergoss. Einige Jahre später, und kein Mann würde seinen Blick von Meret abwenden können, ohne vor Sehnsucht zu vergehen. Antonia bemerkte das hellgrüne Band, das Meret trug.

»Und wer ist dein Liebster?«

»Ach, das … das ist nichts!« Hastig ließ ihre kleine Schwester das Band verschwinden. »Schade, dass Stephan noch nicht da ist, nicht wahr?«, sagte sie dann.

»Ja.« Antonia nickte. »Allmählich mache ich mir Sorgen. Er müsste längst wieder zurück sein.« Ihr Blick schweifte über das Turnierfeld. Die ersten Zuschauer hatten sich eingefunden, vor allem die Stehplätze für das gemeine Volk waren bereits überfüllt. Jeder wollte einen guten Blick auf die Kämpfer erhaschen. Die Tribüne für den Adel war noch recht leer. Auf einer der Bänke erkannte Antonia Richards Frau Fronika mit ihren drei kleinen Töchtern. Neben ihr saß eine junge Frau, die Antonia unbekannt war. Vermutlich eine Verwandte oder die Verlobte von Stephans zweitältestem Bruder Michael. Nun, das würde sie noch erfahren. Von den Regensteinern war niemand zu sehen, und auch ihre Mutter und Sachmet fehlten noch, ebenso wie der Herzog von Halberstadt. Der würde dem Turnier zur Beendigung der Fehde unter seinen Vasallen selbstverständlich beiwohnen. Dafür sah Antonia, wie sich Graf Johann von Hohnstein mit seiner Gemahlin Mechthild und ihren beiden Töchtern Maria Amalia und Julia der Tribüne näherte. Maria Amalia führte ihren dreijährigen Sohn an der Hand. Antonias Blick wanderte zurück zu Johann. Er war so alt wie ihr Vater, aber die Jahre waren nicht so gnädig mit ihm verfahren. Sein Haar war vollständig ergraut, und er neigte zur Fettleibigkeit, seit er bei einem Reitunfall vor drei Jahren einen folgenschweren Beinbruch erlitten hatte, der ihn an den Stock zwang. Dennoch schien er sich in seiner Rolle als Großvater ebenso wohlzufühlen wie zu jenen Zeiten, da er selbst noch Turniere bestritten hatte.

»Wartet auf uns!« Das war Sachmets Stimme. Antonia wandte sich um, und für einen Augenblick stockte ihr fast der Atem. Jeder wusste, dass Sachmet eine schöne Frau war. Aber so wie heute hatte sie sie noch nie zuvor gesehen. Die junge Ägypterin trug ein orientalisches Prunkgewand aus roter Seide, das ihren Körper umschmeichelte und seine Rundungen betonte, ohne unschicklich zu wirken. In ihrem Haar steckte ein goldenes Diadem, an dem von hinten ein hauchzarter roter Schleier befestigt war, der über ihr Haar fiel und seine Fülle dabei eher hervorhob als verdeckte. Dazu trug sie einen Gürtel, der mit zahlreichen Edelsteinen besetzt war und das Sonnenlicht in allen Regenbogenfarben zurückwarf. Die Augen waren dunkel umrandet, die Lippen voll und rot. Um ihren Hals hing eine kostbare goldene Kette aus unzähligen filigranen Gliedern, die ganz eigene Muster darstellten. Um die Handgelenke hatte sie zahlreiche goldene Armreife gewunden, die bei jeder Bewegung klirrten. Wo immer sie vorüberging, hielten die Menschen inne und sahen ihr nach.

Sachmet war nicht allein, Antonias Mutter, Karim und Donatus begleiteten sie. Karim hatte sich von Donatus wieder abendländische Kleidung ausgeliehen, die ihm ausgezeichnet stand. Donatus schien von seiner Verwundung fast gänzlich genesen, auch wenn seinem rechten Arm weiterhin die Kraft fehlte.

»Sachmet, du bist eine ägyptische Göttin!«, entfuhr es Antonia.

»Ich weiß«, erwiderte Sachmet mit einem Augenzwinkern.

Dann wandte Antonia sich Karim zu. »Warum kämpfst du nicht mit?«

»Das Lanzenstechen liegt mir nicht, und mit Säbeln wird hier nicht gefochten. Da sehe ich doch lieber von der Tribüne aus zu.«

»*Ich* hätte mich gern an diesem Spiel beteiligt.« Sachmet zog eine verärgerte Grimasse.

»Und dafür die Männer um diesen Anblick betrogen?« Donatus blitzte sie keck an, und der unwillige Zug in Sachmets Gesicht wich einem Lächeln.

Prüfend betrachtete Antonia ihre Mutter. Sie wirkte verändert, und die Last der Jahre schien von ihr abgefallen zu sein. Gewöhnlich verbarg sie ihr Haar unter einer Haube, wie es sich für verheiratete Frauen geziemte. An diesem Tag jedoch trug sie einen durchsichtigen hellgrünen Schleier, unter dem die Fülle ihres kunstvoll geflochtenen Haars zu erkennen war. Ihr Kleid war aus hellgrüner Seide gefertigt und mit dunkelblauen Borten verziert. Nie zuvor hatte Antonia ihre Mutter so gesehen – sie hatte die ernste Würde der Gräfin abgeworfen und zeigte etwas von der Verspieltheit einer verliebten Jungfer.

Lena bemerkte den Blick ihrer Tochter.

»Stört dich etwas an meiner Aufmachung?«, fragte sie mit einem Augenzwinkern.

»Nein, ganz im Gegenteil. Es ist nur so … ungewohnt.«

»Ich habe ein ähnliches Kleid bei Philips allererstem Turnier getragen. Und auch einen ähnlichen Schleier.« Vorsichtig strich sie mit der Hand über den Schleier. »Dies ist das letzte Turnier, das dein Vater in seinem Leben bestreitet. Ich hielt es für angemessen, gleichsam eine Brücke zum Anfang zu schlagen.«

Antonia bemerkte den verträumten Blick in den Augen der Mutter, der ihr etwas Unschuldiges, Mädchenhaftes verlieh.

»Es war das Turnier anlässlich von Mechthilds und Johanns Verlobung. Und ich sehnte mich so sehr danach, dass Philip mir endlich die Frage aller Fragen stellte. Drei Tage lang. Sobald ich glaubte, nun würde er mich endlich fragen, wich er mir wieder aus.«

»Aber er hat dich gefragt«, führte Antonia die Geschichte fort, die sie schon so oft gehört hatte. »Am Ende des Turniers, als er von dir den Siegeskranz erhielt.«

»Ja, das hat er.«

Stieg ihrer Mutter daraufhin wirklich eine sanfte Röte in die Wangen? Es musste wundervoll sein, so lange verheiratet zu sein wie ihre Eltern und sich den Zauber der ersten Liebe bewahrt zu haben. Bei dem Gedanken daran seufzte Antonia tief auf. Ihre Liebe war noch nicht zurückgekehrt. Was mochte Stephan widerfahren sein?

Während alle gemeinsam zur Tribüne schlenderten, gab sie Karim ein verstohlenes Zeichen. Gemeinsam blieben sie einige Schritte zurück.

»Hast du etwas von Stephan gehört?«, flüsterte sie.

»Nein, gar nichts.« Seine ernste Stimme verriet tiefe Besorgnis.

»Glaubst du, ihm ist etwas geschehen?«

»Er ist ein Mann, der sich aus allen Schwierigkeiten zu befreien weiß. Wir müssen Vertrauen haben.«

Antonia nickte. »Du kennst ihn besser als ich.«

»Nein«, widersprach er. »Du kennst ihn besser, denn du hast immer an ihn geglaubt. Ich habe ihn anfangs vollkommen falsch eingeschätzt.«

»Dafür kennst du ihn nun sehr gut.«

Karim nickte. »Und deshalb weiß ich, dass er sich aus jeder Falle befreien wird. So wie es der Fuchs in euren Geschichten stets tut. Er wird kommen, da bin ich mir ganz sicher. Die Frage ist nur – wann.«

Kurz nachdem Antonia und ihre Angehörigen ihre Plätze auf der Tribüne neben den Hohnsteinern eingenommen hatten, trafen die Regensteiner ein. Antonia konnte sich nicht erinnern, Ulfs Weib jemals bei einem Turnier gesehen zu haben. Heute jedoch war Irmela in Begleitung von Sibylla und Alheidis erschienen. Als die Frauen Antonias Mutter bemerkten, kamen sie sogleich auf sie zu, um sie zu begrüßen. Ulf zog eine verbitterte Miene. Antonia lächelte still in sich hinein. Diese Fehde würde den Ruhm der Regensteiner nicht mehren. Ganz im Gegenteil.

Endlich erschien auch der Herzog von Halberstadt in Begleitung seiner Gemahlin. Die Menge jubelte. Herzog Leopold war sehr beliebt beim Volk. Er schenkte Antonia und ihrer Mutter ein kurzes Lächeln, dann wandte er sich an Ulf von Regenstein.

»Ich bin froh, dass Ihr Euch für eine ehrenvolle Lösung dieser unnötigen Fehde entschieden habt, Herr Ulf.«

»Wie wir die Birkenfelder in den Staub treten, ist uns einerlei«, entgegnete Ulf gelassen.

»Auf dem Turnierfeld habt Ihr darin ja auch schon reichlich Erfahrung«, warf Graf Johann ein. »Was die Bekanntschaft mit dem Staub angeht, meine ich.«

Antonia und Meret kicherten.

»Wenn ich mich recht erinnere, habe ich Euch bislang noch jedes Mal aus dem Sattel gehoben, Herr Johann.« Ulf blitzte den Hohnsteiner böse an.

»Ich gebe zu, Ihr habt früher eine sehr gefährliche Lanze geführt. Aber was nutzt Euch das heute?«

»Meine Söhne und Vasallen werden die Ehre Regensteins verteidigen.« Dann wandte Ulf sich Antonias Mutter zu. »Ihr müsst wahrlich sehr verzweifelt sein. Ich hörte, Euer Gatte will trotz seines Alters noch einmal zur Lanze greifen? Passt nur auf, dass Ihr am Ende nicht gar Witwe werdet!«

»Macht Euch keine Sorgen um mein Wohl! Mein Gatte nimmt es noch immer mit jedem Regensteiner auf. Ihr müsst nämlich wissen, dass wir in Ägypten den Quell der ewigen Jugend gefunden haben. Einen geheimnisvollen Brunnen in einer fernen Oase, der denen, die daraus trinken, ein Leben voller Kraft und Glück verheißt.«

»Ich dachte, der große Märchenerzähler sei Euer Gatte«, schnaubte Ulf.

»Woher wollt Ihr wissen, ob es ein Märchen ist?« Lena lächelte Ulf vieldeutig an. Doch bevor er etwas erwidern konnte, ertönten die Fanfaren, und ein Herold kündigte den Beginn des Turniers an.

Antonia hörte kaum zu. Ihr Blick schweifte über die Ebene hinter dem Turnierfeld. Stephan war noch immer nicht erschienen. Nun gut, am ersten Tag hatte das noch keine nachteiligen Folgen. Ganz bestimmt käme er am nächsten Tag zum Tjost. Er musste einfach kommen. Ihr Glück hing davon ab.

Sie achtete erst wieder auf das Turniergeviert, als die Kämpen auf das Feld galoppierten. Ihr Vater war als ranghöchster Teilnehmer der Erste. Während er auf seinem Rappen in voller Bewaffnung über das Turnierfeld galoppierte, wurde jedem klar, dass dieser Mann noch immer ein ernst zu nehmender Gegner war. Er bot einen würdevollen Anblick in seinem dunkelblauen Waffenrock mit dem Birkenfelder Wappen, unter dem das Kettenhemd hervorblitzte, und dem silberglänzenden Helm, von dem ein dunkelblauer Rosshaarschweif wehte. Antonia bemerkte das versonnene Lächeln ihrer Mutter, als der Vater auf die Tribüne zuhielt und vor seiner Frau die Lanze senkte. Beinahe andächtig schlang Lena das Band mit ihren Farben um die Spitze der Stangenwaffe und schien ihre ganze Liebe in diese Geste zu legen.

Neben sich hörte Antonia Sachmet seufzen. »Ist das nicht schön?«, flüsterte die junge Ägypterin.

»Ja«, flüsterte Antonia zurück. »Um ihre Liebe waren meine Eltern schon immer zu beneiden.«

Als Nächster galoppierte Rudolf auf seinem Kohlfuchs in das Turniergeviert. Er war genauso wie sein Vater gekleidet, allerdings prangte der Rosshaarschweif an seinem Helm in dunklem Rot.

Zielsicher hielt er auf die Tribüne zu, verhielt sein Pferd unmittelbar vor den Plätzen der Regensteiner und senkte seine Lanze vor Sibylla. Ein verhaltener Aufschrei des Erstaunens erhob sich unter den Zuschauern, als Sibylla mit strahlendem Lächeln aufstand und ihr rotes Band um Rudolfs Lanze knotete.

»Sibylla, was fällt dir ein?« Ulf sprang erbost auf. »Das ist der Feind!«

»Ihr irrt Euch, Herr Ulf!«, rief Rudolf, der die Worte gehört hatte. »Wir Birkenfelder sind niemals die Feinde edler Damen, sondern nur ihre Bewunderer. Und es gibt keine Dame hier, die mein Herz so sehr bezaubert wie Fräulein Sibylla.«

Unter dem Helm konnte Antonia Rudolfs Gesicht nicht erkennen, aber sie war sicher, dass das Feuer in seinen Augen noch immer loderte.

»Das ist eine Frechheit!«, schrie Ulf.

»Mag sein, aber immerhin eine galante«, beschied Irmela. »Und nun setz dich wieder, bevor dich der Schlag trifft!«

»Ich fürchte, der spürt gerade das machtvolle Pantöffelchen seiner Gattin«, raunte Sachmet Antonia zu.

Kurz darauf erschien Alexander auf seinem Braunen. Er war wie sein Vater und Bruder gekleidet, nur leuchtete der Rosshaarschweif an seinem Helm in hellem Grün. Alexander sorgte für keinerlei Aufregung, sondern hielt seine Lanze artig Johanns Tochter Julia entgegen.

Nach ihm kam Ritter Bertram, der die Lanze vor seiner Gemahlin Gertrudis senkte. Auch zwischen Getrudis und Bertram war die Zuneigung sichtbar, aber der Begegnung fehlte der Zauber, der zwischen Antonias Eltern spürbar gewesen war.

Dann war Christian an der Reihe. Antonia holte tief Luft. Der junge Hohnsteiner bot einen prächtigen Anblick auf seinem Schimmel. Unter dem roten Waffenrock mit dem Greifen auf der Brust trug er eine silberne Rüstung. Wie sie es befürchtet hatte, hielt er geradewegs auf sie zu. Ihre Hände verkrampften sich. Sie wollte ihm ihre Farben nicht geben – die gebührten einem anderen! Doch kaum hatte er ihr die Lanze dargeboten, sprang Meret auf und wand ihm ihr Band um den Schaft. Antonia atmete erleichtert auf, Christian hingegen stutzte. Erst als Antonia ihm entschuldigend zulächelte, nickte er verständnisvoll. »Für die edle Meret!«, rief er und galoppierte an die Seite seines Onkels, der bereits in der Mitte des Turnierfelds neben Antonias Vater und Brüdern wartete.

»Das ist mir gut gelungen, nicht wahr?«, flüsterte Meret. »Nun muss er nur noch für mich gewinnen.«

»Du bist unmöglich!« Antonia schüttelte den Kopf. »Aber danke – das war großartig.«

Meret lächelte stolz.

Es dauerte eine Weile, bis sämtliche Teilnehmer auf das Turnierfeld geritten waren. Eberhard ließ sich die Farben von Alheidis geben, während Meinolf seine Lanze vor keiner Dame senkte, sondern sie siegreich in die Luft stieß.

»Das passt zu ihm«, bemerkte Sachmet beiläufig. »Vermutlich hätte sich auch keine edle Dame bereitgefunden, ihn mit ihren Farben zu schmücken.«

Die ersten Vorführungen wirkten noch wie Spielerei. So galt es, Blütenkränze mit der Lanze zu erringen und sie der Dame des Herzens darzubringen. Bemerkenswert war allenfalls Meinolfs Verhalten, der den gewonnenen Kranz mit einer lässigen Bewegung unter das gemeine Volk warf, wo sich gleich mehrere Mägde und Dirnen darum balgten.

»Er weiß sich einfach nicht zu benehmen«, sagte Sachmet kopfschüttelnd und tätschelte Nebet, die sich zu ihren Füßen niedergelassen hatte.

Insgesamt bot sich ein recht ausgeglichenes Bild. Beim Ringreiten gab es fünf Teilnehmer, die alle zwölf Ringe erbeuteten. Antonias Vater und ihre Brüder, Richard von Cattenstedt sowie Meinolf von Brack. Eberhard, Bertram und Christian brachten es ebenso wie mehrere Regensteiner Vasallen auf elf Ringe. Michael von Cattenstedt hatte kein Glück und traf nur siebenmal. Der Ärger darüber war ihm deutlich anzumerken, vor allem als Meinolf ihn dafür in aller Öffentlichkeit verspottete.

Doch bevor Michael etwas entgegnen konnte, hatte Rudolf sein Pferd zwischen die beiden Ritter gelenkt.

»Seid Ihr nur mit dem Mund so groß oder auch mit beiden Händen?«, fragte er den Regensteiner Bastard mit lauter Stimme.

»Was soll das heißen?«

»Nun, mit einer Lanze zwölf Ringe zu erbeuten ist doch keine Kunst für Männer wie uns. Aber wie wäre es, mit zwei Lanzen zugleich vierundzwanzig Ringe zu treffen?«

Antonia sah, wie ihre Mutter den Kopf schüttelte. »Das Feuer brennt diesmal länger, als ich befürchtet hatte«, murmelte sie.

»Umso besser«, erwiderte Antonia. »Dann wird er siegreich sein.«

»Oder er überschätzt sich maßlos.« Lena seufzte.

Dem Publikum indes gefiel Rudolfs Vorschlag, und so machten sich die Knechte an den Umbau der Turnierbahn. Vierundzwanzig Ringe, jeweils zwölf an jeder Seite.

»Dann fangt an!«, forderte Meinolf von Brack Rudolf auf. »Ich bin gespannt, ob Eurem lauten Mundwerk nun auch Taten folgen.«

Rudolf lachte und ließ sich zwei Lanzen geben. Dann trieb er seinen Fuchs an.

Antonia hatte keine Ahnung, ob ihr Bruder ein solches Kunststück jemals zuvor versucht hatte oder ob es einer Eingebung aus dem Augenblick heraus entsprungen war. Aber er machte keine schlechte Figur. Auf der rechten Seite erbeutete er alle zwölf Ringe, links immerhin sieben. Die Zuschauer spendeten Beifall. Zum Ärger ihres Großvaters klatschte Sibylla am ausdauerndsten in die Hände.

»Nun zeigt, was Ihr könnt, Herr Meinolf!« Rudolf warf ihm die zweite Lanze zu. Meinolf fing sie auf. Antonia hätte gern sein Gesicht gesehen, doch das war unter dem Helm verborgen.

Dann galoppierte er an, ebenso schnell wie Rudolf. Allerdings brachte ihn das ungewohnte Gewicht der zweiten Lanze aus dem Gleichgewicht, denn er verfehlte die ersten drei Ringe links und den zweiten rechts. Am Ende hatte er immerhin neun Ringe auf der rechten Seite und fünf auf der linken erbeutet.

»Gar nicht so einfach, nicht wahr?« Rudolf lachte.

»Wie ich Euch kenne, habt Ihr es zuvor geübt, während es bei mir das erste Mal war.«

»Ein guter Kämpfer muss stets in der Lage sein, sich neuen Herausforderungen zu stellen«, entgegnete Rudolf. »Und wer der Bessere ist, klären wir morgen im Tjost.«

»Ihr fordert mich heraus?«

»Selbstverständlich.«

»Nun gut. Dann werde ich erst Euch und anschließend Euren Ziehbruder aus dem Sattel stoßen.« Meinolf galoppierte auf Alexander zu und berührte dessen Schild zum Zeichen der Herausforderung mit der Lanze. Dann wandte er sich an Philip. »Eigentlich sollte ich auch Euch herausfordern, aber an alten Männern vergreife ich mich nicht.«

»Wie rücksichtsvoll«, erwiderte Antonias Vater. »Dann fordere ich Euch eben, falls noch etwas von Euch übrig ist, sobald Alexander und Rudolf mit Euch fertig sind.« Und schon hatte Philip Meinolfs Schild mit der Lanze berührt. Dann lenkte er sein Pferd zu Eberhard.

»Wir beide haben auch noch etwas zu klären«, sagte er und stieß mit seiner Lanze leicht gegen Eberhards Schild.

»Übernehmt Ihr Euch da nicht, Herr Philip?«

»Keine Sorge! Ich habe Euch bislang noch jedes Mal aus dem Sattel geworfen.«

Antonia hörte, wie ihre Mutter seufzte. Besorgt legte sie ihr eine Hand auf den Arm. »Ist alles in Ordnung, Mutter?«

»Ich fürchte, Rudolfs Feuer ist ansteckend. Ich wünschte, Philip hätte nicht beide herausgefordert.«

»Vater wird gewinnen.«

»Gegen Eberhard ganz sicher. Aber Meinolf ist bald zwanzig Jahre jünger, und er führt von allen Regensteinern die gefährlichste Lanze. Das war beim zweiten Ringreiten klar zu erkennen. Er schlug sich besser, als ich erwartet hätte.« Lena atmete tief durch. »Wie auch immer, es gibt verschiedene Arten, einen Feind zu verunsichern. Und dafür wird Rudolf ganz bestimmt sorgen.«

Antonia erinnerte sich an das Gespräch vom Morgen. »Was hast du Rudolf aufgetragen?«

»Ich habe dem guten Herrn Meinolf auf Burg Regenstein eine Geschichte über silberne Löffel und herausgeschälte Augäpfel erzählt. Die hat ihn sehr beeindruckt, auch wenn er es nicht zugeben wollte.«

»Ich verstehe nicht ganz …«

Lena lächelte. »Vertrau mir einfach!«

54. Kapitel

Ist es gestattet, der Dame meines Herzens die Aufwartung zu machen?«

»Rudolf! Was tust du hier?« Erschrocken fuhr Sibylla herum.

»Ich wollte dich sehen.« Er trat zwischen den Zelten der Regensteiner aus der Dunkelheit hervor. »Der Tag mag den Kämpfen gehören, aber der Abend gehört der Liebe.« Er ging noch einen Schritt weiter auf sie zu und nahm sie behutsam in die Arme. Sibylla ließ es sich willig gefallen.

»Mein Großvater ist wütend auf mich, weil ich dir meine Farben gab.«

»Das will ich hoffen. Und dein Vater?«

»Er hat sich noch nicht geäußert.«

»Nein?« Rudolf hauchte ihr einen Kuss auf die Stirn. »Vielleicht begreift er endlich, dass er keinen besseren Schwiegersohn als mich bekommt.«

»Was deine Künste im Turnier angeht, auf jeden Fall.«

Vom Marktplatz her leuchteten einige Feuer in den Himmel. Musik und lautes Gelächter waren zu hören.

»Wollen wir uns das Spektakel ansehen?« Rudolf wies in Richtung des Marktes.

»Mein Vater wird es nicht erlauben.«

»Er braucht es nicht zu erfahren. Kommt Ihr mit mir, edles Fräulein?« Er hielt ihr auffordernd die Hand hin. Ohne zu zögern ergriff sie seine Rechte.

»Gern, Herr Ritter.«

Während sie das Lager der Regensteiner unbemerkt verließen, dachte Rudolf kurz an den Auftrag, den seine Mutter ihm erteilt hatte. Vermutlich würde sich der rechte Zeitpunkt ergeben, sobald er Sibylla zurückgebracht hätte. Aber erst einmal wollte er nicht an Meinolf denken, sondern das Leben genießen. Wollte sich mit seiner Liebsten unter die Menge mischen, den Liedern der Spielleute lauschen und sich dem Tanzreigen anschließen.

Wer sich um diese Stunde unter das bunte Volk mischte, achtete nicht mehr auf Stand und Rangunterschiede. Hier galt das Vergnügen, weshalb man edle Damen allenfalls in Begleitung der Ritter traf, die tagsüber in ihren Farben kämpften. Der Abend gehörte den Leichtfertigen aus dem gemeinen Volk und den Dirnen. Damit die Ordnung dennoch aufrechterhalten blieb, waren mehrere Waffenknechte des Herzogs von Halberstadt im Gedränge unterwegs, um notfalls sofort einschreiten zu können. Aber an diesem Abend herrschte eine friedliche Stimmung. Der Zorn schien auf dem Turnierfeld geblieben zu sein.

»Oh, sieh nur! Dort vorn tanzen sie eine Schiarazula.« Sibylla deutete in die Richtung, aus der die Musik kam.

»Sollen wir uns anschließen?«

»Ja.« Sibyllas Augen glänzten. »Ich mag diesen Wettkampf zwischen Musikern und Tänzern, wenn die Musik immer schneller wird und nur die Besten mithalten können.«

»Was dann zweifelsohne wir beide sein werden.«

»Ist das wieder dein Feuer?« Sie blinzelte ihm neckisch zu.

»Es glimmt noch«, gestand er. »Aber nicht mehr so schlimm, dass ich in halsbrecherischer Höhe aus einem Fenster steige.«

»Ich habe mir damals große Sorgen um dich gemacht.«

»Ich weiß.« Er seufzte leise. »Aber ich kann dann nicht anders. Ein Gedanke schießt mir wie ein Pfeil in den Kopf, ich halte mich für unbesiegbar und handle, ohne nachzudenken. Das ist mein Fluch.«

Sie erreichten die Tanzfläche und warteten, bis der erste Tanz vorüber war. Die Musiker hatten den Wettkampf gegen die Tänzer für sich entschieden.

»Wollt Ihr noch mehr?«, rief einer der Barden. Ein vielstimmiges »Ja!«, lautete die Antwort aus zahlreichen Kehlen.

Weitere Paare schlossen sich dem Kreis an, und auch Rudolf und Sibylla reihten sich ein. Im Schein des Feuers erschien Sibylla ihm wie ein reiner Engel. Er wusste, er würde alles für sie wagen, um sie so bald wie möglich als sein Weib heimführen zu dürfen. Die Musik begann ganz langsam. Noch war es einfach, die beiden Schritte nach rechts und links zu tun, sich dann der Partnerin zuzuwenden und zweimal in die Hände zu klatschen. Aber die Musik wurde immer schneller. Rudolf und Sibylla hielten den Takt. Auch die anderen Tänzer im Kreis, überwiegend junge Leute aus den umliegenden Dörfern, blieben der Schrittfolge treu. Rudolf hörte Sibyllas Lachen, ihren heftigen Atem, als der Rhythmus sich steigerte. Erstaunlich, dass noch keine Lautensaite gerissen war und dem Sackpfeifer die Luft nicht ausging! Da, ein falscher Ton, und sofort brachen die Tänzer in Gelächter aus.

»Wir haben gewonnen!«, rief Sibylla und fiel Rudolf begeistert um den Hals, als wäre sie ein einfaches Dorfmädchen, das sich mit dem Liebsten traf. »Das war wundervoll«, flüsterte sie, während sie sich von ihm in den Armen halten ließ.

»So wundervoll wie du«, flüsterte er zurück. Dann zog er sie aus dem Licht hinter einen der Marktstände und küsste sie.

»Wenn das Turnier vorüber ist, werde ich deinen Vater um deine Hand bitten.«

»Und wenn er Nein sagt?«

»Dann drohe ich ihm, mit dir durchzubrennen. Notfalls bis ans Ende der Welt. Ich habe schließlich Verwandte in Ägypten.« Er zwinkerte ihr zu.

»Ich folge dir überallhin. Auch ans Ende der Welt.« Sie küsste ihn wieder.

»Oho, Rudolf, verbrüderst du dich mit dem Feind?«

Rudolf ließ Sibylla los und fuhr herum. »Alexander, musst du dich so anschleichen?«

»Ich bin nicht geschlichen.« Er lächelte. »Meine Verehrung, Fräulein Sibylla.« Er deutete eine leichte Verbeugung an.

Rudolf sah, wie Sibylla errötete.

»Nun, da du deine Artigkeiten losgeworden bist, könntest du uns wieder allein lassen. Oder langweilst du dich, weil du keine passende Begleitung gefunden hast?«

»Ich bin mit Karim und Donatus hier.« Er wies auf eine Trinkbude, an der die beiden sich soeben ein Bier ausschenken ließen.

»Dann lass sie nicht zu lange warten!«

»Schon gut.« Alexander lachte gutmütig. »Ihr beide habt heute alle in Erstaunen versetzt. Wie kann man der Tochter des Fehdegegners die Lanze darbieten, um in ihren Farben zu kämpfen?«

»Ich kämpfe für den Besitz meiner Familie, aber für die Ehre der Frau, die ich liebe. Und ganz gleich, wie das Turnier ausgehen mag, mit seinem Ende ist auch diese Fehde vorüber. Warum soll ich da nicht zu der Frau stehen, die ich zu heiraten gedenke?«

»Auf die Brautwerbung bin ich gespannt. Wer weiß, ob Eberhard dann nicht *uns* die Fehde erklärt?« Er klopfte Rudolf auf die Schulter und ließ das Paar allein.

Die Musik spielte wieder auf.

»Sollen wir noch ein Tänzchen wagen?«, fragte Rudolf.

»Nur eins?« Sibyllas Augen blitzten.

»Nun gut, dann machen wir weiter, bis die Spielleute erschöpft aufgeben«, schlug er vor, und sie nickte glücklich.

Ein lauter Schrei riss Eberhard aus dem Schlaf. Meinolf! Sofort sprang er aus dem Bett und eilte ins Zelt seines Halbbruders.

»Was ist?«

Meinolf stand vor seinem Bett, in der Hand einen silbernen Löffel, den er wie ein giftiges Insekt musterte.

»Siehst du das?« Er hielt Eberhard den Löffel entgegen. »Weißt du, was das ist?«

»Sieht aus wie ein Löffel. Hast du deshalb so herumgebrüllt?«

»Ich fand ihn heute Morgen neben meinem Kopfkissen.«

»Ja und? Ist das ein Grund, solchen Lärm zu machen?«

»Das ist ein silberner Löffel!«, wiederholte Meinolf aufgebracht. »Und er lag neben meinem Kopfkissen.«

Allmählich zweifelte Eberhard an Meinolfs Verstand.

»Dann sag den Mägden, sie sollen besser aufräumen, statt dich in aller Frühe so aufzuregen.«

»Du hast keine Ahnung! Das ist eine Drohung von diesem Weib!«

»Wovon in Herrgottsnamen sprichst du?«

»Sieh ihn dir genau an!« Meinolf warf Eberhard den Löffel zu. »Erkennst du das Wappen auf dem Stiel?«

Eberhard sah es – drei Birken über einem springenden Hirsch.

»Das Wappen der Birkenfelder.«

Meinolf nickte. »Ich fand den Löffel neben meinem Kopfkissen. Sie hat ihn dorthin gelegt, während ich schlief. Verdammt, wer hatte Wache? Wie konnte sich dieses Weib in mein Zelt schleichen?«

»Meinolf, es ist doch nur ein Löffel! Verkauf ihn an den Silberschmied, der sein Zelt weiter hinten aufgeschlagen hat! Davon gönnst du dir einen Krug Bier auf Kosten der Birkenfelder.«

»Von dir hätte ich mehr Verstand erwartet«, zischte Meinolf.

»Tatsächlich? Anscheinend hast du deinen gerade verloren. Hoffentlich findest du ihn wieder, bis du gegen die Birkenfelder antrittst.«

Ein böses Lächeln verzog Meinolfs Mundwinkel. »Keine Sorge! Spätestens morgen kann sich keiner von denen mehr aufrecht im Sattel halten. Und ob sie heute beim Tjost noch ihre alte Kraft haben, wage ich zu bezweifeln.«

»Das verstehe ich nicht.« Eberhard warf den Löffel auf Meinolfs Bett.

»Wie so vieles andere, Bruderherz.« Mit spitzen Fingern nahm Meinolf den Löffel und hielt ihn weit von sich, ganz so, als wäre er mit Kot besudelt.

»Hast du schon mit Sibylla gesprochen? Ihr Verhalten gestern war eine Schande.«

»Was geht dich meine Tochter an?«

»Sie hat Rudolf von Birkenfeld ihre Farben gegeben.«

»Und du hast den Kranz der Liebe wahllos billigen Dirnen zugeworfen.«

»Es stört dich nicht, dass sie unsere Familienehre vor aller Augen beleidigt?«

Eberhard schwieg. Genau das hatte er tags zuvor ebenfalls noch gedacht. Und er hatte tatsächlich vorgehabt, Sibylla zur Rede zu stellen, doch dann hatte Alheidis ihn zurückgehalten.

»In zwei Tagen ist diese Fehde ohnehin vorüber«, hatte sie gesagt. »Willst du eine neue beginnen?«

»Und was ist, wenn der Birkenfelder es wagen sollte, um Sibyllas Hand anzuhalten?«, hatte er ihr heftig entgegengehalten. »Du weißt, was das Turnierband bedeutet.«

»Warte doch einfach ab!«, hatte sie ihn beschwichtigt und eine Hand verführerisch unter sein Hemd geschoben.

»Niemals gebe ich meine Tochter einem Birkenfelder«, hatte er beharrt. Alheidis war nicht länger auf sein Grollen eingegangen, sondern hatte ihm einen weiteren Vorgeschmack auf jene Wonnen gegeben, die ihm dauerhaft vergönnt wären, wenn er sie erst zum Weib genommen hätte.

»Also, wirst du deine Tochter zur Ordnung rufen?« Meinolfs Stimme riss Eberhard aus seinen Gedanken.

»Was ich mit meiner Tochter zu regeln habe, sollte dich nicht kümmern.«

»Ich bin ihr Onkel.«

»Du bist nur der Bastard meines Vaters. Was ein echter Regensteiner tut und lässt, geht dich nichts an.« Eberhards Blick streifte den Löffel, den Meinolf noch immer mit spitzen Fingern von sich weghielt. »Und einen Mann, der angesichts eines Löffels Zeter und Mordio schreit, kann ich nicht ernst nehmen.« Damit verließ er Meinolfs Zelt.

55. Kapitel

Der nächste Morgen brach an. Der Tag des Tjosts. Antonia stand beim ersten Sonnenlicht auf. War Stephan endlich zurückgekehrt? Wenn er tatsächlich spät in der Nacht eingetroffen war, hatte er bestimmt sogleich seine Familie aufgesucht. Hastig zog sie sich an und eilte zu den Zelten der Cattenstedter. Fronika war bereits auf den Beinen und wies die Mägde an, Bettzeug und Kleidung auszulüften.

»Guten Morgen!«, rief Antonia ihr schon von Weitem zu.

»Guten Morgen, Fräulein Antonia. Was führt Euch um diese frühe Stunde zu uns?«

»Habt Ihr etwas von Stephan gehört? Er wollte spätestens zum Tjost zurück sein.«

Fronika schüttelte den Kopf. »Bei uns hat er sich jedenfalls noch nicht blicken lassen.«

Eine eisige Faust umklammerte Antonias Herz. Zwei Stunden noch bis zum Tjost. Würde er es schaffen?

Es wurden die längsten beiden Stunden ihres Lebens. Immer wieder lauschte sie auf die Stimmen vor den Zelten, glaubte zweimal sogar, es sei Stephan, doch jedes Mal zerschlug sich ihre Hoffnung. Sie hielt noch nach ihm Ausschau, als sie längst wieder zwischen Meret und Sachmet auf der Tribüne saß.

»Er ist nicht gekommen, oder?«, fragte Sachmet.

»Nein«, erwiderte Antonia mit tonloser Stimme. Ihm musste etwas widerfahren sein, sonst wäre er längst zurückgekehrt. Hatten die Regensteiner ihre Finger im Spiel? War er überhaupt noch am Leben? Kaum hatte sie diesen Gedanken zugelassen, schien der Boden unter ihren Füßen nachzugeben. Nein, das durfte nicht sein! Das konnte nicht sein. Sie wandte sich zu Karim um, der hinter ihr saß. Fing seinen ernsten Blick auf. Das genügte. Sie brauchten kein einziges Wort zu wechseln. Auch Karim ging vom Schlimmsten aus.

Der Tag hatte düster begonnen, doch als der Tjost anfing, wurde es noch schlimmer. Michael von Cattenstedt litt unter heftigen Bauchkrämpfen und konnte sich kaum aufrecht im Sattel halten. Dennoch nahm er seine Herausforderung gegen Eberhard wahr. Mit dem Erfolg, dass er sofort aus dem Sattel gestoßen und mit gebrochenen Rippen vom Platz getragen wurde. Eberhard riss triumphierend die Lanze in die Höhe und ließ sich von seinen Anhängern bejubeln.

Auch Richard von Cattenstedt wirkte angeschlagen, doch er besiegte seine Gegner, wenngleich er im Sattel zu schwanken schien.

»Von den Cattenstedtern hätte ich mir mehr erwartet«, hörte Antonia Ulf von Regenstein zu seiner Gattin sagen. »Sie werden überschätzt.«

Als Nächster kam Rudolf an die Reihe. Sein Gegner war Meinolf von Brack. Antonia warf einen kurzen Blick zu Sibylla hinüber, deren Hände sich im Stoff ihres Kleides verkrallten.

»Rudolf wird Ritter Nackedei schon aus dem Sattel werfen«, flüsterte Sachmet. Antonia nickte und schickte ein kurzes Stoßgebet zum Himmel.

Beim Stoß der Fanfaren galoppierten beide Ritter aufeinander zu. Rudolf aufrecht und stolz, die Lanze sicher in der Hand. Meinolf leicht geduckt und mit auffallend tief gehaltener Lanze.

Beide Ritter trafen. Rudolf fing Meinolfs Lanze mit dem Schild ab, sodass sie splitterte, während er selbst den Helm des Gegners leicht mit der Lanzenspitze berührte. Keine wirkliche Gefahr zu stürzen, aber nach den Regeln des Turniers der Sieg für Rudolf, da er den höheren Treffer gesetzt hatte.

»Schade, dass Nackedei noch im Sattel sitzt!« Sachmet seufzte.

»Immerhin schuldet er Rudolf die Auslösung seiner Rüstung«, erwiderte Antonia und klärte Sachmet über die Regeln auf.

»Wenigstens etwas.« Sachmet streichelte Nebet, die wie schon tags zuvor zu ihren Füßen ruhte und zuließ, dass Antonias Hund ihre Pfoten seinerseits als Kopfkissen benutzte.

Nun trat Bertram von Hohnstein gegen Eberhard an. Antonia hatte das deutliche Gefühl, dass es Bertram nicht gut ging. Er saß leicht gekrümmt im Sattel und schien Schmerzen zu leiden. Der Eindruck verstärkte sich, als er gegen Eberhard angaloppierte. Beide Lanzen trafen, doch Bertram verlor seinen Schild, und Eberhards Lanze traf ihn ein wenig höher, sodass dieser Waffengang abermals an Eberhard ging.

»Ich wusste es doch«, hörte Antonia Ulf sagen. »Eberhard macht sich gut.«

»Besser als Meinolf«, bemerkte Irmela spitz. »Er ist eben ein künftiger Graf.«

Ulf brummte etwas, das Antonia nicht verstand. Sie warf ihrer Mutter einen Blick zu. Deren Augen waren fest auf das Turniergeviert gerichtet, denn nun war Alexander an der Reihe, mit Meinolf die Lanze zu brechen.

Die Fanfaren erklangen. Alexander galoppierte aus dem Stand heraus an. Seine ganze Körperhaltung sprach von seinem Zorn auf Meinolf. Beide Ritter trafen, beide Lanzen splitterten am Schild des Gegners.

»Ich wusste es!« Ulf lachte laut. »Auch Alexander von Birkenfeld wird überschätzt.«

»Immerhin ist Eurem Bastard ebenfalls kein Treffer geglückt«, entfuhr es Antonia. Ulf wandte den Kopf in ihre Richtung.

»Keine Sorge, das wird beim zweiten Waffengang geschehen. Bereitet Euch darauf vor, am Krankenlager Eures Bruders zu wachen, Fräulein Antonia.«

In der Zwischenzeit waren beide Ritter zur Ausgangsstellung zurückgekehrt und ließen sich von ihren Knappen neue Lanzen geben.

Diesmal schien eine Ewigkeit zu vergehen, bevor die Fanfaren den zweiten Waffengang ankündigten.

Dann endlich! Das Trompetensignal erklang, und wieder galoppierten beide Ritter aus dem Stand heraus an. Meinolf hielt seine Lanze so tief wie beim Waffengang gegen Rudolf, doch zu Antonias Erstaunen hielt ihr Bruder die seine noch tiefer. Wie wollte er den Bastard so treffen?

Kurz bevor die beiden einander erreichten, riss Alexander seine Lanze hoch, vorbei an Meinolfs Schild, und traf ihn mit solcher Wucht gegen die Brust, dass Meinolf aus dem Sattel geworfen wurde.

»Wunderbar!« Sachmet sprang auf und applaudierte laut.

»Herr Ulf, ich fürchte, nicht mein Sohn braucht die Pflege, sondern der Eure.« Antonias Mutter bedachte Ulf mit einem überlegenen Lächeln.

Mehrere Männer liefen auf das Kampffeld, um Meinolf aufzuhelfen, doch der fluchte nur laut und rappelte sich aus eigener Kraft wieder auf.

»Schade, einige gebrochene Rippen und eine ausgerenkte Schulter hätte ich ihm gegönnt«, bemerkte Sachmet. »Aber immerhin muss er nun schon zweimal seine Rüstung und sein Pferd auslösen.«

Ulf knurrte etwas Unverständliches.

Als Nächster ritt Antonias Vater in die Bahn, um gegen Eberhard anzutreten. Der Regensteiner war nach zwei gewonnenen Waffengängen voller Selbstbewusstsein, doch das schien Antonias Vater nicht im Geringsten zu beeindrucken. In Helm und Rüstung war Philip sein Alter nicht anzusehen, so stolz und aufrecht saß er im Sattel. Antonia warf ihrer Mutter einen kurzen Blick zu. Sie kannte deren Angewohnheit, immer wieder mit den Händen über den Stoff ihrer Kleidung zu reiben, wenn sie angespannt war. Doch in Lenas Augen war keine Sorge zu erkennen, und ihre Hände ruhten gelassen im Schoß.

Die Fanfare ertönte. Wie schon seine Söhne, so galoppierte auch Philip aus dem Stand heraus an, die Lanze in gerader Linie zum Pferdehals, den Schild locker am Arm. Es kostete ihn keine Schwierigkeit, Eberhards Lanze abzuwehren und ihn seinerseits an der Schulter zu treffen. Eberhard wurde zurückgeschleudert, konnte sich aber im Sattel halten. Der Sieg gehörte Philip von Birkenfeld.

Auch Christian von Hohnstein konnte seine beiden Waffengänge gegen Regensteiner Vasallen für sich entscheiden. Allerdings hatte Antonia den Eindruck, auch Christian leide unter Leibschmerzen. Erst die beiden Cattenstedter, dann Bertram und nun auch noch Christian! Sie dachte zurück an ihre Begegnung mit Meinolf im Vorratszelt. Ein Hinweis auf geöffnete Vorräte war nicht gefunden worden. Aber konnte es ein Zufall sein, dass so viele Ritter aus derselben Mannschaft plötzlich in ihrer Kampfkraft geschwächt wurden?

Es folgten weitere Waffengänge zwischen niederen Vasallen beider Familien. Dann ritt Philip abermals ins Turniergeviert, um sich Meinolf von Brack zu stellen. Antonia war neugierig, ob der Regensteiner Bastard nach seinem Sturz noch in der Lage war, wieder in den Sattel zu steigen.

Tatsächlich, er wagte es! Als er auf seinen Platz ritt, warf Antonia ihrer Mutter erneut einen Blick zu. Lenas Hände verkrallten sich im Stoff ihres Kleides. Fürchtete sie Meinolfs Stärke so sehr, obwohl Alexander und Rudolf ihn beide besiegt hatten? Antonia hingegen zweifelte nicht an der Kraft ihres Vaters.

Die Fanfaren erklangen. Meinolf galoppierte schneller an als Philip, die Lanze diesmal für seine Verhältnisse erstaunlich hoch. Philip wehrte sie mit dem Schild ab, sodass sie splitterte, konnte jedoch seinerseits keinen Treffer landen. Antonia hörte das heftige Atmen ihrer Mutter. Der zweite Waffengang begann. Meinolf hielt seine Lanze sehr tief. Philip zielte auf Meinolfs Schulter, doch bevor er den Treffer setzen konnte, hatte Meinolf seine Lanze hochgerissen. Zwar traf Philip Meinolfs Schulter, doch musste er selbst einen leichten Treffer am Helm einstecken und verlor den Kampf.

»Ha, wusste ich's doch!« Siegesgewiss sprang Ulf auf. »Der Ägypter ist längst nicht mehr so gut, wie alle behaupten!«

»Vor zwanzig Jahren wäre ihm das nicht passiert«, bemerkte Lena. »*Euch* hingegen schon.«

»Er hätte eben wissen müssen, wann es an der Zeit ist, in Würde abzutreten«, erwiderte Ulf mit schadenfrohem Grinsen.

»Das weiß er, da müsst Ihr Euch nicht sorgen, Herr Ulf. Immerhin ist er im Sattel geblieben. Eine Kunst, die Euch regelmäßig versagt geblieben ist, als Ihr noch gegen ihn angetreten seid.«

Am Ende dieses Turniertags war das Verhältnis zwischen Siegen und Niederlagen ausgeglichen. Die Entscheidung über den Turnierausgang würde am folgenden Tag im Buhurt fallen, in dem die acht besten Ritter beider Mannschaften zu Pferd und mit Sandsäcken, die als Schlagwaffen dienten, gegeneinander antreten sollten. Allerdings zeigte sich bereits am frühen Abend, dass auf der Birkenfelder Seite mehrere Männer an heftigen Bauchkrämpfen und Durchfällen erkrankt waren. Richard von Cattenstedt, der am Vormittag noch seine Gegner mühevoll im Tjost bezwungen hatte, krümmte sich vor

Schmerzen. Sein Bruder Michael war aufgrund seiner gebrochenen Knochen ohnehin für längere Zeit aufs Krankenlager gezwungen. Auch ihr Bruder Paul war betroffen, ebenso wie Bertram und Christian. Die einzig gute Nachricht lautete, dass der hinzugezogene Medicus den Kranken versicherte, die Beschwerden klängen in wenigen Tagen von selbst wieder ab. Es handle sich um besonders heftige Magenverstimmungen, die vermutlich durch verdorbene Speisen ausgelöst worden seien.

Antonia und Sachmet waren dabei, als sich die Männer in Philips Zelt trafen.

»Ich bin mir sicher, dass Meinolf dafür verantwortlich ist.« Rudolf schlug sich mit der rechten Faust auf die linke Handfläche. »Ich habe herumgefragt. Alle Erkrankten haben gestern Abend von dem Bier aus dem Vorratszelt getrunken, in dem Antonia Meinolf überraschte.«

»Aber die Krüge und Fässer sahen unversehrt aus«, warf Karim ein.

»Das mag sein«, gab Rudolf zu. »Aber Meinolf könnte durchaus einen Weg gefunden haben, um eine geringe Menge einer giftigen Flüssigkeit oder eines Pulvers hineinzuschütten. Dazu hätte er nicht das ganze Fass öffnen müssen. Ein unauffälliges kleines Loch hätte genügt.«

»Rudolfs Überlegungen leuchten mir ein«, meinte Philip. »Wie steht es mit euch?« Er blickte in die Runde. »Hat jemand von euch von dem Bier getrunken?«

»Ich nicht«, erklärte Rudolf.

»Wir ebenfalls nicht«, erwiderte Alexander mit Blick auf Karim und Donatus. »Gottfried von Arnach und Harald vom Berge hingegen waren gar nicht anwesend. Alle anderen sah ich mit Bierkrügen in den Händen.«

»Also bleiben nur wir drei, Gottfried und Harald übrig«, sagte Philip. »Fünf gegen acht. Da können wir den Buhurt gleich verloren geben.«

»Und wenn Donatus und ich uns melden?«, fragte Karim.

»Ihr seid keine Ritter.«

»Wer weiß das schon? Behaupten wir einfach, wir hätten die Ritterwürde in Ägypten erlangt. Ich habe sogar eine Wappenrolle.« Karim grinste breit.

»Warum nicht? Hier wird mit so schändlichen Mitteln gekämpft, da kommt es auf diese kleine Lüge auch nicht mehr an«, meinte Philip. »Was ist mit deinem Arm, Donatus?«

»Ihm fehlt noch die alte Kraft. Aber um ein bisschen Wirbel zu verursachen, müsste es ausreichen.«

»Habt ihr schon einmal mit Sandsäcken gekämpft?«

»Ja«, erwiderte Donatus. »Mein Vater hat es uns gezeigt. Manchmal haben wir uns auf Karims Reitbahn einen Spaß daraus gemacht.«

»Allerdings nicht besonders oft«, schränkte Karim ein. »Es müsste aber genügen, um die Regensteiner abzulenken. Die Hauptarbeit läge dann bei euch.«

»Das heißt also – bei Alexander und mir.« Rudolf lächelte gequält. »Gottfried und Harald sind nämlich nicht die stärksten Kämpfer im Buhurt. Zu dumm, dass Richard und Michael ausfallen! Das wären die geeigneten Streiter an unserer Seite gewesen.«

»Haben wir eigentlich schon irgendetwas von Stephan gehört?«, fragte Philip.

»Wenn dem so wäre, würde ich mir keine Sorgen machen«, sagte Rudolf. »Der zählt im Buhurt für drei.«

Antonia spürte, wie ihr Herz schwer wurde. Stephan, wo um alles in der Welt steckst du nur?, fragte sie sich im Stillen verzweifelt.

56. Kapitel

Der Tag des Buhurts war angebrochen. In der Nacht zuvor hatte Antonia kaum Schlaf gefunden. Es war nicht nur die Sorge um den Ausgang des Turniers. Vor allem machte sie sich Gedanken um Stephan. Die Ungewissheit war kaum erträglich. Er hatte unbedingt am Tjost teilnehmen wollen, blieb aber nach wie vor verschwunden. Gab es irgendwelche Hinweise, dass ihm etwas widerfahren war? Er hätte alles gewagt, um rechtzeitig zum Tjost zu kommen. War es doch die einzige Möglichkeit, genügend Geld zu erwerben und ihr eine gesicherte Zukunft zu bieten.

Die Nachnominierung von Karim und Donatus hatte zu Protesten auf der Seite der Regensteiner geführt, aber letztlich hatte der Herzog von Halberstadt als Gastgeber des Turniers der Bewerbung zugestimmt. Kurz bevor der Buhurt begann, lenkte Karim sein Pferd noch einmal zur Tribüne und hielt vor Sachmet an.

»Ich habe zwar keine Lanze, würde aber trotzdem gern in deinen Farben kämpfen.« Dabei lächelte er sie herausfordernd an.

»Wenn du meine Farben willst, musst du auch gewinnen.« Sachmet löste den dünnen Schleier von ihrem Haarreif und warf ihn Karim zu.

»Ich gebe mein Bestes«, erwiderte er und wand sich den Schleier um den rechten Oberarm.

»So, so, du und Karim …«, neckte Antonia die Freundin.

»Nur manchmal.« Sachmet zwinkerte Antonia zu. »Dabei hätte ich so gern selbst mitgekämpft. Aber so sind sie, die Männer. Lieber mit einem Mann in der Unterzahl, statt eine Frau teilnehmen zu lassen.«

»Du hast doch gesehen, wie schwierig es schon für Karim und Donatus war, als Teilnehmer nachgemeldet zu werden. Was wäre wohl geschehen, wenn mein Vater dich vorgeschlagen hätte?«

Sachmet seufzte.

Die Fanfaren erklangen, und die Teilnehmer beider Mannschaften ritten auf das Turnierfeld. Philip und seine Söhne bildeten die vorderste Linie, dahinter Gottfried und Harald, gefolgt von Karim und Donatus. Auf Seiten der Regensteiner kämpften natürlich Eberhard und Meinolf sowie der gefürchtete Carl von Bock, ein Hüne von Mann, der alle anderen um Haupteslänge überragte. Außerdem fünf Ritter, die sich während der ersten beiden Turniertage hervorragend geschlagen hatten.

»Frau Helena, welch armseliges Aufgebot führt Euer Gatte denn da ins Feld?«, spottete Ulf. »In einer Stunde gehört die Eisenerzmine uns.«

»Herr Ulf, kennt Ihr die Geschichte von David und Goliath? Aus meiner Sicht seid Ihr eindeutig der König der Philister.«

»Immerhin der König.« Er lachte hämisch.

Der zweite Fanfarenstoß eröffnete den Kampf. Die Regensteiner stürzten sich sofort geschlossen auf Rudolf und Alexander, die sie zweifellos als die stärksten Birkenfelder ausgemacht hatten. Doch damit hatten Philip und seine Söhne gerechnet. Noch bevor die Regensteiner sie erreichten, öffneten sie ihre Linie. Gottfried und Harald stürmten voraus und zogen den ersten Angriff auf sich. Philip hingegen lenkte sein Pferd um die Regensteiner herum, damit er sie von hinten packen konnte. Alexander und Rudolf griffen von der Seite an. Rudolf erwischte einen der Regensteiner in vollem Galopp und schleuderte ihn aus dem Sattel.

»Jetzt ist das Gleichgewicht wiederhergestellt«, meinte

Sachmet und warf Ulf einen spöttischen Blick zu. Kaum hatte sie ausgesprochen, traf Carl von Bock Harald mit solcher Wucht, dass der Birkenfelder Vasall ebenfalls im Staub landete. Karim lenkte sein Pferd sofort in die Lücke und schlug dem Regensteiner seinen Sandsack um die Ohren. Der Hüne lachte nur und versetzte seinem Gegner seinerseits einen so heftigen Schlag, dass dieser im Sattel schwankte. Antonia hörte, wie Sachmet erschrocken aufkeuchte. Karim aber blieb auf dem Pferd und wich weiteren Attacken geschickt aus.

Ritter von Bock schnaufte wie ein wütender Stier und schlug wild um sich. Donatus hatte Pech und geriet in seine Reichweite. Im Gegensatz zu Karim konnte er dem Schlag in die Rippen nichts entgegensetzen und ging zu Boden. Nur mit Mühe konnte er sich beiseiterollen, um den Hufen der Pferde zu entgehen und sich außerhalb des Turniergevierts in Sicherheit zu bringen.

»Mir scheint, heute gewinnt Goliath«, rief Ulf von Regenstein Antonias Mutter zu.

In diesem Augenblick schlug Rudolf Carl von Bock seinen Sandsack mit aller Kraft gegen den Kopf und gleich darauf in die Rippen. Der Hüne stürzte.

»Euer Goliath hat gerade den Boden geküsst«, erwiderte Lena. »Warten wir ab, wer sich demnächst im Staub wälzt.«

Der Nächste war leider Gottfried, der Meinolfs Schlag nicht rechtzeitig ausweichen konnte. Vier gegen sechs. Antonia merkte, wie sich ihre Hände unwillkürlich im Stoff ihres Kleids verkrallten, vor allem, als Eberhard und Meinolf ihren Vater in die Zange nahmen. Philip beherrschte sein Pferd ausgezeichnet und wich den beiden aus, aber ein Regensteiner Vasall stellte sich ihm von hinten in den Weg. Philip duckte sich unter dem Hieb weg, da traf ihn Meinolfs Sandsack in die Rippen. Er schwankte, Meinolf schlug mitleidlos ein weiteres Mal zu und traf dabei das Pferd. Eigentlich war das nicht erlaubt, aber in dem Gewühl konnte niemand sagen, ob es Absicht war oder ein Versehen. Der Rappe scheute, und Philip, der sich noch nicht vom ersten Schlag erholt hatte, wurde aus dem Sattel geworfen.

»Wie ich schon sagte – ein Mann sollte wissen, wann die Zeit gekommen ist, um ehrenvoll abzutreten.« Ulf lachte höhnisch, während sich Philip, gedeckt von seinen Söhnen, aufrappelte und das Turniergeviert geschlagen verließ. Drei gegen sechs.

»Jetzt wird es ein Gemetzel«, höhnte Ulf, und wie zur Bestätigung seiner Worte stürzten sich Eberhard und Meinolf auf Rudolf. Doch im Gegensatz zu seinem Vater verfügte Rudolf über die Kraft und Beweglichkeit der Jugend und wich den Angreifern geschickt aus. Ein heftiger Schlag gegen Eberhard. Der wankte. »Tut mir leid, Schwiegervater!«, hörte Antonia Rudolf rufen.

»Was?«, brüllte Eberhard in einer Mischung aus Erstaunen und Verärgerung. »Ich bin nicht dein …« Ein weiterer Schlag, und er ging zu Boden.

Im nächsten Moment sah Rudolf sich jedoch drei Männern gegenüber, während Karim und Alexander von den verbleibenden beiden Regensteinern abgedrängt wurden, sodass sie Rudolf nicht zu Hilfe kommen konnten.

Antonias Hände krallten sich fester in den Stoff ihres Kleids. Meinolf drosch, gedeckt von den beiden anderen Rittern, wie wild auf ihren Bruder ein. Diesen Schlägen konnte Rudolf nicht mehr lange widerstehen.

»Karim, Alexander, nach links!«, rief plötzlich eine Stimme auf Arabisch. Antonia fuhr herum. Von außerhalb des Turnierfelds näherte sich ein Ritter in vollem Galopp. Er trug einen roten Waffenrock, und auf seiner Brust prangte sein Wappen. Ein Fuchs über gekreuztem Eichenlaub. Stephan! Sein Pferd tat einen Satz, er sprang ins Turniergeviert und schlug einen der beiden Männer nieder, die Alexander und Karim abdrängen wollten. Dann hielt er auf Rudolf zu.

»Was sucht der denn hier?«, brüllte Ulf. »Das ist unzulässig!«

Antonia hörte, wie ihre Mutter lachte und begeistert in die Hände klatschte.

Stephans plötzliches Auftauchen hatte nicht nur Antonia völlig überrascht. Die eben noch überlegenen Regensteiner mussten sich neu formieren, doch nun war der Kampf wieder ausgeglichen. Vier gegen vier.

»Du kommst spät!«, rief Karim Stephan auf Arabisch zu.

»Ich weiß.«

»Aber nicht zu spät«, versicherte Rudolf ebenfalls auf Arabisch. »Dann los! Jetzt wird es richtig lustig!« Und schon griff er seine Gegner an, als hätte er die Schläge zuvor gar nicht gespürt. Antonia war sich sicher, dass das Feuer in ihm loderte. Doch diesmal war es ein Segen. Sie fühlte sich leicht und beschwingt. Stephan war zurück! All ihre Sorgen zerfielen zu Staub. Meinolf knurrte vor Wut und hatte sich ein neues Opfer ausgesucht. Karim, den er vermutlich für den ungefährlichsten seiner Widersacher hielt. Doch noch bevor er Karim erreicht hatte, stellte sich ihm Stephan in den Weg.

»Du gehörst mir, Bastard!«, rief er und schlug ihm so heftig den Sandsack gegen den Schädel, dass Meinolf der Helm vom Kopf flog. Ein weiterer Schlag, und Meinolf lag am Boden.

»Mir scheint, dein Liebster ist zornig«, raunte Sachmet Antonia zu. »Aber dieser rasende Zorn steht ihm gut.«

Mit Meinolfs Sturz brach die letzte Ordnung in den Reihen der Regensteiner zusammen. Ulf verlangte zwar von der Tribüne aus lauthals, sie sollten sich sammeln, sein Gebrüll verhinderte aber nicht, dass Alexander und Rudolf die letzten Gegner aus dem Sattel warfen.

»Sieht so aus, als hätten wir gewonnen!«, rief Rudolf, und im selben Augenblick brandete gewaltiger Jubel auf. Das gemeine Volk auf den Stehplätzen applaudierte, ebenso wie die Anhänger der Birkenfelder auf der Tribüne. Antonia sah, wie ihre Mutter alle gräfliche Würde vergaß und wie ein junges

Mädchen jubelnd aufsprang. Ulf zog ein Gesicht, als hätte er Zahnschmerzen. Antonia aber verließ die Tribüne und eilte zum Rand des Turnierfelds, wo Stephan soeben vom Pferd gestiegen war und den Helm abgenommen hatte.

»Ich habe mir solche Sorgen gemacht!«, rief sie und fiel ihm in die Arme. »Wo warst du so lange?«

»Ich komme gerade aus Halberstadt. Bischof Ludolf wurde abgesetzt. Volrad von Kranichfeld ist sein Nachfolger.«

»Der Scholasticus?« Sie starrte ihn verblüfft an. »Wie kam es dazu?«

»Das ist eine längere Geschichte. Leider führte sie dazu, dass ich den Tjost versäumt habe.« Er senkte den Blick.

Bevor Antonia antworten konnte, war ihr Vater auf sie zugetreten.

»Eine großartige Leistung!«, lobte er Stephan und klopfte ihm anerkennend auf die Schulter.

»Danke.«

Nun frag ihn schon!, dachte Antonia bei sich. Bitte ihn um meine Hand!

Aber Stephan tat nichts dergleichen. War es in seinen Augen nicht der rechte Zeitpunkt? Oder schämte er sich, weil er nichts vorweisen konnte?

In der Zwischenzeit hatte sich unter den Regensteinern lautstarker Protest erhoben. Ulf und seine Söhne wetterten gegen den Sieg der Birkenfelder.

»Der Kampf ist ungültig!«, brüllte Ulf immer wieder. »Wo kämen wir hin, wenn sich eine unterlegene Mannschaft einfach einen neuen Kämpfer aufs Feld holt?«

Philip hörte das Geschrei und ging auf Ulf zu. Antonia und Stephan folgten ihm.

»Stephan von Cattenstedt ist ordnungsgemäß als Teilnehmer des Turniers eingetragen«, sagte ihr Vater. »Wir haben den Buhurt zu siebt begonnen, weil unser achter Mitstreiter sich verspätete. Ich sehe darin keinen Regelverstoß.«

»Herr Philip hat recht.« Herzog Leopold hatte sich ebenfalls von seinem Platz auf der Tribüne erhoben. »Jede Mannschaft hatte acht Teilnehmer. Jeder Teilnehmer war ordnungsgemäß auf den Turnierlisten verzeichnet. Nirgends steht geschrieben, dass alle Teilnehmer von Anfang an auf dem Turnierfeld stehen müssen.«

»Das lasse ich mir nicht bieten!«, schrie Ulf. »Für mich ist diese Fehde nicht beendet! Das bedeutet Krieg!«

»Mäßigt Euch, Herr Ulf! Andernfalls nehmen Euch meine Waffenknechte in Gewahrsam. Ihr habt Euch darauf eingelassen, nach Beendigung dieses Turniers allen Feindseligkeiten zu entsagen. Tut Ihr das nicht, sehe ich mich gezwungen, die Reichsacht über Euch verhängen zu lassen.« Leopolds Blick war eisenhart geworden. Von hinten näherten sich mehrere Waffenknechte des Herzogs. Jedem war klar, dass Leopold es bitterernst meinte.

Auch Sachmet war von der Tribüne gestiegen und wollte sich gerade zu Antonia gesellen, als Meinolf sie plötzlich von hinten packte und ihr ein Messer an die Kehle hielt.

»Befehlt Euren Waffenknechten, die Waffen fallen zu lassen! Wir verlangen freien Abzug, sonst stirbt das Mädchen.«

Ein Aufschrei ging durch die Menge.

»Lasst sofort das Mädchen los!«

»Nein, Herr Leopold, so einfach ist das nicht. Erst werfen Eure Männer die Waffen fort!« Er drückte das Messer noch fester gegen Sachmets Kehle.

Antonia blickte Sachmet erschrocken in die Augen. Als sie die Seelenflamme erkannte, zuckte sie zurück. Da war keine Spur von Furcht zu entdecken, sondern nur heißer Zorn. Ein roter Stich hatte sich in ihren hellen Grundton gemischt.

Die Männer ließen ihre Waffen fallen. Meinolf senkte das Messer. Im nächsten Augenblick stieß Sachmet ihm den Ellbogen in den Magen. Vor Schmerz und Überraschung keuchte Meinolf laut auf. Sachmet nutzte die Gelegenheit, wand sich aus seinem Griff und rammte ihm das Knie zwischen die Beine. Meinolf krümmte sich.

»Dir werde ich helfen, dich an einem wehrlosen Mädchen zu vergreifen!«, schrie sie und schlug ihm mit beiden Fäusten in den Nacken, bis er vollends zu Boden ging.

Totenstille.

Ulf starrte Sachmet wie vom Donner gerührt an. Dann wanderte sein Blick zu seinem Sohn, der sich mühsam aufzurappeln versuchte.

»Du hast mich bitter enttäuscht!«, zischte er und verpasste Meinolf einen Tritt, der ihn abermals zu Boden warf. »Du hast auf meiner Burg nichts mehr verloren!« Dann wollte er den Platz verlassen, doch Herzog Leopold stellte sich ihm in den Weg.

»Erkennt Ihr den Ausgang des Turniers an?«, fragte er.

Ulf grunzte etwas, das wie ein Ja klang. Leopold gab den Weg frei, und Ulf stapfte auf die Regensteiner Zelte zu. Eberhard wollte sich ihm anschließen, doch Rudolf zupfte ihn am Ärmel.

»Eine Kleinigkeit noch …«, begann er.

»Was?«, herrschte Eberhard ihn an.

»Ich möchte Euch um die Hand Eurer Tochter Sibylla bitten.«

Inzwischen war Sibylla ebenfalls von der Tribüne gestiegen und stellte sich an Rudolfs Seite.

»Bitte, Vater!«, sagte sie und griff dabei nach Rudolfs Hand.

Bevor Eberhard antworten konnte, versuchte Meinolf sich ein zweites Mal vom Boden zu erheben.

»Wenn du das tust, verlierst du jede Ehre!«, keuchte er in Eberhards Richtung.

»Halt's Maul!«, schrie Eberhard und versetzte seinem Halbbruder einen weiteren Tritt. Dann wandte er sich an Philip. »Über den Ehevertrag reden wir noch. Aber ich warne Euch – ich lasse mich von Euch nicht übers Ohr hauen.« Dann machte er auf dem Absatz kehrt und ging. »Eberhard, ich liebe dich«, hörte Antonia Alheidis noch flüstern.

Meinolf versuchte ein drittes Mal aufzustehen. Diesmal wurde er nicht getreten, sondern bekam die hilfreichen Hände der herzoglichen Waffenknechte zu spüren, die ihn auf die Beine zogen.

»Sperrt ihn weg!«, befahl Herzog Leopold.

»Was wird mit ihm geschehen?«, fragte Sachmet.

»Er wird mit der Reichsacht belegt und des Landes verwiesen. Es tut mir leid, dass er Euch angegriffen hat.«

»Ich fürchte, ihm tut es noch viel mehr leid.« Karim grinste.

Alle lachten, doch als Antonia sich nach Stephan umsah, war er verschwunden …

57. Kapitel

Stephan war zum Zelt seines Bruders Richard zurückgekehrt, um ihm Helm und Rüstung zurückzugeben. Kurz nach seiner Ankunft im Lager hatte er erfahren, dass der Buhurt bereits begonnen hatte und die Birkenfelder in der Unterzahl waren. Richard hatte ihm stöhnend erzählt, dass Meinolf das Bier vergiftet hatte, woraufhin Stephan hastig Kettenhemd und Helm angelegt hatte, um noch in den Buhurt eingreifen zu können.

»Dem Geschrei zufolge war dein Auftritt erfolgreich«, begrüßte Richard ihn bei seiner Rückkehr.

»Ja.«

»Wenigstens einer, der die Ehre der Cattenstedts bewahrt hat.« Mühsam erhob sich Richard vom Krankenlager und schlug seinem jüngsten Bruder auf die Schulter.

Stephan senkte den Blick. Was nutzte der schönste Sieg,

wenn ihm trotzdem jede Hoffnung genommen war, als standesgemäßer Bewerber um Antonias Hand anzuhalten? Andererseits – es war nicht sein Verschulden. Und es würde noch andere Turniere geben. Zwar genossen Ritter, die nur auf die Turnierprämie aus waren, kein besonders großes Ansehen, aber warum sollte er sich darum scheren? Habenichtse genossen noch weniger Ansehen.

Der Vorhang wurde zurückgeschlagen, und Fronika trat ein.

»Stephan, Fräulein Antonia wartet draußen auf dich.«

Er deutete ein Nicken an und verließ Richards Zelt.

»Warum bist du so schnell verschwunden?«, begrüßte Antonia ihn. Es war kein Vorwurf in ihrer Stimme, nur Neugier.

»Ich wollte Richard seine Sachen zurückgeben.«

»Ist das alles?«

»Wie meinst du das?«

»Ich habe den Eindruck, du weichst mir aus. Stehst du noch zu dem Wort, das du mir gabst? Dass du meinen Vater um meine Hand bitten wirst?«

Er atmete tief durch. Dass er ihr gegenüber wortbrüchig würde, wenn er zurückträte, hatte er nicht bedacht.

»Ich kann dir nichts bieten. Kein verantwortungsvoller Vater gäbe mir seine Tochter.«

»Das erfährst du erst, wenn du ihn darauf angesprochen hast. Also, fragst du ihn?«

Er nickte.

»Wann?«

Er schluckte. »Sofort.« Besser, er brachte es bald hinter sich.

»Gut.« Antonia nickte zufrieden. »Er hält sich in seinem Zelt auf.«

Graf Philip war nicht allein. Antonias Mutter und Herzog Leopold leisteten ihm Gesellschaft. Als Stephan und Antonia das Zelt betraten, stand der Herzog auf und kam ihnen entgegen.

»Herr Stephan, wie ich hörte, wurde Bischof Ludolf abgesetzt. Volrad von Kranichfeld ist nun Bischof von Halberstadt. Dann war Eure Mission also ein Erfolg.«

»Ja, mein Fürst.«

»Aber sie dauerte erstaunlich lange«, bemerkte Philip. »Wodurch wurdest du aufgehalten?«

»Das ist eine längere Geschichte.«

»Wir haben Zeit.« Philip wies auf zwei Scherenstühle. Sie setzten sich.

»Also, dann berichte uns!«, forderte der Graf Stephan auf.

Stephan räusperte sich. Viel lieber hätte er die Frage aller Fragen gestellt. Das aber war unter diesen Umständen nicht möglich.

»Ich traf rechtzeitig in Magdeburg ein und übergab das Schreiben in der päpstlichen Nuntiatur«, begann er. »Leider war es damit nicht getan, denn der Inhalt erwies sich als äußerst heikel. Der Nuntius drängte mich, in Magdeburg zu bleiben und mich freiwillig in Gewahrsam der päpstlichen Truppen zu begeben. Dann sollten die Zusammenhänge überprüft werden. Mir blieb nichts anderes übrig, als zuzustimmen, sonst hätten wir jede Glaubwürdigkeit verloren. Ich konnte Euch auch keine Nachricht zukommen lassen. Der Nuntius verbot mir jede Verbindung zur Außenwelt, solange meine Botschaft und die Anschuldigungen nicht überprüft waren.« Stephan legte eine kurze Pause ein. »Deshalb sandte der Nuntius ein Schreiben an den Papst nach Rom.«

»An den Papst?«, entfuhr es Lena. »Das ist eine weite Reise.«

Stephan nickte. »So ist es, und als ich davon hörte, gab ich meine Teilnahme am Turnier bereits verloren. Allerdings verfügt der Vatikan über ausgezeichnete Meldereiter. Der Nuntius hat es mir erklärt. Jeder Reiter muss nur eine bestimmte Strecke zurücklegen und übergibt die Botschaft an einen ausgeruhten Mann mit ausgeruhtem Pferd. Auf diese Weise lässt sich die Strecke innerhalb einer Woche bewältigen. Vor drei

Tagen kam endlich die Antwort des Heiligen Vaters, und ich durfte die Nuntiatur verlassen. Die Boten ritten weiter nach Halberstadt. Dort verkündeten sie die Absetzung des Bischofs und sorgten dafür, dass er sich nicht in seiner Bischofsburg verschanzte. Ich machte mich umgehend auf den Weg hierher, um doch noch am Turnier teilzunehmen. Leider kam ich zu spät.«

»Nicht zu spät, um uns den Sieg zu erkämpfen«, warf Philip ein. »Das allein zählt.«

Stephan senkte den Blick. Natürlich, Graf Philip ahnte nichts von seinen anderen Plänen.

»Dennoch scheint mir, als sei der junge Mann trotz seines Erfolgs betrübt«, bemerkte Herzog Leopold. »Was belastet Euch, Herr Stephan?«

Stephan zögerte. Sollte er die Wahrheit sagen? Er atmete tief durch. Die Zeit der Geheimnisse war vorbei. Er wollte dazu stehen, was er begehrte.

»Ich hatte gehofft, rechtzeitig zum Tjost einzutreffen«, erklärte er und hielt dem Blick des Herzogs stand. »Ich wollte fünf Gegner besiegen und genügend Geld einnehmen, um mich in eine Pacht einzukaufen. Ich weiß, dass Eure Verträge mit Ulf von Regenstein ausgelaufen sind. Und so hoffte ich …« Er brach ab, als er den ernsten Blick des Herzogs sah. War er zu weit gegangen?

»Ihr wolltet Euch in die Pacht von Gut Thale einkaufen? Nun, es stimmt – ich werde die Verträge der Regensteiner nicht verlängern. Aber ich hätte Euch das Anwesen auch nicht verpachten können, wenn Ihr genügend Geld gehabt hättet.«

»Warum nicht?«, entfuhr es Stephan eine Spur trotziger als beabsichtigt.

»Das Gut gehört zur Burg Thale, und die soll demnächst als Lehen vergeben werden.«

»Ich verstehe.« Damit war der letzte Traum zerplatzt. Gewiss, hätte er zweitausend Silberdenare gehabt, dann hätte er sich in die Pacht anderer Güter einkaufen können. Aber so blieb nichts mehr.

»Sag, Stephan«, sprach Graf Philip ihn nun an, »warum wolltest du dich in die Pacht einkaufen? Einen guten Mann wie dich verlöre ich nur ungern.«

Plötzlich hatte Stephan das Gefühl, sich endgültig lächerlich zu machen. Falls er nun auch noch zugäbe, um Antonias Hand anhalten zu wollen, wäre seine Würde dahin. Er warf ihr einen kurzen Blick zu. Sie beschwor ihn geradezu mit Blicken, erwartete von ihm, trotz allem die entscheidende Frage zu stellen. Wäre er für sie ein Feigling, wenn er die entscheidenden Worte nicht aussprach? Auf jeden Fall würde er sich selbst nie verzeihen. Aber ganz gleich, ob angesichts seiner Dreistigkeit allgemeines Gelächter ausbräche – er war diesen Weg gegangen, und er hatte Antonia sein Versprechen gegeben.

»Weil ich nicht als Habenichts vor Euch treten wollte, wenn ich Euch um die Hand Eurer Tochter Antonia bitte«, sagte er.

Der Graf starrte ihn mit unbewegter Miene an.

»Was hast du da gerade gesagt?«

»Ich möchte Antonia heiraten.«

Schweigen.

»Ihr wisst, dass Graf Philip seine Tochter keinem Mann ohne ausreichendes Einkommen geben kann, nicht wahr? Schließlich steht ihr ein standesgemäßer Unterhalt zu.« Herzog Leopold maß Stephan mit ernstem Blick.

»Ich werde Mittel und Wege finden. Dies ist nicht das einzige Turnier, und es gibt noch andere Güter, in deren Pacht ich mich einkaufen könnte.«

»Ihr seid beharrlich, junger Mann.«

»Ich gab Fräulein Antonia mein Wort.«

»Dann seid Ihr recht leichtfertig mit Eurem Wort.«

»Nein«, widersprach Stephan. »Heute musste ich zurückstecken, weil ich meine Pflicht gegenüber dem König und der

Kirche über meine persönlichen Wünsche stellte. Aber es werden sich neue Gelegenheiten ergeben.«

»Du musst etwas sagen«, raunte die Gräfin ihrem Gatten zu.

»Muss ich?«

»Musst du.«

Graf Philip wandte sich wieder an Stephan.

»Du willst also tatsächlich meine Tochter heiraten?«

»Ja.«

»Und mir damit die Freude meines Alters nehmen?«

»Enkel sind die Freude des Alters«, gab Stephan zurück.

»Enkel?« Philip zog die Brauen hoch. »Wie viele Enkel?«

Diese Frage verwirrte Stephan. Noch dazu, als er Antonia kichern hörte.

»Wenn du meine Tochter zur Frau haben willst, muss ich schon wissen, wie viele du ernähren kannst. Also, wie viele? Sechs Enkel? Oder gar mehr?«

»Ich wollte Pferde züchten, keine Enkel ...«, stammelte Stephan.

»Und da behauptest du, Enkel seien die Freude des Alters? Pferde kann ich selbst züchten.« Der Graf musterte Stephan mit strengem Blick.

Antonias Kichern wurde zu einem glockenhellen Lachen.

»Vielleicht drei, auf keinen Fall mehr«, erwiderte Stephan.

»Warum nicht?«

»Weil meine Kinder nicht hinter älteren Geschwistern zurückstehen sollen, wenn das Geld nicht mehr reicht«, stieß Stephan trotzig hervor.

»Philip, mein Freund, ziehst du es tatsächlich in Erwägung, deine Tochter einem mittellosen Mann zu geben?«, fragte Herzog Leopold.

Philip lächelte. »Es ist der Mann, der zählt, nicht sein Vermögen.«

»Wobei ein Vermögen hilfreich wäre. Damit kein Kind hinter seinen Geschwistern zurückstehen muss, nicht wahr?«

Stephan sah, wie Herzog Leopold und Graf Philip einen verschwörerischen Blick austauschten.

»Nun, dann sollte ich es vielleicht offenbaren«, sagte der Herzog zu Stephan. »Schon bevor Ihr in dieses Zelt kamt, waren wir uns einig, dass es keinen würdigeren Mann gibt als Euch, Herr Stephan. Würdig, die Burg Thale samt Ländereien und Gütern als Lehen zu erhalten. Glaubt Ihr wirklich, wir seien so undankbar, Eure Leistungen nicht zu belohnen?«

Stephan starrte den Herzog stumm an, unfähig, den Inhalt seiner Worte zu erfassen. Erst allmählich wurde ihm bewusst, was Leopolds Aussage bedeutete. Burg Thale! Ein kleines Gut – das hatte er sich erträumt. Das hätte er selbst erringen können. Aber eine Burg samt Gütern und Ländereien … Niemals hätte er davon zu träumen gewagt. Und dann auch noch Thale, das waldreiche Land am Quell der Bode! Reich an Wild und fruchtbaren Feldern. Ulf von Regenstein hatte sich dieses Lehen einst für seinen Bastard erhofft. Kurz schweiften Stephans Gedanken zurück in die Vergangenheit, in jene Zeit, bevor er sich mit Thomas dem Kreuzzug angeschlossen hatte. Meinolfs Überheblichkeit hatte Thomas und ihn bewogen, ihr Glück im Heiligen Land zu suchen. Hatte Ulfs Sohn doch verkündet, eines Tages werde er als Ritter auf Burg Thale thronen, während die Cattenstedts immer Hungerleider bleiben würden. Vom Bastard einer Leibeigenen wollten sie sich nicht länger verspotten lassen. Thomas hatte dafür letztlich mit dem Leben bezahlt. Er selbst hätte beinahe seine Seele verloren.

»Hat es Euch die Sprache verschlagen, Herr Stephan?« Herzog Leopold lächelte ihn gutmütig an.

»Ein wenig«, gab Stephan zu. »Ich danke Euch für Euer Vertrauen in mich und Eure Großzügigkeit.« Dann blickte er wieder zu Graf Philip und seiner Frau hinüber.

»Dann gewährt Ihr mir also Antonias Hand?«

Philip maß ihn mit ernster Miene. Plötzlich jedoch hatte

Stephan den Eindruck, in den Augen des Grafen ein Lächeln zu entdecken.

»Gewiss.«

Überglücklich griff Antonia nach Stephans Hand und schenkte ihrem Vater ihr strahlendstes Lächeln. Ihre Mutter seufzte. »So verlieren wir an einem Tag gleich zwei Kinder.«

»Aber einsam wird es nicht werden«, bemerkte ihr Gatte. »Wozu sollen wir uns auf Enkel verlassen, wenn wir selbst noch einmal Eltern werden?«

Stephan begriff gar nichts mehr, aber Antonia ließ seine Hand los und umarmte stattdessen ihre Mutter.

»Ist das wahr?«, fragte sie. »War es das kurze weiße Aufleuchten, das ich in deinen Augen sah, bevor sich meine eigene Seelenflamme spiegelte?«

Die Gräfin errötete und nickte.

Leopold schlug dem Grafen auf die Schulter. »Philip, ich bin beeindruckt. In deinem Alter schlägst du dich noch wacker im Turnier, deine Frau ist immer noch so schön wie ein junges Mädchen und wird dir ein weiteres Kind schenken. Vielleicht stimmt es doch, dass ihr in Ägypten den Brunnen der ewigen Jugend gefunden habt.«

»Wohl eher nicht«, widersprach Philip. »Dann würde ich im Augenblick nämlich nicht alle meine Knochen spüren. Dieser Buhurt hatte es wirklich in sich.«

Während alle lachten, spürte Stephan, wie Antonia wieder seine Hand ergriff und ihn aus dem Zelt zog.

»Komm!«, flüsterte sie. »Ich habe so lange auf dich gewartet. Nun will ich dich ganz für mich haben, Stephan von Cattenstedt-Thale.« Sie blitzte ihn keck an und erinnerte ihn an den Anfang ihrer Bekanntschaft, als sie ihn immer wieder in ein Gespräch verwickeln wollte.

»Du hast mich mein ganzes Leben lang für dich«, versprach er und folgte ihr.

Burg Thale, Herbst 1254

Stephan liebte es, wenn sich die Sonne über den Wäldern seiner Ländereien erhob. Vor allem im Herbst, wenn die Blätter sich rotgolden färbten und im Hochnebel wie ein sagenumwobener Goldschatz leuchteten. Nach den langen Irrwegen seines Lebens hatte er schließlich ein Zuhause an der Seite seiner geliebten Frau gefunden. Endlich konnte er alle Belastungen hinter sich lassen. Nur Karim und Antonia kannten seine Geschichte. Als er Antonia kurz nach ihrer Hochzeit vom Tod seines Bruders erzählt hatte, war ihm das Sprechen nicht mehr ganz so schwergefallen wie zuvor bei Karim.

Antonia hatte ihm aufmerksam zugehört und ihn später tröstend in die Arme genommen. »Du weißt, dass niemand Thomas hätte retten können, nicht wahr?«, hatte sie ihm zugeflüstert. »Er wäre ohnehin gestorben. Du hast ihn nur von seinen Qualen erlöst.« Diese Worte aus ihrem Mund, das Verständnis, die Liebe, die sie ihm trotz seiner Tat entgegenbrachte, hatten die alte Wunde endlich geschlossen. Thomas war tot, aber Stephans Leben ging weiter. Er war sich sicher, dass sein Bruder vom Himmel aus über ihn wachte, wie er es ihm im Sterben versprochen hatte.

Beim Gedanken an Thomas musste er zugleich an Karim denken. Der Abschied von seinem Freund war ihm schwergefallen. Sechs Wochen lag er inzwischen zurück. Mit dem Ende des Sommers endete auch der Besuch, der Stephans Leben für immer verändert hatte.

Es war ein versöhnlicher Ausklang gewesen. Die Fehde mit den Regensteinern war beigelegt, und zum Erstaunen aller hatte Eberhard nichts mehr gegen Rudolf als Schwiegersohn. Er hatte nicht einmal etwas dagegen gehabt, dass Sibyllas und Antonias Hochzeit gemeinsam gefeiert wurde. Allerdings hatte er darauf bestanden, dass die Feierlichkeiten auf Regensteiner Besitz in Halberstadt stattfanden. Der neue Bischof hatte die beiden Trauungen vollzogen.

Graf Ulf von Regenstein hingegen war über den Ausgang des Turniers und Sibyllas Eheschließung so verärgert, dass er sich weigerte, an dem Fest teilzunehmen. Niemand vermisste ihn, nicht einmal seine Frau Irmela, die es sich nicht nehmen ließ, beiden Hochzeiten beizuwohnen.

Nach der Hochzeit hatten die Besucher aus Ägypten Antonia und Stephan nach Burg Thale begleitet und dort einige Wochen verbracht. Sie waren gemeinsam auf die Jagd gegangen und hatten dem Sommer die letzten schönen Tage abgetrotzt. Bis der Herbst ins Land zog und die Zeit zum Abschiednehmen nahte.

»Willst du nicht noch einmal nach Ägypten kommen?«, hatte Karim zum Abschied gefragt. »Du bist mir immer willkommen. Und vielleicht möchtest du auch wissen, wie es Bespina, Amira und Zeki bis dahin ergangen ist.«

»Du wirst sie freikaufen?«

»Ich gab dir mein Wort. Ich werde dir schreiben, sobald sie auf unserem Gut eingetroffen sind. Leb wohl, mein Freund!« Sie hatten sich ein letztes Mal umarmt, dann brachen die Ägypter auf.

Seither war es auf der Burg still geworden.

Während Stephan über die herbstlichen Wälder blickte, bemerkte er eine Gruppe von Reitern, die sich Burg Thale näherten. Noch waren sie zu weit entfernt, um Einzelheiten zu verraten, aber Stephan erkannte sofort den dunkelbraunen Fuchs mit der weißen Mähne und dem weißen Schweif. Rudolfs Pferd. Ein Lächeln breitete sich auf seinem Gesicht aus. Rudolf hatte ihm bereits bei der gemeinsamen Hochzeit angekündigt, dass er sich im Herbst zur Jagd auf Burg Thale einfinden werde.

Schritte. Stephan wandte sich um. Antonia war auf den Wehrgang heraufgestiegen.

»Hier steckst du also!« Sie lächelte ihn liebevoll an. Er legte ihr einen Arm um die Schultern.

»Wir bekommen Besuch«, sagte er dann und wies auf die Reiter.

»Das ist doch Rudolf, oder?«

Stephan nickte.

»Wie schön, dann gibt es wieder Leben in der Burg.«

»Du vermisst sie auch, nicht wahr?«

Antonia nickte. »Vermutlich sind sie gerade in Alexandria angekommen.«

Sie stiegen gemeinsam vom Wehrgang hinab und erwarteten die Besucher im Burghof.

»Ich wünsche euch einen wunderschönen guten Morgen!«, rief Rudolf fröhlich, als er das Burgtor passiert hatte, und sprang aus dem Sattel. Danach half er seiner Frau beim Absteigen. »Ich habe es dir angedroht – dein Jagdrevier zieht mich an wie die Küchenabfälle einen ausgehungerten Hund.«

»Welch poetischer Vergleich!«, bemerkte Stephan kopfschüttelnd. »Ihr seid selbstverständlich herzlich willkommen.«

»Wir haben euch etwas mitgebracht.« Rudolf gab einem seiner Waffenknechte ein Zeichen, und der hob einen Korb vom Packpferd.

»Hier, sieh nur! Sind sie nicht entzückend?«

Rudolf öffnete den Deckel und gab den Blick auf zwei Hundewelpen frei. Mit ihrem braunen Fell, den Schlappohren und dem treuherzigen Blick hätte man sie für Bracken halten können. Dafür aber waren sie zu klein, und ihre Körper wirkten seltsam lang gezogen. Die Beine hingegen schienen viel zu kurz.

»Zu welcher Rasse gehören diese Hunde?«, fragte Stephan, während Antonia sogleich beherzt in den Korb griff und einen der Welpen auf den Arm nahm.

»Oh, sind die niedlich!«, rief sie.

»Nun ja, wenn man sie gut abrichtet, sind sie sicherlich hervorragend für die Dachsjagd geeignet.«

»Für die Dachsjagd? Mit den kurzen Beinen?«

»Damit finden sie Eingang in jeden Bau.«

»Wie bist du an den Wurf gekommen?«

»Nun ja«, Rudolf räusperte sich, »es sind Pablos Fehltritte.«

»Pablos Fehltritte?« Stephan brauchte eine Weile, bis er begriff, dass damit der kleine Bologneser seiner Schwiegermutter gemeint war.

Rudolf nickte. »Während ich als Geisel auf Burg Regenstein festgehalten wurde, wollte mein Schwiegervater seine kostbaren Bracken von einem stattlichen Rüden decken lassen. Ich hingegen gönnte Pablo das Vergnügen, dem Rivalen zuvorzukommen.«

»Du hast diesen kleinen Hund auf die läufigen Bracken gehetzt?« Stephan lachte lauthals auf.

»Was heißt gehetzt? Du ahnst nicht, wie schnell er laufen konnte und wie bereitwillig sich die Hundedamen hinlegten, damit er zum Zug kam.« Rudolf grinste. »Als mein Schwiegervater die drei Würfe sah, war er entsetzt. Nur mit Mühe überzeugte ich ihn davon, dass er gar keine besseren Dachshunde finden könnte. Bald werden uns alle darum beneiden. Sind sie nicht herzig, unsere kleinen Dachsel?«

»Dachsel?«, fragte Antonia.

»Oder Dackel – so nennt sie mein kleiner Bruder«, erklärte Sibylla.

»Und nun wollt ihr diese Laune der Natur als gelungene Züchtung darstellen?« Stephan musterte Rudolf zweifelnd. »Du glaubst doch nicht im Ernst, dass sich ein echter Jäger jemals für diese missratenen Mischlinge begeistern kann!«

»Bin ich kein echter Jäger?« Rudolf runzelte gespielt gekränkt die Stirn. »Wart's ab! Ich habe mit meinem Schwiegervater gewettet, dass diese Welpen die Stammeltern einer neuen

Rasse sind. Eines Tages wird jeder diese Hunde kennen und schätzen. Sie werden beliebte Jagdhunde bei der Dachsjagd. Und durch ihr gefälliges Äußeres erfreuen sie die Herzen von Frauen und Kindern. Ja, mehr noch – sie werden sicher zur beliebtesten Rasse im ganzen Land.«

»Brennt das Feuer wieder so stark in ihm?«, flüsterte Stephan Antonia zu. Sie warf einen kurzen Blick in Rudolfs Augen.

»Ein wenig«, raunte sie zurück. »Gerade so viel, dass ich an deiner Stelle lieber nicht gegen ihn wetten würde.«

»Nun, dann vielen Dank für die beiden … Dackel.«

Nachwort

Wie üblich im historischen Roman, mischen sich in der vorliegenden Geschichte Fiktion und historische Begebenheiten. Wahr ist, dass Bischof Ludolf von Schladen nicht vom Papst bestätigt worden war und im Jahr 1254 durch Volrad von Kranichfeld abgelöst wurde. Die tatsächlichen Hintergründe liegen allerdings im Dunkel der Geschichte. Ob er tatsächlich den historisch belegten Manfred von Sizilien, einen Sohn Friedrichs II., im Kampf um den Thron gegen den Papst und den legitimen König Wilhelm von Holland unterstützte, ist reine Spekulation. Volrad von Kranichfeld war danach über vierzig Jahre lang Bischof von Halberstadt und machte sich schon zuvor und auch später als Bischof sehr um das Schulwesen in der Gegend verdient.

Ebenfalls der Wahrheit entsprechen die Berichte über die Hintergründe des sechsten Kreuzzugs, an dem Stephan teilnahm. Unter der Führung des französischen Königs Ludwig IX. eroberten die Kreuzritter zunächst die Hafenstadt Damiette. Zu jener Zeit schwebte auch Alexandria in großer Gefahr. Zum Glück für die Bewohner Alexandrias beschlossen die Kreuzfahrer jedoch, sich dem Heer des Sultans bei Kairo zu stellen. Eine verhängnisvolle Fehlentscheidung, denn laut Überlieferung wurden sie vernichtend geschlagen. Hunderttausend Kreuzritter gerieten in Gefangenschaft, und nur die wenigsten von ihnen wurden gegen hohes Lösegeld freigelassen. Die übrigen wurden enthauptet.

Auch die Aussagen über das Fehderecht entsprechen historischen Fakten. Anders, als man oft glaubt, war eine Fehde kein regelloses, wildes Gemetzel, sondern eine Fortführung von

Rechtsstreitigkeiten mit den Mitteln der Gewalt, die durch einen Fehdebrief erklärt werden musste. Es galt, sich an die Regeln zu halten, die es unter anderem verboten, Felder und Dörfer zu verwüsten, Unbeteiligte, Bauern und Geistliche zu überfallen sowie dem Fehdegegner beim Kirchgang aufzulauern. Kam es zum Kampf zwischen Angehörigen der verfeindeten Familien, galt der Tod eines Gegners als vom Fehderecht gedeckt, zog aber gleichzeitig eine Blutrache nach sich. Deshalb war es nicht unbedingt beabsichtigt, die Gegner zu töten. Es genügte oftmals, sie kampfunfähig zu machen. Auch Geiseln wurden gern genommen, um eigene Ansprüche durchzusetzen. Doch mussten auch im Umgang mit Geiseln bestimmte Regeln eingehalten werden. Zwar setzten sich in der Vergangenheit wiederholt Fehdegegner über die Regularien hinweg, aber meist waren Fehden tatsächlich nur etwas ruppigere Nachbarschaftsstreitigkeiten, die irgendwann wieder beigelegt wurden.

Die Erkrankung, an der Rudolf von Birkenfeld leidet, das unstete Gleichmaß, ist eine bipolare affektive Störung, in der sich manische mit depressiven Phasen abwechseln. Wer den ersten Band, *Die Sündenheilerin,* gelesen hat, wird wissen, dass bereits Rudolfs leibliche Mutter an dieser Erkrankung litt. Familiäre Häufungen werden oft beobachtet. In manischen Phasen sind die Betroffenen größenhaft von sich überzeugt, was dazu führt, dass sie Handlungen begehen, durch die sie sich selbst gefährden, manchmal aber auch besonders leistungsfähig und überzeugend auftreten. In depressiven Phasen werden sie von Schwermut gequält, von innerer Leere und dem Gefühl der Sinnlosigkeit. In schweren Fällen kann dies sogar zum Selbstmord führen.

Schoßhunde waren bei edlen Damen im Mittelalter sehr beliebt. Nur wenige der damaligen Rassen haben sich bis heute erhalten, darunter die beschriebenen Bologneser. Ungefähr zur gleichen Zeit tauchten in der Gegend zwischen Braunschweig und Hannover die ersten Vorfahren der heute so beliebten Dackel auf. Die tatsächliche Herkunft des Dackels liegt im Dunkeln, allerdings gehören die Bracken tatsächlich zu ihren Vorfahren. Und wer weiß, ob nicht tatsächlich ein kleiner Schoßhund seine Pfoten im Spiel hatte …